La Fière Mary

DE LA MÊME AUTEURE

— La saga de la famille Roxton —
NOCES DE MINUIT
DUCHESSE D'AUTOMNE
DAIR LE DIABOLIQUE
LA FIÈRE MARY
LE FILS DU SATYRE

— Série Salt Hendon —
L'ÉPOUSE DE SALT
RETOUR À SALT HENDON

« Avec mon lorgnon et ma plume, je pars dans ma chaise à porteurs – le 18ᵉ siècle est vraiment génial ! »

Quand je ne me balade pas dans le Londres du 18ᵉ siècle dans ma chaise à porteurs où que je ne suis pas en train d'échanger des ragots avec des nobles parfumés et bien mis dans les salons dorés de Versailles, j'écris des romances historiques georgiennes primées et des romans à suspense (avec une bonne dose de romance).

Mes livres se déroulent dans l'Angleterre georgienne des années 1700, avec quelques voyages éventuels sur le continent européen. Je m'arrête à la Révolution française durant laquelle je suis morte dans une vie antérieure, guillotinée pour mon mode de vie terriblement hédoniste en tant qu'aristocrate oisive !

lucindabrant@gmail.com | lucindabrant.com

pinterest.com/lucindabrant | twitter.com/lucindabrant

facebook.com/lucindabrantbooks | youtube.com/lucindabrantauthor

MARION GABILLARD

J'ai adoré découvrir, en travaillant sur ces livres,
le monde de l'aristocratie du XVIIIe siècle, ses codes,
ses coutumes et ses personnages hauts en couleur.
J'espère que vous prendrez autant de plaisir que
moi à vous plonger dans cette histoire.

marion.gabillard@gmail.com

La Fière Mary

UNE ROMANCE HISTORIQUE GEORGIENNE

Saga de la famille Roxton, Livre 4

Lucinda Brant

TRADUIT PAR MARION GABILLARD

Un livre des éditions Sprigleaf
Publié par Sprigleaf Pty Ltd

La Fière Mary : Une romance historique georgienne.
Copyright © 2022 Lucinda Brant, tous droits réservés.
Traduction : Marion Gabillard.
Édition : Gaelle Ty R So.
Photographie, visuel et conception : Sprigleaf et GM Studios.
Modèles de couverture : Megan Channell et Paul Marron.
Bijoux sur mesure : Kimberly Walters, Sign of the Gray Horse, reproduction de bijoux et créations d'inspiration historique.

Le fleuron de la campanule des Cotswolds a été conçu par Sprigleaf. Le visuel à trois feuilles de Sprigleaf est une marque déposée appartenant à Sprigleaf Pty Ltd. La silhouette d'un couple georgien est une marque déposée appartenant à Lucinda Brant.

Mis en page avec Adobe Garamond Pro.

Également disponible en livres numériques et autres langues.

ISBN 978-1-925614-87-9

10 9 8 7 6 5 4 3 2 1 Studio Art édition de poche (i) I

Pour

Marguerite
&
Wendy

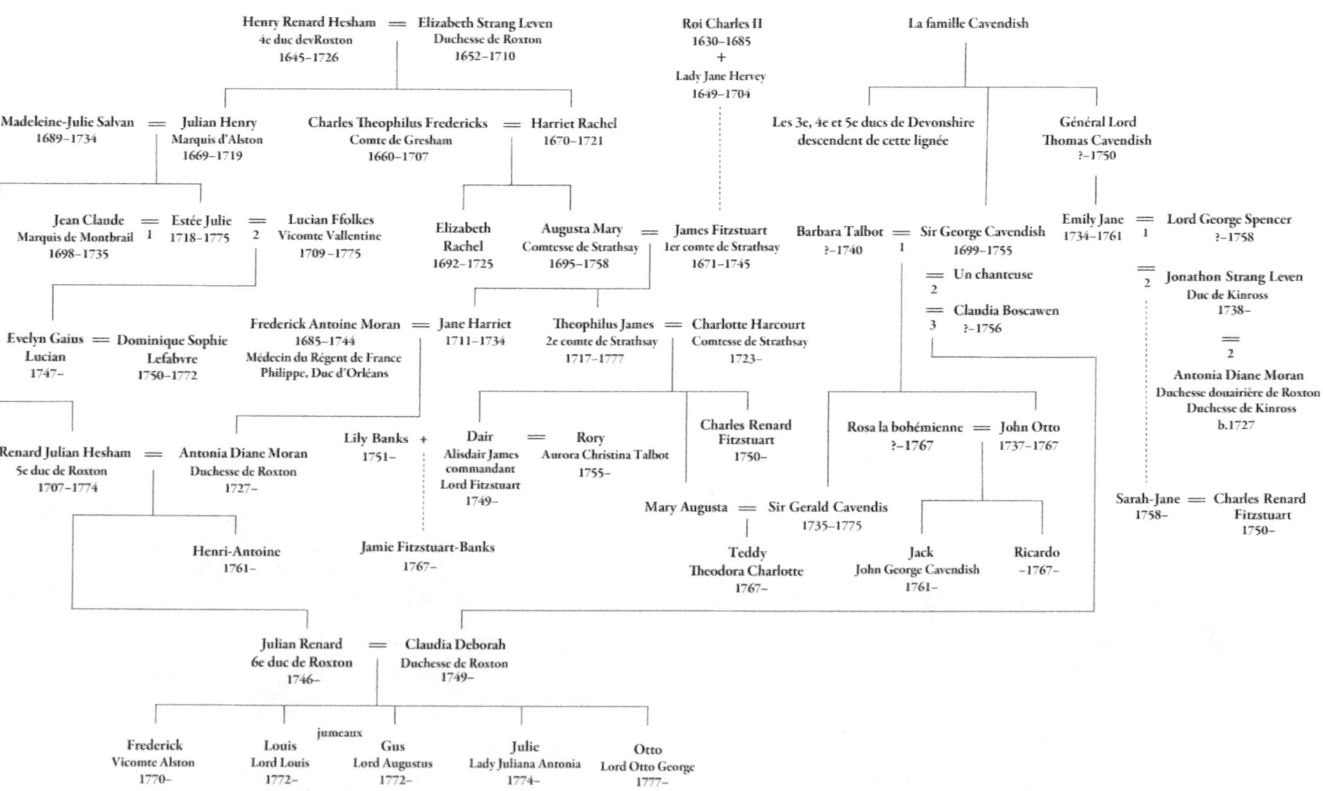

La famille Cavendish

Henry Renard Hesham
4e duc devRoxton
1645–1726
== Elizabeth Strang Leven
Duchesse de Roxton
1652–1710

Roi Charles II
1630–1685
+
Lady Jane Hervey
1649–1704

Les 3e, 4e et 5e ducs de Devonshire
descendent de cette lignée

Général Lord
Thomas Cavendish
?–1750

Madeleine-Julie Salvan
1689–1734
== Julian Henry
Marquis d'Alston
1669–1719

Charles Theophilus Fredericks
Comte de Gresham
1660–1707
== Harriet Rachel
1670–1721

Jean Claude
Marquis de Montbrail
1698–1735
== Estée Julie
1718–1775
1   2
== Lucian Ffolkes
Vicomte Vallentine
1709–1775

Elizabeth
Rachel
1692–1725

Augusta Mary
Comtesse de Strathsay
1695–1758
== James Fitzstuart
1er comte de Strathsay
1671–1745

Barbara Talbot
?–1740
1
== Sir George Cavendish
1699–1755

Emily Jane
1734–1761
1
== Lord George Spencer
?–1758

2
== Un chanteuse

3
== Claudia Boscawen
?–1756

2
== Jonathon Strang Leven
Duc de Kinross
1738–

2
==
Antonia Diane Moran
Duchesse douairière de Roxton
Duchesse de Kinross
b.1727

Evelyn Gaius
Lucian
1747–
== Dominique Sophie
Lefabvre
1750–1772

Frederick Antoine Moran
1685–1744
Médecin du Régent de France
Philippe, Duc d'Orléans
== Jane Harriet
1711–1734

Theophilus James
2e comte de Strathsay
1717–1777
== Charlotte Harcourt
Comtesse de Strathsay
1723–

Rosa la bohémienne
?–1767
== John Otto
1737–1767

Renard Julian Hesham
5e duc de Roxton
1707–1774
== Antonia Diane Moran
Duchesse de Roxton
1727–

Lily Banks   +
1751–

Dair
Alisdair James
commandant
Lord Fitzstuart
1749–
== Rory
Aurora Christina Talbot
1755–

Charles Renard
Fitzstuart
1750–

Sarah-Jane
1758–
== Charles Renard
Fitzstuart
1750–

Mary Augusta
== Sir Gerald Cavendis
1735–1775

Henri-Antoine
1761–

Jamie Fitzstuart-Banks
1767–

Teddy
Theodora Charlotte
1767–

Jack
John George Cavendish
1761–

Ricardo
–1767–

Julian Renard
6e duc de Roxton
1746–
== Claudia Deborah
Duchesse de Roxton
1749–

Frederick
Vicomte Alston
1770–

Louis
Lord Louis
1772–

jumeaux

Gus
Lord Augustus
1772–

Julie
Lady Juliana Antonia
1774–

Otto
Lord Otto George
1777–

PARTIE I

LE FANTÔME

UN

GLOUCESTERSHIRE, AUTOMNE 1777

Mr. Christopher Bryce, installé dans son bureau de régisseur, lisait une lettre. Comme à son habitude après avoir rejoint Abbeywood Farm à cheval depuis son domaine du vallon voisin, il avait retiré sa redingote et l'avait suspendue à une patère derrière la porte. Son assistant maintenait toujours la pièce à une température trop élevée. Il préférait rester en manches de chemise plutôt que de voir le frêle petit homme se recroqueviller au bout du bureau et frissonner de froid.

Inconsciemment, il passa sa main dans ses boucles décoiffées, sentant son ruban à cheveux se détacher entre ses longs doigts. Sans quitter la lettre du regard, il rassembla derechef ses cheveux mi-longs sur sa nuque et renoua le ruban froissé en soie noire. Son jabot était aussi chiffonné que le ruban, les plis de lin étant attachés de façon lâche autour de son cou puissant. Et même s'il avait récuré les semelles de ses bottes de jockey avant de pénétrer dans la maison par l'entrée des domestiques, le cuir était moucheté de boue et de saleté, car il avait dû mener sa jument, qui avait perdu un fer, jusqu'aux écuries.

Mais ce n'était pas à cause de cette mésaventure que sa tenue était négligée. Mr. Bryce donnait toujours l'impression de s'être habillé à la hâte, comme s'il attrapait les premiers vêtements qui lui tombaient sous la main et ne prenait pas la peine de se regarder dans un miroir avant d'aller à la rencontre du monde. Les matriarches bourgeoises locales le qualifiaient souvent de « débraillé ». S'il avait été n'importe quel autre fermier de la région, il n'aurait pas été examiné avec autant d'attention. Mais il n'était pas du tout comme les autres écuyers – loin de là. Il était maître d'un manoir jacobéen – qui servait d'ailleurs de repère dans la région –, Brycecomb Hall, et possédait plusieurs fabriques de tissu prospères. De plus, il était rentré récemment – huit années ne représentaient rien pour les habitants de ce coin endormi des Cotswolds – après avoir vécu à l'étranger pendant plus de dix ans. Et plus capital encore, il n'était pas marié.

Cela importait peu aux parents des filles célibataires que Mr. Bryce approche la quarantaine ou que, à première vue, il se révèle décevant. Non pas que son profil ne mérite pas d'être immortalisé sur une toile ; il était excessivement beau. Il avait un nez fin, un menton déterminé et ses yeux d'un marron brillant n'étaient pas sans rappeler ceux d'un chiot égaré. Quant à ses boucles auburn, elles étaient tellement épaisses que de nombreuses femmes les enviaient. De temps à autre, les jouvencelles avaient les jambes en coton quand elles le voyaient, en particulier quand il était à cheval, ses cheveux ébouriffés par le vent, ses longues jambes musclées apparaissant sous leur meilleur jour dans un haut-de-chausses d'équitation en cuir souple qui donnait l'impression qu'il avait été habillé par un peintre plutôt qu'un tailleur. Les mères réprimandaient leurs filles quand elles le regardaient ainsi bouche bée, un comportement indigne d'une lady, mais elles-mêmes soupiraient secrètement en pensant à ce qui aurait pu arriver si elles avaient eu l'âge de leurs filles.

Ce n'était pas l'apparence de Christopher Bryce, mais son manque d'échange avec ses voisins, et en particulier leurs filles à marier, qui s'avérait décevant. Sa beauté et son célibat rendaient son indifférence plus tangible encore. Il restait insensible aux attentions des plus charmantes des hôtesses, qui faisaient tout leur possible, mais échouaient à éveiller l'intérêt de l'écuyer pour leurs parentes célibataires. Il n'était pas désagréable, mais il n'était pas agréable non plus. Il avait beau sourire et répondre poliment à toutes les questions qu'on lui posait, il ne faisait pour autant aucun effort pour poursuivre la conversation, qui arrivait à son terme avant même d'avoir commencé. Ce n'était pas ce à quoi l'élite locale était habituée de la part d'un écuyer de Brycecomb Hall.

Henry Bryce, le père de l'écuyer actuel, était un type des plus sympathiques et du vivant de sa femme, raouts, parties de chasse et fêtes étaient organisés en nombre au manoir jacobéen. Ceux qui étaient assez vieux pour avoir connu les Bryce et pour avoir assisté à de tels événements savaient que leur fils était, dans sa jeunesse, tout aussi sociable que ses vieux parents. Mais le fils avait changé après avoir vécu pendant toutes ces années de l'autre côté de la Manche, avec des étrangers.

Christopher Bryce avait passé tant d'années dans des contrées lointaines que ses voisins s'étaient attendus à ce qu'il revienne dans le vallon avec une myriade d'histoires à propos des rencontres qu'il avait faites et des endroits qu'il avait visités. Mais Mr. Bryce ne racontait d'anecdotes sur ses voyages ni de son plein gré, ni quand on l'y incitait. C'était comme s'il n'était jamais allé plus loin que Stroud, et encore, il ne s'aventurait en ville que les jours de marché. Ses sujets de conversation restaient résolument provinciaux, ce qui convenait aux autres fermiers, mais décevait leurs femmes, leurs fils et assurément leurs filles, qui rêvaient d'un soupçon d'effervescence dans leur routine quotidienne. Ils ne pouvaient compter que sur leur imagination débordante pour se forger une idée du genre de vie que Mr. Bryce avait menée loin du vallon, lui qui refusait d'en évoquer le moindre détail.

Et ils laissaient bel et bien libre cours à leur imagination lors d'échanges à voix basse quand il les dépassait dans les rues du village sur sa monture, les saluant d'un signe de tête sans jamais s'arrêter, ou quand il se glissait discrètement sur le banc familial pour la messe du dimanche, le regard fixé droit devant lui, le pasteur s'interrompant en pleine phrase face au regard en coin collectif que les fidèles lançaient à Mr. Bryce. On avait même entendu la femme du pasteur glisser à un groupe de paroissiennes, tandis que Mr. Bryce s'éloignait à grandes enjambées en remettant son tricorne, que l'écuyer était une vraie énigme. Ses efforts vestimentaires laissaient à désirer, mais il fallait le voir se déplacer. Cet homme remarquable offrait alors une vision saisissante. Chaque femme avait hoché la tête avec enthousiasme, le cœur battant la chamade.

En effet, c'était quand Christopher Bryce s'animait que sa véritable beauté masculine apparaissait. Les habitantes du village avaient mis le doigt, précisément et avec assurance, sur ce qui différenciait, dans ses mouvements, l'écuyer de ses semblables – tout était dans sa posture. Il n'avançait pas à grandes enjambées nonchalantes comme un jeune homme, mais son pas était loin d'être lourd. Il n'était pas non plus voûté et ne plongeait pas les mains dans les poches de sa redingote. Il avançait bien droit, avec une élégance et une aisance décontractées et naturelles. Sa démarche soulignait ses années passées avec des étrangers, tout comme sa façon de parler, qui n'avait plus rien à voir avec le jargon régional de sa jeunesse.

Christopher Bryce avait beau prétendre qu'il restait insensible à l'effet que ses vêtements, sa personne, son long séjour à l'étranger et son maintien avaient sur ses voisins, et en particulier les femmes, il était parfaitement conscient des conséquences de ses décisions et de ses agissements sur les autres. Il semblait donc peut-être entièrement absorbé par la lettre devant lui, mais il avait bien entendu les voix qui s'élevaient de l'autre côté de la porte du bureau, se faisait une bonne idée de la cause de cette agitation, et savait que son assistant était suffisamment distrait pour avoir abandonné ses calculs.

La plume du petit homme restait en suspens au-dessus de l'encrier.

— Vous feriez mieux de l'inviter à entrer, Mr. Deed, dit Christopher sans lever les yeux.

— Qui donc, monsieur ?

— Lady Mary.

Mr. Timothy Deed était sceptique. Non seulement parce qu'il n'avait pas perçu la voix de Lady Mary dans le vacarme, mais également parce que depuis deux ans qu'il était employé dans cette maison, la maîtresse n'était jamais venue dans le bureau du régisseur. Si la petite lady impérieuse souhaitait s'entretenir avec Mr. Bryce, elle le convoquait dans son salon, ce qui était la solution la plus convenable. Elle ne s'introduisait certainement pas dans le domaine des domestiques, et elle ne haussait pas non plus la voix dans des couloirs mal éclairés. Mr. Deed hésita donc à s'exécuter et exprima sa surprise :

— Lady Mary, monsieur ? Ici ? Pourquoi donc ?

— Nous le découvrirons quand vous ouvrirez la porte pour la laisser entrer.

Dans le silence qui suivit cette réponse catégorique, l'écuyer leva les yeux vers son assistant à l'air interrogateur et lui fournit une explication :

— Peut-être avez-vous oublié que John Twisell, Jethro Tanner et les Blandford avaient jusqu'à aujourd'hui pour accepter leur changement de situation ?

En entendant les noms de ces quatre domestiques, qui étaient à Abbeywood depuis avant la mort du propriétaire, Sir Gerald Cavendish, Mr. Deed comprit et haussa les sourcils.

— Aucun d'eux n'a accepté ?

— La journée n'est pas encore finie. Mais vu le vacarme, je dirais que non.

Les sourcils de Mr. Deed redescendirent et il grinça des dents.

— Dans ce cas, ce ne sont pas seulement des paresseux, mais aussi des imbéciles !

— Mais quelqu'un leur a peut-être donné de faux espoirs… ?

Mr. Deed lança un regard furtif en direction de la porte. Même si une foule en colère semblait rassemblée à l'extérieur, il n'entendait toujours pas la voix de la maîtresse de maison.

— Ce quelqu'un serait madame… ?

Christopher Bryce ne répondit pas à la question, mais son silence était parlant. Il posa la lettre et en prit une autre, encore scellée, sur le dessus de la pile à côté de l'écritoire. Elle venait de Sa Grâce le très noble duc de Roxton, le même correspondant qui lui avait écrit et dont il venait de lire la lettre. Celle-ci était adressée à Lady Mary Cavendish. Il était persuadé que jamais deux lettres n'avaient été plus différentes dans leur ton et leur contenu, et il avait envie de jeter cette lettre cachetée dans le feu de cheminée. Il s'abstint. Au lieu de cela, il la cacha sous sa lettre de la part du duc, chassa cet aristocrate de ses pensées et regarda son assistant, qui l'observait. Il espérait que son expression ne trahissait pas ses pensées quand il dit d'une voix mesurée :

— La porte, Mr. Deed.

Timothy Deed hocha la tête, plongea rapidement sa plume dans son encrier et fit reculer sa chaise dans un raclement. Il tira sur le bas de son simple gilet en tricot en traversant la pièce, redressa les épaules face à la porte, comme pour se préparer à affronter ce qui l'attendait derrière, puis il l'ouvrit d'un coup sec.

Un souffle d'air froid et la clameur d'un groupe de domestiques en pleine querelle le firent reculer. Le bruit laissa presque immédiatement place à un silence inquiet ; qu'allait-il arriver maintenant que Mr. Bryce intervenait et alors qu'aucun d'eux n'avait eu la politesse ou le courage de gratter à sa porte pour demander un entretien ? Tous, à l'exception d'une personne, firent un pas en arrière quand le doux baryton de Mr. Bryce s'éleva des profondeurs de la pièce, ce qui en disait autant sur l'écuyer que sur les autres.

— Mr. Deed ! Ne faites pas attendre madame.

Ce fut à cet instant que l'assistant remarqua Lady Mary, la seule dans la pièce à ne pas avoir battu en retraite. Elle l'observait en silence, s'attendant à ce qu'il la laisse instantanément passer sans avoir besoin de parler, ce qu'il fit en s'inclinant. Quand elle eut pénétré dans la pièce, les yeux fixés droit devant elle, Mr. Deed reprit assez son sang-froid pour ordonner aux domestiques silencieux et abattus de ne pas s'attarder et de retourner à leurs occupations. Il accompagna cet ordre d'un geste impérieux de sa fine main avant de leur fermer la porte au nez.

Christopher était déjà debout quand Lady Mary s'avança vers son bureau d'une démarche assurée, les mains jointes devant son tablier en gaze, le menton relevé. Il se demanda pendant combien d'heures elle avait débattu avec elle-même pour savoir si elle devait le convoquer ou se déplacer pour aller le voir. Et à en juger par son air entêté, la décision monumentale de venir le voir était le résultat d'une lutte intérieure aux proportions épiques.

Après tout – et il savait qu'elle était entièrement convaincue de cela –, il n'était pas convenable que la maîtresse de maison, la fille d'un comte qui plus est, franchisse le fossé qui existait au sein d'un foyer entre maîtres et domestiques. Il y avait une hiérarchie à respecter. Tout et tout le monde avait une place bien définie. Et la place de Lady Mary était au sommet de cette hiérarchie, parmi les nobles – ceux qui gouvernaient et donnaient des ordres. La place de tous les autres – Mr. Christopher Bryce de Brycecomb Hall inclus – était en périphérie de ce monde élégant et éblouissant ; ils restaient invisibles et oubliés jusqu'à ce qu'on ait besoin d'eux et qu'on les appelle.

Et comme Christopher Bryce se doutait que pour Lady Mary, il était aussi naturel de respirer que de s'attendre à ce que ceux qui vivaient en périphérie accourent dès qu'ils étaient appelés, il était prêt à faire preuve d'indulgence envers son ignorance d'une vision du monde plus éclairée. Après tout, il ne la pensait pas intrinsèquement intolérante ou méchante. C'était seulement ainsi que ses nobles parents l'avaient élevée, une éducation inflexible renforcée lors de son mariage à un homme intolérant, pompeux et suffisant. Ce qui ne voulait pas dire qu'il allait se soumettre aux normes ou la laisser interférer dans ses décisions. Loin de là. Madame avait besoin qu'on secoue sa façon de penser de temps à autre, ce qu'il n'était que trop disposé à faire.

Mais il savait que ce n'était pas parce qu'il la secouait légèrement parfois qu'elle était venue jusqu'à sa porte ce jour-là, mais parce que quelque chose avait dû considérablement la bouleverser. Il demanda donc à Mr. Deed d'aller lui chercher une chaise et attendit qu'elle s'y asseye. Mais elle ne prêta pas attention à la chaise et s'avança juste devant le bureau, déclarant sans préambule :

— Avez-vous réellement licencié quatre autres domestiques ?

— Non, milady. Je ne les ai pas licenciés.

— Oh ! Je pensais… (Ses épaules se détendirent et elle soupira de soulagement sans même s'en rendre compte.) Dans ce cas, il y a eu un malentendu. Les Blandford disent qu'on leur a donné leur congé, le vieux Jack Twisell et le garçon Tanner aussi.

— Ils n'auraient pas dû vous déranger. Ne voulez-vous pas vous asseoir, milady ?

Elle ignora une nouvelle fois sa proposition, lui et son assistant restèrent donc debout.

— Ils n'en ont rien fait, Mr. Bryce. Ils en ont légitimement parlé à

Mrs. Keble, et puisqu'elle ne trouvait pas de solution appropriée, elle m'a fait part du problème, ce qui était la bonne chose à faire.

Christopher haussa légèrement les sourcils quand elle fit mention de l'intendante. Il soupçonnait Susanna Keble de monter les domestiques contre lui dès qu'elle en avait l'occasion. Cette femme avait une assurance déplacée en son autorité. Elle s'imaginait naïvement que son aventure illicite avec Sir Gerald – dont il connaissait parfaitement l'existence, ce qui n'était pas le cas, il en était certain, de Lady Mary – et le refus de sa maîtresse de dire du mal d'elle lui assuraient un statut spécial et des privilèges à Abbeywood. Il l'avait rapidement détrompée. Elle avait même essayé de le séduire, mais il avait délibérément refusé de voir ses sordides tentatives. Il savait qu'elle était jolie – c'était un homme après tout –, mais sa beauté fragile cachait un cœur de pierre et un tempérament calculateur. Elle était assez fourbe pour dissimuler les machinations qu'elle mettait en place dans l'office des domestiques et qui visaient à saper son autorité ; quand il était présent, elle se montrait toujours docile. Les jours de Mrs. Keble dans cette maison étaient comptés, eux aussi.

— Mrs. Keble n'avait aucun droit de vous importuner, milady, répondit-il d'une voix mesurée. Je suis désolé, mais à ce sujet, il n'y a aucune autre possibilité à évoquer. Vous ne pourrez pas me faire changer d'avis.

Lady Mary le regarda en clignant des yeux, surprise, avant de le surprendre à son tour :

— Pourquoi pensez-vous que je suis venue vous persuader de changer d'avis, Mr. Bryce ? Je ne m'attends jamais à être consultée sur des sujets considérés comme *importants*. Ce n'est jamais arrivé par le passé. On m'a rarement demandé mon avis, et je ne suis pas surprise que vous continuiez sur cette voie.

Mais j'avais espéré… quand je vous ai rencontré, j'ai pensé… que vous étiez différent… commenta la petite voix dans sa tête. Elle chassa rapidement ces pensées chimériques et continua :

— Et donc quand vous affirmez que vous ne changerez pas d'avis, je l'accepte comme une évidence. Sir Gerald ne me consultait jamais – il *m'informait*. Tout comme vous m'informez maintenant. Mais ce n'est pas parce que je ne peux rien y faire que je n'ai pas d'avis, pas de sentiments, que je ne souhaite pas une issue différente.

Ce discours fut suivi par un silence de la part des deux hommes, qui ne pouvaient ou ne voulaient rien ajouter à ses observations, car il n'y avait rien à ajouter à la vérité. Cependant, son dernier commentaire provoqua une réaction chez Christopher, qui dit à voix basse :

— Si cela peut apaiser votre esprit, milady, je ne les ai pas jetés à la rue, seuls et sans le sou. Un emploi et un toit les attendent ailleurs.

— Un emploi et un toit... *ailleurs* ? répéta-t-elle. Mais... les Blandford étaient à Abbeywood avant même que je n'arrive ici, à peine mariée. La loyauté n'a-t-elle donc aucune valeur ?

— Faut-il que vous me posiez une telle question ? La loyauté est aussi importante qu'un emploi rémunéré. Les Blandford, le jeune Tanner et le vieux Jack ne bénéficiaient pas de cela. Ils seront désormais payés et logés. Asseyez-vous, je vous en prie, milady.

Lady Mary resta debout.

— Qu'en est-il des huit domestiques que vous avez licenciés pendant que j'étais absente pour le mariage de mon frère ? Est-ce qu'ils ont un emploi rémunéré et un logement ailleurs, eux aussi ?

— Oui. Ils...

— Mrs. Keble m'a dit que vous les aviez mis au travail dans vos fabriques. Est-ce vrai ?

— Je leur ai offert un emploi dans mes fabriques de tissu, emploi qu'ils ont accepté. Pardonnez-moi de vous corriger, mais ces hommes n'étaient pas vos domestiques. C'est Sir Gerald qui les avait embauchés. Leurs postes au sein de ce foyer étaient inutiles et coûteux. À vrai dire, ils menaient des vies dénuées de sens et leur esprit n'était pas stimulé. Les silhouettes en bois inanimées ont plus de vie et d'activités que ces hommes en avaient. Et comme vous le savez, les finances d'Abbeywood, en l'état actuel, peuvent difficilement se permettre de payer les planches et la peinture nécessaires pour créer ces statues.

Il lança un nouveau coup d'œil à son assistant. Le vieil homme tenait maintenant un coin du bureau pour rester droit, Mr. Bryce dit donc d'un ton plus sec que prévu :

— Asseyez-vous, milady !

— Je ne souhaite pas m'asseoir, Mr. Bryce. Et je ne comprends pas pourquoi vous insistez pour que je le fasse.

Elle se sentit soudain mal à l'aise et en proie à une bouffée de chaleur sous le regard inflexible de l'écuyer ; elle regarda autour d'elle, vit le feu vif dans la cheminée et fronça les sourcils.

— Je ne comprends pas non plus pourquoi cette pièce peut être chauffée autant qu'une cuisine un jour de pâtisserie si, comme vous le disiez, ce foyer ne peut pas se permettre d'être dépensier. Et ne me dites pas qu'il ne fait pas trop chaud dans cette pièce, car vous, Mr. Bryce, êtes en... en *manches de chemise*, une tenue tout à fait impolie quand on reçoit de la visite...

— Je ne m'attendais pas à une visite de votre part, milady, l'interrompit platement Christopher, réprimant toutefois rapidement un sourire narquois en voyant son air offensé face à son solécisme social. Peut-être que si vous aviez envoyé un mot pour prévenir de votre arrivée, j'aurais fait l'effort d'enfiler ma redingote et vous aurais attendue en étouffant de chaleur.

— Comme vous êtes drôle aujourd'hui, Mr. Bryce.

Il pencha la tête sur le côté.

— Il est vrai que je suis rarement drôle, milady. Ce n'est pas aussi rare que de me trouver sur une piste de danse, mais aujourd'hui n'est pas non plus une journée pour danser.

Ou me voir nager nu dans l'étang d'une fabrique. Même si je pense qu'une petite prude comme vous, ma chère Lady Mary, défaillirait à la vue d'une virilité provinciale exposée dans toute sa gloire.

Christopher n'était pas du genre à parier – il faisait trop attention à son argent, et encore plus à celui qui ne lui appartenait pas –, mais il aurait parié une belle petite somme que son défunt mari, Sir Gerald, n'aurait jamais eu l'impolitesse, ou le courage, de retirer sa chemise de nuit en présence de sa femme, même dans les plus intimes des situations, et de se tenir nu devant elle. Après tout, le devoir conjugal faisait seulement partie des corvées que Sir Gerald, en tant que baronnet, avait l'obligation d'accomplir. C'était ce qu'il avait confié à Christopher après une longue nuit d'ivresse.

Ce dernier avait connu de nombreuses longues soirées de ce genre dans la bibliothèque de son voisin, pendant lesquelles il avait écouté Sir Gerald palabrer sur son importance et sur sa place dans le « grand ordre des choses », lui assurant qu'il comptait bien laisser son empreinte sur le monde, ce qui surprendrait la famille de sa femme et les laisserait tous – le duc de Roxton en particulier – sans voix.

Christopher avait été chargé de découvrir ce que Sir Gerald comptait faire exactement pour laisser son empreinte, sachant que c'était en rapport avec la guerre dans les colonies américaines. Le chef des services secrets, Lord Shrewsbury, suspectait Sir Gerald de haute trahison, estimant qu'il transmettait des secrets d'État aux Français pour qu'ils puissent aider leurs nouveaux amis, les patriotes américains, à gagner la guerre contre leurs maîtres anglais. Pour obtenir la preuve de cette trahison, Christopher avait tenu compagnie à son ivrogne de voisin pendant un nombre incalculable d'heures.

Il rassemblait les informations glanées lors de ces conversations dans des rapports adressés au chef des services secrets. Mais il gardait certains détails pour lui-même. Des détails intimes, qu'il aurait préféré ne pas connaître, à propos du mariage de son voisin et de Lady Mary, et

qui confirmaient l'opinion privée de Christopher : ce rustre de Sir Gerald ne méritait pas une jolie petite rousse comme Lady Mary. Quel
intérêt y avait-il à faire l'amour si tous les sens n'étaient pas échauffés ?
Partager un lit avec elle aurait dû être un honneur et un plaisir...

*L'observer, sans son corset et sans sa chemise, ses courbes féminines
baignées dans la douce lueur jaune des bougies, ses magnifiques cheveux
roux retombant dans le creux de ses reins... Voir ses hanches se mouvoir de
désir alors qu'il...*

— Mr. Bryce... Mr. Bryce, m'écoutez-vous ? demanda Lady Mary,
s'approchant du bureau quand il ne cilla pas et ne répondit pas immédiatement. Je savais que ma venue ici éveillerait une curiosité considérable, mais je n'ai trouvé aucune autre solution pour vous parler en
privé, car je... Mr. Bryce ? (Elle l'observa en fronçant les sourcils,
comprenant que ses pensées étaient loin de ce bureau.) Êtes-vous
certain qu'il ne fait pas trop chaud ici ? Vous êtes tout rouge et vous
semblez...

— Non. Il ne fait pas trop chaud ! laissa-t-il brusquement échapper,
l'envie et la culpabilité provoquée par ce désir illicite lui donnant un
ton plus sévère que prévu. J'ai le droit, n'est-ce pas, de chauffer mon
bureau autant que je le souhaite *et* de travailler en chemise – ou en-en
chemise de nuit – si c'est ce que je veux, non ?

— Oui. Oui, bien sûr que vous en avez le droit, bredouilla-t-elle,
choquée par son incivilité inattendue et inhabituelle.

Voyant qu'elle le fixait toujours, sa culpabilité s'amplifia et il se
demanda si son visage n'avait pas trahi, d'une façon étrange, son désir
inatteignable le plus profond. Ce désir était tellement absurde que c'en
était risible et pathétique, car elle ne pourrait jamais au grand jamais
imaginer qu'un écuyer des Cotswolds passait ses journées à rêver d'elle
de façon licencieuse.

Mais puisque Mr. Deed le dévisageait également comme s'il avait
eu un moment d'absence, il se lança dans une explication alambiquée,
lui permettant non seulement de retrouver son équilibre mental et
physique, mais également de rétablir – même si seules ses pensées
avaient franchi ce gouffre – la distance sociale essentielle entre un régisseur et la fille d'un noble ; leurs naissances opposées, son rang à elle et
son poste à lui l'exigeaient. Il prononça donc une évidence, quelque
chose qu'elle savait déjà et qui allait assurément restaurer le mur de
pierre métaphorique, la cordialité glaciale et la distance qui devaient
exister entre eux.

— Inutile de vous rappeler que ce domaine est dans une situation
financière des plus précaires...

— Je suis parfaitement au courant de c-cette... *situation*, Mr. Bryce. Vous me la rappelez dès que vous en avez l'occasion...

—... car Sir Gerald vivait bien au-dessus de ses moyens, continua Christopher d'une voix monotone. Les envies de votre mari dépassaient largement ses besoins et ses revenus. Il se livrait à toutes sortes de dépenses excessives et incommodes – tabatières, porcelaine de Sèvres et pendulettes d'officier onéreuses –, des objets inutiles à la gestion efficace de ce domaine. Il avait également de nombreux domestiques, employés pour effectuer jusqu'aux plus petites tâches, une prétention inutile qu'il ne pouvait pas se permettre. La nouvelle taxe sur les domestiques masculins que le gouvernement a imposée pour financer la guerre dans les colonies aura certainement un impact moindre sur le cortège de domestiques de Sa Grâce de Roxton. Le poids d'une telle imposition retombe, comme toujours, sur ceux qui peuvent le moins le supporter. Je sais que vous voulez éviter que votre neveu récupère un domaine criblé de dettes quand il atteindra la majorité.

— Mr. Bryce, vous avez raison. Je ne veux pas que Jack hérite d'un gouffre économique. Et je n'ai pas non plus besoin qu'on me refasse la leçon sur les excès de Sir Gerald. Mais vous avez peut-être besoin qu'on vous rappelle qu'en tant que régisseur, votre travail consiste à tenir les comptes, et non à porter un jugement sur mon mari. Et je ne comprends pas pourquoi vous critiquez Sa Grâce de Roxton en particulier. Le duc vous a autorisé, de bonne grâce, à gérer ce domaine comme vous l'entendez, mais s'il pourrait, s'il le désirait, vous faire quitter votre poste et désigner quelqu'un d'autre à votre place.

Christopher ouvrit la bouche pour répondre, mais le bruit sourd d'une chaise qui venait de heurter le mur détourna son attention vers son assistant. Mr. Deed tituba vers l'arrière, mais Christopher se précipita pour l'attraper par son coude osseux et le relever. Il redressa rapidement la chaise et aida le vieil homme à s'installer, lui disant à voix basse de rester assis. Puis il revint derrière son bureau et indiqua la chaise placée près de Lady Mary.

— Asseyez-vous. Je ne vous le propose pas, j'insiste. Ainsi, je pourrai m'asseoir à mon tour, et Mr. Deed pourra rester assis et soulager la douleur de ses genoux arthritiques. Je sais que vous ne voulez pas être impolie. Vous ne lui refuseriez pas non plus la chaleur d'un bon feu de cheminée, afin qu'il puisse travailler pour ce domaine sans souffrir.

Instantanément contrite, Lady Mary s'assit comme on le lui avait demandé. Elle écarta ses jupons piqués et se percha sur le rebord de la chaise, le dos droit et les mains posées sur ses genoux. Elle jeta un coup d'œil à Mr. Deed et lui adressa un signe de tête, ce qui adoucit Christopher. Il se pencha en avant sur sa chaise, ses mains jointes posées sur son bureau, et lui parla comme s'il n'y avait qu'elle dans la pièce.

— Je ne souhaite pas me quereller avec vous, milady, dit-il à voix basse. Mais vous avez été mal informée si vous pensez que le duc de Roxton a le moindre pouvoir sur moi. Je suis devenu régisseur, car Sir Gerald, dans ses dernières volontés et son testament, me chargeait de ce devoir, que j'ai accepté. Si vous souhaitez que nous parcourions ce document ensemble…

— Non. Non. Je ne pourrais pas le supporter. Pas encore. J'ai déjà été assez humiliée par le testament méprisable que mon mari a jugé bon de dresser, nous mettant, ma fille et moi, à la merci d'un inconnu…

Les yeux de Christopher perdirent leur éclat et il se recula dans sa chaise.

— Un inconnu ? Pas vraiment. Assurément, en tant que voisin, je n'ai pas été un inconnu pour vous ces huit dernières années ? Mais je vous en prie, murmura-t-il, le mur social bel et bien de retour entre eux, dites-moi en quoi vous considérez être à ma merci.

— Vous savez exactement ce que vous avez fait ! répliqua Lady Mary, qui dut immédiatement se creuser la tête pour trouver au moins un exemple plausible de l'interférence de l'écuyer dans sa vie de tous les jours qui ne la ferait pas paraître mesquine et ingrate.

Après tout, elle et Teddy pouvaient rester à Abbeywood parce qu'il le voulait bien, et si elle était honnête, leur vie n'avait que peu changé depuis la mort de Sir Gerald. Sauf peut-être en ce qui concernait leur liberté de mouvement, et surtout celle de sa fille. Elle s'accrocha donc à cet exemple tangible, une réalité qui la frustrait et la déconcertait toujours.

— Que Sir Gerald vous ait choisi, vous, pour être le tuteur de Teddy, et non un membre de sa famille, reste un vrai mystère pour moi et mes proches. Mon frère, son *oncle*, aurait été un choix bien plus adéquat. Teddy adore son oncle Dair et ils ont le même tempérament, préférant tous les deux rester actifs physiquement, à l'extérieur. J'admets que Dair n'était pas encore marié quand Sir Gerald est mort, mais vous êtes également célibataire, Mr. Bryce, depuis bien plus longtemps que mon frère, qui vient de se marier. Et sa femme, Lady Fitzstuart, est une créature d'une douceur inimaginable. Peu importe qu'il soit marié ou non, il aurait volontiers accepté l'opportunité d'être le tu…

— Lord Fitzstuart est en ce moment même en route pour la Barbade. Il est non seulement devenu un mari absent, mais vous voudriez qu'il soit également un tuteur absent.

— Ce n'est pas par choix qu'il a quitté sa femme pour aller à la Barbade ! Comme je vous le disais dans ma lettre envoyée de Treat, il est parti à la recherche de notre père. Le comte a disparu depuis qu'un ouragan a ravagé l'île. On parle de plusieurs milliers de morts, et toutes les structures et la flore ont été réduites en poussière. C'est une situation des plus terribles et selon toute probabilité, notre père est... notre père est... *mort* et Dair il... il aura l'horrible devoir d'identifier un corps en décomposition ! Et vous avez *l-l'impertinence* de suggérer qu'il ne ferait pas un tuteur convenable pour ma fille parce qu'il remplit son devoir ?

— Oui. Et j'en suis désolé, répondit Christopher en se penchant sur son bureau pour lui tendre son simple mouchoir en lin.

Tout en parlant, Lady Mary était devenue de plus en plus agitée, glissant les mains sous son tablier puis dans les fentes de ses jupons, fouillant ses deux poches à la recherche, il supposait, de son mouchoir. Il fut donc satisfait quand elle prit le sien pour se tamponner les yeux. Il détestait la voir pleurer et se haïssait de lui avoir causé un tel désarroi.

— Je ne souhaitais pas vous contrarier, seulement souligner le fait que si le commandant Lord Fitzstuart avait été le tuteur de Teddy, lui qui est loin de l'Angleterre, vous ne pourriez pas bénéficier de ses conseils si vous en aviez besoin. Et alors qu'il accomplit son devoir auprès de son père, ce serait un fardeau supplémentaire s'il devait s'inquiéter pour sa nièce. Il peut au moins avoir l'esprit tranquille en sachant que les intérêts de Teddy sont pris en charge, et se concentrer sur la tâche éprouvante qui l'attend. Il a dû quitter sa jeune épouse un mois seulement après leur lune de miel, ce qui est déjà un poids trop lourd à porter pour un homme.

Lady Mary hocha la tête, bien plus calme, le mouchoir en lin maintenant plié et posé sur ses genoux.

— C'est vrai, Mr. Bryce, reconnut-elle. Mais hormis Dair, Sir Gerald n'avait pas à chercher plus loin que mon cousin Roxton. Le duc est à la tête de ma famille. Il est d'ailleurs à la tête d'un bon nombre de familles liées au duché par le sang ou par le mariage. Cela fait presque dix ans qu'il est le tuteur de Jack, le neveu et héritier de Sir Gerald. C'est un père excellent et aimant avec ses propres enfants. Vous devez bien admettre qu'il aurait été tout à fait convenable de faire de Roxton le tuteur de Teddy.

— Je ne suis pas de cet avis, milady.

Christopher n'avait jamais rencontré le duc et espérait qu'il n'en aurait jamais l'occasion. Les confidences alcoolisées de Sir Gerald avaient regorgé d'anecdotes à propos du cousin de Lady Mary, et aucune d'elle n'était flatteuse. Il avait appris que Roxton était la raison pour laquelle Sir Gerald s'était retiré de la bonne société. S'il avait peu de respect pour Sir Gerald et était certain que ses grands discours suffisants ne manquaient pas à la haute société, il éprouvait de la compassion pour le baronnet après son traitement lamentable par la famille de sa femme. Les confidences de Sir Gerald à propos du comportement libidineux de Roxton et de ses congénères n'avaient pas surpris Christopher, mais ce dernier ne croyait pas une seule seconde à la rumeur plus salace selon laquelle le duc, et non Sir Gerald, était le véritable père de Teddy. Il ne pensait pas Lady Mary capable de tromperie, qu'elle soit charnelle ou non, une raison suffisante pour ne pas y croire. Sa vanité ne la laisserait jamais s'abaisser au statut de maîtresse d'un homme, pas même si cet homme était un duc. C'était l'ivresse qui avait poussé Sir Gerald à insinuer ceci. Mais Christopher était persuadé que Sir Gerald avait été complètement sobre quand il avait stipulé dans son testament que sa fille unique, Theodora Charlotte Cavendish, devrait rester, jusqu'à son vingt-et-unième anniversaire ou son mariage, en fonction de ce qui arriverait en premier, à Abbeywood sous la tutelle de son voisin, Mr. Christopher Bryce, ou renoncer à une dot de quatre mille livres en fiducie.

— Si vous acceptiez l'invitation du duc à Treat, répliqua Lady Mary, et si vous laissiez Teddy et moi vous accompagner, je suis sûre que vous admettriez que le domaine est l'endroit idéal pour vivre — autant pour elle que pour moi.

— Vous êtes libre de vivre où vous voulez, milady. Mais Teddy restera ici, conformément au souhait de Sir Gerald.

— Si vous aviez des enfants, vous comprendriez que je ne suis *pas* libre. Et je ne souhaite pas l'être, si cela implique que je sois séparée de ma fille. Je suis sa mère, et même vous, vous savez que je l'aime énormément et que je dois donc vivre là où elle vit.

— Dans ce cas, nous sommes d'accord, milady. Vous resterez toutes les deux à Abbeywood. Et si jamais vous souhaitez rendre visite à vos cousins, rien ne vous en empêche. Si vous êtes venue ici pour essayer de me convaincre, une fois encore, d'autoriser Teddy à partir vivre avec ses cousins Roxton, alors, une fois encore, je vais être obligé de vous décevoir.

Il sortit la lettre cachetée du duc de Roxton de sous celle qu'il lisait avant l'interruption de son programme matinal par Lady Mary et la lui tendit. Il espérait qu'elle ferait disparaître son expression entêtée et la rancune qu'elle pouvait ressentir envers ce qu'elle considérait sûrement comme de l'autoritarisme de sa part. Puis il se releva.

— Elle est arrivée aujourd'hui, de la part de votre illustre parent. Elle contient sans doute la nouvelle que vous attendiez. Maintenant, si vous voulez bien m'excuser, je suis attendu par plusieurs personnes.

Elle échangea le mouchoir contre la lettre avec un « merci » détaché avant de la glisser dans une poche, ce qui en disait long sur sa préoccupation. Il attendit donc patiemment qu'elle prenne la parole, surpris par son absence de réaction. D'habitude, quand il lui transmettait du courrier de la part de sa famille, elle était tout sourire et retenait son souffle, tellement impatiente de lire leurs nouvelles qu'elle pouvait à peine attendre qu'il la quitte pour les lire en privé.

Mais pas ce jour-ci. Il attendit donc silencieusement qu'elle lui dise pourquoi elle s'était déplacée jusqu'à son bureau au fond du manoir.

— Mr. Bryce, je comptais m'entretenir avec vous seul à seul, mais je ne veux pas non plus déranger Mr. Deed en le faisant quitter la chaleur de cette pièce. S'il peut m'assurer que mes propos resteront entre nous, alors je me confierai à vous. Je ne veux surtout pas contrarier les domestiques…

— Milady, vous pouvez compter sur ma discrétion absolue !

— Merci, Mr. Deed, déclara Christopher après la vive intervention de son assistant, hochant ensuite la tête vers Lady Mary. En quoi puis-je – pouvons-*nous* – vous aider ?

Lady Mary se redressa excessivement avant de se pencher en avant, comme si elle ne voulait pas être entendue. Ses yeux d'un bleu tirant sur le violet s'écarquillèrent et sa bouche tremblota. Christopher ne put s'empêcher de se pencher en avant à son tour, le regard rivé non sur ses beaux yeux, mais sur sa lèvre inférieure pulpeuse, sur ce tremblement. Elle s'exprima dans un murmure, et il dut tendre l'oreille pour entendre chacun de ses mots.

— Mr. Bryce, il y a… enfin… j'en suis certaine… la chambre de Sir Gerald est-est *hantée*. Il y a un-un fantôme !

DEUX

— Un-un… *fantôme* ? Vous avez vu un fantôme ?

Christopher résista à sa forte envie de lever les yeux au ciel et de souffler d'incrédulité. Un fantôme ! Que Dieu lui accorde de la patience. Il avait interrompu son programme matinal chargé pour cela. Correction : il l'avait interrompu pour *elle*. Mais elle racontait des absurdités saugrenues.

Il la connaissait pourtant depuis plusieurs années et n'avait jamais associé le mot « saugrenu » à la fille du comte de Strathsay. Guindée, oui, et pragmatique. Et fière – oh, oui, Lady Mary était *très* fière. Mais saugrenue ? Jamais. Elle devait donc se baser sur des faits qui lui faisaient croire en la présence d'un fantôme, la peur dans son regard le lui révélait. Elle y croyait réellement. Et il la croyait. Mais il ne croyait pas que la maison était hantée.

Il s'octroya donc un instant pour retrouver son calme et éviter de sembler dédaigneux, attendant une explication plus précise.

Lady Mary prit son silence pour une incrédulité condescendante.

— Je ne l'ai pas *vu*, Mr. Bryce. Je l'ai *entendu*.

À l'instant où elle prononça le mot « fantôme », Mary sut que Mr. Bryce ne la croyait pas.

Ce n'était pas tant à son ton qu'elle l'avait compris, mais à la façon dont sa mâchoire carrée s'était serrée et dont ses narines s'étaient dilatées alors qu'il pinçait les lèvres, comme pour s'empêcher de sourire. Elle était surprise qu'il n'ait pas ponctué son incrédulité en levant ses beaux yeux au ciel. Il avait également dû faire appel à tout son sang-froid pour ne pas éclater de rire.

Mais son scepticisme ne la découragea pas. Elle s'y était attendue et aurait été surprise qu'il réagisse autrement. Elle-même avait été incrédule. Mais c'était la seule explication logique. Après tout, personne n'avait utilisé les appartements de Sir Gerald depuis sa mort deux ans plus tôt. Seuls les domestiques s'y rendaient lors du nettoyage automnal visant à préparer la maison pour l'hiver ; ils dépoussiéraient les surfaces qui n'étaient pas recouvertes de draps et s'assuraient qu'aucun rongeur ou oiseau n'avait élu domicile dans les cheminées, celle de la chambre à coucher et celle de la garde-robe. Puis, la porte des domestiques par laquelle ils étaient entrés était de nouveau verrouillée, et la clé était confiée à l'intendante. La porte principale de la chambre, celle qui donnait sur le couloir, était verrouillée depuis l'enterrement de son époux, et Lady Mary en détenait la clé. Elle ne l'avait pas ouverte depuis.

Le nettoyage automnal était terminé depuis plus d'un mois. Aucun domestique n'avait plus de raison de se rendre dans ces pièces, et aucun ne l'avait fait. Elle s'en était assurée auprès de l'intendante. Par ailleurs, aucun d'eux ne s'y rendrait en pleine nuit, et c'était pendant la nuit qu'elle avait entendu ces bruits. Elle dit donc cela à Mr. Bryce, faisant de son mieux pour prétendre qu'elle parlait de quelque chose de banal, et non d'incorporel. Par ailleurs, elle repoussait le plus possible le moment où elle lui confierait ce qui l'effrayait le plus.

— Où avez-vous *entendu* ce spectre, milady ?

— J'étais dans ma chambre à coucher. Les bruits venaient de la garde-robe de Sir Gerald.

— Merci pour cette précision. Quelle heure était-il ?

— Le milieu de la nuit. Tard.

— Vous n'étiez pas en train de… *rêver*, peut-être ?

— Non. C'est ce que j'ai d'abord cru. Je pensais faire un cauchemar. Mais une fois bien réveillée, j'ai su qu'il ne s'agissait pas d'un rêve, ce qui était bien plus troublant que n'importe quel cauchemar.

— Avez-vous entendu ces… *bruits* une seule fois ?

— Non. J'ai été réveillée plus tard cette même nuit par des bruits similaires. C'est pour cette raison que j-j'ai décidé de venir vous en parler.

— Avez-vous envisagé qu'il s'agissait peut-être d'un chat sur le toit ou d'un oiseau dans son nid, dans l'arbre devant votre fenêtre ? Ou peut-être qu'une branche de cet arbre frottait contre les carreaux ?

Mary prit cela en considération pendant un instant, puis elle secoua la tête.

— Non, Mr. Bryce. Ces choses-là n'auraient pas pu être à l'origine de ces bruits. Il s'agissait de quelque chose d'entièrement différent. Et c'était une nuit calme, comme toutes les nuits cette semaine. Il n'y avait donc pas de vent pour secouer les branches ou s'infiltrer par la fenêtre en sifflant.

— Qu'avez-vous entendu précisément, milady ?

— Quand j'étais encore à moitié endormie, j'ai d'abord pensé que Sir Gerald venait me voir depuis sa chambre. Pour ce faire, il devait traverser sa garde-robe, la pièce qui sépare sa chambre de la mienne...

— Vous avez donc entendu des bruits de pas ? l'encouragea gentiment Christopher quand la voix de Mary s'éteignit et qu'elle baissa les yeux sur ses mains.

Mary secoua de nouveau la tête, puis la releva lentement pour que son regard croise les yeux bruns de Christopher.

— Non. Ce ne sont pas des bruits de pas qui m'ont réveillée, mais le claquement d'une porte. Maintenant que j'y pense, il devait s'agir de la porte de l'une des armoires. Puis il y a eu un bruit sourd, comme une chaise qui tombe par terre. C'est ce qui m'a réveillée la première fois. La deuxième fois, j'ai été réveillée par quelqu'un ou quelque chose qui se déplaçait dans la garde-robe. Cette fois-là, des tiroirs ont été ouverts et refermés de nombreuses fois, comme s'il cherchait quelque chose. Dans mon demi-sommeil, j'ai supposé qu'il s'agissait de Sir Gerald ; c'est toujours ainsi que j'étais prévenue de son arrivée, et j'étais toujours réveillée bien avant qu'il n'ouvre la porte reliant nos chambres.

— Parce qu'il se cognait dans les meubles et faisait tomber des chaises ? demanda Christopher, tellement surpris par cette révélation qu'il exprima ses pensées à voix haute. Mais il s'agissait de sa garde-robe. Assurément, il devait assez connaître ses propres appartements pour ne pas se cogner partout. À moins que son valet ait eu pour habitude de laisser le feu s'éteindre et de ne pas lui fournir de chandelle ?

Mary trouvait cet interrogatoire trop personnel, mais en voyant qu'il continuait à froncer les sourcils, elle comprit qu'il était réellement perplexe. Elle était reconnaissante de son incompréhension, même si une partie d'elle-même avait envie de laisser échapper ce qu'elle ressentait réellement ; qu'il était en partie responsable de l'ivresse de son mari. Dans les quelques mois précédant la mort de Sir Gerald, les deux hommes avaient, à plusieurs reprises, veillé jusqu'au petit matin, discutant autour d'une bouteille de porto. Et si, ces nuits-là, son mari n'avait pas beaucoup trop bu, il ne se serait jamais introduit dans sa chambre à coucher, en sueur et puant l'alcool, pour réclamer ses droits conjugaux sans égard pour ses sentiments ou sa personne.

Mais après un moment de réflexion, Mary prit conscience de leur statut respectif et elle sut que, si elle pouvait tenir Christopher Bryce pour responsable du rôle qu'il avait joué dans l'ivresse de Sir Gerald, elle ne pouvait pas le tenir pour responsable de l'humiliation qu'elle avait subie aux mains de son mari saoul. Le jour de son mariage, sa mère lui avait dit sans ménagement que son destin était d'être une épouse obéissante, ce qui impliquait d'accepter les demandes charnelles de son mari de bonne grâce, peu importe en quoi elles consistaient et à quel moment il voulait en profiter. Elle ne devait pas se plaindre. Elle devait obéir. Et par-dessus tout, elle devait cacher son dégoût. Mary ne savait absolument pas de quoi parlait sa mère. Ce qui était pour le mieux. Lors de sa nuit de noces, et toutes les nuits suivantes pendant lesquelles son mari en avait *profité*, Mary avait suivi les prescriptions de sa mère, même quand les demandes de Sir Gerald dépassaient, elle en était sûre, ce que n'importe quelle épouse aurait dû tolérer.

Elle consacrait son veuvage à essayer d'oublier cette partie de son mariage. Et voilà qu'elle devait la déterrer pour essayer de convaincre Christopher Bryce qu'elle pensait les appartements de Sir Gerald hantés. Le fait d'en discuter avec lui dans son bureau de régisseur l'aidait ; c'était la raison pour laquelle elle s'était déplacée au lieu de le faire venir dans son salon, un cadre qui aurait été bien trop personnel. Il était hors de question de se confier à son voisin, le fermier célibataire. Mais elle savait qu'en sa qualité de régisseur, peu importe ce qu'il pensait secrètement de ses peurs, il traiterait le problème – et il la traiterait, elle – avec respect. C'était son devoir.

Elle n'aurait pas eu le courage d'évoquer ses soupçons à sa mère et n'aurait pas non plus reçu le même traitement ; elle se serait moquée d'elle. Ses deux petits frères en auraient fait autant. Quant à ses cousins Roxton, ils auraient tous réagi avec un sourire indulgent comme si elle avait l'esprit embrouillé. Personne ne l'aurait prise au sérieux.

— Un feu de cheminée brûlait constamment dans la garde-robe de Sir Gerald, qui était plus qu'assez éclairée. Comme vous le savez, Sir Gerald ne lésinait jamais sur les bougies.

En effet, Christopher le savait bien. Sir Gerald avait dépensé une fortune pour s'acheter les meilleures chandelles en cire d'abeille. Mais il avait toujours du mal à comprendre pourquoi le baronnet se déplacerait dans sa chambre en trébuchant et en se cognant dans les meubles à une

heure aussi tardive – ce qui était impoli et devait faire assez de bruit
pour réveiller sa femme –, tel un ivrogne rustre et lourdaud qui reviendrait de l'auberge. Et pour quelle raison se rendrait-il dans ses appartements dans un tel état… ?

Puis il comprit.

La révélation le frappa comme une claque inattendue. La stupeur
cinglante lui fit momentanément perdre l'usage de la parole.

Toutes ces nuits passées à boire… Toutes ces fois où il était sûr
d'avoir laissé le baronnet étalé sur un canapé de sa bibliothèque, où il
était persuadé qu'il resterait dormir pour faire passer son ivresse et se
réveillerait avec une migraine et un mal de dos après avoir dormi dans
une position inconfortable, sans aucun souvenir de la conversation de
la veille… Christopher n'avait jamais envisagé que l'ivresse de Sir Gerald ne l'empêcherait pas de tituber jusqu'aux appartements de son
épouse et de l'importuner de ses avances.

Il s'était concentré uniquement sur les confidences loquaces de
Sir Gerald, déterminé à lui arracher un aveu, à lui faire admettre qu'il
avait commis des actes de trahison en tant qu'espion au service des
Français ou des rebelles américains, ou des deux. Il n'avait pas pensé à
Lady Mary une seule seconde – du moins, pas sur le moment. Non
parce qu'il ne le voulait pas, mais parce qu'il valait mieux qu'il s'en
abstienne, pour le bien de sa santé mentale et pour sa tranquillité d'esprit. Et il n'autorisait certainement pas son esprit à s'égarer vers elle
pendant qu'il buvait avec son mari. Mais maintenant, elle lui parlait de
cela…

Elle n'avait nul besoin de tout dire clairement, et il ne comptait pas
lui révéler qu'il comprenait tout. Il valait mieux qu'il reste impassible.
Ainsi, même s'il était dégoûté, furieux envers lui-même et qu'il se
sentait coupable, il parvint à garder une expression et un ton neutre,
pour son bien à elle.

— Et quand vous en avez conclu que vous aviez été réveillée par
un… hum… *fantôme*, qu'avez-vous fait, milady ?

Mary était tellement soulagée qu'il ne demande pas plus d'explications à propos des errances nocturnes et gauches de Sir Gerald qu'elle
lui répondit avec un entrain qui contrastait avec l'appréhension et la
peur qui l'avaient saisie sur le moment :

— J'ai appuyé mon oreille contre la porte de communication et
guetté d'autres bruits. Je voulais être sûre, pour vous dire précisément
ce que j'avais entendu.

— Et qu'avez-vous entendu ?

Mary l'observa d'un air interrogateur.

— Je vous l'ai dit, Mr. Bryce. Il a claqué une porte et fait tomber une chaise la première fois, et il a ouvert et fermé des tiroirs la deuxième fois.

— Oui. Oui. Vous me l'avez dit, en effet, s'excusa Christopher, toujours abasourdi par le comportement affligeant de Sir Gerald. Êtes-vous certaine que vous n'avez pas entendu des bruits de pas quand vous aviez l'oreille contre la porte ?

— Oui. Aucun bruit de pas. Je vous présente les faits, c'est tout. Je n'ai pas assez d'imagination pour inventer tout cela ! C'est pour cela que je suis certaine qu'il s'agit du fantôme de…

— La porte de communication est-elle équipée d'un verrou ?

— Oui. Elle est fermée à clé depuis la mort de Sir Gerald.

— Elle aurait dû être fermée à clé de son vivant, marmonna Christopher à voix basse.

Il releva instantanément les yeux vers Lady Mary pour voir si elle l'avait entendu. C'était le cas. Il le sut à la rougeur qui envahit son visage et à ses yeux qui s'écarquillèrent avant de se détourner. Soudain transi, il lança un coup d'œil à son assistant et sans surprise, les grandes oreilles de Timothy Deed étaient bien ouvertes et sa bouche était figée en une moue. Ainsi, lui aussi l'avait entendu grommeler ce vœu pieux. Désormais, il ne pouvait que remonter dans leur estime. Mais pour éviter à Mary la gêne de relever son indiscrétion verbale, il se racla la gorge, soudain nouée, et dit :

— Il… il vaut mieux que la porte reste verrouillée… par précaution. Dans le doute.

— Mais… Mr. Bryce, quelle est l'utilité d'un verrou sur une porte ? Un tel dispositif doit sûrement être superflu, non ? Cela n'empêchera pas une apparition d'entrer dans ma chambre, si ? Il pourrait très bien traverser le mur ou cette porte verrouillée.

— Un spectre pourrait peut-être accomplir ce genre de prouesse, oui, reconnut Christopher, réprimant un sourire face au pragmatisme terre à terre dont elle faisait preuve et qui apaisa momentanément la peur qu'elle ressentait à l'idée qu'un fantôme puisse s'introduire dans sa chambre. Mais puisque ce-ce… *fantôme*… n'a pas traversé le mur pour entrer dans votre chambre, préférant rester de l'autre côté de la porte, je doute qu'il ait l'intention de…

— Comment pouvez-vous en être sûr ? Comment pouvez-vous connaître ses intentions ?

Deux questions auxquelles Christopher ne pouvait pas répondre. Mais tout un tas de choses pouvaient faire tomber des chaises et claquer des portes dans la garde-robe de Sir Gerald, et il était certain qu'il ne s'agissait pas d'un être céleste. Il aurait pu lui proposer une myriade d'explications possibles qui n'avaient aucun lien avec un fantôme semant le chaos dans la garde-robe, à commencer par un domestique distrait qui aurait pu laisser une fenêtre entrouverte, laissant donc entrer les éléments et peut-être qu'un oiseau, possiblement une chouette, ou bien un rongeur ou un écureuil, était maintenant coincé dans la pièce. Il existait une autre possibilité ; que ce fantôme soit en fait un intrus en chair et en os, un domestique mécontent, peut-être, résolu à voler quelque chose. Il s'agissait d'une explication bien plus plausible et sur laquelle il comptait bien se pencher, mais qu'il ne voulait pas confier à Lady Mary pour éviter de l'inquiéter inutilement. C'était pour cette raison qu'il lui avait demandé si la porte de communication pouvait être verrouillée.

Puis il eut une soudaine prise de conscience déconcertante.

— Milady, vous parlez de ce fantôme comme si vous connaissiez son identité.

Lady Mary pencha la tête sur le côté et l'étudia comme s'il avait perdu la raison. Puisqu'il la regardait toujours d'un air qui laissait penser qu'il ne faisait preuve d'aucun bon sens, elle lui répondit d'une voix teintée de crainte :

— Mr. Bryce, je viens de vous expliquer la situation dans des termes on ne peut plus clairs. Qui d'autre ce fantôme pourrait-il être ? Je ne sais pas pourquoi Sir Gerald est soudain apparu, mais la seule raison qui me vient est que son esprit est troublé et ne retrouvera la paix que quand il aura trouvé ce qu'il cherche dans sa garde-robe.

— Sir Gerald ? Vous pensez… Le fantôme… Vous pensez que *votre défunt mari* hante votre maison ?

— Oui, Mr. Bryce, c'est ce que je pense.

Christopher ne savait pas s'il devait éclater de rire ou lui répondre par des platitudes sceptiques plus convenables qui, il l'espérait, apaiseraient ses peurs, il dit donc d'un ton plus bourru que prévu :

— Pour l'amour du Ciel, pourquoi diable Sir Gerald reviendrait-il d'entre les morts ?

— Si je le savais, vous demanderais-je de le découvrir ? Mais je vois bien à votre expression que, selon vous, je raconte de pures absurdités. Il vaudrait peut-être mieux que je sollicite l'aide du pasteur. Lui au moins me croira et…

— Je vous en prie, milady. Je vous crois. Et l'intervention du pasteur sera peut-être nécessaire si nous devons exorciser un fantôme de cette maison. Mais afin de ne pas contrarier le reste de la maisonnée en évoquant un fantôme, vous voudriez peut-être que je mène l'enquête d'abord ?

— Oui, j'aimerais bien, merci, répondit-elle avec un soupir de soulagement. S'il y a bien quelqu'un qui peut aider Sir Gerald à trouver ce qu'il cherche, je suis sûre que c'est vous, Mr. Bryce.

Il était reconnaissant qu'elle manque d'imagination, car la vérité pourrait se révéler bien plus effrayante que le fantôme d'un Sir Gerald ivre. Quand elle se releva et secoua ses jupons piqués, il fit reculer sa chaise et se leva à son tour, indiquant à Mr. Deed de rester assis.

— J'espère que cela ne représentera pas un désagrément trop important pour vous et votre tante si vous passez la nuit ici, s'enquit poliment Lady Mary. Plus tôt nous saurons ce que veut Sir Gerald, plus tôt il pourra reposer en paix.

— Oui, milady. Et non, il n'y aura aucun désagrément. Ma tante peut se passer de ma compagnie pendant une soirée. Il vaut mieux apaiser ce fantôme le plus rapidement possible. Nous ne voudrions pas que les domestiques prennent la fuite et aillent travailler dans mes fabriques de tissu, n'est-ce pas ? ajouta-t-il d'un ton pince-sans-rire.

— Certainement pas ! Comment ferait Mrs. Keble pour diriger la maison si elle n'avait pas assez de…

— Milady, il ne s'agissait que d'une tentative médiocre de plaisanterie, l'interrompit Christopher à voix basse, incapable de réprimer un sourire face à la capacité qu'il avait de l'agacer instantanément. Tous les postes de mes fabriques sont occupés pour l'instant.

— Oh ? Ah ! Oui. Je suis désolée de ne pas avoir compris votre trait d'esprit. Mais c'est une bonne nouvelle, à propos de vos fabriques. Pour vous, et pour cette maison. Je suis sûre que vous n'avez pas oublié que le secrétaire du duc doit arriver d'un jour à l'autre, bredouilla-t-elle quand le sourire de Christopher s'élargit et qu'elle sentit la chaleur lui monter au visage. Et même s'il vient avec son valet, Mrs. Keble assure que lors de ses visites, les filles de cuisine et les blanchisseuses ont bien plus de travail, sans parler des hommes à l'extérieur qui doivent le suivre pendant ses inspections qui le mènent loin de la maison.

— Je n'avais pas oublié, répondit Christopher d'un ton monotone.

Selon lui, le secrétaire prétentieux de Roxton, Mr. Audley, était ennuyeux à mourir, faisait preuve d'un zèle excessif et avait tendance à s'immiscer dans les affaires des autres.

— Comment pourrais-je l'oublier, continua-t-il, alors que la récente lettre de Sa Grâce de Roxton contenait un rappel judicieux de la visite de son secrétaire, même si son humble serviteur m'avait lui-même déjà écrit, et que cette visite est inscrite sur le calendrier depuis presque trois mois ?

Mary ne perçut pas le sarcasme de Christopher et, se rappelant soudain la lettre qu'elle avait reçue de son cousin le duc, elle plongea la main dans sa poche pour l'en sortir. Elle brisa le sceau de ses doigts tremblants et se rassit sur la chaise pour la lire. Mais avant de déplier l'unique parchemin, elle se rappela ses manières et releva les yeux vers l'écuyer :

— Veuillez m'excuser, Mr. Bryce. La lettre de Sa Grâce contient sûrement la nouvelle que j'attendais…

— Ne vous excusez pas. Lisez-la.

Mary sourit, hocha la tête et baissa les yeux vers le parchemin. Christopher l'observa. Et Mr. Deed observa Christopher. L'écuyer était tellement absorbé par la vision de Mary que quand elle releva enfin la tête, souriante et les yeux humides, il mit un certain temps à réagir. Mais son air absent passa inaperçu, car les pensées de Lady Mary étaient toutes tournées vers ses cousins, et en particulier la duchesse. Elle était tellement heureuse et soulagée pour le couple ducal qu'elle partagea sa joie avec l'écuyer et son assistant, annonçant, larmoyante :

— La duchesse a donné naissance à son cinquième enfant, la mère et le bébé sont en pleine forme. Quel soulagement… Roxton écrit avec tout l'enthousiasme d'un père qui accueille son quatrième fils comme s'il s'agissait du premier ! Et je suis sûre que si Otto avait été une fille, il aurait été tout aussi ravi.

— *Otto ?*

Christopher fit la grimace et Mary sourit.

— Otto George Hesham. Otto était le nom du frère préféré de la duchesse, expliqua Mary. Quant à George, j'imagine que c'est pour son père, Sir George Cavendish.

— Le pauvre petit ! Il est perdant sur les deux tableaux. Je suis désolé, milady, mais vous devez bien admettre qu'Otto est un prénom bien malheureux pour n'importe quel enfant. Quant au fait d'affubler un nouveau-né du nom d'un dépravé comme Sir George Cavendish, le duc ne doit rien avoir dans le crâne !

— Vous donnez votre opinion de façon très décontractée aujourd'-hui, Mr. Bryce, déclara Mary d'un ton pincé, de nouveau debout et pliant la lettre à la hâte. Vous oubliez peut-être que Sir George n'était pas seulement le père de la duchesse de Roxton, mais également celui de Sir Gerald, et le grand-père de Teddy.

— Inutile de me le rappeler, milady, répondit Christopher à voix basse. Il a vécu dans cette maison pendant un moment quand j'étais petit, et je me souviens bien, très bien de lui. Vous, en revanche, vous ne l'avez jamais rencontré, si ?

— Je n'ai pas eu ce plaisir, non. Maintenant si vous voulez bien m'excuser, il est presque l'heure de se changer pour le souper, et Teddy…

— Je suis désolé d'avoir décrié le choix du duc pour nommer son nouveau fils, milady, mais pas d'avoir fait cette remarque à propos de Sir George. Croyez-moi, il vaut mieux que vous n'ayez pas eu le… hum… *plaisir* de le rencontrer. Bonne journée.

Il inclina la tête et ne dit rien de plus. Quand elle se tourna pour partir, il reprit sa place et souleva la lettre posée devant lui, sans pour autant la lire ; il était agacé d'avoir une fois encore baissé sa garde, s'en prenant d'abord au duc, puis à Sir George Cavendish.

Mary resta plantée sur place pendant cinq longues secondes, se demandant ce que Christopher Bryce savait sur Sir George Cavendish tant son expression avait été sombre et hostile, mais elle se dit que cela ne la regardait pas et qu'il valait mieux laisser tomber. Ce n'était pas la première fois qu'elle s'interrogeait sur le passé de Mr. Christopher Bryce. Cet homme était un vrai mystère. Fermier et propriétaire de fabriques, il avait accepté d'être le régisseur du domaine de son voisin toutes les deux semaines, pendant deux jours ; cette décision était réellement un mystère. À quarante ans, il restait célibataire, alors qu'il avait sûrement eu de nombreuses opportunités de se trouver une épouse au cours de sa vie, ce qui accentuait la curiosité de Mary.

S'il n'avait pas de femme, pourquoi pas une maîtresse ? La haute société autorisait ce genre de petit plaisir aux hommes. Mais elle savait qu'un tel comportement ne serait pas toléré dans cette partie provinciale du Gloucestershire. Si l'écuyer avait bel et bien une maîtresse – et pourquoi ne serait-ce pas le cas ? C'était, après tout, un homme séduisant –, elle ne vivait pas dans le coin, mais ailleurs, à Cheltenham peut-être, ou encore plus loin, à Bath. Mais il voyageait rarement au sud de Stroud et il partageait une maison, dans le vallon d'à côté, avec une tante âgée, cela paraissait donc peu probable… Quant aux nombreuses années qu'il avait passées sur le continent… Mary était intriguée. La seule fois où elle avait demandé à Sir Gerald si leur voisin avait jamais mentionné ses errances continentales, il lui avait répondu d'un ton suffisant que ce qu'il savait à propos de Mr. Bryce ne convenait pas aux oreilles de son épouse ni, d'ailleurs, à celles de n'importe quelle femme de bonne famille. Il était certain que ses petites oreilles prendraient une teinte écarlate.

— Puis-je vous aider pour autre chose, milady ? s'enquit Christopher d'une voix monotone, sans détacher son regard de l'écriture élégante du duc de Roxton.

— N-non. R-rien, répondit-elle en sursautant et en chassant ses rêveries sur l'éventuelle maîtresse de l'écuyer à Bath et sur les innombrables amantes qu'il avait laissées sur le continent. Puisque vous resterez tard cette nuit, je vais demander à l'intendante de prévoir un couvert en plus pour le souper – Teddy appréciera votre compagnie – et d'aérer la chambre du régisseur.

Il releva alors les yeux vers elle.

— Merci, milady. J'en serais très reconnaissant.

Elle hocha la tête et il reprit sa lecture. Soulevant ses jupons d'une main, elle se tourna pour partir quand la porte s'ouvrit violemment, la poussant à reculer en titubant, surprise. La porte vint heurter le mur en lambris et la redingote de l'écuyer glissa de son crochet pour finir par terre tandis qu'un énorme chien à poils durs blanc et feu entrait dans la pièce en bondissant. Il avait un faisan mort coincé dans sa mâchoire et laissait une traînée d'empreintes boueuses dans son sillage.

Mary connaissait ce chien, qui était le fidèle compagnon de Christopher. Teddy emmenait le lurcher avec elle dans les champs et dans les bois dès qu'elle en avait l'occasion. Bien qu'elle sache cela, Mary battit en retraite derrière la chaise sur laquelle elle s'était assise. Elle était effrayée à l'idée que le fantôme de son mari hante ses appartements, mais un chien en liberté lui inspirait une terreur plus profonde. Elle savait qu'il s'agissait d'une peur irrationnelle, mais elle ne pouvait ni la contrôler ni la cacher. Tous les membres de sa famille aimaient les chiens – les plus fidèles animaux de compagnie –, que ce soient des chiens de chasse ou de salon. Et si sa famille tolérait son aversion, ce n'était pas le cas de sa mère. Elle refusait d'admettre la moindre faiblesse chez ses enfants, même en sachant que quand elle était petite, Mary avait été attaquée par l'un des terriers de la comtesse. Il s'était emparé de sa main droite et ne l'avait plus lâchée. Elle avait encore des cicatrices de cette rencontre. Depuis, elle reculait instinctivement devant tous les chiens, peu importe leur race ou leur taille.

Elle fut donc incapable de contrôler sa respiration, qui devint haletante et superficielle. Elle se mit précipitamment à genoux sur la chaise et agrippa le dossier, comme si cela pouvait empêcher Lorenzo de s'approcher d'elle.

Christopher avait relevé la tête en entendant la porte heurter le mur. Il aperçut son compagnon à quatre pattes, vit Mary grimper sur la chaise, et en quelques enjambées, vint se placer entre la chaise et le lurcher avant que ce dernier ne puisse fièrement offrir sa prise à Mary.

— J-je suis désolée, balbutia-t-elle. Je sais que c'est un bon chien, mais je n-ne peux…

— Prenez une ou deux profondes inspirations et vous retrouverez votre calme, déclara-t-il en jetant un coup d'œil par-dessus son épaule. Quant à toi, mon cher ami, ajouta-t-il d'un ton totalement différent, s'adressant au lurcher d'une voix pleine d'affection quand ce dernier déposa le faisan devant ses bottes de jockey, tu as de bien mauvaises manières. Mais j'apprécie ce cadeau. Assis, Lorenzo ! Je me demande où se trouve ta complice…

À peine Lorenzo avait-il obéi qu'une petite fille aux minces épaules, avec un visage en cœur moucheté de taches de rousseur et une longue tresse négligée de cheveux roux flamboyants se précipita dans la pièce. Theodora Charlotte Cavendish – tout le monde l'appelait Teddy à l'exception de sa grand-mère qui insistait pour l'appeler Theodora –, dix ans, était un garçon manqué. Elle avait un grand sourire et des yeux bruns brillants. À l'exception de la remarquable teinte rousse de ses cheveux ondulés, elle ne ressemblait à aucun de ses deux parents. Il s'agissait d'un soulagement pour les membres de sa famille, car son père ne pouvait en aucun cas être qualifié de beau, mais également d'une déception, car si sa mère n'était pas considérée comme étant d'une immense beauté, Lady Mary ressemblait assez à sa cousine Antonia pour qu'on la qualifie de jolie rousse.

En bon garçon manqué, Teddy portait une redingote d'équitation boutonnée jusqu'au menton par-dessus son corsage et sa chemise, et sous ses jupons, un haut-de-chausses que sa mère aimante avait cousu spécialement pour elle. Elle avait glissé son haut-de-chausses et une paire d'épais bas tricotés dans ses bottes de jockey, pour se protéger du froid, mais surtout pour pouvoir grimper aux arbres et monter à cheval sans entrave et sans entacher la dignité de sa mère.

Ses bottes étaient éclaboussées de boue, l'ourlet de sa robe était trempé et il faudrait bien frotter ses mains et son visage avant le souper. Malgré tout, sa mère et Christopher la saluèrent avec un sourire accueillant et sans commentaire sur son état. Elle s'approcha instanta-nément du lurcher et passa les bras autour de son cou. Le chien la récompensa de son affection d'un coup de langue sur le menton.

— C'est bien, Lorenzo ! Bon chien ! (Elle releva la tête vers l'écuyer.) Aimez-vous le cadeau qu'il vous a rapporté, oncle Bryce ? Il s'est *très bien* comporté pendant notre promenade, jusqu'à ce qu'il croise Mr. Owens et ses deux chiens. Ils chassaient les oiseaux de la haie derrière la cidrerie Elwood. Il y a un fossé aussi profond qu'un étang… Mère ! Vous êtes là !

Elle remarqua sa mère quand Christopher se décala, gardant néanmoins une jambe près de son lurcher. Elle trouvait étrange qu'elle soit agenouillée sur une chaise, puis elle comprit pourquoi et se releva précipitamment, ajoutant à la hâte :

— Je suis désolée d'avoir laissé Lorenzo entrer avant moi. Je voulais faire la surprise à oncle Bryce. J'aurais dû l'emmener à la cuisine pour qu'il y dépose l'oiseau. Je ne savais pas que vous étiez ici, mère. Je suis passée par derrière à cause de la boue…

— Tu ne pouvais pas savoir, Teddy, l'interrompit Mary avec un sourire tout en descendant de la chaise et en lissant ses jupons.

Elle garda un œil méfiant sur Lorenzo, qui restait près de son maître et bougea à peine la tête quand elle descendit de sa chaise. Elle passa un bras autour de sa fille, dégagea délicatement les mèches de cheveux bouclés qu'elle avait dans les yeux et reprit :

— Tu auras tout juste le temps de te laver et de te changer avant le souper. Le corsage et les jupons confectionnés pour le mariage de ton oncle Dair…

— Mais, mère, je préférerais vraiment porter…

— Nous avons un invité à notre table ce soir, tu pourras ainsi travailler tes manières à table dans ta meilleure tenue, pour te préparer à ton séjour chez ta grand-mère.

— Un invité ? s'enquit Teddy en fronçant les sourcils. Mais nous ne recevons jamais d'invités.

— Mr. Bryce va souper avec nous.

Teddy releva vivement la tête et le pli entre ses sourcils disparut.

— C'est vrai ? Vous restez vraiment pour le souper, oncle Bryce ?

Quand Christopher hocha la tête, elle frappa dans ses mains et demanda à sa mère :

— Y a-t-il une raison particulière, ou est-ce que c'est pour attraper le fantôme qu'oncle Bryce reste ?

TROIS

Surpris, Mary et Christopher se regardèrent. Ce fut l'assistant du régisseur, oublié dans son coin réchauffé du bureau, qui brisa le silence :

— Un fantôme, Miss Teddy ? Qui vous a raconté de telles histoires, seulement bonnes à effrayer les jeunes filles ?

— Je ne suis pas effrayée, Mr. Deed, répondit la petite fille d'un ton neutre, bien qu'elle peine à contenir son enthousiasme, ses yeux bruns s'écarquillant de plus en plus. Et c'est vrai qu'il y a un fantôme ! Il hante la cuisine. C'est ce que disent Jane et Jenny. Elles refusent d'aller dans l'office. Mrs. Keble dit qu'elles le paieront plus cher que leur vie si elles n'arrêtent pas d'agir comme des dindes sottes et ne reprennent pas le travail. Mais Jenny assure que rien ne pourrait la convaincre d'aller là-dedans. Et Jane dit que si elle y va, elle s'évanouira et ne sera alors d'aucune utilité. Du coup, rien n'avance et la cuisinière était tellement en colère qu'elle a failli enlever sa coiffe pour la piétiner. Mrs. Keble a envoyé Luke dans l'office pour qu'il en sorte les pots de confiture que Jane et Jenny ont comptés. Elles les ont recomptés deux fois. Jane avait raison. Il manque bel et bien deux pots de confiture…

— J'espère que le fantôme a eu la gentillesse de prendre la marmelade au citron et de laisser celle à l'orange, commenta Christopher. Le citron est bien trop amer à mon goût. Je pense que les fruits ont été cueillis trop tôt.

— La marmelade au citron ? Oui, il est vrai qu'elle est assez amère, dit Mary avant de lever les yeux vers Christopher en fronçant les sourcils. Comment pouvez-vous vous inquiéter de l'amertume… commença-t-elle avant d'être interrompue par sa fille.

— Vous êtes un vrai benêt parfois, oncle Bryce ! gloussa-t-elle. Les fantômes n'ont pas le sens du goût, si ?

Quand Christopher fit une grimace et tapota le côté de son nez comme pour dire qu'il pensait exactement la même chose, Teddy afficha un grand sourire, mais Mary, qui fronçait toujours les sourcils, demanda :

— Pour quelle raison prendrait-il de la confiture, dans ce cas ?

— Pour nous jouer un tour, selon Mrs. Keble, répondit Teddy.

— J'imagine qu'il est inutile d'espérer qu'elle ait assuré aux domestiques qu'il n'y a aucun fantôme ? demanda Christopher sèchement.

— Oui, c'est inutile, confirma Teddy. Et la cuisinière était d'accord avec Mrs. Keble et a affirmé qu'elle parierait sa propre vie « qu'y a pas d'voleurs à Abbeywood »…

— *Qu'il n'y a pas de voleurs*, corrigea sa mère.

— Milady, je pense que Teddy utilisait le langage de la cuisinière pour la citer, n'est-ce pas ?

La petite fille hocha la tête pour confirmer les paroles de l'écuyer, puis continua à imiter le jargon de la cuisinière des Cotswolds :

— La cuisinière a dit : « Y a personne qui va accepter l'idée qu'y a des voleurs à Abbeywood, c'doit être un fantôme qu'a piqué la confiote, tout ça pour faire l'bazar », déclara Teddy avant de hausser les épaules avec un grand sourire. Vous voyez, il doit bien s'agir d'un fantôme !

— Ton oncle Dair serait impressionné, mais ta grand-mère serait horrifiée, commenta Mary.

— Oncle Dair n'a peur de *rien*, répondit Teddy avant de se tourner vers Christopher pour lui dire fièrement : Un héros de guerre n'aurait pas peur d'un fantôme, si ?

— Non, en effet. Mais je pense que votre mère voulait dire que votre oncle Dair, étant lui-même un imitateur, apprécierait votre imitation, expliqua Christopher, mais que votre grand-mère n'apprécierait pas de vous entendre parler le langage de… hum… vos *inférieurs*.

— Inférieurs ?

Teddy ne comprenait pas, et puisque ni Christopher ni Mary n'entrèrent dans les détails, elle haussa les épaules et déclara, sans aucune malveillance envers sa grand-mère, la comtesse de Strathsay :

— Grand-mère est horrifiée par *tout* et *tout le monde*.

— Voilà qui est bien vrai, soupira Mary, plus pour elle-même que pour les autres occupants de la pièce, ajoutant : Je ne vois pas pourquoi Sir… pourquoi un fantôme voudrait contrarier la cuisinière.

Elle était troublée à l'idée que le fantôme de Sir Gerald ne se contente pas de hanter sa garde-robe. Ce qui, quand elle y réfléchissait, était une idée bien sotte. Les fantômes pouvaient se rendre où ils le souhaitaient. Elle était donc doublement soulagée que l'écuyer reste pour la nuit. D'un œil méfiant, elle guettait Lorenzo, qui suivait Teddy du regard alors qu'elle sautillait et tournoyait dans la pièce. Il s'était assis avant de se rallonger aux pieds de son maître. Mary tendit une main à sa fille.

Teddy était incapable de rester tranquille, rappelant beaucoup à Mary son grand frère Alisdair. Son agitation, le poussant à regarder par la fenêtre et à ne pas se concentrer assez pendant les leçons, lui avait valu tant de rossées de la part de ses tuteurs qu'elle avait arrêté de les compter. Dair avait toujours été plus heureux à l'extérieur, ce qui était toujours vrai, et c'était aussi le cas de Teddy.

— Nous avons interrompu la journée de Mr. Bryce avec nos histoires de fantôme voleur de confiture bien assez longtemps. En te préparant, tu pourrais peut-être trouver un sujet de conversation plus convenable pour le souper – quelque chose que ta grand-mère approuverait. Ce sera un bon entraînement avant ton séjour chez elle à Cheltenham, qui n'est que dans quelques semaines, lui rappela gentiment Mary. N'êtes-vous pas d'accord, Mr. Bryce ?

En prononçant cette dernière phrase, elle lança un regard entendu à Christopher, et fut satisfaite quand il se dépêcha d'approuver. Elle ne fut cependant pas satisfaite quand, plus tard, à table et après le bénédicité, le potage de panais et le pain disposés devant eux, il prit sa cuillère à soupe et demanda à Teddy d'un ton désinvolte :

— La cuisinière a-t-elle dit autre chose à propos du « fantôme qu'a piqué la confiote » ?

Teddy se dépêcha d'avaler sa soupe et se tourna vers sa mère, assise au bout de la table, pour qu'elle lui donne des indications sur la réponse à donner. La petite fille avait été frottée jusqu'à ce que son menton et son front brillent, et ses longs cheveux roux et ondulés avaient été démêlés et coiffés en arrière avec un serre-tête en satin bleu assorti à ses jupons en soie et à son corsage brodé. Elle portait de nouvelles mules en soie et des bas blancs, et faisait de son mieux pour se tenir droite, la baleine et le busc central de son corsage l'empêchant de toute façon d'être avachie.

Lady Mary continua à manger son potage sans commentaire, ce que Teddy interpréta comme un signe qu'elle était libre de répondre à la question de l'écuyer. Elle regarda Christopher, assis en face d'elle, et lui dit avec le plus grand sérieux :

— Il aime bien les légumes au vinaigre, aussi.

— Les légumes au vinaigre ? Vraiment ? Lesquels ?

— Lesquels ? répéta Teddy avant de prendre le temps d'y réfléchir. Les noix. Ce sont les noix vinaigrées qui ont disparu.

— Les noix vinaigrées ? Un excellent choix. Bien que je préfère les cornichons préparés par la cuisinière. Je suis content qu'il ait pris les noix et laissé les cornichons.

Teddy gloussa.

— Ce fantôme est très attentionné, n'est-ce pas, oncle Bryce ?

— Très attentionné envers moi. Mais pas envers la cuisinière, Mrs. Keble, Jane ou Jenny. À propos, quelle confiture a-t-il volée ?

— De la confiture de fraise. Et un pot de marmelade.

— À votre avis, ce fantôme mange-t-il les noix vinaigrées avec ou sans la confiture de fraise ? Ou peut-être avec la marmelade ?

— Manger des noix vinaigrées et de la confiture de fraise *ensemble* ? demanda Teddy avec une grimace de dégoût. *Pouah !* Ce doit être *infect*.

— Oui. Mais vous disiez vous-même que les fantômes n'ont pas le sens du goût, comment pourrait-il donc le savoir ?

— Oh, oncle Bryce, il n'a pas besoin d'avoir le sens du goût pour voler…

— Teddy. Les jeunes femmes et les gentlemen ne doivent jamais dire « pouah », et encore moins à table, la sermonna Mary à voix basse. La prochaine fois, je te prierai de bien vouloir trouver une façon plus polie d'exprimer ton dégoût. Et un sujet de conversation plus convenable pour le repas, un qui, avec un peu de chance, ne contrariera pas ta grand-mère. Mange ta soupe avant qu'elle ne refroidisse.

— Oui, mère. Je vous demande pardon, mère, murmura Teddy, convenablement assagie.

Elle baissa la tête, mais pas avant d'avoir surpris le clin d'œil de Christopher et d'avoir échangé un sourire avec lui.

Les trois convives finirent leur soupe en silence. On entendait seulement le *tic-tac* de l'horloge sur le manteau de la cheminée, le tintement des cuillères à soupe dans les bols en porcelaine, et le frottement des mules en satin de Teddy contre le barreau de la chaise alors qu'elle balançait ses jambes d'avant en arrière. Ses nouveaux jupons et ses cheveux bien coiffés avaient beau lui donner l'apparence d'une jeune demoiselle, le garçon manqué ne pouvait pas être réprimé, tout comme, visiblement, l'intérêt de l'écuyer pour le fantôme.

Il avait lui aussi fait un effort esthétique. Mary l'avait immédiatement remarqué quand il avait passé la porte des domestiques pour pénétrer dans le vestibule, juste avant que le souper ne soit annoncé. Ses bottes de jockey ne portaient plus de traces de boue et avaient été cirées. Son jabot avait été resserré autour de son cou et ses boucles ébouriffées avaient été tirées vers l'arrière, attachées par un nœud en satin soigné. Il portait sa redingote ouverte sur sa chemise et son gilet. Ajustée à la taille afin de mettre en valeur le gilet porté en dessous, son rendu était très satisfaisant sur les hommes plus jeunes, qui portaient d'élégants gilets brodés.

Sur les hommes d'âge mûr comme son mari, une coupe de ce genre attirait malheureusement l'attention sur leur taille grossissante ; les boutons en argent ou en corne de leurs gilets restaient rarement à plat, et souvent ils ne se fermaient même pas. Sir Gerald, comme beaucoup d'hommes aisés d'âge mûr, avait du ventre, trophée d'une vie passée à bien manger et à boire quantité de cidre et de bière de fabrication artisanale, ainsi que d'un mode de vie sédentaire provoqué par le succès de leurs diverses entreprises, qu'elles soient commerciales, industrielles ou agraires.

Mr. Christopher Bryce, cependant, ne rentrait pas dans les cases. Il n'arborait pas le ventre caractéristique des hommes d'âge mûr. À vrai dire, il avait la silhouette et la posture d'un jeune homme. Sans les rides qui étaient apparues avec l'âge au coin de ses yeux et de chaque côté de son nez droit, il aurait facilement pu passer pour un homme bien plus jeune que lui. Un jeune homme sérieux, pour sûr, qui restait austère avec elle et avec ses employés et agissait de façon très réservée en société, mais qui adoptait rarement, voire jamais, une attitude solennelle en compagnie de sa fille.

Mary aperçut son clin d'œil et le sourire échangé avec Teddy, mais décida de ne pas y prêter attention. Loin de s'inquiéter qu'il sape son autorité parentale, elle trouvait leur relation charmante. Sir Gerald avait été amèrement déçu d'avoir une fille, et non le fils tant attendu, il avait donc traité Teddy comme un désagrément. Christopher Bryce, en revanche, ne s'était jamais montré méprisant et n'avait jamais donné l'impression que, puisque c'était une fille, la vie de Teddy avait moins de valeur que si elle était née garçon.

Sur ce point également, l'écuyer ne correspondait pas aux archétypes. Tandis que les familles influentes du vallon avaient présenté leurs condoléances à Sir Gerald parce qu'il n'avait pas de fils, et même prié de tout leur cœur pour que Mary engendre un héritier lors de sa prochaine grossesse, Christopher Bryce n'avait jamais fait de remarque sur le sexe de Teddy. Il la traitait pour ce qu'elle était, Teddy, tout simplement. Ne serait-ce que pour cela, Mary était prête à tolérer ses interventions directes et dictatoriales, et son refus entêté d'autoriser Teddy à rendre visite à ses cousins Roxton.

Elle se réjouissait également du temps que Teddy passait en sa compagnie, et du fait qu'il mange à leur table, même si sa mère aurait été horrifiée par un tel solécisme social. L'éducation de Lady Mary avait été tellement différente ! Les préceptes sociaux qu'on lui avait inculqués dans son enfance la rendaient instinctivement docile en présence de sa mère ou de ses supérieurs sociaux et, à l'âge de trente ans, continuaient à influencer ses choix. Quand sa mère était présente, que ce soit à table ou au milieu d'un groupe, elle ne prenait jamais la parole sans être sollicitée, par peur d'être ridiculisée.

Elle était déterminée à ce que sa fille grandisse sans les peurs et les préjugés qu'on avait gravés en elle. La vie de Teddy serait différente. Elle laissait donc volontiers l'écuyer et sa fille échanger des plaisanteries tels deux habitués d'une taverne, se contentant d'adopter un rôle de spectatrice intéressée et d'arbitre social. Elle les écoutait bavarder entre deux bouchées de truite au four et de viandes rôties accompagnées de légumes de saison, une étincelle dans ses yeux violets, son sourire à peine dissimulé sous son attitude polie d'hôtesse. Ils avaient tous les deux respecté sa demande, et Christopher écoutait Teddy raconter la fuite et la capture du mouton primé de Will Bisley, ce qui avait donné à la cuisinière, la cousine de Will, « d'quoi s'inquiéter pendant tout un mois ». Puis il revint au fantôme et aux condiments manquants. Mary se demandait pourquoi. Il devait y avoir une bonne raison. Christopher Bryce n'était pas porté sur la fantaisie.

— Notre fantôme a-t-il subtilisé autre chose dans l'office ? s'interrogea Christopher en remplissant son verre de vin. Ou bien s'agissait-il de sa seule et unique visite dans la cuisine ?

Teddy se pencha vers l'avant et répondit avec un enthousiasme complice :

— Ce n'était pas la première fois ! Une miche de pain a été volée. Pas la miche entière, seulement ce qu'il restait après le dîner. La cuisinière voulait en faire du pudding.

— Du pain ? s'enquit Mary.

Elle ne reçut de réponse ni de la part de sa fille ni de celle de l'écuyer, bien que celui-ci lui lance un regard.

— Autre chose ? demanda Christopher à Teddy d'un ton détaché en prenant une petite gorgée de vin.

— Deux bouteilles de vin de sureau. Luke dit qu'il en a pris une seule, mais Jane est sûre que c'était deux.

— *Deux* bouteilles de vin de sureau ? répéta Christopher avec émerveillement avant de se reculer dans sa chaise. Bien !

Teddy fronça les sourcils.

— Bien ? *Pou…*

Elle ravala rapidement son exclamation vulgaire en lançant un coup d'œil à sa mère, et ajouta :

— Mais vous n'aimez même pas le vin de sureau, oncle Bryce.

— En effet. J'espère que le fantôme prendra *toutes* les bouteilles de vin de sureau. Il vaut mieux qu'il prenne cela que ce fin bordeaux que nous buvons.

Mary se sentit soudain mal à l'aise.

— Je vous demande pardon, Mr. Bryce. J'aurais dû vous demander… Je me suis dit, comme vous partagez notre repas, que cela ne vous dérangerait pas que je prenne la liberté d'en faire sortir une bouteille.

— Je ne comptais pas vous critiquer, milady, déclara Christopher à voix basse. Vous pouvez boire du vin à tous les repas, si c'est ce que vous souhaitez.

— Pourquoi devez-vous demander la permission d'oncle Bryce, mère ? s'enquit Teddy, curieuse. Il s'agit de notre cave.

Mary lança un coup d'œil à Christopher et répondit :

— Non, Teddy, la cave ne nous appartient pas. Tout, des cuillères à café aux balais dans les écuries, appartient à l'héritier de Sir Gerald, ton cousin – Sir John Cavendish. Je t'ai déjà parlé de lui, de Jack, expliqua Lady Mary. Si nous pouvons vivre ici, c'est parce que son tuteur nous y autorise. Et un jour, quand il sera assez grand pour reprendre la gestion d'Abbeywood, il vivra ici pendant une partie de l'année, et sûrement à Londres le reste du temps.

— Pourrons-nous rester ici avec notre cousin Jack ?

Puisque Christopher buvait son vin à petites gorgées, sans se dévouer pour répondre, Mary dit :

— Je ne pense pas que ce soit son souhait, Teddy. Il viendra ici avec son épouse, et j'imagine que quand ce jour sera arrivé, tu seras mariée toi aussi et auras donc ta propre maison…

— Mais je ne veux pas quitter Abbeywood, *jamais*. Je ne partirai pas, déclara catégoriquement Teddy. Il ne peut pas m'y forcer ! C'est chez *moi* ici, pas chez lui. Et vous, mère, où vivrez-vous ?

— Moi ? Oh, je n'y ai pas vraiment réfléchi, Teddy, répondit Mary d'un ton léger et avec un sourire. Inutile de nous inquiéter pour l'instant. Il peut se passer tellement de choses en quelques années.

Elle mentait. Elle pensait à peu d'autres choses depuis qu'elle était veuve. Mais ce n'était ni le moment ni l'endroit pour parler de son avenir ou de celui de sa fille. Elle se sentit donc agacée quand Christopher fit une observation franche, et encore plus surprise par la réponse de sa fille.

— Votre mère a raison, Teddy. Mais si vous atteignez le bel âge de vingt-et-un ans sans être mariée, ce dont je doute, et que Sir John vient s'installer ici, je suis sûr que votre oncle Dair vous accueillera à Fitzstuart Hall si vous voulez y vivre. N'est-ce pas, milady ?

Teddy fit la moue et elle remua son nez moucheté de taches de rousseur en réfléchissant. Puis elle secoua la tête.

— Non. Je ne veux pas vivre avec oncle Dair. Je l'aime, mais je veux rester ici. Qui prendrait soin de mes poulets ? Et il n'y a pas de forêt de Puzzlewood à Fitzstuart Hall. Et puis, vous et mère, vous me laissez aller *partout* à cheval. Et Lorenzo alors, et vous, oncle Bryce, et Kate, Carlo et Silvia ? Comment pourrais-je vous rendre visite en habitant aussi loin ? Non. Je vais rester ici, car il n'y a pas de meilleur endroit dans toute l'Angleterre, n'est-ce pas, oncle Bryce ?

— En effet… et même dans le monde entier, répondit gentiment Christopher.

Mary adressa un sourire à Teddy, très peu surprise que sa fille défende ce coin pittoresque de l'Angleterre avec autant de véhémence. Elle-même, juste après son mariage, était tombée amoureuse des Cotswolds en regardant par la fenêtre de son carrosse, apercevant des bribes de la mosaïque que formaient les collines vertes ondoyantes, parsemées de petites forêts et maisons en pierre couleur miel qui s'agrippaient aux versants. Sir Gerald avait demandé à son cocher de les faire traverser le village le plus proche, dont les habitants s'étaient alignés devant leurs maisons, sur un chemin tortueux et accidenté ; ils s'étaient inclinés devant eux ou avaient soulevé leur chapeau, tous impatients d'apercevoir la jeune épouse de leur maître.

— Oui. C'est un lieu idyllique – même au plus profond de l'hiver. Il n'y a pas d'endroit plus accueillant dans le royaume où j'aimerais vivre avec toi, Teddy. Mais tu n'as pas à t'inquiéter à l'idée de quitter cet endroit avant de nombreuses, très nombreuses années, lui assura Mary. Et même si tu devais partir, même pendant un petit moment, pour aller à l'école par exemple, tu pourrais revenir. Exactement comme quand tu vas rendre visite à ta grand-mère à Cheltenham. Mr. Bryce a passé son enfance et sa jeunesse ici, comme toi, puis il est parti un moment avant de revenir. N'est-ce pas, Mr. Bryce ?

— Tout à fait, milady.

Teddy n'était pas convaincue.

— Oncle Bryce est revenu parce qu'il le pouvait. C'est un garçon et son père lui a légué Brycecomb. Les filles n'héritent pas des maisons. Sir Gerald ne nous a laissé qu'une grosse pile de dettes. C'est ce que dit grand-mère. Elle dit que nous sommes un fardeau, que les filles ne sont qu'un fardeau pour les hommes de leur famille.

Mary savait avec une certitude déprimante que sa mère avait bel et bien exprimé ces opinions. Elle les avait assez entendues. La comtesse de Strathsay s'était effondrée quand Mary, son premier enfant, ne s'était pas révélée être le fils héritier dont le comte de Strathsay avait besoin, et elle ne la laissait jamais oublier sa déception. Pour Mary, la naissance de Teddy avait représenté une bénédiction qui avait compensé son mariage dénué d'amour. Contrairement à Teddy, elle avait passé des heures assise avec un livre en équilibre sur la tête et vêtue de tissu rigide et de baleines pour garder le dos et les épaules bien droits, sans considération pour sa santé ou son bonheur.

Mary voulait s'assurer que l'enfance de Teddy soit différente. Ainsi, si c'était grimper aux arbres, faire du cheval et rester à l'extérieur toute la journée qui rendait Teddy heureuse, alors elle, sa mère, ferait tout son possible pour qu'elle puisse faire toutes ces choses. Et il n'y avait pas meilleur endroit pour cela que la nature reculée des Cotswolds, où ils avaient peu de voisins et encore moins de visiteurs, et où personne ne pouvait se moquer d'elle pour sa façon d'être mère, ou de Teddy parce qu'elle était elle-même.

Et voilà que Teddy, avachie sur sa chaise autant que le lui permettait son corset à baleines, arborait une expression inquiète, si loin de l'enfant heureuse qu'elle avait été en parlant du fantôme voleur de la cuisine, uniquement parce que sa grand-mère l'avait contrariée en lui disant qu'elle serait peut-être obligée de quitter Abbeywood. Pour la première fois depuis qu'elle avait osé mentionner l'existence d'un spectre, Mary aurait aimé le voir apparaître sur-le-champ pour distraire Teddy de ses inquiétudes inutiles.

L'écuyer semblait avoir lu dans ses pensées, car il parvint enfin à rediriger la conversation vers le fantôme, mais pas avant d'avoir à son tour rassuré Teddy :

— Votre père a fait de moi votre tuteur, Teddy. Ce qui veut dire qu'on ne peut pas vous faire partir d'ici sans mon autorisation. Votre grand-mère, votre cousin Jack ou votre oncle Dair ne peuvent pas me faire agir contre votre volonté. Est-ce que cela vous rassure ?

Teddy hocha la tête, bien qu'elle ne semble pas entièrement convaincue.

— Mère peut rester ici, elle aussi ?

— Bien sûr.

— Grand-mère dit que quand mère aura trouvé un nouveau mari, il la forcera à partir.

Mary déglutit, sans regarder vers Christopher, gênée qu'on lui pose une telle question, et ce devant elle. Mais elle ne voulait pas contrarier davantage sa fille sur la possibilité qu'elle puisse quitter le seul foyer qu'elle ait connu, elle dit donc aussi nonchalamment que possible, espérant qu'elle faisait preuve d'assez de légèreté :

— Seigneur, grand-mère avait vraiment une abeille qui bourdonnait dans son oreille lors de notre dernière visite, non ?

Teddy se pencha en avant et dit à Christopher sur le ton de la confidence :

— C'est ce qu'oncle Dair dit *tout le temps* à propos de grand-mère.

Puis elle s'appuya derechef contre le dossier de sa chaise et dit à sa mère :

— Grand-mère a dit à oncle Dair que vous ne pouviez pas continuer à être un fardeau, et après elle lui a dit d'arrêter d'user le tapis en faisant les cent pas. Mais il a répondu que comme le tapis était à lui, il pouvait marcher dessus jusqu'à l'user s'il en avait envie. Et après il m'a emmenée faire du cheval, ce qui l'a mis de meilleure humeur.

Mary tendit la main à sa fille et serra délicatement ses doigts.

— Teddy, grand-mère dit ces choses-là parce qu'elle s'inquiète pour nous et qu'elle veut que tout soit parfait. Mais parfois – *la plupart du temps* –, quand quelque chose ou quelqu'un va contre sa volonté, elle devient désagréable. Surtout quand elle n'a pas de quoi occuper son esprit. Est-ce que tu comprends ?

— Je-je *pense* que oui… Grand-mère n'a rien de mieux à faire de son temps que de s'inquiéter à propos de choses qui ne la regardent pas ; c'est ce que dit oncle Dair.

— Oui. Oui, c'est vrai.

— Vous n'avez pas à trouver un nouveau mari, alors ? demanda-t-elle avec enthousiasme.

Mary réprima un soupir et sourit, prenant son verre de vin pour en boire une gorgée le temps de formuler une réponse. L'ironie voulait que, sur ce point, sa mère avait raison. La comtesse l'avait harcelée à ce sujet pendant tout le trajet les menant du Buckinghamshire au Hampshire. L'espace confiné d'un carrosse était l'endroit parfait, et le voyage pour se rendre au mariage de Dair l'opportunité rêvée, pour que sa mère la sermonne et lui rappelle son devoir, lui dise d'arrêter d'être égoïste, de penser à sa famille, à leur réputation, et à l'avenir de Teddy. Il était impératif qu'elle se remarie. Elle avait passé deux années dans la nature du Gloucestershire, ce qui avait dû suffire pour qu'elle fasse son deuil. Et Mary n'était plus une jeune fille. Bientôt, le peu de beauté qu'elle possédait fanerait entièrement et plus aucun homme ne voudrait d'elle.

La comtesse avait sous-entendu qu'un homme plus âgé et ayant déjà de grands enfants lui ferait peut-être sa demande. Et si elle était extrêmement chanceuse, son nouvel époux serait incapable de consommer le mariage et voudrait seulement quelqu'un pour l'accompagner dans ses vieux jours. Mais sa mère en doutait. Les hommes étaient des bêtes, et leur appétit charnel ne convenait qu'à…

Mary avait arrêté d'écouter, mais elle avait résisté à sa forte envie d'observer le paysage par la fenêtre, gardant les yeux fermement rivés sur les traits fatigués de sa mère. Pour la centième, voire la millième fois, elle s'était demandé ce qui était passé par la tête de son père quand il avait épousé une créature aussi rigide. Mais sa mère avait raison sur un point. Elle devait remplir son devoir auprès de sa famille et de Teddy en se remariant. Elle savait qu'il lui suffirait de demander l'aide de Roxton pour qu'il lui trouve de nombreux maris potentiels. Elle avait beau être sans le sou, elle restait la fille d'un comte et l'arrière-petite-fille de Charles II. Et aux yeux de la noblesse, la lignée était tout ce qui importait.

— Peut-être que Jack ne voudra plus venir vivre ici, maintenant que nous hébergeons un fantôme ? suggéra Christopher pour détendre l'atmosphère et rompre le silence, les yeux rivés sur Teddy ; il ne s'était pas tourné vers Mary depuis que la petite fille avait mentionné que sa mère devait se remarier. Surtout s'il s'agit d'un fantôme résolu à piller l'office. Voyons voir… Qu'est-ce que notre ami incorporel a réussi à prendre jusque-là ? Dites-moi si j'oublie quelque chose : confiture de fraise, noix vinaigrées, un pot de marmelade au citron, ce qu'il restait d'une miche de pain et *deux* bouteilles de vin de sureau.

Quand Teddy hocha la tête pour lui confirmer qu'il avait bien tout listé, il ajouta d'un air satisfait :

— Cela ressemble aux prémices d'un festin, ou peut-être d'un pique-nique.

Il se pencha vers l'avant, regarda à gauche, puis à droite, et demanda dans un murmure feint :

— Pensez-vous que ce fantôme nous inviterait à son pique-nique si nous apportions une meule de fromage d'Abbeywood et un peu de charcuterie ?

Teddy rentra la tête dans les épaules, tout sourire, et hocha vigoureusement la tête.

— J'imagine que vous voudriez également que nous prévoyions des assiettes, des couteaux et des serviettes, Mr. Bryce ? s'enquit Mary avec un petit sourire, revenant à l'instant présent, heureuse de se joindre à une conversation qui avait de nouveau pris une tournure absurde.

— Pourrions-nous, mère ? Avec un panier pour tout mettre dedans !

— Une idée épatante, Teddy, approuva Christopher, avant d'ajouter, les mots sortant de sa bouche avant qu'il n'ait eu le temps de bien y réfléchir : À l'évidence, vous n'avez pas seulement hérité du charme automnal de votre mère, mais aussi de sa générosité d'esprit.

Un silence pesant s'installa dans la conversation ; personne ne dit rien, car il en avait trop dit. Le silence entre les deux adultes se teinta d'embarras. Christopher avait la gorge en feu. Mary prit une inspiration, le visage inexplicablement brûlant. Ils firent tous les deux un effort délibéré pour ne pas se regarder, bien qu'ils soient, plus que jamais, profondément conscients l'un de l'autre. Ils comprirent tous les deux qu'il venait de se passer quelque chose de retentissant, qu'ils ne pourraient ni oublier ni défaire.

QUATRE

CHARME AUTOMNAL... ? D'où sortait-il ces mots ridicules ? Et pourquoi ces mots-là ? Après toutes ces années, n'aurait-il pas pu trouver mieux ? Comment avait-il pu baisser autant sa garde, s'autoriser à palabrer tel un écolier d'une Charity school ? Lui qui avait toujours fait preuve de circonspection avec elle, au point parfois de préférer ne pas parler du tout, comme lors de leur première rencontre. C'était à cette même période de l'année, en automne. Les feuilles avaient changé d'aspect. Les nuances de vert ayant disparu, elles étaient jaune vif, orange et rouge foncé. Certaines étaient tombées. D'autres s'accrochaient, parsemant les petites forêts d'éclats de couleurs chaudes dans le jour déclinant. Il avait gardé une feuille rouge foncé ramassée ce jour-là, car elle était de la même couleur que ses splendides cheveux. Il l'avait glissée entre les pages de la Bible de la famille Bryce.

Il était revenu du continent depuis quelques mois quand Sir Gerald l'avait invité à Abbeywood. Kate venait d'arriver et elle était jusqu'au cou dans le déballage de ses affaires. Quand bien même, elle ne l'aurait jamais accompagné si elle avait également été invitée. D'ailleurs, Kate ne quitterait plus jamais le refuge et l'anonymat de Brycecomb Hall. En arrivant à Abbeywood Farm, il avait découvert Lady Mary qui l'attendait dans le vestibule pour le saluer, coiffée comme maintenant ; une épaisse tresse entourait fermement sa tête tel un bandeau, et le reste de ses cheveux étaient rassemblés dans un filet sur sa nuque.

Il s'en souvenait encore : alors qu'il avançait sur le dallage pour la saluer, sa respiration s'était ralentie et il avait senti son cœur battre dans ses oreilles, noyant les présentations chaleureuses de Sir Gerald. Et si sa beauté rousse avait affecté sa respiration et accéléré son rythme cardiaque, ses yeux d'un bleu qui tirait sur le violet – ils étaient de la même couleur que les campanules sauvages – l'avaient poussé à oublier ses manières et à l'observer ouvertement. Plus tard, quand il avait repensé à ce moment, il avait compris que cette réaction n'était pas tant due à leur couleur inhabituelle qu'à la façon dont ils s'étaient assombris quand elle l'avait rencontré. Ce regard, leur échange silencieux, n'avait duré que quelques brèves secondes, mais il avait su à cet instant, avec autant de certitude qu'il connaissait son propre nom, que lui et Lady Mary Cavendish avaient établi un lien durable.

Aucun d'eux n'avait plus jamais parlé de cette première rencontre. C'était comme si elle n'avait jamais eu lieu, ce qui était pour le mieux, étant donné le gouffre qui séparait leurs conditions opposées. Elle était l'arrière-petite-fille d'un roi Stuart, et la cousine issue de germain du duc de Roxton. Quant à lui, un écuyer des Cotswolds, son passé était tellement honteux que si Sir Gerald en avait connu le moindre détail, il n'aurait jamais laissé Christopher pénétrer chez lui, et encore moins s'incliner devant Lady Mary. Et même si ces considérations étaient mises de côté, elle était mariée, une réalité insurmontable.

Mais les sentiments que cette première rencontre avait éveillés couvaient juste sous la surface de leurs interactions quotidiennes : réprimés, frémissants, interdits, inoubliables, indéniables. Et maintenant, il avait fallu qu'il dise cela…

Comment avait-il osé faire une déclaration aussi personnelle ? Il n'en avait aucun droit. Il l'avait mise dans une position gênante, embarrassante. En tant que régisseur du domaine, c'était un domestique, juste au-dessus de l'intendante dans la hiérarchie. Et quand il n'assumait pas son rôle de régisseur, c'était un simple écuyer d'un petit domaine du vallon voisin. Et quand il n'était pas occupé par l'agriculture, il faisait du *commerce* – un propriétaire de fabriques, toutefois. Christopher Bryce ne serait jamais son égal social. Le fossé qui les séparait était tellement large que c'était comme s'ils se trouvaient chacun d'un côté de l'Atlantique, sans jamais pouvoir se rencontrer.

La haute société pouvait accepter que la fille d'un écuyer ou d'un marchand rejoigne ses rangs si elle épousait un noble – ce qui n'empêchait cependant pas les ricanements dans le dos de la pauvre fille –, mais le contraire était inconcevable. Les filles de la noblesse n'épousaient pas quelqu'un d'un rang inférieur. Cela provoquait le genre de scandale dont les femmes ne se relevaient jamais, et les familles portaient la marque du déshonneur à jamais. Les mariages indignes de ce genre n'étaient cependant pas inexistants. Les fugues amoureuses et les unions clandestines existaient, mais de tels couples provoquaient scandale, chagrin et bannissement. Les filles rebelles de ces nobles devenaient les parias de leur classe sociale. Elles étaient traitées comme si elles avaient la lèpre. Pour Mary, une union de ce genre était impensable.

La mère de Mary considérait qu'il était déjà assez humiliant que Christopher Bryce soit responsable de la gestion de la vie quotidienne de sa fille, mais que Sir Gerald laisse son unique enfant, sa petite-fille, la fille d'une lady, sous la tutelle d'un tel homme – c'était une disgrâce. Et ce rustre avait le culot de refuser qu'un duc – Roxton, qui plus est – voie sa propre nièce. Pour qui se prenait ce parvenu ?

Entre les réprimandes constantes de sa mère et ses cousins Roxton qui s'étaient opposés au fait qu'un étranger prenne soin de Teddy, Mary, dans tous ses états, s'était rangée à leur opinion. Elle condamnait publiquement Christopher, le traitant de monstre et de brute. Devant sa mère, son frère, le duc de Roxton et sa cousine la duchesse de Kinross, elle l'accusait d'être entêté, cavalier, de ne jamais faire de compromis et de ne pas avoir de cœur. Il avait fait de sa fille la prisonnière d'Abbeywood, et en tant que mère de Teddy, il la retenait également prisonnière. Elle était impatiente que Teddy atteigne ses vingt-et-un ans. Ou mieux encore, qu'elle se marie avant, pour que la tutelle de Mr. Christopher Bryce puisse prendre fin. Et quand Jack serait majeur, il désignerait une personne plus adaptée au poste de régisseur, et Mr. Bryce retournerait dans son vallon, dans son domaine, où il resterait, n'ayant plus rien à voir avec eux, avec elle, avec Abbeywood.

Quand elle s'était calmée, loin de l'influence malveillante de sa mère, loin de ses cousins Roxton – qui étaient tous excessivement confiants et arrogants à propos de leur place dans le monde – et qu'elle avait retrouvé la tranquillité du vallon, avec sa fille pour seule compagnie, elle avait regretté son emportement. Ses accusations contre Mr. Bryce n'étaient que des diatribes poussées par l'émotion, et elle aurait souhaité ne jamais les avoir proférées.

Idéalement, elle aurait préféré que le duc de Roxton soit le tuteur de Teddy. Après tout, c'était son oncle. Mais elle était tout de même contente que Mr. Bryce assume ce rôle, car Teddy aimait son oncle Bryce autant qu'elle aimait ses vrais oncles, les frères de Mary, Dair et Charles.

Ce soir-là, Christopher Bryce avait dîné avec elle non pas en tant que régisseur, mais en tant que Bryce l'écuyer, son voisin et le tuteur légal de Teddy. Il était parfaitement acceptable socialement qu'il partage leur table quand il assumait ces fonctions, et jusque-là, il avait très bien joué son rôle. D'ailleurs, depuis qu'ils s'étaient rencontrés de nombreuses années plus tôt, il n'avait jamais fauté, n'avait jamais emprunté un chemin l'éloignant de la formalité sociale dans ses interactions avec elle. Et voilà qu'en une seule phrase, il avait tout changé. Elle ne pourrait plus jamais se sentir à l'aise en sa compagnie...

— Mère n'est pas charmante, oncle Bryce. Elle est belle, annonça Teddy dans le lourd silence, tout en soulevant un gros morceau de chausson aux pommes vers sa bouche. Oncle Dair dit que je lui ressemblerai sûrement quand je serai grande, mais que je devais garder cela pour moi, car les petits frères aiment bien taquiner leur grande sœur, pas les complimenter. J'ai dit à oncle Dair qu'il n'a rien de petit, et que mère et moi n'avons pas de secrets l'une pour l'autre. Grand-mère dit que c'est vraiment dommage que je ressemble à ma mère, avec mes affreux cheveux roux et mes taches de rousseur, parce que cela ne changera jamais, même quand je vieillirai, même si on met du jus de citron dessus. Il vaut donc mieux que je compte sur mes parents puissants pour veiller à mes intérêts... Parfois, *souvent*, je ne comprends rien à ce que raconte grand-mère ! Mais vous, vous aimez bien nos cheveux roux, et vous ne trouvez pas cette couleur affreuse, n'est-ce pas, oncle Bryce ?

— Oui, je les aime bien, et non, je ne trouve pas cette couleur affreuse, répondit Christopher sans hésitation, son regard toujours fixé sur Teddy. Sans cela, vous ne seriez pas vraiment vous, si ?

— Et mère ne serait pas mère. Mais je pense que vous racontez des histoires quand vous dites que les taches de rousseur sont des rubis laissés par des fées.

— Oh ! Quelle charmante image ! s'exclama Mary avec un sourire, chassant son humeur songeuse, déterminée à ne pas prêter attention au compliment spontané de l'écuyer, à l'oublier. Je n'ai jamais entendu une description aussi charmante des taches de rousseur.

— Je ne peux pas m'en attribuer le mérite, milady. Un lutin dit quelque chose de ce genre dans *Le Songe d'une nuit d'été* du Barde, et il se trouve que je m'en suis souvenu...

— Parce que vous aimez les cheveux roux et les taches de rousseur, déclara Teddy. Ce devait aussi être le cas de Mr. Shakespeare.

— Oui. Oui, quelque chose dans ce genre, murmura Christopher, le chausson aux pommes devant lui accaparant soudain toute son attention.

— Après le dessert, Teddy et moi nous installons généralement dans le petit salon pour un jeu de l'oie, ou bien elle me fait la lecture pendant que je brode. (Elle se tourna vers sa fille.) Mais ce soir, tu préférerais peut-être jouer aux quilles dans le vestibule ?

— Pouvons-nous ? Voulez-vous jouer aux quilles avec nous, oncle Bryce ?

— Oui. Cela me plairait, répondit-il, reposant sa cuillère pour se tourner enfin vers Mary. Milady, je vous demande pardon pour mon aveu indiscret de tout à l'heure. Je ne comptais pas vous offenser ou vous mettre mal à l'aise. Mais…

— Ce n'est d'aucune importance, Mr. Bryce.

— … puisqu'il s'agissait d'un compliment, je ne vais pas retirer mes propos. C'est impossible.

Mary recula sa chaise et se leva. Christopher et Teddy suivirent son exemple. Elle déposa sa serviette sur la table, lissa l'avant de sa robe damassée, et alors seulement, elle regarda l'écuyer. Elle leva légèrement le menton et dit d'un ton impérieux que sa mère la comtesse aurait vu d'un bon œil :

— Puisque vous êtes un invité à ma table, Mr. Bryce, j'accepte votre compliment. Je n'aurai jamais rien de plus à dire à ce sujet.

Elle tendit une main à sa fille et lui dit d'une voix entièrement différente :

— Pendant que les quilles sont installées, prenons notre thé près du feu, d'accord ?

Ils burent du thé et mangèrent des biscuits aux épices devant la cheminée principale du long vestibule, autour d'une partie de jeu de l'oie – parce qu'oncle Bryce était resté souper et que trois joueurs valaient bien mieux que deux. Pendant leur partie, deux bonnes déplacèrent le plus grand des deux tapis d'Orient à un bout de la longue pièce, dont le mur lambrissé était décoré d'une rangée de tableaux représentant quelques ancêtres Cavendish de peu d'importance. Puis elles placèrent les neuf quilles en bois d'un côté de ce tapis, et trois boules en bois, aplaties sur le dessus, de l'autre côté. L'une des bonnes resta près des quilles pour les redresser quand elles seraient renversées, tandis que l'autre était chargée de rapporter les boules en bois aux compétiteurs.

Teddy et Christopher jouèrent trois parties ; Mary était plus que satisfaite de rester spectatrice et de compter les points. Ils gagnèrent une partie chacun et au cours de la troisième, elle vit Christopher tourner délibérément le poignet, lançant sa boule loin de la quille qu'il aurait facilement pu faire tomber. Cela donna à Teddy une chance de gagner la partie, et comme c'était une compétitrice infatigable et qu'elle avait vraiment envie de gagner, elle prit le temps de jauger son coup avant de lancer sa boule. Elle fit tomber la quille restante et tous ceux présents dans le vestibule l'applaudirent. Christopher s'inclina d'un geste grandiloquent et reconnut sa défaite.

— Vous l'avez laissée gagner, déclara Mary un peu plus tard, quand elle et Christopher se retrouvèrent seuls après que sa nurse fut venue chercher Teddy pour la préparer à aller dormir, permettant au couple de retrouver un semblant de formalité décontractée pendant quelques heures.

— Je lui ai laissé une chance de gagner. C'est différent.

Mary était assise près du feu avec sa broderie sur les genoux et sa boîte à couture à ses pieds, essayant d'avancer sur son ouvrage, tandis que Christopher était debout à côté de l'énorme cheminée, d'où il observait Mary en sirotant une tasse de thé bien chaud. Aucun d'eux n'avait parlé depuis que Teddy leur avait souhaité une bonne nuit. Mais ils étaient tous les deux parfaitement conscients l'un de l'autre, ce qui rendait la broderie presque impossible ; elle posa donc les mains sur ses genoux et releva les yeux vers lui.

— Merci. Et merci d'avoir traité le fantôme avec légèreté afin qu'elle n'ait pas peur d'aller se coucher ce soir.

— Ah. J'aurais dû me douter que mon plan astucieux ne vous duperait pas.

— Au début, si, avoua-t-elle. Mais toute cette conversation sur les préférences culinaires du fantôme était absurde et m'a poussée à me questionner...

— Maintenant que vous êtes au courant des vols dans l'office, cela vous paraît-il plausible que ce soit un fantôme qui ait fait des razzias dans la cuisine à la recherche de nourriture ?

— Mais... il pourrait très bien s'agir d'une coïncidence, que j'aie entendu des bruits dans les appartements de Sir Gerald et que la cuisinière ait annoncé qu'un fantôme, et non un voleur, devait être responsable du pillage de la cuisine, non ?

— Je ne pense pas qu'il s'agisse d'une coïncidence, ni d'un fantôme.

— Alors que pensez-vous, Mr. Bryce ?

Christopher finit son thé, plaça la tasse sur sa soucoupe et posa l'ensemble sur le manteau de la cheminée.

— Je pense que l'être dans les appartements de Sir Gerald est corporel et non immatériel, et qu'il s'agit bien d'un voleur, qui ne se limite pas aux condiments.

Mary se redressa légèrement sur sa chaise et dit d'une voix alarmée :

— Un-un voleur ? Un *voleur* aurait pris possession des appartements de Sir Gerald ?

Christopher trouvait cela ironique qu'elle semble plus inquiète à l'idée que l'intrus soit un malfaiteur plutôt qu'un spectre, mais il parvint à répondre sans rien laisser paraître :

— Oui, milady. Un voleur affamé.

— Pourquoi ?

Il sentit le coin de sa bouche tressaillir.

— Même les voleurs ont besoin de manger.

— Seigneur, vous êtes plein d'esprit aujourd'hui, Mr. Bryce, rétorqua Mary. Pourquoi, de toutes les pièces à Abbeywood, un voleur choisirait-il de se cacher dans les appartements de mon mari ? Il y a d'autres chambres à coucher, loin de la mienne, qui lui conviendraient bien mieux. Surtout s'il compte faire assez de bruit pour me réveiller au milieu de la nuit ! Ce qui, s'il veut se cacher, est contraire à son objectif. Votre supposition n'exclut pas que nous ayons deux intrus. Celui dans la chambre de Sir Gerald est incorporel, tandis que celui de l'office possède, au minimum, un estomac humain !

Christopher s'empêcha de rire, plus de son indignation que de sa théorie, et inclina la tête.

— Je reconnais que c'est possible, milady. Mais ce n'est pas plausible. Comme je vous le disais, je ne crois pas aux coïncidences. Mais je ne connais pas plus que vous la raison pour laquelle ce voleur se montre particulièrement bruyant.

Cela était vrai. Mais il ne révéla pas que, selon lui, le voleur n'avait pas choisi les appartements de Sir Gerald au hasard. Il y avait quelque chose d'une valeur particulière dans les affaires personnelles de Sir Gerald que ce voleur voulait, ou bien qu'une personne inconnue l'avait chargé de trouver. Christopher se demandait si cet objet que le voleur recherchait avait le moindre rapport avec l'implication de Sir Gerald dans un réseau d'espionnage qui s'était développé autour de Stroud.

Le chef des services secrets était persuadé que Sir Gerald était le cerveau derrière le réseau d'espionnage de Stroud. Christopher était sceptique. Non pas que Sir Gerald soit incapable de perfidie. Il en était capable. Cet homme avait fait croire à la bourgeoisie locale, à sa femme et à ses créanciers, qu'il possédait une grande fortune. Il s'était également vanté, auprès des gentlemen du Gloucestershire qui possédaient des moyens et des situations honorables, d'avoir grâce à son mariage avec la fille d'un comte, en plus de sa naissance dans la famille Cavendish, des relations importantes au sein des cercles gouvernementaux et politiques, qui aideraient à faire avancer les projets et les causes des écuyers locaux.

Grâce à cela, Sir Gerald avait été nommé haut-shérif du Gloucestershire. Une fonction qu'il exerçait, selon ses voisins, avec toute la solennité pompeuse dont il était capable. Par ailleurs, les hommes de Gloucester étant d'une réserve légendaire, ils avaient dû trouver insupportable que Sir Gerald soit haut-shérif. Christopher se demandait donc ce qui les avait poussés à le supporter tout court.

Les bonnes gens de Gloucester ne pouvaient pas savoir ce que Christopher savait : que Sir Gerald était bouffi d'orgueil, mais qu'il s'agissait d'un nuage de fumée qui cachait une montagne de mensonges. Sir Gerald était plongé dans les dettes jusqu'en haut de sa perruque et il avait été éloigné, de nombreuses années plus tôt, de ceux qui, dans la haute société, exerçaient la moindre influence politique ou sociale. Il ne pouvait même pas mettre ne serait-ce qu'un pied bien chaussé chez les nobles connaissances de son épouse, et encore moins chez leurs amis et parents influents.

C'était pour cette raison que Shrewsbury pensait Sir Gerald mûr pour la trahison de son pays – il avait besoin d'argent, et de se sentir important. L'espionnage pour les Français était une entreprise très lucrative, surtout depuis que le gouvernement de Louis xvi se préparait à déclarer ouvertement son soutien aux rebelles américains. Mais après avoir passé des heures en compagnie de Sir Gerald, Christopher avait seulement eu la forte impression que le baronnet restait profondément loyal à son roi. Par ailleurs, Sir Gerald abhorrait les Français avec une passion qui frôlait la folie, une haine qui lui venait de celle pour les cousins à moitié français de sa femme, les ducs de Roxton. La répugnance de Sir Gerald pour le duc de Roxton et sa famille était telle que Christopher était convaincu que le baronnet voulait faire tout ce qui était en son pouvoir pour provoquer la chute de cette famille.

Christopher était persuadé – et il avait fait part de cette croyance à Shrewsbury – que si Sir Gerald faisait partie d'un réseau d'espions ou

avait un quelconque lien avec des traîtres au gouvernement de Sa
Majesté, c'était parce qu'on l'avait trompé et qu'il pensait soutenir la
cause anglaise, aidant l'ennemi à son insu. Sir Gerald n'avait pas l'intelligence requise pour être un traître accompli, et encore moins l'archi-
tecte d'un réseau élaboré d'espionnage. Shrewsbury avait chargé
Christopher de lui fournir des preuves appuyant ses accusations et de
découvrir qui exactement étaient les contacts de Sir Gerald. Christopher était également persuadé que l'un de ces contacts se terrait, à ce
moment même, dans les appartements privés de Sir Gerald, où il
dégustait les noix vinaigrées préparées par la cuisinière.

Il ne partagea rien de tout cela avec Lady Mary, même s'il aurait
souhaité pouvoir lui confier assez d'éléments pour la rassurer et pour
qu'elle comprenne que le fantôme de Sir Gerald n'était pas revenu la
tourmenter. Et si le voleur de l'office était un traître financé par les
Français, il s'occuperait rapidement de ce malfaiteur. Mais en attendant, il éloigna la conversation des fantômes et des voleurs pour
aborder un sujet qui, il en était sûr, détournerait son attention.

— Puis-je vous demander ce que vous brodez ?

La question surprit Mary. Aucun homme, à l'exception de ses
proches, n'avait jamais montré assez d'intérêt poli pour lui poser une
telle question ; son époux ne l'avait certainement jamais interrogée au
cours de toutes leurs années de mariage. Enchantée, elle afficha un large
sourire.

— Oh ! Oui ! Bien sûr que vous pouvez me le demander ! répondit-elle chaleureusement. C'est une première feuille d'acanthe, il y en
aura deux autres.

Elle leva le tambour à broder par son support pour qu'il puisse voir
son ouvrage ; une feuille à moitié terminée, avec des volutes et des
torsades.

Il s'approcha pour mieux voir.

— Et si je ne m'abuse, la fleur jaune est un bouton d'or, la blanche
est une fleur de fraisier, et vous avez également brodé une fine tige de
lierre.

— Vous avez l'œil pour identifier la flore tissée, Mr. Bryce !

— Seulement quand elle est aussi délicatement brodée, milady.
Mais je me demandais également : quel genre de pièce confectionnez-
vous ?

— Quand j'aurai terminé, ce sera le bonnet de baptême d'un
nouveau-né.

— Puis-je ?

Il tendit la main, et après avoir coincé l'aiguille dans la soie rose, elle lui donna le tambour à broder. Il fit légèrement passer le bout de ses longs doigts sur les points pour inspecter son ouvrage et s'arrêta sur les volutes métalliques de la feuille d'acanthe inachevée avant de relever la tête.

— Je dirais que cette exquise parure n'est pas pour n'importe quel nouveau-né.

— Vous avez raison, Mr. Bryce. Je brode ce bonnet pour l'enfant de ma cousine la duchesse, qui doit naître à la nouvelle année.

— Votre cousine la duchesse ? Ce n'est pas pour le dernier enfant de la duchesse de Roxton, alors ?

— Non. Il ne sera pas pour le petit Otto. Les Roxton utilisent encore le bonnet que j'avais brodé pour le baptême de Frederick – leur premier enfant, leur héritier. Puis ils ont décidé de l'utiliser pour tous leurs bébés suivants. C'est quelque chose dont je suis très fière, ajouta-t-elle à la hâte, d'un ton catégorique, comme si elle avait besoin d'élever son ouvrage au rang d'exception.

— Vous avez bien raison. Vous avez une main délicate, et vos points ont des nuances incomparables.

— Oh ! Je pensais…

— Que comme je suis un homme, je ne saurais pas vraiment apprécier le soin, l'attention, le travail délicat, sans parler de l'amour, nécessaires à la réalisation d'un tel ouvrage ?

— Oui, avoua-t-elle d'un air coupable, sans pouvoir s'empêcher de rougir, car elle était profondément touchée par ses paroles. J'ai toujours pensé – secrètement bien sûr – que j'étais une bonne brodeuse, bien plus douée avec un fil et une aiguille que toutes mes nurses. Mais personne hors de ma famille ne l'a jamais confirmé. Et je supposais qu'ils m'encensaient plus par sens du devoir et par politesse que parce qu'ils trouvaient ma broderie exceptionnelle.

— Vous vous sous-estimez. Pour créer des motifs floraux aussi délicats, il vous faut non seulement une technique experte en toutes sortes de points, mais également une bonne compréhension des nuances. Il faut aussi maîtriser le mélange des couleurs, afin de donner à vos créations une apparence naturelle. N'est-ce pas ?

Elle hocha la tête, incapable d'articuler sa stupéfaction face à ses connaissances dans un domaine qui, elle l'avait supposé, n'était intéressant et compréhensible que pour les membres de son propre sexe.

— Ai-je raison de supposer que vous avez réalisé un croquis du motif avant de commencer ?

— Oui, bien sûr. Je dessine toujours mes propres motifs.

— Dans ce cas, vous n'êtes pas seulement une brodeuse talentueuse, mais également une artiste.

— Dessinatrice plutôt qu'artiste. Je ne peux que reproduire ce que je vois. Je manque d'imagination pour créer des images.

— Admettez au moins que vous dessinez bien, alors. Et ce que vous dessinez, vous le peignez ensuite avec votre fil et votre aiguille.

— Je peins avec mon fil et mon aiguille… répéta-t-elle, souriante, satisfaite de cette description. C'est très vrai. Merci. (Elle récupéra son tambour à broder et le posa sur ses genoux.) Puis-je donc supposer que vous avez vu de nombreuses broderies par le passé ?

— Peut-être plus que n'importe quel homme vivant, à l'exception des quelques individus qui pratiquent eux-mêmes la broderie.

— Vous parlez des artisans qui en font leur métier, pour gagner de l'argent, pas comme moi, qui brode pour passer le temps et offrir des cadeaux à ma famille et à mes amis.

— Il y a ceux-là, bien sûr, mais je parlais des gentlemen qui brodent dans le seul but de se détendre.

Mary s'avança sur sa chaise, incrédule.

— Je vous demande pardon ? Des *brodeurs* ? Je ne vous crois pas !

— Oh, mais vous devez me croire, milady. Je les ai vus assis devant des tambours à broder en ivoire et en bois, exactement comme le vôtre. Certains faisaient même du tricot et du crochet.

Mary le fixait toujours, la bouche ouverte d'incrédulité, il ajouta donc avec un sourire :

— Ma tante peut confirmer mes dires, et si ses yeux n'étaient pas devenus si faibles, je suis sûr qu'elle approuverait également mon appréciation de vos compétences.

— Où est-ce que vous et votre tante avez acquis de telles connaissances sur l'art de la broderie ?

— Ici et… hum… là-bas. Mais surtout là-bas.

— Sur le continent ?

— Oui.

— Vous avez dû inspecter une quantité excessive de broderies pour faire de telles déclarations à propos de la mienne – si vous êtes bel et bien sincère.

Son air incrédule ressemblait tellement à celui de sa fille qu'il afficha un grand sourire. Il avait tellement voulu lui prouver sa sincérité qu'il avait encore baissé sa garde, à propos de son passé cette fois-ci – c'était la première fois qu'il se montrait aussi ouvert à ce sujet depuis son retour dans le vallon endormi.

— Sincère ? Avec vous, toujours. Et oui, vous pouvez me croire, j'ai inspecté, évalué, encensé, un grand nombre de broderies, sur lesquelles je faisais des remarques et offrais des critiques constructives quand on me le demandait. Je sais donc reconnaître un bel ouvrage quand j'en vois un.

Un léger sourire apparut sur les lèvres de Mary. Elle se surprit quand elle marmonna distinctement, avec une ironie non dissimulée :

— Toutes ces broderies avaient été réalisées par votre tante, j'en suis sûre.

Il rit bruyamment de son trait d'esprit.

— Si seulement cela était vrai ! J'aurais pu énormément économiser mon temps et mes efforts. Mais je n'ai aucun regret, ajouta-t-il sérieusement. Car cette route m'a mené ici… auprès de vous…

— Mr. Bryce, la route que vous avez choisi d'emprunter ne regarde que vous, l'interrompit-elle avant de baisser la tête, sa gorge et ses joues prenant une teinte cramoisie assortie à ses boucles flamboyantes. Cela ne me regarde abso…

— … et de Teddy. Je n'ai moi-même pas d'enfants, mais j'ai au moins le privilège d'être comme un oncle pour Theodora, ce dont je vous serai éternellement reconnaissant.

Elle releva la tête vers lui, toute gêne se dissipant quand il mentionna sa fille.

— Moi ? C'est Sir Gerald qui a fait de vous le tuteur de Teddy, pas moi. Et c'est moi qui devrais vous remercier, Mr. Bryce. Je ne pense pas l'avoir déjà fait dans les règles. Mais il le faut, après tout ce que vous avez fait pour elle et avec tout l'intérêt que vous lui portez. C'était très négligent de ma part.

— C'est inutile, milady. J'apprécie la compagnie de Teddy. Elle me rappelle ce que c'est d'être jeune et insouciant. Elle trouve de quoi se réjouir dans le quotidien, et elle aime profondément le vallon. Nous devrions tous nous évertuer à être comme elle. La plupart d'entre nous perdons cela de vue en grandissant.

Mary soupira sans s'en rendre compte.

— Oui. Et certains ne voient jamais tout cela, peu importe leur âge.

Les lèvres de Christopher tressaillirent. Il sourit presque, mais maîtrisa ses traits pour rester sérieux.

— Pardonnez-moi de le dire, milady, mais Sir Gerald avait peu de temps à consacrer à quelqu'un d'autre que lui. L'égocentrisme rend aveugle à la myriade de possibilités qui nous entourent.

Ce n'était pas du tout à son époux que Mary pensait, mais à sa mère, et elle était d'accord avec lui, sans pour autant le dire. Un de ses sourcils s'arqua de surprise.

— Sir Gerald avait beaucoup de temps à vous accorder, Mr. Bryce.

Christopher avait envie de répondre : *Parce qu'il passait ce temps à palabrer sur lui-même et ses malheurs, qu'ils soient réels ou imaginaires, pendant que j'écoutais patiemment ses divagations égocentriques, parce que c'était exigé de moi, non parce que j'en avais envie.* Au lieu de cela, il dit d'un ton mesuré, sans relever la critique que son ton sous-entendait :

— Nous consacrions ce temps à discuter de nos intérêts agricoles communs, des obligations contraignantes de Sir Gerald en tant que haut-shérif du Gloucestershire et, en plus de cela, du projet de canal reliant Stroud à la Severn, dont Sir Gerald et moi sommes tous les deux des investisseurs.

Mary pinça les lèvres en une fine ligne, et bien qu'elle ne lève pas les yeux au ciel, Christopher était persuadé que c'était exactement ce qu'elle était en train de faire mentalement. Sa remarque polie, censée dissimuler son ennui, eut l'effet inverse, mettant l'accent dessus. Il ne put retenir un éclat de rire quand elle déclara :

— Fascinant. Maintenant je comprends mieux pourquoi vous n'arriviez pas, tous les deux, à vous détacher du porto et de la cheminée.

Quand il rit, elle ajouta, les joues en feu :

— Pensez-vous que je plaisante, Mr. Bryce ?

— Puis-je m'exprimer librement, milady ?

Quand Mary hocha la tête, soudain méfiante, il ajouta d'un ton neutre :

— Entre voisins…

— Oui. Bien sûr.

— Ce que je pense, c'est que vous êtes douée pour cacher votre vraie nature sous un voile de politesse. Pourquoi ne pas dire ce que vous pensez : que vous êtes contente de ne pas avoir eu à subir les discussions assommantes sur la production de laine, les malversations de tissu, les *Poor Laws* et l'avancement de la construction du canal.

— Mais ce n'est pas du tout ce que je pense, objecta Mary, indignée.

Quand, à son tour, Christopher haussa les sourcils, comme s'il avait besoin d'être convaincu, elle expliqua :

— Je serais ravie de discuter de n'importe lequel de ces sujets, si on me donnait l'opportunité d'en apprendre plus à leur propos. Je suppose… Non ! Plutôt, je *sais* que Sir Gerald considérait que j'étais incapable de comprendre un problème érudit ayant la moindre profondeur. Ce qui est vrai, car j'ai reçu une éducation terriblement inadaptée, même si on se base sur les critères féminins. Cela m'a sauté aux yeux quand, alors que j'étais à peine plus âgée que Teddy, je suis allée vivre avec mes cousins Roxton. Plus je passais de temps en compagnie de ma cousine la duchesse, plus je me rendais compte à quel point j'étais ignare.

— Votre cousine la duchesse ? Celle qui doit donner naissance à un noble héritier à la nouvelle année ?

— Oui. Celle-là même. C'est ma cousine la plus proche, bien qu'elle ait environ vingt ans de plus que moi. Oui, Mr. Bryce, vos calculs mentaux sont exacts. Elle va devenir mère à cinquante ans, bien qu'il ne s'agisse pas de sa première grossesse. Elle a déjà deux fils, de son premier mariage à l'ancien duc de Roxton.

— Le duc actuel est son fils ?

— Oui. J'ai un arbre généalogique compliqué, non ? répondit Mary avec un sourire quand elle le vit aussi surpris, avant d'ajouter : Je m'en réjouis, et je me réjouis de l'avoir dans ma vie. Sa Grâce a reçu une éducation peu conventionnelle – son père était médecin, et puisqu'il n'avait pas d'autre enfant, il l'a élevée comme un garçon –, ce qui lui a donné la capacité à converser sur tout un tas de sujets, et ce en trois ou quatre langues. Elle lit également le latin et le grec, et elle n'a jamais peur de poser des questions.

Christopher fit la grimace.

— Ce n'est pas une de ces femmes grossières et pédantes, si ? s'enquit-il, plus pour atténuer le sentiment d'infériorité de Mary que pour critiquer une noble qu'il ne connaissait pas ou, d'ailleurs, pour s'opposer à l'idée qu'une femme reçoive une bonne éducation.

— Non. Non. Pas du tout ! À vrai dire, c'est la femme la plus délicieuse qui soit. Vous disiez que nous devrions rester jeune dans notre cœur, un commentaire qui lui convient parfaitement. Elle est enjouée, elle a un grand cœur, et elle est d'une beauté à couper le souffle, tant et si bien que quand j'étais petite, j'avais l'impression d'être en compagnie d'une bonne fée quand j'étais avec elle. Mes années chez les Roxton étaient les plus magiques de ma vie.

— Vous avez vécu avec l'ancien duc et sa duchesse… ?

— J'avais douze ans, mes parents venaient de se *séparer* de façon permanente et mon père est parti vivre à la Barbade. On a envoyé Dair et Charlie à Harrow, et comme la santé de ma mère était très fragile, on a considéré qu'il valait mieux qu'elle parte quelque temps, pour s'ajuster à sa… à sa *nouvelle situation*. Elle est partie vivre à Cheltenham pendant un moment, où personne ne la connaissait. Elle s'est attachée à ce lieu et y retourne tous les ans depuis, en grande pompe. Selon

Teddy, la société de Cheltenham considère sa grand-mère comme sa reine.

— Oui, approuva Christopher avec un soupir exagéré, espérant faire sourire Mary. C'est ce que Teddy m'a dit aussi.

Mais Mary ne souriait pas. Sa remarque la mit mal à l'aise et elle dit d'un air confus :

— J'imagine que Teddy vous dit de nombreuses choses qu'il vaudrait mieux ne pas répéter.

— Oh, n'ayez crainte, milady. Ce que Teddy me dit reste ici, dit-il en tapotant sa tempe. Je ne compte pas répéter les nombreuses maximes de la comtesse – à personne.

Les épaules de Mary s'affaissèrent et elle sembla nerveuse, il ajouta donc doucement :

— Aurais-je tort de supposer que, alors que vous manqueriez terriblement à Teddy si vous vous retrouviez séparées, vous n'avez pas ressenti le même manque quand on vous a envoyée vivre avec les Roxton ?

Mary prit une profonde inspiration et hocha la tête. Elle ne voulait pas se cacher, et puisqu'il lui prêtait une oreille attentive et qu'elle avait besoin d'un confident – elle se demanderait plus tard si la fatigue avait aidé à délier sa langue –, elle dit avec une franchise inhabituelle et d'une voix plus chargée d'émotion que prévu :

— Mr. Bryce, je n'ai jamais été aussi heureuse que pendant ces quatre années avec ma cousine la duchesse et monsieur le duc de Roxton. Le temps passé en leur compagnie m'a ouvert les yeux sur une façon de vivre qui m'était jusque-là inconnue, à tous les égards. À l'exception de la naissance de ma fille, je n'ai plus jamais connu un tel bonheur…

Sa voix s'éteignit ; elle était troublée de constater à quel point il lui était facile de s'ouvrir à lui, ce qu'elle n'avait jamais fait avec Sir Gerald, encore moins avec sa mère, et rarement avec n'importe quel membre de sa famille élargie. Après réflexion, elle comprit que la seule autre personne avec qui elle avait conversé de façon aussi libre et aisée était l'ancien duc de Roxton, qui avait la capacité d'écouter sans faire de commentaire et sans révéler ce qu'il pensait. C'était exactement ce que faisait Christopher Bryce à ce moment même – il l'observait attentivement, loin de révéler ce qu'il pensait.

À l'image de Teddy, qui était sûre d'elle et n'était jamais tournée en dérision par son oncle Bryce, quand Mary avait douze ans, elle avait jacassé sur toutes sortes de sujets, et l'ancien duc l'avait écoutée comme s'il n'avait jamais connu conversation plus intéressante. Bien sûr, en y repensant, elle s'émerveillait de sa propre hardiesse naïve, surtout face à un aristocrate aussi âgé et impressionnant. Parfois, lors de ses bavardages, elle le surprenait en train de lancer un coup d'œil à son épouse, blottie dans son fauteuil préféré, un livre à la main. Le couple échangeait un sourire et elle, une fillette de douze ans, avait l'audace ultime de lui demander, à lui, s'il l'écoutait. Le duc ne perdait jamais le fil, bien qu'il n'ait d'yeux que pour sa femme, et pouvait réciter sa dernière phrase mot à mot. Il demandait alors à Mary de bien vouloir continuer, lui assurant que sa conversation était tout à fait édifiante. Bien sûr, elle n'avait compris que des années plus tard qu'il était ironique, et que son sourire énigmatique et son expression quand il regardait sa femme traduisaient son amour et sa dévotion totale.

Ses parents ne s'étaient jamais regardés de cette façon, et s'ils avaient jamais été amoureux, c'était avant sa naissance. Elle avait grandi dans un foyer où ses parents communiquaient rarement, tant la haine qu'ils partageaient était glaciale. Quant à Sir Gerald, il ne l'avait jamais regardée avec amour et dévotion, car il ne l'aimait pas. Cela dit, en toute honnêteté, elle ne l'aimait pas non plus. Leur mariage était arrangé. Elle avait accepté sa demande pour échapper à sa mère et son malheur. Peut-être que si les Roxton avaient été en Angleterre à ce moment-là, et non dans la lointaine contrée qu'était Constantinople, elle n'aurait pas ressenti le besoin de se marier précipitamment. Elle avait désespérément voulu se joindre à eux pour leur voyage continental, et ils avaient voulu qu'elle vienne. Mais sa mère avait imploré le duc de ne pas la laisser seule, assurant qu'elle ne supporterait pas d'être séparée de sa seule fille. Malgré les protestations de Mary, l'ancien duc avait donné gain de cause à la comtesse. Mary avait accepté la demande en mariage de Sir Gerald Cavendish avant la fin de l'année.

Elle était certaine qu'on ne la regarderait jamais comme l'ancien duc de Roxton avait regardé sa cousine la duchesse. À sa mort, une partie du cœur de sa cousine était morte avec lui. Mais elle avait fini par se remarier, avec un homme qui l'aimait tout autant, qui lui était tout autant dévoué, et ils attendaient maintenant leur premier enfant. Quant à elle, c'était une veuve qui avait fêté ses trente ans, qui n'avait jamais été amoureuse, n'avait jamais connu l'amour et la dévotion d'un homme bon et digne, encore moins deux, et n'avait jamais partagé un baiser passionné avec un homme, et encore moins connu l'intimité que seuls deux amoureux pouvaient partager…

Je vous en prie, ne laissez pas mon cœur flétrir et mourir, mon espoir se faner, et ma capacité à aimer se limiter à ma fille.

Pourquoi, soudain, était-elle aussi misérablement nombriliste ? Sa mère lui avait sévèrement rappelé son besoin de penser à l'avenir de Teddy. L'honneur et la fierté de sa famille exigeaient qu'elle accepte un nouveau mariage arrangé. Les femmes de son statut avaient une vocation supérieure, une obligation auprès de leur lignée. La passion ne durait pas, l'amour se fanait. Les mariages d'amour étaient réservés aux autres – les gens d'origine modeste, les champignons qui poussaient de nulle part. Elle appartenait à la noblesse. Le sang royal des Stuart coulait dans ses veines. Elle...

Répétait mot pour mot les maximes de sa mère... Seigneur, devenait-elle comme sa mère ? Pitié, Seigneur, non...

— Milady. Tenez. Prenez ceci...

Mary chassa les larmes sur ses cils en battant des paupières et trouva, en baissant les yeux, un mouchoir en lin blanc écrasé dans son poing. Elle se demandait ce qu'elle était supposée en faire quand elle se rendit compte qu'elle voyait flou, qu'elle était aveuglée par les larmes, des larmes qui avaient roulé le long de ses joues empourprées et qui s'étaient déversées sur sa broderie.

CINQ

Mary se releva d'un bond, tapotant précipitamment ses yeux et ses joues colorées, mortifiée par son comportement. Elle oublia le tambour à broder en ivoire sur ses genoux jusqu'à ce qu'il tombe par terre avec fracas. Christopher le ramassa et le posa sur sa boîte à couture, près de sa chaise. Elle resta figée sur place, son mouchoir humide dans la main – c'était la deuxième fois qu'il s'était senti obligé de le lui donner –, il le récupéra donc délicatement et le plongea dans une poche de sa redingote.

— Pardonnez-moi, Mr. Bryce. Je ne sais pas ce qui m'a pris, parvint-elle à dire d'un ton ferme, avant de déglutir, de lisser ses jupons piqués, puis de joindre ses mains devant elle, un peu trop fermement. C'était inconsidéré et…

— Je vous en prie, milady. Inutile de vous justifier. Les souvenirs frappants peuvent parfois nous submerger…

— Je ne souhaite pas m'attarder là-dessus, dit-elle en reniflant de façon impérieuse, s'efforçant de ne pas le regarder. Je vous en prie, vous devez avoir des choses à faire, et je dois me préparer à aller me coucher. Si vous voulez bien me dire ce que je dois faire. J'aimerais vous apporter mon aide pour capturer ce-ce voleur.

Christopher l'observait, lèvres pincées, et s'accorda un instant pour rassembler ses esprits. Il savait que leur moment d'intimité informelle était terminé, et il savait quand tenir sa langue. Il savait aussi quand il valait mieux attendre, attendre, encore et encore. N'avait-il pas déjà attendu huit ans ? Six sans espoir aucun puis, depuis la mort de son mari, deux années passées à attendre qu'elle repense à leur première rencontre et comprenne que c'était le destin qui l'avait mené à elle.

Kate lui reprochait d'être sentimental. Elle l'avait prévenu que la fierté rigide de Lady Mary, et sa fierté à lui, seraient comme un poids à leur cheville qui les noierait avant qu'ils n'aient pu trouver une issue heureuse à leur situation délicate. Non pas que la *Fière Mary* – c'était ainsi que l'appelait Kate pour plaisanter – ait la moindre idée des sentiments qu'il avait pour elle, si ? Ce qui n'était pas non plus de bon augure. Kate connaissait les Roxton et leur milieu bien mieux que lui. Il avait beau avoir passé une décennie à effleurer les épaulettes en soie de la noblesse italienne, il ne l'avait pas fait en tant que Christopher Bryce de Brycecomb Hall, n'est-ce pas ? Là-bas, on le connaissait simplement sous le nom de « Cristoforo », et on ne lui demandait rien de plus dans le métier qu'il s'était choisi.

La noblesse anglaise était différente de celle que l'on trouvait à l'étranger. Dans la société italienne, les beaux hommes accomplis pouvaient occuper une place particulière dans le foyer d'un noble, sans comptes à rendre. Cristoforo était accepté, car il était reconnu par le mari et satisfaisait les besoins de la femme. Mais sur le sol anglais, chez lui, il serait toujours déterminé par ses circonstances familiales et par son éducation provinciale, et ce malgré le fait qu'il avait refaçonné sa vie et lui-même changé pendant l'exil qu'il s'était imposé sur le continent.

Christopher ne voulait pas entendre ce que Kate avait à dire, mais il savait qu'elle avait raison. Après tout, n'avait-elle pas fait pareil au cours de sa propre vie ? Mais elle ne pouvait pas le conseiller au sujet de Lady Mary. Il comprenait Mary mieux que quiconque, mieux que sa famille et son mari, mieux que Kate, qui ne l'avait pas encore rencontrée, et assurément mieux que la comtesse de Strathsay.

Il devait seulement la convaincre de se voir différemment, de voir le monde différemment – de se débarrasser de son armure noble et de tous les préceptes suffocants qu'elle devait suivre quand elle fréquentait la haute société –, de voir que la Mary qui vivait dans ce vallon était la véritable Mary.

La véritable Mary aimait l'apiculture, la fabrication de fromage et la broderie. C'était une épouse digne et loyale, malgré un mari orgueilleux et pompeux qui ne méritait pas sa dévotion. La véritable Mary faisait de longues promenades dans la vallée et assumait ses responsabilités et devoirs d'épouse d'un propriétaire terrien avec dignité et dévouement. Elle ne confiait pas ses besognes à autrui, rendant elle-même visite aux malades et aux infirmes, aux vieux et aux très jeunes parmi les métayers de son mari, leur apportant des paniers de nourriture et écoutant leurs histoires et griefs comme si elle avait tout le temps du monde.

La Mary qu'il connaissait rappelait à sa fille à quel point elle était belle et intelligente, lui disait qu'elle était capable de tout faire si elle était déterminée, et la laissait être un garçon manqué. Teddy faisait confiance à sa mère, c'était donc une enfant heureuse, satisfaite, et qui avait confiance en elle. À dix ans, c'était tout ce qui importait. Qu'en était-il des accomplissements et de la beauté de Mary ? Elle était tellement effacée et embarrassée par sa beauté rousse qu'il avait d'abord pris sa gêne pour de la suffisance. Jusqu'à ce qu'un jour, elle fasse remarquer impulsivement que sa cousine et leur grand-mère paternelle commune, toutes deux dotées de boucles flamboyantes, étaient d'une beauté si extraordinaire que l'on considérait Mary comme la plus banale de la famille. Il avait soufflé d'incrédulité. Elle était sincère et s'était donc sentie offensée.

Kate avait souri et dit qu'elle était d'accord avec lui ; il était devenu cramoisi d'embarras après s'être autorisé à exprimer ses sentiments publiquement, de façon aussi expansive. Mais Kate comprenait. Même si sa vue défaillante ne lui permettait pas de voir son expression, elle entendait parfaitement la sincérité et l'amour dans sa voix. Mais elle craignait qu'il manque de temps, car Mary allait manquer de temps. Les Roxton et les Strathsay ne laisseraient surtout pas Mary rester veuve à jamais. Elle était encore jolie, fertile, et donc encore bonne à marier, elle restait donc un atout pour leur avancée politique et sociale. Ils la marieraient à un noble qui les emmènerait, elle et Teddy, loin du vallon. Il fallait qu'il trouve un plan, et ce rapidement, ou il perdrait Mary et Teddy pour toujours. S'il avait en effet une chance. Avait-il un plan… ?

— Mr. Bryce ? Votre plan ? s'enquit Mary une deuxième fois, car il continuait à la fixer sans répondre. Vous devez bien avoir une petite idée de ce que vous comptez faire pour attraper ce voleur, et vous devriez me mettre au courant pour que je puisse vous aider.

— Oui, oui j'ai un plan, milady, dit-il avec un hochement de tête, chassant de ses pensées les conseils bien intentionnés de Kate au sujet d'un avenir qui semblait aussi probable que le retour de Malbrough à Pâques ou à la Trinité. Quand j'aurai vérifié que les deux portes qui permettent d'entrer dans les appartements de Sir Gerald et d'en sortir sont bien fermées, m'assurant donc que l'intrus ne puisse pas s'échapper par la porte des domestiques ou par le couloir…

— … en supposant qu'il s'agisse d'un voleur et non d'un fantôme.

— Oui. En supposant qu'il s'agisse d'un voleur et non d'un fantôme, répéta-t-il patiemment. J'ai l'intention d'attendre jusqu'à ce que j'entende du bruit dans les appartements de Sir Gerald. Puis je prendrai le voleur par surprise en entrant par la porte qui donne sur votre chambre à coucher, et je le maîtriserai par la force.

Lady Mary écarquilla les yeux.

— Sans aucune aide ? Ne devriez-vous pas être accompagné de plusieurs domestiques, au cas où ce voleur essayerait de prendre le dessus ?

— Et faire attendre ces hommes avec moi dans votre chambre ? Non. Je ne vous ferais pas subir cela, milady. Et je préférerais qu'un minimum de personnes connaissent l'existence de ce voleur. Et puis, ajouta-t-il en reculant et en écartant les bras avant de tourner lentement sur lui-même pour qu'elle puisse l'apprécier dans son entièreté, ai-je l'air d'avoir besoin d'aide ?

Mary l'observa de haut en bas avec tout le sérieux d'un acheteur examinant un étalon primé : l'écuyer n'était pas immense, mais il restait plus grand que la moyenne, il avait le torse et les épaules larges, des mollets solides, de longs pieds, et s'il serrait les poings, elle ne doutait pas qu'il pourrait aisément les faire passer à travers un mur. Il avait beau être athlétique, il avait un corps mince, et son nez fin et ses yeux intelligents le rapprochaient plus d'un noble que d'une brute. Elle secoua la tête pour approuver ses propos et ne put s'empêcher de sourire quand il haussa les sourcils, comme pour ponctuer sa question d'un point d'exclamation.

— En revanche, vous devrez malheureusement tolérer ma présence incommode dans votre chambre, s'excusa-t-il, son sourire ayant disparu. S'il y avait une autre solution…

Mary baissa les yeux, espérant qu'elle ne rougissait pas, même si elle sentait la chaleur lui monter au visage. Elle déglutit et parvint à dire d'une voix mesurée en le regardant dans les yeux :

— Ce n'est qu'un petit désagrément comparé à l'issue souhaitée, Mr. Bryce. Je compte passer la nuit sur la méridienne de ma garde-robe.

— Je ne vous priverais pas de votre lit, milady. Je…

— Je vous en prie, ne vous inquiétez pas pour moi, l'interrompit-elle brusquement pour clore la discussion, affichant un sourire qui, elle l'espérait, lui donnait l'air imperturbable. Je suis sûre que vous appréhenderez ce voleur le plus rapidement possible... Et quand ce sera fait, que comptez-vous faire de lui ?

— L'enfermer jusqu'à ce que le magistrat puisse le récupérer.

Il ne précisa pas qu'il comptait profiter de l'enfermement du voleur pour découvrir par lui-même si ce corniaud était bel et bien un espion, et si c'était le cas, il soutirerait autant d'informations que possible à ce démon avant de le remettre aux hommes de main de Shrewsbury qui, se faisant passer pour des employés du magistrat local, l'emmèneraient se faire interroger par le chef des services secrets en personne.

— Je peux peut-être vous apporter mon aide, Mr. Bryce ?

Il dissimula sa surprise derrière un sourire de façade et la parcourut du regard, commençant par ses mules à talon jusqu'au petit bonnet bordé de dentelle fermement attaché sur le haut de sa tête. Elle ne faisait même pas un mètre soixante et ses poignets étaient aussi épais qu'un manche à balai. Sans son décolleté généreux retenu dans un corset à baleines qui servait de contrepoids aux larges jupons à crinoline sur ses hanches, elle aurait semblé aussi fragile qu'une coquille d'œuf. Comment pensait-elle pouvoir l'aider... ? Mais il ne voulait pas doucher son enthousiasme ou l'effrayer en faisant remarquer que n'importe quel homme à l'exception de Mr. Deed, rongé par l'arthrite, pouvait la maîtriser d'une seule main autour de son cou. Il préféra dire sérieusement :

— Vous le pouvez peut-être, milady. Mais seulement quand j'aurai bien attrapé le vaurien. Je vous appellerai alors dans la garde-robe de Sir Gerald pour que vous ouvriez la porte des domestiques donnant sur l'escalier qui mène à la cuisine. Vous pourriez également éclairer le chemin à l'aide d'une chandelle, ou demander à votre bonne...

— Non ! Je vais m'en charger. Je compte envoyer Betsy se coucher avant votre arrivée. Je ne veux pas qu'elle soit effrayée et qu'elle se mette à hurler... (Son regard remonta vivement vers les yeux de Christopher.) Je ne veux pas non plus qu'elle pose des questions auxquelles je n'ai aucune envie de répondre.

— Voilà qui est très sage, milady, répondit-il d'une voix mesurée.

Il savait qu'elle faisait référence à sa présence à lui, un homme, dans sa chambre à coucher, sans que sa bonne ait reçu d'explication. Les domestiques se raconteraient des commérages qui s'étendraient au village et au reste de la communauté. S'il y avait bien une chose qu'il savait sur les habitudes de l'acerbe Mrs. Keble, c'était qu'elle était à l'origine de rumeurs infondées qui circulaient déjà dans le vallon à propos de l'écuyer et de la veuve Lady Mary.

— Par ailleurs, ajouta-t-il, il vaudrait mieux suivre la routine que vous suivez tous les soirs pour ne pas éveiller de soupçons chez Betsy.

Mary prit une profonde inspiration et hocha la tête.

— Donnez-moi une heure, vous pourrez ensuite monter l'escalier principal et suivre le couloir qui mène jusqu'à mon boudoir ; je laisserai la porte entrouverte. Il y aura assez de lumière pour que vous rejoigniez ma chambre de là. Les portes de communication sont ouvertes, à l'exception de celle qui mène aux appartements de Sir Gerald qui, comme je vous l'ai dit, est verrouillée ; vous n'aurez donc aucun mal à trouver votre chemin.

CHRISTOPHER FAISAIT LES CENT PAS AU PIED DU GRAND ESCALIER, vérifiant encore et encore sa montre à gousset en argent pour s'assurer que l'heure qu'elle avait demandée était bel et bien écoulée. À l'instant où il posa un pied botté sur la première marche, chandelle allumée en main, l'intendante sortit de l'ombre pour lui demander si, comme il restait pour la nuit, il voulait son chien avec lui dans sa chambre habituelle, ou qu'il soit envoyé dans les écuries.

Il était si stressé par ce qui l'attendait que sa réponse fut plus sèche qu'à son habitude. Il lui répondit que Lorenzo resterait dans son panier, dans sa chambre. Puis il lui demanda si elle savait où se trouvait Luke, à qui Christopher avait confié son chien jusqu'à ce qu'il le récupère. Mrs. Keble ne le savait pas, mais elle le trouverait. Puis elle s'attarda et lança un coup d'œil furtif et significatif à sa chaussure sur la première marche, avant de remonter l'escalier du regard, comme pour souligner qu'un régisseur n'avait pas à passer par là.

Christopher la congédia sans explication et attendit qu'elle disparaisse par la porte des domestiques, ce qu'elle fit, lentement, jetant un coup d'œil par-dessus son épaule avec un sourire entendu quand elle ferma la porte. Puis il monta les marches deux par deux. Ce fut seulement après s'être glissé dans le boudoir de Lady Mary qu'il se rendit compte qu'il n'avait pas consciemment respiré depuis le premier palier.

Lady Mary avait raison. Il se déplaça aisément dans la pièce. Le boudoir de sa chambre contenait étonnamment peu de meubles, même s'il était persuadé que les murs étaient recouverts d'un joli papier peint assorti aux rideaux et de tableaux. Il ne fut cependant pas surpris que la pièce soit froide et sombre. Aucune chandelle et aucun feu de cheminée n'était allumé. Il se sentit brièvement coupable, car c'était lui qui avait décrété que le domaine devait économiser de l'argent, n'autorisant que les pièces qui étaient occupées une grande partie du jour ou de la nuit à recevoir cire, charbon ou bois, et même dans ce cas, les quantités étaient limitées. La pièce suivante, qui ressemblait à une garde-robe, était faiblement éclairée, mais pas par un feu de cheminée, l'âtre étant également vide. Il y faisait donc aussi froid que dans le boudoir.

Sa nervosité à l'idée d'être dans les appartements de Lady Mary se dissipa, remplacée par une certaine préoccupation face à l'absence de feu de cheminée. Il ne remarqua donc pas que la pièce était occupée. Il était au milieu du tapis, se dirigeant vers la chambre à coucher, quand il se rendit compte qu'il n'était pas seul. Il fit volte-face et se figea. Lady Mary était assise à sa coiffeuse. Un petit candélabre à quatre branches illuminait des pots en verre, diverses affaires de toilette et le miroir. Mais elle tournait le dos à son reflet, se brossant les cheveux face à lui. Elle les avait rassemblés par-dessus son épaule gauche. Tenant d'une main sa longue et épaisse crinière à environ dix centimètres des pointes, elle était en train de la démêler.

Il suivit du regard le mouvement de va-et-vient de la brosse en argent quand elle poursuivit ses gestes lents et réguliers pour démêler ses boucles rousses soyeuses. Il craignait de détourner le regard. Mais il aperçut ses fines chevilles dans leurs bas blancs et il savait qu'elle portait une chemise de nuit blanche dont l'ourlet était orné d'une fine bordure en dentelle, sous une robe de chambre en soie bordée de fourrure et dont les manches trois-quarts se terminaient sur des revers retournés en fourrure. Cette robe de chambre était ouverte et lâche sur ses épaules. Un bonnet de nuit blanc et plusieurs épingles étaient posés près du candélabre sur la coiffeuse.

Quand elle l'aperçut, elle ne montra aucune nervosité. Elle posa sa brosse et se précipita vers lui, pieds nus, sans refermer la robe de chambre sur sa poitrine. Il déglutit avec difficulté, craignant de s'étouffer sur sa langue asséchée.

— Mr. Bryce, vous êtes enfin là. Bien, siffla-t-elle dans un murmure. Je vous attends depuis dix minutes. Vous êtes-vous perdu ?

Il secoua la tête. Au lieu de lui demander si elle avait entendu du bruit venant des appartements de Sir Gerald, il déglutit derechef pour se délier la langue et dit brutalement, d'une voix rauque :

— La cheminée de votre chambre est-elle allumée ?

Mary l'observa en clignant des yeux, momentanément distraite.

— Ma cheminée ?

— Il n'y a pas… Il n'y a de feu de cheminée ni dans le boudoir ni ici… ici, dans votre garde-robe. Y en a-t-il un dans votre chambre ?

— Non. La cheminée est éteinte.

Elle fronça les sourcils, se demandant pourquoi il lui posait une telle question, et prit l'étincelle de désir réprimé dans ses yeux foncés pour un regard désapprobateur. Elle se dit qu'il devait s'attendre à ce qu'elle lui rende compte de sa consommation de chaque morceau de charbon, de chaque bûche.

— Vous décidez peut-être de la répartition du charbon au sein de ce foyer, Mr. Bryce, déclara-t-elle, soudain agacée, mais après la distribution, je peux choisir d'utiliser ma part à ma guise, non ?

— B-bien sûr. Je vous posais seulement la question parce que…

— Ne vous inquiétez pas. Je ne gaspille pas ma réserve. Mais pourquoi pensez-vous que… ?

— Je suis certain que vous ne gaspillez rien, milady. Je ne vous critiquais pas.

Toute l'animosité dans la voix de Mary disparut.

— Oh ? Vraiment ? Alors pourquoi avoir posé la question ?

— Parce que les jours sont de plus en plus courts et froids, et si vous ne faites pas brûler un feu pour chasser la fraîcheur de la pièce, surtout ici où vous… où vous vous… *habillez*… et surtout quand vous… quand vous… *prenez un bain*… vous allez finir par attraper la grippe.

— Au vu des dispositions actuelles, j'allume la cheminée de cette pièce tous les trois jours.

— Tous les trois jours ? Et dans la chambre… ?

Elle pinça les lèvres et répondit sans lever les yeux vers lui :

— Je n'ai pas besoin d'un feu de cheminée. L'édredon et les rideaux autour du lit me suffisent amplement.

— Il ne suffiront pas en hiver !

— Je vous assure que mon confort est largement assuré. Par ailleurs, j'ai le sang excessivement chaud, je tolère donc mieux le froid que la plupart des gens.

Il la parcourut rapidement du regard, partant de ses pieds seulement recouverts de leurs bas avant de remonter sur sa chemise de nuit légère. Il aurait été prêt à la croire, mais un important détail révélateur prouvait qu'elle n'avait définitivement pas aussi chaud que ce qu'elle prétendait. Sa chemise de nuit était en coton blanc diaphane, et quand son regard se posa pendant le plus bref des instants sur sa poitrine, il lui sembla évident qu'elle avait bien plus froid que ce qu'elle était prête à admettre. Il eut de nouveau la gorge inexplicablement sèche, mais parvint à dire d'une voix mesurée :

— Il faut que vous allumiez un feu ici, et dans votre chambre, tous les jours. Je ne sais pas ce que vous avez fait de votre part de charbon, mais vous devez vous assurer qu'elle soit distribuée de façon plus égale afin de satisfaire vos besoins.

Mary fronça de nouveau les sourcils. Elle se sentit obligée de se justifier et sa voix prit un ton irrité teinté de culpabilité.

— Vous ne pourrez pas me convaincre de changer d'avis, Mr. Bryce. Je vous assure que mon confort est plus qu'assuré. Si j'ai inhabituellement froid ce soir, c'est parce que je vous attendais et que nous restons maintenant debout à discuter, alors que je suis normalement déjà blottie dans mon lit. Par ailleurs, Betsy utilise la bassinoire pour réchauffer les draps avant que je ne m'y glisse.

Il eut une révélation soudaine.

— Vous avez donné tout votre charbon à Teddy, n'est-ce pas ?

— Oui. Bien sûr. Que pensiez-vous ? Que j'avais vendu ma part contre un bijou en argent ou-ou une poignée de rubans à cheveux ? Je ne suis ni aussi frivole, ni aussi sotte que cela ; des qualités prédominantes que les gens de votre condition semblent attribuer aux femmes de ma lignée...

— Vous n'avez pas à vous sentir coupable. Ou, comme vous l'avez très justement souligné, à vous justifier auprès de moi. Mais ce que je voulais dire, c'est que vous n'aviez pas non plus besoin de subir de la gêne ou de l'inconfort. Si vous aviez mis votre fierté de côté et étiez venue me voir...

Indignée, elle poussa une exclamation de surprise.

— M-ma... *fierté* ?

— ... j'aurais attribué plus de charbon et de bois à la chambre de Teddy, et à la vôtre.

— Vous... vous feriez cela ?

Son incrédulité dessina un mince sourire sur la bouche de Christopher.

— Je suis strict, mais je ne suis ni injuste, ni cruel. Je ne voudrais pas que l'une de vous attrape un rhume ou la grippe. (Son sourire se transforma en grimace.) Et contrairement à la majorité des *gens de ma condition* – que vous parliez des régisseurs ou des écuyers –, je ne suis pas prédisposé à juger une strate sociale entière en me basant sur les dépenses frivoles et la surconsommation d'un seul panier percé orgueilleux. Mais je serais prêt à le faire si vous en étiez son brillant exemple.

— Mr. Bryce, je vous ai demandé de ne pas vous servir de mon mari comme... Oh ? ajouta-t-elle, surprise, quand elle comprit entièrement le sens de sa dernière phrase, prenant une inspiration et faisant un pas vers l'avant sans s'en rendre compte. Vraiment ? Je ne pensais pas que vous... Je ne voulais pas que vous pensiez que moi, je suis dépensière, que je suis incapable d'économiser. Je... nous... Teddy et moi... nous faisons notre possible pour...

— Où sont vos mules, milady ? laissa-t-il échapper.

Cet emportement le surprit lui-même. Ce n'était pas du tout ce qu'il avait eu l'intention de dire, mais sa proximité l'avait chamboulé.

— Mes... *mules*... ? s'enquit Lady Mary, déconcertée.

— Oui. Oui, vos mules. Vous devriez au moins vous chausser pour essayer de réchauffer vos pieds.

— Dans des circonstances habituelles, c'est ce que je ferais. Mais nous avons déjà établi que les circonstances sont loin d'être habituelles, n'est-ce pas ? Elles font du bruit, surtout sur le parquet. Je me suis dit que pour attraper le voleur, vous auriez besoin que nous soyons le plus silencieux possible. Si je portais mes mules, et vous vos bottes de jockey, le voleur entendrait les bruits de pas de deux personnes dans ma chambre, il pourrait soupçonner que nous manigançons quelque chose et fuir la scène...

— Le voleur aurait alors des pensées bien déplacées à notre propos, milady ; que Dieu nous en garde ! se moqua Christopher, retrouvant la maîtrise de soi et réprimant un sourire en coin face à sa franche ingénuité.

N'avait-elle réellement pas envisagé que sa présence dans ses appartements à une telle heure était inappropriée, au-delà de ce que pouvaient penser les domestiques et le voleur ? Il aurait dû se réjouir qu'elle ne le pense pas capable de profiter d'elle, mais il était également tristement conscient que c'était parce qu'elle ne l'envisageait pas du tout hors de son double rôle de régisseur et de voisin. Tout comme elle n'accordait aucune importance au cheval dans l'écurie qui devait l'emmener au marché, que ce soit un étalon ou un hongre, tant qu'il remplissait la tâche qu'on lui avait confiée.

Ce qui était pour le mieux, car à l'instant, quand elle s'était penchée vers lui et avait légèrement frôlé l'avant de sa redingote, il avait eu l'impression qu'un fer à marquer avait brûlé ses vêtements pour atteindre directement son torse. Il s'était tendu, tous ses sens éveillés par le contact à peine existant de sa poitrine généreuse contre lui. Et comment avait-il réagi ? Il était simplement resté figé tel un bloc de bois, subissant la torture de sa proximité sans bouger et débitant des balivernes sur ses chaussures, sans faire ce qu'il désirait le plus : la prendre dans ses bras et l'embrasser.

— Il aurait très facilement pu sauter par la fenêtre, continua Mary, tant indignée qu'elle n'avait pas remarqué la mâchoire et les poings serrés de Christopher, et certainement pas entendu ce qu'il avait dit.

Elle remarqua cependant que son expression de retenue laissa place à de la confusion quand elle mentionna la fenêtre. Elle afficha un sourire satisfait.

— Ah, ah ! Vous aviez oublié l'arbre, n'est-ce pas, Mr. Bryce ?

— Sauter par la fenêtre ? répéta Christopher, chassant ses pensées et l'observant en fronçant les sourcils. L'arbre... ?

— Les branches d'arbre devant la fenêtre de ma chambre s'étendent jusqu'à celle de la garde-robe de Sir Gerald. C'est un vieux hêtre robuste, dans lequel il est facile de grimper. Teddy l'a fait une fois, apparaissant à ma fenêtre et me saluant de l'une des branches ; elle m'a fait une peur bleue. Comme vous pouvez l'imaginer, j'en suis presque tombée de ma chaise ! Mais elle avait l'air tellement contente d'elle-même que je me suis efforcée de sourire et de la saluer en retour ; je n'avais pas le cœur de la réprimander immédiatement.

— Bien sûr, répondit-il avec un sourire. Je vous en prie, continuez, votre théorie m'intéresse.

— Je suis arrivée à cette conclusion surprenante en me brossant les cheveux – je profite de ce moment pour repenser à ma journée, et parfois des idées me viennent. J'essayais d'imaginer comment le voleur, s'il ne s'agit pas d'un fantôme, avait pu aller et venir dans les appartements de Sir Gerald sans que personne le sache. Il aurait été pris s'il avait utilisé la porte des domestiques. Et il ne pouvait pas passer par le couloir principal, car c'est moi qui ai cette clé. Et même en crochetant la serrure, il courait un risque énorme d'être vu. Par ailleurs, il semblait surtout intéressé par la cuisine et la nourriture, la porte des domestiques ou l'arbre semblent donc être les solutions les plus logiques, non ?

Christopher croisa les bras et hocha la tête.

— Continuez, milady.

— Eh bien... Dans votre bureau, vous disiez qu'on avait pu laisser la fenêtre de la garde-robe de Sir Gerald entrouverte, que peut-être un oiseau ou un écureuil était entré, et qu'il s'agissait du bruit que j'ai entendu. Mais peut-être que la fenêtre était fermée, mais pas son loquet, et que personne n'a vérifié depuis la mort de Sir Gerald. On pourrait facilement accéder à la fenêtre de l'extérieur, en passant par la branche. Et il ne faudrait pas énormément de force pour soulever le châssis et se hisser à l'intérieur en passant par le coussiège.

Christopher repensa à ce qu'elle venait de théoriser en la fixant, puis un grand sourire apparut sur son visage et cette nouvelle hypothèse fit étinceler ses yeux.

— Oui. Par Jupiter, je crois que vous avez raison. La fenêtre… Pourquoi n'y ai-je pas pensé ? Bien sûr ! Il utilise la fenêtre pour aller et venir comme bon lui semble. Vous êtes très intelligente.

— Vraiment ? répondit-elle, curieuse ; personne ne lui avait jamais dit cela auparavant.

Son sourire était tellement sincère et chaleureux qu'elle se demanda ce qui le poussait à le contenir habituellement. Les lignes sévères de sa bouche avaient disparu et il semblait bien plus abordable. Exactement comme quand il parlait à Teddy. Mais ce qu'elle n'avait pas remarqué alors, ce qu'elle voyait maintenant, c'était à quel point il était excessivement beau quand il était à son aise.

Enfin, cela n'était pas entièrement vrai. Comme chaque femme dans un rayon de quatre-vingts kilomètres, elle était bien consciente de la beauté de Mr. Bryce. Mais elle était bien décidée à ne pas prêter attention aux sentiments et aux sensations qu'il provoquait en elle, exactement comme lors de leur première rencontre. Elle s'efforça donc de ne pas faire attention à la pulsation que son sourire déclenchait au plus profond d'elle-même et qui palpitait de façon insupportable dès qu'elle se laissait aller à l'idée scandaleuse de l'embrasser.

— Je pense… Je crois… J'ai un peu froid maintenant, maugréa-t-elle.

Elle referma la robe de chambre bordée de fourrure sur sa poitrine et croisa les bras avant de dépasser Christopher, le frôlant au passage. Voûtée, la tête baissée, elle se précipita dans sa chambre.

SIX

Christopher la suivit avec le candélabre à la main, s'attendant à trouver la chambre froide et sombre. C'était le cas. Seule la pleine lune éclairait la pièce, sa lumière passant entre les branches du vieux hêtre et illuminant le coussiège et le parquet nu par la fenêtre aux rideaux ouverts. Il posa le candélabre sur la table de chevet et alla regarder par la fenêtre.

En effet, une épaisse branche centrale de l'arbre aux nombreuses ramures s'étendait de sa garde-robe à celle de Sir Gerald, en passant devant la fenêtre de sa chambre. Elle était assez épaisse pour supporter sans problème le poids d'un enfant et, il l'imaginait, celui d'un adulte agile capable de grimper sans s'attarder pour reprendre son souffle ou pour admirer les collines ondoyantes.

Il se tourna vers le lit. Les rideaux en velours étaient tirés du côté de la fenêtre pour bloquer le moindre courant d'air, mais les couvertures étaient intactes. Il se souvint alors que Mary avait dit vouloir dormir sur la méridienne de sa garde-robe. Elle s'était approchée de la porte de communication, une oreille plaquée contre le panneau pour guetter le moindre signe de vie, qu'elle soit immatérielle ou temporelle, venant de la garde-robe de Sir Gerald.

Christopher s'attarda au pied du lit plus longtemps que le voulait la politesse. Il ne put s'en empêcher. Le frisson d'un souvenir l'avait paralysé. Les colonnes sculptées en acajou, les rideaux en velours, l'édredon en damas piqué et la rangée d'oreillers en plumes, tout le précipitait dans son ancienne vie, qu'il avait vécue à des centaines de kilomètres de là, dans les États italiens, où il avait partagé de nombreux lits comme celui-ci avec de nombreuses femmes différentes. Une vie qu'il avait laissée loin derrière lui et à laquelle il n'avait aucune envie de revenir.

Non pas que cette autre vie soit remplie de souvenirs désagréables, loin de là. Il aimait se dire qu'il avait rempli son devoir en veillant à la satisfaction de toutes les personnes impliquées. Et il avait été doué dans ce qu'il faisait, très doué. Mais son choix de métier – par manque de mot plus adapté – lui avait été imposé par la pauvreté et une estime de soi inexistante. Il était tombé si bas qu'il n'avait plus nulle part où aller ; il ne pouvait même plus vivre dans la rue. Quand on lui avait proposé d'être formé pour devenir sigisbée, il n'avait donc pas refusé. En à peine un an, on l'avait transformé et il avait fait ses débuts chez un certain *Conte Lucchesi*. Il avait donc entamé sa troisième vie, en tant que chevalier servant et espion pour les Anglais ; il achetait et vendait des mensonges, disait des mensonges, vivait un mensonge.

Il se retrouvait maintenant dans une chambre à coucher entièrement différente, la chambre à coucher de la charmante mais très comme il faut Lady Mary Cavendish, et il essayait de ne pas penser à ce qu'il s'était passé dans ce lit entre mari et femme.

Cela ne le regardait pas, et jusqu'à ce jour, il ne s'était jamais appesanti sur le sujet, ce qui n'aurait été ni poli, ni bon pour sa santé mentale. Il s'était contenté d'espérer que dans la chambre à coucher, le prétentieux Sir Gerald était moins concentré sur lui-même et qu'il s'intéressait autant aux besoins de sa femme qu'aux siens. Mais maintenant qu'il savait que cet homme était assez grossier pour rejoindre son lit alors qu'il était ivre, il pouvait deviner le reste – le baronnet s'était montré aussi égoïste à propos de ses envies charnelles que dans tous les autres domaines de la vie. Et cela faisait bouillonner le sang de Christopher. Il serra les poings pour apaiser sa colère qui montait, tourna le dos au lit et se dirigea vers la porte, où Mary appuyait encore son oreille contre le panneau, guettant des bruits dans la pièce voisine. Il valait mieux, pour sa tranquillité d'esprit, qu'il sorte de sa chambre le plus rapidement possible.

Il leva une main pour déverrouiller la porte, le loquet se trouvant étonnamment haut sur l'encadrement ; à cet instant, Mary se jeta sur lui.

— Non ! N'y touchez pas ! siffla-t-elle, sur la pointe des pieds, ses doigts s'agrippant au poignet de Christopher pour l'empêcher de faire glisser le verrou. Vous n'avez aucun… aucun droit d'y toucher !

Christopher n'opposa aucune résistance. Il remit le verrou en place.

Mais il ne s'éloigna pas. Mary se tenait entre lui et la porte. Il baissa les yeux vers elle, dérouté, et lui dit calmement :

— Je ne comptais pas ouvrir la porte sans votre autorisation, seulement tirer le verrou pour être prêt.

Gênée par son emportement inhabituel, elle baissa la tête le temps de rassembler assez de courage pour le regarder dans les yeux.

— Pardonnez-moi. Bien sûr, vous ne le feriez pas sans mon consentement. C'est juste que... c'est juste que cette porte n'a pas été ouverte depuis deux ans, et je... j'ai pris la décision de la verrouiller... je l'ai fait moi-même d'ailleurs... ce qui m'a donné une certaine satisfaction... Ce devrait donc être à moi de la *dé*verrouiller.

Christopher ne savait pas vraiment ce qu'elle entendait par « satisfaction », ni pourquoi elle tenait tant à être celle qui la déverrouillerait, mais quand elle lança un coup d'œil aux petites marches rembourrées près du lit, il lui proposa la seule aide pratique qu'il pouvait lui apporter.

— Voulez-vous que j'aille chercher le marchepied pour que vous puissiez vous en charger ?

Sans que Mary comprenne pourquoi, sa proposition lui mit soudain les larmes aux yeux. Les mains fermement jointes devant elle, elle renifla et se châtia mentalement d'être aussi sentimentale. Elle était peut-être dans cet état à la fois parce qu'elle avait froid, ses pieds n'étant recouverts que de bas dans une pièce sans feu de cheminée, et parce que l'écuyer se tenait si près d'elle qu'elle était plaquée contre la porte, ce qui l'étourdissait et lui donnait chaud. Mais c'était cette pulsation, qui reprenait vie au plus profond d'elle-même quand elle était proche de lui, qui la déstabilisait le plus.

Elle n'était pas du genre à laisser ses émotions prendre le dessus. Selon sa mère, laisser libre cours à ses sentiments et permettre à son cœur de diriger sa tête étaient les signes d'une faiblesse de caractère. Un tel comportement n'était pas digne d'une aristocrate, qui devait montrer l'exemple, *être* l'exemple pour ceux d'un rang inférieur. Par-dessus tout, les femmes comme elle ne devaient pas se ridiculiser ou ridiculiser leur mari. Au moins, personne ne pouvait lui reprocher d'avoir ridiculisé Sir Gerald ou sa famille pendant ses dix ans de mariage. Même depuis qu'elle était veuve, elle était bien consciente qu'elle restait constamment dans le contrôle de ses émotions et des situations dans lesquelles elle se retrouvait... Alors pourquoi est-ce que soudain, l'écuyer et sa proximité la rendaient ridiculement vulnérable ?

— Le marchepied... répéta Christopher, rompant le silence qui s'étirait entre eux. Pourquoi en avez-vous besoin ? demanda-t-il quand elle leva les yeux vers lui.

— Le marchepied… ? s'enquit Mary avec un froncement de sourcils, mettant sa sentimentalité de côté. Je pensais que c'était évident. Ma taille. Ou devrais-je dire, ma petite taille. Je ne suis pas assez grande pour atteindre le verrou, même quand je porte des talons.

— Ah ! Voilà qui m'apprendra à ne pas être clair. Je voulais dire, pourquoi le loquet a-t-il été placé hors de votre portée, vous forçant à utiliser un marchepied ?

— Pour que je ne puisse pas l'atteindre, répondit-elle catégoriquement.

Il réprima un sourire face à sa franchise habituelle, mais restait déconcerté.

— Pour que vous ne puissiez pas l'atteindre… ?

— En fait, il y a deux verrous. L'un est ici, l'autre là-bas, sur la porte de ma garde-robe.

Il regarda par-dessus son épaule, mais puisque la porte de la garde-robe était ouverte, le verrou était caché. Mais ce n'était pas le cas du loquet, clairement visible sur le montant de la porte, à la même hauteur inatteignable que le premier. Christopher était perplexe.

— Je ne comprends…

— Comment pourriez-vous comprendre ? l'interrompit Mary. Vous étiez l'ami et le voisin de Sir Gerald, pas son épouse. Maintenant si vous voulez bien reculer pour que je puisse respirer… J'ai la tête qui tourne un peu…

Christopher ne prêta pas attention à sa demande. Il venait de comprendre pourquoi les verrous étaient placés ainsi. Il était effaré.

— Il… il vous *enfermait* ici ?

Mary prit une profonde inspiration avant de parler comme le ferait sa mère, comme si elle sermonnait un domestique à l'intelligence limitée.

— Mr. Bryce, je ne m'attends pas à ce que vous compreniez. Quand j'ai épousé Sir Gerald, je savais que c'était pour le meilleur et pour le pire. J'étais déterminée à être une bonne épouse, à tous les égards… Je ne suis pas lâche, et je pense avoir assumé mes responsabilités d'épouse au mieux de mes capacités. Mais je ne sais pas pourquoi je me justifie auprès de vous ! Et maintenant… maintenant je suis veuve et je peux choisir de laisser une porte ouverte, tout comme je peux laisser cette porte verrouillée pour repousser les voleurs et-et les fantômes et n'importe qui d'autre, si je le souhaite. J'ai le choix. C'est à moi et à moi seule que revient ce choix.

— Oui. Oui, bien sûr, répondit Christopher sans hésiter, essayant de cacher le dégoût que lui inspiraient les agissements de Sir Gerald, ne relevant pas son dédain, car il entendait très bien la panique monter dans sa voix.

Il avait déjà été assez choqué de découvrir que Sir Gerald se rendait dans les appartements de sa femme quand il était ivre, mais le fait qu'il verrouille la porte pour qu'elle ne puisse pas échapper à ses avances était monstrueux. Il ne parvenait pas à formuler une réponse qui ne semblerait pas bateau, et il échappa à une prise de parole, les mots lui restant sur le bout de la langue, quand un bruit sourd dans la garde-robe de Sir Gerald poussa Mary à agripper le bras de Christopher et à fixer la porte, les yeux écarquillés. Ils se dépêchèrent d'appuyer tous les deux une oreille contre le panneau pour écouter, blottis l'un contre l'autre. Le temps s'étira sur une, deux, trois minutes, et le silence également.

Plus tard, aucun d'eux ne serait capable de se rappeler combien de temps ils étaient restés appuyés contre la porte, dans l'attente d'un bruit. Assez longtemps pour que les paupières de Mary s'alourdissent, la fatigue l'envahissant malgré le froid qui s'insinuait jusqu'au plus profond de ses os. Christopher s'autorisa à l'étudier tout en continuant à guetter le moindre signe de vie dans la pièce voisine, maintenant étrangement silencieuse. Son regard balaya ses boucles abondantes, rassemblées sur l'une de ses épaules et qui descendaient jusqu'à sa taille ; ses cheveux d'un roux flamboyant contrastaient avec la blancheur de sa chemise de nuit en coton blanc. Il avait toujours eu un faible pour les rousses. Au nord des États italiens, de telles beautés brillaient tel un phare au milieu de la populace. Elles l'avaient ébloui, captivé, et il s'était parfois brûlé les ailes, tel un papillon attiré par une flamme. Mais la rousse qu'il avait sous les yeux était très différente des sirènes italiennes aux cheveux cuivrés, qui savaient parfaitement quel effet elles avaient sur les hommes. Il était prêt à parier tout ce qu'il possédait que Lady Mary Cavendish ne se rendait pas compte de l'attrait de sa beauté de feu sur les hommes en général, et sur lui en particulier. Elle aurait été choquée de l'apprendre, de savoir qu'elle était la flamme et lui le papillon.

Tout en l'admirant, il se disait qu'il devrait regarder de nouveau par la fenêtre, peut-être même l'ouvrir pour essayer de voir si celle de la garde-robe de Sir Gerald était bel et bien ouverte. Si le voleur allait et venait en passant par l'arbre et que le châssis était relevé, cela signifierait que le voleur était peut-être sorti et qu'il n'était pas encore revenu. Mais les plans les mieux préparés pouvaient parfois aller de travers, peu importe à quel point ils étaient réfléchis. La vie avait le chic pour mettre des opportunités surprenantes en travers des chemins, opportunités qu'il fallait saisir quand elles se présentaient, au cas où c'était la dernière fois. C'était ce que se disait Christopher quand il saisit sa chance – la porte verrouillée n'ayant plus rien à voir là-dedans. Plus tard, il s'émerveillerait de son impudence.

Il avait dû s'assoupir également, car Mary lui secoua le bras, une lueur triomphante dans ses yeux violets.

— Mr. Bryce ! N'avez-vous pas entendu cela ? siffla-t-elle. Il s'agissait assurément de meubles que l'on déplaçait ! Un bruit sourd pourrait venir de n'importe quoi, mais pas cela ! Je ne sais pas si c'est un fantôme ou un voleur derrière cette porte, mais au moins maintenant, vous savez que je n'ai pas tout inventé dans un rêve !

Christopher reconnut son triomphe en reculant pour lui faire une révérence digne d'un potentat ottoman ; Mary plaqua une main sur sa bouche pour s'empêcher de rire. Prise dans le feu de l'action, entre sa fébrilité et son exaltation à l'idée de découvrir un fantôme ou d'attraper un voleur, elle s'approcha impulsivement de lui et murmura :

— Vous faites bien de me donner raison, mais l'exécution manquait tant d'humilité que je me demande si, en vérité, vous ne vous moqueriez pas de moi, monsieur ?

— Me moquer de vous, milady ? Comment pouvez-vous penser cela ? répondit-il en haussant un sourcil.

— Oh, vous vous moquez ! souffla-t-elle, feignant l'agacement tout en le poussant d'un petit coup taquin, comme elle le faisait avec ses frères, et surtout Dair, quand ils la taquinaient. Je connais ce regard ! Vous ne pourrez pas me duper !

Il attrapa les doigts de Mary et attira sa main vers lui pour l'appuyer contre sa poitrine. Elle le laissa faire, l'observant avec un sourire interrogateur face à ce geste impulsif, qui ne l'avait cependant pas du tout offensée. Il voulut parler, mais en fut incapable, et secoua la tête face à la faiblesse émotionnelle qu'elle provoquait chez lui. Pour la première fois, elle avait baissé sa garde et lui avait montré la véritable Mary, son côté joueur qui, il le savait, existait – il l'avait aperçu à de nombreuses reprises lors de ses échanges avec sa fille, mais elle ne s'était jamais comportée de cette manière avec lui, ou du moins jusque-là.

— Jamais je ne… Je ne pourrais… Je veux… bredouilla-t-il, incapable de terminer une phrase.

— Vous voulez… ? s'enquit-elle à voix basse, toute légèreté ayant disparu.

Elle ne l'avait jamais vu perdre ses moyens, et il ne peinait jamais à trouver ses mots avec elle ou Teddy, en dépit de sa réticence naturelle avec les autres.

— Que voulez-vous, Mr. Bryce ?

N'en avait-elle réellement aucune idée ? L'absence de malice sur son visage le fit réfléchir ; il se demandait s'il pouvait réellement lui répondre. Il n'était pas un jeune novice et il avait toujours su trouver les mots pour parler aux femmes ; il maîtrisait parfaitement l'art de la séduction. Mais ces femmes et ce monde lui semblaient maintenant appartenir à une autre vie. Et avec Mary, la séduction ne conviendrait jamais. Il devait être sincère. Enfin, après une éternité de secondes, il se lança :

— Vous. C'est vous, que je veux.

— Moi ?

— Oui.

Elle se pencha un peu plus vers lui, attirée par la chaleur qu'il dégageait, et sonda son regard, cherchant le moindre signe qui trahirait son manque de sincérité. Elle était si proche de lui que sa poitrine effleura son torse, et avec son menton relevé et son nez face à son jabot, elle perçut l'odeur poivrée de la peau nue et chaude de son cou, juste sous son oreille, au niveau de sa mâchoire non rasée. Elle se figea et prit une profonde inspiration. Sa réaction la surprenait plus qu'elle la choquait, et elle se laissa succomber à cette nouvelle expérience alléchante.

Elle sut instinctivement que son odeur, agréable et entièrement masculine, était authentique. Qu'il s'agissait de son essence à lui, et non d'une concoction mise en flacon. Qu'il aurait beau frotter encore et encore, elle ne disparaîtrait jamais. Cette odeur était tellement enivrante, et elle en avait tellement besoin, qu'elle ferma les yeux pour mieux s'imprégner de lui. Le temps ralentit et elle s'autorisa à profiter de cet instant ; ce quelque chose étrange au plus profond d'elle-même prit vie et ne saurait être réprimé cette fois-ci. Son habitude de contrôler ses émotions et de montrer l'exemple éclata telle une bulle de savon. Elle ressentait un désir irrésistible d'écraser son corps contre le sien. Elle qui n'avait jamais embrassé un homme et n'en avait jamais ressenti l'envie, elle qui avait seulement partagé un baiser furtif et maladroit avec son cousin Evelyn quand ils avaient tous les deux quatorze ans, elle voulait embrasser cet homme – désespérément.

Il fit ensuite la chose la plus naturelle au monde. Il prit délicatement le visage de Mary entre ses mains, et il l'embrassa.

Ce baiser fut hésitant et léger, mais c'était tout ce dont Mary avait toujours rêvé, et plus encore. Et elle en voulait encore plus. Elle s'avança un peu plus, appuyant sa bouche et son corps contre lui, et ses bras montèrent autour de son cou pour s'y agripper. Elle ne pouvait plus respirer. Elle crut que ses jambes allaient se dérober. Son esprit se mit à tournoyer. Mais malgré tout, elle ne s'était jamais sentie aussi vivante.

Il l'attira vers lui et passa une main dans sa robe de chambre pour la poser dans le creux de ses reins, entortillant ses doigts dans sa chemise de nuit, qu'il remonta pour révéler ses jambes nues au-dessus de ses bas qui lui arrivaient aux genoux, tout en la tenant fermement contre lui. Pendant ce temps, il ne cessa de l'embrasser. Et quand il ouvrit la bouche sur la sienne et qu'elle sentit sa langue, elle poussa une petite exclamation de surprise et se recula, mais seulement l'espace d'un instant, assez longtemps pour relever les yeux vers lui et qu'il comprenne ; on ne l'avait jamais embrassée auparavant, pas ainsi, correctement, peut-être même pas du tout.

Il se demanda s'il l'avait choquée, s'il devait arrêter. Ses yeux exprimaient assurément la surprise. Il hésita. Il arrêterait de l'embrasser si c'était ce qu'elle souhaitait. Il aurait dû faire preuve de plus de timidité, prendre plus son temps. Mais à son âge, il s'était attendu à ce qu'elle ait déjà connu des baisers passionnés. Mais sa réaction suggérait le contraire. Raison de plus pour exécrer ce balourd de Sir Gerald. Il allait déposer un délicat baiser sur son front avant de s'écarter d'elle. Ce n'était ni le moment ni l'endroit pour faire l'amour avec elle. Cela pouvait attendre un autre jour… À quoi avait-il pensé ? Ce n'était certainement pas avec son cerveau qu'il avait réfléchi…

Mais l'hésitation de Mary ne dura qu'un instant. Une lueur nouvelle et entièrement différente remplaça sa stupeur première, illumina ses jolis yeux et la fit soudain rougir. Elle se hissa sur la pointe des pieds, tira sur l'avant de son gilet pour que Christopher ne bouge surtout pas, et murmura :

— Plus. J'en veux plus. Je veux… Je vous veux, moi aussi.

Il n'eut pas besoin de plus d'encouragement.

La situation dans laquelle ils se trouvaient, ce qui se cachait dans la pièce voisine, plus rien n'avait d'importance.

Il l'attira de nouveau dans son étreinte et elle abandonna ses lèvres aux siennes. Il avait attendu huit longues années avant de l'embrasser, et elle avait attendu une vie entière avant d'être embrassée ainsi. Combien de temps ils restèrent ainsi, ils ne le savaient pas et s'en moquaient. Dans les affres d'une passion dévorante, le temps et l'espace perdaient toute importance. Tout ce qui importait, c'était de vivre cet instant, de profiter de cet instant, et ce aussi longtemps que possible.

Lui qui avait fréquenté tant de femmes dans son passé qu'il avait arrêté de les compter, il n'avait jamais désiré une femme autant qu'elle. Et elle, qui n'avait jamais compris ce que c'était que d'avoir du désir charnel pour un homme au point d'en perdre la raison, désirait cet homme à la folie. Rapidement, un besoin insoutenable les submergea tous les deux.

Il retira sa redingote et elle sa robe de chambre, et ils piétinèrent les deux vêtements quand ils reculèrent vers le lit en titubant, interrompant rarement leurs baisers passionnés. En un geste rapide et aisé, il la prit dans ses bras, souleva ses jambes et la mena au lit à baldaquin. Quand ils tombèrent sur les oreillers dans une ignorance bienheureuse de tout et de tout le monde à l'exception d'eux deux, Mary donna, du bout de ses pieds vêtus de bas, un petit coup dans le candélabre en argent que Christopher avait posé sur la table de chevet. Le candélabre, avec ses quatre chandelles qui éclairaient la pièce d'une pâle lumière, bascula et s'écrasa par terre. Toujours allumées, les petites flammes vacillèrent et le fin tapis d'Orient en laine prit feu et commença à se consumer.

L'absorption du couple était si totale qu'ils ne remarquèrent pas immédiatement le fracas de la lourde argenterie et la soudaine obscurité autour d'eux. Puis ils comprirent que quelque chose n'allait pas, sans savoir quoi exactement ; ce fut la forte odeur de la laine en feu – une odeur qui ressemblait à celle, âcre, des plumes qui brûlaient – qui les tira de leur ferveur débridée, les sépara et les poussa à agir.

Christopher descendit précipitamment du lit. Il remarqua d'où venait le problème, ramassa le candélabre et ses quatre chandelles, dont trois étaient encore allumées, et reposa le tout correctement sur la table de chevet, sans faire goutter de cire sur lui et sans se brûler. La lumière étant revenue, il se tourna et vit un petit trou noir qui se consumait sur la moquette. Il écrasa rapidement son talon dessus pour empêcher que le feu se propage.

— Fichtre ! C'est pas vrai ! grogna-t-il.

Puis il jura à voix basse et dégagea ses yeux en passant sa main dans ses boucles auburn décoiffées. Ce n'était pas contre le tapis abîmé qu'il pestait, mais contre cette interruption. La tension entre ses jambes le gênait tant qu'il prit une profonde inspiration et tenta de reprendre le contrôle de lui-même. Il rajusta son haut-de-chausses et ne rentra pas sa chemise dedans, la laissant retomber pour s'assurer un semblant de décence. Il lissa son gilet froissé et fixa le tapis, les mains sur ses minces hanches ; tout en reprenant son souffle, il se demanda comment il avait pu, lui, un homme de quarante ans, s'autoriser à oublier tout sens des convenances. Cela ne lui ressemblait tellement pas. Ses années d'abstinence, si nombreuses qu'il avait arrêté de les compter, y étaient sûrement pour beaucoup...

Mais il considérait que Mary était responsable, autant de son abstinence que du désir qu'il ressentait. Quand il pensa avoir enfin repris le contrôle, il regarda vers le lit et la chaleur se précipita derechef vers son entrejambe. Il ferma brièvement les yeux en grognant.

Mary s'était mise à genoux et l'observait. Sa chemise de nuit avait glissé sur l'une de ses épaules, révélant en grande partie l'un de ses seins ronds d'albâtre, le bord de son col en dentelle tendu sur l'aréole rose foncé. Et avec ses splendides cheveux qui retombaient en une masse désordonnée sur ses épaules, son visage empourpré et ses lèvres légèrement entrouvertes, elle était d'une telle beauté ardente que l'inconfort de Christopher devint insupportable. Il se concentra sur ses grands yeux violets – elle l'observait avec incompréhension, en battant des paupières. Elle faisait battre la chamade à son cœur et lui donnait le tournis.

Avant qu'il ne puisse dire ou faire quoi que ce soit, elle s'anima, s'avança au bord du matelas et laissa ses jambes retomber sur le côté. Quand elle essaya de remonter sa chemise de nuit sur son épaule tout en la tirant sur ses cuisses nues, elle bascula vers l'avant et tomba du lit. La scène aurait été comique si elle n'avait pas risqué de se faire mal.

Christopher l'attrapa avant qu'elle ne s'écrase la tête la première et la remit sur ses pieds. Mais il ne la lâcha pas.

— Faites attention, ou vous allez blesser davantage que votre amour-propre.

— Blessé ? M-mon *amour-propre*, blessé ? s'enquit-elle en reculant, ramenant le poids de ses longs cheveux sur l'une de ses épaules tout en lui lançant un regard noir. Je ne sais pas d'où vous sortez cette idée...

Elle s'interrompit, l'odeur âcre de la laine roussie prenant ses narines d'assaut. Elle fit la grimace, plissant son petit nez, avant d'apercevoir le tapis d'Orient en regardant par-dessus le bras de Christopher.

— Oh non ! Il est ruiné !

— Oh, ma chérie, le tapis est le dernier de nos soucis ! s'exclama-t-il, hilare.

— Mr. Bryce ! Comme je le disais, je ne sais pas ce que vous...

— *Mr. Bryce ?* répéta-t-il avec une grimace, faisant délicatement glisser une longue mèche bouclée et emmêlée sur la gorge de Mary, la ramenant par-dessus son épaule. Dans l'intimité de vos appartements, vous pouvez sûrement m'appeler par mon prénom, non ?

— Non, je ne peux pas. *Surtout pas* ici, dans m-mes appartements.

Un des sourcils de Christopher s'arqua.

— Pas même après un baiser échangé ?

— Non ! Ce... ce ne serait pas convenable de vous appeler... de vous appeler... *Christopher*.

Son doigt s'attarda sur sa gorge, caressant légèrement la courbe de son cou.

— J'ai attendu si longtemps de vous entendre le dire que j'aimerais presque qu'il s'agisse de mon vrai prénom...

Mary se recula hors de sa portée et leva les yeux vers lui, oubliant un instant la situation fâcheuse dans laquelle elle se trouvait.

— Christopher n'est pas... Ce n'est pas *votre nom* ?

— Ce n'est pas le nom qu'on m'a donné à la naissance, celui que j'ai eu pendant les trois premiers mois de ma vie, mais je n'ai jamais répondu à un autre nom que Christopher.

La gêne et la stupeur laissèrent place à la curiosité.

— Pourquoi n'utilisez-vous pas votre prénom de naissance ?

— Parce que mon vrai prénom est Cavendish.

— *Cavendish ?* Ce n'est pas un prénom.

— Et pourtant, c'est le mien.

Il n'avait jamais révélé cette partie de son passé à quiconque et ne l'avait jamais couché par écrit. Il avait toujours utilisé le prénom Christopher, car il pensait que c'était son nom, jusqu'à ce que Sir George Cavendish lui lègue un héritage considérable sous le nom de Cavendish Bryce ; ses parents n'avaient eu d'autre choix que de lui dire la vérité. Une vérité dont il ignorait tout, à laquelle il ne voulait pas être mêlé, et qui l'avait précipité sur le continent, à la recherche de réponses. Mais il voulait que Mary connaisse la vérité – toute la vérité – et il s'agissait d'un premier pas dans cette direction.

Il savait également que la nomenclature familiale était un sujet de conversation inévitable autour d'un thé et d'un gâteau aux graines, non seulement pour ceux qui étaient liés à la noblesse par le sang ou par le mariage, mais aussi pour toute famille ayant la moindre prétention de grandeur. La famille Cavendish faisait partie de l'élite. Par ailleurs, Mary était non seulement liée par le mariage à une branche de cette famille illustre, mais sa belle-sœur, l'actuelle duchesse de Roxton, était née Cavendish. Comment savait-il cela, et plus encore, à propos de la famille de Mary ? Kate avait des connaissances expertes sur les nobles lignées, car elle avait autrefois appartenu à ce monde et correspondait donc encore avec beaucoup de personnes titrées et influentes. Son infirmité obligeant Christopher à lui lire ses lettres, il en savait donc beaucoup sur la famille et les connaissances de Mary.

Il ne put s'empêcher de sourire en voyant son froncement de sourcils se creuser ; il n'était pas surpris que cela l'intrigue, qu'elle soit assez intéressée par le nom Cavendish pour oublier sa gêne après ce qu'il venait de se passer entre eux. Dans sa tête, elle était sûrement en train de dessiner un arbre généalogique étendu, essayant de deviner sur quelle branche il se positionnait.

— Vous a-t-on donné ce nom parce que votre famille maternelle est indirectement liée aux Cavendish ?

— Non. Pas ma famille maternelle, répondit-il en ramassant sa robe de chambre avant de la secouer et de l'ouvrir pour Mary. Il vaut mieux que vous restiez au chaud.

Elle le laissa l'aider à enfiler sa robe de chambre, toujours préoccupée par cette nouvelle information à propos de son nom. Elle n'attendit pas qu'il réponde à sa question et lui en posa une autre en se tournant pour lui faire face :

— Êtes-vous un cousin éloigné de Sir Gerald ?

Il positionna correctement la robe de chambre sur ses épaules, puis il prit les deux pans et les referma sur sa poitrine.

— Un cousin ? Non. Et pas si éloigné.

Elle resserra inconsciemment la robe de chambre autour d'elle et croisa les bras.

— Qu'entendez-vous par « pas si éloigné » ?

Il se demanda comment s'expliquer au mieux tout en ramassant sa redingote, qui était elle aussi restée sur le tapis en un tas chiffonné. Il la secoua et passa sa main le long des manches et des rabats des poches, dans l'espoir de faire disparaître une partie des plis. Quand il l'enfila, Mary vint rapidement l'aider à trouver la deuxième manche. Elle fit ensuite pour lui ce qu'il avait fait pour elle, rajustant le vêtement sur ses épaules comme s'il s'agissait du geste le plus naturel au monde. Son aide sur un aussi petit détail domestique le prit par surprise. Il ne s'y était pas attendu, mais cela le projeta dans un futur dont il avait souvent rêvé avec elle ; il ne put que grommeler un « merci ».

Quand elle revint se placer devant lui, silencieuse, dans l'attente de sa réponse, il retrouva enfin l'usage de la parole.

— J'ai bien du sang Cavendish. Mais le-le... *lien* est-est... *compliqué*...

— Compliqué ?

— Oui. Tellement compliqué que je vous raconterai cette histoire une autre fois... Après m'être assuré que vous avez assez de charbon et de bois pour vos deux chambres.

Quand il évoqua le charbon, la préoccupation de Mary pour son nom s'évanouit, remplacée par de l'indignation.

— S'il suffisait d'un baiser pour avoir un bon feu de cheminée dans nos deux chambres, je me demande pourquoi vous n'avez pas essayé de m'embrasser plus tôt !

Ce qui était censé être une critique fit partir Christopher d'un rire guttural.

— J'aurais aimé le faire. Huit ans plus tôt – le jour où nous avons été présentés l'un à l'autre en bas, dans le vestibule. Vous embrasser a été ma première envie. Quant à la deuxième, vous pouvez la deviner…

Mary fronça les sourcils, sans comprendre.

— La deuxième ? La deviner ? Comment ?

Il croisa les bras et secoua la tête, un grand sourire aux lèvres.

— C'est l'une des choses que j'adore chez vous. Vous ne faites preuve d'absolument aucune malice.

Tandis qu'il parlait, Mary comprit enfin ce qu'il voulait dire par « deuxième envie », et ses joues prirent une teinte rosée. Pas tant parce qu'il voulait lui faire l'amour, mais parce que si elle était honnête avec elle-même, elle se rendait compte que la sensation de chaleur et de picotement qui palpitait au plus profond d'elle-même avait pris vie dès leur première rencontre. Sa deuxième envie était sa première à elle. Cet aveu secret la choqua tant qu'elle le dissimula sous la colère.

— Je ne vous ai pas donné la permission de-de *m'adorer*, Mr. Bryce ! Je… je…

— Et pourtant vous m'avez laissé vous embrasser ?

— Je n'ai rien fait de la sorte ! dit-elle avec une moue.

Il pencha la tête sur le côté en fronçant les sourcils. Intérieurement, il riait encore.

— Non ? Vous avez raison. Maintenant que j'y pense, je me rends compte que vous dites vrai.

— Bien sûr que je dis vrai !

Il tapota sa bouche d'un doigt, ses épaules secouées par l'hilarité. Il trouvait sa pétulance embarrassée adorable.

— Ma chère Lady Mary, parlez moins fort ou vous risquez de réveiller le fantôme.

Elle fit la grimace, mais s'exécuta.

— Je savais que vous faisiez seulement semblant ! Je serais prête à parier que vous ne croyez même pas à la présence d'un voleur, et encore moins à celle d'un fantôme !

— Mais… je vous assure que je…

Il ne dit rien de plus, ravalant le reste de sa phrase quand, lors d'une pause entre deux mots, il entendit un bruit des plus légers,

semblable à un grattement contre du bois. Mary l'entendit également ;
son regard se posa sur la porte et revint sur Christopher.

— Avez-vous entendu…

— Oui. Oui, j'ai entendu, l'interrompit-il dans un murmure, toute
hilarité ayant disparu.

Ensemble, ils s'approchèrent lentement de la porte, comme s'il
s'agissait d'un être vivant prêt à leur bondir dessus, et appuyèrent leur
oreille contre le panneau. Ils n'attendirent que quelques instants avant
d'entendre une nouvelle fois le même bruit. Quelqu'un ou quelque
chose grattait le panneau de haut en bas du bout des ongles. Mary et
Christopher avaient tous les deux entendu, ce qu'ils comprirent quand
ils se regardèrent avec des yeux écarquillés, les lèvres entrouvertes. Ils ne
dirent rien, respiraient à peine, comme s'ils ne voulaient pas révéler leur
présence à cette chose de l'autre côté de la porte. Mais ils se firent également la même réflexion ; leur conversation houleuse, sans parler du
candélabre qui était tombé par terre, avait fait assez de tapage pour
alerter un voleur ou un spectre.

Alors qu'ils se fixaient en se demandant si le bruit allait continuer
ou si autre chose allait peut-être les pousser à agir, l'inattendu se
produisit, leur glaçant le sang et les stupéfiant tant qu'ils refusèrent
d'abord de croire que c'était réel. Et ce n'était pas réel. C'était tout
simplement impossible.

Une voix, de l'autre côté de la porte verrouillée, siffla entre les
panneaux :

— Mary ? Mary ! C'est vous ?

SEPT

LE TEMPS S'ÉTAIT ARRÊTÉ. MARY ET CHRISTOPHER PRIRENT UNE même inspiration de surprise, fixèrent la porte, puis se regardèrent, leur expression respective reflétant la stupeur paralysante que l'autre ressentait. Mais ni l'un ni l'autre n'eut l'occasion de parler ; l'instant qu'ils partageaient vola en éclats quand la voix de l'autre côté de la porte gémit :

— Mary, soyez gentille, laissez-moi entrer. Je suis glacé jusqu'à la moelle !

Au lieu d'obéir à la voix, Mary recula précipitamment pour s'éloigner le plus possible de la porte, jusqu'à ce qu'elle se prenne les pieds dans sa robe de chambre, titube et s'écrase contre le lit. Livide, haletante, elle se laissa glisser par terre. Elle tremblait de la tête aux pieds et fusillait Christopher du regard.

— Vous devez bien me croire maintenant ! C'est un fantôme !

— Nous allons rapidement le découvrir, répondit-il calmement, bien qu'il soit anormalement stupéfait que le spectre, ou le voleur, ou quoi que ce soit d'autre, s'adresse à Lady Mary avec une telle familiarité.

Il ne savait pas s'il devait déverrouiller rapidement la porte pour découvrir une bonne fois pour toutes s'il s'agissait du fantôme de Sir Gerald ou d'un voleur, ou se précipiter vers Mary pour la prendre dans ses bras et apaiser ses tremblements. Son pragmatisme l'emporta, et il choisit la première option. À l'évidence, elle se moquait maintenant de savoir qui ferait glisser le verrou.

— Non ! Attendez ! siffla-t-elle, reprenant vie et rejoignant Christopher avant de prendre une profonde inspiration et de redresser les épaules. Si nous ouvrons cette porte, nous l'ouvrons ensemble. Je ne veux pas que Teddy prenne sa mère pour une lâche. Et puis… je viens de me faire une réflexion ridicule… Si les fantômes ne peuvent pas sentir le goût de la confiture de fraise, assurément ils ne peuvent pas être « glacés jusqu'à la moelle », si ?

— Ah ! Tout juste ! approuva Christopher avec un grand sourire. C'est exactement le genre de réponse que donnerait Teddy ! Alors, êtes-vous prête à ce que j'ouvre la porte ?

Mary hocha la tête, mais elle déglutit avec difficulté, ravalant son appréhension.

— N'oubliez pas la confiture de fraise, chuchota Christopher en faisant glisser le verrou, avant de tourner la poignée.

Instinctivement, Mary se pencha sur son épaule et s'éloigna de la porte avec lui quand il la tira vers la chambre à coucher. Pendant un instant, ils restèrent tous les deux immobiles, puis Christopher jeta un premier coup d'œil à l'intérieur, suivi par Mary. Silencieux, ils restèrent derrière la porte comme s'il s'agissait d'un bouclier qui les protégeait de cette force inconnue venant des profondeurs de la garde-robe, au-delà du seuil. Mais il n'y eut aucun éclat de lumière. Aucune bouffée d'air froid. Aucun bruit. Un silence de mort régnait.

La garde-robe de Sir Gerald était plongée dans l'obscurité. À un mètre d'eux, ils ne voyaient déjà plus rien. À leur droite, ils distinguaient la faible lueur d'une bougie. La fenêtre, s'il s'agissait bien de l'endroit par lequel le voleur était entré dans la pièce, se trouvait à leur gauche, et puisqu'aucune brise ne venait de cette direction ou d'une autre, Christopher supposa qu'elle était bien fermée et que les rideaux étaient tirés sur la nuit. Où était donc le propriétaire de cette voix ? Appartenait-elle à un être immatériel, comme l'avait suggéré Mary ?

Ils étaient tous les deux déroutés. Ils eurent une fausse impression de soulagement, car ils ne s'étaient pas immédiatement retrouvés face à un spectre flottant vers eux, ou à un voleur brandissant une arme et leur aboyant ses demandes.

— Attendez. Il nous faut de la lumière, murmura Christopher. Je vais chercher une chandelle.

Mary hocha la tête et baissa une épaule pour le regarder s'avancer vers la table de chevet et récupérer le candélabre. Elle se retourna vers la porte ouverte, et c'est alors qu'elle l'aperçut, surgissant de l'obscurité.

Une silhouette toute recouverte de blanc glissait vers elle. Elle ne faisait aucun bruit sur le parquet et semblait flotter. Elle tenait une unique chandelle contre sa poitrine, projetant une lumière jaune et crue sous son menton qui illuminait un long et mince visage, ainsi qu'un regard inflexible, rivé sur elle. Un halo de cheveux gris qui partaient dans tous les sens encerclait son visage. La silhouette tendait un bras dans une manche blanche et bouffante, et lui faisait signe d'approcher d'un doigt crochu et osseux.

Le regard de Mary se détacha de ses yeux furieux, descendit le long de son bras tendu et se posa sur ce doigt qui l'appelait. Deux doigts de sa main gauche, le majeur et l'annulaire, étaient des moignons. Elle resta paralysée devant une telle vision d'horreur. Au lieu de faire demitour et de s'enfuir, alors que la silhouette continuait de s'approcher, elle resta sur le seuil, figée d'effroi. Une petite partie d'elle-même restait assez calme pour vouloir crier à Christopher qu'elle avait raison depuis le début – elle avait la preuve qu'un fantôme hantait la garde-robe de Sir Gerald ! Et la curiosité l'aida à maîtriser sa terreur. Ce spectre n'était certainement pas son défunt mari. De qui s'agissait-il donc ? Et pourquoi occupait-il les appartements de son mari ? Et comment connaissait-il son prénom ? Cette dernière question était la plus effrayante de toutes. Puis il prit la parole, confirmant ses pires craintes :

— Je dois faire peur à voir, vu l'expression sur votre doux visage. Apparaître ainsi sans prévenir est impardonnable, mais nécessaire, ma chérie. Vous comprendrez quand je vous aurai tout expliqué. Il était temps que je revienne.

— Expliquer ? Revenir ? répéta Mary, déroutée.

— Déclinez votre identité, monsieur ! exigea Christopher, qui se trouvait près de Mary dans l'embrasure de la porte, tenant le candélabre à bout de bras pour mieux inspecter la silhouette drapée.

— Mary sait qui je suis.

— Restez où vous êtes ! ordonna Christopher avant de se tourner vers Mary pour qu'elle lui fournisse une explication.

Mais elle observa la silhouette avant de lever les yeux vers Christopher ; elle haussa les épaules et secoua la tête, comme pour indiquer qu'elle ne connaissait pas l'identité du spectre.

— Mon Dieu, grommela la silhouette. Je dois vraiment avoir une sale tête si même ma très chère cousine ne peut pas me reconnaître.

— Je répète, veuillez décliner votre identité !

Le spectre s'était arrêté en entendant l'ordre de Christopher, mais il refit un pas vers l'avant, les yeux rivés sur Mary. À sa grande surprise, et celle de Christopher, il décida de lui parler en français :

— Chérie, si j'avais pu entrer par la porte d'entrée et en plein jour, je l'aurais fait avec plaisir. Croyez-moi, je suis la dernière personne sur terre qui voudrait vous causer de la souffrance ou de la peine. J'avais espéré – il s'agissait de mon souhait le plus cher – que le temps et les circonstances ne m'avaient pas changé à tel point que *vous*, vous m'auriez oublié. Mais maintenant… maintenant que je vois votre doux visage pour la première fois depuis sept ans, un visage aussi beau que le jour où, à Paris, nos chemins se sont séparés toutes ces années plus tôt, je crains que mon retour n'arrive trop tard…

Dans le silence qui suivit, Christopher regarda Mary en attente d'une explication, mais elle ne fit pas attention à lui et s'approcha de la silhouette sans crainte, scrutant son visage.

S'agissait-il d'un spectre ou d'un homme ? Il avait une mâchoire carrée puissante et des pommettes qui semblaient un peu trop saillantes, comme s'il n'avait pas mangé de repas décent depuis des mois. Une cicatrice scindait son sourcil gauche en deux, son œil semblant avoir été épargné de peu. Loin d'être pâle, la peau de son visage et de ses mains était bronzée, prenant une teinte caramel, comme s'il avait passé de nombreuses années dans un climat plus chaud.

Mais ce fut seulement quand son regard se posa sur ses yeux bleus, des yeux bleus emplis de tristesse et d'appréhension, et sur sa bouche au sourire hésitant et tremblotant, que Mary sut avec certitude l'identité de ce spectre. Mais en le reconnaissant, sa confusion ne fut que décuplée. Des larmes intempestives lui montèrent aux yeux.

— Evelyn ? *Eve ?* Est-ce… est-ce bien vous ?

— Ah, ma chérie… vous me reconnaissez enfin ! s'écria le spectre, ouvrant grand les bras pour l'étreindre.

— Reculez ! Je vous demande de reculer ! exigea Christopher en brandissant le candélabre telle une épée.

La raison disait à Christopher qu'il s'agissait d'un homme en chair et en os, vêtu d'une chemise de nuit bien trop grande pour son corps décharné. Et pourtant, l'ombre d'un doute le poussa à se demander si le surnaturel ne leur jouait pas des tours quand Mary se couvrit le visage de ses mains et s'essuya rapidement les yeux avant de s'exclamer :

— Comment pouvez-vous être ici ? Pourquoi êtes-vous ici ? Vous n'êtes plus de ce monde. Vous êtes *mort*. Monsieur le duc a reçu une lettre… Vos parents… Nous… nous vous avons *tous* pleuré ! Nous vous pleurons encore. Evelyn, nous vous avons perdu il y a cinq longues années.

— Oui, vous avez raison. Et j'en suis désolé, mais je suis revenu – revenu d'entre les morts –, car je dois me racheter.

— Revenu d'entre les morts… ?

À cet instant, Mary comprit que la silhouette devant elle devait être un fantôme – le fantôme de son cousin depuis longtemps disparu,

Evelyn Gaius Ffolks, vicomte Vallentine et héritier présumé du comté de Stretham-Ely, dont le corps torturé et boursouflé avait été repêché dans le fleuve de Riga cinq ans plus tôt. Une bague, un bijou de famille, avait été découverte sur sa main droite. Cette preuve avait été envoyée au duc, puis on avait organisé un enterrement et un cercueil vide avait été placé dans le mausolée des Roxton.

Elle s'était rendue au mausolée à peine trois mois plus tôt, lors de son dernier séjour chez ses cousins Roxton pour célébrer le mariage de son frère. Après le banquet, Mary et sa cousine la duchesse avaient déposé des bouquets de roses blanches dans le tombeau en marbre, et Mary avait placé une unique fleur sur le cercueil vide d'Evelyn, formulant une prière pour sa pauvre âme torturée, espérant qu'il avait enfin trouvé le repos.

Mais maintenant, elle était censée croire que cet « homme » qui se tenait devant elle était son cousin, venu se racheter ? Pour quelle raison ? se demanda-t-elle. Et pourquoi maintenant ? Et pourquoi ici, auprès d'elle ? Il ne pouvait pas être en chair et en os, si ? Il devait assurément s'agir d'un fantôme, non ? Tout cela fut trop pour elle. Bouleversée et émotionnellement épuisée, Mary prit une inspiration tremblotante, ses jambes se dérobèrent et elle s'écroula par terre.

— Je ne m'évanouis jamais. Ce n'est pas mon genre, grommela mollement Mary.

— Non. Ce n'est pas votre genre, approuva Christopher en lui tendant un gobelet d'eau. Je ne vous ai jamais vu vous évanouir auparavant.

Il l'avait attrapée avant qu'elle ne heurte le sol lors de son évanouissement soudain, puis il l'avait portée jusqu'au lit de sa chambre, sur lequel il l'avait délicatement déposée.

— Non. Non, en effet...

Elle voulut se redresser et il l'aida, replaçant les oreillers dans son dos pour qu'elle soit à l'aise avant de lui donner le verre d'eau. Elle en but une petite gorgée et retrouva le regard de Christopher.

— Il... Evelyn n'est pas un fantôme, si ? demanda-t-elle de façon rhétorique.

Christopher reposa le gobelet et prit les mains de Mary. Elle tremblait, et ce n'était pas de froid. Elle était sous le choc. Tout ce qu'il savait de l'identité de l'inconnu dans la chemise de nuit bien trop grande, c'était qu'il affirmait être le cousin de Mary qui avait disparu depuis des années, un cousin que Mary et sa famille pensaient mort, et que son nom semblait être Evelyn.

Tout ceci le déroutait autant que Mary, mais pour son bien, il garda ses réflexions et opinions pour lui-même. Tout ce qui lui importait vraiment, c'était que rien ne vienne la perturber encore plus. Il serra ses doigts, et quand elle le regarda dans les yeux, il vit bien que, comme lui, elle avait la tête pleine de questions, et qu'elle essayait encore de tout comprendre.

— Non. Ce n'est pas un fantôme, répondit-il, ajoutant avec un petit sourire dans l'espoir de lui remonter le moral : Mais votre cousin est un voleur, en quelque sorte : de confiture et de noix au vinaigre…

Mary sourit, réconfortée par sa voix calme, ses doigts froids se réchauffant dans ses mains étonnamment grandes et douces. Ils restèrent assis à se regarder pendant une petite poignée de secondes, comme s'il n'y avait qu'eux dans la pièce, les paroles étant inutiles pour se dire qu'ils pensaient la même chose – ils avaient énormément apprécié leur baiser furtif et passionné, et ce seul baiser changeait tout entre eux. Mais par peur de gâcher cet instant, aucun d'eux n'était prêt à s'interroger sur le changement précis que leur relation allait connaître. Quand Mary aperçut du mouvement par-dessus l'épaule de Christopher, elle retira rapidement ses doigts de sa main et son visage s'empourpra.

Christopher descendit du lit en fronçant les sourcils et remonta la couverture pour qu'elle reste au chaud.

— Je vais demander à Betsy de vous apporter une tasse de lait chaud…

— Un thé, pour moi, dit gaiement Evelyn le fantôme, frôlant Christopher quand il le dépassa pour prendre sa place sur le lit, avec toute la familiarité de quelqu'un qui y avait été invité. Allez chercher le lait et le thé, vous, dit-il à l'écuyer par-dessus son épaule. Personne ne doit savoir que je suis ici.

S'attendant à ce que Christopher lui obéisse immédiatement, il se retourna vers Mary et lui dit d'un ton enjoué de conspirateur :

— Que diriez-vous d'accompagner nos boissons de quelques commérages ? Je peux moi-même vous servir une ou deux portions de scandales, mais je compte sur vous pour me raconter les dernières nouvelles de la ville. Ce sera comme autrefois !

Puis il partit d'un rire si aigu et bruyant que Christopher tressaillit. Mais les manières particulières d'Evelyn animèrent Mary et, comme si elle le voyait réellement pour la première fois, elle se jeta à son cou, tellement submergée par les émotions qu'elle put à peine prononcer quelques mots.

— Oh, Eve ! Eve ! C'est bien vous !

— Bien sûr que c'est moi, mon petit lapin. Enfin, l'ombre de moi-même, mais c'est moi néanmoins.

Il s'écarta doucement de leur étreinte, l'attrapa par les épaules et la regarda dans ses yeux humides.

— Ne pleurez pas, très chère Mary, murmura-t-il avant de l'embrasser sur le front. Je vous en supplie. Je ne veux jamais vous voir pleurer...

Mary sourit, hocha la tête et renifla. Son très cher cousin, qu'elle croyait mort, était revenu ! Mais il avait raison : il n'était que l'ombre de lui-même, avait l'air d'un fantôme, et sa crinière indomptable était devenue grise avant l'heure. Mais ses yeux bleus étaient toujours aussi perçants et son sourire énigmatique, qui cachait toujours ses vrais sentiments – pas à elle néanmoins –, n'appartenait qu'à lui.

Dans leur enfance, ils avaient été le confident l'un de l'autre. Lui, le fils unique choyé et délicat, brillant musicien. Elle, la seule fille dans une bande de frères et de cousins tumultueux qui ne la laissaient jamais participer à leurs jeux et à leurs manigances. Ayant le même âge, ils avaient naturellement été attirés l'un vers l'autre. Tandis que les garçons partaient faire du cheval, du tir, chasser ou simplement explorer le domaine de Treat, Mary restait à l'intérieur où elle faisait de la broderie ou de la peinture à l'eau, s'entraînant à devenir une lady, car c'était ce que faisaient les filles des comtes, et parce que les garçons ne voulaient pas d'elle. Evelyn, cependant, rebroussait chemin pour se joindre à elle. Ils se cachaient dans l'une des nombreuses pièces inoccupées du palais des ducs de Roxton et y passaient la journée – Evelyn jouait de l'alto et Mary brodait ; elle avait été la première à entendre et à encenser ses compositions.

Ces jours merveilleux et insouciants resteraient gravés dans sa mémoire à jamais...

Elle posa une main sur la joue d'Evelyn et traça les contours de son visage émacié. Ce contact fit jaillir ses larmes, qui l'aveuglèrent et la poussèrent à ravaler une émotion écrasante à l'idée qu'il était bien là, en chair et en os, vivant !

— Oh, Eve, pourquoi ne m'avez-vous jamais donné signe de vie ? Pourquoi n'avez-vous pas dit à vos parents inconsolables que vous étiez vivant ? Comment avez-vous pu nous laisser faire notre deuil ? Toutes ces années... Toutes ces larmes...

— Croyez-moi, ma chérie, j'ai voulu vous écrire à de *très*

nombreuses reprises. Mais… c'était mieux ainsi. Il valait mieux que personne ne connaisse la vérité. Il valait mieux que je reste… mort.

Mary était incrédule.

— Il ne peut rien y avoir de plus terrible que d'être mort aux yeux de votre famille… à mes yeux… aux yeux de ceux qui vous aiment, si ?

Evelyn souffla, haussa les épaules et leva un bras au ciel. Comme il s'agissait de celui avec une main mutilée, cela ne servit qu'à souligner à quel point il avait dû tomber bas, s'il préférait être mort aux yeux de sa famille. Il se détourna du regard inflexible et larmoyant de Mary en secouant la tête.

Elle retint son souffle, se demandant s'il s'apprêtait à se confier à elle. Mais l'instant s'évanouit, il prit sa main et y déposa un baiser, lui disant avec un sourire forcé et une étincelle dans ses yeux bleus :

— Je suis revenu maintenant. C'est tout ce qui compte… Je vous en prie, ma chérie, séchez les larmes de vos beaux yeux et soyez heureuse pour moi… pour *nous*.

Mary hocha la tête, sourit et s'essuya rapidement le visage du dos de sa main tremblante. À cet instant, Christopher s'avança et lui tendit son mouchoir. Elle le prit sans le regarder. Elle était entièrement concentrée sur Evelyn et avait peut-être oublié qu'il était encore dans la pièce.

— Je *suis* heureuse. Et vous avez raison. Tout ce qui compte, c'est que vous soyez vivant et que vous soyez revenu. J'ai… j'ai l'impression que c'est un rêve devenu réalité !

— Oui. Un rêve devenu réalité, ma chérie, répondit Evelyn à voix basse.

Il prit le mouchoir et tapota les joues humides de Mary.

Christopher voulait arracher le carré de lin des doigts de l'intrus. Au lieu de cela, il tourna les talons et quitta la pièce pour aller chercher du bois, du lait chaud et du thé.

HUIT

Evelyn avait demandé que sa présence reste secrète, mais Christopher ne comptait pas lui obéir. Il n'était pas un laquais, et le cousin de Mary n'avait aucune autorité sur lui. Que faisait cet homme ici, dans une maison isolée, à des kilomètres de tout, où il se cachait même des domestiques ? Pourquoi avait-il choisi de revenir d'entre les morts ici, et maintenant ? Il n'aurait pas pu choisir pire moment pour réapparaître miraculeusement. Christopher avait enfin baissé sa garde avec Lady Mary, et elle avait réagi exactement comme il l'avait espéré. Mais après leur baiser, il n'avait pas eu le temps de lui expliquer ses sentiments, car ils avaient été interrompus par Evelyn. Il nourrissait une crainte tenace ; et s'il avait écouté à la porte, choisissant le bon moment pour les interrompre ? Quant à l'affection évidente entre les deux cousins, c'était ce qui ennuyait le plus Christopher. Mais il n'était pas enclin à la jalousie, il était donc heureux pour Mary et sa famille que ce cousin soit sain et sauf, et il se réjouissait qu'elle soit si heureuse de le voir.

Il réveilla sa bonne, et avant même l'arrivée de Betsy dans la cuisine, Christopher avait ravivé le feu dormant, placé une bouilloire sur la plaque dans la cheminée, préparé un plateau pour le thé et sorti le chariot en argent de son placard verrouillé. Ils utilisaient autrefois un service en argent composé d'une théière avec un passe-thé et un sucrier assortis, mais il avait été rangé avec les couverts, assiettes et gobelets en argent ; le tout reviendrait à Sir Jack Cavendish quand il atteindrait la majorité. Lady Mary pouvait utiliser le chariot à thé et le service de second choix, celui en porcelaine de Worcester blanche et bleue. Ces deux éléments avaient fait partie de sa dot, et son époux en était devenu propriétaire lors de leur mariage. Et quand il était mort, comme tout le reste, ils étaient devenus des possessions de son héritier ; Lady Mary ne pouvait prétendre à rien, car Sir Gerald, égoïstement, ne lui avait rien légué.

Christopher avait trouvé que c'était cruel de la part de Sir Gerald de ne pas léguer à sa femme ne serait-ce que le chariot à thé et le service en porcelaine de Worcester, sans même parler d'un revenu avec lequel vivre. Il aurait aimé être libre de les lui donner, non parce qu'il s'agissait de beaux objets coûteux et grandioses qui affirmaient sa place dans la société, mais parce qu'ils lui avaient un jour appartenu, et qu'ils représenteraient quelque chose de personnel dont Teddy pourrait un jour hériter.

Alors qu'il positionnait sur le plateau la tasse sur sa soucoupe, le pot à lait et le sucrier, un souvenir lui revint soudain : Lady Mary montrant gaiement à sa petite fille comment utiliser les pinces en argent pour faire tomber un morceau de sucre dans son thé au lait sans faire d'éclaboussures. La petite fille tenait les pinces dans sa main potelée, et grâce à la supervision patiente de sa mère, elle avait réussi à prendre un petit carré de sucre. Quand il était tombé dans son thé au lait avec un *plop*, Teddy avait gloussé de joie et cherché le regard approbateur de sa mère. Mary avait souri et embrassé le haut des boucles rousses de sa fille, lui disant qu'elle s'était merveilleusement bien débrouillée avec les pinces. Sir Gerald, qui était présent, s'était contenté de grogner et de chiffonner son journal contre sa poitrine pour accepter une tasse de thé des mains de sa femme, sans un mot d'encouragement ou même de reconnaissance pour les efforts de sa petite fille. Teddy avait été tellement concentrée sur cette tâche que le bout de sa langue était apparu au coin de sa bouche. Elle faisait toujours cela quand elle consacrait toute son attention à quelque chose, que ce soit pour seller son cheval ou pour écrire, quand elle s'appliquait à ne pas laisser traîner sa main gauche dans l'encre pour ne pas l'étaler. Elle avait hérité cette manie de son père, ce qui avait rendu son absence de réaction d'autant plus déplorable.

Cependant, si des invités que Sir Gerald voulait impressionner avaient été présents, Christopher savait que le baronnet se serait alors montré excessivement expansif dans ses compliments, et très généreux en thé et en gâteaux. De toutes ses années passées à Abbeywood, Sir Gerald n'avait fait aucun effort pour connaître ses voisins au franc-parler, qui voyaient tous d'un mauvais œil les citadins paresseux qui avaient choisi le thé comme boisson de prédilection et qui avaient plus d'argent que de bon sens ; et, dans le cas de Sir Gerald, l'argent manquait tout autant que le bon sens.

Dans une région où le cidre se buvait de l'ouvrier au maître, il n'y avait rien de surprenant à ce que le thé et tout son attirail reçoivent des regards noirs et méprisants de la part des petits propriétaires terriens, et des regards en coin envieux de la part de leurs femmes. Des avis désobligeants avaient été émis haut et fort à un dîner auquel Christopher avait assisté. Tout le monde s'était accordé pour dire qu'une consommation excessive de thé menait à des dépenses inutiles et à de l'indolence. Un certain baronnet qui vivait parmi eux avait été cité comme exemple parfait de cela. Ce baronnet se vantait constamment de ses liens avec l'aristocratie et il rangeait son thé dans un chariot en argent, pour l'amour du Ciel !

C'était seulement quand Christopher avait toussé dans son poing que les convives réunis s'étaient rappelé, trop tard, qu'il était assis avec eux – il était possiblement le seul et unique ami de Sir Gerald. La conversation s'était arrêtée abruptement, et les têtes en plein hochement s'étaient figées. Il secoua la tête en repensant aux visages stupéfaits autour de la table du pasteur et ouvrit le chariot à thé avec un double de la clé qu'il gardait sur une chaîne dans la poche de son gilet. Lady Mary gardait l'autre clé sur sa châtelaine. Cela n'avait pas toujours été le cas.

Autrefois, Sir Gerald avait confié les deux clés et la préparation du thé à l'intendante. Christopher lui avait confisqué les clés presque immédiatement après la mort de son maître, car Mrs. Keble se faisait non seulement plaisir en se servant illicitement dans le chariot à thé dès qu'elle le souhaitait, mais également parce qu'elle était accusée – sans preuve concluante, mais Christopher était persuadé que c'était vrai – de faire du profit en revendant aux villageois, les jours de marché, les feuilles de thé déjà infusées et même de la poussière de thé. La quantité de feuilles de thé déjà infusées qu'elle revendait – directement liée à la quantité de thé que Sir Gerald buvait – devait assurer un joli revenu secondaire à Mrs. Keble.

Christopher ne comprenait pas pourquoi, mais elle s'était attendue à ce que la quantité de thé livré à Abbeywood ne change pas après la mort de Sir Gerald, lui permettant tout simplement de continuer sa petite affaire illégale sans obstacle. Ainsi, quand Christopher lui avait confisqué les clés, avait rassemblé toute l'argenterie pour l'enfermer dans un coffre, et avait demandé qu'on lui confie directement tout le nécessaire pour le thé, Mrs. Keble avait été furieuse. Il avait espéré qu'elle serait assez offensée pour donner sa démission d'elle-même, ou faire une déclaration accablante qui dévoilerait ses activités commerciales illégales.

Mais Mrs. Keble s'était avérée plus maligne que ce qu'il pensait. Ayant échoué à le séduire en usant de ses charmes, elle avait essayé d'obtenir ce qu'elle voulait par extorsion, en le menaçant de révéler ce qu'elle savait à Lady Mary. Madame serait très intéressée d'apprendre que l'écuyer payait son thé, ses vêtements et ses frais postaux de sa propre poche. C'était vrai, mais que l'intendante ait réussi à le découvrir restait un mystère pour lui, qui avait réussi à le cacher au duc de Roxton, le co-exécuteur testamentaire du domaine. Il ne voulait pas que Lady Mary apprenne qu'il était son bienfaiteur, ou qu'elle était bien plus pauvre que ce qu'elle et sa famille pensaient.

Sir Gerald avait laissé sa femme et sa fille sans ressources. Elles ne percevaient aucune allocation. Elles n'avaient que des dettes, en si grande quantité que c'était uniquement grâce à la générosité de Christopher, qui avait prêté une somme d'argent considérable au domaine – argent qui lui serait remboursé peu à peu grâce aux ventes de laine et de céréales –, que le contenu de la maison et les parcelles agricoles n'avaient pas été immédiatement vendus pour rembourser les créanciers de Sir Gerald.

Kate l'avait accusé de laisser son cœur diriger sa tête. Il n'avait aucune garantie que, malgré les efforts qu'il fournissait pour elle, Lady Mary le verrait jamais autrement que comme un voisin. À vrai dire, son autoritarisme agaçait la *Fière Mary*, en particulier son refus catégorique d'autoriser Teddy à rendre visite à ses parents Roxton. Christopher avait abruptement mis un terme à cette conversation dans une colère inhabituelle et avait dit des choses qu'il n'aurait jamais dû dire. Il avait sauvé le domaine, non seulement pour Mary, mais aussi pour sa fille et pour l'héritier de Sir Gerald, Jack. Ils étaient tous les victimes innocentes d'un homme pour qui les sept péchés capitaux étaient un mode de vie. Il n'avait pas eu besoin de s'étendre sur les conséquences d'une telle vie sur les autres, car Kate, en tant qu'ancienne disciple d'au moins cinq de ces péchés, ne les connaissait que trop bien.

Il lui avait immédiatement demandé pardon après avoir prononcé des mots aussi blessants, pardon qu'elle lui avait volontiers accordé, ce qui n'avait pas atténué son impression d'être un corniaud, et il lui avait fallu du temps, à lui, pour se pardonner.

— Oncle Bryce, le fantôme vous empêche-t-il de dormir, vous aussi ?

Christopher fut tiré de son introspection par Teddy. Elle se tenait sur le seuil de la cuisine, une robe de chambre piquée par-dessus sa chemise de nuit, son bonnet en dentelle de travers. Sa nurse somnolente était derrière elle avec une chandelle, une main légèrement posée sur l'épaule de la petite fille pour la rassurer. Elle lui indiqua de rester au chaud près du feu pendant qu'elle lui préparerait une tasse de lait chaud.

— Regardez, Mr. Bryce a mis le lait sur la table pour nous, ajouta-t-elle d'un ton enjoué, avant de remplir une petite casserole de lait.

— Vous pouvez tout faire chauffer, dit Christopher. Betsy arrive.

Il n'eut pas besoin de préciser que le lait était pour Lady Mary. Il remarqua le regard en coin significatif que la nurse lança à Teddy, l'alertant que la petite était troublée ; il soupçonnait qu'elle s'était réveillée d'un cauchemar, puisqu'elle avait évoqué le fantôme. Il répondit à ce regard d'un léger haussement de sourcils avant de s'asseoir autour de la table. Il fit signe à Teddy d'approcher et lui dit avec un sourire :

— Seriez-vous déçue si je vous disais qu'il n'y a pas de fantôme ?

La petite main de Teddy convulsa dans la sienne.

— Pas de fantôme ? Vraiment ?

— Vraiment.

— Mais… c-comment pouvez-vous en être sûr ?

Christopher entendit la note d'incertitude et d'hésitation dans sa voix, et prit un air sérieux. Il ne lui répondit pas immédiatement. Il voulait lui donner l'impression qu'il avait bien réfléchi à la question. Par ailleurs, il était surpris par le changement qui s'était opéré en elle depuis le dîner, quand elle avait ri et plaisanté à propos du fantôme présumé de la cuisine et de son goût pour la confiture. L'idée qu'un fantôme hante la maison avait dû tourner dans sa tête quand elle était seule dans l'obscurité de sa chambre ; par ailleurs, les bonnes et la cuisinière avaient pu parler du fantôme devant elle, et elle y avait repensé au moment de s'endormir.

— En vérité, je ne peux pas en être absolument certain. Les fantômes pourraient être n'importe où. On raconte que la forêt de Puzzlewood est hantée, mais nous la traversons régulièrement à cheval, et nous n'avons encore jamais croisé de fantôme…

— Mais nous y allons en plein jour, oncle Bryce. Et les fantômes ne sortent que la nuit.

— Ah, oui, c'est vrai. Mais pas ici, pas dans cette maison, que ce soit de jour ou de nuit. Personne n'a vu de fantôme, sa présence a seulement été supposée, car on ne pouvait pas expliquer la disparition de condiments dans l'office.

Teddy s'approcha de lui pour qu'il l'entende chuchoter. La peur fit chevroter sa voix.

— La confiture de fraise était celle que père préférait.

— Vraiment ? s'enquit Christopher, étonné.

— Oui, répondit Teddy en hochant la tête. Il ne la partageait pas. Personne d'autre n'avait le droit d'en manger. Même pas mère.

— Je vois.

Christopher sourit. Intérieurement, ce comportement égoïste, qui ne le surprenait pourtant pas, le faisait bouillonner. C'était typique de Sir Gerald.

— Mais vous et votre maman, vous préférez la marmelade, vous pouviez donc tous manger votre confiture favorite, non ?

— Oui. Mais mère et moi, on aime aussi la confiture de fraise.

Elle rentra soudain la tête dans les épaules et se pencha vers Christopher pour chuchoter, telle une conspiratrice :

— La cuisinière m'en donnait parfois une cuillère, ici, dans la cuisine. Je ne devais pas le dire à père. Et j'ai gardé le secret.

Christopher ne savait pas où menait cette conversation. Il n'aurait pas dû être surpris par ce que lui dit ensuite Teddy, mais ce fut le cas, et il s'en voulait de ne pas y avoir pensé plus tôt.

Elle regarda par-dessus sa frêle épaule et vit Jane, qui sortait de l'arrière-cuisine avec des yeux endormis, attachant son bonnet pour prendre la relève de la nurse qui remuait le lait dans la casserole. Betsy, qui était également apparue, s'était directement avancée vers la cheminée pour faire chauffer de l'eau pour le thé. Convaincue qu'on ne l'entendrait pas, Teddy se retourna vers Christopher et lui dit d'un ton solennel :

— Je sais que c'est mal élevé d'écouter aux portes. Mère m'a dit de fermer mes oreilles et d'essayer très fort de ne pas écouter. Mais parfois, quand les domestiques discutent comme si je n'étais même pas là, c'est très difficile à faire.

— Oui, je comprends votre problème. Une fois qu'on a entendu quelque chose, c'est très dur de le *désentendre*.

Teddy hocha la tête.

— C'est ce que je pense, moi aussi. Mais je ne veux pas décevoir mère. Je peux vous confier ce que je n'arrive pas à oublier, hein, oncle Bryce ?

— Oui. Tout ce que vous voulez, répondit Christopher avec un sourire.

La petite hocha de nouveau la tête, poussa un petit soupir et avoua :

— La cuisinière dit qu'elle serait prête à parier sur la tombe de son cadet, Timothy, que le fantôme qui hante la maison « c'est le maître qu'est mort ». C'est de père qu'elle parle, non ? Elle dit que la disparition de la confiture de fraise, « c'est bien la preuve qu'c'est lui ». Elle dit que son âme « peut pas trouver l'repos » à cause de ce qu'il a fait – de ce qu'il s'est fait.

— Ce qu'il… *s'est* fait ?

— Oui. Père hante la maison parce qu'il ne peut pas trouver le repos. Et c'est ça, les fantômes – les âmes des morts qui doivent errer sur terre jusqu'à ce qu'ils obtiennent réparation de leurs péchés. C'est seulement après cela qu'ils peuvent entrer au paradis. La cuisinière dit qu'un homme qui « s'donne la mort » n'est pas chrétien et devrait être enterré au milieu d'un carrefour. Les pécheurs ne sont pas enterrés dans les cimetières des églises. Et les pécheurs ne vont pas au paradis. La cuisinière dit que « père s'est tué et qu'ça c'est un péché », et que sa tombe devrait donc être dans un carrefour. Mais elle dit qu'il a eu droit à un enterrement chrétien parce que « c'tait un baronnet, pas n'importe qui »…

— Ce n'est pas vrai, Teddy. Rien de tout cela n'est vrai, l'interrompit Christopher. La mort de votre père était un accident. Il a trébuché, son mousquet a déchargé, il s'est tiré dessus et cela l'a tué. C'est triste, mais c'est la vérité. Sir Gerald ne se serait jamais ôté la vie. (Il en était entièrement convaincu ; cet homme était un égoïste, et il était bien trop lâche pour pouvoir mettre fin à ses jours.) Et le pasteur Sanders n'a de comptes à rendre qu'à Dieu, à personne d'autre, il n'aurait jamais laissé votre père avoir un enterrement chrétien, peu importe qu'il soit un baronnet ou non, s'il avait cru, ne serait-ce qu'un instant, qu'il avait mis fin à ses jours.

— Alors grand-mère n'aurait pas pu forcer le pasteur à enterrer père avec les chrétiens pour sauver sa réputation, même s'il ne méritait pas sa place à cet endroit ?

— Elle aurait pu essayer de convaincre le pasteur, expliqua Christopher, restant impassible même si la supposition naïve de Teddy selon laquelle la comtesse de Strathsay était omnipotente lui donnait envie de sourire. Mais le pasteur Sanders n'irait pas à l'encontre de sa conscience et du souhait de Dieu. Je suis persuadé que c'est ce qu'il a dit à votre grand-mère ; si, en effet, elle l'a sollicité. Mais je n'ai rien entendu de tel.

Teddy poussa un petit soupir et sourit. Les plis d'anxiété sur son front moucheté de taches de rousseur disparurent.

— Je suis soulagée. J'aime bien le pasteur.

— Moi aussi.

— Ce n'est donc pas le fantôme de père.

— Non. À vrai dire, il n'y a pas de fantôme.

Teddy sembla à la fois déçue et soulagée.

— Mais s'il n'y a pas de fantôme, alors qui a pris la confiture de père et bu le vin de sureau ?

— Une très bonne question. Et si je vous disais que les condiments et le vin n'avaient pas été volés, mais dégustés par un invité affamé ?

Teddy écarquilla les yeux.

— Un invité ? *Ici ?* Mais personne ne nous rend jamais visite. C'est toujours à mère et moi de nous déplacer.

— Et pourtant, cet invité est venu voir votre mère, et vous rencontrer.

— *Moi ?*

— Oui. Mais malheureusement, vous devrez attendre avant de pouvoir le rencontrer, peut-être jusqu'au dîner de demain.

— Oh ? (Les épaules de Teddy s'affaissèrent.) Il ne sera pas au petit déjeuner ?

— Je ne pense pas. Il a fait un long voyage, je doute qu'il se lève à l'aube comme nous. Ce qui est tout aussi bien, car Kate nous attend tous les deux pour le thé. Vous ne voudriez pas la décevoir, si ?

Teddy secoua la tête, puis elle sourit et lui dit sur le ton de la confidence :

— J'ai une surprise pour elle.

— Vraiment ? Bien. Kate adore les surprises.

Teddy voulait en savoir plus sur cet invité.

— L'invité est-il un ami de mère ?

— Oui. Je crois qu'il s'agit même d'un cousin longtemps disparu.

Teddy était intriguée. Toutes les peurs qui étaient apparues dans l'obscurité de son lit à propos du fantôme de son père qui hanterait la maison furent vaincues par sa curiosité.

— Un *cousin* ? Est-ce que grand-mère le connaît ?

— Elle doit le connaître, oui.

— Oncle Dair et oncle Charles aussi ?

— Je suis certain que vos oncles connaissent ce cousin depuis aussi longtemps que votre mère.

— Alors ce cousin de mère est l'invité affamé que nous avons pris pour un fantôme ?

— Oui. Ce cousin aime la confiture de fraise autant que votre père.

Teddy poussa un soupir de soulagement que Christopher ne releva pas et dit :

— La cuisinière, Jane, Jennie, et même Luke se réjouiront de savoir qu'il n'y a finalement pas de fantôme.

À cet instant, un jeune homme robuste de taille moyenne entra dans la cuisine en passant par le potager clôturé. Il s'agissait de Luke, qui portait un tas de bois, le fidèle lurcher de Christopher sur ses talons. En voyant Lorenzo, son maître eut une idée soudaine. Il se tourna vers Teddy et lui dit, tout en s'assurant d'un coup d'œil que sa nurse, qui s'était approchée de la table pour lui apporter son lait chaud, l'écoutait également :

— Je me demande si vous voudriez bien me rendre service en prenant soin de Lorenzo cette nuit ? Luke et moi devons allumer quelques feux de cheminée, et…

— Oh, oui ! Oui, s'il vous plaît ! l'interrompit Teddy, tout excitée, avant de se mettre à genoux pour passer ses bras autour du cou de Lorenzo quand il poussa sa main du museau. Il pourra dormir avec moi !

— Allons Miss Theodora, je ne pense pas qu'il soit sage que cet animal… commença la nurse avant d'être interrompue par Christopher.

— Au pied de votre lit. Pas sous la couverture. Sinon il s'attendra à ce que je fasse la même chose.

Il adressa un bref signe de tête à la nurse, puis il se leva et poussa sa chaise sous la table tout en disant à Teddy, avec toute la désinvolture possible, car il s'agissait d'un petit mensonge :

— Bien sûr, vous savez que les fantômes n'aiment pas les chiens… ?

Teddy, qui caressait Lorenzo, releva rapidement la tête avec des yeux ronds.

— Vraiment ? Les… les fantômes ont peur des chiens ?

— Ce doit être le cas. Je n'ai jamais entendu parler d'un fantôme hantant une maison où habite un chien. Ah ! Allons, que vous arrive-t-il ? ajouta-t-il en riant, surpris, quand Teddy se jeta à son cou et l'étreignit.

— Merci de laisser Lorenzo dormir avec moi, marmonna Teddy, la joue écrasée contre sa redingote.

Christopher lui rendit son étreinte, puis il s'accroupit, prit sa main et la regarda dans les yeux.

— Vous serez toujours en sécurité avec Lorenzo, et avec moi, Teddy. Vous le savez, hein ?

Quand elle hocha la tête, il lui donna une petite chiquenaude sur la joue et ajouta avec un sourire :

— Et puis vous me rendez service en veillant sur lui. Maintenant, allez vous coucher, et assurez-vous de bien boire tout votre lait. Nous partirons à cheval tôt demain matin, et je suis sûr que Lorenzo vous réveillera avant votre nurse.

— Est-ce vrai, ce que vous dites à propos des fantômes et des chiens, monsieur ? demanda Betsy dans le silence qui suivit le départ de Teddy.

Elle versa l'eau bouillante sur les feuilles de thé dans la théière en porcelaine tout en échangeant un regard avec Jane, qui ravivait le feu, et Luke, qui avait lâché le bois dans sa caisse ; les deux domestiques attendaient d'autres instructions de la part de Christopher, qui restait à table, perdu dans ses pensées.

— Aucune idée... répondit Christopher, se tirant de sa préoccupation.

Ses pensées étaient revenues à la tournure surprenante des événements à l'étage, au baiser échangé avec Mary, suivi par l'apparition inattendue de son cousin. Il sentait qu'ils partageaient quelque chose qui allait plus loin que le lien affectueux unissant deux cousins. Cela le remplissait de crainte à l'idée que le temps ne soit plus de son côté, que ce cousin puisse contrecarrer ses plans pour l'avenir, un avenir qu'il avait toujours rêvé de partager avec Mary. Il aurait préféré qu'un fantôme hante la maison. Un fantôme aurait été le cadet de ses soucis.

CHRISTOPHER ASSURA AUX DOMESTIQUES QUE LE FANTÔME ÉTAIT en fait un invité qui avait préparé une plaisanterie élaborée. Le gentleman en question était un cousin de Lady Mary, et un excentrique. Il ajouta qu'il ne serait pas surpris d'apprendre qu'il était également faible d'esprit et puéril, des traits de caractère propres à certains membres de la noblesse. À l'évidence, se faire passer pour un fantôme et hanter l'office pour chercher de la nourriture en étaient des preuves. Christopher leur assura que de telles facéties ne se reproduiraient plus. Et ils n'avaient pas à s'inquiéter, le gentleman ne s'introduirait plus dans les quartiers de la maison réservés aux domestiques. Lady Mary l'avait bien en main, et il se soumettrait à ses souhaits.

Jane hocha vivement la tête, les yeux écarquillés de stupeur suite à ces nouvelles informations, heureuse d'obéir aux directives de l'écuyer. Elle, Betsy et Luke ne donnèrent aucune indication qu'ils trouvaient l'explication de Christopher invraisemblable ou qu'ils étaient surpris de découvrir que le fantôme était en réalité un invité. Luke grogna de compréhension, ce qui était tout ce que Christopher pouvait espérer — c'était toute l'étendue de la loquacité de certains hommes dans ce petit coin de l'Angleterre.

Luke, du bois dans les bras, suivit Christopher dans l'escalier des domestiques et le long du passage qui menait à la garde-robe de Sir Gerald. Après avoir positionné plusieurs chandelles allumées pour l'éclairer, le garçon se mit au travail dans l'âtre d'une cheminée qui n'avait pas été utilisée depuis plus de deux ans. Christopher regarda autour de lui, dans l'immobilité silencieuse de la garde-robe, où tous les vestiges de son précédent propriétaire avaient été retirés. Une rangée de grandes commodes en acajou avait été recouverte de draps de protection, et sur le mur opposé, les patères fixées dans le lambris, sur lesquelles on accrochait autrefois les redingotes, chemises et autres vêtements pour les faire défroisser et les aérer avant qu'ils ne soient portés, détonnaient curieusement.

La coiffeuse était dépouillée. On avait retiré les pots de pommade en cristal, la brillantine, les brosses en poils de sanglier, les tabatières en or et les petites boîtes ornées. Tout — des boucles de chaussures en argent aux chemises en lin, en passant par les hauts-de-chausses dans de nombreux tissus, les gilets décorés et les redingotes pour toutes saisons et occasions possibles — avait été compté, nettoyé, plié, regroupé et méticuleusement listé dans un registre. Puis les effets personnels de Sir Gerald Cavendish avaient été soigneusement rangés dans des coffres, des armoires et des boîtes. Cet inventaire de valeur appartenait à présent à Sir Jack Cavendish qui, quand il réclamerait son héritage à sa majorité, pourrait disposer des affaires de son oncle comme il l'entendait. En attendant, Christopher en restait le dépositaire.

Une partie de ce travail minutieux avait été réduite à néant par le cousin de Lady Mary. Il était facile de voir où il avait troublé la tranquillité de cet espace silencieux. Le drap qui recouvrait l'une des grandes commodes avait été retiré, et plusieurs de ses tiroirs avaient été ouverts ; ils restaient suspendus dans leurs charnières, leur contenu pillé. Les pieds d'une chaise avaient laissé des traces dans la fine couche de poussière sur le parquet quand on l'avait tirée de la coiffeuse à la méridienne, où elle servait de table improvisée. Sur l'assise capitonnée étaient posés un bocal ouvert de noix vinaigrées et les restes d'un morceau de pain. Des miettes entouraient la chaise, et deux bouteilles de vin de sureau vides étaient appuyées contre l'un des pieds.

Le drap qui recouvrait autrefois la méridienne avait été enlevé, et le siège était recouvert de vêtements. Puisqu'ils semblaient empilés d'une façon bien particulière et qu'ils formaient un tas creusé, Christopher se dit que le cousin de Mary avait dû se glisser sous cet assemblage pour tenter de rester au chaud la nuit.

Il faisait aussi froid dans cette pièce que dans une glacière, et il était impossible que l'intrus ait réussi à se réchauffer, malgré les couches de vêtements amoncelés sur lui. Les coins de la bouche de Christopher remontèrent. Bien. Il chérissait l'image du cousin de Mary en train de claquer des dents, son corps convulsant de froid. Il fallait faire subir de l'inconfort à cet homme. Christopher se demandait comment il pouvait y participer pour le voir partir le plus rapidement possible. Dès le lendemain, si son souhait était exaucé.

Il laissa Luke devant l'âtre et rejoignit la chambre de Mary avec le seau de charbon, le bois et une chandelle allumée. Il s'attela à la tâche devant la cheminée, tout en écoutant la conversation d'une oreille. Mary et son cousin excentrique étaient exactement là où il les avait laissés, assis sur le lit. Elle était appuyée contre les oreillers, bien enveloppée dans sa robe de chambre bordée de fourrure, et il était assis face à elle, la couverture piquée remontée sur ses épaules voûtées. Ils bavardaient telles deux vieilles connaissances réunies après des années de séparation, ce qui correspondait exactement à la réalité. Sauf qu'il ne s'agissait pas de deux femmes en pleine conversation intime, mais d'un homme aux intentions indéterminées, et d'une veuve qui n'avait, jusqu'à ce soir-là, jamais reçu un homme dans sa chambre à l'exception de son mari ; depuis, elle avait embrassé celui devant la cheminée et conversait avec l'autre dans son lit !

Il était abasourdi par un tel changement de circonstances, un sentiment décuplé par la conversation de Mary, libre, décontractée et ponctuée de rires ; il en vint à se demander si peut-être il ne la connaissait pas du tout. Plus surprenant encore, toute la discussion se déroula uniquement en français.

Mais pourquoi était-il surpris ? Il savait qu'elle parlait français. C'était le cas de toute la famille Roxton. Il avait entendu Mary parler cette langue étrangère avec sa fille, de professeure à élève, chaque phrase construite et prononcée avec soin. Mais il ne l'avait jamais vue faire preuve d'autant de vivacité, de spontanéité et de familiarité que quand elle conversait avec son cousin. La langue française donnait à sa voix profondément féminine un timbre délicat. Tandis qu'il continuait à s'affairer dans l'âtre, attendant que le feu prenne, son oreille linguistique se concentra sur leur langage et leur conversation, et son sourire admiratif se mua en une moue préoccupée, inquiète.

NEUF

Mary se redressa, incrédule.

— Un agent de la couronne ? *Vous ?* Un-un *espion* ?

— J'*étais* un agent de la couronne, très chère. D'abord dans les États italiens, puis à Istanbul, et pendant quelques années à Saint-Pétersbourg. Mais comme je l'expliquais à votre frère, je me suis lassé de ce jeu et je voulais seulement rentrer à la maison.

Mary l'observa en clignant des yeux, sans faire de commentaire, et ce fut au tour d'Evelyn de se redresser. De surprise, il plaqua une main sur sa bouche, ouvrit grand ses yeux bleus, puis se mit à rire et attrapa la main de Mary sur la couverture brodée.

— Parbleu ! J'ai vendu la mèche, n'est-ce pas ? Vous n'étiez pas du tout au courant que Dair était un agent.

— Un héros de guerre, ouï. Mais pas un espion, avoua Mary. Mais cette révélation ne me surprend pas. Il a toujours agi comme si sa vie n'avait aucune valeur, bien qu'il n'en fasse jamais autant quand il est question de la vie des autres. Mais je suis sûre qu'il n'agira plus ainsi à partir de maintenant. J'espère sincèrement qu'en tant qu'homme marié, il y réfléchira à deux fois avant de mettre sa vie en danger…

— *Dair*… marié ? Ça alors ! La vie ne cessera de m'ébahir. Il y a six mois de cela, il bombait le torse dans les ruelles tortueuses de Lisbonne, une fille à chaque bras. Quel petit cachotier ! (Evelyn observa Mary.) Il ne s'est quand même pas impliqué dans une histoire dont il ne peut plus se sortir – ou pire, contenté d'une de ces demoiselles glaciales que votre mère approuverait, si ?

— Non. Ce n'est pas le genre. Il a épousé la femme la plus douce qui soit, et il a l'intention de devenir un gentleman farmer et de s'occuper du domaine.

— Mon… Dieu ! Il est tombé amoureux ?

— Oui, et pas qu'un peu. Rory est un délice.

— Vraiment ? s'enquit Evelyn, sceptique. Je me demande ce qu'en pense Shrewsbury – il a perdu ses deux meilleurs agents en l'espace de quelques mois…

— Je pense que Lord Shrewsbury est plutôt très heureux, rétorqua Mary avec bonhomie, sans pouvoir réprimer un sourire impertinent. Après tout, c'est sa petite-fille que Dair a épousée.

Evelyn renâcla de surprise et éclata de rire.

— Réellement ? Fichtre alors ! Mais comme c'est approprié ! Il me tarde de le féliciter.

— J'aimerais qu'il soit là pour que vous puissiez le féliciter. Mon pauvre frère, un mois seulement après son mariage, a dû quitter sa femme pour prendre un bateau à destination de la Barbade. Un ouragan a dévasté l'île. La plupart des habitants – si ce n'est pas la totalité – ont péri, que ce soient les propriétaires terriens ou les esclaves, et père était parmi eux. La bague familiale – « Feu et Glace des Fitzstuart » – nous a été envoyée pour prouver qu'il est mort aux côtés de sa maîtresse, de leurs enfants et de ses esclaves. Cette bague aurait dû suffire, mais Dair, Roxton, madame la duchesse, et mère bien sûr, veulent une preuve irréfutable de sa mort…

— Qui pourrait le leur reprocher ? l'interrompit Evelyn, bien plus calme. Dair ne peut pas poursuivre sa vie sans que son héritage soit assuré. (Il haussa les épaules d'un air penaud.) La dernière chose qu'il voudrait, ce serait que votre père ressuscite. Non pas que je souhaite la mort de votre père, ajouta-t-il rapidement, au cas où il l'aurait offensée, ce qui n'était pas le cas.

Devant l'air remarquablement calme de Mary, il serra sa main et lui demanda, pensif :

— Ne pensez-vous pas votre père mort, ma chérie ?

Elle secoua la tête, renifla, mais ne versa aucune larme.

— Si, et il semblerait que je sois la seule à en être certaine. Je le sais, Eve, dit-elle en appuyant sa main libre contre sa poitrine. Je sais, au plus profond de mon cœur, que cet ouragan a tué père. Je ne souhaitais pas sa mort. Mais… pour Dair. Pour Charles. Pour ma mère. C'est la seule issue qui assurera leur bonheur futur. Dair pourra hériter du titre et commencer sa nouvelle vie en tant que comte de Strathsay avec sa nouvelle épouse. Charles pourra de nouveau avancer la tête haute, car il ne portera plus le fardeau de la honte qu'il ressentait du fait d'avoir un père propriétaire d'esclaves. Peu importe qu'il soit lui-même accusé de trahison ! Et mère aura enfin une bonne raison d'être malheureuse. Le gris de ses vêtements de deuil conviendra parfaitement à sa personnalité austère.

— Bigre ! Pas étonnant que Dair soit parti dans les îles toutes voiles dehors ! Mais qu'en est-il de vous, ma chérie ? Vous disiez qu'il s'agissait de la seule issue possible pour vos frères et votre mère, mais pour vous… ?

Mary lâcha la main de son cousin, se recula sur les coussins en plumes et planta son regard dans le sien. Elle répondit d'une voix légèrement affectée par l'émotion :

— Quand nous étions petits, je vous ai dit qu'à mes yeux, père était mort le jour où il avait abandonné sa famille. Je maintiens ces propos.

— Je m'en souviens, murmura Evelyn. Nous étions allongés sous le lustre dans le salon de monsieur le duc, ce que nous faisions toujours. Vous rappelez-vous ? Je vous avais crue – littéralement. Ma chère mère m'a ensuite détrompé de cette idée, de sa façon habituelle : cryptique, mais toujours dramatique. Elle m'a dit que le comte n'était pas réellement mort, mais que comme c'était le pire des monstres, il était mort aux yeux de la famille. Je ne comprenais absolument pas de quoi elle parlait. Et d'ailleurs, qui parvenait à la comprendre ? À l'exception peut-être de mon père, qui d'ailleurs a fini par devoir tout m'expliquer, comme toujours. Ah ! Mon père, murmura-t-il avec un profond soupir. Il me manque terriblement… Mais ! Nous ne parlions pas de mon père, mais du vôtre, ajouta-t-il, se reprenant assez pour sourire.

— Je préférerais parler du vôtre, répondit Mary à voix basse. Votre père était un vrai *gentil*homme, Eve. Une âme tellement douce et aimante. Un mari et un père merv…

— Mary. Non ! Pas pour l'instant, l'interrompit Evelyn d'une voix lasse mais catégorique, sans qu'il puisse cependant dissimuler son angoisse. Je ne peux pas parler de… de *lui*, d-d'*eux*… pas encore.

— Très bien. Mais quand vous serez prêt, vous pourrez me parler de ce que vous voulez. Je suis là pour vous – toujours.

— Oui, je le sais. Vous avez toujours été présente.

— Alors dites-moi ce qui vous amène ici.

— Je me suis dit qu'il était temps que je revienne à la maison…

— Benêt ! Pas ici, en Angleterre. *Ici*, à Abbeywood, chez moi.

— J'ai eu une conversation des plus éclairantes avec votre frère quand j'étais à Lisbonne, répondit-il, évitant sa question. J'avais beaucoup d'histoires de famille à rattraper, notamment le fait que Roxton et Deb ont maintenant quatre morveux…

— Cinq. J'ai reçu une lettre aujourd'hui m'annonçant la naissance du petit Otto.

— Otto ? répéta Evelyn avec un grand sourire. Que c'est approprié ! Combien d'années ai-je été absent ?

— Sept. Dont cinq sans donner de nouvelles à aucun de nous, répondit-elle d'une voix dénuée de récrimination.

— Mary, j'ai une question précise à vous poser. Pas ce soir cependant. Seigneur ! Je vous ai déjà assez choquée en revenant d'entre les morts et en débarquant sans prévenir ! Mais je veux que vous sachiez que j'ai parlé de votre situation à Dair, et qu'il sait que je suis sincère. Mais je dois – nous devons – attendre mon entretien avec Lord Shrewsbury. J'espérais qu'il serait déjà là…

Mary se crispa. Elle avait été sur le point de lui demander de quel sujet la concernant il avait bien pu parler avec son frère, mais sa mention du chef des services secrets anglais détourna son attention sur des préoccupations plus immédiates et terre à terre.

— Lord Shrewsbury ? Ici ? Je ne peux pas recevoir Lord Shrewsbury, Eve ! Je n'en ai pas les moyens ! Je n'ai pas non plus les domestiques qu'il faut, et la moitié de la maison est fermée et sous des draps, et… Oh ! J'aurais aimé qu'on me prévienne !

Evelyn secoua la tête en riant.

— Ma chère Mary, tout cela n'aura aucune importance aux yeux de Shrewsbury, et aux miens non plus !

— Oh, mais vous avez l'habitude de vivre au jour le jour, dans des lieux étrangers des plus effroyables, mais ici, c'est encore chez moi. Mère serait horrifiée de penser que je puisse recevoir Lord Shrewsbury dans des conditions aussi précaires. Et je ne peux pas inviter nos voisins à dîner, car nous n'en avons pas les moyens, mais je suis sûre que Sa Seigneurie s'attendra à un grand dîner tous les soirs, avec de la bonne compagnie à table…

— Ma chérie ! Mary ! *Écoutez*, intervint doucement Evelyn, remontant sur le lit pour s'asseoir à côté d'elle, faire tendrement glisser une longue boucle lâche de sa joue empourprée, et la regarder dans les yeux. Rassurez-vous. Shrewsbury vient ici pour une visite privée. Inutile de mettre vos voisins au courant. D'ailleurs, il vaut mieux en parler le moins possible. Il utilisera peut-être même un pseudonyme, comme il m'est arrivé de le faire par le passé, pour ne pas attirer l'attention. Si certaines personnes apprenaient sa venue ici, nos ennemis pourraient en déduire que le chef des services secrets anglais ne maîtrise peut-être pas entièrement la situation avec la France, contre qui, j'en ai peur, nous serons bientôt en guerre. Mais cette information doit rester entre nous…

Mary le fixa, stupéfaite.

— Vous pensez qu'ici, dans cette région isolée, les gens savent contre quels pays nous sommes en guerre, et ceux contre lesquels nous le serons peut-être bientôt… ?

— Cela pourrait vous surprendre, lança patiemment Evelyn, mais votre petit coin de l'Angleterre est une véritable pépinière à intrigues, et c'est l'une des raisons pour lesquelles Shrewsbury va venir.

— Il est vrai que je n'y connais rien aux espions et à l'espionnage, ou même à la guerre d'ailleurs. Personne ne me dit jamais rien ! grommela Mary. Mais ce que je sais, c'est que Lord Shrewsbury s'attendra à un bon dîner, peu importe qu'il se déroule en privé, qu'il utilise un pseudonyme ou qu'il annonce son arrivée à coups de trompettes retentissantes ! Et les hommes ne peuvent pas être agréables ou discuter d'affaires importantes s'ils n'ont pas mangé un bon repas. (Elle s'empourpra et sourit quand Evelyn éclata de rire.) Peut-être que si les Français et les Anglais s'asseyaient autour d'un repas, les problèmes se résoudraient d'eux-mêmes.

— Oh, ma chère Mary ! Et j'imagine que la guerre dans les colonies américaines se résume à une bonne tasse de thé – ou plutôt l'absence d'une bonne tasse de thé ?

Il embrassa le dos de sa main et, redevenant plus raisonnable, lui dit :

— Il y a peut-être du vrai dans ce que vous dites… De tous nos cousins, vous avez toujours été celle qui a le plus la tête sur les épaules.

Mary lui adressa un sourire.

— Vous voulez dire que je n'ai pas d'imagination… Non ! Je ne vous laisserai pas penser autre chose à mon propos. C'est vrai. Je suis raisonnable. Il faut bien que quelqu'un le soit. Je ne peux pas le nier, je suis soulagée que Sa Seigneurie vienne ici en privé. Mes ressources sont limitées, et chaque penny est compté. Vous devez bien comprendre que Sir Gerald a laissé derrière lui un domaine criblé de dettes, avoua-t-elle péniblement en rougissant. Si Teddy et moi vivons encore sous ce toit, c'est seulement grâce à la bonté du régisseur du domaine.

— Je le sais, ma chérie. Votre frère me l'a dit. Vous ne serez pas surprise si je vous dis que, comme le reste de la famille, je considère que Sir Gerald ne vous méritait pas, à tous les égards. Que votre mère ait encouragé une union aussi déplorable…

— C-c'était un Cavendish, et le frère de Deborah, répliqua Mary d'une petite voix.

— Oui. Et Deb est le meilleur élément de cette famille ! Elle tient sans doute de sa mère. Leur père, Sir George, était de l'avis général un ladre qui polluait le pays de ses bâtards.

Mary fronça les sourcils.

— C-comment savez-vous cela, Eve ? Sir George passait la plupart de son temps loin d'Abbeywood, à Londres. Sir Gerald m'a dit que son père venait rarement ici.

— Ah oui ? répondit Evelyn en haussant les épaules et en levant un bras au ciel d'un geste dédaigneux. C'est quelque chose que j'ai entendu il y a longtemps… Disons qu'il ne s'agissait que de commérages. Mais ce que je peux affirmer sans hésitation, c'est que la seule bonne décision que Sir Gerald a prise dans toute sa vie, c'était de vous épouser !

— Et il m'a donné Teddy.

— Ah, oui ! Votre fille.

Mary hocha la tête, les yeux soudain baignés de larmes, et il serra doucement ses doigts avant de reprendre :

— Ne parlons plus de dettes et de morts. Je peux faire profiter ma cousine et sa fille de toutes mes largesses. Je ne suis pas redevable à un minable régisseur. Je suis étonné que Roxton le permette.

— Selon les conditions du testament de Sir Gerald, il ne peut pas y faire grand-chose.

— Cela doit représenter une sacrée épine dans le pied de l'illustre duc, grommela sèchement Evelyn.

Il tapota la main de Mary et lui dit d'une voix plus claire :

— Mais je suis là, et je vais prendre les choses en main. Ce régisseur ne pourra pas me dire non. Je vais le remettre sur le droit chemin…

Mary laissa échapper un gloussement involontaire.

— Dans cette chemise de nuit, j'imagine ?

— Ah ! Sachez que mon valet et mes vêtements n'ont qu'un jour de retard sur moi. J'étais tellement impatient de vous voir que je ne pouvais pas attendre, je suis donc parti devant. Ah ! Votre lait et mon thé sont arrivés, ajouta-t-il quand Betsy posa le plateau avec le nécessaire à thé et la tasse de lait chaud de Mary sur la table de chevet, avant de faire une révérence maladroite.

— Oh ! Le thé ! Oui ! s'exclama Mary, légèrement essoufflée.

Elle resserra rapidement sa robe de chambre autour d'elle et glissa hors du lit. Elle congédia Betsy, lui affirmant qu'elle n'aurait plus besoin d'elle jusqu'au lendemain matin, sans dire un mot sur son invité.

Betsy fit une deuxième révérence, mais ne quitta pas immédiatement la pièce. Après ce qu'avait dit l'écuyer dans la cuisine, sa curiosité l'emporta. Elle jeta un coup d'œil au cousin de madame et se figea de stupeur. Ce n'était pas tant la crinière indomptable et grise du gentleman, ni sa barbe ou même son air émacié qui éveilla ses craintes, mais le fait qu'il soit assis en tailleur au milieu du lit de sa maîtresse, en chemise de nuit, comme s'il avait le droit d'être assis là. Pour une simple fille de la campagne, qui ne s'était jamais rendue dans un village plus grand que Bisley et qui était en admiration totale de sa maîtresse, la fille d'un comte, voir un étranger qui n'était pas le mari de madame se mettre à son aise au milieu des coussins la choqua au point d'en perdre l'usage de ses jambes et de la parole.

Mary était si distraite, et elle s'attendait tellement à ce que Betsy s'exécute sans poser de questions, qu'elle versa une tasse de thé à Evelyn sans prêter attention au fait que les mules de sa bonne semblaient vissées au parquet.

Ce fut à Christopher, qui était resté près de la cheminée, de rappeler son devoir à Betsy en le lui murmurant dans son dos. Cela ne servit qu'à souligner le fait que lui aussi s'attardait dans la chambre à coucher, alors qu'il aurait dû prendre congé dès que le feu avait été allumé. Betsy fit une autre révérence précipitée et se hâta d'aller chercher des draps et une couverture en plus pour la méridienne dans le salon de Sir Gerald. Quant à Christopher, il ne comptait aller nulle part tant qu'Evelyn resterait dans la chambre de Mary. Il veillerait à ce que la porte de communication soit verrouillée et que le verrou soit bien fermé avant de rejoindre la chambre exiguë réservée au régisseur, à l'autre bout de la maison.

L'EXPRESSION DE CHRISTOPHER FUT UN REFLET FLAGRANT DE SES pensées quand Evelyn déclara, nonchalamment mais d'un air néanmoins provoquant, tout en levant sa tasse de sa soucoupe :

— Devrais-je me présenter, chérie, ou voulez-vous commencer en me présentant votre chevalier errant armé d'un candélabre ?

Mary remarqua alors que Christopher était dans la pièce. Elle n'avait pas fait attention à lui, pensant que c'était l'un des domestiques qui s'occupait du feu. Quand elle comprit qu'il s'agissait de Christopher, elle perdit ses moyens. Ses heureuses retrouvailles avec Evelyn lui avaient permis de reléguer à un coin éloigné de son esprit le comportement anormalement impétueux qu'elle avait adopté plus tôt, lorsqu'elle avait échangé un baiser passionné avec l'écuyer. À quoi avait-elle pensé ? Qu'est-ce qui l'avait poussée à oublier ses manières, à baisser sa garde, à tomber dans ses bras telle une écolière rêveuse et trop empressée ? Elle n'aurait jamais fait l'impensable quand elle était mariée, alors pourquoi, maintenant que c'était une veuve respectable, oubliait-elle toute prudence ? Mais ce baiser... Elle n'avait jamais rien connu de tel. Les sentiments et sensations qu'il avait éveillés en elle l'avaient tant submergée qu'une vive gêne s'empara d'elle. Confuse, elle était incapable de formuler une phrase cohérente. Et pour la première fois de sa vie, elle oublia le protocole et les convenances, baissa la tête et se précipita vers sa garde-robe en marmonnant :

— Il vous faut des vêtements, Eve... Il me faut ma châtelaine... J'ai une clé pour ouvrir l'armoire...

Christopher fit demi-tour pour la suivre, mais Evelyn l'arrêta d'une phrase sévère :

— Restez là, *Sylvanus*. Nous avons des choses à nous dire.

DIX

— JE SUIS, MONSIEUR, ARTICULA CHRISTOPHER ENTRE SES DENTS tout en se tournant pour faire face au visiteur, Mr. Bryce de Brycecomb Hall. Et vous êtes... ?

— Vraiment ? répondit Evelyn avec la même insolence nonchalante qui irritait les oreilles de Christopher.

Sans répondre à sa question, il prit une gorgée de thé, imperturbable, et continua sur le même ton arrogant teinté d'une pointe de menace :

— Vous êtes peut-être Mr. Bryce de *Cambrousse* Hall, mais je suis sûr qu'au service de votre pays, vous vous faites passer pour le dieu romain des forêts... Sylvanus convient particulièrement, étant donné votre activité agricole. Je vous en prie, n'hésitez pas à me corriger si je me trompe.

Quand Christopher resta silencieux, Evelyn arbora un sourire satisfait et inspecta ouvertement l'écuyer par-dessus le bord de sa tasse. S'il s'était arrêté aux vêtements provinciaux de Christopher, il l'aurait jugé comme étant indigne de son attention. Mais quelques subtilités chez lui avaient attiré le regard d'Evelyn. Car quand Christopher avait relevé Mary après son évanouissement et lui avait parlé tandis qu'elle reprenait ses esprits sur le lit, Evelyn avait pu les observer tous les deux à loisir, et Christopher en particulier. Son beau visage avait quelque chose de saisissant qui le rendait mémorable. Il s'agissait peut-être de ses yeux. Intelligents et attentionnés, ils dissimulaient une certaine retenue contrite. Par ailleurs, l'écuyer se déplaçait avec une grâce et une aisance que l'on retrouvait habituellement sur les parquets lustrés des salles de bal, pas dans la fange d'un patelin campagnard. Quant à ses longs doigts, ils avaient leur place sur un pianoforte ou sur les cordes d'un alto, comme ceux d'Evelyn autrefois, avant qu'ils ne soient mutilés parce qu'il avait trahi l'impératrice de toutes les Russies. Mais c'était quand il avait pris la parole qu'Evelyn avait été convaincu qu'il avait eu la chance de tomber exactement sur l'homme qu'il cherchait. Car l'écuyer n'avait pas seulement une voix agréablement douce, il parlait également à une cadence qui révélait qu'il avait passé plus de temps loin de ses racines que chez lui.

Evelyn avait le dessus dans cette rencontre, ce qui l'aidait énormément : il savait sous quel nom l'agent de Shrewsbury opérait dans cette région du pays, et il en savait assez sur son passé pour que, s'il l'interrogeait, Christopher puisse seulement en déduire qu'il avait reçu de telles informations de la part de Shrewsbury lui-même. Cela ne lui avait rien coûté d'utiliser le nom de code de l'agent, et il avait tout gagné quand, ne niant pas l'allégation, Christopher avait malencontreusement lui-même révélé son identité.

— Je répète : et vous, monsieur, vous êtes… ? s'enquit Christopher en relevant son menton carré d'un geste arrogant.

Evelyn posa sa tasse de thé et sauta du lit. En s'avançant vers lui, il ouvrit grand les bras d'un geste exagéré et tonitrua de sa voix de baryton :

— Je suis Apollon, Dieu du soleil et de la musique, ô noble Sylvanus !

Il accompagna cette annonce d'un rire aigu ; Christopher s'avança d'un pas furieux jusqu'à se retrouver à une enjambée d'Evelyn. Il aurait voulu croire que cet homme était un imbécile, mais il lui suffit d'un coup d'œil dans son regard bleu perçant pour savoir qu'il était tout le contraire. Ce constat décupla son irritation ; il maîtrisa sa colère et dit en baissant la voix, car il ne voulait pas que Lady Mary les entende de sa garde-robe :

— Comprenez bien que je ne suis pas un des automates de Shrewsbury, et je ne serai pas le vôtre, qui que vous soyez – un cousin longtemps disparu de Lady Mary, un espion, ou une marionnette machiavélique de Shrewsbury !

— Ainsi, vous étiez bel et bien en train de nous écouter de votre poste devant la cheminée, et vous parlez couramment français ? Enfin, c'est logique. Vous le parlez peut-être même comme s'il s'agissait de votre langue maternelle. Il est vrai que vous êtes exceptionnellement accompli, Mr. Cambrousse !

— Assez pour savoir que révéler à Lady Mary que vous et Lord Fitzstuart êtes des espions était tout à fait imprudent et inutile.

— Ma chère cousine n'est donc pas au courant que vous êtes un espion, vous aussi ?

Christopher souffla, mais il ne put répondre immédiatement ; Mary surgit de sa garde-robe, levant sa châtelaine d'une main et une petite clé en cuivre de l'autre. Ses joues étaient légèrement empourprées et il y avait une étincelle dans ses yeux violets qui adoucit l'expression de Christopher. Les deux hommes firent un pas en arrière pour s'éloigner l'un de l'autre et essayèrent de prétendre qu'elle ne les surprenait pas en pleine conversation. Mais ils n'avaient pas à s'inquiéter ; elle était distraite et faisait tout son possible pour ne pas regarder Christopher.

— J'étais persuadée d'avoir rangé la clé de la coiffeuse de Sir Gerald dans la boîte en émail attachée juste là, dit-elle à Evelyn en agitant la châtelaine dans un cliquetis avant de laisser retomber sa main, la chaîne en or de la châtelaine, normalement fixée à son corsage, maintenant enroulée autour de son poignet. Si vous voulez bien m'accorder un petit instant, je vais faire ouvrir le tiroir et chercher le trousseau de clés qui ouvrent les malles où…

Elle s'arrêta en pensant soudain à quelque chose, se tourna abruptement vers Christopher et lui dit, sans le regarder dans les yeux :

— Mr. Bryce, je suppose que vous ne voyez pas d'inconvénient à ce que j'ouvre la malle où sont rangés les vêtements de mariage de Sir Gerald ? Je suis sûre d'y trouver des vêtements qui conviendront à mon cousin en attendant l'arrivée de ses affaires et de son valet.

— Je n'ai aucune objection, milady. Si je peux vous venir en aide…

— Non ! Je n'ai pas besoin d'aide. Merci, déclara-t-elle.

Sans dire un autre mot et sans regarder aucun des deux hommes, elle s'avança dans la garde-robe de Sir Gerald, éclairée et chauffée pour la première fois depuis deux ans.

Christopher l'observa partir, le dos bien droit, le menton relevé. Il devina son état d'esprit à ses joues rouge pomme et au fait qu'elle était incapable de croiser son regard. Elle pensait à leur baiser et était donc mal à l'aise face à lui. Il aurait aimé que son cousin longtemps disparu soit à des milliers de kilomètres, pour qu'il puisse la suivre, lui expliquer ce qu'il ressentait, que ses sentiments étaient sincères, et l'embrasser de nouveau. Au lieu de cela, il se tourna vers Evelyn, qui le regardait avec un sourire en coin qui le fit grincer des dents.

— Pour répondre à votre question : non, elle ne le sait pas, car je ne suis pas un espion, déclara-t-il. J'ai accepté d'accomplir une mission et une mission seulement pour le chef des services secrets : découvrir si

Sir Gerald était un traître. Ce n'était pas le cas. Cet homme était un imbécile arrogant, oui, mais pas un traître.

— Vraiment ? répondit Evelyn, comme s'il ne le croyait pas. Mais, assurément, le fait qu'il transmettait des informations à autrui, informations qui intéressaient fortement les Français dans leur soutien de la cause des patriotes américains, était un acte de trahison, et faisait donc de lui un traître, non ?

— Pas s'il pensait soutenir la cause anglaise, non.

— Soutenir la cause anglaise ? répéta Evelyn, feignant un sursaut digne d'un acteur de théâtre, avant de poser une main sur sa poitrine. Je ne comprends pas ce que vous voulez dire, Mr. Bryce de Cambrousse Hall…

— C'est *Brycecomb* Hall, articula Christopher. Vous dissimulez votre intelligence de façon tout à fait irritante, monsieur !

Evelyn partit d'un nouveau rire perçant.

— Mon Dieu ! Vous êtes aussi baratineur qu'un avocat, voilà qui est sûr ! s'exclama-t-il en français avant d'ajouter, en anglais et d'une voix entièrement différente, tout en s'approchant de Christopher pour ne pas être entendu : Ce n'est ni le moment ni l'endroit pour continuer cette discussion. Ayez l'assurance que Shrewsbury sera là demain, ou après-demain, et qu'il s'attendra – que *nous* nous attendrons – à ce que vous l'aidiez entièrement…

— Soyez-en certain. Cela marquera la fin de mon implication dans ces histoires d'espionnage, car je ne supporte pas les faux-semblants.

Evelyn pencha la tête sur le côté, l'agacement et la colère de l'écuyer le laissant de marbre, et s'interrogea :

— Ah oui ? Et pourtant, considérant votre passé et votre… hum… *métier* précédent, j'aurais pensé que la tromperie serait comme une seconde nature pour un homme de votre… Du calme ! grogna-t-il quand Christopher empoigna sa chemise de nuit, qu'il serra fermement entre ses doigts en le tirant vers lui d'un coup sec.

— *Z'êtes bien un expert de c't'art là, hein, 'spèce de bon à rien*, grogna Christopher d'une voix grave, avec un accent des Cotswolds qui lui retira trente ans et le ramena violemment à ses origines.

Il lâcha Evelyn en le poussant dédaigneusement. Un silence tendu tomba sur la chambre, ponctué par le crépitement des bûches ardentes et par le raclement et les heurts des tiroirs qu'on ouvrait et refermait dans la pièce voisine. Puis Evelyn s'anima ; il tira sur l'avant de sa chemise de nuit pour lisser les plis formés par les doigts de Christopher dans le lin, et commenta, pour lui-même mais de façon à être entendu :

— Tss-tss ! Gerry avait dû prendre un peu de poids avec les années !

Enfin, il était déjà gras et bedonnant de base, mais cette chemise de nuit est… *effrayante.*

Christopher fronça les sourcils ; il avait retrouvé une respiration plus calme après son emportement inhabituel qui le laissa énervé contre lui-même.

— Cet homme mangeait comme il dépensait : trop. Comme s'il pouvait se préoccuper de ses piles de dettes et de sa santé plus tard. Il n'avait que faire des conséquences. S'il ne s'était pas accidentellement tiré dessus, son cœur aurait fini par lâcher bien avant l'heure.

— Pauvre Mary, soupira Evelyn, mélancolique. Un tel balourd ne la méritait pas. La famille ne l'a jamais aimé. (Il regarda Christopher entre ses cils.) Vous avez dû être soulagé quand il s'est tiré dessus… ?

— *Pardon ?*

— Allons, voyons la vérité en face. À moins de le gaver à mort pour accélérer son trépas, son cœur aurait pu tenir encore quelques années avant de lâcher. Combien de temps étiez-vous prêt à attendre ? À moins que vous soyez aussi résolument loyal et déterminé que le suggère votre menton viril ?

— Je ne sais absolument pas de quoi vous…

— Oh ! Je pense que vous le savez, Sylvanus ! dit Evelyn d'un ton que prendrait un professeur avec un écolier pas sage, tout en le menaçant du doigt.

Il tira sur l'avant de sa chemise de nuit pour la faire bouffer tout en reculant vers le lit, puis dit avec un petit rire crachotant :

— Mon Dieu ! Cet homme était énorme, corpulent, obèse, peu importe comment vous voulez le formuler, et vous deviez vous demander quand il serait frappé d'une crise cardiaque pour abréger vos souffrances, à vous.

— Je me répète, monsieur : je ne sais absolument pas de quoi vous parlez, ni quelle direction vous voulez donner à cette conversation absurde. Mais si vous pensez que j'ai jamais envisagé…

— Oh, je le pense ! annonça Evelyn, s'arrêtant à côté du lit.

Il désigna le matelas d'un geste de la tête par-dessus son épaule, prit un air pince-sans-rire et dit avec un sourire en coin obscène :

— Gerry devait être une boule de suif suante, ne mâchons pas nos mots ! Je frissonne rien que d'imaginer une beauté aussi délicate partager le lit d'une telle montagne grossière de chair…

Christopher bondit et se jeta sur Evelyn.

— Y en a assez de vos immondes divagations !

Evelyn remonta sa chemise de nuit d'un coup sec et sauta sur le matelas en poussant un petit cri perçant. Il traversa le lit précipitamment, riant aux éclats.

— Je le savais ! Je le savais ! siffla-t-il bruyamment. Je l'ai su la première fois où je vous ai vu regarder en direction de ma cousine ! Hé ! Ho ! Mr. Cambrousse a des *sentiments* pour Lady Mary !

— Mr. Bryce ! Mr. Bryce ?

C'était Mary, qui l'appelait de la pièce voisine.

Christopher avait posé un pied botté sur le lit et tendait une main pour empoigner Evelyn, qui continuait à rire et à sauter sur le matelas, loin de craindre pour sa vie, ou que l'écuyer, plus large et plus solide que lui, mais aussi furieux, brise son délicat nez droit. En entendant la voix de Mary, les deux hommes se figèrent, tels deux petits garçons en train de jouer à un, deux, trois, soleil. Ils patientèrent un instant pour voir si elle allait ajouter quelque chose, ou pire, revenir dans la chambre.

Quand elle n'en fit rien, ils se remirent tous les deux en mouvement ; Evelyn tomba à genoux sur les oreillers en ricanant et Christopher descendit du lit et lissa sa redingote, mortifié par son comportement d'écolier. Mais ce qui l'inquiétait, ce qui l'accablait, c'était de penser que ce petit bout d'homme au rire irritant et aux yeux d'un bleu éclatant qui en avaient trop vu, qui était en sa compagnie depuis moins de temps qu'il lui en fallait pour enfiler ses bottes, avait mis à nu ses sentiments pour Mary comme s'il avait retiré une croûte sur une blessure de nouveau à vif, qui ne guérirait jamais.

— Dépêchez-vous d'aller aider ma cousine, ordonna Evelyn avec un geste nonchalant de la main et un bâillement bruyant. En attendant, moi, je vais savourer une deuxième tasse de thé et faire une bonne petite sieste. Il fait sacrément froid dans cette maison, et une nuit à frissonner sans pouvoir fermer l'œil, ça m'a suffi. Mais faites attention à vos manières. C'est une lady de naissance et de réputation, et vous êtes son domestique, même si vous vous prenez pour son chevalier servant. Non ! Ne dites rien ! Lady Mary vous attend !

Christopher dévisagea Evelyn comme s'il était bel et bien fou. Intérieurement, il bouillonnait toujours. Il prit une profonde inspiration, déglutit et dit d'une voix très basse :

— Je me fiche de savoir qui vous êtes – vous pourriez être le roi de Pologne pour ce que j'en sais – ou que vous soyez le cousin de madame. Sachez ceci : s'il vous arrivait de refaire des remarques irréfléchies et grossières à propos de son mariage, je m'assurerais d'envoyer toutes vos dents au fond de votre gorge. Compris ? (Quand le silence s'étira, Christopher fit un pas vers le lit.) Sa Majesté a-t-elle bien compris ?

Evelyn s'installa sur les coussins et retira un long cheveu roux de l'avant de sa chemise de nuit. Il croisa le regard inflexible de Christopher et, après un instant, haussa les épaules en disant avec une moue qui contrastait avec la lueur sévère dans ses yeux :

— Parfaitement, noble écuyer.

Avec un petit hochement de tête brusque, Christopher tourna les talons et disparut dans la garde-robe de Sir Gerald.

Il y trouva Luke, qui tendait une chandelle pour éclairer une large malle que Mary avait sortie d'une pile ordonnée recouverte d'un drap, maintenant en désordre dans le coin de la pièce. Elle était penchée sur la malle fermée, baignée dans la lueur de la bougie. Elle faisait jouer la clé dans la serrure, ses longs cheveux retombant par-dessus son épaule, jusqu'au sol. Elle n'avait jamais été aussi belle, aussi inatteignable.

ONZE

— Oh ! Vous voilà, Mr. Bryce, annonça Mary, surprise, quand il apparut près d'elle. Je crois avoir coincé la clé dans la serrure, ajouta-t-elle sans lever les yeux.

— Laissez-moi voir.

Il s'accroupit et elle se redressa immédiatement pour s'éloigner, indiquant à Luke de s'approcher pour que Christopher ait plus de lumière. Il manipula la clé pendant un moment en silence, et elle finit par dire, comme s'il avait demandé une explication :

— Evelyn est mon cousin. Je crois que nous sommes tous les deux liés au quatrième duc de Roxton, qui était l'arrière-grand-père d'Evelyn, et mon arrière-arrière-grand-père. Le duc actuel est son cousin germain, et mon cousin issu de germain.

— La clé est coincée dans le mécanisme, répondit-il comme si elle n'avait rien dit. Cela pourrait me prendre un moment. Je ne veux pas forcer et risquer de la casser.

— Ce n'est peut-être pas la bonne clé. Il y en avait plusieurs dans le tiroir.

— Vous êtes donc sa petite-cousine issue de germain.

— Petite-cousine issue de germain ? Oh ? Oui. Oui, je crois que vous avez raison... (Elle jeta un coup d'œil par-dessus l'épaule de Christopher pour essayer de voir ce qu'il faisait.) Il... Evelyn s'est enfui avec une fille venant d'une famille considérée comme tout à fait inconvenable ; une famille française. C'était la fille d'un fermier général. Elle est morte en couches. Elle était très jeune, et très jolie... Quelle tragédie... La dernière lettre que j'ai reçue de lui m'informait de sa mort.

— Il faut la graisser, déclara Christopher en se relevant. Du sain-doux devrait fonctionner, dit-il à Luke en récupérant la chandelle de sa main. Demandez à Jane.

Il posa la bougie sur la malle et attendit que Luke ait disparu par la porte des domestiques pour reprendre :

— Voyons voir les autres clés.

Quand il se tourna, il s'aperçut que Mary le fixait du regard. Il sourit pour lui-même quand elle détourna rapidement les yeux. Il l'observa fouiller dans le tiroir.

— Je suis désolé pour sa femme, ajouta-t-il.

— J'aurais aimé que mon frère me dise qu'Evelyn n'était pas mort. Je ne comprends pas comment il a pu garder cette nouvelle pour lui, ne pas la partager avec la famille.

— Il en a peut-être reçu l'ordre ? avança-t-il.

Elle s'éloigna du tiroir, plusieurs clés en main, et attendit qu'il continue. Il ajouta donc :

— C'est un espion, et votre cousin aussi, ils sont donc tous les deux contraints de faire ce qu'on leur dit de faire.

— Oui, c'est vrai, dit-elle comme si elle n'y avait pas pensé, croisant enfin son regard. Dair est téméraire, c'est également un excellent soldat. (Une idée lui vint soudain.) Evelyn devait peut-être feindre sa mort pour des affaires d'État ? Elles ont toutes une étiquette, sauf une, dit-elle en lui tendant les clés.

— Merci. Oui, votre cousin a peut-être reçu des ordres de ce genre, approuva-t-il d'un ton neutre, réprimant un sourire face au sérieux de Mary.

Après une rapide appréciation de son cousin Evelyn, il en avait déduit que cet homme faisait ce qu'il y avait de mieux pour lui-même, et personne d'autre, maudites soient les affaires d'État, et qu'il n'avait vraiment rien à voir avec son frère, le soldat héroïque. Mais il tut cette estimation pour le moment, préférant dire :

— Je suis sûr qu'il vous dira tout ce qu'il peut, en temps voulu. Cependant… il préférera peut-être laisser le passé dans le passé et simplement avancer vers l'avenir. Les hommes qui usent d'artifices pour vivre ont des secrets qu'il vaut mieux ne pas partager. Vous pourriez ne pas apprécier ce qu'il a à vous dire.

— La vérité vaut toujours mieux que les mensonges et les faux-semblants, Mr. Bryce.

— Je ne suis pas de cet avis, milady. Parfois, la vérité entraîne déception et chagrin, surtout si la personne qui entend ces vérités est mal armée pour recevoir cette confession. Dans ce cas, il vaut mieux laisser cette personne dans une ignorance bienheureuse.

— Je l'ai aidé à s'enfuir pour qu'il se marie, laissa-t-elle échapper en s'empourprant d'un air coupable.

Christopher, momentanément surpris, se demanda pourquoi elle avait ressenti le besoin de lui dire cela. Puis il se rendit compte qu'elle avait mal interprété son explication, pensant qu'il la critiquait ; il sut qu'il avait raison quand elle chercha à se justifier après une simple question :

— Vraiment ? s'enquit-il doucement.

— Oui, répondit Mary d'un air de défi, pensant qu'il ne la croyait pas. Je suis une conformiste, surtout pas u-une *dissidente*. J'ai vu et entendu assez d'échanges cruels et virulents entre mes parents quand j'étais petite pour rejeter une vie entière de non-conformité. Mais cela ne signifie pas que je reste les bras croisés, silencieuse, que je bats en retraite face à ce que je pense être juste, quand on me demande de donner mon avis ou d'agir pour une bonne cause. À ce jour, ma famille ne sait toujours pas que j'ai aidé Evelyn à se marier en secret. J'ai aidé Dominique – sa future épouse – à s'enfuir de la maison de son père pour rejoindre Evelyn. J'ai mis mes bijoux en gage afin qu'ils aient assez de fonds pour traverser la frontière suisse.

Après avoir sélectionné une clé qui lui semblait mieux convenir à cette malle-ci, Christopher reposa les autres.

— C'était admirable de votre part. Mais peut-être que dans ce cas, sachant qu'il s'agissait d'un mariage clandestin auquel aucun parent n'était favorable, il aurait été plus sage de ne pas vous impliquer ?

— Il n'avait personne d'autre vers qui se tourner. Et je voulais l'aider. C'est mon cousin, et Dominique méritait de l'épouser.

Inconsciemment, Christopher jeta un coup d'œil furtif à la porte ouverte qui menait à la chambre de Mary, comme s'il s'attendait à voir le cousin longtemps disparu appuyé contre le montant, un petit sourire suffisant et défiant aux lèvres. Ce n'était pas le cas. Il reporta son regard sur Mary.

— Ainsi, ce n'était pas de l'amour. Il l'avait ruinée.

Ce n'était pas une question, et il ne fut pas surpris de sa réponse.

— Oui, répondit Mary en hochant la tête, les yeux baissés. Et par la même occasion, il a ruiné son amitié avec Roxton et son épouse, et il a été banni de la famille. (Elle afficha un faible sourire et haussa les épaules.) Pour être honnête, je n'avais rien à craindre en aidant et soutenant le mariage non autorisé d'Evelyn. Il se trouve que cette même semaine, Roxton – il n'était pas encore le duc à l'époque, mais il l'est maintenant – venait d'exiler mon mari pour une infraction impardonnable. Ce qui veut dire que j'étais déjà bannie, moi aussi.

— Ah. Je ne savais pas que c'était votre parent ducal qui avait pris de telles mesures pour éloigner Sir Gerald. On m'a dit que c'était le contraire.

Mary écarquilla les yeux. Elle sut immédiatement ce qu'il voulait dire.

— Que Sir Gerald souhaitait prendre ses distances par rapport à *ma* famille ? Pourquoi donc aurait-il voulu cela ?

Christopher hésita, non parce qu'il ne voulait pas lui dire, mais parce qu'il comprenait maintenant que les confessions de Sir Gerald pendant l'une de ces nuits d'ivresse étaient, selon toute vraisemblance, fausses ; ou qu'il ne s'agissait que d'une version de la vérité. Il n'avait aucune envie de contrarier Mary, mais il ne voulait pas non plus lui mentir, il répondit donc simplement :

— Il m'a laissé entendre qu'il n'appréciait pas... l'*attention* que vous receviez de la part du duc, que cela le mettait mal à l'aise, et vous aussi, j'imagine.

Mary le dévisagea, figée sur place. Elle s'indigna.

— Que je recevais... qu'il n'appréciait pas... que je recevais... de l'*attention* de-de la part de *Roxton* ? (Quand Christopher hocha la tête, elle rougit.) Mais... ce sont de pures absurdités. Mon cousin Julian – Roxton – n'a jamais lancé d'œillades à *aucune* femme, et encore moins à *moi*. Il est dévoué à la duchesse. Ils sont très amoureux. Pourquoi Sir Gerald aurait-il émis cette accusation calomnieuse contre mon cousin, et pourquoi auprès de vous ?

Christopher s'accorda un instant avant de lui répondre.

— Laissez-moi vous assurer qu'il m'a dit cela dans le plus grand secret...

— Cela ne me réconforte pas, Mr. Bryce. Le simple fait qu'il ait dit cela est contrariant.

— Vraiment ?

— Oui ! Très. Pourquoi penseriez-vous le contraire ? Sir Gerald n'a pas seulement terni la réputation du duc, mais la mienne, celle de sa femme. Et il a fait cela auprès d-de *vous*.

— Je me demande ce qui vous contrarie le plus, milady ?

— Je me demande comment vous avez pu le croire !

— Pardonnez-moi de prononcer des évidences, mais Sir Gerald faisait grand cas de sa réputation, de ses nobles relations, et des vôtres. Par ailleurs, j'ai assez correspondu avec Sa Grâce de Roxton, sans parler des visites de son secrétaire suffisant, pour connaître un peu l'homme derrière la plume. J'ai cru Sir Gerald, car je savais qu'il faudrait une raison monumentale pour arracher votre mari de ce sein ducal.

L'incrédulité et la colère de Mary étaient telles qu'elle oublia son propre bon conseil – garder ses distances avec l'écuyer – et s'avança juste devant lui, plongeant son regard dans le sien.

— Vous me connaissez depuis autant d'années que mon mari, plus longtemps d'ailleurs si nous comptons les deux années de mon veuvage, et pourtant, tout en me connaissant, vous avez choisi de diffamer ma personne en croyant à l'existence d'un lien immoral entre moi et un noble cousin que j'aime et que je respecte comme mes propres frères.

— De tels arrangements ne sont pas rares dans la noblesse.

— Non, mais ils ne sont pas non plus aussi répandus qu'on pourrait le croire. Si l'on met de côté la conduite déplorable de mon père, les membres de ma famille prennent leurs vœux de mariage *très* au sérieux.

Christopher haussa un sourcil sans le vouloir.

— Vraiment ? Même l'estimé père de l'actuel duc ?

Mary leva les yeux au ciel et souffla, comme s'il s'agissait d'une histoire ancienne qui ne méritait pas qu'elle prenne le temps de l'expliquer. Mais elle fit l'effort de répondre, lui demandant d'un ton monotone :

— Que pouvez-vous bien savoir de monsieur le duc de Roxton, Mr. Bryce ?

Christopher mit les mains dans son dos.

— Que sa réputation était assez entachée pour étaler de l'encre noire sur toute l'Europe.

— Elle n'a jamais été entachée, Mr. Bryce. Vous vous trompez sur ce point. Oui, il a eu une profusion de maîtresses et de nombreuses liaisons sans importance, et oui, il se moquait de savoir qui était au courant, mais monsieur le duc était un homme d'honneur, à tous les égards. Et une fois qu'il est tombé amoureux de ma cousine et qu'il l'a épousée, son cœur et son lit appartenaient entièrement et exclusivement à madame la duchesse. Ils étaient fidèles l'un à l'autre. Et si vous pensez que le fils est comme son père, alors vous avez raison, car le duc actuel est tout autant dévoué à sa femme. Si Sir Gerald a insinué le contraire, alors il vous a dupé, ce qui est impardonnable. Je suis désolée. Maintenant, s'il vous plaît, pourrions-nous essayer cette clé une fois de plus ? ajouta-t-elle avant de le dépasser. Je suis soudain fatiguée, il est très tard, et Luke aurait déjà dû revenir avec le saindoux, non ? Vous devriez peut-être aller voir ce qui le retient ?

Christopher resta immobile.

— Ce n'est pas Sir Gerald qui m'a parlé de monsieur le duc, mais ma mère. Elle, comme vous, le défendait, bien qu'elle ne l'ait pas fait avec la même conviction passionnée. Elle parlait aussi du fils en des termes élogieux.

— Une femme raisonnable. Vous auriez peut-être dû accorder à son opinion la considération qu'elle méritait, Mr. Bryce.

— Oui. Mais pour ma défense, je n'ai jamais diffamé *votre* personne. Je n'ai jamais cru, ne serait-ce qu'un instant, que vous vous étiez soumise de bonne grâce aux avances de Roxton, mais que c'était lui qui avait essayé de vous séduire, et que c'était pour cette raison que Sir Gerald avait jugé bon de couper les ponts.

— Pourquoi aurait-il voulu me séduire ? s'enquit Mary, déconcertée.

Cette question simple appelait une réponse simple. Les réactions qu'elle avait eues plus tôt, en particulier à son baiser, révélaient qu'elle était loin d'avoir conscience de son charme intrinsèque. Il tenait Sir Gerald pour responsable de ce manque de savoir charnel, qui le poussait à s'interroger une fois encore sur le comportement de ce rustre dans la chambre à coucher, mais cela ne le décourageait pas. Il savait que c'était cette même méconnaissance qui lui avait permis de s'installer confortablement sur son lit avec son cousin, sans qu'elle y voie aucun mal. Il savait également que pour avancer, il ne pouvait qu'être honnête avec elle, peu importe à quel point cela la mettait mal à l'aise. Il était convaincu que leur baiser lui avait ouvert les yeux sur d'autres possibilités, avec lui, et devait s'accrocher à cela.

— Pourquoi ? Parce que vous êtes très belle et désirable.

Mary pâlit, puis, de gêne, la chaleur lui monta au visage. L'incertitude et la confusion s'emparèrent d'elle.

— *Moi ?* Belle et-et dé-*désirable* ?

— Oui. Je mets n'importe quel homme au défi de dire le contraire.

En trente ans d'existence, rien ni personne ne l'avait préparée à cela. Sa mère avait toujours déploré son apparence, se plaignant bruyamment un jour, dans une pièce remplie de dames rassemblées pour le thé, qu'elle se retrouvait avec une fille « rousse, sotte et pleine de taches de son » sur les bras. Par ailleurs, sa cousine germaine, la duchesse de Roxton et de Kinross, était une célèbre beauté, ce qui ne rendait pas service à Mary. Ainsi, à dix-huit ans, elle avait supposé que Sir Gerald l'avait demandée en mariage pour sa lignée et ses relations, sans tenir compte de son apparence quelconque.

— Vous ne pouvez pas me faire de compliments aussi-aussi *hypocrites*, Mr. Bryce !

— Nous avons déjà eu cette conversation. C'est Christopher. Et mes compliments n'ont rien d'hypocrite. Vous êtes belle, et vous êtes désirable. C'est la vérité.

— Mais vous disiez vous-même que si la vérité entraîne déception et chagrin, il valait mieux la taire.

— Ah ! Cela m'apprendra à être honnête, répondit Christopher avec un long soupir de regret feint, ses lèvres esquissant néanmoins un sourire.

Puisque Mary ne se rendait pas compte qu'il la taquinait et qu'elle se tordait toujours les mains, son sourire s'évanouit et il demanda gentiment :

— Voulez-vous bien me dire pourquoi un tel compliment, que vous avez sans doute déjà entendu de la bouche de beaucoup d'autres, provoquerait déception et chagrin quand il vient de moi ?

Mary secoua la tête, incapable de formuler, en quelques phrases, une explication qu'il comprendrait et qui ne l'offenserait pas profondément. Sa mère avait prôné ce sermon assez souvent pour qu'il soit gravé dans son esprit – pour les gens de haute extraction, les bourgeois valaient à peine mieux que des domestiques. Un régisseur était un subalterne qui ne méritait pas qu'on lui prête attention, et un écuyer, en tant que petit propriétaire terrien, exigeait seulement qu'on lui adresse, à contrecœur, un petit signe de tête pour saluer son indépendance, mais la conversation devait se cantonner à des sujets anodins tels que la météo et l'état des routes. Les compliments adressés par des inférieurs sociaux revenaient à de la flatterie de lécheurs de bottes, il fallait donc éviter et décourager ces compliments, qui ne pouvaient jamais être pris au sérieux.

Mais elle connaissait Christopher Bryce depuis huit ans, et il ne s'était jamais montré hypocrite. À vrai dire, il était tout le contraire. Il était franc au point d'en être brusque. Ainsi, elle le croyait quand il affirmait la trouver belle et désirable. Elle se dit qu'elle devait, en retour, faire preuve de sincérité avec lui.

— Mr. Bryce, je n'ai jamais reçu un tel compliment auparavant, de la part d'aucun homme.

Ses sourcils foncés se rapprochèrent brusquement. Son incrédulité était telle qu'il exprima ce qu'il pensait :

— Jamais ? Mais, comment est-ce possible ?

Sa profonde perplexité la rendait folle de joie et renforçait la sincérité de son éloge. Quand elle croisa son regard, elle fut emplie d'un bonheur qu'elle n'avait jamais connu auparavant et qui lui donna le tournis, comme si elle était sur une balançoire, au point le plus haut dans les airs, son cœur battant la chamade.

Elle voulait le remercier et eut la soudaine envie irrésistible de ramener délicatement en arrière les boucles auburn foncé qui s'étaient échappées du ruban sur sa nuque, de se hisser sur la pointe des pieds et d'appuyer ses lèvres sur sa bouche pour faire disparaître son air préoccupé. Peut-être qu'il la prendrait alors dans ses bras et l'embrasserait comme il l'avait fait cette première fois, avec ardeur, avec sa langue et... *Non !*

Elle devait mettre un terme à ces absurdités saugrenues d'écolière. Elle avait trente ans, elle n'était plus une adolescente. Ce n'était pas parce qu'un bel homme la trouvait séduisante qu'elle devait baisser entièrement sa garde et perdre toute objectivité. Il n'y avait aucun avenir pour elle dans la campagne des Cotswolds, auprès d'un écuyer. Non pas qu'il lui ait proposé un avenir, seulement un baiser, furtif par ailleurs. En tant que Lady Mary Fitzstuart Cavendish, elle devait accepter la dure réalité : elle devait se remarier, et faire un bon mariage. Pour ce faire, elle devait jouer sur sa réputation immaculée et ses relations pour se trouver un mari titré et fortuné, car elle était sans le sou et avait une fille dont l'avenir dépendait d'elle.

Elle baissa les yeux quand la réalité lui revint de plein fouet, et puisqu'il restait immobile, les yeux rivés sur elle, elle paniqua et laissa échapper :

— Ne comprenez-vous pas ? Vous ne devriez pas – vous ne *pouvez* pas – me faire ce genre de compliments. Vous ne l'avez jamais fait auparavant, et je me demande pourquoi cela change soudain. C'est peut-être ma faute, après vous avoir demandé de venir dans ma chambre à cause de ma peur irrationnelle qu'un fantôme hante la maison. Me voir en tenue de nuit a troublé vos sens. Les hommes ne peuvent pas être tenus pour responsables de leur comportement, car ce sont les femmes qui, par leurs actions imprudentes...

— Ne racontez pas de bêtises, Mary ! grogna-t-il, les mots sortant de sa bouche avant qu'il n'ait eu le temps de tempérer sa colère. Je ne vous laisserai pas vous rabaisser, et me rabaisser moi, ou nos sentiments. Je ne suis pas une bête, et vous n'êtes pas une dévergondée. Loin de là. Mes intentions envers vous ont toujours été honorables. J'admets avoir eu l'impolitesse d'agir comme un écolier trop empressé en vous embrassant. Mais, pour être honnête, je ne me suis jamais senti aussi soulagé que quand votre cousin est apparu comme le fantôme de la maison à ce moment-là. Je vous ai dit que je vous voulais – c'est le cas. Je vous veux, dans tous les sens du terme. Je veux vous embrasser, que nous fassions l'amour, mais ce que je veux par-dessus tout...

— Vous ne perdez pas de temps pour me dire ce que *vous* vous voulez, Mr. Bryce, l'interrompit Mary, espérant que son indignation le ferait taire une bonne fois pour toutes. Vous m'embrassez, vous me dites que vous voulez faire l'amour avec moi, que vos sentiments sont sincères, mais pas une seule fois vous n'avez demandé ce que moi je veux.

— J'étais si impatient de vous communiquer la sincérité de mes sentiments que je n'ai pas pris le temps de réfléchir... répondit Christopher, instantanément contrit. Pardonnez-moi. Plus que tout, je veux savoir que ce vous voulez, vous.

La colère de Mary s'évanouit immédiatement, car elle était incapable de répondre à sa propre question. Confuse, elle cligna des yeux, et il dut réprimer un sourire, s'autorisant néanmoins à dire, une pointe d'espièglerie dans la voix :

— Je vous en prie, prenez votre temps...

Cette remarque l'agaça assez pour qu'elle dise sèchement :

— Puisqu'aucun membre de ma famille, et encore moins mon mari, ne m'a jamais demandé ce que je voulais, vous devrez me pardonner si je suis incapable de vous donner une réponse immédiate. Mais s'il y a bien une chose que je sais, Mr. Bryce, c'est que vous me désarçonnez énormément. Tant et si bien que j'aimerais ne pas ressentir ce que vous me faites ressentir. Tout cela me déconcerte, et-et m'effraie, et c-c'est...

Christopher pencha la tête sur le côté et croisa les bras.

— Qu'est-ce que je vous fais ressentir, exactement, Mary ?

— Je viens de vous le dire ! Je n'en sais rien ! Je-je suis... déconcertée. C'est vous, qui me déconcertez ! Et je n'ose pas m'attarder sur mes sentiments, peu importe leur nature. Les sentiments ne mènent nulle part. C'est un chemin que je ne peux pas emprunter.

— Et si nous empruntions ce chemin *ensemble* ?

Mary le dévisagea d'un air mélancolique.

— Oh, ne comprenez-vous pas ? C'est impossible. *Impossible.*

— Rien n'est impossible pour deux personnes amoureuses.

— Amoureuses... ?

Mary battit des paupières et, pour une raison inexplicable, la tristesse la submergea. Les larmes lui montèrent aux yeux, mais elle refusa de les laisser tomber. Sa voix n'était plus qu'un murmure rauque quand elle reprit :

— Vous ne pouvez pas dire cela. Vous n'en savez rien.

— De mon côté, si, je le sais, répondit-il calmement, bien que sa gorge le brûle et qu'il ressente le besoin de déglutir. Je suis convaincu d'avoir eu le coup de foudre pour vous. Personne n'aurait pu être plus surpris d'être ainsi frappé à mon âge. Mais il ne s'agissait pas de quelque chose que je pouvais contrôler. Et chaque jour qui s'est écoulé depuis n'a fait que renforcer cette conviction, et mon amour pour vous. Je pensais que je n'aurais jamais l'occasion de vous révéler mes sentiments, car vous étiez mariée. Je ne pensais pas qu'il était approprié de vous le dire dans la première année de votre veuvage ; et puis, je ne voulais pas paraître trop empressé. Mais maintenant, presque deux ans après la mort de Sir Gerald, j'espère que nous...

— Je vous en prie. Pitié. Ne dites rien de plus !

Christopher changea d'approche quand elle essuya rapidement ses yeux larmoyants, tout en évitant de le regarder.

— Mais vous deviez bien être au courant de mes sentiments, non ?

Mary secoua vigoureusement la tête, les yeux baissés. Elle n'était pas au courant, mais elle l'avait toujours espéré. Et si elle était honnête avec elle-même, elle avait rêvé d'entendre cette déclaration. Ainsi, elle ne comprenait pas pourquoi, maintenant qu'il lui avait avoué son amour, elle n'était pas folle de joie, mais complètement malheureuse. Était-ce parce que personne n'avait jamais avoué l'aimer ? Était-ce parce qu'elle l'aimait en retour, mais ne pourrait jamais lui dire, car leurs situations disparates signifiaient qu'ils ne pourraient jamais avancer sur ce même chemin dont il parlait ? Tout ceci la submergeait, et elle commençait à avoir mal à la tête.

— Milady ? Mary ?

Quand elle releva les yeux vers lui et qu'il était sûr d'avoir toute son attention, il s'approcha d'elle et lui dit avec un tendre sourire :

— Je vous en prie, arrêtez de vous inquiéter. Je n'insisterai pas plus ce soir. Vous avez déjà été assez chamboulée par votre cousin, littéralement revenu d'entre les morts. Je comprends. J'ai moi-même fait la même chose à mes parents...

— V-vraiment ? s'enquit Mary, émergeant momentanément de sa confusion.

— Revenir après une longue absence à l'étranger exige un réajustement de tous les partis, répondit-il, sans répondre directement à sa question. Il vous faudra du temps pour renouer des liens tous les deux. Mais j'ose espérer que dans un futur assez proche, je pourrai de nouveau m'adresser à vous et vous demander, très humblement et si vos sentiments correspondent aux miens, si nous pourrions peut-être trouver un moyen de...

— Milady ?

Il s'agissait de l'intendante.

Surpris, ils s'éloignèrent l'un de l'autre d'un bond et détournèrent le regard ; ils regardèrent d'abord par terre, puis en l'air et autour d'eux, avant de se tourner enfin vers la porte des domestiques.

Mrs Keble s'attardait dans l'embrasure de la porte, Luke dans son dos. Un sourire mystérieux, presque entendu, releva les coins de sa bouche. Christopher aurait été incapable de dire depuis combien de temps ils étaient là, ou s'ils avaient entendu quoi que ce soit. Mais quand Mary prit une profonde inspiration et le frôla en le dépassant, et que l'intendante lui lança un regard triomphant et suffisant, il sut qu'elle avait eu une place au premier rang lors de la déclaration de ses sentiments.

— Oh ! Dieu merci, vous êtes là, Mrs. Keble, dit Mary avant de se racler la gorge. Mon cousin vient d'arriver cette nuit, sans son valet ni ses bagages, et nous devons lui trouver quelque chose à porter en attendant leur arrivée. Cette malle contient les vêtements de mariage de Sir Gerald, et je suis sûre qu'ils conviendront jusqu'à ce que…

Christopher arrêta d'écouter, l'embarras et l'opportunité gâchée faisant bourdonner ses oreilles. Il se remit à la tâche, essayant plusieurs clés jusqu'à ce qu'il parvienne enfin à ouvrir la malle contenant des vêtements qui n'avaient pas vu la lumière du jour ou de la nuit depuis dix ans. Puis il s'écarta pour que les deux femmes puissent soigneusement déballer le contenu de la malle. Mrs. Keble avait apporté le registre dédié aux vêtements et se chargea de faire une croix en face de ceux que Mary voulait faire porter à son cousin. Il ne fallut que quelques minutes pour que la maison retrouve son équilibre et sa normalité de tous les jours. C'était comme si personne n'avait jamais évoqué de fantôme, comme si Christopher et Mary n'avaient jamais échangé de baiser, comme s'il ne lui avait pas avoué ses sentiments.

Sans pouvoir en déchiffrer les mots, il entendait la conversation entre Lady Mary et Mrs. Keble à propos des préparations nécessaires avant l'arrivée d'autres invités dans les jours suivants. Il fallait aérer les chambres fermées depuis longtemps, battre les matelas et les tapis, faire la poussière, lustrer les meubles, équiper tous les chandeliers de nouvelles bougies, vérifier les conduits de cheminée, déverrouiller le coffre où se trouvait l'argenterie, et déballer la meilleure vaisselle de Sèvres, dont ils se serviraient durant tout le séjour des invités.

Puisqu'Abbeywood recevait son cousin et Lord Shrewsbury, qui devait arriver d'un jour à l'autre, il faudrait embaucher d'autres domestiques pour assurer le confort auquel ces nobles et leur suite étaient habitués. Lady Mary suggéra les noms de plusieurs jeunes filles du village, qui pourraient être appelées pour venir aider en cuisine et à la lessive. Christopher acquiesça d'un hochement de tête. Mrs. Keble ajouta qu'il ne s'agissait peut-être pas du meilleur moment pour congédier les Blandford, le vieux Jack et le jeune Tanner, qui connaissaient bien leurs postes respectifs dans la maison et qui n'auraient pas besoin de plus d'instructions. En effet, Blandford pourrait assumer le rôle de majordome, puisqu'il avait été majordome adjoint à l'époque de Sir Gerald. Lady Mary déclara que la suggestion de Mrs. Keble était excellente. Puis les deux femmes se tournèrent vers l'écuyer pour avoir son accord. Christopher le donna sans poser de questions et sans discuter. Puis il prit congé et rejoignit la chambre réservée au régisseur, à l'arrière de la maison, où il s'allongea sur le lit, épuisé. Mais il ne trouva pas le sommeil.

DOUZE

La vue que Christopher avait sur Brycecomb Hall de la crête ne manquait jamais d'apaiser les battements de son cœur et de le satisfaire. Le manoir jacobéen, en pierres jaunes de Guiting, trônait fièrement dans un parc parfaitement entretenu, niché au pied de l'escarpement. Des terres agricoles ondoyantes, quadrillées d'anciennes haies et de murs en pierre sèche, s'étendaient au-delà de l'imposant pavillon d'entrée du domaine, parsemées de moutons laineux, de fermes accompagnées de leur indispensable cidrerie, et de taillis de chênes, d'érables, de frênes, d'ormes et de hêtres. Une rivière sinueuse, à l'eau aussi transparente que du verre poli, fendait ce paysage en patchwork et longeait l'un des hauts murs en pierre sèche du domaine. Les petites maisons en pierre des tisserands étaient alignées sur l'une des berges ; derrière elles, sur la pente de la colline, des tissus aux couleurs vives séchaient au soleil sur des rames. Une nouvelle fabrique de tissu, l'une des trois de la région, et un vieux moulin à farine utilisaient l'énergie de la rivière pour faire tourner de larges roues à eau, le tout appartenant à l'entreprenant écuyer de Brycecomb Hall.

Au lever du soleil, quand la brume qui ne s'était pas encore levée dans la vallée recouvrait ce paysage magique, seules les tourelles de Brycecomb Hall étaient visibles au-dessus des nuages. Leurs fleurons venaient percer le ciel du matin, servant de point de repère à ceux qui voyageaient à cheval ou à pied. Christopher n'en avait pas besoin pour trouver son chemin, car cette campagne lui était aussi familière que les lignes de sa main.

Le domaine appartenait aux Bryce depuis l'époque d'Henry Tudor, et la maison aux fenêtres à meneaux, aux pignons ornés et aux tourelles élaborées, construite à l'époque de Charles i^er, était la preuve que la famille était capable de survivre à l'agitation politique, et que les écuyers administraient ce domaine prospère de façon avisée. Christopher y était né, et c'était là qu'il souhaitait passer le reste de son existence terrestre.

Il avait grandi dans le manoir jacobéen, fils unique de parents âgés, assistant aux cours de la Charity school locale avec d'autres garçons du village et des fermes voisines, ceux qui étaient considérés comme assez intelligents pour apprendre un peu de grec et de latin en plus de la lecture, de l'écriture et de l'arithmétique. Puis on l'avait envoyé dans la lointaine école qu'était Harrow, contre sa volonté, pour qu'il se mélange aux fils des gentlemen. Il n'avait supporté ces années que parce qu'il savait qu'il pouvait rentrer chez lui à la fin de chaque semestre. Ses parents voulaient qu'il aille à l'université, qu'il conclue son éducation en tant que gentleman, mais tout ce qu'il voulait, c'était que son père lui apprenne la gestion du domaine pour que, le jour où il devrait prendre sa suite, il puisse devenir le genre d'écuyer qui ferait sa fierté. Il ne voulait plus jamais quitter le vallon.

Puis, quand Christopher avait dix-huit ans, le magistrat de ce petit coin pittoresque des Cotswolds, le baronnet Sir George Cavendish, cousin d'un duc et parent éloigné de son père, était mort. Sa mort avait changé la vie de Christopher à jamais.

Sir George n'était pas seulement un cousin éloigné de Mr. Bryce, c'était également son voisin. C'était le plus important propriétaire terrien de la région, et son domaine d'Abbeywood Farm, un nom modeste, était voisin des terres des Bryce au fond de la vallée, la rivière séparant les deux terrains.

Christopher avait rencontré Sir George à plusieurs occasions, savait qu'il avait deux fils à peu près du même âge que lui qui vivaient principalement à Londres, et qu'il en était à son troisième mariage, avec une lady qui préférait également vivre à Londres. Mais le baronnet aimait vivre à la campagne. Même s'il passait une majeure partie de l'année dans la lointaine capitale, il ne manquait jamais la chasse annuelle de Brycecomb.

Quand Christopher avait quinze ans, Sir George avait invité la famille Bryce à passer quelques jours à Abbeywood Farm. Le baronnet recevait des invités qui venaient d'aussi loin que Londres pour une réception de deux semaines. Sa famille était restée dans la capitale, possiblement parce qu'il était accompagné de sa nouvelle maîtresse. Au début, la mère de Christopher avait refusé d'accepter l'invitation. Il était hors de question qu'elle passe du temps avec des gens aussi immoraux ! Le père de Christopher lui avait dit qu'elle n'avait pas le choix, qu'elle ne devait pas prêter attention à ces Londoniens et à leur style de vie. Ils devaient penser « au garçon » et à son avenir. Ses parents avaient eu une dispute houleuse, leur première.

Sa mère avait été malheureuse pendant tout leur séjour, tandis que son père faisait de son mieux pour se montrer amical et avait compensé la morosité de son épouse en faisant preuve d'un enthousiasme excessif pour plaire à son hôte. Lors d'un dîner, Sir George avait tenu à mettre « le garçon » en lumière. Christopher n'avait pas compris qu'il parlait de lui, jusqu'à ce que son père lui donne un petit coup de coude dans les côtes. Sir George lui avait demandé de se lever, pour que tout le monde puisse bien le voir. Christopher s'était exécuté à contrecœur et toutes les conversations s'étaient tues. Les convives avaient étudié Christopher par-dessus leurs éventails plissés ou à travers leurs lorgnons, tandis que Sir George les encourageait tous à s'accorder sur le fait que « le garçon » était devenu un beau jeune homme qui faisait la fierté de ses parents.

N'ayant pas l'habitude de recevoir une telle attention, et donc mal à l'aise, Christopher s'était rassis sans autorisation et s'était remis à manger ce qu'il avait dans son assiette. Son père lui avait donné un nouveau petit coup dans les côtes tout en présentant ses excuses à Sir George, mais le baronnet, d'un geste de la main, avait fait peu de cas du manque de manières « du garçon » et avait ordonné à tout le monde de continuer à manger. Quand les conversations avaient repris là où elles s'étaient arrêtées, Christopher avait osé relever les yeux de son assiette et avait remarqué, pour la première fois, la chic lady londonienne vêtue de soie bleue assise juste en face de lui. Il n'aurait pas vraiment su dire ce qui, chez elle, l'avait poussé à la fixer. Elle était belle, mais elle n'était pas dans sa prime jeunesse, et elle était bien trop peinturlurée et parée de soies pour ne pas être considérée comme tapageuse par un jeune homme qui avait grandi au milieu des visages nus et frais des femmes du vallon, et dont les plus belles tenues ne conviendraient même pas aux plus modestes domestiques de la maison londonienne de cette lady. Mais Christopher savait au plus profond de lui qu'elle avait quelque chose de spécial. Il était conscient qu'il la dévisageait, mais il ne pouvait pas s'en empêcher. Elle lui avait souri. Il avait souri en retour. Puis, elle avait eu les larmes aux yeux et il avait baissé son regard, embarrassé et mal à l'aise. Il n'avait plus regardé dans sa direction.

Bien plus tard, pendant que les invités jouaient aux cartes, il s'était éloigné jusque dans une galerie aux murs recouverts de tableaux représentant d'illustres ancêtres Cavendish. Il était alors tombé sur sa mère et la chic lady londonienne, en pleine dispute houleuse. Sa mère secouait la tête. La chic lady londonienne la suppliait, ses doigts gantés fermement serrés autour de son éventail fermé. Elle était très contrariée. Mais sa mère restait inébranlable. Il ne l'avait jamais vue aussi déterminée et inflexible, et ce face à une femme qui la dépassait clairement socialement, à qui elle devait donc obéir. Il était resté figé sur place, ne sachant s'il devait s'avancer ou s'enfuir. Puis les deux femmes avaient senti une présence, relevé les yeux et l'avaient vu. Le visage de la lady londonienne s'était éclairé. Elle avait souri. Soulevant ses somptueux jupons d'une main, elle s'était vivement avancée pour s'approcher de lui. Mais sa mère l'avait rapidement attrapée par le bras pour l'arrêter. Une autre dispute avait éclaté. Gêné d'assister à une scène aussi chargée en émotions, Christopher avait pris la fuite.

Sa mère n'avait plus jamais évoqué cette scène, ni la lady londonienne, et ils ne s'étaient plus rendus à Abbeywood. Il avait revu Sir George, à la chasse et au village, mais seulement quelques fois avant la mort du baronnet. Il avait légué à Christopher la somme astronomique de cinq mille livres. Ce legs était un codicille récent de son testament. Christopher et les héritiers de Sir George étaient déconcertés. Les parents de Christopher et ses avocats ne l'étaient pas. Le codicille était accompagné d'une lettre de Sir George adressée à un certain Cavendish Bryce. Le contenu de cette lettre avait changé sa vie.

Christopher avait refusé d'y croire, mais son père avait affirmé que c'était la vérité, pendant que sa mère pleurait. Christopher n'était pas Christopher Bryce, fils d'Henry Christopher et de Sophie Ellen Bryce, mais Cavendish Bryce, fils naturel de Sir George Cavendish et de la chic lady londonienne qui avait dîné en face de lui et avec qui sa mère s'était disputée toutes ces années plus tôt. Il avait appris, par la même occasion, qu'elle était également la sœur cadette de sa mère.

Christopher – il refusait qu'on l'appelle par son nom de naissance – avait appris que sa mère biologique était mariée à un officier de marine titré. Elle était tombée enceinte de l'enfant de Sir George pendant que son mari le lord amiral était en mer. En conséquence, il lui avait été impossible de prétendre que cet enfant était celui de son mari. Pour éviter un scandale, elle avait passé les derniers mois de sa grossesse dans la campagne des Cotswolds, chez sa sœur Sophie et son beau-frère Henry, où elle avait également donné naissance à son bébé.

La haute société ne savait pas que son adultère avait donné naissance à un fruit pourri. Mais Sir George savait qu'il avait un fils bâtard, et il se réjouissait à l'idée que le garçon grandisse si près de son domaine. La mère biologique de Christopher avait allaité son fils pendant trois mois, puis elle avait été contrainte de l'abandonner pour de bon et de retourner à Londres, à la vie qu'elle menait là-bas. Son mari compréhensif mais obstiné, qui savait tout de l'adultère de sa femme et de son accouchement, était revenu de sa période de service et attendait son retour.

Les parents de Christopher lui avaient expliqué, du mieux possible, qu'il était plus chanceux que la plupart des bâtards. Son oncle et sa tante l'aimaient comme leur propre enfant et l'avaient adopté. Il hériterait de Brycecomb Hall et deviendrait Mr. Bryce, écuyer. Sir George s'était intéressé à son bien-être et, à sa mort, avait fait de lui un homme riche. Ils se demandaient ce qu'il pouvait bien vouloir de plus.

Mais quel garçon de dix-huit ans, qui grandit en croyant quelque chose pour qu'on lui dise finalement le contraire, qui idolâtre l'homme qu'il pensait être son père et qui aime la femme censée lui avoir donné naissance, peut accepter ce genre d'annonce sans sourciller et poursuivre sa vie comme s'il n'était rien arrivé de fâcheux ?

Le monde de Christopher s'était écroulé.

Il ne voulait pas entendre ce que ses parents – qui n'étaient plus ses parents – avaient à lui dire. Il ne voulait plus avoir aucun lien avec ce couple qui avait participé à dissimuler un adultère et la naissance d'un bâtard, et qui lui avait menti toute sa vie. Il n'était ni le fils d'un écuyer, ni le fils d'un baronnet. Il n'appartenait ni à un monde, ni à l'autre. Il ne savait plus qui il était. Mais il y avait bien une chose qu'il savait : c'était un bâtard, le fruit illégitime d'une liaison illicite entre deux adultères. Et il se souvenait très bien du sermon dominical du pasteur, dans lequel il mettait les fidèles en garde contre les fléaux de la fornication hors mariage, affirmant qu'un enfant bâtard, les enfants d'un être aussi abject, mais aussi les enfants de ses enfants, sur dix générations, n'avaient pas le droit d'entrer au paradis.

Christopher avait rejeté ses parents et l'héritage de Sir George. Il avait quitté le vallon avec un peu d'argent en poche, à la rue, le cœur brisé.

Ses parents disaient à ceux qui s'interrogeaient qu'il était parti faire le Grand Tour et qu'il reviendrait dans quelques années, quand il aurait vu un peu de pays. Ils n'avaient reçu aucune nouvelle de Christopher pendant quatre longs hivers, puis ils avaient dû se contenter de lettres occasionnelles, de savoir qu'il se portait bien. Ils avaient supposé qu'il menait une vie de jeune gentleman anglais à l'étranger, qu'il visitait des ruines, des musées et des cathédrales en compagnie d'autres voyageurs anglais. Christopher les avait laissés penser cela.

Ils étaient très loin de la vérité.

Il préférait ne pas penser à ces premières années passées à l'étranger, à ce qu'il avait dû faire pour survivre. Le fils de l'écuyer avait commencé à écrire régulièrement à ses parents quand il était devenu « Cristoforo », sigisbée convoité de nombreuses femmes mariées, maîtrisant les arts distingués du maintien, de la danse et de la conversation courtoise. Il avait découvert qu'il avait un talent inné pour la musique et s'était mis à jouer de la mandore, mais aussi qu'il avait une bonne oreille pour les langues. Il ne savait pas d'où venaient ces dons, mais il soupçonnait que l'un de ses deux parents biologiques devait avoir des talents musicaux et linguistiques. Il avait un autre talent dont, il en était certain, ils l'avaient doté, et dont le baronnet coureur de jupons aurait été fier. Grâce à sa réputation d'amant prévenant et accompli, il s'était hissé à la position de sigisbée reconnu de la *Contessa* Maddalena De Nobili, épouse d'un noble parmi les plus importants de la République de Lucques.

Alors qu'il faisait partie du triangle mari, femme et sigisbée chez les De Nobili, « Cristoforo » avait été recruté par le chef des services secrets anglais pour se renseigner sur les familles influentes de Lucques. L'agent du chef des services secrets à Florence avait assuré à Christopher que ses parents ne découvriraient jamais que leur fils était tombé si bas, qu'il était devenu le compagnon prostitué d'une étrangère mariée. Même si les sigisbées étaient respectés et avaient un statut reconnu dans la société italienne, les Anglais ne pourraient jamais le comprendre, et Christopher ne serait jamais vu autrement que comme un prostitué de luxe.

Mais tant qu'il enverrait des rapports réguliers à l'agent florentin du chef des services secrets, le gouvernement anglais lui en serait reconnaissant et il pourrait poursuivre sa vie sans obstacles, peu importe comment il comptait la mener. Christopher ne voulait surtout pas prendre part à ce genre de manigances. Mais comme l'agent anglais lui avait franchement dit, la vie entière de Christopher était faite d'artifices. Et s'il ne coopérait pas, ses parents adoptifs ne seraient pas les seuls à souffrir. La femme titrée qui lui avait donné naissance serait déshonorée publiquement, et en conséquence, son mari l'amiral perdrait ses commandements et son influence dans l'Amirauté, sans même parler du fait que le scandale qui éclaterait ferait du couple des parias de la bonne société. Quant aux héritiers de Sir George, qui ne connaissaient même pas l'existence d'un demi-frère bâtard, ils seraient également déshonorés, rejetés par leur illustre parent, le duc de Devonshire, révoltés que leur père ait légué une fortune à un bâtard. Christopher ne voulait pas être à l'origine du désaccord et de la ruine d'au moins trois bonnes familles, si ? Il voulait à tout prix éviter cela.

Puis, un jour, sa mère l'avait informé que sa sœur, la femme qui lui avait donné naissance, était devenue veuve. Elle avait déménagé à l'étranger pour sa santé et partageait son temps entre une villa dans la ville balnéaire de Livourne et le consul d'Angleterre à Florence, chez qui elle était régulièrement invitée. Elle voulait le rencontrer. Lucques, ville médiévale fortifiée, n'était qu'à une cinquantaine de kilomètres de sa nouvelle maison. Christopher n'avait rien fait de cette information. Pour sa part, il n'avait besoin et ne voulait que d'une mère, et elle vivait dans la campagne du Gloucestershire.

Kate l'avait retrouvé deux ans plus tard ; il venait d'avoir vingt-neuf ans. Son contrat avec le *Conte* et la *Contessa* De Nobili venait de prendre fin, il avait donc quitté Lucques pour aller vivre avec elle. Ils vivaient ensemble depuis un an quand une lettre était venue le trouver, lui apprenant que sa mère était tombée malade.

Il était revenu dans le vallon à temps pour s'occuper de sa mère dans les phases terminales de sa maladie. Son père, maintenant vieux, grisonnant et voûté, ne pouvait pas vivre sans sa « Sophie chérie », et il était mort six mois après la disparition de sa femme. Selon le médecin — le pasteur et son épouse étaient d'accord —, ils étaient tous les deux morts heureux et apaisés en sachant que leur fils était déterminé à assumer le rôle d'écuyer de Brycecomb Hall. Après la mort de ses parents, Christopher avait su qu'il ne voulait plus jamais quitter le vallon. Il y était chez lui.

Après avoir fait son deuil, il avait fait venir Kate. Elle était arrivée avec Fran, Carlo et Silvia. Brycecomb Hall était redevenu un endroit heureux, quoique rempli jusqu'au plafond de meubles et d'objets décoratifs venus de l'étranger, des arômes succulents de la cuisine italienne, et d'une ménagerie d'animaux domestiques et d'oiseaux digne d'une visite au prix d'une guinée.

La première fois que Teddy était venue à Brycecomb Hall, ses parents n'étaient pas au courant. Elle avait six ans. Sur son cob, elle avait suivi Christopher un matin alors qu'il rentrait chez lui. Et à chaque visite depuis, elle recevait toujours le même accueil enthousiaste et affectueux, comme si elle s'était absentée pendant des années, pas pendant quelques jours, et que sa compagnie leur avait terriblement manqué.

— Ah ! Vous êtes plus grande à chaque fois que je vous vois, *cara ragazza* ! s'exclama Silvia en étreignant Teddy contre sa forte poitrine, avant de déposer un baiser sur le haut de sa tête. Et plus belle, toujours plus belle !

— N'étouffez pas la petite, Silvia ! se plaignit son mari avec bonhomie.

Sans suivre son propre conseil, il attira Teddy dans une tendre étreinte avant de la relâcher et de la faire tourner, déclarant :

— Oui ! Oui ! Bien plus grande, *sei una bella ragazza* ! Silvia ! Pourquoi restez-vous plantée là ? Allez chercher quelque chose à manger pour la petite. Elle est à moitié morte de faim.

— *Sto bene, grazie, signori Mansi*, répondit Teddy avec un sourire et une révérence impromptue.

Elle se tourna vers Christopher pour vérifier que sa phrase était correcte. Il lui adressa un clin d'œil et elle fut de nouveau étreinte, embrassée et complimentée par le couple, jusqu'à ce que Christopher abrège ces salutations prolixes.

— Je suis affamé. Qu'y a-t-il pour le dîner ? demanda-t-il en italien. J'espère qu'il y a du farro, suivi d'un ragoût de lapin.

— Bien sûr ! Et des *tortelli lucchesi*, répondit Silvia d'un air satisfait. Je vous prépare toujours vos plats préférés quand vous revenez d'un séjour pendant lequel vous n'avez mangé que le *insipido cibo inglese*.

— Silvia, vous êtes mon ange de toujours.

Christopher l'embrassa sur le bout des doigts, et alors que Carlo l'aidait à retirer son pardessus, il ajouta en anglais, pour que Teddy puisse suivre la conversation :

— Teddy a apporté quelque chose de spécial pour madame, mais peut-être qu'avant, elle pourrait aller dans la cuisine pour déguster quelques-uns de vos délicieux biscuits à la châtaigne avec un café au lait ?

Silvia et Carlo savaient pourquoi il faisait cette proposition. Il voulait s'entretenir avec Kate en privé, sans la petite.

— *Sì !* Mais bien sûr ! s'exclama Silvia, aidant Teddy à enlever sa cape, qu'elle donna à Carlo.

Elle passa les mains sur les manches en laine de la veste ajustée de la petite et donna une petite chiquenaude à sa joue empourprée.

— Nous allons aussi trouver un os pour votre frère poilu, hein ? dit-elle à propos de Lorenzo, qui restait sagement sur le paillasson intérieur juste devant la porte, mais qui avait les oreilles relevées, attentif à la conversation.

Un bras autour de Teddy, Silvia dit à Christopher, car ses yeux fatigués l'inquiétaient :

— La grande dame de l'autre côté de la colline, elle vous retient toujours trop longtemps. Vous êtes fatigué. Vous avez besoin de sommeil…

— Assez, Silvia ! exigea Carlo en secouant le pardessus de Christopher avant de l'accrocher à une patère derrière la porte, à côté de la cape en laine de Teddy. Si cette veuve ne sait pas reconnaître un homme digne quand elle en voit un, cela ne nous regarde pas.

— C'est un fantôme qui m'a retardé, dit placidement Christopher.

Il souffla en pensant à Evelyn, confus quant aux intentions de cet homme envers Mary. Il afficha un grand sourire quand les yeux du couple s'écarquillèrent d'effroi et précisa :

— Pas un vrai fantôme. Et n'en parlez pas. La petite a fait un cauchemar la nuit dernière, à propos du fantôme de son père. Voulez-vous donner votre surprise à Kate avant ou après le dîner ? demanda-t-il à Teddy, en anglais. C'est comme vous voulez.

— Après. Quand nous prendrons le café dans le salon.

— Très bien, dans le salon avec le café alors, répondit gravement Christopher, réprimant un sourire en voyant que Teddy, malgré tout son sérieux, ne pouvait s'empêcher de ponctuer sa phrase d'un petit haussement d'épaules impatient.

Il comprit ce geste quand elle ajouta précipitamment :

— Mais avant, vous jouerez de la mandore pour nous !

— Ah ! Y suis-je obligé ?

— Oui, répondit Teddy en hochant la tête.

— Très bien. Mais si j'en joue, vous devrez danser les pas que je vous ai appris – à moins que vous les ayez oubliés ? Vous n'êtes pas venue depuis une semaine.

— Non ! Non ! Je n'ai pas oublié, oncle Bryce. Je me suis entraînée avec mère.

Christopher haussa les sourcils.

— Avec votre mère ? Elle sait que je vous apprends à danser le menuet ? Et elle s'est entraînée avec vous ?

Teddy hocha vigoureusement la tête.

— Mais mère a promis de ne pas en dire un mot. Elle a dit qu'elle serait vraiment surprise le jour où je danserai le menuet avec vous. Mère dit qu'elle trouve cela stupéfiant, ajouta-t-elle naïvement.

— Je n'en doute pas, grommela Christopher.

— Benêt ! Ce n'est pas que vous ne savez pas danser, oncle Bryce, et mère dit même que vous avez une très belle posture, lui assura rapidement Teddy, pensant qu'il ne la croyait pas. Ce qui a étonné mère, c'est que vous me l'appreniez, à moi.

— Ah ! Je vois. Nous devrions peut-être demander à Kate de jouer de la mandore pendant que nous revoyons les pas ensemble ? Seriez-vous d'accord ?

Teddy hocha la tête et il ajouta, avec un sourire :

— Maintenant, je vais devoir m'absenter un petit moment.

— Je vous en supplie, Silvia, emmenez la petite à la cuisine et nourrissez-les, elle et son frère poilu ! insista Carlo.

Silvia haussa les épaules avec bonhomie, attira de nouveau Teddy dans son étreinte, l'embrassa sur la tempe et lui dit en anglais :

— Ma petite, venez voir ce que Silvia a préparé pour vous dans la cuisine. Je veillerai à ce que Carlo vous apporte un café bien fort, ajouta-t-elle pour Christopher en secouant tristement la tête avant de lever les bras au ciel et de s'éloigner vers la cuisine en tenant la main de Teddy, Lorenzo trottant derrière elles.

Carlo se précipita derrière Christopher, qui avançait dans le vestibule lambrissé orné de grandes tapisseries suspendues et d'une immense cheminée.

— *Signore ! Signore !* murmura-t-il d'une voix sifflante qui fit s'arrêter Christopher au pied de l'escalier en chêne. *Signore*, la maîtresse, c'est un de ses mauvais jours. Je voulais vous prévenir. Aujourd'hui, c'est un très mauvais jour, l'un des pires depuis bien longtemps…

Christopher regarda la galerie, en haut de l'escalier, puis baissa les yeux vers Carlo en fronçant les sourcils.

— Y a-t-il quelque chose en particulier que je devrais savoir ?

Carlo fit la moue.

— Des lettres, quatre, non, cinq. Elles sont arrivées seulement quelques heures après votre départ chez la grande dame de l'autre côté de la colline…

— Ce n'était pas le bon moment.

— Non. Vraiment pas. La maîtresse a compté toutes les heures depuis votre départ. Elle n'apprécie pas que vous l'abandonniez de plus en plus.

— Contrairement à ce qu'elle affirme, je ne l'abandonne pas. Elle sait, comme vous tous, que mes séjours à Abbeywood ne durent que deux nuits, toutes les deux semaines. Rien n'a changé en deux ans. C'est juste que cette fois-ci, des circonstances inattendues m'ont retenu une nuit de plus.

— Le fantôme ?

— Oui. Le fantôme.

— Elle n'y croira pas, assura Carlo en haussant les épaules. Pas cette fois. Cette fois, c'est terrible.

— Quand je lui aurai lu ses lettres, elle sera plus joyeuse. Apportez la grande cafetière, et faites du café corsé. Gardez Teddy avec vous un peu plus longtemps que d'habitude. Il vaut mieux que je fasse l'effort de lui lire au moins une lettre en entier avant le dîner.

Carlo s'inclina et joignit ses mains devant lui.

— *Sì, Signore*. Comptez sur moi ! Teddy pourra jouer aux bocce avec Carlo.

Christopher donna une tape affectueuse sur l'épaule du vieil homme.

— Merci. Et, Carlo, laissez Teddy gagner de temps en temps…

— Ah ! Je n'ai pas besoin de la laisser gagner ! Elle bat Carlo à la loyale. Vous avez ma parole !

Kate était dans sa chambre, pelotonnée sur le coussiège, baignée dans la lumière et la chaleur du soleil automnal dont les rayons passaient par les fenêtres à meneaux. Elle n'était pas encore prête. Ses cheveux poivre et sel n'avaient pas été brossés depuis qu'elle s'était levée, plus tôt ce matin-là ; ébouriffés, pas encore relevés par des épingles, ils retombaient sur ses épaules et descendaient jusqu'à sa taille. Une liseuse bordée de fourrure était posée sur ses épaules sans pour autant être fermée, révélant un corsage serré en velours et des jupons piqués d'une chaude couleur bordeaux, agrémentés de fils argentés.

Vu son état d'esprit du moment, Christopher fut surpris qu'elle ait même pris la peine de s'habiller, qu'elle ne soit pas restée dans sa chemise de nuit et sa robe de chambre. Mais pour une femme qui avait passé toute sa vie adulte sous le regard public de la société, il était pour elle aussi naturel de respirer que de se préparer, d'être habillée à la pointe de la mode, avec les meilleurs tissus et imprimés que l'argent puisse acheter, avec des bijoux de cheveux et des chaussures brodées assortis. Cette allure négligée et inhabituelle était donc alarmante, et avait sans doute exacerbé sa frustration et son apitoiement compréhensibles, alors qu'elle peinait à accepter qu'elle perdait de plus en plus la vue.

Elle n'était pas entièrement aveugle, mais elle n'avait plus de champ de vision central, et ce dans les deux yeux. Elle expliquait qu'elle avait l'impression qu'une goutte d'encre noire était tombée sur son iris ; la lumière et la vue n'existaient que sur une fine bande, tout autour. Cela signifiait qu'elle ne pouvait plus faire ce qu'elle aimait le plus : écrire, lire et broder.

L'une de ses plus grandes joies avait été de correspondre avec une multitude d'amis, en Angleterre et sur le continent, lui permettant de se tenir au courant du tourbillon politique et social qu'était la haute société, une société à laquelle elle avait entièrement appartenu jusqu'à la mort de son mari, l'amiral, et la perte des revenus de ses sinécures. Mais même après la mort de son mari, après son déménagement sur le continent causé par sa nouvelle condition précaire, elle n'avait rien d'une recluse, et avait été accueillie à bras ouverts par la communauté anglaise à l'étranger. Puis l'état de ses yeux avait empiré.

C'est alors que sa quête pour retrouver Christopher était devenue une course effrénée contre le temps. Elle était déterminée à le voir, à graver son beau visage dans son esprit à jamais, avant que l'obscurité ne lui arrache entièrement son fils, avant de perdre son sourire et ses yeux bruns pour toujours.

Et maintenant, elle se retrouvait à mille lieues des salons de la société, qu'ils soient anglais ou italiens, incapable de voir les traits des gens ; à la place du visage, il n'y avait que de l'obscurité. Son seul contact avec le monde extérieur était maintenu par sa correspondance – Christopher lui lisait ses lettres à voix haute, et elle dictait celles qu'elle envoyait à sa dame de compagnie, Fran, qui les écrivait pour elle. Mais l'écriture de Fran se limitait à l'anglais et à un français d'écolière. La plupart de ses lettres exigeaient de hautes compétences dans la langue française, elle devait donc attendre que Christopher ait le temps d'être ses yeux et sa plume.

Carlo n'aurait pas eu besoin de prévenir Christopher, bien que ce dernier soit reconnaissant de sa préoccupation ; inutile d'être un génie pour comprendre ce qui l'avait poussée, une fois de plus, à haïr sa condition. Elle avait beau être l'image même de la sérénité, à contempler par la fenêtre un paysage qu'elle ne voyait pas, ses mains légèrement posées sur ses genoux, les papiers qui jonchaient la pièce racontaient une tout autre histoire.

Les pages de lettres fraîchement ouvertes étaient éparpillées du lit à baldaquin au coussiège, en passant par la coiffeuse. Le lit, le tapis d'Orient et les coussins du siège étaient recouverts de parchemins. Les sceaux en cire avaient été brisés, arrachés, et certaines pages étaient tellement froissées qu'elles donnaient l'impression d'avoir été chiffonnées en une boule compacte, puis jetées, avant d'être récupérées et lissées à la hâte. Heureusement, aucune lettre n'avait été déchiquetée. C'était déjà arrivé par le passé et Christopher, avec l'aide de Fran, avait passé la soirée à reconstituer la lettre d'un des nombreux fidèles correspondants de Kate, une duchesse, par-dessus le marché.

La dame de compagnie altruiste de Kate était assise près du feu, où elle faisait du crochet. Alors qu'il traversait la pièce, elle releva la tête et voulut dire quelque chose, mais il leva un doigt sur ses lèvres et lui indiqua également de rester assise. Ils échangèrent un regard entendu et Fran afficha même un sourire résigné avant de lever les yeux vers les poutres du plafond, lui indiquant que sa maîtresse était d'une humeur particulièrement massacrante.

— Je sais que vous êtes là, déclara Kate en se détournant de la fenêtre. Voilà ce que c'est d'être aveugle. Quand on perd un sens, les autres deviennent plus développés. (Elle pencha la tête pour qu'il l'embrasse sur la joue, puis se réinstalla sur les coussins en plissant le nez.) Vous empestez le cheval et la transpiration masculine.

— Vous devez avoir raison. Merci de me rappeler que je dois prendre un bain et me changer avant le dîner. Je voulais vous voir avant. Mais si vous préférez que je parte…

— Non ! Restez, ordonna-t-elle, passant la main sur le coussiège pour enlever les feuilles de papier et lui permettre de s'asseoir à côté d'elle. Ce n'était pas une critique. Je mets n'importe quelle femme au défi de ne pas tomber en pâmoison devant votre odeur. Vous mériteriez qu'on vous mette en bouteille.

Christopher ne prit pas immédiatement place à l'endroit indiqué. Il préféra s'accroupir pour récupérer les papiers qu'elle avait fait tomber par terre.

— Fran, soyez gentille, aidez-moi à ramasser le reste de ces lettres éparpillées tels des pétales…

— Je vous ai fait rougir ! Je l'entends à votre voix, le taquina Kate, ajoutant d'un ton maussade : Je ne sais pas pourquoi vous êtes devenu faussement effarouché depuis votre retour en Angleterre, alors que vous savez très bien quel effet vous avez sur les femmes, et que vous n'hésitiez pas non plus à l'utiliser à votre avantage quand cela vous arrangeait. Les roses anglaises ne sont pas différentes des fleurs italiennes, vous savez.

— Cristoforo avait cet effet sur les femmes. Pas Christopher.

— Balivernes !

Christopher se releva en riant. Il tendit une pile de papiers à Fran pour qu'elle les ajoute à sa propre collecte et se retourna vers le coussiège.

— Cet emportement vous a-t-il aidé à vous sentir mieux ?

— Ne soyez pas facétieux. Bien sûr que non. Mais vous êtes ici, maintenant. Même si c'était hier que j'avais le plus besoin de vous. Mais que sont mes besoins, qu'est-ce que la lecture de quelques lettres envoyées à une vieille dame, comparés aux besoins et aux envies de la *Fière Mary* ? Elle ne vous a sans doute pas remercié de vous mettre à sa disposition au dernier moment ? Elle s'attend tout simplement à ce que vous lui obéissiez. Je me demande si elle sait seulement que vous avez une maison, que des gens s'inquiètent pour vous, ont besoin de vous autant qu'elle – *plus* qu'elle ne pourrait ou voudrait jamais…

— Vous vous montrez déraisonnable et injuste.

Kate se redressa.

— Déraisonnable ? Injuste ? *Moi ?*

— Oui. Elle voulait absolument s'assurer que cela ne vous dérangerait pas que je reste une nuit de plus, et…

— Vraiment ? s'enquit Kate en haussant une épaule, pas encore apaisée. Elle s'inquiète inutilement pour votre *tante*.

— … vous oubliez, continua-t-il sans relever sa façon de prononcer le mot « tante », que ce n'est pas Mary qui m'a désigné en tant que tuteur de Teddy et régisseur d'Abbeywood, mais son époux.

— À part son mariage avec Mary, faire de vous le tuteur de cette enfant était la seule décision louable de Gerald en tant que baronnet. Ce méprisable abruti était une triste déception pour son père. Sa lâcheté pleurnicheuse et son physique malheureux, c'était la faute de sa mère. Vous auriez fait un baronnet exemplaire…

— Tout ceci est inutile, Kate, l'interrompit Christopher d'un ton neutre en réprimant un soupir exaspéré. Il est également inutile de ruminer sur le passé et sur ce qui aurait pu arriver si les planètes et les étoiles avaient été alignées différemment. Nous pouvons seulement continuer à partir de là où nous sommes.

— Gerald a fait de vous le tuteur de Teddy seulement pour se moquer cruellement de Roxton.

Cette remarque le surprit. Son irascibilité la poussait en terrain inconnu, et il se demandait quelle direction prenait ce besoin soudain de se confier. Il prit le temps de réfléchir à sa réponse et dit, avec toute la patience dont il était capable :

— Oui. Je pense que vous avez raison. C'est par malveillance qu'il m'a nommé moi, et non le duc, car il voulait le punir de l'avoir banni du giron familial. Quoi de mieux pour se venger que de faire de son modeste voisin le tuteur de sa fille, et ce malgré lui, et de stipuler qu'elle n'était pas autorisée à rendre visite à la famille de sa mère ? Cependant, l'issue involontaire d'une telle stipulation, à laquelle, j'en suis certain, Gerald n'a jamais réfléchi, c'est que je considère qu'être le tuteur de Teddy est un privilège.

— Comment pouvez-vous rester aussi philosophe ? Aussi clément ? Vous préférez toujours voir le bien plutôt que le mal. Quant à votre patience ! s'exclama Kate avec un renâclement plein de dérision. Ce qui est sûr, c'est que sur ce point, vous ne tenez pas de moi !

— Non, répondit-il en se tournant vers la porte quand Carlo, les yeux écarquillés, s'avança dans la pièce sur la pointe des pieds tout en portant le café sur un plateau. Mes parents m'ont inculqué la tolérance, une qualité tout à fait indispensable chez un fermier. Fran, si vous voulez bien servir le café, je vais trier les pages et, je l'espère, réussir à reconstituer au moins une lettre. Et pendant que je boirai un café pour rester éveillé, je vous ferai la lecture, dit-il à Kate qui, il le remarquait, serrait toujours les poings. Mais seulement si vous autorisez Fran à brosser et coiffer vos cheveux pour qu'ils mettent mieux en valeur votre joli visage.

— Je ne m'étonne pas que vous ayez été un sigisbée de renom. Vous savez toujours quoi dire aux femmes – dans n'importe quelle situation !

— Pas dans *toutes* les situations, répondit Christopher d'un air pensif. Je ne sais jamais quoi dire à Mary… J'ai été surpris, au début, de perdre l'usage de la parole en sa présence. Puis je me suis rendu compte que c'est parce que je l'aime, et que tout ce que je lui dis doit donc avoir du sens. Il est important que je sois sincère. Et il est tout aussi important que je sois sincère avec vous, car vous savez que je vous aime, vous aussi – d'une manière différente, comprenez bien, mais…

— Oh, pour l'amour du Ciel ! Arrêtez ! Je *déteste* quand vous agissez comme-comme… *vous*.

— Milady ! Non ! Je me suis tue bien trop longtemps ! annonça Fran, manipulant les tasses sans ménagement, les faisant s'entrechoquer sur le plateau. Vous ne pouvez pas continuer à réprimander ainsi Mr. Bryce après tout ce qu'il a fait pour vous. Vous l'aimez, alors pourquoi êtes-vous aussi cruelle ? Je sais que vous ne faites pas exprès de manquer de gentillesse et de considération, mais…

— Cela ne vous regarde absolument pas, Fran, et personne ne vous a demandé votre avis. Retournez faire du crochet dans votre coin et laissez-moi à mon-à mon… *malheur*.

— Bigre, marmonna Christopher. Fran, Silvia et Carlo ont dû tous passer quelques jours éprouvants…

— Quelques jours éprouvants ? Fran, Silvia et-et *Carlo* ? Qu'en savez-vous ? Qu'en savent-ils ? C'est moi qui souffre, c'est moi la pauvre aveugle qui…

— Je suis prêt à parier que s'il avait eu la chance d'avoir pour compagnie une personne aussi fidèle et altruiste que Fran, qui est avec vous depuis maintenant dix ans, même le pompeux Sir Gerald ne lui aurait pas donné l'ordre de « retourner dans son coin », et ce malgré son statut de domestique dont elle ne douterait jamais, tout comme les autres…

Il y eut une pause dans la conversation. Kate leva les yeux vers lui, regrettant terriblement de ne pas pouvoir contempler son visage, ses yeux bruns brillants et aimants, des yeux qui ressemblaient comme deux gouttes d'eau à ceux de son père, et son nez droit et fin, ainsi que son sourire, qu'il tenait d'elle. Elle l'avait remarqué la première fois où elle avait posé les yeux sur lui. Pas le jour historique où ils avaient dîné face à face, quand il n'était encore qu'un garçon de quinze ans, mais le jour de sa naissance, quand elle l'avait enfin tenu dans ses bras, épuisée et abattue, quand elle s'était menti à elle-même en se disant qu'elle ne le laisserait jamais, jamais, être arraché de ses bras, qu'elle préférerait mourir. Il ne s'agissait maintenant plus que de souvenirs ; sa naissance, ce dîner, ces yeux, son sourire, son nez droit…

Elle se fiait maintenant à sa voix pour lui révéler ce qu'elle avait besoin de savoir, pour la calmer et la rassurer. Il n'y avait jamais aucun soupçon de dérision ou de réprimande dans sa voix, seulement de la patience, des quantités astronomiques de patience. Il s'était toujours montré tolérant et clément avec elle, et même s'il essayait de le cacher, tout cela était accentué par la tristesse de sa situation.

Une bûche ardente dans la cheminée fit un bruit sec, craqua et se désagrégea, la ramenant précipitamment à l'instant présent, aux bruits que faisait Fran en soulevant la cafetière et en versant le liquide chaud et foncé dans une petite tasse en porcelaine, à ceux que faisait Christopher en manipulant des papiers près d'elle, des bruits paisibles, familiers, rassurants, indispensables à son bonheur…

— Seigneur, pourquoi êtes-vous toujours aussi indulgent ? Pourquoi suis-je *constamment* ingrate ? laissa-t-elle échapper en prenant une inspiration tremblotante. Je me déteste tellement !

Christopher releva les basques de sa redingote pour s'asseoir près d'elle. Il prit sa main, satisfait qu'elle ne la retire pas, même si elle refusait de se tourner vers lui. Il changea légèrement de position sur les coussins ; ainsi, quand elle prendrait enfin la décision de le regarder, elle serait plus à l'aise pour le voir.

— Kate, dit-il doucement en serrant ses doigts. Kate. J'ai révélé mon prénom à Mary.

En entendant cela, elle se tourna vers lui, choquée.

— Comment ? Votre prénom de *naissance* ?

— Oui.

Kate avait tellement du mal à y croire qu'elle dut le dire à voix haute :

— Vous avez dit à Mary qu'à votre naissance, on vous a appelé Cavendish ?

— Oui. Je me suis dit qu'il était temps.

Kate éclata en sanglots.

TREIZE

Assise au soleil sur le coussiège, le bras de Christopher autour d'elle et appuyée contre son épaule, elle l'écouta lui raconter les événements surprenants de la veille ; il omit délibérément de mentionner le baiser. Il se demandait ce que Kate pourrait lui apprendre sur le cousin de Mary, disparu depuis si longtemps.

— Evelyn Ffolkes est un vaurien, déclara Kate comme un fait et non un jugement tout en se redressant, ce qui permit à Christopher d'atteindre sa tasse de café. Il n'aurait pas pu choisir pire moment pour revenir d'entre les morts.

— Je ne vous le fais pas dire, ma chère ! s'exclama Christopher avec un petit rire, repensant à Mary et son cousin blottis ensemble sur son lit, tellement accaparés par leur conversation qu'ils en avaient oublié sa présence. Mais Mary était tellement heureuse de le retrouver que je ne peux pas être en colère contre lui, par respect pour elle. Je suis agacé. Frustré. Je me méfie de ses intentions, évidemment…

Il but une petite gorgée de café et s'accorda un instant pour savourer l'amère douceur de ce liquide chaud semblable à de la mélasse. Il espérait que sa fatigue se dissiperait rapidement. La chaleur du soleil matinal qui l'enveloppait lui rappelait qu'il avait très peu dormi la veille.

— Alors, que pouvez-vous me dire à propos de ce vaurien de cousin ? demanda-t-il.

En apprenant que Christopher avait pris la décision monumentale de révéler les circonstances de sa naissance à Mary, l'auto-apitoiement prononcé de Kate s'était évaporé avec son irascibilité. Il lui avait peut-être seulement révélé le nom qu'elle lui avait donné quand il était né, sans évoquer son illégitimité, mais c'était un bon début. À une époque, Christopher avait refusé d'accepter la vérité ou de reconnaître l'existence de Kate. Cela avait changé en Italie, quand elle était partie à sa recherche. Ce qu'il avait vécu lui avait permis de mieux comprendre la vérité, à propos de lui-même et à propos de Kate. Tout ce qu'elle avait toujours voulu, c'était faire partie de sa vie, même de façon infime, et quand ses prières avaient enfin été exaucées, il était presque trop tard.

Les événements avaient pris une tournure inédite et fascinante à Abbeywood, et c'était ce qui occupait les pensées de Kate, assez pour atténuer son intérêt pour ses lettres, bien que Fran continue à trier consciencieusement les pages, les remettant dans le bon ordre.

— J'ai seulement entendu parler de lui dans les lettres de sa mère, dit Kate à Christopher. Evelyn était un génie de la musique. Il avait un vrai don, et pas seulement selon sa mère. Les autres aussi encensaient ses compositions et son jeu. Mais sa mère s'inquiétait que sa virtuosité musicale freine son envie de se marier et de lui donner des petits-enfants. Par ailleurs, elle considérait que son activité préférée n'était pas convenable pour le neveu d'un duc. Cette créature hautaine avait une tendance à l'exagération. C'était la petite-fille d'un duc et la sœur d'un autre duc, mais pas n'importe lequel : monsieur le duc de Roxton…

— Votre vieux galant ?

— Oui, répondit-elle d'un ton neutre, ressentant une pointe de gêne à l'évocation du comportement libéré qu'elle avait adopté par le passé – ce qui ne l'avait jamais dérangée sur le moment –, même s'il avait dit cela sans une once de réprobation. Mon vieux galant, comme vous l'appelez, n'était pas vieux à l'époque. Et sachez que Roxton et moi avons été amants bien avant son mariage…

— Et quand il s'est enfin marié, ce grand débauché s'est réformé pour sa belle et jeune épouse. Oui, je me souviens que vous m'avez raconté leur histoire d'amour – une sorte de conte de fées. Comme tous ceux qui les connaissaient, vous étiez infiniment heureuse pour ce couple. J'ai toujours voulu rencontrer l'héroïne d'un conte de fées. En particulier madame la duchesse, car vous me dites que Mary lui ressemble beaucoup.

— C'est ce qu'on m'a dit. Je n'ai pas encore rencontré Lady Mary Cavendish ; en revanche, je connaissais très bien sa grand-mère, Augusta, ajouta-t-elle, parcourue d'un léger frisson. Une femme magnifique, elle aussi, mais elle avait un cœur de pierre.

— Vous rencontrerez Mary un jour, bientôt je l'espère. Mais vous me parliez de la mère d'Evelyn Ffolkes, la sœur de monsieur le duc de Roxton… ?

Kate, trop absorbée par sa propre histoire, continua précipitamment :

— Roxton et moi n'avons pas été amants à une seule reprise, mais deux fois…

— Il serait tout à fait convenable que je n'en sache rien.

— … et c'est cette deuxième fois dont vous – et la haute société – êtes au courant, car nous n'avons jamais cherché à cacher notre liaison. La plupart des aristocrates ne prennent pas la peine de dissimuler leurs maîtresses ; ce qu'il se passe dans leur lit n'a que peu d'intérêt. Mais la première fois où nous nous sommes… *rapprochés*…

— Où vous avez été amants, corrigea Christopher avec un grand sourire. Ce n'est pas à Teddy que vous parlez, Kate. Vous oubliez peut-être que j'approche de la quarantaine ?

Kate secoua la tête avec un sourire, mais reprit sur un ton sérieux :

— Une femme n'oublie jamais le jour où elle devient mère. Peu importe les circonstances. Ce jour-là… J'ai l'impression que c'était hier… J'aimerais que cela se soit passé seulement hier…

Christopher, en entendant la tristesse dans sa voix, eut soudain la bouche aussi sèche qu'un désert. Il se racla la gorge.

— Selon Mary, la naissance de sa fille était le jour le plus heureux de sa vie. Si on l'avait forcée à abandonner Teddy trois mois plus tard, je suis incapable d'imaginer comment elle s'en serait sortie, je me demande même *si* elle s'en serait sortie.

— Elle ne l'aurait pas supporté. J'ai failli ne pas y arriver. Mon amant m'a soutenue, a aidé à soulager la douleur – ou au moins, à me distraire de ma tristesse. Naturellement, Roxton ne pouvait pas comprendre ma situation, mais il compatissait. Je ne sais pas s'il se rendait réellement compte de la profondeur de ma tristesse, mais il a su voir la créature fragile que j'étais, et il a réussi à garder notre histoire secrète. Il m'a aidée à comprendre qu'avec quelques ajustements, ma vie pourrait être tolérable. Et ce, à une période où mon esprit était obscurci par des envies de suicide…

— Kate ! Seigneur ! Non ! *Pourquoi ?*

Elle tendit la main, et quand il la prit dans la sienne, elle serra ses doigts. Son sourire s'élargit, de bonheur parce qu'il s'inquiétait pour elle et pour lui montrer que ces sombres pensées étaient loin derrière elle.

— Roxton avait un don pour tout mettre en perspective de façon très brutale. Ceux qui le connaissaient mal, qui ne comprenaient pas son arrogance hautaine, le pensaient insensible et égocentrique, ce qu'il était dans une certaine mesure – et pourquoi pas, après tout ? C'était un duc, pour l'amour du Ciel ! Mais il n'était pas aussi arrogant avec ceux à qui il tenait. Loin de là… Il m'a dit que si je mettais fin à mes jours, je ne connaîtrais jamais la joie et le désenchantement de voir mon enfant grandir. Ne voyais-je pas que j'avais les avantages sans les inconvénients ? Mon enfant était élevé par une famille aimante qui assumait toutes les responsabilités que cela impliquait à ma place ! Ma vie resterait merveilleusement inchangée. Il était toujours tellement sardonique. Et il avait toujours raison, ce qui était tellement exaspérant !

Elle soupira, secoua doucement la tête et prit une profonde inspiration, comme si elle mettait ces souvenirs de côté. Fran apparut près de Christopher, lui proposant plus de café et lui tendant une tasse pour Kate, qu'il plaça délicatement entre les mains de cette dernière avant de dire avec nonchalance :

— Mary m'a également dit que les années les plus heureuses de sa vie étaient celles pendant lesquelles elle a vécu avec monsieur le duc et madame la duchesse…

— Ah, oui ! J'avais oublié.

Elle but une gorgée de café et lui dit pour le taquiner, d'un ton faussement gentil :

— Le retour du cousin Evelyn d'entre les morts arrive réellement au pire moment dans votre cour prolongée de Lady Mary, alors qu'elle a enfin commencé à s'ouvrir sur son passé, même s'il ne doit pas manquer d'être ennuyeux. Je peux prédire avec assurance que…

— Allons, Kate, elle…

— … vous n'aurez toujours pas échangé un baiser quand Teddy atteindra ses vingt-et-un ans !

— C'est charmant, l'interrompit-il sèchement, espérant que sa brusquerie ne l'avait pas trahi. Dites-moi ce que vous savez des années qu'elle a passées chez les Roxton.

— Je me souviens avoir ri aux éclats en lisant une lettre dans laquelle Roxton se plaignait de constater qu'en vieillissant, son esprit devenait moins vif. Il admettait être moins terrifiant que sa réputation le laissait entendre. Et s'il pouvait encore mater un domestique ou un lèche-bottes d'un simple regard, il lui semblait de plus en plus difficile d'en faire autant avec ses fils et les plus jeunes membres de sa famille. (Kate renâcla.) Bien sûr, sa femme n'avait jamais été dupée par sa froide arrogance. Et il se demandait si, avec le temps, l'amour inconditionnel qu'elle lui portait ne l'avait pas adouci. Je savais que c'était une question rhétorique, car quand il était question d'Antonia, il avait toujours été une vraie guimauve. Dans l'une de ses lettres, il avait mentionné Mary. Il disait que c'était une flamme qu'on ne pouvait pas éteindre. Qu'elle avait une curiosité insatiable et que son esprit aiguisé était terriblement fatigant pour un aristocrate qui n'était pas habitué à voir son omniscience remise en cause par une morveuse de douze ans. Mais en réalité, il était secrètement ravi, car la petite l'idolâtrait. Tout comme Teddy vous idolâtre. Ne secouez pas la tête, vous savez que c'est vrai !

— J'ai simplement essayé de donner à Teddy le meilleur exemple de ce que devrait être un père, et j'ai pris mon propre père comme exemple, car c'était un homme exceptionnel. Tandis que Gerald, en tant que parent, était tristement incompétent. Mais qui peut le lui reprocher, si son exemple à lui était Sir George ?

— Votre père était un homme très estimable – et je parle bien d'Henry, pas de George. Vous n'auriez pas pu rêver meilleurs parents, mon garçon. Et sur ce point, j'apprécie ma bonne fortune chaque jour, croyez-moi…

— Kate, je…

— L'exubérance et la joie de vivre de Teddy, sa bonté, son optimisme, tout cela me rappelle sa mère quand elle était jeune, quand elle vivait avec les Roxton, dit Kate pour éloigner rapidement la conversation de la naissance de Christopher, car elle s'était assez étendue sur ce sujet sensible et douloureux pour la journée. J'espère que rien dans sa vie ne viendra jamais changer cela.

— Pas si j'ai mon mot à dire. J'aurai rendu mon dernier souffle avant de la laisser épouser un homme comme son père, car je suis persuadé que c'est Gerald qui a éteint l'exubérance et l'optimisme de Mary. Mais nous parlions de son cousin, dit-il d'une voix plus mesurée. Que pouvez-vous me dire à propos de Mr. Evelyn Ffolkes ?

— Pour commencer, ce n'est pas Mr. Ffolkes, mais Lord Vallentine, héritier présumé du comté de Stretham-Ely…

— Lui, un comte ? souffla Christopher. Bien sûr que c'est un comte, il ne pouvait pas en être autrement !

Kate ne releva pas la remarque sarcastique et incrédule de Christopher.

— Il le sera, dès que son identité aura été vérifiée. Le comté est à l'abandon depuis plusieurs années, car Evelyn était présumé mort et que le suivant dans l'ordre de succession, un cousin bien plus âgé, ne voulait pas de ce fardeau ; il a refusé le titre en attendant que les sept années requises avant la déclaration officielle de la mort d'Evelyn soient écoulées. Puisqu'il est revenu avant la fin de cette période, Evelyn peut hériter de ce qui lui revient de droit. Tout est bien qui finit bien, non ?

— Roxton sera fou de joie à l'idée qu'un autre noble cousin revienne dans le giron familial. Il ordonnera à Mary de les rejoindre à Treat pour fêter son retour.

— Ah. Voilà qui serait plus problématique.

— Problématique ? En quel sens ?

Elle tendit sa tasse, que Christopher récupéra et donna à Fran, puis elle se rassit contre les coussins en faisant mentalement le point sur les événements passés. Elle savait que Christopher était pendu à ses lèvres.

— Evelyn s'est enfui pour épouser une femme tout à fait inconvenable, ce qui a mené à son exil familial, et de ce que je sais, il n'a pas encore été autorisé à rentrer de manière officielle. J'imagine que sa mort signifiait qu'ils n'avaient plus besoin de le pardonner, songea Kate en haussant les épaules. Son mariage précipité a brisé le cœur de sa mère…

— Oui. J'imagine. Mary m'a brièvement parlé de cet épisode. C'est elle qui a aidé son cousin et sa future épouse à fuir la France.

— Vraiment ? C'était audacieux et inhabituel de sa part d'aller à l'encontre de la volonté de sa famille.

— Selon elle, cette fille méritait de l'épouser.

— Oui. Je n'en doute pas…

— Je suppose que si Evelyn est censé hériter d'un comté, Roxton saura faire abstraction de l'affront que son mariage illicite a causé à sa famille, surtout après tout ce temps, et après la mort de l'épouse.

— Oh, sans doute, mais c'est sans compter sur un événement, minime mais néanmoins important, dont je suis persuadée que même Mary ne sait rien. Elle ne peut pas savoir qu'il s'agissait de la deuxième tentative de mariage illicite d'Evelyn. La première avait été contrecarrée par monsieur le duc de Roxton. Voyez-vous, Evelyn a tenté de s'enfuir avec Deb Roxton alors qu'elle sortait à peine de l'enfance…

— *Comment ?* La duchesse actuelle ?

— Oui, celle-là même. Toute cette affaire sordide a rapidement été étouffée. Ainsi, je doute que le cousin de Mary reçoive un accueil chaleureux de la part de la famille Roxton. Vous comprenez pourquoi je le traite de vaurien.

— En effet.

Il préféra taire les activités d'espionnage d'Evelyn pour le chef des services secrets anglais et les menaces qu'il avait proférées à son égard, qui n'étaient que des paroles en l'air selon Christopher. En pleine réflexion, il exprima néanmoins son inquiétude tenace quant à la raison pour laquelle Evelyn avait choisi de se présenter à Abbeywood Farm, alors qu'il aurait pu tout aussi simplement frapper à la porte de Brycecomb Hall pour obtenir des réponses à propos de la trahison supposée de Sir Gerald :

— Son choix de revenir d'entre les morts à Abbeywood, une ferme isolée où sa cousine la plus proche, veuve par ailleurs, se trouve résider, est-il une coïncidence, ou ses intentions sont-elles plus complexes ?

— Je doute qu'il s'agisse d'une coïncidence, mon garçon, répondit Kate, sceptique.

Quand Christopher serra la mâchoire et grinça des dents, elle ajouta, renforçant ses soupçons de dessein caché :

— Il aurait été bien plus logique qu'il annonce son retour à Londres, en société, surtout quand on connaît son tempérament théâtral.

— Son tempérament théâtral ? Ah ! s'exclama Christopher, revoyant Evelyn avec ses cheveux en bataille, annonçant son retour vêtu de la large chemise de nuit de Sir Gerald, ayant tout l'air d'un spectre. La théâtralité lui sort par tous les pores !

— Selon moi, la meilleure solution pour revendiquer le comté de Stretham-Ely aurait été de faire amende honorable auprès de son cousin le duc, raisonna Kate.

— Alors pourquoi est-il venu ennuyer Mary ? s'enquit Christopher à voix basse.

Une question à laquelle lui et Kate voulaient tous les deux répondre, mais qui devrait attendre. Teddy était à la porte, et elle attendait qu'on la remarque. Quand Christopher lui fit signe d'avancer avec un sourire, elle traversa la pièce en courant et Kate la prit dans ses bras.

KATE ÉTAIT TOUJOURS DE MEILLEURE HUMEUR QUAND TEDDY venait leur rendre visite. Elle mettait son égocentrisme de côté et oubliait la frustration que lui causait sa vue défaillante. Quand elle concentrait son attention sur Teddy, Kate redevenait celle qu'elle était avant. Après le dîner, ils s'étaient installés dans le salon, rassasiés grâce à un succulent repas italien préparé par Silvia. Kate et Teddy jouaient aux échecs ; Teddy déplaçait les pions pour elles deux tandis que Kate restait assise à sa place, agitant un éventail en dentelle claire pour ventiler son décolleté carré plongeant comme si elle était à l'opéra. Elle portait l'une de ses nombreuses robes en velours et Fran l'avait habilement coiffée et maquillée. Elle avait tout de la femme d'un lord amiral.

Plus tôt, quand Carlo leur avait servi le café après dîner, Christopher avait dansé le menuet avec Teddy, comme promis, Fran s'exclamant qu'elle n'avait jamais vu meilleur danseur que Mr. Bryce. Kate avait lancé un « moi non plus » malicieux, et Christopher l'avait soudain soulevée de sa chaise pour danser avec elle. Les encouragements de Teddy l'avaient poussée à se prêter au jeu. Tout le monde s'était rassis, Christopher jouait de la mandore, et il indiqua à Teddy, d'un hochement de tête, que c'était le bon moment pour offrir son cadeau.

— Oh, qu'est-ce que c'est, mon enfant ? s'enquit Kate quand Teddy déposa un paquet sur ses genoux.

Elle le parcourut du bout des doigts, s'aperçut qu'il était fermé par un large ruban en soie bleu, peut-être l'un des rubans à cheveux de Teddy, et adressa un sourire à la petite, qui restait près de l'accoudoir de son fauteuil. Elle aurait aimé voir le sourire enthousiaste et les yeux pétillants de son visage en cœur encadré d'une profusion de cheveux roux.

— C'est pour vous. Quelque chose pour vous aider, et il y a aussi quelque chose pour vous permettre de mieux me connaître, expliqua Teddy avec un enthousiasme à peine contenu.

Elle jeta un coup d'œil à Christopher, qui lui adressa un sourire encourageant.

— Votre oncle Bryce sait-il de quoi il s'agit ? demanda Kate.

Teddy secoua la tête, puis elle ajouta précipitamment, car la vieille dame aveugle n'avait probablement pas vu son geste :

— Non. C'est une surprise pour lui aussi.

— Oh, bien ! répondit Kate en tirant sur le ruban. C'est une surprise pour nous tous, alors.

— Pour tout le monde sauf mon oncle Dair, ajouta Teddy, moins confiante maintenant qu'elle avait donné son cadeau. Une partie du cadeau vient de lui. L'autre partie, je l'ai faite moi-même. Vous verrez ! Enfin…

— Oui, je verrai, l'interrompit Kate en dépliant l'emballage en tissu.

À l'intérieur du paquet se trouvait une loupe au manche en cuivre poli, qui ne serait d'aucune utilité à Kate, puisque sa vue n'était pas défaillante, mais avait déjà défailli. Bien sûr, c'était l'intention qui comptait. Elle la leva, fit semblant de regarder par la lentille, sourit et remercia Teddy, lui tendant la joue pour que la petite l'embrasse.

— Merci, ma chérie. C'est l'objet parfait pour aider les vieux yeux fatigués à lire le journal. Et puis, je suis persuadée que votre oncle Bryce en aura aussi bientôt utilité, car il…

— Voyons, Kate ! J'espère que vous n'insinuez pas que je me fais vieux ! dit Christopher en feignant l'indignation. Non ! Que personne ne réponde.

Mais Teddy était la seule à ne pas sourire. Elle leva les yeux vers Christopher, troublée, mais puisqu'il lui souriait toujours, elle retrouva assez d'assurance pour se tourner derechef vers Kate et lui confier à la hâte :

— Oncle Dair était *persuadé* qu'une loupe aiderait une personne qui a une mauvaise vue. C'est pour cela qu'il me l'a donnée, pour que je vous la donne. J'ai essayé de lui dire que tous les gens aveugles ne sont pas pareils, que c'était différent pour vous, mais grand-mère était là et a dit que c'était impoli de contre... *contredire* ses aînés. Mais grand-mère ne vous connaît pas, et oncle Dair non plus. Et je ne voulais pas le décevoir, car il s'agit d'un cadeau très généreux, n'est-ce pas ?

Elle glissa sa main entre les doigts de Kate et lui glissa à l'oreille :

— Je sais que la loupe ne peut pas vous aider. Je suis désolée.

Kate posa une main sur la joue de Teddy et la fit s'approcher pour pouvoir y déposer un baiser.

— Je sais, ma petite. C'est une très belle loupe, et c'était un très beau geste de la part de votre oncle Dair. Nous ne lui dirons pas le contraire, et vous le remercierez pour moi la prochaine fois que vous le verrez. Promis ?

— Promis.

— Ah ! Je vois que vous avez une autre surprise pour Kate, Teddy, annonça Christopher en jetant un coup d'œil au paquet ouvert par-dessus l'épaule de Kate, espérant attirer l'attention de tous sur le deuxième cadeau.

— Mère m'a aidée, dit fièrement Teddy en observant Kate déballer un morceau de tissu brodé et passer les doigts dessus. Mais seulement pour la découpe et pour coudre les côtés. C'est une poche, mais une poche spéciale. Puis-je vous montrer ?

— Je vous en prie, dit Kate en levant la poche.

Christopher reposa sa mandore, et lui et Fran s'avancèrent devant la chaise de Kate pour mieux voir le tissu en forme de poire. Il s'agissait en effet d'une poche, avec deux longs cordons en sergé cousus de chaque côté du bout le plus fin, qui permettaient de l'attacher autour de la taille. La poche pouvait ainsi être portée sur le flanc, l'ouverture vers l'extérieur, par-dessus les jupons, mais cachée sous la robe. De chaque côté de l'ouverture, des feuilles de vigne et des fleurs avaient été brodées. La broderie était délicate, mais Christopher remarqua qu'elle n'était pas d'une qualité aussi élevée que celle de Mary. Il s'agissait néanmoins d'une belle pièce, et de nombreuses heures avaient visiblement été dédiées à sa fabrication et à son embellissement.

— C'est une très jolie poche, Teddy, la complimenta Christopher. Parfaite pour le mouchoir et l'étui de Kate, ainsi que pour la clé de son chariot à thé. Qu'en pensez-vous, Fran ?

— Miss Teddy a un maniement très délicat de l'aiguille, Mr. Bryce, répondit Fran en souriant à la petite. Madame ne perdra plus jamais son mouchoir.

— Oh, mais vous n'avez pas tout vu ! s'exclama Teddy, toute inquiétude quant au caractère inapproprié de la loupe s'évaporant quand elle retourna la poche pour leur montrer l'autre côté, brodé également, et sur lequel elle avait aussi cousu ses initiales dans un coin. J'ai fait ce côté toute seule, sans l'aide de mère ! dit-elle fièrement en regardant Fran et Christopher, avant de se retourner vers Kate. C'est moi, ajouta-t-elle en prenant la main de Kate pour guider le bout de ses doigts à la surface de sa broderie. Maintenant, vous pouvez me voir. Est-ce que cela vous plaît ?

Kate parcourut chaque bosse de la broderie du bout des doigts, sans comprendre ce qu'elle touchait au début, bien qu'elle fasse tout son possible pour la visualiser. Puis Teddy lui expliqua, tout en guidant une nouvelle fois ses doigts sur le tissu, et elle comprit.

— Oncle Bryce dit que vous ne pouvez pas voir mes taches de rousseur ou mon sourire, mais que vous voyez mes cheveux roux. J'ai donc brodé un visage, avec des yeux, un nez, une bouche et des cheveux roux. Ce visage est le mien, car il est recouvert de petits points de fil rouge. Ce sont mes taches de rousseur. Et si vous passez le doigt sur ces points incurvés, là, vous sentirez mon sourire. Vous les voyez ? Je veux dire, vous les sentez, Kate ?

Kate hocha la tête, mais ni elle, ni Christopher, ni Fran ne dirent un mot ; Teddy se demanda s'il y avait un problème avec son cadeau. Ils fixaient tous la poche et la broderie, résultat de ses efforts, comme si quelque chose n'allait pas, comme s'ils ne s'attendaient pas à cela, et personne ne disait rien. Elle commença à se dire que son idée était peut-être sotte, même si sa mère lui avait assuré que Kate adorerait son cadeau et la trouverait très attentionnée. À présent, Teddy se disait que sa mère s'était peut-être trompée. Et quand Kate plaqua une main sur sa bouche, ses épaules soudain tremblotantes, Teddy fut convaincue que broder son portrait sur la poche était la pire chose qu'elle aurait pu faire. Mais enfin, Christopher passa un bras autour de ses épaules et déposa un baiser sur le haut de sa tête, lui disant qu'il ne connaissait pas de petite fille plus intelligente qu'elle. Puis Fran la prit dans ses bras, les larmes aux yeux, et lui dit que c'était une douce enfant chérie et qu'elle avait rendu madame très heureuse. Teddy fut rassurée par leur éloge, mais ce fut seulement quand Kate sécha ses larmes et lui donna un baiser sur la joue qu'elle fut entièrement soulagée.

— Je chérirai votre cadeau à jamais, ma chérie, lui dit Kate avec un sourire larmoyant. Il s'agit déjà de ma poche préférée. Je pense que j'y mettrai vos lettres, et quand oncle Bryce me les lira, je pourrai passer le doigt sur votre sourire et vos taches de rousseur et ainsi avoir l'impression que v-vous êtes là avec moi...

— Oui, c'est ce que je me suis dit également, car je vais bientôt partir à Cheltenham pour rendre visite à grand-mère, répondit Teddy en fronçant les sourcils et en plissant le nez. Si seulement j'avais fait deux poches avec mon visage dessus...

— Pour que je puisse en porter une aussi ? suggéra Christopher avec enthousiasme, tout en gardant une expression neutre.

Il récupéra le cadeau de Kate et plaça la poche sur sa hanche, face brodée visible.

— Voyez, elle me va parfaitement.

Cette intervention fit sursauter Teddy, qui éclata de rire. Christopher, encouragé par son hilarité, tournoya sur lui-même et lui fit une révérence, la poche toujours plaquée sur sa hanche. Les gloussements de Teddy et la petite comédie de Christopher détendirent considérablement l'atmosphère.

— Que faites-vous du cadeau de Teddy, vilain garçon ? s'enquit Kate d'un ton jovial.

— Il fait des sottises ! lui dit Teddy. Les garçons ne portent pas de poches, oncle Bryce. Vous le savez bien.

— En effet, approuva Kate en riant.

— Je pourrais être à l'origine d'une nouvelle mode...

— D'une émeute, plutôt, murmura Kate. Rendez-moi immédiatement mon cadeau.

Christopher tendit la poche à Teddy, qui la donna à Kate, et il demanda :

— Pourquoi faire deux poches, si l'une d'elles n'est pas pour moi ?

— Je voulais donner l'autre à mère pour lui remonter le moral, car grand-mère ne veut pas qu'elle vienne à Cheltenham cette année. Selon elle, comme j'ai dix ans maintenant, il est grand temps que je lui rende visite toute seule et que mère reste à l'écart. Et elle veut que je vienne la voir deux semaines plus tôt que d'habitude. Je sais que mère n'est pas très contente que je parte sans elle, mais elle a fait bonne figure malgré tout et m'a dit que j'avais beaucoup de chance d'avoir grand-mère rien que pour moi cette fois-ci.

— Dans ce cas, nous devrons faire en sorte de nous plier aux demandes de Lady Strathsay, déclara Christopher, sachant que Mary ferait tout son possible pour ne pas montrer sa déception à sa fille et se demandant comment il pourrait retarder le départ de Teddy sans que Mary s'attire la colère de la comtesse. En revanche, je ne pourrai peut-être pas vous accompagner à Cheltenham plus tôt que prévu, car j'ai une réunion avec les actionnaires pour le projet de canal…

— Oh, mais vous n'aurez même pas à vous déranger, oncle Bryce, car grand-mère envoie quelqu'un de spécial dans un grand carrosse, exprès pour venir me chercher.

— Quelqu'un de spécial dans un grand carrosse ? Bigre, votre grand-mère vous gâte, Teddy, s'extasia Kate avec un sarcasme qu'une enfant de dix ans ne pouvait pas relever, mais qui provoqua un sourire en coin réprimé chez Christopher, qui connaissait l'avis sévère de Kate à propos de la rigide comtesse de Strathsay.

Mais il se demandait pourquoi Mary ne lui avait pas parlé des ordres de sa mère. Il savait qu'elle avait reçu une lettre de la comtesse deux jours plus tôt – il l'avait lui-même donnée à Mary. Mais elle n'avait pas dit un mot à propos de son contenu surprenant. Elle ne savait peut-être pas comment lui annoncer qu'elle ne partirait pas à Cheltenham cette année, et qu'elles n'auraient par ailleurs pas besoin de lui. Après tout, il avait toujours escorté leur carrosse à cheval, pour aller jusqu'à la ville thermale et en revenir, les quittant seulement quand il s'était assuré qu'elles étaient bien arrivées devant chez la comtesse. Visiblement, cette dernière le mettait à l'écart, lui aussi. Mais s'il s'agissait d'un stratagème dans ce but, il était voué à l'échec. Il était bien décidé à accompagner ce grand carrosse inconnu et ses voyageurs jusqu'à la maison de ville que la comtesse louait ; il manquerait à ses obligations de tuteur s'il ne faisait pas au moins cela.

Christopher, à sa grande surprise, découvrit dès le lendemain qui était cette personne spéciale avec ce « grand carrosse », et à quel moment les deux devaient arriver à Abbeywood.

QUATORZE

Il n'y avait pas un, mais deux imposants carrosses de voyage dans l'avant-cour de l'écurie d'Abbeywood. Le dessous et les roues des deux voitures étaient recouverts d'une couche de ce qui, partout ailleurs dans le royaume, aurait été de la boue, appuyant l'avis général selon lequel les routes dans cette région de l'Angleterre – si ces chemins défoncés pouvaient être qualifiés de « routes » – étaient les pires du royaume. Ce n'était cependant pas de la boue qui recouvrait les carrosses, mais du calcaire, qui venait des sentiers creusés de profondes ornières qui remontaient les pentes abruptes des collines en serpentant et redescendaient au fond de la vallée selon un tracé tout aussi traître. On pouvait aisément estimer que c'était dans cette région qu'on se déplaçait le plus lentement, que ce soit en carrosse, en chariot, ou même à cheval. Heureusement, le paysage était assez pittoresque pour offrir, peu importe le moment de l'année ou la saison, une distraction pendant un voyage inconfortable, sauf peut-être lors d'un déluge, quand cochers, voyageurs et bêtes de somme étaient tous incapables de voir à plus d'un mètre devant eux.

Les carrosses avaient été dételés et on s'était empressé de rincer le calcaire collant pour éviter qu'il brûle le vernis. Puisque les bagages avaient été descendus du toit, Christopher estima que les voyageurs étaient arrivés la veille, au crépuscule. Ce qui valait mieux, car ainsi, cela leur avait donné, à eux, aux cochers, aux éclaireurs et aux chevaux, la nuit pour se remettre de leur voyage. Peu importe la distance parcourue depuis le dernier changement de chevaux, que ce soit cinq ou dix kilomètres, un déplacement dans les Cotswolds demandait une bonne dose de courage et de patience.

Christopher devait mobiliser entièrement ces deux qualités depuis qu'il avait reçu une note, aux premières lueurs du jour, lui demandant de se présenter à Abbeywood après le petit déjeuner. Mr. Philip Audley, secrétaire de Sa Grâce de Roxton, le convoquait immédiatement. Luke lui avait apporté la note, et à en juger par ses lèvres pincées et son regard, le jeune valet de pied ne se réjouissait pas de l'agitation provoquée par l'arrivée de citadins titrés, sans parler du désagrément qu'il devait lui-même subir en partageant sa chambre avec un ou plusieurs domestiques greffés à ces nobles maîtres.

Christopher descendit de son cheval dans la cour pavée, juste devant les écuries, et tendit les rênes à Luke, qui mena silencieusement les deux chevaux dans leurs stalles. Il y avait de l'animation tout autour d'eux. Les garçons d'écurie et les éclaireurs invités s'occupaient d'une écurie pleine de chevaux qu'ils devaient nourrir, faire boire et panser, tandis que le maréchal-ferrant du coin vérifiait tous les fers. Christopher trouva le premier valet d'écurie de la ferme en pleine conversation avec l'un des cochers invités. Le valet d'écurie assura à l'écuyer qu'on s'occupait bien de tout et de tout le monde ; chevaux, éclaireurs et cochers avaient tous un endroit où dormir et on leur avait donné de quoi boire et manger. Christopher lui accorda l'autorisation de servir trois litres de cidre aux hommes au moment du souper, et de faire venir quelques jeunes hommes du village en renfort pour curer les écuries, nettoyer les harnais et les selles et préparer les carrosses pour la suite de leur voyage, dans… combien de jours ?

Le cocher invité répondit à la question de Christopher : Sa Seigneurie resterait deux nuits de plus à Abbeywood pour faire une pause dans son voyage, puis il reprendrait la route vers sa destination finale – la ville thermale de Cheltenham.

Christopher passa encore quelques minutes avec les invités pour discuter de leur traversée du vallon, puis il rejoignit, à contrecœur, son bureau de régisseur. Il espérait que Mr. Audley ne l'y attendait pas. Une utopie, tout comme son espoir que le secrétaire au zèle excessif s'était découvert un soupçon d'humilité et d'intelligence depuis sa dernière visite.

— Vous avez enfin réussi à vous joindre à nous, Mr. Bryce, annonça le secrétaire de Sa Grâce de Roxton, déclarant cette évidence d'une voix teintée de cette pointe de supériorité acerbe qui faisait grincer Christopher des dents.

Ce dernier lança un coup d'œil à Timothy Deed, qui était assis à sa place à un bout du bureau ; la pile de registres placée devant lui était si haute qu'on ne voyait que ses yeux. Christopher n'avait pas besoin d'en voir plus ; le petit homme haussa ses sourcils épais avant de les froncer, trahissant ainsi ses pensées et faisant sourire Christopher. Il se demanda pendant combien d'heures Timothy avait déjà dû endurer la présence du pompeux Philip Audley.

— Y a-t-il quelque chose qui vous amuse et que vous aimeriez partager avec nous ? s'enquit Philip Audley d'un ton si excessivement poli qu'il visait clairement à le rabaisser.

— Pas avec vous, Mr. Audley. Avez-vous fait bon voyage ?

Cette question triviale déconcerta le secrétaire et lui fit oublier ce à quoi il pensait, ce qui était l'objectif de Christopher.

— Comment ? Mon voyage ? Que voulez-vous savoir de mon voyage ?

— À en juger par les deux carrosses dans la cour, j'imagine que votre derrière a pu se permettre le luxe de sièges en velours… ?

— M-mon… *derrière* ? Je ne compr…

Mr. Deed renâcla derrière les registres.

— Votre postérieur…

— Je sais ce qu'est un derrière ! s'exclama le secrétaire avant de se secouer comme s'il essayait de se débarrasser d'un mauvais goût dans la bouche. J'oublie toujours à quel point vous êtes directs, vous les provinciaux. Vous n'estimez peut-être pas que c'est le comble des mauvaises manières que de mentionner certaines parties de l'anatomie de façon aussi indigne, mais pour ceux d'entre nous qui résident dans des régions plus civilisées et parmi des gens plus civilisés…

— Êtes-vous en train d'insinuer que Lady Mary est incivilisée, Mr. Audley ? Madame qui est la fille de la comtesse de Strathsay, une femme tellement à cheval sur le respect des conventions. Vous devriez avoir honte.

— Je ne faisais aucune insinuation aussi désobligeante à propos de madame !

— Bien. Ne prétendez pas la connaître. Vous disiez donc, à propos de votre derrière… ?

Timothy Deed plaqua rapidement une main sur sa bouche pour réprimer un deuxième renâclement d'hilarité. Mais puisque Christopher avait une expression parfaitement neutre, le secrétaire supposa que l'écuyer se montrait simplement provincial, et il dit donc en reniflant et en levant son menton au-dessus de son jabot en lin :

— Naturellement, j'ai pu m'installer à l'intérieur, dans le premier carrosse, avec Leurs Seigneuries. Ce qui est légitime pour un représentant de Sa Grâce de Roxton.

— Quelle immense chance pour les autres occupants du carrosse, qui ont pu profiter de votre bonne compagnie pendant le voyage. Malgré tout, je préfère une selle et de l'air frais. Quant aux autres représentants de Leurs Seigneuries… ? demanda Christopher, connaissant le penchant du secrétaire pour les détails sociaux sans importance qui élevaient son statut au-dessus de l'ordinaire. Relégués au deuxième carrosse… naturellement ?

— La femme de chambre de Lady Fitzstuart a voyagé avec nous, car le deuxième carrosse était pleinement occupé par le valet de Lord Shrewsbury, le mien et celui de Lord Vallentine, qui avait beaucoup de bagages quand nous nous sommes arrêtés pour le prendre à l'auberge The Two Greyhounds, expliqua Philip Audley, comme si ces détails intéressaient qui que ce soit.

Christopher hocha la tête d'un air solennel. En l'occurrence, il était cette fois-ci intéressé par le penchant du secrétaire pour les infimes détails sociaux. Il avait obtenu toutes les informations dont il avait besoin, sans avoir eu à l'interroger directement. À présent, il savait non seulement que le chef des services secrets, Lord Shrewsbury, faisait partie des invités, mais également qu'il était accompagné de sa petite-fille, Lady Fitzstuart, épouse du frère de Lady Mary, le commandant Lord Fitzstuart. Il était impatient de les rencontrer ; la perspective d'être enfermé avec Audley pendant des heures alors qu'il pouvait faire leur connaissance le poussa à sacrifier son pauvre assistant aux inepties administratives d'Audley.

— Si vous n'avez plus besoin de moi, Mr. Audley, je vous laisse entre les bonnes mains de Mr. Deed.

— Non ! Non, je n'en ai pas fini avec vous. Loin de là ! Sa Grâce m'a envoyé ici avec une liste de questions. J'ai moi-même également quelques questions et vous, Mr. Bryce, devrez y répondre jusqu'à ce que je sois satisfait. J'insiste pour que vous restiez ici jusqu'à ce que j'aie rempli mon devoir auprès de mon employeur, et que vous ayez rempli vos obligations de régisseur. Me suis-je bien fait comprendre, monsieur ?

Timothy Deed regarda le secrétaire aux lèvres pincées, puis son employeur, et il sut qui allait gagner ce bras de fer avant même qu'il ne commence. Mr. Bryce gagnait toujours, même quand le secrétaire se pensait victorieux. L'écuyer affichait clairement ses intentions : il n'avait pas enlevé son pardessus et ne s'était pas avancé dans la pièce, se contentant de rester à l'entrée, devant la porte entrouverte. Mr. Deed sourit pour lui-même et baissa les yeux sur la pile de registres, les oreilles grandes ouvertes, comme d'habitude.

— Parfaitement, Mr. Audley. Mais quelle est l'urgence ? demanda Christopher d'un ton neutre qui dissimula sa surprise face à la note de désespoir dans la voix du secrétaire, tapie juste sous la surface de son dédain. Puisque nous pouvons profiter de vos observations remarquables pendant toute la semaine, les questions de Sa Grâce peuvent assurément attendre une heure plus tardive, voire un autre jour, non ?

Il n'était pas rare que Christopher tourmente le petit homme à la perruque courte soignée et à la tenue austère et immaculée, mais il fallait généralement plusieurs heures, parfois toute une journée, pour que le secrétaire s'énerve. Et même dans ce cas, Audley embrassait sa cause de façon tellement convaincue et bornée qu'il prenait souvent les réponses provocantes de Christopher pour celles d'un imbécile et se contentait alors de répéter ses questions en parlant plus fort, comme si l'écuyer était également dur d'oreille. Ceci poussait invariablement Christopher à revenir à des réponses monosyllabiques, ne serait-ce que pour mettre un terme à l'entretien le plus rapidement possible. Mais pas cette fois-ci. Mr. Philip Audley était troublé depuis le début, ce qui intriguait Christopher.

— Je suis au regret de vous annoncer que je ne peux pas rester toute la semaine. J'ai des affaires – enfin, les affaires de *Sa Grâce* – à régler ailleurs...

— Ailleurs ? Où ? À l'évidence, il ne peut rien y avoir dans un rayon de trente kilomètres autour d'Abbeywood qui pourrait intéresser le duc, si ?

— Monsieur ! Vous ne connaissez pas les pensées de Sa Grâce, et ses affaires non plus, vous ne pouvez donc pas savoir...

— C'est vrai. Mais je connais la région, et il s'agit de mon territoire, pas du sien. Si le duc a des affaires à régler ici, j'ai donc le droit de savoir de quoi il s'agit.

Le secrétaire ouvrit et ferma la bouche pendant quelques secondes, mais n'articula aucun mot. Incapable de lui fournir une réponse, il s'empara de son agenda, ouvert sur le bureau devant lequel il s'était assis, et fixa sa propre écriture sans pouvoir la déchiffrer. Il marmonna une réponse, quelque chose à propos d'un rendez-vous à Stroud avec un individu dont Christopher n'avait jamais entendu parler et au sujet de quelque chose sur lequel le secrétaire ne pouvait pas s'étendre, car l'objectif de ce rendez-vous se trouvait dans une lettre cachetée que seul cet individu devait lire. Il se racla la gorge et continua :

— Si vous voulez bien me donner la clé du chariot à thé, je m'assurerai de la transmettre à Mrs. Keble.

Christopher fronça les sourcils face à la tournure soudaine que prenait la conversation, déconcerté par sa demande. Le secrétaire l'avait formulée comme s'il s'agissait de la chose la plus naturelle au monde, ce qui n'était pas le cas, et les trois occupants du bureau le savaient.

— La clé du chariot à thé ? Quel intérêt cette clé pourrait-elle avoir pour vous ?

— Elle ne m'intéresse pas, Mr. Bryce ! s'emporta le secrétaire. Mrs. Keble a demandé cette clé, que vous allez donc me donner…

— Non. Mrs Keble n'a aucun droit de vous faire part de ses plaintes et de ses demandes.

— Elle n'a rien fait de tel ! Enfin, il ne s'agissait pas d'une plainte. Il faut du thé pour les invités…

— Lady Mary a un double des clés, qu'elle seule est autorisée à utiliser. Mrs. Keble le sait, elle est au courant depuis deux ans, et vous aussi. Bien, si tous vos besoins immédiats sont insatisfaits, Mr. Deed pourra vous aider pour…

— Mr. Bryce, je suis un représentant de Sa Grâce, vous allez donc me donner cette clé, sinon…

Christopher fit un pas vers le secrétaire, qui battit instinctivement en retraite derrière le bureau et leva son agenda devant sa poitrine tel un bouclier.

— Sinon quoi, Mr. Audley ? Vous me la prendrez de force ? J'en doute. Si je vous ai donné l'impression de vous traiter comme un lombric, sachez que si Sa Grâce le très noble duc de Roxton se tenait devant moi et formulait la même demande, la réponse serait la même. (Christopher esquissa un minuscule sourire.) Néanmoins, je me montrerais peut-être un peu plus *poli*. Mr. Deed ! Si vous avez besoin de moi dans l'heure à venir, je serai dans le jardin clos, où il me semble que Lady Mary prend l'air en ce moment même.

Sur ce, Christopher tourna les talons et les quitta, les basques de son lourd pardessus bruissant contre ses jambes bottées. Le secrétaire faisait la moue, et Mr. Deed poussa sur ses genoux arthritiques pour se lever derrière la montagne de registres tout en tendant l'oreille pour vérifier s'il parvenait à entendre des voix derrière la fenêtre qui donnait sur le jardin clos. Il ne voyait que deux jardiniers et ne pouvait pas les entendre, et encore moins voir ou entendre madame. L'assistant du régisseur se rassit, s'interrogeant pour la énième fois sur l'omniscience de l'écuyer quand il était question de Lady Mary.

En effet, Mary prenait l'air. Elle se promenait sur le chemin de gravier parallèle au mur sud, où un jalap de plusieurs années s'étirait sur un treillis fixé aux pierres sèches, ses fleurs rouges toutes rassemblées au sommet. Dans cette partie du jardin clos se trouvaient une serre et un verger composé d'orangers, de pêchers et d'abricotiers. De l'autre côté du chemin, il y avait des parterres de phlox rose pâle odorant, d'asters bleu barbeau et de pâquerettes bleu lavande. Les couleurs et les senteurs automnales étaient partout.

Derrière ces parterres, il y avait les ruches de Mary, et plus loin, le grand potager qui fournissait la maison en légumes et herbes aromatiques ; les parcelles s'étendaient jusqu'à la boulangerie et la cidrerie à l'arrière de la cuisine. Quatre jardiniers étaient penchés sur les parcelles, tandis que deux bonnes rassemblaient les produits dans des paniers en osier pour les apporter à la cuisinière. Une autre domestique récupérait des œufs dans le poulailler. La laiterie était juste derrière un muret de séparation, quelques mètres après un portail.

Dans cette partie du domaine, il y avait autant de domestiques qui accomplissaient leurs tâches quotidiennes que dans la maison, mais les jardins donnaient néanmoins à Mary une impression de tranquillité qu'elle n'aurait jamais pu retrouver à l'intérieur. De son vivant, Sir Gerald ne s'aventurait jamais ici, car il considérait qu'il s'agissait du domaine de ses domestiques, qu'un gentleman n'avait rien à y faire. Il n'avait même jamais été tenté par une promenade dans le jardin à la française, avec ses haies et ses topiaires. S'il n'était pas dans sa bibliothèque, dans la salle à manger ou dans son lit, il chassait, s'entraînait au tir ou parcourait son territoire de seigneur féodal sur sa monture.

Mary avait donc pu faire ce qu'elle voulait avec les parcelles d'herbes, de légumes et de fleurs, les chemins géométriques, ses abeilles, les poulets et la laiterie. C'était entre ces hauts murs de pierre qu'elle s'installait toujours, au soleil ou à l'ombre en fonction de la saison, pour lire ses lettres sans être interrompue.

Elle avait emmené son invitée dans cette partie du jardin non seulement parce qu'il s'agissait de son endroit privé préféré, mais également parce qu'il n'y avait aucune marche pour y accéder et que c'était au plus proche de la maison ; il s'agissait donc d'une promenade aisée. Mais surtout, elles étaient sorties parce que Mary sentait que sa belle-sœur avait quelque chose d'important à lui dire, et elle ne voulait pas que les autres surprennent leur conversation. Elle se demandait si cette dernière n'avait pas reçu une lettre de son frère de la Barbade, avec des nouvelles de leur père, mais elle ne spécula pas. À vrai dire, elle arrivait à peine à réfléchir, ou à croire que sa belle-sœur était venue jusqu'à Abbeywood.

Mrs. Keble l'avait surprise la veille au soir en lui annonçant que deux carrosses venaient de passer le portail. Evelyn, fraîchement rasé et peigné, ressemblant plus à celui qu'il était avant qu'à un spectre, avait bondi de son fauteuil près du feu, où ils jouaient aux échecs. Il n'était pas du tout surpris. Il avait annoncé que Lord Shrewsbury arrivait enfin, et qu'il était temps. Et si on avait bien embauché des habitants du village en renfort, répondu aux demandes de provisions de la cuisinière, aéré, dépoussiéré et préparé les chambres des invités pour que Mary ait l'impression qu'Abbeywood était prête à en recevoir, personne n'avait envisagé que l'un d'eux serait incapable d'emprunter l'escalier pour rejoindre sa chambre au premier étage.

Mary, qui n'avait aucun lit à proposer à Lady Fitzstuart au rez-de-chaussée, était mortifiée. Mais puisqu'ils ne restaient que trois nuits et qu'elle pouvait s'appuyer sur le bras de son grand-père, la jeune Lady Fitzstuart lui avait assuré, avec un sourire gentil et sincère, que ce n'était pas grave du tout. Rory aurait seulement aimé que son époux soit avec elle, et non dans les Caraïbes. Il aurait pu aisément la porter dans l'escalier, comme il l'avait fait pendant leur premier mois de mariage, qu'ils avaient passé à Fitzstuart Hall, foyer ancestral des comtes de Strathsay. Elle espérait qu'à son retour, la chaise élévatrice qu'ils avaient commandée serait déjà installée dans sa nouvelle maison.

Ils avaient tous répondu par des murmures d'approbation appropriés, car ils ne voulaient pas contrarier une jeune femme qui était mariée depuis à peine deux mois quand son mari avait été obligé de la quitter pour une longue période. Et personne ne souhaitait partager ses suppositions sur une éventuelle date de retour du commandant Lord Fitzstuart. Néanmoins, Lord Shrewsbury avait répondu à la question que tout le monde se posait : ils n'avaient pas de nouvelles, n'avaient pas reçu de lettre de la part du commandant. Par respect pour ces dames, Lord Shrewsbury avait changé de sujet.

Teddy avait attendu d'avoir souhaité une bonne nuit à l'assistance et d'être arrivée avec sa mère au pied de l'escalier, où l'attendait sa nurse, pour l'interroger à voix basse et d'un ton inquiet sur le boitement prononcé de Lady Fitzstuart et sur son besoin de s'appuyer sur une canne pour se déplacer. Elle se demandait si sa nouvelle tante était blessée ; Mary lui avait expliqué que la femme de son oncle Dair était née avec un pied tordu, mais que ce désagrément était si minime qu'il n'atténuait ni sa nature douce et gentille ni sa beauté, n'est-ce pas ? Teddy avait approuvé, ajoutant que tante Rory, comme Lady Fitzstuart avait demandé à Teddy de l'appeler, était aussi jolie et délicate que l'une des précieuses figurines en porcelaine de sa grand-mère.

La tante Rory de Teddy était justement en train d'utiliser sa canne et de s'appuyer légèrement sur le bras de Mary lors de leur agréable promenade entre les parterres de fleurs, dans l'air vivifiant du matin. Les deux ladies portaient chacune un manteau court, un châle en laine recouvrant leurs épaules, des gants en cuir de chevreau souple et des bottines sous leurs jupons piqués.

— Vous devez être déçue de ne pas nous accompagner à Cheltenham cette année, milady.

— Mary. Je serai toujours Mary, et vous serez toujours Rory. Vous avez épousé mon frère, ce qui fait de nous des sœurs à présent, déclara Mary avec un sourire en plaçant sa main sur celle de Rory. Je n'ai jamais eu de sœur, je suis donc très heureuse que ce soit maintenant le cas.

— Je n'ai jamais eu de sœur non plus ! Et même si j'aime énormément mon frère, je rêvais parfois d'avoir une sœur à qui me confier, sur tous ces petits sujets que les frères – les hommes – ne peuvent pas maîtriser. Mais puisque je n'avais même pas de mère vers qui me tourner, le pauvre Harvel a dû m'écouter, il n'avait pas le choix.

Rory lança un coup d'œil à Mary et ajouta avec légèreté :

— Vous avez eu plus de chance, votre mère pouvait vous prêter une oreille attentive.

— Si seulement c'était vrai, déclara Mary de manière brusque, mais sans aucune rancœur. C'est ce que vous devez penser, sinon vous n'auriez jamais dit cela. Mais puisque je suis persuadée que vous êtes aussi intelligente que belle, vous devez savoir comment est ma mère, même si vous ne la connaissez que depuis peu de temps. Quant à ce que vous ne savez pas ou ne comprenez pas à son propos, Dair a dû vous le confier.

— Oui. En effet. Je n'aurais pas dû prétendre le contraire. Pardonnez-moi.

— Il n'y a rien à pardonner. Vous vouliez être polie, ou éviter de me vexer. Mais dans la famille Fitzstuart, nous avons toujours été directs – ou au moins, francs au point parfois d'en devenir vexants. Certains nous pensent insensibles, ce qui ne pourrait pas être plus éloigné de la vérité. Je pense que notre triste enfance nous a rendus plus enclins à la vexation, mes frères et moi. C'est pour cela que vous, qui connaissez mon frère et l'aimez énormément, avez voulu épargner mes sentiments.

Mary sourit quand un souvenir lui revint, ses yeux lavande s'illuminant soudain, et elle ajouta avec ironie :

— Dair répondait à la douleur avec ses poings ; Charles se repliait dans ses livres ; et moi… ? Je restais silencieuse et obéissante – une réaction assez lâche, j'imagine, mais au moins je gardais mes opinions et mes sentiments pour moi. (Mary s'arrêta et fit face à Rory.) C'est à vous de me pardonner, cette fois-ci. Vous avez raison, je suis un peu vexée que ma mère ne veuille pas de moi à Cheltenham. Dans n'importe quelles autres circonstances – et je sais que vous ne me prendrez pas pour une fille irrespectueuse si je dis cela –, sa mise à l'écart m'aurait soulagée. Mais il faut que je lui envoie Teddy toute seule. Ce ne sera pas notre première séparation toutefois. J'ai dû la laisser ici avec sa nurse à de nombreuses reprises sous les ordres de mon mari, et elle n'a pas pu se joindre à nous pour votre mariage à Treat… Je n'empêcherai donc pas Teddy de rendre visite à sa grand-mère. J'accepte plus facilement la séparation en sachant qu'elle part avec vous.

— Oh, quand Alisdair m'a confié que nous partagions le même penchant pour l'honnêteté brutale, j'ai su que nous serions de bonnes amies en plus d'être sœurs ! répondit Rory avec un sourire éclatant. Je pensais qu'il était ironique, mais je comprends maintenant que votre frère vous connaît bien. Je suis très contente que Lady Strathsay ait demandé à grand-père de récupérer Teddy en chemin et de l'emmener à Cheltenham avec nous, car cela nous aura donné l'occasion de mieux faire connaissance et m'aura permis de rencontrer Teddy chez elle. Cela dit, je dois admettre que je connais déjà un peu votre fille grâce à Alisdair, qui est très fier de sa nièce. Il semblerait qu'elle et son oncle partagent le même amour de l'extérieur. Je me demande comment elle va tenir le coup, si elle est confinée dans une maison de ville avec sa grand-mère pour seule compagnie…

— Cette idée me dérange aussi, rumina Mary avant de ravaler ces peurs indésirables et d'ajouter d'un air joyeux forcé : Je suis sûre que ma mère la fera sortir. Lady Strathsay aime être vue, après tout. Et Teddy sait se tenir, surtout quand elle porte un corset à baleines et des cerceaux. Et vous, est-ce que vous allez à Cheltenham pour une raison particulière ? continua-t-elle, reprenant leur promenade et changeant habilement de sujet, car parler de sa mère avait toujours le don de la troubler. J'espère que vous ne vous rendez pas en ville parce que votre grand-père est malade – ou que vous êtes vous-même souffrante ?

— Oh, non ! Nous – grand-père et moi – allons très bien. Mon frère et son épouse y séjournent pour la santé de Silla. Dans l'absolu, elle n'est pas malade. La grossesse est un état parfaitement naturel, et les médecins assurent que la sienne avance bien. Seulement, Silla a des envies et des besoins de plus en plus... *particuliers*. Harvel veut la satisfaire et fait tout son possible pour qu'elle ne reçoive que le meilleur, dans tous les domaines. À force, il s'épuise. Grand-père et moi voulons lui remonter le moral. Et pour être honnête, cette distraction sera la bienvenue, même s'il s'agit d'écouter les exigences et les peurs irrationnelles de Silla.

— Oui. Je comprends – autant les angoisses de votre frère que les vôtres... Surtout les vôtres, car je sais que vous devez désespérément attendre d'avoir des nouvelles de Dair. Est-ce que vous avez reçu la *moindre* nouvelle depuis que nous avons appris qu'il était bien arrivé ?

Quand Rory fit non de la tête, Mary continua avec une assurance feinte, qu'elle se força à adopter en espérant dissimuler son angoisse :

— Une autre lettre plus détaillée arrivera bientôt. Dair n'a jamais été un rédacteur de lettres très prolifique, mais c'est à vous qu'il écrira en premier, car il vous aime très fort.

Rory hocha vigoureusement la tête, le menton baissé et les yeux rivés sur le chemin de gravier. Mary ne voyait pas le visage de sa belle-sœur, dissimulé sous son bonnet. Et puisqu'elle restait silencieuse, elle se dit qu'elle était peut-être en train de pleurer.

— Oh, ma chère, je vous ai contrariée, ce n'était pas mon intention !

Rory releva la tête pour que Mary puisse voir son expression. Loin d'être contrariée, elle souriait jusqu'aux oreilles et ses yeux bleu clair brillaient d'un tel éclat que Mary battit des paupières. Mais elle n'eut pas le temps de réfléchir à la raison pour laquelle Rory rayonnait, même si elle s'étonnerait elle-même plus tard de son manque de jugeote.

— Oh, Mary, je suis tellement heureuse ! Je voulais vous écrire, mais avoir l'opportunité de vous le dire de vive voix, de vous le dire à vous en premier, c'est tellement mieux ! Je ne l'ai dit à personne, que ce soit grand-père, Harvel, ma marraine la duchesse, et encore moins Silla, car elle m'en veut encore de lui avoir volé la vedette en épousant Alisdair.

— Lady Grasby est une oie égocentrique et sotte, déclara Mary, agacée, les mots lui échappant avant qu'elle ne puisse s'en empêcher. Oh, Rory, je...

— Je suis d'accord avec vous. Grand-père aussi, et Harvel. Mais nous devons faire de notre mieux pour la supporter. Qu'elle soit enfin enceinte – d'un héritier, espérons-le – a beaucoup aidé à apaiser mon grand-père en sa compagnie. Il aimerait, comme nous tous, qu'elle donne naissance à un garçon, pour succéder à Harvel à la tête du comté.

— Oui. C'est ce qui importe le plus. J'espère que ce sera un garçon, pour la tranquillité d'esprit de Lord Shrewsbury... Mais je vous ai interrompue. Que vouliez-vous que je sois la première à savoir... ?

Rory gloussa face à l'air interrogateur et sérieux de Mary, qui ne comprenait visiblement pas du tout à quoi elle faisait allusion. Mais elle réprima rapidement son exubérance, car elle ne voulait pas paraître suffisante, et répondit d'une voix calme :

— Je pense que je ne le dirai à Alisdair qu'à son retour, car même si cette nouvelle le comblera de joie, il s'inquiéterait inutilement pour moi. Il a déjà assez de préoccupations à la Barbade. Et puis, il ne peut rien faire d'aussi loin, quel intérêt aurait-il à s'inquiéter ? Mais les époux ne peuvent pas s'en empêcher, n'est-ce pas ?

Rory se pencha vers Mary, comme si elle ne voulait pas qu'on surprenne leur conversation, et lui dit avec un immense sourire :

— Je sais que c'est très égoïste et espiègle de ma part, mais je veux attendre de lui faire la surprise à son retour, pour pouvoir voir sa réaction de mes propres yeux. Mary. Oh, Mary. N'avez-vous pas deviné ? Je suis enceinte.

La surprise et le choc de Mary confirmèrent ce que pensait Rory ; sa belle-sœur n'avait aucune idée de ce qu'elle allait lui annoncer. Mais la stupeur de Mary fut immédiatement remplacée par une expression de bonheur. Elle attira Rory dans ses bras, si folle de joie qu'elle dut cligner des yeux pour chasser ses larmes soudaines. Rory répondit à la question la plus importante sans qu'elle ait besoin de la poser :

— Je suis enceinte de quatorze semaines, je suis donc aussi sûre que possible que le bébé est là pour rester.

— Dair va être aux anges ! Et je suis honorée que vous ayez choisi de vous confier à moi en premier.

— J'espère que cela vous honorera également : j'aimerais vraiment que vous soyez la marraine de notre enfant...

Mary poussa une exclamation de surprise.

— Vraiment ? Moi ? La marraine ?

Rory hocha la tête.

— Bien sûr. Je sais qu'Alisdair voudrait la même chose. Je vous en prie. Vous devez dire oui.

— Oh, oui ! Oui !

Rory sourit et embrassa la joue empourprée de Mary.

— Bien. Je suis contente que ce soit décidé. Je voulais que notre bébé ait une marraine aussi formidable que la mienne, car je n'aurais pas pu espérer meilleure marraine que la duchesse. Et je sais que vous êtes tout aussi aimante, gentille et sage qu'elle.

Quand Mary retrouva le contrôle de sa voix – elle trouvait les mots de sa belle-sœur excessivement touchants –, elle la remercia et lui demanda :

— Votre famille ne sera-t-elle pas déçue de ne pas apprendre votre nouvelle le plus rapidement possible ?

— Je compte bien leur dire, expliqua Rory. Mais après notre séjour avec Harvel et Silla.

— Vous pensez que Lady Grasby vous accusera encore de vouloir lui voler la vedette ?

— Oh, vous avez tout compris, répondit Rory avec un sourire soulagé. Je ne sais pas pourquoi, mais je savais que vous comprendriez. Et si mon grand-père et mon frère seront ravis d'apprendre cette nouvelle, ils se feront du tracas pour moi, avec les meilleures intentions bien sûr, comme si ma grossesse pouvait m'empêcher d-de… *marcher*. Silla aime être dorlotée, mais moi non.

— Et votre marraine la duchesse… ?

— Je lui écrirai, ainsi qu'aux Roxton, quand je l'aurai dit à ma famille, ce que je ferai lors de notre dernier jour à Cheltenham. Mais il y a une autre personne à qui je vais devoir le dire quand j'annoncerai ma bonne nouvelle à tout le monde, et ce le plus rapidement possible, sinon elle ne se remettra jamais de cet affront. J'espère que vous pourrez me conseiller pour que, lors de mon annonce, elle fasse un minimum de tapage…

— Vous parlez de ma mère.

— Oui. Il faut que je le dise à Lady Strathsay. Mais malheureusement, je suis persuadée que quand elle saura pour ma grossesse, je n'en finirai pas d'entendre ses bons conseils. Vous ne vous vexerez pas, très chère Mary, si je vous dis que Sa Seigneurie me prodigue de nombreux conseils indésirables depuis que j'ai épousé son fils.

Mary soupira, et apercevant le banc sous la tonnelle de roses juste devant elles, elle y conduit Rory et s'y assit avec elle.

— Voulez-vous réellement mes conseils ? demanda-t-elle à sa belle-sœur.

— Oui, vraiment.

— Dans ce cas, je vais vous conseiller ouvertement, et de façon objective. N'annoncez surtout pas votre merveilleuse nouvelle à ma mère pendant que vous êtes à Cheltenham, commença Mary sans ménagement. Vos inquiétudes sont légitimes. Quand elle saura que vous êtes enceinte, ses conseils, pour ce qu'ils valent, seront intarissables. Je suis désolée de brosser un tableau aussi morne, mais vous devez me croire. Et tant que Dair ne sera pas rentré pour de bon, je vous conseillerais de retourner vivre chez votre grand-père, où vous serez bien plus à l'aise. Vous pourriez utiliser la culture de vos précieux ananas comme excuse pour retourner chez les Talbot, mais ma mère considérera qu'il ne s'agit que d'un caprice. Utilisez donc la chaise élévatrice de la maison comme excuse. Ce qui n'est d'ailleurs pas vraiment une excuse, mais une nécessité future ; plus votre bébé va grandir, plus la pression sur vos chevilles sera importante. Une femme à un stade avancé de sa grossesse n'est jamais très stable quand elle est debout, elle rencontre donc des difficultés pour monter et descendre les escaliers, avec ou sans canne. Si vous faisiez une chute, nous nous sentirions tous éternellement coupables, et ma mère deviendrait encore plus odieuse.

— C'est une excellente idée, approuva Rory. Je n'ai même pas besoin de déformer la vérité, et Harvel sera ravi que je sois à la maison. Surtout avec l'arrivée de son bébé ; je suis persuadée que Silla ne va pas l'allaiter, qu'elle le confiera à sa nurse dès qu'il commencera à s'agiter. Cela me permettra donc de passer du temps avec ma nièce ou mon neveu, ce qui me sera parfaitement utile, car je ne sais rien sur les bébés de manière générale.

Elle regarda furtivement Mary et lui demanda à voix basse :

— Lady Strathsay a-t-elle pris soin de vous quand vous étiez enceinte de Teddy ?

Mary fut parcourue d'un léger frisson.

— Ma mère avait plein de conseils à me donner, mais quand j'avais le plus besoin de son soutien, quand j'ai voulu allaiter mon enfant, elle s'est ralliée à l'opinion de Sir Gerald, qui s'y opposait. Elle disait que j'avais eu le malheur de donner naissance à une fille alors que mon mari avait sérieusement besoin d'un fils, et que la moindre des choses était de ne pas l'incommoder plus longtemps que nécessaire. L'allaitement nous aurait seulement fait prendre du retard, et mon devoir était de retomber enceinte le plus rapidement possible.

Rory, horrifiée, ne put cependant pas s'empêcher de lui demander :

— Et vous avez obéi ?

— Si j'ai obéi ? répéta Mary, s'efforçant de revenir à l'instant présent. J'étais plus jeune que vous, et bien plus naïve. À vrai dire, je pense que j'étais assez sotte. Ou malléable, en tout cas, puisque je ne savais rien.

— Vous ne faisiez que remplir vos obligations conjugales, vous vouliez satisfaire votre mari et votre mère.

Mary sourit et toucha la main de Rory.

— Oui. Vous êtes réellement bien plus sage que moi à votre âge. Et tout le monde le sait, j'ai déçu mon mari, car je n'ai pas eu d'autre enfant au cours de notre mariage. Je n'ai jamais eu d'autre enfant, mais j'ai fait une fausse couche très tôt lors d'une grossesse survenue peu de temps après la naissance de Teddy. Le médecin a évoqué la possibilité que je ne puisse plus tomber enceinte, et c'est ce qu'il s'est passé.

Elle s'interrompit pour pousser un soupir, puis elle chassa rapidement ces pensées mélancoliques en secouant la tête avant de reprendre d'un ton enjoué :

— Mais vous, ma chère sœur, vous êtes maligne et déterminée, et vous ne laisseriez jamais personne vous persuader de faire une telle chose, même si c'était votre époux qui vous faisait une telle demande. Mais Dair est totalement différent de Sir Gerald, et votre mariage ne ressemblera en rien au mien. Vous êtes dans un mariage heureux, et vous serez tous les deux de merveilleux parents aimants.

— Merci, et merci pour la confiance que vous nous accordez. Je ne vais pas m'inquiéter plus que de raison de ne rien savoir sur les bébés, car Alisdair est un bien meilleur parent que ne l'a jamais été son père. Il est tellement doux et patient avec Jamie que je suis sûre qu'il m'apprendra, ou au moins que grâce à lui, je serai moins nerveuse quand je devrai m'occuper d'un nouveau-né. Oh ! Oh, Seigneur ! Je vous ai contrariée, s'excusa Rory quand Mary se redressa, le dos bien droit, les lèvres pincées. Je n'aurais peut-être pas dû mentionner Jamie ? Est-ce un sujet que la famille évite généralement ? Je pensais, comme vous êtes sa sœur et que nous sommes seules dans le jardin, que vous n'y verriez pas d'inconvénient. Si vous pouviez voir Alisdair avec Jamie et ses demi-frères ; ils l'adorent tous, et il sait exactement comment s'y prendre avec le petit dernier de la fratrie ; il sait comment le tenir dans ses bras, comment le réconforter, et il donne l'impression que tout cela est très facile. Il a vraiment un instinct paternel...

— Inutile de me convaincre sur ce point, Rory, l'interrompit Mary à voix basse en fronçant les sourcils, cherchant les bons mots pour exprimer ce qu'elle pensait. Mon frère est un oncle aimant pour Teddy et il a un don avec les enfants. J'applaudis ses efforts pour être un bon père pour Jamie, là où la plupart des hommes qui se retrouvent dans cette situation, surtout à un âge aussi jeune, ne reconnaissent même pas leur progéniture illicite et ne font surtout pas tout leur possible pour faire partie de la famille de la mère. Et il semblerait, selon ce que m'a dit ma cousine la duchesse et après avoir observé les grands-parents Banks à votre repas de mariage, que le garçon grandit dans un foyer convenable et aimant… C'est simplement que Dair ne m'a jamais parlé de Jamie. Je me demande si c'est parce que Sir Gerald condamnait la transparence de Dair par rapport à son fils naturel. Mon mari et ma mère considéraient tous les deux que les Banks ne méritaient pas qu'on leur prête attention. Je ne peux pas en vouloir à mon frère, car il ne connaissait pas mon avis sur la question ; je n'ai jamais pris la parole pour me défendre moi-même, pourquoi l'aurais-je fait pour lui ? C'est pour cette raison que je me demande ce qu'il peut bien penser de moi. Voyez-vous ce que je veux dire ?

Rory pencha la tête sur le côté, réfléchit un instant et sourit.

— Oui. Je pense comprendre. Dair a de l'admiration pour vous, vous savez.

Mary éclata de rire en entendant cette révélation.

— Vraiment ? Dair m'admire, moi ? Comment est-ce possible ? Je ne suis qu'une souris alors que lui est un lion !

— Même les souris peuvent effrayer les créatures les plus grandes et les plus féroces, les pousser à la soumission. Non pas qu'il ait peur de vous, mais il admire votre sang-froid.

— Mon… *sang-froid* ?

Mary croyait Rory, mais elle ne croyait pas à l'existence de cette qualité chez elle.

— Bigre ! Je n'en avais aucune idée. Nous sommes de bien étranges créatures. Malheureusement, nous n'avons jamais discuté de nos sentiments ou de l'admiration que nous ressentons l'un pour l'autre, ce qui arrive parfois entre frères et sœurs, en particulier ceux qui ont vécu ensemble peu de temps. J'avais douze ans, Dair en avait dix et Charles huit quand nous avons quitté notre salle de classe commune de Fitzstuart Hall. Les garçons sont partis à Harrow et je suis allée vivre à Treat avec mes cousins. (Elle sourit et serra les mains gantées de Rory.) Mais depuis que je suis veuve, j'apprends à mieux exprimer mes propres pensées et opinions, ce que je viens de faire avec vous à propos de ma mère et de mon époux ; ce sont des choses que je n'aurais jamais osé dire à voix haute quand j'étais mariée, car j'aurais eu l'impression d'être déloyale envers eux deux.

— Je me permets une question : si votre mère vous a déconseillé d'allaiter Teddy, est-ce que cela signifie qu'elle n'a nourri aucun de ses enfants au sein ?

— Comment ? Ma mère, allaiter un enfant ? (Mary poussa un grognement disgracieux qui provoqua un grand sourire chez Rory.) Je vous en prie, si vous souhaitez allaiter, ne la laissez pas vous convaincre du contraire. Si j'avais un jour la chance de me remarier et d'avoir un autre enfant, je ferais comme je l'entends…

— Vous allaiteriez donc ?

— Certainement. N'est-ce pas la chose la plus naturelle au monde pour une mère que de vouloir nourrir son propre enfant ?

Rory poussa un petit soupir de soulagement et ses épaules se relâchèrent.

— Oh, bien. Je suis vraiment soulagée que nous soyons d'accord, car si Silla refuse d'allaiter et que d'autres personnes, comme elle, préfèrent faire appel à des nourrices, j'en serais incapable. Je veux vraiment allaiter mon enfant.

— Dans ce cas, vous devez le faire, et ne laissez personne vous faire changer d'avis. Dair soutiendra certainement votre décision. Je prie seulement pour qu'il soit de retour avant l'heureux événement, mais je suis sûre que ce sera le cas, ajouta précipitamment Mary quand, pour la première fois depuis qu'elles étaient sorties dans le jardin, le sourire de Rory faiblit et laissa place à un air inquiet. Notre mère avait peu de contact avec nous quand nous étions emmaillotés et que nous n'avions pas encore fait nos premiers pas. Mais je comprends pourquoi. Elle a été dans un état de grossesse perpétuelle pendant les quatre premières années de son mariage, et elle en a détesté chaque minute, continua-t-elle pour distraire Rory, pour qu'elle arrête de se demander quand son mari pourrait bien rentrer de la Barbade. Bien qu'aucune de ses grossesses n'ait été particulièrement pénible. Quand nous avons atteint l'âge de quitter la nursery, où elle se rendait rarement, et que nous avons été pris en charge par nos gouvernantes et tuteurs, elle surgissait parfois dans notre salle de classe, inspectait nos lettres, nous écoutait réciter nos leçons, et surtout elle s'assurait que nous apprenions bien les manières et le maintien des nobles enfants. Nous étions tous terrifiés qu'elle se moque de nous, Charles en particulier. Le pauvre Charlie a mouillé sa robe deux fois, car elle l'avait traité de nigaud désespérant parce qu'il n'arrivait pas à faire son addition assez rapidement.

Mary gloussa quand un souvenir précis fit irruption dans son esprit, à propos non pas du pauvre Charlie, mais de Dair.

— Une fois, Dair s'est enfui par la fenêtre quand on nous a dit que notre mère arrivait. Il ne devait pas avoir plus de sept ans. Je rêvais de le suivre, ce que je n'ai pas fait, bien sûr. Il est resté à l'extérieur tant qu'elle était dans la classe, et nous avons tous prétendu ne pas savoir où il était. Elle n'a jamais soupçonné qu'il était sur le rebord de la fenêtre. Pourquoi l'aurait-elle envisagé, puisqu'il neigeait ? Ce n'est pas par peur que mon frère a risqué de se briser la nuque en montant sur un rebord de fenêtre dangereux du deuxième étage, car, vous le savez, il n'a peur de rien. Il l'a fait par aversion. Vous imaginez – je suis sûre que vous le pouvez ! –, il préférait mourir de froid ou se casser une jambe plutôt que d'écouter notre mère nous faire de grands discours sur les devoirs et les responsabilités de l'héritier d'un comté. Ce n'était qu'un petit garçon, il voulait jouer aux chevaliers avec son frère, grimper aux arbres et monter son poney préféré. Aucun de nous ne savait ce qu'était un comté, et nous ne voulions surtout pas que Dair en ait un !

— Il devait détester qu'on lui fasse la leçon, et encore plus le fait d'être coincé dans une classe !

— Oui. Il lui a fallu deux bains bien chauds pour décongeler, et alors il a déclaré qu'il recommencerait, mais que la prochaine fois il sauterait du rebord, car même en étant dehors avec de la neige qui tombait tout autour de lui, ses dents qui claquaient et ses orteils qui devenaient bleus, il entendait encore la voix moralisatrice de notre mère. Charlie et moi, nous avons bien rigolé. Pauvre Dair !

Malgré le traitement impitoyable et révoltant que la comtesse de Strathsay avait réservé à ses enfants, Mary et Rory commencèrent à rire, tant et si bien que quand leur rêverie fut interrompue, elles eurent toutes les deux besoin de quelques instants pour se reprendre. Les deux femmes se tapotèrent les yeux et plongèrent rapidement leur mouchoir dans leur poche avant de relever la tête pour voir qui les avait rejointes dans le jardin. Le soleil les força à plisser les yeux, et elles ne reconnurent donc pas immédiatement leur visiteur, qui demeurait à l'état de silhouette. Elles se levèrent du banc pour le saluer, et il comprit rapidement leur problème quand les deux femmes levèrent une main gantée pour protéger leurs yeux du soleil. Il s'avança donc dans l'ombre de la tonnelle, et elles le rejoignirent.

Mary sourit à Christopher et fit un pas vers lui pour lui parler et lui présenter sa belle-sœur. Rory ne souriait pas, et elle ne réagit pas lors des présentations. Sa main gantée tenait fermement le pommeau de sa canne, comme si elle avait encore plus besoin de soutien que d'habitude. Ce n'était pas à cause de la fatigue, mais parce qu'elle reconnaissait les traits de l'écuyer, ce qui déclencha en elle un électrochoc violent lui faisant perdre l'usage de la parole. Elle cligna des yeux, persuadée qu'elle se trompait. Mais elle ne se trompait pas. Comment était-ce possible ? Devant elle se tenait un gentleman aux boucles auburn et aux yeux bruns et brillants qu'elle connaissait aussi bien que si ces traits étaient les siens. Et pourtant, en vingt-deux ans d'existence, elle n'avait jamais rencontré cet homme. C'était un étranger, mais elle savait qui il était.

Elle était aussi certaine de s'appeler Aurora Christina Talbot Fitzstuart que du fait que ce gentleman qui discutait avec Lady Mary était un proche parent de la duchesse de Roxton – un cousin ou un frère, mais leur lien n'était pas plus éloigné que cela. La ressemblance était frappante. Deb Roxton et cet homme avaient les mêmes cheveux et les mêmes yeux.

Les deux frères de la duchesse étaient décédés. L'un, l'époux de Lady Mary, Sir Gerald, ne ressemblait pas du tout à sa sœur. L'autre, un musicien, était mort de nombreuses années plus tôt, à Paris, Rory ne l'avait donc jamais rencontré et ne savait pas à quoi il ressemblait. Mais elle avait un troisième frère sous les yeux, elle en était persuadée. Rory se demanda donc si Deb Roxton connaissait l'existence de Mr. Bryce de Brycecomb Hall. Il y avait quelque chose de plus stupéfiant encore, si cela était possible ; Lady Mary devait avoir cette ressemblance criante sous les yeux depuis au moins plusieurs années, alors comment avait-elle pu ne pas se rendre compte du lien de parenté ?

Rory était impatiente d'apprendre à connaître Mr. Bryce.

QUINZE

— Vous avez de la chance de vivre dans une région aussi charmante du royaume, Mr. Bryce, dit Rory avec un sourire quand l'écuyer se redressa après s'être incliné devant elle. Je ne parle pas seulement de la campagne ondoyante dans toute sa splendeur automnale, mais aussi des maisons pittoresques avec leurs petits jardins bordant les chemins du village, qui sont un régal pour les yeux au même titre que les manoirs. Je me demandais pourquoi je les trouvais si jolies, mais j'ai compris que c'est parce que peu importe leur taille ou leur forme, chaque maison est construite avec les mêmes pierres typiques, couleur ananas.

— Couleur ananas ? Je n'ai jamais entendu notre pierre régionale être comparée à un fruit aussi exotique, milady. Vous parlez de la chair du fruit, bien sûr ?

— En effet ! répondit Rory avec un sourire qui creusa sa fossette. Lady Mary pourra vous le confirmer, je suis légèrement obsédée par la culture de l'ananas. Naturellement, ma couleur préférée est le jaune.

Christopher l'observa attentivement, de ses cheveux blond platine ornés de rubans en soie jaunes jusqu'au petit sac crocheté en forme d'ananas qui pendait à son poignet ganté, avant de tourner de nouveau son regard vers ses yeux bleu clair en souriant.

— Si je puis me permettre, cette couleur vous va à ravir.

— Oh, je vous remercie, Mr. Bryce, répondit Rory avec une petite révérence.

Elle jeta un coup d'œil à Mary, qui avait les joues mouchetées de rose et qui n'avait pas une seule fois levé les yeux vers l'écuyer depuis qu'elle avait fait les présentations requises. Lui non plus ne l'avait pas regardée. Rory continua :

— Je me permets à mon tour de vous dire que je suis ravie de faire la connaissance de l'oncle Bryce de Teddy. C'est surtout de vous qu'elle a parlé lors du souper d'hier soir, et de sa visite chez vous. N'est-ce pas, milady ?

— O-oui. C'est vrai. Teddy adore se rendre à Brycecomb Hall.

— S'y rendre et y manger les meilleurs plats du monde entier, selon ses mots à elle, s'enthousiasma Rory. Je ne me souviens pas du nom des plats, mais ils étaient tous d'origine italienne, et si mon grand-père et Lord Vallentine les connaissent, car ils ont vécu à l'étranger, ils sont pour moi tout aussi exotiques que mes ananas.

— Ah ! Rien d'aussi exotique que des ananas, milady, répondit Christopher avec un sourire. Mais je me permets de répondre que, tout comme vous avec vos ananas, je suis légèrement obsédé par tout ce qui est italien. Surtout la nourriture. Ainsi, j'ai toujours comparé la couleur des pierres des Cotswolds non pas à des ananas, mais aux pâtes jaune d'or que l'on mange à Lucques. Et selon ma cuisinière italienne, le secret de leur couleur dorée vient de leur fabrication, pendant laquelle la farine se mélange aux œufs.

— C'est fascinant, répondit Rory avec un enthousiasme sincère.

Elle appréciait l'écuyer et comprenait pourquoi sa petite nièce parlait de lui en des termes aussi affectueux. Il avait un sourire sincère et ses yeux exprimaient de la gentillesse, avec néanmoins un soupçon de tristesse. Mais elle était surtout intéressée, dans l'immédiat, par l'interaction – ou plutôt le manque d'interaction – entre sa belle-sœur et l'écuyer. Ils donnaient l'impression de faire tout leur possible pour ne pas prêter attention à l'autre, ce que Rory trouvait vraiment *très* intéressant. Ayant un esprit romantique, une idée avait germé dans sa tête, idée qu'elle voulait vérifier. Elle essaya donc d'attirer Mary dans la conversation en ajoutant avec une légèreté experte :

— Aimez-vous ces *pastas* jaune d'or autant que Teddy, Mary ?

— Je ne les ai pas encore goûtées, je ne peux donc pas me prononcer.

— Vous ne les avez pas encore goûtées ? *Jamais ?*

Rory exagéra sa surprise en poussant une exclamation théâtrale et en jetant un coup d'œil à Mr. Bryce.

— Mr. Bryce ou Teddy n'ont-ils pas réussi à vous donner envie de goûter les plats de pâtes jaune d'or de cette cuisinière italienne ?

Rory était moins subtile que ce qu'elle pensait, car Mary avait l'étrange impression que sa belle-sœur voulait la pousser à faire une remarque irréfléchie. Le sourire de Rory était presque suffisant, comme si elle avait fait une découverte accidentelle dont elle seule était au courant. Mary espérait que cette découverte n'avait aucun rapport avec ses sentiments indéniables mais confus pour l'écuyer, sentiments qui l'avaient empêché de dormir pendant une bonne partie de la nuit. Elle avait honte d'admettre que plutôt que de se concentrer sur le retour d'Evelyn d'entre les morts et sur ce que cela impliquait pour sa famille, elle était consumée par ce baiser et se demandait si Christopher Bryce voudrait un jour l'embrasser de nouveau.

— Nous pouvons facilement rectifier cela, il vous suffit d'accepter notre invitation à Brycecomb Hall, milady, répondit Christopher, faisant intrusion dans les pensées de Mary avant qu'elle ne puisse trouver une réponse polie qui ne l'engageait à rien. Nous vous avons invitée il y a déjà… combien d'années ?

Mary devint écarlate, comme si l'écuyer pouvait lire dans ses pensées, et oublia qu'ils n'étaient pas seuls, murmurant :

— Vous savez pertinemment pourquoi je n'ai pas pu accepter une telle invitation. Sir Gerald et votre tante…

Christopher soutint son regard.

— Il me semble que c'est ma tante qui vous a envoyé une invitation.

— Que Sir Gerald a refusée pour moi !

Christopher haussa un sourcil, comme pour souligner son point de vue, quand il dit d'un ton neutre :

— Ce devait être il y a bien plus de deux ans, non… ?

Mary continua à le fixer, consciente que Rory, à côté d'elle, les écoutait attentivement avec des yeux écarquillés. Elle se creusait la tête pour trouver une réponse adéquate qui ne la ferait pas passer pour une ingrate, tout en sachant qu'elle avait manqué de considération en laissant l'invitation de la vieille dame expirer sans raison valable. Pour une raison étrange, elle s'était dit qu'en autorisant Teddy à se rendre à Brycecomb Hall quand elle le souhaitait, elle annulait la responsabilité qu'elle avait, en tant que voisine, de leur rendre visite elle-même. Elle qui était si consciencieuse dans ses responsabilités vis-à-vis des métayers et des voisins directs d'Abbeywood Farm, pourquoi évitait-elle de traverser les champs pour rendre visite aux habitants de Brycecomb ? Elle était incapable de répondre à cette question, et plus elle y pensait, plus son manque de considération et sa fuite face à son devoir la rendaient malheureuse.

Le silence dura assez longtemps pour que Christopher s'en veuille d'avoir mis Mary dans l'embarras. Il s'adressa donc à Rory, à la fois pour lui fournir une explication et dans l'espoir de mettre un terme aux souffrances de Mary :

— Ma tante mène une vie solitaire, elle reçoit rarement de la visite. Elle est en bonne santé générale, mais elle perd l'usage de la vue, et – je suis sûr que vous pourrez le comprendre – son handicap de plus en plus lourd a parfois raison d'elle et la rend désagréable.

— Oui, je comprends sa frustration, déclara Rory sans amertume. Tant qu'elle n'accepte pas que la réalité est ainsi, et non comme elle le voudrait, elle restera malheureuse.

— Oh, Seigneur ! Milady, je ne voulais pas… Je ne parlais pas de… dit aussitôt Christopher, mortifié, pâlissant à l'idée d'avoir malencontreusement fait référence à la claudication de Rory, alors qu'il était loin d'y penser. Je parlais de compréhension de façon générale, jamais de la vie je n'aurais évoqué votre…

Il s'interrompit et exécuta une révérence formelle devant Rory.

— Veuillez accepter mes excuses, milady. Je ne supposerais jamais vous connaître assez bien pour me permettre des remarques ou…

— Je vous en prie, Mr. Bryce, inutile de vous excuser, répondit Rory avec un sourire en posant une main gantée sur la manche de Christopher. J'avais compris ce que vous vouliez dire, et je n'ai pas interprété votre remarque autrement. Et pour être tout à fait honnête, je suis soulagée que nous ayons abordé ce sujet. Parler de mon handicap ne me dérange absolument pas. Je suis née avec, je n'ai jamais connu d'autre condition. Mais pour votre tante, qui est née avec une vue parfaite, la perte n'est que plus grande, je comprends donc totalement qu'elle souffre et que son humeur soit changeante. Je suis sûre que les visites de Teddy lui accordent un peu de répit et la divertissent de ses pensées moroses. Maintenant, Mr. Bryce, ajouta-t-elle avec un sourire en tendant une main et en jetant un coup d'œil à Mary, veuillez m'excuser, je vais retourner à l'intérieur. J'ai suffisamment marché ce matin. Mais j'espère vous revoir très bientôt. Lors du petit déjeuner, nous nous disions que s'il ne pleut pas demain, nous pourrions en profiter pour aller pique-niquer. J'aimerais découvrir un peu plus votre belle campagne. Mon grand-père a suggéré que nous visitions l'une de vos fabriques, avec votre permission, bien sûr. Lui – Lord Shrewsbury – et Lord Vallentine étaient très enthousiastes à l'idée de visiter une fabrique de tissu. Aucun d'eux ne l'a jamais fait, et moi non plus. Grand-père m'assure que ces fabriques sont les dernières merveilles de la manufacture moderne. Et comme je m'intéresse à tout ce qui est scientifique et mécanique, j'aimerais beaucoup voir comment ces fabriques exploitent la force de l'eau. (Elle partit d'un petit rire cristallin.) Selon mon mari, ma curiosité insatiable est l'une de mes qualités les plus attachantes. Non, restez, chère sœur, dit-elle à Mary quand sa belle-sœur voulut se joindre à elle. Je suis sûre que vous et Mr. Bryce devez discuter de beaucoup de choses, notamment des préparatifs pour le pique-nique.

Sans leur laisser le temps de la contredire, Rory tourna les talons et s'éloigna. Sa capacité à débiter des banalités la surprenait ; elle avait agi ainsi, car elle venait de faire une autre découverte stupéfiante, peut-être plus encore que la ressemblance troublante entre Mr. Bryce et la duchesse de Roxton. Elle venait de découvrir que l'écuyer et sa belle-sœur étaient amoureux. Elle n'en doutait pas un instant.

Rory se targuait d'être une observatrice exceptionnelle de la nature humaine. À cause de son infirmité, qui l'empêchait de danser, elle avait été invisible lors des réceptions pendant une grande partie de sa jeunesse. Son incapacité à danser lui avait donné le temps et l'opportunité d'observer les gens depuis son siège. Grâce à ses observations, elle en avait beaucoup appris sur ses semblables, sur leurs diverses facettes, et savait reconnaître quand ils étaient heureux, tristes, perdus, offensés, fiers, et surtout, amoureux.

Et si elle était convaincue que l'écuyer était amoureux de Lady Mary, qu'il le savait, et que sa belle-sœur partageait les sentiments de l'écuyer, elle se demandait si Mary se l'était déjà avoué à elle-même. Quand elle était en présence de l'écuyer, sa timidité frôlait la gêne, et quand elle lui parlait, elle était incapable de croiser son regard. Quant à lui, il s'efforçait de ne pas sembler affecté en présence de Mary, mais Rory voyait bien la lueur dans ses yeux marron quand il regardait sa belle-sœur.

Elle fit une pause au croisement des chemins, et avant de prendre celui qui la mènerait dans la maison et hors du champ de vision du couple, elle regarda par-dessus son épaule. L'écuyer remettait le châle sur les épaules de Mary. Il s'était penché pour le ramasser quand il avait glissé dans le dos de Mary, traînant par terre. Il l'ajusta pour s'assurer qu'il ne retomberait pas, et quand Mary se tourna et leva le menton vers lui, ils étaient si proches que Rory retint son souffle, s'attendant à ce qu'ils s'embrassent. Elle était heureuse que son intuition à propos du couple soit confirmée. Mais cet instant d'intimité ne dura qu'une seconde, et le baiser resta en suspens, car un domestique surgit de derrière une tonnelle et se dirigea droit sur eux. Mary se détourna instantanément, la tête rentrée dans les épaules, et fit quelques pas pour mettre de la distance entre eux. Quant à lui, plus lent à réagir car il était encore absorbé par l'instant présent, il laissa son regard s'attarder sur Mary plus longtemps que ne le voulait la politesse, et il ne retrouva ses esprits que quand le domestique répéta son message. Le sourire de Rory s'élargit face à l'égarement de l'écuyer, mais disparut quand, après avoir été conduite dans le petit salon, elle entendit son grand-père dire à Lord Vallentine avec enthousiasme :

— J'avoue que je ne suis pas surpris. Vous n'êtes pas bête. Elle non plus. Vous avez tous les deux une ascendance aussi longue que mon bras, tout le monde verra donc cette union d'un bon œil, à commencer par Roxton, qui soupirera de soulagement, car il n'aura pas à lui trouver un mari ; elle est trop jeune pour rester veuve. Et puis, j'espère que cela vous réconciliera, tous les deux. Après tout, vous faites partie de la même famille, et vous êtes son plus proche cousin au demeurant. Et pour Roxton, il n'y a rien de plus important que la famille. (Il agrippa la main d'Evelyn et la secoua vigoureusement.) Écoutez-moi bien, mon garçon, épouser Lady Mary est la meilleure décision que vous ayez jamais prise. Félicitations.

Quand Christopher fut conduit dans le petit salon, les deux aristocrates étaient de nouveau seuls ; Teddy était venue chercher Rory pour lui montrer ce qu'elle emportait dans sa malle pour son séjour avec sa grand-mère à Cheltenham. Un domestique fut placé devant la double porte pour s'assurer que les trois hommes ne seraient pas dérangés, et quand Christopher refusa une tasse de thé ou de café, Lord Shrewsbury en vint directement au fait :

— Alors, Mr. Bryce de Brycecomb Hall, Lord Vallentine me dit qu'il vous confierait sa vie. C'est un sacré éloge, quand on sait que vous vous êtes rencontrés avant-hier seulement. Mais vous avez toujours été un loyal serviteur de la couronne, j'aurais donc tendance à être d'accord avec lui. Ce qui veut dire que je vous fais confiance, et ma confiance implique que mes propos ne sortent pas de cette pièce, restent entre nous. Des vies – beaucoup de vies, des milliers peut-être – en dépendent. Et votre peau aussi. Suis-je bien clair, monsieur ?

— Clair comme le jour, milord, répondit Christopher d'une voix calme. Mais je ne sais pas pourquoi Lord Vallentine m'accorde cette confiance, je ne me suis moi-même pas encore forgé d'opinion arrêtée à son propos.

— Ah ! s'exclama Shrewsbury en se tournant vers Evelyn. Vous aviez raison. Rudement honnête.

Evelyn but une petite gorgée de thé avant de dire d'un ton nonchalant :

— Raison pour laquelle nous lui faisons confiance.

De ses yeux bleus, il détailla l'écuyer de haut en bas, avant de dire quelque chose qui sidéra Christopher :

— Et parce que, comme vous le disiez vous-même, il n'y a rien de plus important que la famille, et notre écuyer en fait partie – en quelque sorte...

Christopher mit un peu de temps à réagir, car il s'émerveillait de la transformation qui s'était opérée chez le fantôme d'Abbeywood. Adieu chevelure grise ébouriffée ; ses cheveux, domptés avec de la brillantine et coiffés vers l'arrière, étaient retenus par un gros nœud en satin blanc, dégageant le visage fraîchement rasé d'Evelyn. Sans sa barbe, son visage semblait encore plus fin, si cela était possible. Son nez paraissait plus long, et son menton plus carré. Et son corps n'étant plus noyé sous les plis de la large chemise de nuit de Sir Gerald, mais habillé d'un costume ajusté en velours gris orné de fils argentés, il semblait maintenant évident qu'il n'y avait pas un soupçon de graisse sur sa fine silhouette. S'il y avait bien un point sur lequel tout le monde pouvait s'accorder à propos de Lord Vallentine, c'était son élégance vestimentaire.

— Je vous demande pardon ? répondit Christopher, sortant de sa rêverie pour enfin entendre le commentaire d'Evelyn à propos de la famille. J'ignore de quoi vous...

— Oh, n'essayez pas de le nier ! Je viens juste d'encenser votre franc-parler auprès de notre chef des services secrets, se moqua Evelyn. Et puis, vous êtes plutôt facile à lire. Vous êtes choqué, mais ce n'est pas la réalité qui vous choque, c'est le simple fait que je sois au courant de vos origines.

— Au courant ?

Evelyn leva une main entourée de dentelle froncée vers le ciel.

— Comme vous voulez. Mais je devrais peut-être vous laisser le bénéfice du doute ; vous vivez à l'écart de la société, vous n'avez donc jamais rencontré les progénitures légitimes de votre géniteur. À l'exception bien sûr de cet insipide Gerry, qui bien qu'il ait bombé le torse tant il était fier d'être un Cavendish, ne leur ressemblait absolument pas. Il était le portrait craché de sa mère mal fagotée. Alors que vous... Ah ! Personne ne peut nier que vous êtes un pur produit Cavendish.

Quand Christopher serra les poings, Evelyn se redressa sur sa chaise, un éclat triomphant dans ses yeux bleus, et reprit :

— Ainsi, vous avez bien compris que je parlais du lien familial qui vous unit à…

— Quel est le rapport entre cette conversation et la couronne, milord ? l'interrompit Christopher, s'adressant au vieil homme.

— Allons, Mr. Bryce, il n'y a pas de quoi s'indigner, déclara Lord Shrewsbury avec un sourire condescendant. C'est avec les meilleures intentions possibles que Sa Seigneurie a évoqué ce lien de parenté. Vos origines honteuses, bien que fâcheuses, ne vous ont fait obstacle ni par le passé, quand vous viviez à l'étranger, ni ici, dans ce petit coin rural de l'Angleterre. D'ailleurs, d'après ce qu'on m'a dit, vous avez exploité au mieux vos racines rurales. Hourra ! Et nous pouvons vous encenser, car vous avez su rester dans votre propre cercle et vous n'avez pas, contrairement à nombre de vos frères bâtards, essayé en vain de faire de la lèche à vos illustres parents pour vous approprier un lien qui ne vous revient pas de droit.

— Si vous m'avez fait venir pour m'insulter, alors cette conversation est close, déclara Christopher. Je préfère encore aller perdre mon temps à écouter les critiques de Mr. Audley plutôt que de parler de gens dont je ne sais rien.

— Et *vous*, ne m'insultez pas en doutant de mon intelligence ! l'interrompit froidement Shrewsbury. Je sais tout à votre propos. *Tout.* J'étais l'un des plus proches amis de Sir George – votre géniteur. Je connaissais également votre mère – intimement. (Il soutint le regard de Christopher et osa un petit sourire narquois.) Bibliquement, même. Si vous n'aviez pas tant les traits Cavendish, je vous revendiquerais comme l'un de mes bâtards. Ne mâchons pas nos mots, et n'y allons pas par quatre chemins. Vous ne connaissez peut-être pas la duchesse de Roxton personnellement, mais vous ne pouvez pas nier votre filiation. Vous êtes unis par le sang, même si ce lien est corrompu. C'est votre demi-sœur. Et puisque vous êtes apparentés, qu'elle a épousé le duc le plus important du royaume, et que les liens du sang, la famille, et la loyauté familiale sont ce qu'il y a de plus important, vous allez vous joindre à notre effort pour nous assurer que l'honneur et la réputation du duc ne soient pas compromis, et que la duchesse ne soit pas impactée. Me suis-je bien fait comprendre ?

Si le chef des services secrets espérait intimider Christopher, il allait être déçu. Il aurait pu le désarçonner avec ces tactiques d'intimidation et en mentionnant son sang bâtard quand Christopher était bien plus jeune et moins sûr de lui, mais ce n'était plus possible. Et puis, ils n'étaient pas à Londres, Christopher ne faisait pas partie du club ou du cercle social de Shrewsbury, et il n'en avait aucune envie.

Les habitants du vallon n'avaient jamais vu de duc, ils en avaient encore moins rencontré un en chair et en os, et aucun d'eux ne pouvait prétendre avoir un lien de parenté avec un tel noble, même très dilué. Et c'était à la bonne opinion et au respect de ces gens-là que Christopher accordait de l'importance. À ses yeux, être un propriétaire bienveillant et un employeur juste envers ceux qui travaillaient dur sur ses terres et dans ses fabriques était presque aussi important que les trois femmes qu'il aimait : Kate, Mary et Teddy. Il ne devait son allégeance à aucun homme, à l'exception de son roi. Ses liens du sang avec des hommes et des femmes nobles qu'il n'avait jamais rencontrés étaient sans importance. Ils ne comptaient à ses yeux que s'ils comptaient aux yeux de sa mère, ou si Mary et sa fille étaient affectées par un quelconque problème causant le moindre désarroi aux Roxton, et donc à elles.

— Vous pensez que le lien de parenté entaché qui me relie aux Roxton suffit à me donner envie d'aider à préserver la réputation immaculée du duc ? (Christopher désigna Evelyn d'un mouvement de tête.) Il me confierait peut-être sa vie, mais il semble avoir mal interprété ma nature s'il a laissé entendre que je pouvais être menacé ou forcé à me soumettre seulement parce que la duchesse et moi partageons le même géniteur méprisable.

— J'ai prévenu Sa Seigneurie que cela ne suffirait pas à vous faire céder, soupira Evelyn, pas le moins du monde offensé par la franchise de Christopher, avant de se redresser et de reposer sa tasse de thé sur sa soucoupe. J'étais d'avis qu'il ne fallait pas vous mêler à nos délibérations, car en définitive, vous êtes aussi obstiné que Roxton. Mon noble cousin ne peut être persuadé que par l'honneur, la vérité et ce qui est juste, et vous semblez être autant à cheval sur vos grands principes. (Il réfléchit un instant.) Je me demande si cette vertu innée et tenace est directement liée au fait d'avoir pour géniteur un coureur de jupons immoral. L'envie de compenser les péchés d'un père arrogant et sans scrupules, etc. Monsieur le duc de Roxton, mon oncle, était l'aristocrate le plus insupportablement arrogant à s'être pavané sur la noble scène, et c'était un étalon primé jusqu'à ce que ma chère tante tire sur les rênes. Quant à Sir George, au dire de tous, il savait comment satisfaire une femme sous les draps.

— Ces vulgaires souvenirs familiaux ont-ils une finalité ? l'interrompit brusquement Christopher.

— Je disais à Sa Seigneurie que pour vous convaincre d'accepter nos plans, nous devions faire appel à vos instincts les plus primaires, continua Evelyn, comme si Christopher ne l'avait pas interrompu.

Il s'avança vers l'endroit où Christopher se tenait, juste devant la porte, leva le menton pour le regarder dans les yeux, et dit d'une voix à peine audible :

— Vous allez nous proposer votre aide, ne serait-ce que parce que vous êtes fou d'amour – *et de désir* – pour ma cousine Mary. Vous voulez partager son lit depuis des années, peut-être même depuis la première fois où vous avez posé les yeux sur ses magnifiques courbes. Mais votre honneur et l'estime que vous lui accordez – qui est tout à fait légitime – vous empêchent de toucher un seul de ses cheveux de feu, ou quoi que ce soit d'autre. (Christopher prit une couleur rouge brique, et Evelyn afficha un sourire satisfait.) Voilà. Voyez ? Je vous connais, finalement.

Evelyn s'éloigna, s'installa sur le coussiège, croisa les jambes et reprit d'une voix traînante qu'il haussa pour inclure de nouveau Shrewsbury dans la conversation :

— Vous ne voudriez pas contrarier Lady Mary. Et elle sera *très* contrariée si le moindre scandale, la moindre accusation d'infidélité, de cruauté ou de quoi que ce soit d'autre de choquant, venait à entacher la réputation du duc, un homme qu'elle respecte énormément. Et tout scandale qui toucherait le duc toucherait aussi son épouse, et également sa mère. Madame la duchesse attend un heureux événement pour la nouvelle année – Seigneur ! J'ai failli tomber de ma chaise quand Mary m'a confié cette nouvelle stupéfiante – et à son âge, une grossesse est aussi dangereuse pour la mère que pour le bébé. Un scandale impliquant son fils l'inquiéterait inutilement, et elle pourrait faire une fausse couche…

— Oui ! D'accord ! Très bien ! l'interrompit Christopher, exaspéré par la mise en scène théâtrale d'Evelyn pour le convaincre. Vous avez toute mon attention et toute ma coopération. Dites-moi simplement ce que vous attendez de moi, qu'on n'en parle plus !

Evelyn esquissa un mince sourire et s'adressa à Shrewsbury :

— Vous voyez. Il va nous aider. Ou, au moins, il ne va pas nous empêcher de faire ce que vous proposez.

— Et que proposez-vous, milord ? s'enquit Christopher.

— Ne devriez-vous pas d'abord me demander de quoi le duc de Roxton est accusé ? répliqua Evelyn.

— Quelle importance ? Mon opinion importe peu dans l'issue souhaitée.

Evelyn fit la moue puis la grimace, Christopher ajouta donc, avec un soupir exaspéré :

— Très bien. Si cela peut vous faire plaisir. De quoi le duc est-il accusé ?

SEIZE

Incrédule, Christopher devint cinglant :

— Coupable de trahison ? *Roxton ?* Jamais. Je ne connais pas cet aristocrate personnellement, et pour être honnête, je ne l'apprécie pas vraiment. Je l'admire, oui. Mais je ne l'apprécie pas. Ayant affaire à lui depuis plus de deux ans, j'ai pu jauger cet homme à travers sa correspondance et grâce aux lettres que les membres de sa famille envoient à ma... à Kate. S'il y a bien une chose dont je suis sûr, c'est que le duc n'est *pas* un traître à son roi et à sa patrie.

— Et pourtant, un membre de sa famille, le frère de l'un de mes agents les plus dévoués, est un traître qui s'est enfui en France avant que nous ne puissions le capturer ! Cela appartient donc au domaine du possible, dit Shrewsbury. Mais vous avez raison de rejeter cette idée. Le duc n'est pas plus un traître à sa patrie que moi. Mais de prime abord, et vu ce dont il est accusé, certains membres de la société croiront cette accusation si elle devait faire surface. Ils ne se contenteront pas d'y croire, ses opposants politiques exigeront un procès, au moins. Peu importe qu'il soit jugé par ses pairs. Tout ceci se retrouvera dans les journaux, et le tort sera fait. La populace est tellement cruelle, manque tant de discernement. Mais je ne compte pas laisser un tel cas de figure se produire.

— Mais un procès acquitterait le duc, argumenta Christopher. Et de ce que je sais de cet homme, il apprécierait l'opportunité de déclarer publiquement son innocence et de traduire en justice ceux qui l'ont calomnié.

— Oui, approuva Shrewsbury en grinçant des dents. C'est tout à fait le genre de comportement opiniâtre et pompeux que j'attendrais de la part de Roxton, et c'est ce que nous devons à tout prix éviter.

Christopher se tourna vers Evelyn pour voir sa réaction, mais puisque l'aristocrate restait sagement silencieux – son absence de réponse semblant indiquer qu'il était d'accord avec le chef des services secrets –, la curiosité eut raison de lui.

— Si Roxton n'est pas un traître, mais risque d'être accusé de trahison, qui a jugé bon de lui faire porter le chapeau ? À moins qu'il ne s'agisse d'un cas où il se retrouve mêlé à une histoire qui n'a rien à voir avec lui ? Après tout, ajouta Christopher avec un sourire en coin, vous avez un jour pensé Sir Gerald capable d'espionnage pour les Français, alors qu'en réalité, il aidait les Anglais. Cet homme était un imbécile...

— Cet homme était votre frère, l'interrompit Evelyn d'un ton railleur. Son existence devait blesser votre orgueil chaque jour, entre le fait qu'un tel crétin ait hérité du titre *et* qu'il ait épousé Lady Mary.

Avant que Christopher ne puisse répondre, Shrewsbury prit la parole :

— Vous avez raison, Mr. Bryce. Il se retrouve mêlé à une affaire qui n'a rien à voir avec lui. Mais tandis que Sir Gerald était assez stupide pour croire les inepties dont on l'abreuvait – qu'il contribuait à l'effort de guerre contre les rebelles américains en transmettant des informations aux Français –, Roxton n'est pas un imbécile. Loin de là. C'est l'un des hommes les plus intelligents que j'aie jamais rencontré. Son défaut, c'est d'accorder trop de confiance à ses proches. Moi, au contraire, je ne fais confiance à personne – enfin, pas totalement. Seulement à ma petite-fille. Nous deux, nous sommes le yin et le yang.

— Lady Fitzstuart est une jeune femme respectable, vous devez être très fier d'elle, commenta Christopher.

Dans le silence qui s'étirait, il lança un coup d'œil à Evelyn, qui réagit à l'introspection continue du vieil homme en haussant les épaules.

— Oui. Tout à fait. Et ce sympathique gredin qu'elle a épousé a intérêt à revenir *subito* ! grommela Shrewsbury avec une sincérité inhabituelle. Il a subitement abandonné son épouse, comme ça... Du jamais vu ! Elle qui est une créature si douce... Mais elle va devoir subir cela aussi longtemps qu'elle l'aimera. Pouah ! Qu'est-ce que j'en sais, moi ? Mr. Bryce ? Avez-vous réussi à trouver le traître parmi nous ?

— Ici ? À Abbeywood ?

— Oui. Ici, à Abbeywood. Où d'autre ? s'enquit Shrewsbury d'une voix teintée de colère adressée à la mauvaise personne.

Shrewsbury aurait voulu que Rory ne se marie jamais. Dans ses instants les plus sombres et les plus privés, il souhaitait la mort de son mari, afin qu'elle soit de nouveau libre, qu'elle revienne vivre avec lui pour toujours. Mais dès que ces pensées surgissaient, il se haïssait, car il aimait Rory plus que tout, et il voulait son bonheur. Et c'était avec Dair qu'elle était la plus heureuse. Cet homme l'aimait corps et âme. Et si elle se retrouvait veuve, elle dépérirait littéralement et en mourrait. Et il mourrait avec elle si cela devait arriver. Il priait donc chaque jour pour que son mari revienne sain et sauf, lui qui ne priait jamais pour rien.

— Vous ne pensez quand même pas que je suis venu jusqu'ici pour le simple plaisir de passer du temps avec Lady Mary ou avec vous ? dit-il d'un ton sévère, chassant ses sombres pensées et lançant un regard noir à Christopher, sans pourtant le voir.

Il prit une profonde inspiration et attendit que l'écuyer devienne plus net avant d'ajouter, d'un ton plus neutre :

— Vous avez la tête sur les épaules. J'ai lu vos rapports à propos de ce lourdaud de Gerry. Une lecture divertissante. Ainsi, je sais que vous êtes capable de réflexion. Mais vous ressemblez peut-être un peu trop à Sa Grâce de Roxton, enclin à faire confiance à vos semblables plutôt que de les croire capables de tromperie pure et simple. Contrairement au cousin de Roxton ici présent, ajouta-t-il en désignant Evelyn d'un mouvement de tête. Il semble incapable de faire tourner le lait, mais n'hésiterait pas à tordre le cou d'un chat pour atteindre la crème s'il le fallait. N'est-ce pas, milord ?

— Tout à fait, milord. Et mes cicatrices de guerre prouvent ma loyauté implacable.

Shrewsbury ricana quand Evelyn leva sa main mutilée avant de faire glisser l'un des moignons qui lui servait de doigt le long de la cicatrice qui fendait le coin de son sourcil gauche, manquant son œil de peu, comme pour souligner jusqu'où il était allé pour servir le chef des services secrets. Il conclut cette démonstration d'allégeance en s'inclinant devant le vieil homme d'un geste exagéré.

— Pour le roi et pour la patrie… Devrais-je abréger les souffrances de Sylvanus en lui révélant l'identité du traître parmi nous ?

— Non ! Non ! Qu'il essaye de deviner. Je veux une confirmation de son intelligence, et de la vôtre.

— Vous savez de qui il s'agit ? demanda Christopher à Evelyn en fronçant les sourcils.

— Certainement. Pour citer notre chef des services secrets, « vous ne pensez quand même pas que je suis venu jusqu'ici pour le simple plaisir de passer du temps avec Lady Mary ou avec vous ? » (Il arbora un large sourire.) Ce n'est pas entièrement vrai. Je suis bel et bien venu voir Mary, mais pour quelque chose d'entièrement différent… Alors, Sylvanus, qui est le traître, et pourquoi ?

Christopher avait envie de secouer l'aristocrate pour le débarrasser de son arrogance et de mettre un terme à ce petit jeu entre espions. Comme s'il n'était pas déjà assez occupé sans cette intrusion dans sa journée. Le secrétaire hautain et pointilleux de Roxton devait se demander où il était.

— Philip Audley, dit-il d'un ton monotone, se mordant mentalement les doigts de ne pas être parvenu à cette conclusion plus tôt. C'est lui le traître, et si j'étais du genre à parier, je parierais cher qu'il sert deux maîtres – l'un est anglais, l'autre français.

Evelyn et Shrewsbury échangèrent un regard surpris, puis ils dévisagèrent Christopher avec une telle stupéfaction qu'il sut qu'il avait vu juste. La surprise les privant tous les deux de l'usage de la parole, il expliqua placidement :

— Si vous vous souvenez bien, j'ai évoqué des soupçons à propos du secrétaire il y a quelque temps. Je vous avais dit qu'il ne manquait ni d'opportunités, ni de moyens, mais que je n'étais pas sûr de ses intentions. J'ai donc mis mes soupçons de côté, les pensant infondés. Je croyais également mon jugement obscurci par mon immense aversion pour cet homme. J'aurais dû me fier à mon instinct. Mais le recul est une chose merveilleuse, n'est-ce pas, milord ? Sir Gerald m'a confié un jour – information que je vous avais transmise – qu'il espérait qu'en coopérant étroitement avec votre agent, un agent qu'il n'a jamais nommé, il se verrait décerner une mention spéciale. Il se gaussait de son travail pour le gouvernement, persuadé qu'il serait reconnu comme un grand espion et que le duc de Roxton passerait pour un incompétent du fait de sa méconnaissance des affaires d'État. Je ne comprenais pas ce qu'il voulait dire à l'époque ; je pensais que c'était le vin qui parlait. Mais je comprends, maintenant. Sir Gerald était en étroite collaboration avec Philip Audley, sous le noble nez de Sa Grâce, et la tromperie et les mesquines stratégies clandestines lui semblaient grisantes. Puis-je savoir comment vous avez découvert qu'Audley espionnait pour les Français ?

— Il a commencé sa carrière en tant qu'agent de la couronne. Et je n'ai rien découvert. Je savais que l'un de mes agents était un sale traître, mais je n'avais aucune preuve concluante quant à son identité, répondit Lord Shrewsbury avec franchise.

— Mais si Audley était d'abord l'un de vos agents, a-t-il été placé dans le foyer du duc pour l'espionner ? s'enquit Christopher en fronçant les sourcils, car cette idée ne lui plaisait guère. Le duc n'est-il pas l'un de vos plus proches amis ?

Shrewsbury fit peu de cas de l'indignation morale de Christopher au nom du duc.

— Chaque homme a un prix et un talon d'Achille. La mère de Roxton est française. Sa grand-mère maternelle l'était également. Cela lui donne une certaine sympathie pour les Bourbons. Je devais m'assurer que cette sympathie ne porterait jamais atteinte à notre roi.

— Audley vous envoyait donc des rapports sur Roxton et sa famille ?

— Au même titre que vous espionniez Sir Gerald et sa famille, riposta Shrewsbury avec un mince sourire.

— À ma décharge, vous me faisiez du chantage pour que je sois vos yeux et vos oreilles. Comment Audley s'est-il trahi ?

— Il n'en a rien fait. C'est Lord Vallentine qui m'a fourni le nom du traître, qu'il a obtenu par ses propres moyens alors qu'il était à l'étranger.

Christopher regarda Evelyn en haussant les sourcils.

— Vous travailliez pour deux maîtres différents, déclara-t-il sans jugement.

— Oui. Quand il le fallait, avoua Evelyn avec un sourire de travers qui ressemblait plus à une grimace. Vous pouvez sans doute comprendre que dans des circonstances difficiles, nous adoptons parfois une ligne de conduite que nous n'envisagerions jamais si nous étions chez nous.

Christopher comprenait et hocha la tête, pensant à l'époque où il avait été sigisbée, et sachant au sourire d'Evelyn et à la lueur dans son regard que c'était à cette vie qu'il faisait référence. Bien sûr qu'il était au courant. Shrewsbury devait lui avoir confié que Christopher avait été chargé d'espionner ses maîtres italiens par le consul anglais à Florence, l'un des laquais de Shrewsbury. Mais aucun des deux aristocrates ne mentionna cela à voix haute, et Evelyn reprit, expliquant le double jeu du secrétaire :

— Audley a laissé Gerry croire qu'ils transmettaient aux Français des estimations erronées des effectifs des troupes anglaises et de leurs provisions, afin d'induire les rebelles américains en erreur. En réalité, ces chiffres étaient tout ce qu'il y a de plus exacts. Il s'agissait d'une double tromperie, à vrai dire. Et elle a fonctionné, car les Français avaient leur propre agent qui, en interne, vérifiait les informations envoyées par Audley via Sir Gerald.

— L'agent interne des Français, le complice d'Audley, c'est le cousin du duc, Charles Fitzstuart, non ? En tant que petit frère du héros de guerre Dair Fitzstuart, il n'a jamais été soupçonné de trahison.

— Exactement. Mais comment savez-vous cela ? demanda Lord Shrewsbury.

— Ce que vous vous demandez, c'est comment moi, un écuyer qui vit dans la cambrousse, pourrait être au courant, alors que la société ignore qu'un membre de la famille du duc – le beau-frère de votre petite-fille, d'ailleurs – est un traître, dit doucement Christopher. Oh, n'ayez crainte, votre bandeau mensonger n'a pas glissé des yeux de la société. Je suis sûr que le peuple avale les bêtises dont on le nourrit ; que Mr. Fitzstuart est parti à Paris avec une délégation anglaise pour négocier un traité de dernière minute avec les Français, dans l'espoir d'éviter une guerre entre nos deux nations. Mais j'ai mes propres sources, et elles sont très fiables. Vous n'avez certainement pas oublié que Kate correspond régulièrement avec de nombreux membres des cercles sociaux et gouvernementaux. Par ailleurs, j'étais présent quand Lady Mary a reçu la nouvelle bouleversante que son frère s'était enfui à Paris avec la fille du duc de Kinross.

— Vous lui avez sans doute offert une large épaule pour pleurer, lança malicieusement Evelyn.

Christopher ne releva pas et Shrewsbury non plus, préférant l'encourager à continuer :

— Pour l'instant, je ne trouve rien à redire à votre analyse, Mr. Bryce. Voulez-vous essayer de deviner les méthodes d'Audley ?

— Elles me semblent évidentes – enfin, à présent. En tant que secrétaire du duc, il avait accès à toutes sortes de lettres qui passaient sur le bureau de son noble employeur. Je suis sûr que son imitation de la signature du duc ferait même douter ce dernier. Et Roxton lui faisait confiance, il n'aurait jamais imaginé qu'Audley puisse être un espion, et encore moins un traître. Et quand il venait ici pour ses visites trimestrielles, sous l'égide du duc qui est copropriétaire d'Abbeywood Farm, pour vérifier les comptes et remettre en cause ma gestion du domaine, il est entré en contact avec le réseau d'espionnage local avec l'aide du crédule Sir Gerald.

Shrewsbury croisa les bras et leva le menton.

— Et qu'est-ce qui vous fait penser qu'un réseau d'espions opère dans cette région en particulier ?

Christopher répondit sans une seconde d'hésitation :

— Pourquoi pas ? À la place des Français, si je voulais transmettre discrètement des informations sensibles sur l'effort de guerre anglais de l'autre côté de la Manche, je ne trouverais pas meilleure solution que de passer par une route commerciale tout ce qu'il y a de plus banal. Une grande quantité de tissu raffiné, et notamment le tissu écarlate de Stroudwater, est envoyée de Stroud au Levant. C'est la Compagnie britannique des Indes orientales qui s'occupe des cargaisons en partance du port, mais les rouleaux partent d'ici dans des chariots tirés par des bœufs. Par ailleurs, Stroud est au croisement des anciennes pistes empruntées par le bétail venant du Pays de Galles pour rejoindre l'Angleterre, jusqu'aux marchés londoniens. Mais je parie sur le commerce de tissu. On peut glisser des notes, des lettres, etc., dans les rouleaux de tissu, sans que personne le remarque, et surtout pas les douaniers, sauf ceux qui savent quels bateaux et quels rouleaux fouiller.

— Vous avez peut-être mis le doigt sur une partie de la vérité, Mr. Bryce, et je compte bien continuer à mener l'enquête. Cela pourrait aussi nous être utile pour transmettre de fausses informations à nos ennemis français et américains.

— Mais ce n'est pas la méthode qu'Audley employait pour transmettre des documents sensibles aux Français via Sir Gerald, si ? s'enquit Christopher, curieux d'en savoir plus.

— Non. Charles Fitzstuart écrivait des lettres codées qu'il envoyait à une tante à Paris, et qu'un agent américain a interceptées. Quant à Sir Gerald, il avait une complice ici, dans son foyer, à qui il confiait les documents, recopiés sur des bouts de papier qu'il faisait passer pour des billets doux cachés dans la doublure des…

Christopher inspira soudain bruyamment.

— Mrs. Keble !

— … corsets de cette femme. Oui. L'intendante, Mrs. Keble, confirma Lord Shrewsbury.

— Seigneur, j'ai vraiment été sot ! s'exclama Christopher en soufflant de façon exaspérée avant de passer une main sur sa bouche. Audley se montrait toujours pénible avec ses demandes pointilleuses et ses remarques toujours plus précises sur les sommes indiquées dans les registres ; il voulait en fait s'assurer que j'évite à tout prix sa compagnie. C'était très malin de sa part. Je ne le surveillais pas, il avait donc le temps de se réunir avec ses complices, de prévoir des stratégies et de poursuivre ses activités sans éveiller de soupçons.

— Ne soyez pas trop dur avec vous-même, Bryce, lui dit le vieil homme sans malice. Audley est un maître du jeu. Il a dupé le duc, et il m'a dupé également. Il a aussi dupé Sir Gerald, mais cela ne demandait pas un grand effort. Sans Vallentine ici présent, le secrétaire de Roxton aurait très bien pu continuer à transmettre des informations sensibles pendant toute la durée de la guerre. Quant à Mrs. Keble, c'est l'avarice qui a causé sa perte. Elle a essayé de faire chanter Audley en se servant de ce qu'elle savait sur ses activités. Il a compris qu'elle bluffait et il l'a signalée à mon service.

— J'imagine qu'elle avait découvert ce qu'Audley faisait grâce à son lien avec Sir Gerald ? s'enquit Christopher.

— Lien ? *Lien ?* Ah ! Quelle tournure de phrase chaste, Sylvanus ! ricana Evelyn. Gerry sautait son intendante dès qu'il en avait l'occasion, selon Audley. Gerry avait bien de la chance, ajouta-t-il avec un sourire en coin. Mrs. Keble est une ravissante servante qui mérite bien qu'on la trousse. Et Mary avait de la chance que son intendante accepte qu'un tel morceau de lard plein de sueur remonte ses jupons. Ça lui donnait un peu de répit…

— Êtes-vous toujours aussi vulgaire ? se plaignit Christopher avant de lever une main. Non. Ne répondez pas. J'imagine que vous avez un plan pour mettre Audley et Mrs. Keble en détention provisoire le plus rapidement possible ? dit-il avant qu'Evelyn ne puisse répondre à sa question.

— En détention provisoire ? répéta Shrewsbury en jetant un rapide coup d'œil à Evelyn. Euh, oui. Oui ! C'est prévu ! C'est la raison pour laquelle je vous ai fait venir ici. Je veux régler ce problème le plus rapidement possible, avec un minimum de tapage et sans causer de désarroi à nos dames. Et c'est inutile de le préciser, mais je vais le dire quand même : sans qu'Audley se doute que nous voyons clair dans son jeu.

— Ainsi, si vous n'avez aucune objection, et je sais que vous n'en aurez pas, car vous voulez vous débarrasser d'Audley autant que nous, le plan est que nous allions tous – Audley inclus – pique-niquer demain à l'une de vos fabriques de tissu, intervint Evelyn. J'ai entendu dire que ces manufactures étaient non seulement des merveilles architecturales et mécaniques, mais qu'en plus votre fabrique possède les plus grosses turbines à roue hydraulique de toute l'Angleterre – fascinant ! Cette excursion ravira tout le monde ! Et la petite m'a dit que ce n'était pas très loin d'ici si nous prenons le sentier qui traverse une certaine forêt de Puzzlewood. C'est parfait ! Rien de trop difficile pour ces dames, et c'est une sortie qui les ravira, elles et la petite.

— Teddy. Elle s'appelle Teddy, articula Christopher.

— Teddy ? Je pensais que c'était Theodora ? répondit Evelyn, feignant le doute.

— C'est bien Theodora, mais elle n'aime pas qu'on l'appelle ainsi. Et donc, personne ne l'appelle ainsi.

— Bigre, vous prenez vraiment votre rôle de tuteur très au sérieux, Sylvanus, déclara Evelyn d'une voix traînante. J'imagine qu'en tant qu'homme célibataire, la charge d'une petite fille de dix ans doit être un fardeau dont vous vous passeriez bien, vous devez être soulagé de savoir que vous en serez bientôt débarrassé.

— Elle n'a rien d'un fardeau, et... s'interrompit Christopher en fronçant les sourcils. Comment ça, j'en serai bientôt débarrassé ?

— Vous n'avez pas demandé pourquoi il avait fait cela, dit Evelyn d'une voix de velours, pour éviter de répondre à la question de Christopher. Vous avez répondu au « qui » et au « comment », mais *pourquoi* Audley est-il devenu un traître, à votre avis ?

Christopher leva les bras au ciel.

— Il peut y avoir un nombre incalculable de raisons, répondit-il dédaigneusement, ne voulant pas qu'on le distraie de la remarque désinvolte d'Evelyn à propos de Teddy. Je suis le tuteur de Teddy, et en tant que tel, vous me devez une explication à propos de votre déclaration qui concerne son bien-être.

— Chaque chose en son temps, Mr. Bryce, avertit Shrewsbury. Ce n'est pas le bon moment. Pour l'instant, nous devons rejoindre les dames.

Il adressa un hochement de tête à la bonne qui s'était légèrement avancée par la porte entrouverte pour leur indiquer que le dîner était prêt à être servi. Quand elle disparut, il se retourna vers Christopher et reprit en frappant dans ses mains d'un geste satisfait :

— Attraper des traîtres, ça m'ouvre toujours l'appétit ! Pas un mot à qui que ce soit, et vous devez continuer à traiter Audley comme si de rien n'était.

— Et l'intendante ? demanda Christopher en traversant la pièce avec les deux aristocrates.

— Elle sera placée sous surveillance dès que nous partirons pour le pique-nique. Il y a encore quelques questions auxquelles elle doit répondre.

— Quel dommage que vous ne me laissiez pas... hum... *l'interroger*, monsieur.

— Ah ! Je n'ai aucun mal à imaginer votre méthode d'interrogation avec les jolies femmes ! répondit Shrewsbury avec un ricanement grave face à l'insinuation d'Evelyn. Si j'avais vingt ans de moins, je me servirais en premier... Désolé, mon garçon. Pas cette fois. Bien que je déteste vous priver d'une croupe de premier choix, vous nous manqueriez si vous ne veniez pas au pique-nique, en particulier à Lady Mary.

Christopher leva les yeux au ciel en entendant cette repartie vulgaire, et il se mordit la langue pour s'empêcher de commenter. Mais cela suffit à lui faire oublier Teddy, et il demanda :

— Alors, pourquoi est-ce qu'Audley a tout risqué pour trahir son pays ?

Les deux aristocrates s'arrêtèrent dans l'embrasure de la porte et se tournèrent d'un seul homme pour regarder Christopher. Shrewsbury dit de façon détachée :

— Audley est le fils cadet d'un fils cadet, il n'a jamais eu aucune chance d'hériter de la fortune ou du titre. Mais son oncle l'a envoyé à Eton, ce qui l'a gonflé d'importance. Et après Cambridge, puisqu'il n'avait pas de fonds et que ses perspectives étaient limitées, ce même oncle l'a forcé à accepter un poste de secrétaire, d'abord auprès d'un amiral de la flotte, puis son lien avec Charles Fitzstuart lui a permis de décrocher une place auprès de Roxton.

— Lien ? s'enquit Christopher.

— Audley et Fitzstuart étaient à Cambridge ensemble.

— C'est Charles Fitzstuart qui a rallié Audley à la cause américaine ?

Shrewsbury secoua la tête face à la stupéfaction de Christopher, mais ce fut Evelyn qui répondit à la question :

— L'inverse, Sylvanus.

Christopher était plus que jamais confus.

— Audley est un *révolutionnaire* ?

— Non. C'est un opportuniste cupide, cracha Lord Shrewsbury. Il se moque des rebelles autant que des hommes du roi. Tout ce qui l'intéresse, c'est de se remplir les poches de livres françaises.

— Les motivations de Charlie sont bien plus solides, commenta Evelyn. Il a des *idéaux*. Audley, comme l'a correctement souligné Sa Seigneurie, est un morveux opportuniste et arrogant qui a réussi à tous nous duper, à commencer par son ami et partenaire de trahison, Charles Fitzstuart, son employeur en hermine, le duc, et ce bon vieux et crédule Gerry.

— Ce vaurien recevra bientôt ce qu'il mérite, dit Shrewsbury en grinçant des dents de satisfaction. En attendant, nous devons partager notre repas avec ce scélérat, éviter l'indigestion et faire comme si tout allait bien. Mais demain, ce sera une autre histoire !

Il tourna les talons et s'avança dans le couloir qui menait à la grande salle, suivi par Evelyn et Christopher.

Ce dernier n'était pas aussi confiant que le chef des services secrets. À vrai dire, il avait un mauvais pressentiment, il sentait que le pique-nique et la visite de sa fabrique de tissu n'étaient qu'une ruse pour dissimuler un dessein bien plus malveillant de la part du comte et de son acolyte débordant d'enthousiasme. Si Lord Vallentine s'intéressait au fonctionnement d'une fabrique de tissu, Christopher voulait bien avaler son tricorne tout entier !

Mais puisque la journée du lendemain se révéla fraîche et ensoleillée, sans aucun signe de pluie, Christopher mit son appréhension de côté pour accueillir le groupe d'Abbeywood Farm venu pique-niquer à la fabrique de tissu Brycecomb. Du chef des services secrets aux domestiques qui avaient accompagné le chariot dans lequel se trouvaient couvertures, meubles et nourriture pour le pique-nique, tout le monde était de bonne humeur à l'idée de profiter du soleil en cette journée automnale. Mais surtout, Christopher oublia Audley en voyant que Lady Mary faisait partie du groupe. On l'aida à descendre de sa jument et elle s'éloigna immédiatement d'eux pour venir le voir directement, relevant le bas de sa robe d'équitation vert émeraude d'un bras. Son sourire était radieux, et il n'était que pour lui.

DIX-SEPT

— NE FAIT-IL PAS UN TEMPS MAGNIFIQUE POUR UN PIQUE-nique ? annonça Mary en levant le menton pour regarder Christopher de sous son bonnet de paille. Je suis ravie de vous trouver ici, Mr. Bryce.

— Et je suis ravi que vous m'ayez trouvé, milady.

Christopher s'inclina devant elle d'un geste formel, mais il ne put dissimuler son grand sourire ; celui de Mary était contagieux. Il se tenait à l'avant d'un petit groupe d'employés de la fabrique, tous soigneusement choisis et habillés pour accueillir les nobles visiteurs venus découvrir leur lieu de travail, une première pour la fabrique. Il fronça les sourcils, feignant la perplexité.

— Où d'autre pensiez-vous me trouver ?

— Puisque vous n'êtes pas venu à Abbeywood ce matin, je me demandais si vous n'aviez pas été retenu, si votre tante n'était pas souffrante, répondit-elle sans une seule seconde d'hésitation, sans comprendre qu'il la taquinait. Mais j'aurais dû savoir que vous nous retrouveriez ici. Aujourd'hui, vous êtes Mr. Bryce l'écuyer, n'est-ce pas ?

— Je suis Mr. Bryce l'écuyer aujourd'hui et tous les autres jours. Seulement, toutes les deux semaines et pendant quelques jours, je deviens également votre régisseur.

— Oui. Oui, bien sûr. Bien sûr, répondit Lady Mary, déconcertée par son sourire, par l'étincelle dans son regard et par les propos ineptes qu'elle-même tenait.

Quelle remarque particulièrement stupide ; *Aujourd'hui, vous êtes Mr. Bryce l'écuyer !* Évidemment !

Elle baissa rapidement la tête, puis regarda l'imposant édifice qui se dressait derrière les employés de la fabrique. Elle se réprimanda mentalement pour son incapacité à lui dire ce qu'elle pensait réellement. Peut-être était-elle troublée, car pour la première fois elle quittait son milieu pour entrer directement dans celui de Christopher ? Ceci pouvait expliquer cela…

Ce qu'elle voulait dire, ce qu'elle *aurait dû* dire, c'était qu'en ce jour, il ne portait pas sa tenue débraillée de régisseur d'Abbeywood, avec son manteau et son jabot froissés, mais il avait revêtu celle d'un homme important, un fier propriétaire de fabriques. Elle voyait bien qu'il avait soigné son apparence et ses habits, et ces efforts le rendaient encore plus beau. Entre son costume foncé en laine de qualité, ses bottes cirées, ses cheveux domptés sous un tricorne en feutre noir et son jabot blanc soigneusement attaché en un nœud à la mode sous son menton carré et rasé, il était l'incarnation même du gentleman prospère. Et si ses vêtements, dans leur coupe et leur couleur, témoignaient d'une certaine retenue dans la proclamation de sa prospérité, sa magnifique maison, la fabrique et ses alentours, ainsi que les terres agricoles qui les entouraient étaient le flambeau de l'esprit industriel et innovateur de Mr. Bryce, le premier employeur du vallon ; c'était exactement ce que Lord Shrewsbury avait déclaré à peine vingt minutes plus tôt, quand les pique-niqueurs étaient sortis de la sombre forêt de Puzzlewood et avaient pénétré dans la lumière de la vallée, se retrouvant dans un ravin pittoresque.

Teddy avait désigné du doigt, pour sa mère, le manoir jacobéen en pierre jaune d'or qui s'étendait au milieu d'un parc, et lui avait dit que c'était là que vivaient son oncle Bryce, Kate, Carlo et Silvia ; cette maison ne ressemblait-elle pas à celle d'un conte de fées, avec ses cheminées qui s'enroulaient sur elles-mêmes et ses fenêtres scintillantes ? Mary avait acquiescé en hochant la tête, sans voix ; ce manoir devait être la plus belle demeure des Cotswolds, voire de tout le Gloucestershire.

Lord Shrewsbury avait annoncé qu'une bâtisse en pierre aussi splendide et les différents éléments industriels qui parsemaient le paysage autour étaient des preuves concrètes de la prospérité et du dynamisme du commun des mortels, et de ce qui pouvait être accompli dans une économie affranchie d'un roi tyrannique, concluant sa déclaration par sa remarque sur l'esprit industriel et innovateur de l'écuyer.

Le secrétaire du duc avait déclaré, sans vouloir manquer de respect à Sa Seigneurie, que la fabrique, les hautes maisons de tisserand à pignons et les rangées de rames continues qui jonchaient la pente derrière la fabrique – les signes d'industrialisation et d'innovation dont parlait Sa Seigneurie – gâchaient un paysage par ailleurs agraire, digne d'une peinture à l'huile. Si ces terres avaient appartenu à son noble employeur le duc, ces affreuses fabriques et maisons d'ouvriers n'auraient jamais vu le jour. Evelyn avait riposté en traitant Audley d'hypocrite intellectuel, jaloux de son semblable roturier qui avait le courage de se salir les mains dans le monde industriel, quelque chose qu'un secrétaire qui avait plus de cervelle que de culot ne ferait jamais, par principe.

Audley avait commencé à réfuter ces propos en bégayant, et Evelyn avait continué à railler le secrétaire. Les trois hommes s'étaient lancés dans un débat sur les avantages et les inconvénients de laisser les petites gens accumuler plus de fortune que leurs supérieurs sociaux, un débat que Teddy ne comprenait pas, mais qui la contrariait, car elle le voyait comme une critique de son oncle Bryce. Mary s'était dépêchée de lui assurer que les gentlemen ne voulaient pas être méchants, avant de la distraire en lui demandant si elle savait à quoi servaient ces étranges cadres – les rames continues – sur lesquels était suspendu du tissu et qui recouvraient la colline derrière la fabrique.

Et comme son grand-père n'avait pas compris qu'il devait cesser son monologue sur le mal nécessaire que représentaient les princes du commerce pour assurer la prospérité du royaume, Rory l'avait interrompu en faisant une observation sur les serres visibles par-dessus le mur, dans le jardin de la maison principale. Mr. Bryce l'autoriserait peut-être à discuter avec son jardinier en chef pour l'interroger sur les techniques qu'il utilisait pour faire pousser des fruits dans une vallée qui, assurément, voyait du brouillard et donc du gel la plupart des matins de l'année. Qu'en pensait son grand-père… ?

Ainsi, les pique-niqueurs – les cavaliers sur leurs chevaux et le chariot rempli du nécessaire pour le repas – avaient continué à avancer vers la fabrique de tissu en silence. Après avoir franchi un charmant pont en pierres, ils étaient arrivés sur un sentier équestre qui longeait la rivière fougueuse, les menant directement au portail indiquant l'entrée de la fabrique.

Lady Mary à son côté, Christopher fit un pas vers l'avant pour accueillir le reste des pique-niqueurs ; ils étaient tous descendus de cheval et s'approchaient de lui. Le chariot continua d'avancer sur le sentier, mené par l'un des ouvriers de Christopher vers un coin pittoresque près de la rivière qui offrait de l'ombre et un accès aisé à l'eau, qu'ils feraient bouillir pour le thé.

Tandis que les domestiques d'Abbeywood s'occupaient d'organiser le pique-nique, les invités de Christopher s'assemblèrent devant la double porte d'entrée de la fabrique. Ils étaient impatients qu'on leur explique les secrets de fabrication du tissu. Les ouvriers à qui on avait accordé le privilège de rencontrer les nobles visiteurs se découvrirent et firent une révérence de bienvenue quand on les présenta. Avant d'entrer dans le bâtiment, Christopher expliqua quelques particularités de l'aménagement de la fabrique, afin que ses invités puissent visualiser sa disposition et comprendre que la force de la rivière était indispensable pour faire fonctionner ses machines.

Le bâtiment qui renfermait les machines était presque, en lui-même, aussi splendide que le manoir de son propriétaire. Construit à peine un an plus tôt et ayant l'aspect d'une boîte, il était également constitué de la pierre jaune régionale. Il était haut de cinq étages, chacun étant doté d'une rangée de fenêtres qui laissaient entrer un maximum de lumière. Des ouvertures encore plus grandes avaient été créées dans le toit à pignons. Légèrement écartée de la rivière, la fabrique était reliée à elle par un canal qui détournait l'eau à partir d'un barrage incurvé. Long de quelques deux cent cinquante mètres, le canal était équipé de martellières qui permettaient de contrôler la quantité d'eau qui s'engouffrait directement sous la fabrique où, invisible de l'extérieur, l'eau à fort débit retombait sur une immense roue à eau. En tournant, cette puissante roue produisait l'énergie nécessaire pour mettre en mouvement les engrenages, les arbres de transmission et les courroies répartis à tous les étages et qui faisaient tourner les machines de la fabrique.

Teddy demanda où partait l'eau après avoir fait tourner la roue. Christopher la complimenta pour cette question très pertinente et expliqua à tout le monde qu'après avoir alimenté la roue hydraulique, l'eau était déversée dans un autre canal qui rejoignait la rivière. Puis il pointa le cours d'eau du doigt, en aval, et toutes les têtes se tournèrent dans cette direction ; à moins de cinq cents mètres, les maisons des tisserands, avec leurs toits pentus à pignons, étaient alignées sur la rive droite. Puis la rivière continuait son chemin dans cette direction et disparaissait après un large coude, serpentant ensuite à travers la mosaïque ondoyante de champs labourés, entre les pâtures de moutons qui broutaient leur herbe et les troupeaux de vaches laitières, le tout appartenant à Mr. Bryce.

Ensuite, Christopher enchaîna sur un bref résumé des procédures spécifiques utilisées dans la transformation de la laine en fil puis en tissu. Il expliqua que ces étapes étaient toutes liées entre elles et que ces procédures étaient toutes aussi importantes les unes que les autres. Il en allait de même pour ceux qui travaillaient pour lui. Ils dépendaient les uns des autres, et tous dépendaient de lui ; c'était en travaillant tous ensemble qu'ils pouvaient atteindre la réussite commerciale et profiter de la prospérité de leur industrie.

Les ouvriers hochèrent gravement la tête et les invités étaient encore plus impatients de visiter la fabrique. Christopher était désolé si son enthousiasme excessif pour son industrie prenait ses invités de court, mais il leur assura que rien, à l'intérieur de la fabrique, ne les ennuierait. Tout le monde approuva, puis il se tourna pour offrir son bras à Lady Mary, afin de l'escorter à l'intérieur. Mais elle recula, non parce qu'elle ne voulait pas lui prendre le bras, mais parce que le protocole exigeait qu'il en soit autrement.

— Mr. Bryce, Lady Fitzstuart, en tant qu'épouse de mon frère, est avant moi dans l'ordre de préséance, dit-elle à voix basse en se penchant vers lui pour que lui seul l'entende. Je suis la fille d'un comte, mais elle est la femme de l'héritier de ce comté. C'est elle qui a la priorité sur votre bras en cette occasion.

— Merci, milady, répondit-il. Je ne voudrais pas offenser qui que ce soit.

Avant de solliciter Rory, il dit à l'oreille de Mary :

— Sans vouloir lui manquer de respect, j'aimerais qu'il en soit autrement, car vous devez sûrement savoir – vous le savez forcément – qu'il n'y a qu'à vous que j'aimerais offrir mon bras.

Mary leva la tête pour regarder dans ses yeux marron et vit qu'il était sincère. Elle déglutit avant de sourire.

— Oui. Oui, je le sais maintenant, et… et rien ne pourrait me faire plus plaisir.

Il sourit et lui adressa un clin d'œil.

— Oh, je suis persuadé que je pourrais vous donner encore plus de plaisir, si vous m'y autorisiez… Lady Fitzstuart ! annonça-t-il à voix haute en se détournant pour s'avancer vers Rory, le bras déjà en position. Si vous m'autorisiez à vous escorter, ce serait un grand honneur…

Mary fut abasourdie par l'insinuation sous-jacente de ce clin d'œil et du commentaire qui l'accompagnait. Il lui fallut donc quelques instants pour réagir quand il lui tourna le dos, pour se rendre compte que son cousin Evelyn était à côté d'elle. Elle ne savait pas depuis combien de temps il était là, tant elle avait été absorbée par son échange avec l'écuyer, et elle espérait qu'il n'en avait rien entendu.

Mais Evelyn n'avait pas besoin d'entendre ce qu'ils s'étaient dit pour comprendre la signification de leur conversation. Entre la proximité du couple, leur échange chuchoté et le clin d'œil de Christopher, Evelyn sut assez précisément où en était leur relation. Cela renforça l'hypothèse qu'il avait échafaudée le soir où il était apparu devant eux, quand ils l'avaient pris pour un fantôme. Mais s'il était sûr de connaître les sentiments de Christopher pour sa cousine, il n'était pas, jusque-là, persuadé que ces sentiments étaient réciproques. À présent, il n'avait plus besoin d'être convaincu. Quand il tendit son bras à Mary sans faire de commentaire, il sourit pour lui-même en voyant qu'elle était encore assez distraite pour laisser son regard suivre l'écuyer alors qu'il menait Rory dans la fabrique, ces deux-là engagés dans une conversation décontractée.

Les pique-niqueurs étaient à peine entrés dans la fabrique qu'Evelyn se sépara du groupe. Il retint Mary près de l'escalier qui descendait vers l'étage abritant la roue à eau ; ils entendaient l'eau jaillir juste sous leurs pieds.

Tous les autres s'étaient avancés et regroupés autour de Christopher, qui avec l'aide du chef de la fabrique, expliquait le fonctionnement interne des machines qui occupaient cet étage et deux autres au-dessus d'eux. Appelée « Water frame » et inventée par un certain Mr. Arkwright, cette machine à filer, vraie merveille technologique, filait à une vitesse largement supérieure à celle qu'un homme ou une femme pouvait atteindre avec un seul fuseau ; elle pouvait filer quatre-vingt-seize brins de fil à la fois. Les invités répondirent par des « oohh » et des « aahh » face aux machines à l'arrêt et aux opérateurs silencieux qui se tenaient au garde-à-vous dans l'allée centrale de ce niveau.

Christopher expliqua que pour entendre le chef de la fabrique par-dessus le fracas des machines et pour préserver l'audition de ses visiteurs, toutes les machines à filer de cet étage avaient été arrêtées. Il les encouragea tous à se promener librement dans ce niveau de la fabrique pour inspecter les machines. Quand ils seraient satisfaits et prêts à avancer, il les emmènerait à l'étage supérieur pour voir les machines à filer et leurs opérateurs en action.

Les visiteurs étant assez occupés, Evelyn put parler à Mary sans craindre que quelqu'un l'entende et sans attirer l'attention sur leur manque de concentration. Il préféra tout de même discuter avec elle en français, au cas où certaines oreilles traîneraient, à l'affût de leur conversation. Il en vint directement au fait, car il voyait bien qu'elle

était mécontente qu'il l'ait éloignée du groupe et qu'elle restait préoccupée, mais il fallait qu'elle l'écoute ; ce qu'il avait à lui dire affecterait
leur avenir à tous les deux.

— Ma chérie, je vais partir. Mary ? Mary, m'écoutez-vous ?
Je pars dès aujourd'hui.

Mary détacha son regard des pique-niqueurs. Il avait accaparé toute
son attention.

— Vous partez ? Mais, Eve, vous venez d'arriver. Pourquoi ?

— Des affaires d'État…

— En tant qu'agent de la couronne ? Je pensais que vous n'étiez
plus espion ?

Il ne confirma ni n'infirma sa supposition.

— Je dois accomplir cette dernière mission avant de pouvoir me
défaire de mon passé inexpiable pour avancer vers l'avenir.

— Très bien. Dans ce cas, vous devez y aller. Mais quand revien-
drez-vous ?

— Ici ? Ce n'est pas prévu…

— Pas prévu ? (Les yeux violets de Mary s'écarquillèrent d'un air
alarmé.) Vous ne revenez pas à Abbeywood ?

Evelyn sourit, plus sensible aux sentiments de Mary que ce qu'elle
pensait. Il vérifia sa supposition en répondant grossièrement :

— À Abbeywood ? Pourquoi voudrais-je revenir dans ce coin
paumé du royaume, peuplé de péquenauds ignares…

— Ce n'est pas un coin paumé ! Et il n'est pas… ils ne sont pas des
ignares, l'interrompit Mary avec véhémence.

Soudain agacée par son lapsus, elle baissa la voix :

— Ne voyez-vous pas la beauté qui nous entoure dans ce vallon ?
Cette paix et c-cette *harmonie* n'existent nulle part ailleurs. Et même si
être entouré de nature vous laisse de marbre, cette fabrique est bien la
preuve que ceux qui vivent ici sont déterminés à améliorer leur vie en
utilisant ces merveilles industrielles. Alors comment pouvez-vous les
traiter de péquenauds ignares ?

Evelyn ne releva pas son lapsus, qui ne le surprenait pas. Et malgré
son expression neutre, bien que légèrement sceptique, il la taquina
impitoyablement :

— Oh, que vous avez la mémoire courte, ma belle cousine ! Ce
n'est pas mon cas. Du vivant de Gerry, vous étiez impatiente de tourner

le dos à ce paysage bucolique et de fuir à Londres dès que l'occasion se présentait. À cette époque, vous ne parliez pas de la beauté ou de l'harmonie de cet endroit. Et pourtant, à mon retour, après avoir passé cinq années dans des contrées lointaines et sauvages, je vous retrouve amoureuse d'un petit coin pittoresque dont vous étiez impatiente de vous échapper ! Ah ! Mais je pense que ce n'est pas le paysage de cette région qui a joué, mais la compagnie que vous y avez trouvée.

— Oui ! Oui, vous avez raison, approuva Mary, si scandalisée qu'elle ne comprit pas du tout à qui il faisait allusion. Je voulais partir à cause de la compagnie que j'*avais trouvée* ici, et vous savez, vous *savez* comment… comment mon… mon *mariage* était, si on peut qualifier une telle servitude de mariage ! Est-ce étonnant que j'aie eu envie de fuir, de m'éloigner ?

— Ah ! Mais je ne parlais pas de l'odieux Gerry, chérie.

Mary hésita et cligna des paupières.

— Vous ne parliez pas de Gerald ? Je ne comprends pas…

Les yeux d'Evelyn s'illuminèrent et il afficha un grand sourire.

— Vraiment ? Je suis sûr que lui, l'écuyer de Cambrousse Hall, comprend.

— Ne l'appelez pas ainsi ! riposta-t-elle, trop énervée pour être gênée par son insinuation.

Evelyn appuya une épaule couverte de soie contre le mur en brique blanchi à la chaux et reprit, sourcils haussés et d'une voix teintée d'ironie :

— Alors comment préférez-vous que j'appelle votre écuyer, ma chérie ?

— Ce n'est pas *mon* écuyer. C'est le tuteur de Teddy, et il a toujours eu ses intérêts à cœur. Il donne généreusement de son temps pour être le régisseur d'Abbeywood, alors qu'il me semble évident, d'autant plus depuis que nous sommes ici, qu'il ferait mieux d'accorder ce temps à ses fabriques, à ses propres terres, à ses semblables. Mais néanmoins, il trouve le temps de tenir les comptes de Gerald, qui sont dans un état tellement déplorable que je me demande par quel miracle Teddy et moi n'avons pas été obligées de vendre jusqu'à nos derniers vêtements pour nous nourrir.

— Ne vous êtes-vous jamais demandé comment cela était possible ?

— Quoi donc ? Que nous ayons pu garder nos vêtements ?

— Oui. Vous m'avez dit que vous aviez refusé la généreuse allocation que Roxton vous avait proposée quand vous êtes devenue veuve. D'où viennent donc votre argent de poche et les sommes que vous dédiez à l'habillement, si ce n'est pas de votre famille ?

— Je n'ai pas besoin d'allocation. Je suis une excellente couturière, j'ai retouché et refait mes vêtements à plusieurs reprises. Par ailleurs, je me montre rarement en société ces jours-ci, je n'ai donc pas besoin de nouvelles robes…

— Toutes les belles femmes ont besoin de nouvelles robes… L'écuyer de Camb… Brycecomb Hall serait d'accord avec moi. Je suis certain que si vous lui demandiez, il vous fournirait autant de robes que vous le voulez, si ce n'est pas déjà le cas.

Mary poussa une exclamation de surprise.

— *Si ce n'est pas déjà le cas* ? répéta-t-elle. Evelyn ! Je ne vous comprends pas aujourd'hui. En vérité, vous faites délibérément tout votre possible pour me provoquer ! Quant à la raison pour laquelle vous vous montrez grossier envers Mr. Bryce dès que l'opportunité se présente…

— Je suis jaloux.

— Jaloux ? *Jaloux* d-de… *Mr. Bryce* ?

— Il est bigrement beau et intelligent. Et ici, dans cette petite région rurale, il est roi. Ses ouvriers s'en remettent à lui comme si Louis XIV en personne était parmi eux. Ce n'est pas étonnant, l'aisance naturelle de sa posture le distingue de ses semblables. Et puis il y a un autre détail ; son visage digne d'être sculpté dans le marbre pousse les femmes à s'accrocher à ses basques, y compris vous, chérie. Non ! Inutile de secouer la tête. J'ai bien vu comment vous le regardiez, même si vous, vous ne pouvez pas le voir.

— Eve, je…

— Mais il ne peut être traité comme Louis qu'ici, au milieu de ses villageois. Il ne pourrait jamais prospérer à Londres, non pas parce qu'il ne pourrait pas faire illusion ou jouer le jeu, mais parce qu'il ne pourra jamais être l'un des nôtres. Peu importe qu'une goutte de sang noble coule dans ses veines, celui-ci est trop dilué et contaminé à jamais.

— Dilué ? Contaminé ? Je ne comprends pas. En quoi ces adjectifs s'appliquent-ils à lui ? Que savez-vous de lui, que j'aurais pu ne pas découvrir alors que nous sommes voisins depuis huit ans ?

Evelyn lui donna une petite chiquenaude sur la joue.

— Vous ne comprenez vraiment pas, hein ? Vous ne voyez pas ce que j'ai vu à l'instant où j'ai posé les yeux sur lui. Mais c'est parce que vous êtes sans malice, ma chérie. Vous acceptez les gens comme vous les trouvez et vous croyez ce qu'ils vous disent. J'aimerais être comme vous. Cela dit, je pense qu'il n'accorde absolument aucune importance à son ignoble lignée. Mais vous, ma chérie, vous n'avez d'autre choix que d'y accorder de l'importance. Vous êtes la fille de Lord Fitzstuart, l'arrière-petite-fille du roi Charles...

— Je vous assure que je suis parfaitement consciente de ce que je dois à mon nom et à ma lignée – les lettres de ma mère en sont un rappel constant, ainsi que le fait que je dois penser à Teddy et à notre avenir, étant donc obligée de me remarier, déclara Mary de façon impassible, maintenant un contrôle strict sur ses émotions et espérant que la couleur de son visage et le tremblement de ses doigts étaient d'une ampleur bien moindre que le martèlement dans sa tête et dans son cœur. Pour tout vous dire, je pense à peu d'autres choses, car je viens d'avoir trente ans, ce qui signifie que mes chances de me remarier diminuent chaque jour.

— Ma chère Mary, je suis venu à Abbeywood avec un seul objectif en tête, mais je me suis retrouvé face à *lui*. Si je ne devais pas partir immédiatement après notre délicieux pique-nique à l'ombre de cet édifice audacieux, j'aurais réellement préféré avoir cette conversation avec vous en tête à tête dans votre charmant salon. Mais je n'ai pas le temps. Pendant mon absence, je veux que vous envisagiez votre avenir avec...

— Envisager mon avenir ?

— ... avec moi.

— Eve !

Mary écarquilla les yeux et ses lèvres s'écartèrent légèrement. Enfin, elle retrouva l'usage de la parole :

— Que me demandez-vous ?

— Oh, je pense que vous savez très bien ce que je vous demande. Mais je n'ai pas envie de déclarer mes intentions ici, dans cet environnement industriel, et en présence du noble écuyer. Je ne mettrai un genou à terre que lors de mon retour, dans un mois. Ainsi, ma très chère Mary, je vous offre un mois de sursis, pour que vous puissiez réfléchir sérieusement à la demande que je compte vous faire, et à ce que cela impliquerait pour nous deux. J'espère que vous verrez, comme je le vois, que c'est le bon choix, le choix le plus logique, pour deux cousins dont les familles sont étroitement liées et qui se connaissent depuis le berceau. Mais, ajouta-t-il en haussant les épaules, si dans un mois, quand je vous ferai ma demande, vous refusez cet honneur, je saurai que ce sera pour les meilleures des raisons, et j'accepterai votre décision.

Les yeux de Mary se remplirent de larmes et son cœur se mit à battre la chamade ; la perspective d'épouser son cousin lui donnait l'impression qu'on lui enlevait un immense poids des épaules. Sa mère serait folle de joie, et sa famille élargie également. Elle n'allait pas épouser n'importe quel homme, mais l'héritier désigné d'un comté, ce qui ferait d'elle une comtesse. Elle pourrait de nouveau entrer dans les salons de la société avec la tête haute. Elle serait accueillie à bras ouverts à toutes sortes de bals, raouts et soirées. Elle pourrait s'asseoir aux meilleures tables, porter de la soie et du brocart de premier choix, et avoir à sa disposition des carrosses, des chaises à porteurs, des maisons et une pléthore de domestiques. Evelyn était fortuné, et généreux. Elle et Teddy ne manqueraient plus jamais de rien. Sa fille aurait un comte comme beau-père et une dot qui conviendrait au rang élevé de sa mère. Et quand le moment de la marier arriverait, elle ne serait jamais à court de prétendants convoités. Si elle épousait Evelyn, tous leurs problèmes seraient réglés.

Mais tout aussi rapidement qu'il avait disparu, le poids retomba sur ses épaules tel un rocher. Il ne se contenta pas d'y rester, mais se fit encore plus pesant jusqu'à s'installer sur sa poitrine. Sans qu'elle sache pourquoi, une immense tristesse la submergea. Elle aurait dû être folle de joie de recevoir une demande en mariage de son plus proche cousin, qu'elle aimait depuis qu'elle était petite. C'était un rêve devenu réalité, non ? Alors pourquoi était-elle aussi triste ? Elle était malheureuse et rongée par la culpabilité, ce qui la déconcerta au point de lui provoquer subitement une migraine.

Affligée, elle regarda derrière Evelyn, de l'autre côté de cet étage de la fabrique, où Teddy, Lord Shrewsbury, Rory Fitzstuart, Mr. Philip Audley et le chef de la fabrique étaient rassemblés au pied du deuxième escalier en vue d'aller visiter les niveaux supérieurs.

Ils semblaient être au milieu d'une conversation qui tournait autour de Rory. Mary comprit que sa belle-sœur proposait qu'ils continuent sans elle ; son infirmité l'empêchait de monter les escaliers aussi facilement que tout le monde, et si elle s'aidait de sa canne, sa lente avancée ne ferait que retarder le déroulement de la journée. Son grand-père refusait de l'entendre se rabaisser ainsi. Mary se sécha rapidement les yeux et sourit quand une solution se présenta. Bien sûr ! Tandis que les autres partaient devant, Teddy grimpant les marches avec le chef de la fabrique, Mr. Philip Audley juste derrière eux et suivis par Lord Shrewsbury, qui portait la canne de Rory, Christopher Bryce prit aisément Rory dans ses bras. Quand elle fut confortablement installée, Christopher suivit le reste du groupe à l'étage.

Mais avec un pied botté posé sur la première marche, il risqua un coup d'œil par-dessus son épaule ; son regard traversa la pièce, se posa sur Mary et resta fixe, ses traits dénués de toute expression, elle n'eut donc aucun moyen de deviner ce qu'il pensait. Mais elle savait qu'il devait trouver son comportement grossier et impardonnable. Cela était totalement justifié, et elle ne lui en voulait pas. Elle et Evelyn avaient l'arrogance de s'être lancés dans une conversation privée et de ne montrer aucun intérêt pour son aventure industrielle, alors qu'il était évident aux yeux de tous que la fabrique était source d'une immense fierté. Elle l'avait blessé, elle le savait, et elle mourait d'envie de le rejoindre, de lui expliquer, de lui demander pardon, de s'excuser pour leur comportement.

Mais elle n'en fit rien. Car quand leurs regards se croisèrent, même si ce fut pendant le plus bref des instants, même si aucun des deux ne prononça un mot ou n'indiqua à l'autre ce qu'il pensait, elle fit une découverte stupéfiante. La surprise fut telle que ses poumons se vidèrent soudain et elle fut prise d'un vertige. Elle recula contre le mur pour s'empêcher de basculer vers l'avant, ses genoux chancelèrent et elle se sentit instable sur ses pieds. Elle était tellement étourdie qu'elle crut qu'elle allait s'évanouir. Elle savait qu'elle ne pourrait pas traverser la pièce sans perdre l'équilibre. Mais il y avait une chose dont elle était sûre. Aussi sûrement que le dimanche précédait le lundi, elle comprit, sans l'ombre d'un doute, qu'elle était profondément et ineffablement amoureuse, mais de la mauvaise personne.

DIX-HUIT

De toutes les fois et tous les endroits, trop nombreux pour les compter, où ils avaient été en compagnie l'un de l'autre, il avait fallu qu'elle se retrouve dans cet endroit, une fabrique de tissu, et qu'elle reçoive la demande en mariage d'un autre homme, pour que Mary prenne conscience de la stupéfiante vérité ; elle était amoureuse, avait toujours été amoureuse, de Mr. Christopher Bryce.

Dès leur première rencontre, quand il était venu rendre visite à son mari, il avait provoqué au plus profond d'elle quelque chose d'indéfinissable, de lancinant, à l'appétit toujours plus grand et qui refusait de disparaître. Elle avait fait tout son possible pour réprimer ce sentiment avec chaque fibre de son être, car elle était mariée. Et puisqu'elle était mariée, elle était persuadée qu'avoir du désir pour un homme qui n'était pas son mari était épouvantable ; une leçon inculquée par sa mère dès son plus jeune âge. Par ailleurs, pour une femme mariée qui était en plus mère, ce désir était également anormal et répugnant.

Mais les maximes de sa mère sur le désir féminin et le mariage l'avaient désemparée, troublée. Car pendant ses années passées avec sa cousine la duchesse de Roxton, elle avait découvert un monde différent, qui contredisait tous les préceptes de sa mère. Elle avait été témoin de l'espièglerie qui existait entre le duc et la duchesse, de leur naturel devant leur famille. Souvent, ils se tenaient la main, échangeaient un tendre baiser, et pouvaient rester assis pendant des heures ensemble, à l'aise en compagnie l'un de l'autre, sans avoir à prononcer un seul mot. Par-dessus tout, ils étaient toujours gentils l'un envers l'autre. Il avait semblé évident, même pour une enfant du jeune âge de Mary, que le couple ducal était profondément amoureux.

Mais au cours de son mariage avec Sir Gerald, elle n'avait rien connu de tout cela, ce qui l'avait rendue glaciale émotionnellement et physiquement, à tel point qu'elle se pensait incapable d'apprécier toute forme d'intimité, et qu'elle se demandait si elle était un minimum désirable. Du vivant de son mari, elle n'avait eu à fournir aucun effort pour réprimer ses penchants naturels et ses sentiments.

Quand elle était devenue veuve, elle avait continué à avancer sur le même chemin, minée par son avenir incertain et refusant de voir toutes les possibilités en matière d'amour et d'expression physique de l'amour. Elle était tellement habituée à la présence de l'écuyer à Abbeywood qu'elle ne parvenait pas à le voir sous un autre jour, et les sentiments qu'elle avait pu avoir pour lui avaient peu de chance de refaire surface, car ils étaient enfouis depuis si longtemps au plus profond de son cœur glacé.

Puis ils avaient échangé ce baiser dans sa chambre, ravivant l'étincelle de désir apparue lors de leur première rencontre. Et à l'instant présent, alors qu'elle observait Christopher tourner les talons et disparaître dans l'escalier avec Rory dans les bras, elle sut qu'elle l'aimait, sans l'ombre d'un doute. Et elle savait qu'il l'aimait. Il le lui avait dit, mais elle le croyait maintenant. De telles pensées lui donnaient des frissons de bonheur. Elle voulait aller le voir, lui dire, lui faire savoir que son amour était réciproque, au centuple. Puis, au loin, au-delà de toutes ses pensées, elle entendit une voix l'appeler. Toute la chaleur qui l'avait envahie à l'idée d'aimer et de se savoir aimée quitta son corps, elle eut soudain froid et fut submergée par une confusion inexplicable et une agitation évidente.

Cette prise de conscience s'accompagna de vérités indéniables. Quel était l'intérêt de dire à Christopher qu'elle l'aimait, si elle ne pouvait pas laisser libre cours à ses sentiments ? Elle accepterait la demande en mariage d'Evelyn ; il le fallait. Elle ne pouvait pas, en toute conscience, lui dire non, refuser cet honneur qu'il lui accordait. Il s'agissait de la bonne décision à prendre, pour son avenir et celui de Teddy. On attendait d'elle qu'elle fasse un bon mariage, avec un homme qui venait de sa propre sphère sociale. Evelyn et elle allaient très bien ensemble. Ils venaient de la même strate sociale et familiale. Ils avaient une histoire commune, et ils s'aimaient. Ce serait le mariage de la Saison !

Elle était donc certaine qu'un mois plus tard, quand Evelyn lui demanderait de devenir sa femme, elle accepterait, même si elle savait que son amour pour lui était très différent de ses sentiments pour

Christopher. Son amour pour son cousin était rassurant, stable et prévisible. Elle savait exactement à quoi s'attendre. Ses sentiments pour Christopher n'avaient rien à voir, ils la déroutaient, lui coupaient le souffle, et la faisaient flotter dans une mer déchaînée de possibilités inattendues.

Ces vérités s'accompagnèrent d'honnêteté. Elle savait avec une certitude déprimante qu'elle était la fille de sa mère. La voix de la comtesse infiltra ses pensées confuses et commença ses grands discours sur le mariage ; il n'y avait aucun avenir possible entre le fils d'un petit écuyer et la fille d'un comte. Tout le monde savait que l'accouplement entre une jument et un âne donnait naissance à un mulet, un paria qui n'était ni cheval ni âne. La fille d'un écuyer pouvait rejoindre la noblesse par le mariage, mais les filles de la noblesse n'épousaient jamais un homme d'un rang inférieur.

Ainsi, ce fut avec le cœur lourd et une tristesse qui envahit toute son âme qu'elle prit sa décision ; il valait mieux, pour la tranquillité d'esprit de tous ceux qui étaient impliqués, qu'elle ne donne pas libre cours à ses sentiments. Elle était revenue à la case départ. Elle redevint indifférente, insensible. Il lui fallut un moment avant de comprendre que la voix qui l'appelait appartenait à Evelyn, et qu'elle n'était pas lointaine du tout.

Il était toujours auprès d'elle, lui demandait si elle allait bien, si elle voulait suivre les autres à l'étage pour voir le reste de la fabrique. Elle secoua la tête. Elle préférait s'asseoir pendant un instant dans l'escalier, au calme. Il s'assit donc avec elle.

— Donnez-moi votre éventail, ma chérie, ordonna-t-il avec douceur.

Quand elle le tira inconsciemment d'une poche attachée sous sa robe, il le prit, l'ouvrit d'un petit geste rapide et l'agita telle une femme. Il envoya de l'air frais vers le visage empourpré de Mary, et quand elle lui accorda son attention, il dit à voix basse :

— Ce mois pendant lequel je serai absent, je vous l'offre ; vous pourrez vivre comme vous l'entendez.

— Vous me l'offrez ?

Mary battit des paupières, sans comprendre, mais il savait qu'il avait toute son attention.

— Oui. J'ai peut-être l'air aussi égocentrique que Narcisse, mais en tant qu'agent de la couronne, j'ai été bien entraîné dans l'art de la supercherie, et je sais reconnaître quand quelqu'un ment. Je peux débusquer les sentiments les plus profonds des gens, leurs désirs secrets, et m'en servir contre eux. (Il cessa d'agiter l'éventail et esquissa un doux sourire.) Je ne suis pas aveugle, et je ne suis pas dénué de sentiments. Je vois bien que l'écuyer fait bouillir votre sang, et ce n'est pas une mauvaise chose... Mary ! Ne secouez pas la tête et ne vous détournez pas. Regardez-moi !

Quand elle croisa son regard sans retenue, il reprit, avec une franchise qui la choqua :

— Si vous ne donnez pas libre cours à vos sentiments pour cet homme, vous vous interrogerez toute votre vie, et cela nous pénalisera tous les deux. Je veux que ma femme soit loyale dans ses actes et dans sa tête. Je veux aussi une femme qui connaît un peu le lit conjugal. Je n'ai jamais été de ceux qui attachent de la valeur à la virginité. Le manque d'expérience sexuelle est d'un ennui sans nom.

— Mais... j'ai un enfant ! Comment pouvez-vous... ?

— Gerry était un porc. Je serais prêt à parier qu'il ne pensait jamais à vos besoins, qu'il ne pensait qu'à se satisfaire lui. On ne peut pas appeler cela « faire l'amour ». Dans sa plus simple expression, il s'agit d'un accouplement bestial, dans le seul but de procréer. Dans sa forme la plus égoïste, il s'agit de la satisfaction du besoin charnel masculin.

— Je vous en prie, Eve. Je ne veux pas... Comment pouvez-vous me parler de telles ch... ?

— Parce que j'étais exactement comme lui – enfin, peut-être pas aussi dégoûtant et définitivement pas aussi repoussant, mais quand j'étais bien plus jeune, je n'accordais de l'importance qu'à ma musique. Je me moquais totalement des besoins des femmes avec qui je couchais. Même avec Dominique.

— Oh, Eve ! Mais c'était votre femme !

— Et vous étiez la femme de ce glouton de Gerry. Il n'y a donc rien à ajouter. Mais depuis la mort de cette pauvre Dominique, j'ai acquis une vaste expérience des femmes. Je suis sûr que si vous saviez tout de mes ébats, le choc serait tel qu'il vous donnerait des cheveux blancs. Mais je ne regrette rien, et je n'ai plus ni le besoin ni l'envie d'assouvir une quelconque curiosité en ce qui concerne la gent féminine. Mais vous, ma chérie, vous n'avez absolument aucune expérience de l'amour charnel, et...

— Mais, en tant qu'époux, ce sera certainement votre rôle de-de me faire comprendre – *savoir* – ce qu'est l'amour charnel ?

— Mais cela ne règle pas le problème de votre désir inassouvi pour le noble écuyer...

— Eve ! J-je... Comment pouvez-vous... ? bredouilla Mary, le visage pâle.

— Et c'est pour cela que je vous offre ce mois. Vous méritez qu'on vous fasse l'amour, de savoir ce que c'est, de savourer cette expérience. Vous devez effacer de votre mémoire ce que vous avez subi aux mains de votre brute de mari. Par ailleurs, vu le fascinant passé de votre écuyer dans les États italiens, je suis sûr qu'il fera tout ce qui est en son pouvoir pour être un amant idéal.

Mary fixait Evelyn d'un air interrogateur.

— Un tel arrangement vous satisferait ?

— Si à la fin du mois, votre… hum… *curiosité* est bel et bien assouvie et que vous acceptez ma demande en mariage, alors un tel arrangement aura été bénéfique pour nous deux.

— Et lui alors ? C'est un homme si respectable… Il me semble inconcevable qu'il puisse accepter.

Là-dessus, Evelyn rejeta la tête en arrière et éclata de rire. Mary ne comprenait pas ce qui l'amusait.

— Oh, il est vrai que sa transformation en noble écuyer a été très réussie. Personne, dans cette cambrousse, n'aurait assez d'imagination pour l'envisager autrement que comme il se présente au monde. Et je suis persuadé que c'est ainsi qu'il compte passer le reste de ses jours ennuyeux. Mais cela n'efface pas son passé de sigisbée très convoité…

Mary plissa son petit nez.

— Si… *sigisbée* ? Qu'est-ce qu'un sigisbée ? Et comment savez-vous cela à propos de lui ? L'avez-vous espionné quand il vivait à l'étranger ?

— Ah ! J'en ai trop dit ! Vous n'aurez qu'à lui demander.

Il donna un petit coup d'éventail taquin sous le menton de Mary, puis il lui rendit et se leva. Il aida Mary à en faire autant et dit avec un sourire :

— S'il a autant d'estime pour vous que je le soupçonne, et parce qu'il a de pénibles principes, il voudra tout vous avouer. Souvenez-vous que si vous lui posez la question, vous obtiendrez peut-être une réponse que vous auriez préféré ne pas connaître ! Allons rejoindre le reste des pique-niqueurs avant qu'ils ne se débarrassent totalement de nous !

Quand Mary et Evelyn les rejoignirent, les autres étaient rassemblés au pied de l'escalier, en pleine discussion importante avant de descendre à l'étage inférieur pour découvrir le fonctionnement de la roue hydraulique.

Christopher les prévenait qu'ils ne devaient pas être surpris par le bruit tonitruant, qui était parfaitement normal et était causé par l'eau qui se précipitait dans un étroit canal et tombait sur la roue hydraulique ; c'était le poids de la chute d'eau qui mettait les aubes en mouvement et faisait tourner la roue. Il souligna que le bruit était si assourdissant qu'il était impossible de discuter ; il serait inutile de crier pour se faire entendre. Il leur dit qu'il était essentiel qu'ils suivent tous ses instructions, qu'ils devaient faire précisément ce qu'il leur disait de faire, et qu'ils ne devaient pas s'écarter. Et surtout, ils devaient faire attention les uns aux autres, à tout instant. Il ajouta ceci en souriant à Teddy, qui l'écoutait attentivement, les yeux écarquillés et avec un sourire en coin. Quand elle hocha la tête pour lui assurer qu'elle obéirait, il lui adressa un clin d'œil, puis entreprit de dire au groupe qu'il espérait que le bruit et ses consignes ne gâcheraient pas leur plaisir ou leur émerveillement face à la merveilleuse roue hydraulique de Mr. Smeaton.

Ils se préparèrent tous à descendre l'escalier ; Teddy prit la main de Christopher et Rory se contenta de prendre le bras de son grand-père et de s'appuyer sur sa canne, car il n'y avait qu'une douzaine de marches et qu'elle pourrait donc s'en sortir assez aisément. Mais Lord Shrewsbury les prit au dépourvu, et tous s'arrêtèrent pour le regarder quand il dit, d'un ton grave :

— Je pense qu'il vaudrait mieux que les dames et l'enfant restent ici. Je crains que ce soit trop bruyant pour les sensibilités féminines. Mr. Bryce nous a avertis que nous ne pourrons pas nous entendre ou parler par-dessus le vacarme ; si l'une de vous s'évanouissait, il vous serait impossible d'appeler à l'aide. N'êtes-vous pas de cet avis, Vallentine ?

— Je suis on ne peut plus d'accord, milord ! Nous entendons déjà un affreux boucan à travers le plancher, je suis persuadé que le bruit en dessous sera trop infernal pour les nerfs de ces dames.

— Mais… grand-père ! murmura Rory, stupéfaite. Comment pouvez-vous penser que je suis faible au point de m'évanouir à cause du bruit d'une roue hydraulique ? (Elle serra son avant-bras.) Vous devez savoir à quel point je rêve d'en voir une en service, surtout si c'est une conception de Mr. Smeaton. Mr. Bryce, Mr. Smeaton est l'ingénieur civil le plus important du pays, n'est-ce pas ? demanda-t-elle à Christopher. Il est surtout connu pour sa tour à Eddystone Rocks.

— Tout à fait, milady, approuva Christopher, impressionné par les connaissances de Rory. C'est bien lui qui a conçu ce phare, qui a depuis sauvé de nombreux bateaux et de nombreuses vies.

Il sourit à Rory et se tourna vers son grand-père, à qui il dit :

— Milord, j'ai spécifiquement choisi Mr. Smeaton pour concevoir et faire construire cette roue hydraulique qui se trouve sous nos pieds, car son dispositif d'alimentation est, selon moi, le meilleur et le plus efficace qui existe à ce jour. D'ailleurs, il a reçu une médaille Copley pour ses recherches sur le fonctionnement des roues hydrauliques et des moulins à vent. N'importe qui ayant un vif intérêt pour la science voudrait absolument saisir l'opportunité de voir, de ses propres yeux, la roue de Smeaton en fonctionnement.

— Voilà, grand-père ! Mr. Bryce possède l'une des meilleures – voire *la* meilleure – roues à eau du pays ! Et nous avons vu, aux étages supérieurs, qu'elle alimente toutes ces machines à filer pour qu'elles filent la laine bien plus rapidement que n'importe quelle femme seule devant son rouet. Combien de fils par machine, Mr. Bryce ?

— Quatre-vingt-seize, voire un peu plus, milady.

— Ce nombre n'est-il pas stupéfiant, grand-père ? Une telle roue à eau doit vraiment être une merveille ! Voyez-vous, c'est pour cela que je ne peux pas rater l'opportunité de la voir par moi-même.

Lord Shrewsbury tapota la main de Rory avec un sourire et sembla hésiter. C'est alors que Mr. Philip Audley donna son avis, comme s'il faisait partie de la discussion et qu'on l'avait personnellement sollicité.

— Ma chère Lady Fitzstuart, commença le secrétaire du duc de Roxton avec un sourire condescendant et un soupir de résignation, allant jusqu'à secouer légèrement la tête vers elle. Qu'est-ce que l'inspection d'une roue à eau, comparée à votre santé et à votre sécurité ? Je me joins humblement à Lord Shrewsbury dans sa supplication, car il a raison. Je crains qu'une machine assez puissante pour faire tourner des engins aussi nuisibles à une telle vitesse soit aussi bruyante que le plus bruyant des coups de tonnerre. Et les coups de tonnerre ne nous font-ils pas sursauter d'effroi ?

Il renifla en direction de Christopher, sans le regarder, les narines pincées de dédain, avant de se tourner pour s'adresser aux autres :

— Il nous incombe, n'est-ce pas, de faire preuve de charité chrétienne et de pardonner à Mr. Bryce son manque de considération qui l'a poussé à suggérer que ces dames descendent dans ce qui, pour elles, reviendrait aux profondeurs de l'enfer, pour voir un dispositif aussi inquiétant. Assurément, une telle suggestion prouve un net manque de compassion et une méconnaissance des sensibilités délicates propres aux femmes d'un rang bien supérieur au sien. Il oublie cela, puisqu'il est entouré de femmes de ferme, éduquées dès le berceau, telles des mules, à travailler longuement et durement. Ces femmes partagent les sensibilités émoussées de leur maître ; aucun bruit n'est assez fracassant pour les effrayer. Et c'est sans doute pour cette raison qu'elles s'adaptent si bien à cette entreprise commerciale. Mais nous qui avons passé notre vie entière à respecter la beauté fragile et la délicatesse de celles des rangs les plus élevés, dont vous, Lady Fitzstuart et ma chère Lady Mary, êtes à l'apogée, nous savons très bien comment vous devez être traitées, et nous ne tolérerions jamais que vous soyez exposées à quelque chose d'aussi déplaisant. Et je peux vous assurer en toute confiance que mon estimé employeur, Sa Grâce de Roxton, serait très certainement d'accord avec moi sur ce point.

Il conclut avec un sourire confiant en s'inclinant devant chacune.

La première réaction à ce discours alambiqué et dérisoire fut un silence sidéré. Tout le monde était encore en train de digérer les paroles du secrétaire et de se demander quelle réponse donner à la condescendance excessive de cet homme, sans même parler de son audace, de son absolu manque de manières et de son insolence flagrante envers leur hôte quand, à la grande surprise de tous, une réfutation animée se fit entendre, non pas de la part de Rory ou de son grand-père, ni même de l'écuyer, mais de Lady Mary. Elle était si scandalisée qu'elle ne se rendit pas compte qu'elle défendait l'écuyer avec passion, mais lui le remarqua, et tous les autres également.

Cette Mary, la Lady Mary Cavendish qui choisissait toujours ses mots avec précaution, qui se tenait droite comme un *i*, qui était distante et hautaine avec les inconnus, et qui, en présence de sa mère, ne sortait jamais de son ombre. Cette même Mary émergea de cette ombre, les mots s'échappant de sa bouche de façon désordonnée, ses mains gesticulant, son regard violet brillant, humide et intense. Cette Mary fut une révélation pour tous, à l'exception d'Evelyn et de Christopher. Les deux hommes auraient été surpris d'apprendre qu'ils partageaient la même satisfaction privée – Evelyn parce qu'il avait entraperçu cette Mary lors de leur enfance commune et savait donc qu'elle existait encore quelque part en elle ; et Christopher, parce qu'il avait toujours été persuadé que, juste sous la surface de ses dehors hautains, cette Mary attendait de jaillir et d'être reconnue – sa véritable Mary.

— Qui êtes-vous, monsieur, pour oser supposer que vous nous connaissez, moi et ma sœur, Lady Fitzstuart ? articula Mary d'une voix tremblotante de colère contenue et qui, à chaque mot prononcé, gagnait en force et en assurance, tant et si bien que personne ne l'interrompit et tous gardèrent les yeux rivés sur elle. Qui êtes-vous pour rabaisser Mr. Bryce ? Vous venez ici en tant que représentant de mon cousin Roxton, et nous vous tolérons à Abbeywood depuis des années uniquement parce que vous êtes l'instrument du duc. Mais votre suffisance vous a fait oublier ce simple fait. Mon cousin ne se permettrait jamais de mépriser le dur labeur de ses métayers, qui travaillent du lever au coucher du soleil en son nom et qui s'évertuent à réussir leur vie. Il est assez modeste et intelligent pour savoir ce qu'il leur doit, et ce qu'ils lui doivent. Et ils ont d'autant plus d'estime pour lui grâce à cela. De la même manière, Mr. Bryce apprécie les employés de sa fabrique à leur juste valeur, en tant que maître juste et équitable.

» Mais vous, Mr. Audley, vous êtes tellement arrogant que vous le méprisez, lui, ainsi que les gens honnêtes et travailleurs de ce vallon, alors que c'est envers ces gens que vous devriez être reconnaissant. N'avez-vous jamais pensé aux personnes qui fabriquent vos vêtements, préparent votre nourriture, fournissent le papier, les plumes et l'encre que vous utilisez en tant que secrétaire de Sa Grâce ? Ces honnêtes gens sont-ils indignes de votre attention uniquement de par leur condition de roturiers ? Je m'occupe de mes ruches, je nourris mes poules et je ramasse leurs œufs. Je baratte le beurre et j'affine des meules de fromage. Ces tâches sont nécessaires au bon fonctionnement d'une ferme. Elles nécessitent également que je me serve de mes mains, ces *mains délicates* qui, selon vous, ne sont bonnes qu'à broder et à jouer du pianoforte, car je suis une lady. Par ailleurs, vous considérez que ces tâches agricoles auxquelles je me livre ne sont dignes que des femmes et des filles de ferme, que vous appelez *mules* de façon si insultante ! Suis-je moi-même une mule, Mr. Audley ? Non ! Ne dites rien. Je n'ai pas de temps à accorder à vos platitudes flagorneuses.

» Je suis très fière de contribuer à la production d'Abbeywood. Et si je dois être honnête, je suis bien plus satisfaite en vivant et en travaillant – oui, en *travaillant*, Mr. Audley – ici dans le vallon, entourée de ses habitants, qu'en défilant dans les salons de la société en portant d'exquises soieries ! Et mon cousin ne traiterait jamais Mr. Bryce avec la condescendance dont vous osez faire preuve, monsieur ! Vous pensez, parce que je me suis tue toutes ces années, que j'approuve votre comportement méprisable ? Vous pensez que je ne vois pas, que je n'entends pas, que je ne *ressens* pas vos efforts pour rabaisser mon régisseur et lui donner sans cesse l'impression qu'il ne devrait pas assumer cette fonction ? Tout ce qu'il a toujours voulu, c'est qu'Abbeywood prospère, afin que mon neveu ait un héritage digne de ce nom ; une chose à laquelle mon mari n'a jamais accordé une seule minute de réflexion. À vrai dire, je suis persuadée que Sir Gerald était déterminé à épuiser toutes les ressources du domaine pour que Jack n'ait plus rien. Et malgré tout, en à peine deux ans, Mr. Bryce a réussi à donner à mon neveu, un garçon à qui il n'est même pas lié, un avenir digne de ce nom.

» Et vous savez tout cela, Mr. Audley. Vous avez tout cela sous les yeux à chaque fois que vous vous installez devant un bureau pour inspecter les registres préparés avec soin par Mr. Bryce et son assistant, Mr. Deed. Vous avez examiné de près chaque plus et chaque moins, chaque calcul, dans l'espoir de trouver la moindre faille dans leurs comptes. Et ce n'est pas parce que vous avez ne serait-ce qu'une once d'intérêt pour le domaine. Vous avez peut-être un immense besoin d'être loué par Sa Grâce pour la peine que vous vous donnez en son nom, mais je suis plus que jamais convaincue que votre comportement mesquin est influencé par une disposition à l'amertume et à l'insatisfaction. Vous auriez pu bien mieux vous en tirer si vous aviez été humble et si vous aviez été fier de vos accomplissements, et nous aurions eu plus de considération à votre égard.

Elle prit une profonde inspiration, leva le menton, les yeux toujours rivés sur le secrétaire au visage rouge, et elle tendit légèrement les mains devant elle en redressant les épaules.

— Je vais écrire à Sa Grâce pour vous relever de vos obligations à Abbeywood. Mon cousin pourra nommer quelqu'un d'autre à votre place, bien que je pense également cela inutile, ce que je lui ferai savoir. Maintenant, indiquez-moi que vous avez bien compris tout ce que je vous ai dit, et présentez vos excuses à Mr. Bryce. Ensuite, vous pourrez nous quitter pour aller réfléchir au calme près de l'étang de la fabrique, en attendant que le repas soit prêt.

Le secrétaire s'inclina docilement devant elle, les yeux baissés, et quand il hésita à faire de même devant Christopher, Shrewsbury le poussa à agir d'un grognement. Audley présenta ses excuses à l'écuyer à voix basse et d'un ton sec, puis il s'inclina et quitta la fabrique à grandes enjambées, sans croiser aucun regard. Evelyn le suivit jusqu'à la porte et l'empêcha momentanément de sortir.

— Vous avez bien raison de vous éclipser avec la queue entre les jambes. Mais n'allez pas trop loin. Shrewsbury et moi avons quelques questions à vous poser.

Philip Audley plongea son regard dans les yeux bleus d'Evelyn ; il n'y avait aucune trace de remords dans son expression ou dans sa voix. À vrai dire, son ton était marqué d'une pointe de menace, et toute illusion d'humilité condescendante avait disparu.

— Soyez tranquille, milord, je ne vais pas aller très loin. J'ai mes propres questions à apporter à cette discussion. Si vous voulez bien vous pousser de mon chemin. Cet air chargé de noble suffisance est irrespirable.

Evelyn lui donna une tape dans le dos.

— Bien. Vous n'aurez bientôt plus à le supporter.

Evelyn rejeta la tête en arrière, partit d'un rire discordant et s'éloigna de la porte en s'inclinant devant le secrétaire de façon exagérée, le désarçonnant, ce qui était exactement son intention.

Mary les observait et, n'ayant pas entendu leur échange hargneux à voix basse, elle sourit devant l'air théâtral de son cousin. Puis elle soupira, comme si elle était soulagée. Elle fut surprise par la vague de calme qui la submergea après cet emportement inhabituel. Elle s'attendait au moins à être mal à l'aise, mais ce n'était pas le cas. Alors que le secrétaire offensé disparaissait à l'extérieur, la femme de chambre de Mary entra dans la pièce et, d'un hochement de tête dans sa direction, lui indiqua que le repas était prêt à être servi. Elle se tourna donc vers sa fille, qui la regardait d'un air interrogateur, car elle ne savait pas vraiment si sa mère était encore en colère ou non. Mary n'avait pas manqué de remarquer que par deux fois, Teddy avait jeté un coup d'œil à Christopher, comme si elle avait besoin qu'on lui assure que tout allait toujours bien dans son monde. Cela ne fit qu'accroître les sentiments de Mary. À l'évidence, cet homme était le seul à avoir jamais assumé un vrai rôle de père avec Teddy.

Quand Mary tendit la main avec un sourire, Teddy la prit avec enthousiasme. Puis elle attira sa fille dans ses bras, se tourna vers Rory et dit :

— Seriez-vous excessivement déçue si je vous demandais de contenir votre curiosité jusqu'à ce que nous ayons mangé ? Je suis sûre qu'une pause et quelques rafraîchissements vous feront du bien – nous feront du bien à tous, ajouta-t-elle en parcourant l'étroit espace qu'ils partageaient du regard, prenant garde à dissimuler aux autres sa référence voilée à la grossesse de Rory. Après avoir repris des forces, nous pourrons accorder toute notre attention à la roue à eau de Smeaton. Qu'en dis-tu, Teddy ? Pouvons-nous partager la délicieuse confiture de fraises de la cuisinière avec nos invités ?

— Celle à la fraise ? Vraiment ?

— Oui, et les noix vinaigrées, car je sais que Lord Vallentine les aime particulièrement.

Elle regarda Evelyn par-dessus la tête de Teddy ; il se tenait maintenant près de l'écuyer. Elle résista à son envie de regarder Christopher et sourit à son cousin quand il haussa les sourcils en réponse à son rappel discret qu'il avait volé un pot de ce condiment particulier dans l'office alors qu'on le prenait pour un fantôme.

— Et les cornichons ? demanda Teddy. Avez-vous pensé aux cornichons ? C'est ce qu'oncle Bryce préfère.

Mary baissa les yeux vers Teddy, qui avait la tête renversée et le sourire aux lèvres, et l'embrassa sur le front.

— Oui ! Je m'en suis souvenue. Il nous l'a dit pendant le souper. Et oui, j'ai demandé à la cuisinière d'en sortir un pot également.

Teddy arbora un grand sourire et relâcha ses épaules ; elle était redevenue elle-même, après l'explosion de colère inhabituelle de sa mère. Elle regarda Christopher pour voir sa réaction, mais il n'eut pas l'opportunité de répondre, car Evelyn lui donna un coup de coude dans les côtes pour attirer son attention.

— Des cornichons, Sylvanus ? susurra-t-il avant de faire la grimace. Je suis bien content que les noix vinaigrées ne soient que pour moi. Elle aussi sera bientôt toute à moi, dans quelques semaines. Mais j'aime donner une chance raisonnable à mon adversaire. Ainsi, j'apprécierai encore plus de la conquérir et de la garder auprès de moi. Après manger et avant que vous ne repreniez vos discours ennuyeux sur la roue hydraulique, allons faire un tour, vous et moi. Vous voudrez entendre ce que j'ai à vous proposer, soyez-en certain.

DIX-NEUF

— Voilà, nous sommes en train de faire ce tour. Alors, que me voulez-vous ?

Christopher s'arrêta au niveau de la première martellière et se tourna dans la direction d'où ils venaient. Ils avaient suivi le chemin qui longeait le canal via lequel l'eau quittant la fabrique se précipitait vers la rivière. Lui et Evelyn s'étaient assez éloignés des pique-niqueurs pour ne pas être entendus, tout en étant assez proches pour garder un œil sur les invités et sur les domestiques qui les servaient. Tandis que les pique-niqueurs étaient assis autour d'une table qui croulait sous le poids de l'argenterie, de la porcelaine et d'un festin qu'on aurait pu retrouver dans la salle à manger de n'importe quel lord, les ouvriers de la fabrique et les fileurs travaillant à leur domicile, ainsi que leurs familles, dégustaient un festin modeste de leur côté, près de l'eau.

Ses employés appréciaient les quelques heures de repos et de récréation en extérieur, ainsi que le ragoût d'agneau, le pain, les gâteaux au panais et le cidre qu'il leur avait fourni, mais ce qui leur plaisait le plus, c'était l'opportunité d'observer la noblesse de si près. La plupart d'entre eux ne s'étaient jamais, de toute leur vie, aventurés plus loin que le village les jours de marché. Ainsi, les personnes qu'ils avaient vues ayant le rang le plus élevé étaient le pasteur et sa femme, et les écuyers de la région et leurs familles, et seulement de loin. Même Lady Mary Cavendish, que tous connaissaient comme la lady la plus titrée du vallon, n'était jamais venue de ce côté de la forêt de Puzzlewood. Ils furent donc très satisfaits de découvrir qu'elle était aussi jolie que ce qu'on affirmait généralement, que ses cheveux roux, flamboyants et brillants étaient de la même couleur que les flammes, qu'elle n'était pas très grande et qu'elle avait un nez fin et délicat et de grands yeux.

D'ailleurs, le fait de les observer, elle et sa noble compagnie, autour de la table de pique-nique les comblait, et Christopher savait qu'ils en parleraient pendant les semaines, voire les mois à venir, que cette scène resterait gravée dans leur mémoire collective à jamais. Les grands-parents raconteraient à leurs petits-enfants l'histoire de ce jour où des gentlemen et des ladies à la peau aussi blanche et propre que la neige fraîche, tous vêtus de velours et de soie somptueusement brodés, étaient venus pique-niquer à la fabrique. Les dames avaient des plumes d'autruche colorées dans leurs chapeaux en paille et en soie à larges rebords et souriaient derrière des éventails qu'elles agitaient. Les gentlemen, quant à eux, avaient de la dentelle autour de leurs poignets, se servaient de leurs couverts en argent et buvaient dans des gobelets qui étaient instantanément remplis par des domestiques qui couraient dans tous les sens pour satisfaire leur moindre caprice.

Cette charmante scène pastorale aurait mérité d'être immortalisée à la peinture à l'huile. La chaleur du soleil baignait la forêt aux couleurs automnales d'une lumière dorée sur les collines derrière eux, et le noble rassemblement qui pique-niquait près du ruisseau détonnait tant dans ce paysage qu'on aurait pu les prendre pour des seigneurs elfes et des reines des fées sortis de leur cachette pour déjeuner. Mais Christopher repéra des nuages gris qui arrivaient du nord-est, et il prédit de la pluie avant que le jour ne commence à décliner. Il devait pourtant montrer la roue hydraulique à ses invités avant leur retour à Abbeywood, un trajet qui prendrait au moins une heure de plus qu'à l'aller, car il fallait remonter la colline. Si la pluie arrivait, les chemins deviendraient tout boueux, et si la nuit tombait, leur trajet retour deviendrait impossible.

Ainsi, le fait qu'Evelyn veuille s'entretenir avec lui en privé ne fit qu'accentuer l'inquiétude de Christopher. Il ne tenait vraiment pas à écouter ce que le cousin de Mary avait à lui dire, et il était incapable de deviner de quoi il s'agissait. Il se demandait si c'était en rapport avec l'incarcération imminente de Philip Audley pour trahison et s'il voulait solliciter sa coopération dans un plan pour arrêter le secrétaire. En observant l'homme assis en face de Lord Shrewsbury, qui savourait un verre de vin et une deuxième tartelette à la poire, il se dit que soit Audley n'avait aucune idée qu'il avait été démasqué, soit il était excessivement arrogant dans sa certitude qu'il s'était montré plus malin que le chef des services secrets anglais en personne, adoptant donc une attitude suffisante. Selon Christopher, Audley était coupable de cette deuxième éventualité.

Que lui voulait Evelyn ? se demanda-t-il, parvenant à maîtriser son appréhension et à faire face à Sa Seigneurie sans révéler ce qu'il pensait. Mais Evelyn le prit au dépourvu.

— Regardez-les, dit-il en appuyant ses omoplates contre la cloison en bois de la martellière et en désignant les pique-niqueurs en relevant son menton allongé vers eux. Deux des plus jolies fleurs du royaume, et Dieu soit loué, aucune d'elle n'est une simple plante verte sans cervelle. Enfin, mon cousin Dair n'aurait pu épouser qu'une perle rare. On fait pas plus rare que Lady Fitzstuart. Quant à notre rubis, bon, nous ne sommes pas très objectifs, hein ? Ah ! J'ai toujours su qu'il y avait du feu sous cette couche de glace ! On ne peut pas avoir une telle chevelure sans être d'une nature passionnée. Elle...

— Écoutez, Vallentine, ou Stretham-Ely, ou quel que soit le nom que vous voulez vous donner – Apollon même, si vous voulez ! –, si vous m'avez emmené ici pour partir dans une envolée lyrique sur votre cousine et ce qu'elle représente pour vous, alors je vous arrête tout de suite. Ce sont des nuages de pluie là-bas, et ces dames aimeraient voir la roue à eau de Smeaton avant...

— Elle a fait un sacré discours, hein ? continua Evelyn comme si Christopher n'avait rien dit.

— Oui... Oui, en effet.

— Le genre de discours qu'un parlementaire sincèrement convaincu de ce qu'il dit ferait devant les autres membres du Parlement, un discours plein de conviction, teinté d'indignation et de mécontentement. Je suis ravi d'y avoir assisté. J'ai toujours su qu'elle en était capable, mais j'ai quand même été surpris. Elle ressemble plus à sa cousine – ma tante Antonia – que ce qu'elle pense. Si seulement elle adoptait également son exubérance... Je pensais que c'était trop demandé, après dix ans de vie commune avec Gerry. Bien sûr, la première chose que je me suis dite, c'est qu'elle ne se serait jamais lancée dans un discours aussi passionné si Gerry était encore vivant. Il était pesant, au sens propre comme au sens figuré, et sa mère... ajouta Evelyn avec un frisson. Plus froide qu'un reptile. Mais ce que je me suis dit ensuite, c'est que ce que je m'étais dit en premier était erroné. J'estime qu'avec le temps, même si Gerry n'était pas mort, Mary aurait trouvé le moyen de sortir, petit à petit, du bloc de glace dans lequel ces deux-là l'avaient enfermée. Mais cela ne l'aurait pas aidée, et vous non plus, n'est-ce pas ? Parce que vous avez autant de satanés principes que notre cousin Roxton. Vous vous entendriez à merveille, tous les deux. Vous seriez peut-être circonspects lors de votre première rencontre, vous penseriez tous les deux que l'autre est un prude arrogant, et vous auriez tous les deux raison !

— Vous n'avez jamais donné de réponse directe de votre vie, hein ?

Evelyn partit de son rire aigu si agaçant.

— Qu'y aurait-il d'amusant à cela ? Il est vrai que j'aime bien remuer le couteau dans la plaie métaphorique de l'amour non consommé. Quel dommage que je ne puisse plus jouer de l'alto en même temps que je fais mes grands discours ! Cet instrument accompagne les émotions de façon dramatique à souhait ! C'est ce que je faisais, vous savez. Je me pavanais dans mes talons hauts, l'alto coincé sous le menton, assurant un spectacle sans fin pour mon public aux yeux humides – des femmes, surtout, mais j'avais aussi des amis musiciens qui appréciaient mes compositions. Aussi légères que la meringue, mais néanmoins délicieuses. (Il poussa un profond soupir.) Malheureusement, j'ai laissé cette époque grisante derrière moi, avec mes deux doigts ! (Il rit de nouveau et secoua la tête.) Mais ne nous lamentons pas sur mon sort. C'est de *vous* que je veux vous parler, et de ma cousine...

— Je ne compte certainement pas parler de Lady Mary avec vous.

Evelyn donna un petit coup de poing amical dans l'épaule de Christopher.

— Mettez donc de côté vos tendances obstinées et fermez-la, Mr. Bryce de Cambrousse Hall. La pluie approche et j'ai des choses à vous dire.

— Parce que vous n'avez rien dit jusque-là ?

— Bien vu. Maintenant, taisez-vous et écoutez. Je vais être succinct, dans votre intérêt, car je crains que ce soit la seule solution pour que vous compreniez ma proposition.

Il leva les yeux vers Christopher, et voyant qu'il avait toute son attention, continua :

— Je vous ai dit, dans la fabrique, que Mary serait mienne dans un mois. Vous avez forcément compris ce que je voulais dire, non ? Mais au cas où vous n'y croiriez pas ou me penseriez capable de me comporter tel un vaurien avec ma propre cousine, laissez-moi vous assurer que je compte la demander en mariage. Je suis persuadé qu'elle acceptera ma demande. Je suis peut-être un peu dépenaillé sur les bords ces derniers temps, et il est vrai que j'ai quelques doigts incomplets, mais je reste un plutôt bon parti. Je possède un comté et un gros tas de pierres quelque part au nord. Je pourrais épouser une belle petite vierge qui sort à peine de la salle de classe si cela était mon souhait – et de nombreuses mères seraient prêtes à sacrifier leur fille pour mon titre et mon ascendance –, mais ce n'est pas ce que je veux. Vous pouvez donc faire disparaître cet affreux froncement de sourcils de votre front viril. Les vierges ne m'intéressent pas. C'est Mary qui m'intéresse. Et je sais qu'elle vous intéresse aussi, Sylvanus – qu'elle vous intéresse énormément, et je parie que c'est le cas depuis des années. Alors. Dites-moi : que comptez-vous faire pour y remédier ?

— Y remédier ? Remédier à *quoi* ?

Evelyn leva les bras et les yeux au ciel.

— À ma demande en mariage parfaitement merveilleuse, qui ferait de Mary ma comtesse, voilà à quoi.

Christopher prit une soudaine inspiration et déglutit. Ce fut le seul signe visible d'une quelconque émotion qu'il s'autorisa, en réaction à cette annonce qui l'anéantissait.

Bien sûr. Ce n'était pas surprenant. Mais l'entendre haut et fort… Il resta paralysé. Mais c'était parfaitement logique. Deux nobles cousins. Deux amis d'enfance, secrètement entichés l'un de l'autre, qui en avaient épousé d'autres et qui étaient à présent libres de s'unir. Une issue romantique et convenable. Comment avait-il pu envisager autre chose ? Il avait toujours su que Mary devrait se remarier, épouser un bon parti. Mais une petite partie de lui, même si elle n'était pas plus grande que son petit orteil, avait cru en la possibilité que quand elle se remarierait, ce serait par amour, et avec lui. Il était amoureux d'elle. Elle était amoureuse de lui. Ils ne se l'étaient pas dit l'un à l'autre, mais il le savait, et elle aussi. C'était un sentiment, une impression, qui ne le quittait jamais. Il s'était donc autorisé à rêver de sa demande en mariage, et dans ses rêves, elle disait toujours oui. C'était aussi simple que cela.

Mais maintenant…

Ce rêve n'était qu'une chimère et ne serait jamais plus. C'était pour le mieux. Autant qu'il l'apprenne le plus tôt possible. Il pourrait reprendre le cours de sa vie. Il avait tant à faire. Il emmènerait peut-être Kate en vacances au bord de la mer, pour qu'elle sente le sel dans ses cheveux et sur sa peau, et le sable sous ses pieds. Elle avait toujours adoré la mer…

Mary épouserait son cousin dans un mois… Elle deviendrait la comtesse de Stretham-Ely et quitterait le vallon pour aller habiter ailleurs, n'importe où…

L'estomac noué et les tempes battantes, il se tourna mentalement face au mur pour se recroqueviller par terre. Puis le mur s'effondra, le laissant dans l'obscurité la plus totale. Était-il toujours roulé en boule ou était-il en train de flotter ? Il savait seulement qu'il était entouré de néant. Il ne ressentait rien. Il ne pensait à rien. Il ne lui restait plus rien à dire ou à faire, il n'avait plus envie ni besoin de rien. Il resterait ainsi à jamais. Il se demanda s'il devenait fou. Il se savait complètement engourdi…

Faisant appel à une force de volonté suprême, il força son corps à réagir. Et alors que, mentalement, il restait dans ce vide émotionnel, tournoyant dans l'obscurité, il parvint à faire obéir ses membres et à s'incliner devant Evelyn d'un geste formel. Quand il se redressa et croisa le regard de l'aristocrate, il s'assura de ne pas ciller, de ne pas détourner les yeux, de continuer à fixer ceux d'Evelyn, d'un bleu glacial. Puis, de très loin, il entendit sa propre voix résonner dans ses oreilles, monotone, détachée, froide. Tout ce qu'il voulait, c'était hurler son désespoir à la lune.

— Je vous souhaite plein de bonheur, milord. Elle mérite… elle mérite d'être heureuse… d'être votre comtesse. Merci de… de me l'avoir dit ici, loin de… loin de… Si vous voulez bien m'excuser, je dois retourner à la fabrique…

— Non ! Pas si vite ! s'écria Evelyn en l'attrapant par la manche. Ne partez pas, Sylvanus ! Je n'en ai pas fini avec vous.

Christopher chancela et fixa les doigts qui tenaient fermement son bras, sans savoir ce qu'il était censé faire. Mais il y avait une chose qu'il était sûr de vouloir, et il savait qu'il en avait la force ; il voulait mettre de la distance entre lui et cet homme, rapidement, avant de faire quelque chose qu'il regretterait. Il parvint à se maîtriser uniquement parce qu'il savait que puisqu'ils avaient dû monter un peu pour rejoindre la martellière, ils étaient non seulement à la vue de ses ouvriers et de leurs familles, mais aussi de ceux assis autour de la table. Mary lui faisait face, et Teddy était près du ruisseau, où elle observait les enfants du village jeter leurs lignes dans l'eau. Elles pouvaient toutes les deux les voir, lui et Lord Vallentine, en pleine conversation visiblement cordiale.

Il libéra brusquement son bras et son esprit.

— Mais moi j'en ai fini avec vous, milord. Et je vous ai félicité. Maintenant, je dois retourner à mes invités.

Evelyn empêcha Christopher de partir. Il tendit les deux bras et posa les mains à plat sur le haut du cadre de la martellière ; Christopher n'avait nulle part où aller, à moins de faire demi-tour et de rejoindre la rive. Mais il se retrouverait alors du mauvais côté du canal. Il devait dépasser Evelyn, mais il ne voulait pas l'écarter de son passage en le bousculant, de crainte qu'il bascule et tombe dans l'eau à fort débit ; il se noierait assurément. Il attendit donc et jeta un coup d'œil à l'eau qui se précipitait sous leurs bottes.

— Je ne lui ai pas fait ma demande… pour l'instant, lui dit Evelyn. Mais elle connaît mes intentions. Elle a un mois pour y réfléchir. Ensuite, ajouta-t-il en faisant la moue, elle sera libre de me dire non, si tel est son souhait.

Cette dernière phrase tira violemment Christopher des abysses du désespoir paralysant, et il souffla, incrédule et énervé.

— Elle refuserait de vous épouser ? Vous, son plus proche cousin ? Qu'elle connaît depuis l'enfance ? Vous lui offrez la protection, la sécurité, la richesse, et le titre de comtesse. Oh, et un mariage entièrement différent de son premier. Et elle vous dirait non ? Ah ! Je ne crois pas ! Elle est trop bien dressée, on lui a appris dès le berceau sa propre valeur et la vôtre. Si vous imaginez un instant qu'elle refuserait une demande en mariage de votre part, alors vous êtes tout aussi dépenaillé à l'intérieur qu'à l'extérieur ! Il s'agit d'une noble alliance familiale que tout le monde acceptera sans réserve. Sa sorcière de mère sera aux anges. Au moins, cela mettra un terme au harcèlement qu'elle lui fait subir, et ce ne sera pas trop tôt ! Quant à vos erreurs de jeunesse, peu importe leur nature, elles seront pardonnées. Roxton vous donnera une tape dans le dos en vous félicitant sincèrement. Bravo ! Vous serez le héros du jour.

Evelyn leva les yeux au ciel et prit un air penaud.

— Je sais. Je sais. Je serai débarrassé du fardeau des attentes familiales, etc.

Christopher s'avança vers lui, menaçant.

— Vous avez intérêt à faire cela pour les bonnes raisons, Apollon, sinon je vous préviens, je…

— Vous briserez chacun des os de mon noble corps ? Vous me ferez fermer mon clapet ? Vous me provoquerez en duel ?

Loin de battre en retraite, Evelyn l'observa de haut en bas avec un sourire narquois avant de reprendre :

— J'ose affirmer que vous aimeriez faire les trois. Mais heureusement pour moi, nous ne sommes pas égaux socialement. Un duel n'est donc pas au programme, n'est-ce pas ? Par ailleurs, je ne vous ai pas emmené ici pour vous provoquer en vous annonçant nos fiançailles imminentes, mais comme je vous l'ai dit plus tôt lors de notre longue et franche discussion, pour vous avertir et pour que le jeu soit équitable.

— Pour que le *jeu* soit *équitable* ? Ce n'est pas un jeu ! Je ne vais pas participer à ce genre de divertissement pervers !

Ce fut au tour d'Evelyn de souffler.

— Ah non ? Moi qui pensais que vous étiez amoureux de M…

— Bien sûr que je suis amoureux d'elle ! Vous savez que je suis amoureux d'elle. Je le suis depuis huit *insoutenables* années. Et maintenant, vous m'avez poussé à le dire à voix haute. Bravo, milord !

Evelyn observa Christopher froidement et articula :

— Alors je vous repose la question, Sylvanus : comment comptez-vous y remédier ?

Christopher leva les bras au ciel. Il voulait regarder les pique-niqueurs de l'autre côté du ruisseau, pour vérifier si Mary était encore là, mais il baissa plutôt les yeux vers l'eau impétueuse. Il n'était pas du genre à se laisser aller à des gestes dramatiques, et seulement quelques instants plus tôt, il ne se serait pas non plus cru capable d'une explosion de colère. Les autres – Kate – agissaient de cette façon, tandis qu'il restait toujours presque trop pragmatique et flegmatique. Son père lui disait qu'il fallait de la patience pour être un bon fermier, qu'il fallait savoir attendre, de bonne grâce. Mais pas cette fois. Et pas, visiblement, quand il était question de ses sentiments pour Mary. Alors que son néant interne menaçait de l'engloutir, il prit une profonde inspiration, et voulant mettre un terme à cette conversation, dit à voix basse :

— Que voudriez-vous que je fasse pour y remédier ?

— Ah ! Je préfère ! Je vais vous dire ce que j'ai dit à Mary. Je m'absente pendant un mois. J'ai quelques affaires à boucler pour Shrewsbury. Je me moque complètement de ce qu'il se passera pendant mon absence. C'est ce qu'il se passera à mon retour qui importe le plus. Je fais donc appel à vous pour prendre soin d'elle pendant que je ne serai pas là. Vous serez son sigisbée…

— Je serai son *quoi* ?

— Oh, écoutez, enfin ! La pluie approche. Vous savez très bien de quoi je parle.

— Je refuse d'endosser un tel rôle avec elle !

— Et pourquoi pas ? Vous avez assez souvent endossé ce rôle à Lucques. Une demi-dizaine de fois, en réalité.

— C'était entièrement différent. Ce n'est pas comparable.

— C'est vrai. Mary n'a pas d'époux âgé et compréhensif avec qui former un trio pour jouer aux cartes, pour financer votre mode de vie ou qui pourrait fermer les yeux quand sa femme bien plus jeune passe la nuit avec son amant. Et la pauvre Mary a bien moins d'expérience dans la chambre à coucher que les maîtresses à qui vous étiez liées par contrat.

— Jamais !

— Et nous ne coucherons rien par écrit, pas dans ce pays. Les gens ne comprendraient pas. Cet arrangement parfaitement acceptable à Lucques serait vu comme quelque chose de sordide au possible ici. N'importe quel homme se sentirait émasculé par cela dans ce pays, mais ce n'est pas mon cas ! Ainsi, Sylvanus, il s'agirait d'un accord verbal entre gentlemen. Mais à tous les autres égards, ce serait un contrat auquel je serais tenu.

— Vous avez réellement le cerveau en piteux état si vous pensez que je vais accepter !

Evelyn feignit la surprise.

— Pourquoi refuseriez-vous ? Je vous donne la permission d'être l'amant de ma future femme – je vous donne un accès illimité à sa personne pour les quatre semaines à venir. C'est la femme qui vous donne des palpitations impossibles à soulager depuis huit ans – que vous avez qualifiés d'*insoutenables* –, et vous allez dire non à cette occasion rêvée ? C'est vous qui avez de la bouillie à la place du cerveau, Sylvanus ! Ma parole, vous n'avez jamais refusé un contrat par le passé…

— C'était différent ! Moi, j'étais différent ! Et elle, elle est différente !

— Oui. L'amour change tout, n'est-ce pas ? C'est regrettable…

Evelyn dévisagea Christopher de haut en bas, sourit et dit d'un ton désinvolte qui contrastait avec l'étincelle sévère dans son regard :

— Alors faites-le par amour, Sylvanus. Faites son bonheur pendant quatre semaines. Partagez avec elle un peu de votre vaste expérience charnelle acquise en tant qu'amant entretenu des épouses d'autres hommes. Donnez-lui un passé honteux. Quelque chose qui la fera rougir et sourire de temps à autre quand elle sera occupée à sa couture, quand elle sera la comtesse de mon tas de pierres au nord du pays.

— Elle n'accepterait jamais un tel arrangement ! Elle…

— … n'a pas besoin de savoir. Ce qu'elle sait, c'est que je ne m'oppose pas au fait qu'elle ait une liaison brève et torride – avec vous. Je lui ai donné la permission.

— Que c'est magnanime de votre part !

Evelyn soupira en agitant légèrement la main.

— Je suis de cet avis.

Christopher hésitait à le jeter dans le canal. Il plissa les yeux.

— Pourquoi faites-vous cela ? Pourquoi me torturez-vous ? Je devrais plutôt poser la question la plus évidente : quels sont les avantages pour vous ?

— Je veux qu'elle soit heureuse. Mais vous avez raison de vous méfier. Je ne suis pas altruiste. En ce qui me concerne, vous pouvez tout à fait réprimer votre frustration physique jusqu'à l'éclatement. Mais quand Mary acceptera de m'épouser, elle sera toute à moi, corps et âme. (Sa bouche tressauta.) Et elle en saura un peu plus sur l'amour charnel, grâce à vous. Ce qui veut dire que son esprit ne vagabondera pas, à se demander ce qui aurait pu arriver avec vous. Elle le saura déjà, et cela n'aura plus aucune importance, ni pour moi, ni pour elle.

— Non.

Evelyn poussa un petit soupir résigné, s'écarta de la colonne transversale en bois de la martellière et se redressa. Il se frotta les mains, et après avoir tiré sur la dentelle qui entourait ses poignets, il leva les yeux vers Christopher. Il vit son entêtement à sa forte mâchoire fermement serrée. Mais ensuite, il se risqua à regarder dans les yeux marron et brillants de l'écuyer – des yeux qui lui rappelaient Deborah Roxton –, et ils racontaient une tout autre histoire. Il y lut conflit, désolation et incertitude en grosses lettres, indiquant que l'écuyer était en pleine lutte morale interne aux proportions épiques. Evelyn adopta donc une approche qui, il le savait, pousserait Christopher à envisager sérieusement sa proposition.

— Très bien. Comme vous voulez, dit-il en haussant les épaules, feignant l'indifférence. Vous avez un mois devant vous. Un mois pour accomplir ce que vous n'avez pas pu accomplir depuis votre rencontre il y a huit ans. Vous avez un mois pour la convaincre que vous êtes le meilleur choix et qu'elle devrait vous épouser.

Sur ce, Evelyn tourna les talons et retourna vers les pique-niqueurs. Christopher, quelques mètres derrière lui, rejoignit directement la fabrique, où le constructeur attendait de s'entretenir avec lui. Aucun des deux hommes n'évoquerait plus jamais cette conversation, avec personne.

CHRISTOPHER PUT MONTRER LA ROUE HYDRAULIQUE À SES invités et les renvoyer chez eux en toute sécurité bien avant que les nuages de pluie ne viennent obscurcir le ciel, poussant les villageois à rentrer précipitamment les tissus tendus sur les rames continues avant que le ciel ne s'ouvre.

Le chariot rempli du nécessaire pour le pique-nique et les domestiques d'Abbeywood qui l'avaient accompagné partirent à l'instant où les pique-niqueurs retournèrent dans la fabrique pour voir la roue à eau de Smeaton en action.

Les dames, loin d'être perturbées par le bruit, furent exaltées, même si elles plaquèrent leurs mains sur leurs oreilles en entendant le vacarme assourdissant de l'eau impétueuse tombant sur les aubes de la gigantesque roue en bois, la faisant continuellement tourner vers l'avant. Ils se turent tous. Personne ne les aurait entendus s'ils avaient parlé. Et quand Mr. Bryce le leur indiqua, ils remontèrent tous à l'étage supérieur, heureux et satisfaits que leur visite de la fabrique soit à présent terminée et que tout le monde ait passé un bon moment. Rory aborda le constructeur de la fabrique, avec qui elle se lança dans une longue discussion sur la capacité naturelle de l'eau et du vent à faire tourner différentes roues et à produire ainsi de l'énergie, jusqu'à ce que son grand-père lui rappelle gentiment qu'ils finiraient tous trempés jusqu'aux os s'ils ne partaient pas immédiatement.

Après une profusion d'adieux et de remerciements, pendant lesquels Teddy serra très fort son oncle Bryce dans ses bras, car elle partait pour son séjour d'un mois chez sa grand-mère à Cheltenham aux premières lueurs du jour, les dames et Teddy se mirent en route pour rentrer, accompagnées par deux palefreniers. Evelyn, Lord Shrewsbury et Mr. Audley restèrent sur place ; le chef des services secrets expliqua, en guise d'excuse, qu'il devait discuter d'affaires liées à la couronne avec l'écuyer, et les dames ne posèrent donc aucune question et partirent sans se douter de rien. Les gentlemen les rattraperaient dans la forêt de Puzzlewood.

Mais à peine avaient-ils perdu les chevaux de vue, les gentlemen ayant attendu patiemment que les dames ne soient plus dans leur champ de vision, que Philip Audley se tourna vers Lord Shrewsbury et dit avec un sourire condescendant, reprenant son habituelle attitude dédaigneuse envers Christopher :

— Je suppose que si vous m'avez demandé de rester ici, c'est parce que cette affaire à régler avec Mr. Bryce concerne Abbeywood. Et personne ne connaît le domaine mieux que moi…

— Ou son intendante ! l'interrompit Evelyn en renâclant.

Le secrétaire battit des paupières.

— Je vous demande pardon, milord ?

Evelyn fouilla dans une poche de sa redingote et en sortit un petit cylindre en céramique, qu'il agita sous le nez d'Audley.

— Reconnaissez-vous ceci ?

— Non. Mais cela ressemble à un billet doux, milord.

— Qu'on lui donne un macaron !

Ce fut au tour de Lord Shrewsbury de pouffer de rire. Il secoua la tête et dit à Evelyn :

— Il est aussi froid qu'une glacière au mois de janvier, non ?

— Et là où il va brûlent les flammes de l'enfer, il aura donc bien besoin de tant de glace, lança malicieusement Evelyn.

— Si vous n'avez plus besoin de moi, du travail m'attend, déclara Christopher, interrompant les divagations complices du chef des services secrets et de son subordonné.

— Comment ? Vous ne voulez pas voir l'épine de votre pied recevoir ce qu'elle mérite ? demanda Shrewsbury, déçu.

Christopher dévisagea le secrétaire, raide comme un piquet, qui ne bronchait toujours pas. Il semblait au-dessus de tout soupçon, irréprochable. Il avait subi la mesquine arrogance de cet homme à de nombreuses reprises, au nom de son employeur ducal, et il savait que si le secrétaire était à la place du duc, il aurait été un tyran autoritaire, en particulier avec ses domestiques. Par ailleurs, il était opportuniste et on le soupçonnait d'avoir trahi son roi et sa patrie. Si cela était vrai, il méritait tout ce que Shrewsbury avait prévu pour lui, et plus encore. Néanmoins, Christopher n'avait aucune envie de le voir souffrir et d'assister à son humiliation, il secoua donc la tête.

— Non.

— Très bien. Mais nous avons besoin de votre pleine coopération. Votre fabrique est réquisitionnée pour une affaire en lien avec la couronne…

— *Ma fabrique ?* Pourquoi donc ? J'ai des employés et…

Evelyn interrompit Christopher d'un geste dédaigneux de la main.

— Pas de quoi s'emballer, écuyer. C'est seulement pour ce soir. Et nous avons uniquement besoin du sous-sol. (Il afficha un grand sourire forcé.) Votre présentation de la roue hydraulique de Smeaton était très instructive. J'étais sceptique au début, mais Sa Seigneurie avait raison. Impossible d'entendre quelqu'un crier de là…

— *Crier ?* l'interrompit le secrétaire, à qui personne ne prêta attention.

— Vous aviez tout prévu depuis le début ! gronda Christopher.

— Oui. En effet, répondit Evelyn avec un sourire suffisant. Mais nous avons également réussi à offrir une belle journée en extérieur à ces dames, n'est-ce pas, milord ?

— Tout à fait. Ah ! Voilà votre escorte, Audley !

Le secrétaire se tourna pour regarder par-dessus son épaule. Deux hommes robustes se tenaient dans l'embrasure de la porte de la fabrique. Quand Shrewsbury leur fit signe d'approcher, ils s'avancèrent dans la lumière. Ils étaient suivis par deux autres hommes tout aussi imposants. Le secrétaire dévisagea le chef des services secrets.

— Je ne comprends pas. *Mon escorte ?*

— Les jeux sont faits, Dolos, dit Evelyn dans l'oreille du secrétaire. Il vaut mieux vous rendre dans le calme. Évitez de faire un esclandre. C'est ce qu'a fait Mrs. Keble et ils se sont occupés d'elle. C'était pas beau à voir…

— Mrs. Keble ? Ils se sont occupés d'elle ? *Pas beau à voir ?*

Philip Audley écarquilla les yeux et pâlit. Il regarda frénétiquement autour de lui ; Shrewsbury d'abord, puis Evelyn, les deux hommes dans son dos, et enfin son regard se posa sur Christopher. Il surprit tout le monde en appelant ce dernier à l'aide.

— Bryce ! Vous ne croyez quand même pas… C'est scandaleux ! Vous savez qui je suis. Je suis le secrétaire du duc. Je suis intouchable. Ils ne peuvent pas me toucher ! Vous ne pouvez pas autoriser ce…

— Pour la première fois de votre vie, Audley, faites preuve d'humilité. Et pour l'amour du Ciel, dites la vérité.

Là-dessus, Christopher tourna ses talons bottés et partit, à grandes enjambées, en direction de sa maison. Malgré la rixe et les bruits de lutte qui s'élevèrent dans son dos, il ne se retourna pas.

VINGT

Cinq jours passèrent avant que Mary ne demande à l'assistant de son régisseur s'il avait reçu des nouvelles de Mr. Bryce. Mr. Deed n'avait rien reçu. Deux jours de plus s'écoulèrent – deux jours que Christopher passait généralement à Abbeywood, mais pas cette fois-ci. En deux ans, il n'avait jamais manqué à son devoir. Mary fit de nouveau venir Mr. Deed dans son salon. Le petit homme était tout aussi déconcerté qu'elle par l'absence de l'écuyer.

Elle se promena dans le jardin, son châle en laine resserré autour de ses épaules, puis elle s'installa à son bonheur-du-jour pour écrire à l'écuyer une courte missive qu'elle avait formulée dans sa tête pendant qu'elle marchait dans l'air frais et vivifiant. Elle se demandait si sa tante était souffrante, ou s'il était lui-même tombé malade. Cette deuxième éventualité lui paraissait cependant peu probable ; il était aussi fort qu'un étalon primé un jour de course, et en aussi bonne santé. De ce qu'elle en savait, il n'avait jamais été malade. Elle lui demanda quand il pourrait revenir à Abbeywood, car elle souhaitait discuter avec lui de certains détails concernant un séjour à Treat après Noël ; sa cousine la duchesse devait donner naissance à son bébé pour la nouvelle année.

Après avoir terminé sa lettre, elle attendit que l'encre soit sèche et fit appeler Luke. Mais, plus vraiment sûre qu'elle voulait envoyer cette note, elle s'apprêtait à congédier le jeune Luke quand il la surprit.

— M'dame, le maître il a dit que si vous posiez la question, j'devais vous montrer.

— La question ? Quelle question, Luke ?

— Pour savoir l'endroit où s'trouve le maître. Pour savoir où qu'il est.

Mary se redressa. Elle espérait ne pas être en train de rougir.

— Vous savez où il se trouve ?

Luke hocha la tête.

— Et il vous a demandé de m'emmener à lui ?

Luke hocha derechef la tête.

Mary prit une profonde inspiration puis elle se leva, résolue.

— Alors emmenez-moi là-bas.

Luke hésita, ce qui inquiéta Mary.

— Qu'y a-t-il ? Il n'est pas malade, si ?

Le jeune homme secoua la tête.

— Nan m'lady. Mais faut aller jusqu'à Puzzle à ch'val, et après faut marcher – longtemps – dans la *vorêt*. Faut qu'madame mette des bottes et une cape.

Mary avait enfilé ses bottes et sa cape, et remonté le capuchon sur sa tête. Elle s'installa sur sa monture en amazone et Luke mena la jument à pied dans les profondeurs de la forêt de Puzzlewood. À mi-chemin environ, il demanda à Mary de mettre pied à terre. Il attacha la jument et guida Mary loin du sentier battu, le long d'un chemin secret qui n'avait en réalité rien de secret, car il était emprunté par des compagnons, des braconniers et des voyageurs qui parcouraient les Cotswolds à pied. Des marquages sur les troncs d'arbres indiquaient par où passer. Et même si Mary aurait été incapable de se situer dans le paysage étendu, la voûte formée par les branches entremêlées très haut au-dessus d'elle ne laissant passer qu'une lumière filtrée, elle sentait le sol s'incliner de façon graduelle sous ses bottes et elle voyait que l'angle des arbres changeait ; elle sut donc qu'ils avançaient le long de la crête.

Puis, la voûte des arbres s'ouvrit sur le ciel bleu laiteux et elle se retrouva sur un affleurement rocheux surplombant le fond de la vallée. Une brise fraîche lui brûlait les joues. En contrebas se dressait Bryce-comb Hall, dans toute sa splendeur couleur miel, et à sa gauche, elle voyait la fabrique et les petites maisons des tisserands. La rivière traversait ce paysage, entortillée et courbée tel un ruban qui aurait glissé des cheveux d'une géante.

Luke attendit que Mary ait fini d'observer le paysage, puis il la mena le long d'un sentier tortueux qui redescendait dans le bois. Ils étaient en train de descendre dans le vallon. Plus d'une fois, elle tendit sa main gantée au jeune homme, qui la prit fermement pour l'aider à contourner un affleurement de calcaire particulièrement rocheux, à enjamber des arbres tombés ou à traverser des petits ruisseaux tumultueux en passant par des pierres de gué lisses. Ils firent tout ce chemin en silence, n'entendant que le bruit des feuilles mortes qu'ils écrasaient et des bulles que faisait l'eau en passant sur les rochers. La forêt était étrangement silencieuse, les oiseaux ayant migré vers des régions plus chaudes avant le début de l'hiver.

Après ce qui sembla avoir duré des heures – en réalité, ils étaient partis à peine une heure plus tôt –, la forêt s'ouvrit sur une petite clairière. À l'orée de la clairière, légèrement éloigné du ruisseau, se trouvait le cottage d'un garde-chasse à la cheminée fumante. Il ne s'agissait pas d'un cottage ordinaire, car s'il était construit avec la même pierre jaune que les autres maisons de la région, celui-ci avait une façade à colonnes, rappelant à Mary les fabriques de jardin de style italien, une fantaisie que de nombreux gentlemen aimaient faire construire dans les parcs de leurs grandes maisons. À Treat, plusieurs bâtiments de ce genre parsemaient l'immense terrain, et il y en avait aussi à Fitzstuart Hall, où elle avait grandi. Mais le cottage ne l'intéressa qu'un bref instant, car près du ruisseau, sa canne à pêche s'agitant au-dessus de l'eau, se trouvait l'écuyer, en manches de chemise et botté, accompagné de son fidèle chien de chasse.

— Milady.

— Mr. Bryce.

Christopher avait posé sa canne à pêche, mais il n'avait pas bougé de l'endroit où il se tenait sur la berge. Mary s'approcha, mais s'arrêta à quelques mètres de lui. Ils avaient parfaitement conscience l'un de l'autre, mais également du fait qu'ils n'étaient pas seuls. Le silence s'étira. Puis Lorenzo se rassit, oreilles dressées. Ce seul mouvement poussa Mary à détacher son regard de Christopher pour observer son compagnon à quatre pattes en fronçant les sourcils, ses mains gantées fermement tendues devant elle.

Son malaise donna une excuse à Christopher pour bouger ; il se tourna vers Luke, qui traînait des pieds, les yeux respectueusement baissés sur la mousse sous ses chaussures.

— Luke. Rentrez avec Lorenzo, et donnez ceci à Carlo, pour la dame de compagnie de madame.

Christopher lui tendit une lettre qu'il avait sortie de la poche de son gilet. Elle n'était pas scellée, et ce n'était pas nécessaire. Luke ne savait pas lire. Carlo ne savait pas lire l'anglais. Ce serait à Fran d'informer sa maîtresse qu'il serait absent pendant quelques jours, peut-être plus. Il avait néanmoins ajouté une ligne pour Fran uniquement : s'ils avaient besoin de lui en urgence, Luke savait où le trouver.

Le jeune récupéra la lettre et appela Lorenzo. Il hésita et lança un rapide coup d'œil à Mary.

— C'est avec vous qu'madame rentrera chez elle ?

— Quand elle voudra rentrer. En attendant, vous savez quoi dire.

— Oui. J'vous décevrai pas, maître.

Mary observa Luke disparaître dans la forêt, suivi de Lorenzo qui trottait derrière lui. Elle se tourna ensuite pour fixer Christopher du regard. Elle fit délicatement glisser son capuchon de sa tête, le posant sur ses épaules avant de demander :

— Que doit-il dire ?

Christopher parcourut la distance qui les séparait et baissa la tête vers elle, le sourire aux lèvres.

— Rien. Il ne doit rien dire.

— Oh ! répondit Mary en lui souriant, avant de relever le menton d'un air interrogateur. Pourquoi n'êtes-vous pas venu à Abbeywood depuis le pique-nique ?

— Pourquoi vous a-t-il fallu si longtemps pour vouloir me trouver ?

— Je n'ai pas… Enfin, je ne savais pas que vous étiez ici. Je pensais… Je pensais que vous étiez peut-être tombé malade, ou votre tante, ou que vous étiez peut-être mécontent – embarrassé – à cause de ce que j'ai dit à la fabrique.

— Vous pensez trop, milady.

Mary hocha la tête, la véracité de cette observation lui faisant pousser un soupir de résignation.

— Oui. Je pense trop. (Elle croisa son regard.) Pourquoi avez-vous gardé vos distances, si ce n'est pas pour les raisons que j'ai évoquées ?

— Parce que, milady – Mary, murmura-t-il, prenant délicatement son visage dans ses mains et approchant ses lèvres à quelques centi-mètres des siennes, je suis au bord de la folie. Je ne pense qu'à vous embrasser.

— Vraiment ? Moi aussi, souffla-t-elle, surprise.

Dans l'attente d'un baiser, elle se hissa sur la pointe des pieds, les mains appuyées sur l'avant de son gilet en laine pour ne pas perdre l'équilibre.

— Et si vous ne m'embrassez pas, avoua-t-elle timidement en lui abandonnant ses lèvres, c'est moi qui vais devenir folle.

Quand ils reprirent leur souffle, elle fut désorientée, déconcertée qu'il interrompe leur baiser passionné. Il voulait désespérément continuer à l'embrasser, la prendre dans ses bras, la porter jusqu'à l'intérieur du cottage, jusqu'au lit, pour y faire l'amour avec une passion débridée ; il voulait se livrer au genre d'ébats amoureux au cours desquels la pensée consciente et le besoin physique ne faisaient plus qu'un, l'inhibition totalement oubliée ; ils seraient allongés ensemble, nus et épuisés, un enchevêtrement de membres et de draps, entièrement comblés.

Ce moment viendrait, il n'en doutait pas, mais pas encore, pas tant qu'il n'était pas certain qu'elle était prête à s'abandonner à lui, corps et âme. Et s'il était honnête avec lui-même, il appréhendait plus qu'un peu la perspective de l'initier à l'amour charnel. Car il était convaincu qu'elle n'avait jamais fait l'amour. Après dix ans de mariage avec un homme qui avait tout d'un porc égoïste et complaisant, qui l'enfermait dans sa chambre, elle ne pouvait qu'être effrayée et abhorrer les relations sexuelles.

Tandis que pour lui, qui n'avait jamais couché qu'avec des femmes expérimentées, l'amour charnel avait toujours été simple, bien que parfois un peu mécanique. Tant et si bien que depuis qu'il avait quitté Lucques et fermé ce chapitre de sa vie, il n'avait plus fait l'amour. Mary avait réveillé son appétit physique, mais seulement pour qu'il le réprime, car elle était mariée et donc intouchable. Il voulait faire l'amour avec elle depuis maintenant tant d'années que c'était plus un rêve qu'une possibilité. Et alors que le rêve était sur le point de se réaliser, l'acte charnel prenait une tout autre signification. Ce serait entièrement différent avec Mary. Il l'aimait à en perdre la raison. Ainsi, la perspective de faire l'amour avec elle menaçait de le submerger, de le paralyser. Pour leur bien à eux deux, il devait avancer pas à pas, chaque action et chaque réaction devait être délibérée. Impossible de faire l'amour à Mary de façon détachée.

Il la relâcha donc, recula et sourit. Il prit sa main et remonta légèrement son gant pour laisser apparaître la peau nue et blanche de son poignet, où il déposa un baiser avant de se redresser et de la regarder dans les yeux en souriant. Il ne lâcha pas sa main.

— Venez. Je vais vous faire visiter mon humble demeure.

. . .

— LE COTTAGE ÉTAIT LÀ AVANT QUE MON PÈRE N'EN FASSE SON pavillon de pêche, expliqua Christopher, debout sur l'une des petites marches qui menaient à la porte d'entrée. Le garde-chasse du domaine a vécu ici pendant un moment, puis mon grand-père, après ses découvertes, lui a construit un autre cottage de l'autre côté du bois et il a gardé celui-ci pour lui-même. Mais c'est mon père qui a ajouté la façade à colonnes pour donner à la structure une apparence italienne ; il a aussi construit une troisième pièce et a modifié les fondations pour installer un mécanisme de chauffage.

— Quelles découvertes ?

— Mon père était un antiquaire et un collectionneur d'objets de la Rome antique. Avant lui, son père avait découvert les vestiges d'une villa romaine, juste derrière le cottage. C'est sans doute ce qui a éveillé l'intérêt de mon père pour la Rome antique. Il y a des pièces de monnaie, des pots et toutes sortes d'outils à Brycecomb Hall. Tout a été dessiné et catalogué…

— Par votre père ?

Christopher secoua la tête et arbora un grand sourire en se remémorant un souvenir.

— Non. Mon père était un piètre dessinateur. C'est ma mère qui était l'artiste de la famille. Il l'a ralliée – et moi aussi – à sa passion pour les antiquités. Elle faisait des dessins fidèles et appliqués de toutes ses trouvailles, et elle avait même la patience de me laisser faire des croquis avec elle.

— Vous avez eu une enfance heureuse.

Christopher en convint sans hésiter.

— Oui. Ils m'aimaient beaucoup, tous les deux, comme vous aimez Teddy. Par ailleurs, ils formaient un couple bien assorti. Certains de leurs souvenirs les plus heureux ont été créés dans ce cottage…

— Ma cousine la duchesse serait infiniment intéressée par la collection de votre père, dit Mary quand le silence s'étira entre eux. Elle lit des auteurs romains et grecs dans leur propre langue, et je suis sûre qu'elle pourrait également dater les pièces de monnaie.

— Dans ce cas, à la prochaine visite de Sa Grâce, je m'assurerai de lui montrer la collection, lança malicieusement Christopher, mettant cette idée saugrenue dans le même panier que l'existence des fées et des elfes. Les habitants du coin ont pris les vestiges de cette villa romaine pour les ruines d'un ancien royaume féerique…

— Un royaume féerique ?

— Oui. Et n'ayant que leur propre folklore comme source de connaissance, comment auraient-ils pu penser autre chose ? raisonna

Christopher. Cela leur paraissait parfaitement sensé. Mais mon grand-père a ordonné à ses hommes – ceux qui n'étaient pas superstitieux au point de penser qu'ils allaient contrarier les fées – de dégager le site. Ce qu'ils ont découvert n'était pas un minuscule ensemble de bâtiments construits par des fées, mais les vestiges d'une villa romaine, avec des colonnades et de nombreuses pièces. La plupart des pierres avaient disparu, sans doute pour être utilisées ailleurs, mais il restait les marques laissées par les pierres et le sol en mosaïque, avec les pots en terre cuite et quelques pièces. Voudriez-vous voir les vestiges ?

— Oh, oui, s'il vous plaît ! Je n'ai jamais vu de villa romaine, même si j'ai visité Bath à plusieurs reprises ; votre père a dû vous dire que cette ville avait été occupée par les Romains. Votre grand-père avait-il visité Bath ? demanda-t-elle, sachant qu'elle palabrait sans but, et ce parce qu'il avait repris sa main et que ce simple geste suffisait à la submerger de bonheur. Les bains y sont alimentés par une source thermale, dont on peut boire l'eau. Mais elle a un goût infect et elle a même une odeur… Oh ! Mais vous devez savoir tout cela, bien sûr, ajouta-t-elle, soudain gênée. Vous avez vécu dans les États italiens…

— Ce qui ne veut pas nécessairement dire que je sais la moindre chose à propos des Romains, répliqua-t-il avec douceur. Mais oui, je le sais, ajouta-t-il en lui adressant un sourire par-dessus son épaule tandis qu'il lui faisait franchir un portail en bois au centre d'une arche entièrement recouverte d'un rosier ancien grimpant. La collection de pièces de mon père me fascinait et m'a poussé sur cette voie. Tout comme ces vestiges, et la source thermale. C'est ici que se trouvent les fondations, mais le sol en mosaïque est…

— Mais, il n'y a rien ici, l'interrompit Mary, déçue.

Elle fixa la petite clairière rectangulaire, vide à l'exception de son tapis de feuilles automnales. Elle s'était attendue, au moins, à d'anciennes pierres taillées ou à des fondations.

— Tout est encore là, mais mon père a fait recouvrir le site pour protéger les fondations des intempéries et des pilleurs.

— Et la mosaïque ?

— Ah ! Je vous la montrerai dans un instant. Mais d'abord, venez voir notre propre source d'eau thermale. Il y a également un bassin de baignade.

— Un bassin ? A-t-il aussi été construit par les Romains ?

Il secoua la tête.

— Non. C'est un phénomène naturel qui s'est formé à l'endroit où l'eau chaude de la source se déverse dans le ruisseau… Voilà ! C'est ici que se trouve la source.

Il écarta un rideau de racines et de plantes entremêlées qui grimpaient sur un gros rocher proéminent appartenant à l'escarpement qui commençait juste après le point le plus éloigné des contours de la villa. Ils arrivèrent devant un petit étang, différent de tous ceux que Mary avait vus auparavant, car de la vapeur s'en élevait. Elle était convaincue que l'eau devait être très chaude, voire bouillante. Elle retira l'un de ses gants et plaça sa main au-dessus de l'eau, fascinée par cette chaleur intense irradiée par la terre sans qu'aucun feu soit nécessaire. Elle tressaillit quand la vapeur provoqua une sensation de brûlure dans la paume de sa main et se recula rapidement, mais pas assez rapidement pour Christopher, qui l'attrapa par la taille, la souleva et l'éloigna, pensant qu'elle s'était réellement brûlée.

— Montrez-moi ! exigea-t-il en attrapant son poignet et en faisant tourner sa main pour en inspecter la paume ; il poussa un long soupir de soulagement. Dieu soit loué. Je ne me le serais jamais pardonné si vous vous étiez brûlée ! Votre main ne guérirait pas d'une telle blessure...

Soulagé, il fit la chose la plus naturelle au monde : il appuya ses lèvres au centre de la paume de sa main, avant d'ajouter :

— Vous êtes, à mes yeux, ce qu'il y a de plus précieux au monde.

— Vraiment ? s'enquit Mary d'un ton émerveillé.

— Oui. Vraiment. Mais vous deviez déjà le savoir, non ?

— Personne n'a jamais considéré que j'étais ce qu'il y a de plus précieux au monde.

— Si, Teddy, répondit-il en souriant.

— Oh, oui, Teddy. Mais c'est ma fille et je suis sa mère. Entre une mère et son enfant, c'est une évidence.

— C'est vrai. Ma mère avait pris l'habitude de me dire à quel point j'étais désiré. Mais qu'en est-il de votre mère ?

Mary déglutit et détourna les yeux.

— Non. Ma mère n'est pas de ce genre.

— Je n'aurais pas dû dire...

— Il n'y a aucun mal, Mr... Christopher. C'est la vérité. Si j'avais été un garçon, j'aurais été l'héritier, et elle aurait eu une grossesse en moins à subir. (Ce fut à son tour de sourire.) Je suis heureuse que votre mère vous ait aimé autant que j'aime Teddy.

— Oui. Oui, mes deux parents m'aimaient. Ce qui a rendu la situation d'autant plus déchirante.

— Déchirante ?

— Laissez-moi vous montrer pourquoi je vous ai emmenée ici, dit-il, changeant habilement de sujet. Mon grand-père pensait que cette source d'eau chaude avait d'abord été utilisée par les Saxons, puis les Romains, possiblement comme lieu de culte pour leurs dieux païens.

— Le bâtiment que votre grand-père a découvert pourrait donc être un temple ?

— C'est ce qu'il pensait. Mais tout comme le temple, qui est tombé en ruine, la source s'est envasée et a disparu. Mon grand-père l'a mise au jour, mais c'est mon père qui a exploité ses propriétés thermales pour chauffer le cottage. Il a construit un petit barrage et une pompe, puis il a installé une série de tuyaux. La pompe est juste là, et cette valve permet d'arrêter l'écoulement de l'eau en été ; elle est alors déviée dans ce tuyau plus large qui mène directement au ruisseau. Mais pendant une grande partie de l'année, l'eau chaude passe par ces séries de tuyaux parallèles qui s'étendent sous les fondations du cottage, ce qui réchauffe le sol et donc tout l'intérieur. Ensuite, les tuyaux transportent l'eau jusqu'au ruisseau et elle se déverse pour former un bassin de retenue, grâce à un autre barrage construit par mon père. Venez, dit-il en prenant la main de Mary.

Ils revinrent sur leurs pas, franchirent le portail sous la tonnelle, dépassèrent le cottage et descendirent le ruisseau, passant devant sa canne à pêche qui était toujours appuyée sur son panier en osier contenant ses appâts.

— Voilà le bassin, reprit-il. L'eau chaude se déverse directement sous l'eau, et quand elle atteint le barrage, elle est encore chaude, mais pas brûlante. L'eau glaciale du ruisseau permet de la refroidir et d'obtenir une température agréable pour se baigner.

Il s'accroupit, trempa le bout de ses doigts dans l'eau et invita Mary à en faire autant. Elle s'exécuta et releva la tête vers lui, un sourire aux lèvres.

— Oh ! C'est la même température qu'un bain ! Que c'était ingénieux de la part de votre père et de votre grand-père ! Que ces gentlemen étaient audacieux. Je comprends maintenant d'où viennent votre esprit entreprenant et votre intérêt pour tout ce qui est mécanique. Ils auraient été fiers de vos fabriques de tissu, et ils auraient adoré la roue à eau de Smeaton.

Christopher éclata d'un rire discordant et secoua la tête.

— J'aimerais qu'ils soient vivants pour vous entendre dire ceci. Mais ma mère assurerait que ma curiosité insatiable ainsi que mon entêtement à toujours vouloir régler ce que je perçois comme un problème sont des traits que je tiens d'*elle*. Mais oui, si j'aime bricoler tout ce qui est mécanique et si je m'intéresse à l'antiquité romaine, c'est certainement grâce à Mr. Bryce senior. Qui, d'ailleurs, s'appelait Henry Christopher…

— Est-ce pour cette raison qu'on vous connaît sous le nom de Christopher, et non sous votre nom de naissance, Cavendish ? Vos parents n'ont-ils pas réussi à choisir par quel nom on vous appellerait ?

— C'est à peu près cela, répondit-il. Et maintenant, je vais vous montrer le cottage et la mosaïque.

Mary le suivit jusqu'au cottage, les sourcils froncés, car c'était la deuxième fois qu'il changeait de sujet quand la conversation prenait une tournure plus personnelle, et en particulier quand il s'agissait de ses parents. Son expression et son esprit s'apaisèrent quand il s'assit sur le banc sous le portique qui menait à la porte d'entrée et qu'il retira ses bottes de jockey. Elle l'observa les mettre de côté et remuer les orteils dans ses bas noirs. Pour une raison mystérieuse, cette simple action eut le pouvoir de la faire rougir d'embarras. Elle se réprimanda mentalement d'avoir une réaction aussi ridicule face à quelque chose d'aussi banal que les pieds non chaussés d'un homme. Elle se dit que c'était parce que les hommes retiraient rarement, voire *jamais* leurs chaussures devant une femme. Il s'agissait en réalité d'un acte profondément intime, aussi intime que ce qui arriva quand elle s'assit près de lui sur le banc ; il mit un genou à terre devant elle pour défaire les lacets de ses bottines et les enlever pour elle.

Puis il ouvrit la porte d'entrée en grand et la tint pour qu'elle entre avant lui. Elle resta un instant sur place et parcourut la clairière du regard, jusqu'au ruisseau, puis plus loin encore, vers la forêt aux couleurs automnales. Elle ne savait pas pourquoi elle hésitait, mais elle savait inconsciemment que quand elle entrerait dans le cottage, sa vie changerait pour toujours.

Christopher continua à patienter. Il n'eut pas à dire quoi que ce soit. Elle vit à son tendre sourire qu'il lui demandait de lui faire confiance. Ce qu'elle fit. Elle lui sourit en retour, prit la main qu'il lui tendait, et s'avança dans la chaleur du cottage. Il ferma la porte, fit glisser le loquet et laissa le monde extérieur dehors. Ils étaient maintenant seuls et pouvaient faire ce qu'ils voulaient, et cela leur plaisait énormément.

VINGT-ET-UN

— Oh ! Il fait chaud ! Le sol est chaud !

Christopher arbora un immense sourire face à la stupéfaction et à l'enchantement de Mary. Son sourire s'élargit, si cela était possible, quand elle releva ses jupons pour observer le dallage et qu'elle remua ses orteils dans leurs bas blancs brodés. Elle releva la tête vers lui en souriant.

— On croirait à de la magie ! Et j'y aurais cru si vous ne m'aviez pas montré la source thermale et les tuyaux installés par votre père. Oh, quel homme ingénieux !

Elle déboutonna sa cape et Christopher la récupéra pour l'accrocher à une patère fixée au mur, à côté de sa redingote. Mary se déplaça dans la pièce, entièrement concentrée sur la chaleur sous ses pieds.

— Tout le sol est chaud, remarqua-t-elle. Ce qui réchauffe donc la pièce. Vous pourriez rester ici bien au chaud pendant tout l'hiver, sans avoir besoin ni de bois, ni de charbon, ni de bassinoire. Même si la neige vous enfermait ici pendant des mois et des mois, vous n'auriez jamais froid.

— Oui. Mais vous oubliez un ingrédient indispensable à notre survie pendant tout un hiver.

Quand elle se figea et le regarda d'un air interrogateur, il rit et expliqua :

— J'imagine que c'est quelque chose qui préoccupe les hommes et ceux qui préparent à manger, et qui pensent donc autant à la nourriture que nous. Ne *pas* penser à la nourriture est un luxe que peu de gens peuvent se permettre.

Mary prit un air renfrogné.

— Je ne sais peut-être pas cuisiner, mais je sais préparer un menu...

— Et vous occuper d'une ruche, ramasser des œufs et affiner du fromage.

— Vous vous moquez de moi !

— Non. Pas du tout. Je vous taquinais, c'est différent.

Mary réfléchit à cela un instant, puis elle concéda :

— Oui, vous me taquiniez, bien sûr. Pardonnez-moi. C'est simplement que j-je ne sais pas co-comment... *taquiner*. Pendant mon enfance, on nous empêchait de manifester une telle frivolité. Ma mère trouvait cela vulgaire et considérait que faire preuve de tant... de tant d'esprit n'était pas digne des enfants d'un comte. Mais je dois bien admettre que mon frère, Dair, a toujours été un fripon, malgré notre mère. Il n'écoutait jamais un mot de ce qu'elle disait. Et je sais reconnaître des propos taquins, ajouta-t-elle avec le plus grand sérieux, avant de s'empourprer, car il l'observait avec un sourire compréhensif. Ma cousine la duchesse est la personne la plus taquine que je connaisse.

Christopher poussa une exclamation de surprise théâtrale et posa une main sur sa poitrine d'un geste faussement horrifié.

— Mais, milady, c'est une duchesse, elle peut donc faire ce qui lui plaît.

— Ainsi, vous avez rencontré ma mère ! gloussa Mary.

— J'aimerais bien.

Le sourire de Mary disparut.

— Je n'aimerais pas que vous la rencontriez.

— Pourquoi ?

Mary le regarda d'un air mélancolique. Il avait le plus charmant des sourires, le plus chaleureux des regards, et elle était sûre de n'avoir jamais rencontré quelqu'un de plus attentionné. Tout ce qu'elle voulait, c'était l'embrasser et arrêter de parler de sa mère. Parler de sa mère lui rappelait ce qui l'attendait, et elle ne voulait pas penser à l'avenir, elle voulait seulement penser à l'instant présent, avec lui.

— Parce qu'elle n'est pas gentille, contrairement à vous.

— Merci. Mais j'aimerais quand même la rencontrer un jour.

— Ne parlons pas d'elle, pas ici.

— Comme vous voulez.

Pour la première fois depuis son entrée dans le cottage, elle remarqua ce qui l'entourait, et fut assez distraite pour repousser sa mère et l'avenir qu'elle s'était prévu dans un coin éloigné de sa tête. Elle regarda autour d'elle. Il y avait une petite table à manger rustique, sur laquelle était posé un candélabre, et deux chaises. L'ensemble se trouvait dans le coin le plus éloigné, en face d'un lit au matelas épais encastré dans le mur, à la française. Il se trouvait entièrement dans une niche, et les rideaux qui pouvaient être tirés sur le côté pour permettre plus d'intimité n'étaient pas en épais velours, pour repousser le froid, mais en soie bleue diaphane qui laissait passer la lumière et permettait à ceux qui se trouvaient dans le lit de regarder par la fenêtre, qui donnait sur le ruisseau. Un large coffre, une petite bibliothèque et un fauteuil bergère venaient compléter l'ameublement. Il n'y avait pas de cheminée, mais ce n'était pas nécessaire puisque le sol était chauffé.

— Je suis désolé de vous rebattre les oreilles au sujet de la nourriture, mais je suis affamé et il y a du ragoût…

— J'ai faim, moi aussi.

Mary suivit Christopher dans la deuxième pièce et se retrouva dans une cuisine bien équipée pour sa petite taille ; une cheminée, un plan de travail, des étagères sur lesquelles étaient posés plusieurs récipients et les ustensiles nécessaires à la préparation de plusieurs plats, et un évier, près d'une porte qui menait à l'extérieur ; elle se dit que derrière devaient se trouver un potager et le tas de bois. Une lourde marmite était suspendue au-dessus du feu de cheminée, au chaud, et quand Christopher en souleva prudemment le couvercle pour remuer le ragoût, une explosion d'arômes se mêlant les uns aux autres et formant un parfum délicieux se répandit dans l'air ; Mary se rappela qu'elle n'avait pas mangé depuis les premières lueurs du jour, et que son petit déjeuner n'avait été composé que d'une tranche de pain beurrée. Par ailleurs, elle avait perdu l'appétit les quelques jours précédents, tant elle était préoccupée par la décision qu'elle s'apprêtait à prendre pour son avenir, et tant Christopher accaparait toutes ses pensées.

À présent, elle se retrouvait dans la cuisine de son cottage et l'observait préparer le dîner.

— Puis-je faire quelque chose ?

— Mettre la table ? Vous trouverez des couverts et des gobelets dans ce placard, juste là, ainsi qu'une nappe et des serviettes. Il y a une miche de pain frais dans le pot en terre cuite près de l'évier. Oh, et du vin, mais dans l'autre pièce. Ce qui me fait penser que je dois vous montrer la mosaïque avant de nous asseoir. Mais d'abord, goûtez ceci et dites-moi s'il faut que je rajoute du sel, ou peut-être une pincée de poivre ?

Il leva la louche au-dessus de la marmite en plaçant sa main en dessous et elle but, avec précaution, une gorgée du riche bouillon avant de manger le petit morceau de viande. Elle laissa les saveurs s'attarder sur sa langue, surprise par leur intensité et leur richesse, surprise qu'une si petite bouchée ait autant de goût, un goût à la fois étrangement familier et délicieusement différent.

— Qu'est-ce donc ?

— *Stufato di coniglio con carote e cipolle.*

— *Di coniglio...* De lapin... ? Un ragoût de lapin aux carottes et aux oignons ? Je suis incapable de reconnaître les herbes que vous avez utilisées. Inutile de rajouter du sel ou du poivre. Il est parfait.

— Bien. Silvia sera satisfaite. J'ai fait de mon mieux pour suivre sa recette selon mes souvenirs. Quant aux herbes et aux épices utilisées, c'est un secret entre Silvia, la marmite et moi.

Il laissa retomber la louche dans la marmite et reposa le couvercle dessus.

— Laissez-moi vous montrer la mosaïque, reprit-il. Ensuite, nous pourrons manger.

— Vous avez préparé ce ragoût de lapin tout seul ?

— J'ai également attrapé le lapin moi-même, si vous voulez connaître les détails depuis le début.

— Cette Silvia est-elle celle dont me parle Teddy, la femme de Carlo ?

— Oui. Celle-là même. Silvia est mon intendante et cuisinière italienne. Je les ai ramenés avec moi, elle et son mari Carlo, quand je suis revenu d'Italie avec ma... tante. Ils travaillaient pour elle avant de travailler pour moi.

Mary l'observa prendre une chandelle du candélabre posé sur le plan de travail, ouvrir le rideau qui séparait la cuisine de la troisième pièce, et disparaître à l'intérieur. Elle ne le suivit pas immédiatement, il revint donc passer la tête dans la cuisine.

— C'est la pièce dans laquelle nous conservons le vin. C'est aussi ici que se trouve la mosaïque. Le sol va vous paraître un peu froid.

La température du sol dans cette troisième pièce contrastait nettement avec le reste du cottage. Il y faisait froid, mais la température fut oubliée quand Christopher baissa la bougie vers le sol. À l'exception du périmètre extérieur, sur trois côtés, tout le sol était recouvert de minuscules carreaux géométriques jaunes, marron, rouges et noirs. Quand on les voyait dans leur ensemble, les carreaux représentaient la tête d'une femme, possiblement une déesse. La mosaïque disparaissait sous la maçonnerie du quatrième mur, et en s'orientant, Mary se dit que ce mur avait dû être construit par-dessus une partie des fondations de la villa. Christopher confirma ses soupçons.

— Mon père voulait préserver la mosaïque, mais il voulait également en profiter. Il a donc fait un compromis. Au lieu de réenterrer toute la villa, il a laissé cette partie du sol à découvert et l'a protégée des intempéries en ajoutant cette troisième pièce au cottage. Ainsi, il pouvait venir l'admirer ici dès qu'il le voulait. Cette pièce est également utilisée pour sa fraîcheur, pour entreposer le vin et les provisions.

— Comptez-vous laisser la villa enterrée ? Il me semble dommage de cacher quelque chose d'aussi beau alors que d'autres personnes, des érudits par exemple, pourraient apprécier l'opportunité de l'étudier. Qui sait, ce site pourrait être aussi important que celui de Bath, surtout avec sa source thermale naturelle. Et les Romains aimaient construire leurs lieux de culte près de ces sources.

— Pour quelqu'un qui affirme avoir reçu une piètre éducation, vous en savez plus que ce que vous pensez sur l'antiquité romaine ! Voilà, cette bouteille de vin rouge décanté se mariera très bien avec le ragoût.

— J'avais une excellente capacité d'écoute, dit fièrement Mary en retournant avec Christopher dans la cuisine, où elle prit les fourchettes et les cuillères, les serviettes et la nappe. Ma cousine la duchesse et le duc parlaient souvent d'histoire romaine – ils évoquaient surtout les différents intellectuels de cette époque. Bien sûr, je ne comprenais rien à ce qu'ils disaient, mais j'écoutais, ce qui m'a permis d'améliorer mon français.

Christopher servit, à la louche, une bonne portion de ragoût dans deux bols.

— Parlaient-ils toujours français ?

— Sauf le mardi. Le mardi, ils parlaient exclusivement italien.

— Vous parlez italien, alors ? demanda Christopher dans la langue de Dante.

— *Poco...* Mais pas assez pour discuter avec vos domestiques.

Christopher apporta les deux bols dans la pièce principale et les posa sur la table que Mary avait dressée. Puis il revint avec la carafe à décanter et remplit les gobelets à moitié. Avant de s'asseoir, il leva son gobelet vers celui de Mary en la regardant dans les yeux.

— Bienvenue dans mon humble cottage, mila...

— Mary, l'interrompit-elle avec un sourire en levant son verre. Ici, je serai toujours Mary. Et vous serez toujours Christopher. Puis-je dire le bénédicité ?

Malgré lui, Christopher sentit la chaleur lui monter aux joues en l'entendant prononcer doucement son nom. Il hocha la tête et prit rapidement sa place. Après le bénédicité, ils mangèrent dans un silence agréable pendant un moment, Mary faisant uniquement des commentaires pour complimenter la délicieuse recette de ragoût de lapin dont Silvia avait le secret, puis elle demanda sur le ton de la conversation :

— Pourriez-vous me parler de votre vie à l'étranger ?

Christopher se figea alors qu'il détachait un morceau de la miche de pain et regarda Mary de l'autre côté de la table.

— Je vous dirai tout ce que vous voulez savoir. Mais d'abord, puis-je vous poser une question que je me pose depuis votre arrivée ?

— Bien sûr.

— Avez-vous terminé votre broderie sur le bonnet de baptême pour le bébé de votre cousine ?

Mary le regarda comme s'il avait de la fièvre.

— S'agit-il réellement de votre question, ou me taquinez-vous encore ?

Il secoua la tête en riant.

— Il s'agit réellement de ma question.

Elle se rappuya contre le dossier de sa chaise avec un sourire satisfait.

— Oui, je l'ai terminée. Je suis contente du résultat, il ne me reste donc plus qu'à coudre les rubans en soie qui serviront de liens. Selon Teddy, il s'agit de mon plus bel ouvrage à ce jour.

— Je n'en doute pas. Teddy a un œil exercé. Votre cousine sera ravie. C'est un cadeau tout à fait approprié pour une naissance ducale, les parents le chériront. Ce bonnet deviendra sûrement un héritage familial. J'espère que vous me le montrerez avant de l'envoyer à votre cousine.

— J'en serais très heureuse. Ce qui me fait penser que j'ai une question à vous poser, à propos de Teddy et du baptême…

Christopher, qui finissait ce qu'il restait de ragoût au fond de son bol avec du pain, leva les yeux et attendit qu'elle continue.

— J'ai l'intention d'assister au baptême du bébé de ma cousine la duchesse, et je veux que Teddy m'accompagne. La duchesse est ma plus proche cousine. C'était comme une seconde mère pour moi… bien meilleure que ma propre mère, d'ailleurs. Ce n'est pas tous les jours qu'une duchesse donne naissance à un héritier, et c'est encore plus rare que cette duchesse, qui est duchesse pour la deuxième fois, soit mère de deux maisons ducales. Ce fait est déjà, en soi, une raison de se réjouir. Mais ce que je veux, surtout, c'est que Teddy connaisse le côté Roxton de ma famille, qu'elle voie l'importance qu'ils ont pour sa mère. Cette demande est-elle vraiment irréalisable ?

— Non.

— Oh, répondit Mary en s'avançant sur sa chaise. Alors vous ne vous opposerez pas à ce que Teddy vienne avec moi ?

Christopher remplit de nouveau le gobelet de Mary de vin, sans la quitter du regard un seul instant.

— Pourquoi m'y opposerais-je ? Elle devrait y être avec vous, pour une occasion si importante. Mais avez-vous envisagé de demander à Teddy ce qu'elle souhaite ? Et dois-je vous rappeler que Teddy devait vous accompagner à Treat pour le mariage de son oncle Dair ? J'ai donné ma permission pour qu'elle assiste à cet événement historique. Votre frère est son oncle préféré. C'est la maladie qui l'a empêchée de vivre cette joyeuse journée, pas moi.

— Merci, c'est inutile de me le rappeler. Nous avons tous été attristés et déçus quand elle est tombée malade. Sur le moment, je m'inquiétais plus pour sa santé que pour sa présence au mariage de Dair…

— Et pourtant, vous y êtes quand même allée, la laissant aux bons soins de sa nurse, et vous avez réussi à vous faire attaquer par des bandits de grand chemin, par-dessus le marché.

Mary le regarda, bouche bée.

— Je l'ai laissée parce que le médecin m'a assuré qu'elle entrait dans une nouvelle phase de sa maladie. Je ne l'aurais jamais fait si elle avait été encore fiévreuse. Mais je savais que vous veniez la chercher dans le Buckinghamshire, ce qui m'a apaisée. Et pour être honnête, c'est *vous* qu'elle demandait le plus quand elle était malade. (Mary plissa son petit nez.) Quel est le rapport entre ceci et le fait que notre carrosse ait été détroussé par des voyous ?

— Vous auriez pu être blessée… ou pire ! Ils auraient pu vous agresser. Vous tirer dessus. Vous tuer. Et alors, qu'aurait fait Teddy ? Et-et… et moi ? Si vous aviez attendu un jour de plus, j'aurais pu escorter votre carrosse jusque dans le Hampshire et m'assurer que vous étiez bien arrivée à Treat. Mais non, vous êtes partie seule, avec votre mère pour unique compagnie. Deux femmes vulnérables sans homme pour les protéger, sans aucune protection d'ailleurs.

— Mère refusait catégoriquement d'attendre. Nous avions déjà été retardées par la maladie de Teddy.

— Vous auriez dû insister.

— Oui. J'aurais dû.

— Quand vous et Teddy allez quelque part, est-ce que je n'accompagne pas votre carrosse aussi loin que possible ?

— Si, répondit-elle, toujours à voix basse.

Elle dit ceci avec un léger sourire qu'elle ne put réprimer, car sa colère contenue à propos de sa sécurité était très révélatrice. Maintenant qu'il le lui rappelait, elle se rendait compte qu'il les avait toujours accompagnées quand elle partait en voyage, que ce soit à Bath, ou plus loin encore, quand elle allait à Treat. Il faisait partie intégrante de sa vie et de celle de Teddy, à l'image de ses domestiques les plus dévoués, à tel point qu'elle les avait considérés comme acquis, lui et les services qu'il lui rendait. Au moins, elle avait toujours fait preuve de gratitude envers sa femme de chambre et la nurse de Teddy, et elles étaient bien payées. Christopher n'était même pas payé, et si elle l'avait remercié, c'était seulement pour la forme, car elle avait toujours considéré sa présence comme une ingérence, au mieux, et une restriction de sa liberté au pire. Jusque-là, elle n'avait jamais creusé plus loin. Elle n'avait jamais envisagé qu'il tenait à elle, qu'il voulait la protéger. Elle était mortifiée. Sa colère était entièrement justifiée, mais cette colère et cette préoccupation donnèrent un sentiment de profonde satisfaction à Mary et la firent sourire. Cependant, son sourire s'effaça, car elle était troublée par une remarque qu'il avait faite sur les souhaits de Teddy.

Quand il revint à table après avoir débarrassé leur repas du soir, le remplaçant par deux tasses et une cafetière, elle demanda sans ménagement :

— Vous m'avez demandé si j'avais envisagé de demander à Teddy ce qu'elle souhaite. Qu'entendez-vous par là ?

Il releva les yeux alors qu'il servait le café et resta silencieux le temps de poser une tasse devant elle avec le sucrier, un petit pot de crème en poterie et une cuillère. Puis il se rassit.

— Rien de plus que ce que j'ai dit. Avez-vous déjà demandé à Teddy si elle souhaitait rendre visite à votre famille Roxton ?

— Non. Ma mère ne me l'a jamais demandé non plus. Elle va où je vais — en tout cas, tant que son père ne s'y opposait pas. Vous lui avez imposé des restrictions de mouvement, et c'était son cas à lui aussi.

— Ah, mais je ne faisais qu'exaucer son souhait à elle, pas le mien.

— Exaucer son souhait ? répéta Mary, incrédule.

— Oui. Veuillez pardonner mon franc-parler, mais Sir Gerald imposait des restrictions par malveillance. Il vous a utilisées, vous et Teddy, pour se venger du duc de Roxton après son exil.

— Je le sais très bien, Mr... Christopher ! déclara Mary, agacée. Mais je ne pouvais pas y faire grand-chose, si ? Si vous voulez savoir la vérité, j'en veux autant à Roxton qu'à mon mari pour mon bannissement familial. En exilant Sir Gerald, il m'a exilée moi, et il aurait dû réfléchir aux conséquences avant de rendre son décret. Mais ce qui est fait ne peut pas être défait. Alors maintenant, dites-moi en quoi vous exaucez le souhait de ma fille.

Christopher but une gorgée de son café et reposa sa tasse, qu'il fixa pendant cinq longues secondes avant de répondre.

— Sir Gerald a rempli sa tête – et la mienne – d'un tas d'absurdités à propos de Roxton. Souvenez-vous, je vous ai dit que selon ses propos, la raison pour laquelle il avait été banni de la famille ducale était parce qu'il avait découvert que le duc vous faisait des courbettes…

— Oui, je m'en souviens très bien, je n'ai pas besoin qu'on me le rappelle, merci, répondit Mary, écarlate. Et je vous ai détrompé de cette accusation.

— Oui. Et avant que vous ne me jetiez du café à la figure, souvenez-vous que je ne vous ai jamais crue complice. Et vous m'avez légitimement corrigé à propos du duc et de son dévouement pour sa duchesse.

— Et Teddy ? Quelles absurdités Sir Gerald a-t-il racontées à sa fille à propos de mes cousins ?

— N'oubliez pas que Teddy n'est qu'une enfant…

— *Christopher.* C'est à sa mère que vous parlez.

— Et c'est la raison pour laquelle j'hésite à vous le dire. N'importe qui d'autre trouverait cette histoire drôle et ridicule. Mais vous me croirez, car vous savez de quoi votre mari était capable, et parce que vous pouvez me faire confiance.

Mary tendit sa main par-dessus la table.

— Oui. Dans tous les domaines.

Christopher esquissa un mince sourire. En toutes autres circonstances, la confiance qu'elle lui accordait aurait été réjouissante, mais ce qu'il avait à lui dire ne l'était pas. Il prit sa main, plongea son regard dans ses yeux violets, et dit calmement :

— Vous savez que quand un adulte, surtout s'il s'agit d'un parent, raconte une histoire à un petit enfant en la lui répétant régulièrement, peu importe à quel point elle est saugrenue, l'autorité derrière le récit lui prête une authenticité qui n'est jamais remise en question. J'espérais qu'en grandissant, elle cesserait d'y croire – ou au moins qu'elle chercherait du réconfort auprès de vous, vous demanderait si cela était vrai ou non. Je pouvais lui apporter du réconfort, mais n'ayant jamais rencontré le duc, mes paroles lui semblaient assez vaines. Et même si je voulais absolument qu'elle vienne vous voir, qu'elle vous demande si cette histoire était réelle ou non, elle m'a fait promettre de ne rien vous dire.

— Pourquoi ? Teddy et moi n'avons jamais eu de secrets l'une pour l'autre.

— Elle a gardé celui-ci, car son père lui a également dit, en tant qu'élément de l'histoire, que vous aviez été ensorcelée par l'ogre, qu'elle ne pouvait donc pas vous faire confiance pour lui dire la vérité à ce sujet.

— Un ogre ? Ensorcelée ? répéta Mary, ses doigts tremblant dans ceux de Christopher. Quelle affreuse idée cet homme a-t-il mise dans la tête de ma fille ? Cela ne peut quand même pas être pire que ce qu'il a insinué auprès de vous à propos de Roxton et moi ?

— Ce n'est pas pire, mais c'est d'autant plus méprisable que Teddy est une enfant influençable, et que c'est sa fille. Par ailleurs, il ne lui a pas raconté cette histoire une seule fois, mais à plusieurs reprises, pour renforcer sa peur.

— Sa peur ? De mes cousins ?

— Sa peur du duc, en particulier. Teddy pense — elle est *convaincue* – que le duc a des pouvoirs magiques, que c'est un ogre qui vit déguisé en aristocrate. Que son père a découvert la vérité, et que c'est la raison pour laquelle il a été exilé sur son domaine. Que cet ogre vous a jeté un sort qui ne peut pas être brisé. Que c'est ce sort qui vous oblige à rendre visite à votre famille Roxton.

— Oh, mais ce sont de vraies absurdités ! laissa échapper Mary avant de pouvoir s'en empêcher.

— Oui. Mais Teddy est persuadée que c'est la vérité.

— Bien sûr. C'est son père qui le lui a dit. Cet horrible, odieux personnage !

Elle détacha son regard de leurs doigts entrelacés et releva la tête, stupéfaite d'avoir exprimé à voix haute ce qu'elle pensait intérieurement. Elle ne s'était jamais montrée déloyale publiquement auparavant, car « les bonnes épouses, les filles des comtes, se comportaient différemment ». Mais c'était encore la voix de sa mère qui lui murmurait ceci, et elle en avait assez d'écouter cette voix interne, en particulier avec Christopher. Elle voulait être ouverte et honnête avec lui, être elle-même, surtout dans ce cottage.

— Il était… exactement ce dont je viens de le qualifier, déclara-t-elle fermement. Sir Gerald n'était pas seulement odieux et horrible, il était cruel et égocentrique au possible. À tout point de vue.

Christopher savait qu'elle ne parlait pas seulement du comportement de Sir Gerald envers sa fille unique, mais également de la façon dont il l'avait traitée en tant qu'épouse. Il préféra ne pas y penser pour le moment et dit :

— Il a averti Teddy que si elle allait à Treat un jour, l'ogre l'enfermerait dans l'une de ses tours et qu'elle ne vous reverrait plus jamais.

— Grand Dieu ! Je ne pensais pas pouvoir le détester encore plus, mais c'est le cas, marmonna-t-elle.

Elle retira sa main de celle de Christopher, recula sa chaise et se leva. Elle avait besoin de marcher, d'évacuer sa colère et sa rancœur en faisant les cent pas, ce qu'elle fit devant la niche où se trouvait le lit, en s'étreignant elle-même. Christopher l'observa et attendit qu'elle parle ; il voyait bien, à son air entêté, qu'elle avait d'autres choses à dire. Il avait raison ; elle s'immobilisa au milieu d'un pas et se tourna vers lui.

— Pensez-vous qu'elle ait pu se rendre malade, quand nous étions dans le Buckinghamshire, afin d'avoir une excuse pour ne pas assister au mariage de Dair à Treat ?

— Oui.

— Vous savez qu'elle déteste rester cloîtrée, qu'elle préfère être à l'extérieur. Elle ressemble tant à son oncle Dair. Elle pensait que si elle allait à Treat, elle finirait enfermée dans un donjon… Monstre ! Elle devait être terrifiée.

— Il est vrai qu'elle était très soulagée quand je suis arrivé pour la ramener à la maison.

Mary couvrit brièvement son visage de ses mains, avant de les laisser retomber le long de son corps, les poings serrés.

— Pourquoi n'ai-je pas vu qu'elle était effrayée ? Comment ai-je pu laisser Sir Gerald lui bourrer le crâne de mensonges aussi ignobles ? Comment a-t-il pu utiliser sa propre fille de façon aussi diabolique ?

— Vous l'avez dit vous-même. Il était égocentrique. Il n'accordait de l'importance qu'à ses propres envies, au détriment de tout le reste, et même de sa femme et de sa fille.

— La vie de Teddy devait être totalement différente de la mienne. J'étais déterminée. Ses journées devaient être remplies d'amour, de rire, d'espoir, et il… il a *ruiné* cela.

— Vous ne pouvez pas penser ainsi, dit-il en prenant Mary dans ses bras et en la serrant fort contre lui, car elle pleurait.

Il la laissa pleurer et ne reprit la parole que quand elle fut calmée :

— Elle est aimée, et vous lui avez donné une enfance merveilleuse. Peu d'enfants, en particulier les filles, peuvent parcourir la campagne autant qu'ils le souhaitent. Vous comprenez ses besoins, vous comprenez qu'elle doit avoir la liberté d'être dehors, de faire du cheval, de jouer avec les enfants du village, de venir à Brycecomb Hall dès qu'elle en a envie. Vous n'imaginez même pas à quel point ses visites sont appréciées ; elles illuminent les journées autrement solitaires de ma tante, à tel point qu'elle et le reste de la maison sont de bonne humeur pendant au moins les trois jours suivants. Quant à moi, ce que j'apprécie le plus, c'est d'avoir la chance de faire partie de sa vie. Et c'est à vous que je le dois.

Mary prit une inspiration tremblotante et hocha la tête. Elle ne releva pas la tête vers lui, appuyant sa joue humide contre son torse. Elle poussa un profond soupir et dit :

— Chaque soir, quand je fais mes prières, je remercie le Seigneur que vous fassiez partie de ma vie, car s'il y a bien une personne qui agit comme un père pour elle, c'est vous.

Christopher déposa un baiser sur le dessus de sa tête, puis il prit son visage humide entre ses mains et la regarda dans les yeux en souriant.

— Merci. Maintenant séchez vos larmes et sortons Sir Gerald, les ogres, et même Teddy, de nos esprits pour ce soir. Il est trop tard pour que je vous emmène pêcher ou pour que vous vous baigniez dans l'eau chaude du ruisseau, nous devrons donc nous amuser au mieux ici, dans la chaleur du cottage. Je pourrais jouer pour vous ?

— Jouer ?

— De la mandore – un genre de luth. J'ai appris à en jouer à Lucques.

— Oh, oui ! J'aimerais beaucoup. Mais je crains de faire un très mauvais public ce soir. Votre ragoût, le vin et une tête remplie de pensées fâcheuses m'ont donné sommeil.

— Dans ce cas, je vais jouer pour vous endormir.

Il vit qu'elle jetait un coup d'œil au lit et parvint à dire d'un ton neutre :

— Il y a une cruche, une bassine, du savon, des serviettes et du dentifrice en poudre près de l'évier. Pendant que je débarrassais le souper et préparais le café, j'ai rempli la cruche d'eau chaude, elle doit être tiède maintenant. Je n'ai malheureusement pas de brosse à vous prêter, mais il y a un peigne. Et vous pourrez porter ceci par-dessus votre chemise, ajouta-t-il en lui tendant un vêtement en brocart qu'il avait sorti du grand coffre contre un mur, Mary remarquant alors que l'instrument aux nombreuses cordes que Christopher appelait mandore était appuyé contre celui-ci. C'est l'une de mes robes de chambre, il faudra donc que vous retroussiez les manches. Avez-vous besoin d'aide avec vos lacets ?

— M-mes lacets ? répéta Mary, déconcertée qu'on lui pose une telle question de façon aussi directe.

Aucun homme ne lui avait jamais posé cette question, ne l'avait jamais aidée à délacer son corset. Mais elle se réprimanda immédiatement pour sa réaction choquée. Il voulait seulement l'aider et elle comptait bien passer la nuit avec lui, il était donc ridicule d'être scandalisée. « Tu as trente ans, pas treize ! Prends-en conscience et fais preuve d'un peu de courage, espèce de créature ridicule ! » marmonna-t-elle à voix basse, avant d'attraper la robe de chambre et de se diriger vers la cuisine en disant par-dessus son épaule :

— Non, merci ! Je vais me débrouiller !

À son retour, le lit avait été ouvert et les rideaux diaphanes avaient été tirés devant. Deux bougies seulement étaient allumées ; une sur la table, et l'autre sur le coffre, près de Christopher, qui était assis jambes croisées dans la bergère, dans l'ombre, de l'autre côté de la pièce. Il grattait légèrement les cordes de la mandore. Il jouait depuis qu'elle avait disparu dans la cuisine pour se déshabiller, se laver et dérouler ses tresses. Elle portait à présent sa chemise, ses bas et la robe de chambre en brocart de Christopher, qui traînait par terre. Ses cheveux étaient rassemblés en une longue et épaisse tresse qui descendait dans son dos, attachée par un ruban.

Il ne releva pas les yeux, restant concentré sur ses doigts qui grattaient les cordes, et elle se précipita donc vers le lit, où elle retira la robe de chambre qu'elle plaça rapidement sur le dossier d'une chaise. Mais quand elle voulut entrer dans le lit, elle fut incapable de trouver l'endroit où les rideaux se séparaient et paniqua donc pendant plusieurs secondes avant de soulever le bas du rideau assez haut pour plonger en dessous. Puis elle grimpa sur le matelas et remonta les couvertures jusqu'à son menton. Allongée, elle resta crispée et immobile, sans prêter attention à ce qui l'entourait ; elle savait seulement qu'elle était dans un lit inconnu, dans un cottage à l'orée de la forêt de Puzzlewood, avec un homme qui n'était ni son mari ni son amant, et qui semblait se contenter de rester de l'autre côté de la pièce, à jouer du luth.

En l'écoutant pincer délicatement les cordes, ses épaules se détendirent, ainsi que ses doigts qui agrippaient le couvre-lit, et sa tête s'enfonça dans le duvet moelleux de l'oreiller. La musique était basse, mélodieuse et très apaisante. Elle prit également conscience de l'odeur de lavande mélangée à un autre parfum floral – la rose, peut-être ? Les draps en avaient été imprégnés. Cette odeur l'aida également à se calmer. Rapidement, son corps tout entier se relâcha, ses paupières s'alourdirent, elle tourna la tête sur l'oreiller et tomba dans un profond sommeil.

. . .

Christopher, qui l'observait discrètement, détourna rapidement le regard quand elle lui lança un coup d'œil pour voir s'il observait ses vaines tentatives pour ouvrir le rideau. Il se félicita de réussir à garder un visage neutre, même si intérieurement, il riait à gorge déployée. Il était persuadé que ses épaules s'agitaient toutes seules. Il trouvait sa pudeur adorable, mais par peur de l'offenser, il n'aurait jamais osé faire de remarque sur ses tentatives vaines d'entretenir un semblant de bienséance dans des circonstances qui devaient être, pour elle, des plus étranges.

Il avait conscience qu'ils en étaient à une étape délicate de leur intimité grandissante, et même pour tout l'or du monde, il n'aurait pas voulu saboter leurs progrès en ébranlant l'équilibre qui s'était installé entre eux. Il ne savait toujours pas réellement ce qu'elle avait subi aux mains de son rustre de mari, il pécherait donc par excès de prudence. S'il avait bien appris une chose pendant ses années à l'étranger, en particulier quand il travaillait en tant que sigisbée, c'était qu'il avait des réserves infinies de patience ; Mary lui ferait savoir, à sa manière et quand elle serait prête, ce qu'elle attendait de lui, et cela lui allait. Il pourrait alors répondre à ses besoins sans se poser de questions. Mais pas encore.

Elle dormait, et il était fatigué, lui aussi. Il pinça les cordes de la mandore un peu plus longtemps, puis il récupéra une couverture de Witney dans le coffre, la disposa sur lui dans la bergère, et s'endormit. Quand on le réveilla en le secouant, il crut d'abord ne pas avoir dormi du tout, mais la quantité de cire fondue de la bougie lui indiqua que plus de deux heures s'étaient écoulées depuis qu'il s'était blotti dans le fauteuil.

Mary se tenait devant lui, vêtue de sa chemise et de ses bas. Il se demanda si elle était somnambule ou, dans son état de demi-sommeil, désorientée et perdue dans cet environnement inhabituel. Elle se balançait légèrement de droite à gauche, ses cheveux ébouriffés retombant sur son visage et dans son dos ; sa tresse s'était défaite, le ruban sûrement perdu quelque part dans les draps. Les cordons en soie du col de sa chemise s'étaient détachés et une manche bouffante avait glissé sur son épaule gauche, exposant son décolleté couleur crème, ainsi qu'un sein rond et parfait.

Christopher avait été à moitié endormi, mais il était à présent parfaitement réveillé, observant sa délicate beauté sous la douce lueur de la bougie. Il se libéra de la couverture, voulant envelopper Mary dedans et la remettre au lit, convaincu qu'elle ne savait pas où elle se trouvait. Il fut donc surpris quand elle secoua la tête et l'arrêta juste avant qu'il ne dispose la couverture pliée sur ses épaules. Elle retira la couverture d'entre ses doigts et la laissa tomber sur la bergère.

— Venez vous coucher, demanda-t-elle d'une voix endormie en prenant sa main. Il faut que vous me teniez chaud.

Il obéit sans aucune hésitation.

VINGT-DEUX

Mary se réveilla dans les bras de Christopher, qui portait toujours sa chemise et son haut-de-chausses sous le couvre-lit. Le soleil n'était pas encore levé, elle se pelotonna donc contre lui, appréciant la chaleur qu'il dégageait, ainsi appuyé contre son dos, suivant les courbes et les lignes de ses fesses et de ses cuisses. Il partageait son oreiller, le visage perdu dans l'enchevêtrement de ses cheveux. Un bras tendu en travers de son corps, il avait pris possession du nœud en soie qui empêchait son bas de descendre sous son genou et s'y était accroché pour dormir.

Quand elle rouvrit les yeux, elle était seule et la matinée était bien avancée. Les volets étaient grands ouverts, le cottage était donc inondé de lumière et rempli des bruits de la forêt : les feuilles d'automne qui bruissaient dans la brise et… un sifflement ? Non, ce bruit-là venait de la pièce voisine. Elle s'assit dans le lit en l'entendant et dégagea les cheveux de son visage. Puis Christopher sortit de la cuisine à pas feutrés, avec deux grandes tasses de thé. Il les posa sur la table, ouvrit les rideaux diaphanes et lui tendit une tasse. Il s'appuya ensuite contre le matelas, au pied du lit. Il ne portait ni son gilet ni son jabot, et sa chemise n'était pas boutonnée jusqu'en haut, grande ouverte au niveau de sa gorge. Mais son visage était fraîchement rasé et ses cheveux étaient plaqués en arrière, comme s'il était allé nager, ce qu'il confirma quand il dit, après avoir bu une gorgée de son thé :

— Je suis désolé si je sens trop fort le savon au bois de santal. L'inconvénient, quand on a une réserve illimitée d'eau bouillante sortant d'une source thermale, c'est qu'elle a une odeur minéralisée. Elle n'est pas aussi nauséabonde qu'à Bath, car le ruisseau la dilue, mais je crains qu'elle soit quand même présente...

Elle prit une gorgée de son thé et releva les yeux vers lui, surprise, ce qui n'avait rien à voir avec l'eau minéralisée. Il haussa un sourcil et dit avant qu'elle ne puisse le faire elle-même :

— Après huit ans, ce serait négligent de ma part de ne pas savoir comment vous buvez votre thé.

— En dix ans de mariage, Sir Gerald n'a jamais fait l'effort de savoir ceci à mon propos, ou quoi que ce soit d'autre. Mais ne parlons pas de lui...

Elle prit une nouvelle gorgée de son thé et se demanda, à voix haute :

— Le bois de santal masque-t-il réellement l'odeur minérale ? Je ne sens ni l'un ni l'autre.

— C'est parce que vous êtes tellement loin...

— Voulez-vous que je vous dise si vous sentez l'un ou l'autre ? demanda-t-elle d'une voix monotone, bien que la lueur dans son regard trahisse sa tentative de le taquiner.

Il leva le menton, révélant sa gorge, et pencha la tête en signe d'invitation.

— Si vous aviez l'amabilité, je vous en serais très reconnaissant...

Elle but une autre gorgée de thé, puis elle posa sa tasse et passa sur les draps en boule pour venir s'agenouiller près de lui. Elle posa une main sur l'épaule de Christopher pour garder l'équilibre, puis s'avança pour renifler sa gorge. En même temps, elle ferma les yeux et laissa ses autres sens passer à l'arrière-plan. Elle prit une profonde inspiration et décela un soupçon de bois de santal et de bergamote. Mais il y avait autre chose, quelque chose qu'on ne retrouvait ni dans le savon, ni dans les parfums concoctés avec soin par les parfumeurs. Cette odeur n'était définitivement pas nauséabonde, et l'absence de toute odeur minérale la poussa à se demander si, depuis le début, il ne voulait pas tout simplement qu'elle s'approche de lui de façon intime. Elle se moquait de ses intentions. Tout ce qui lui importait, c'était qu'elle humait son essence, une odeur puissante et poivrée, agréable et entièrement masculine — c'était cette même odeur authentique qui avait menacé de prendre le dessus sur ses sens quand ils avaient entrepris d'attraper un fantôme dans sa chambre.

Cet épisode lui semblait remonter à une vie entière, mais rien n'avait changé ; la pulsation au plus profond d'elle-même s'éveilla, inapaisable. Elle chancela, ses jambes se dérobèrent, puis elle rouvrit ses paupières lourdes quand il la redressa, les mains posées sur sa taille, après avoir brusquement jeté sa tasse sur le sol en dalles.

Pendant une seconde, deux tout au plus, ils se regardèrent, l'anticipation leur coupant le souffle. L'instant d'après, l'inhibition et la retenue cédèrent au désir. Elle était complètement enivrée par son odeur, et pour lui, avoir les mains posées sur les courbes de sa taille suffit à déclencher une vague lascive pulsant dans chacun de ses nerfs. Ces courbes féminines des plus attrayantes faisaient le pont entre la rondeur moelleuse de ses seins exquis et, plus bas, l'arrondi de ses hanches et la douce humidité entre ses cuisses. Le seul obstacle qui se dressait pour l'empêcher de donner du plaisir à cette créature pulpeuse à la peau tiède et féminine était une chemise du plus fin coton, ce qui ne représentait pas du tout un obstacle.

Il en avait assez de faire preuve de retenue. Il avait fait preuve de retenue avec elle dans ses pensées et dans ses actes pendant si longtemps qu'il se demandait s'il ne se transformait pas en moine. Il l'attira vers lui, ses mains glissant sur ses hanches pour aller s'ouvrir sur les courbes de ses fesses fermes, où il trouva son ancrage. En réaction, elle s'appuya contre le corps mince et musclé de Christopher, puis passa ses bras dans son dos pour le tenir fermement contre elle. Ainsi liés l'un à l'autre, ils cédèrent à un baiser passionné et remontèrent rapidement sur le lit, jusqu'à ce qu'ils soient plaqués contre la tête de lit matelassée. N'ayant plus nulle part où aller et assaillis par un sentiment de vive urgence – à moins qu'il ne s'agisse de soulagement ? – à l'idée de pouvoir enfin assouvir un désir qui couvait depuis des années, ils commencèrent rapidement à se déshabiller avec frénésie. Ils envoyèrent leurs vêtements par terre et se laissèrent tomber, nus, entre les oreillers et les couvertures dans un tourbillon de chairs fiévreuses et de baisers ardents, s'abandonnant à leur désir écrasant.

Les baisers de Mary étaient tout aussi affamés que ceux de Christopher, ses caresses tout aussi intimes. Mais quand elle s'aventura entre ses jambes pour explorer sa rigidité sous toutes les coutures, il se força à refuser cette torture si agréable de crainte qu'après tant d'années d'abstinence, il soit incapable de retarder sa libération pour attendre celle de Mary. Il n'était pas pris dans le feu de l'action au point d'en perdre tout recul. Ce qu'il désirait par-dessus tout, c'était qu'elle prenne du plaisir en faisant l'amour avec lui. Ses besoins à lui étaient secondaires, car il savait que quand elle atteindrait le septième ciel, il l'atteindrait aussi.

Il s'éloigna délicatement et à contrecœur de ses caresses et descendit sur le lit, ses baisers passant de sa bouche à sa poitrine, qu'il suçota tout en caressant ses courbes. Et quand il passa légèrement sur la palpitation entre ses cuisses, elle poussa une exclamation de surprise, mais ne lui demanda pas d'arrêter. Au contraire, elle trouva sa main et ensemble, ils adoptèrent un rythme qui lui fit perdre la raison. Quand il estima qu'elle approchait du précipice, de l'apogée, il accorda à sa langue le vice ultime. Cette extravagance sensuelle causa leur perte à tous les deux. Et malgré sa soif de libération, l'esprit de Mary se figea, et son corps aussi. Dans la panique, elle le repoussa et s'éloigna en tirant sur le couvre-lit pour cacher sa nudité. Elle se rappuya contre la tête de lit, tremblante, frustrée, troublée de corps et d'esprit. Étreignant ses genoux toujours vêtus de ses bas, elle tourna la tête vers la fenêtre, son profil dissimulé par sa chevelure rousse.

Il se redressa, abasourdi. Il était allé trop loin, trop vite. Bien sûr. Elle n'avait jamais connu de baiser sensuel avant cette fameuse nuit dans sa chambre. Et voilà qu'il l'initiait aux plaisirs charnels de la stimulation orale sans se poser de questions. Sa réaction lui confirma, sans doute possible, qu'elle ne connaissait pas l'existence de cette pratique jusque-là. Il se demanda si elle avait déjà connu autre chose que les mécanismes sommaires de la copulation. Ce qui le poussa à se demander si elle avait déjà atteint le point culminant, avec ou sans la participation de son mari. Sachant quel genre d'éducation elle avait reçu de sa mère, une femme insensible et au cœur de pierre, il ne pouvait pas s'attendre à ce qu'elle ait eu une conversation avec sa fille à propos du lit conjugal. Et ayant connu son mari prétentieux, il savait que tout plaisir pendant l'amour avait dû être égoïste, et surtout pas mutuel.

Alors qu'il observait Mary, le regard tourné vers la fenêtre, il n'avait qu'une envie : la prendre dans ses bras et lui assurer qu'elle n'avait pas à avoir honte de sa réaction et de son manque d'expérience. L'ignorance sexuelle n'était pas inhabituelle chez les femmes des aristocrates ; d'ailleurs, dans de nombreux cercles de la bonne société, elle était même encouragée. Et les besoins égoïstes de leurs nobles maris l'étaient aussi. Ainsi, l'ignorance arrogante du mari n'était jamais remise en cause, et il n'avait pas besoin de se préoccuper de satisfaire les besoins de sa femme. Occasionnellement, certains maris se souciaient du plaisir de leur épouse, que ce soit dans la chambre à coucher ou en dehors, mais étant incapables, pour une raison ou une autre, de les satisfaire, ils accueillaient volontiers, chez eux, un gentleman qui en était capable. Christopher le savait, car pendant neuf ans, il avait été ce gentleman, dans quatre nobles foyers différents.

Il ne prit pas Mary dans ses bras, et il n'exprima pas ce qu'il pensait.

Il resta à l'autre bout du lit, la couverture recouvrant sa douloureuse virilité, et attendit que Mary rompe le silence ; il voyait bien qu'elle était sur le point de le faire. Sa mortification ne le surprenait pas, mais ce qu'elle finit par avouer l'horrifia.

Elle se détourna enfin de la fenêtre et lui lança :

— Je sais bien ce que vous devez penser !

— Vraiment ? J'en doute. Mais je vous en prie, dites-moi.

— Vous pensez que pour une femme de mon âge, je suis une ignare pathétique !

— Vous n'êtes pas pathétique. On vous a délibérément laissée dans l'ignorance, c'est difficilement votre faute. Et ce n'est pas non plus particulièrement inhabituel.

— C'est-à-dire ?

— Il y a des femmes qui ne connaissent jamais, de toute leur vie, aucune intimité, et encore moins le plaisir charnel avec un partenaire.

— Vous parlez de ces femmes qui vivent dans les couvents ? Les religieuses ?

Il éclata d'un rire qu'il réprima rapidement, par peur qu'elle ne le pense pas sincère.

— Oui, certes, il y a ces femmes-là. Elles font vœu de chasteté par choix. Mais je parlais des femmes de votre rang social. Les épouses des aristocrates, que leurs maris préfèrent laisser dans l'ignorance pour une raison ou une autre, mais souvent par égoïsme.

— On m'a dit que seuls les hommes avaient besoin de satisfaire leur appétit charnel. Pas les femmes. Qu'avoir de telles… de telles *pulsions* était indigne et bestial, et que seules les putains et les prostituées adoptaient ce genre de comportement. Les épouses – les bonnes épouses – veillent à ce que leurs pensées restent pures et à ce que leur corps ne serve qu'à la procréation.

Christopher savait que c'était sûrement la comtesse qui avait rempli la tête de sa fille de ces pures inepties, mais il ne dit rien, car il sentait qu'elle avait encore des choses à dire ; elle avait baissé ses genoux et le regardait d'un air tellement sérieux qu'il n'osait ni sourire, ni l'interrompre.

— Mais j'ai su instinctivement que cet argument n'était pas infaillible, sinon pourquoi certains couples se marieraient-ils par amour et resteraient amoureux, s'ils n'étaient pas compatibles à tout point de vue ? Ma cousine a épousé un duc qui avait une réputation de grand libertin avant de la rencontrer. Et pourtant, après leur mariage, c'est devenu un époux et un père dévoué. Ils s'aimaient profondément et appréciaient la compagnie l'un de l'autre, il semble donc normal de supposer qu'ils appréciaient également faire l'amour. (Elle haussa les épaules, les joues rouges.) Même en tant que jeune fille de quinze ans, je savais qu'on dit « faire l'amour » pour désigner l'acte charnel pour une bonne raison.

— Malin, pour une jeune fille, de déduire cela toute seule, à l'encontre de préceptes martelés par une femme qui, clairement, n'a jamais *fait l'amour*.

— Oh, ce n'est pas ma mère qui m'a dit que les bonnes épouses veillent à ce que leurs pensées restent pures et à ce que leur corps ne serve qu'à la procréation. Mais je suis sûre qu'elle le pense. Non, ma mère était bien plus normative. Elle exécrait les relations sexuelles. Et je le sais, car quand le mariage de mes parents est devenu intolérable et que mon père nous a abandonnés, ma nurse m'a tout expliqué. Sur le moment, je ne comprenais pas le sens de ses paroles, mais je n'ai jamais oublié ce qu'elle m'a dit… Et plus tard, quand je me suis mariée, je me suis demandé si je n'étais pas comme elle.

— Vous n'avez rien à voir avec cette femme ! grommela Christopher.

Mary sourit, et réconfortée par son démenti furieux, elle s'avança de quelques centimètres sur le lit, pour s'approcher de lui, et lui demanda avec curiosité :

— Mais, vous ne l'avez jamais rencontrée, comment pourriez-vous le savoir ?

— Je ne la connais pas, mais je vous connais, vous.

— Oh ! Mais… à l'instant… ma réaction… ma réaction idiote à-à…

— Ce n'était pas idiot. C'était une réaction instinctive à une expérience nouvelle et différente. Et si vous n'avez pas apprécié, alors plus jamais je ne…

— Oh, je n'ai jamais voulu que vous pensiez ceci. Je vous ai peut-être donné cette impression, à cause de mon ignorance, mais pour être honnête… hésita-t-elle en rougissant et en détournant le regard, avant de le regarder entre ses cils avec un sourire timide. J'ai un peu trop aimé. J'étais très surprise que vous me fassiez plaisir de façon aussi désintéressée…

— Désintéressée ? Croyez-moi, vous faire plaisir n'est pas un acte désintéressé. Vous rendre heureuse me procure une immense satisfaction. C'est ça, faire l'amour… se donner du plaisir l'un à l'autre, se satisfaire, se rendre heureux l'un l'autre.

Mary se rapprocha encore un peu et lui tendit la main, qu'il prit volontiers et serra fermement.

— Dans ce cas, il me semble juste que vous me montriez comment je peux vous donner du plaisir en retour.

Il embrassa ses doigts et la regarda dans les yeux en souriant.

— Si c'est ce que vous souhaitez.

Elle regarda dans ses yeux marron brillants et n'y vit que de l'amour et de la compréhension, ce qui lui fit monter les larmes aux yeux.

— Je veux faire l'amour avec vous... je veux que nous fassions l'amour... j'en ai très envie.

— Nous sommes deux. Mais chaque chose en son temps. Pour le moment, nous devrions nous habiller et prendre notre petit déjeuner. Je me disais que nous pourrions manger près du ruisseau. J'ai attrapé une truite que j'ai préparée, mais l'idéal serait de la cuire à l'extérieur...

— Il... Sir Gerald... C'est lui qui m'a dit que seules les putains et les prostituées adoptaient ce comportement bestial, avoua-t-elle précipitamment, les yeux plongés dans ceux de Christopher. Il disait que pour être une bonne épouse, je devais rester immobile. Il disait que je ne devais ni bouger ni me tourner, que je devais simplement penser à autre chose pendant qu'il profitait de mon corps. Je ne devais ni parler, ni appeler quelqu'un, ni opposer de résistance. Il disait que c'était son droit en tant que mari de me prendre quand il le voulait, et de la façon qui lui plaisait. Il disait que tout ce qui l'intéressait quand il venait dans ma chambre, c'était de me mettre enceinte. Il ne s'est jamais déshabillé devant moi. Il ne m'a jamais demandé d'enlever ma chemise de nuit. Il ne m'a jamais embrassée, ne m'a jamais touchée d'une façon qui m'aurait donné l'impression que j'étais autre chose qu'un instrument pour atteindre son objectif.

Elle déglutit et poussa un petit soupir, ses doigts pris de tremblements dans ceux de Christopher. Mais il resta silencieux, car il voyait qu'elle n'avait pas terminé. Il continua donc à la regarder dans les yeux, sans broncher et sans trahir aucune émotion. En apparence, il était aussi calme que le plus paisible des lacs, mais au fond de lui se déchaînait une mer de colère, d'incrédulité et de tristesse qu'il ressentait pour elle.

— Il verrouillait les deux portes, mais je n'avais de toute façon nulle part où m'enfuir, continua-t-elle doucement, racontant ce qu'il lui était arrivé comme si c'était arrivé à quelqu'un d'autre. Il s'approchait du lit seulement quand je lui tournais le dos. Il remontait alors ma chemise de nuit et me possédait comme un étalon possède une jument. Quand il avait fini, il me remerciait, déverrouillait les deux portes et partait. Mon Dieu ! Il me *remerciait*, comme si je lui avais servi une tasse de thé ! Chaque visite se déroulait de la même manière. En dix ans de mariage, même quand il était ivre, il ne m'a jamais prise d'une autre façon. Je *haïssais* cet homme.

» Mais que pouvais-je faire ? Je l'avais épousé, pour le meilleur et pour le pire. J'étais sa femme, et en tant que mari, il avait le droit de venir dans ma chambre dès qu'il en avait envie, peu importe son état. Et puisqu'on m'avait répété encore et encore, dans mon enfance, que je devais être obéissante, je n'ai rien remis en cause. Mais instinctivement, je savais que la façon dont il se comportait dans la chambre à coucher n'était pas... n'était pas *habituelle*, même pour un mariage arrangé. Mais j'avais trop honte pour me confier à qui que ce soit. J'ai donc essayé de ne pas y penser, même quand cela arrivait. Et je ne veux plus jamais parler de ses visites, ou même y penser !

Elle fit une pause, comme si elle attendait une réponse de sa part. Mais Christopher pouvait à peine respirer, et encore moins formuler une phrase cohérente. Quand il parvint à assembler quelques mots, il les prononça dans un murmure rauque, sa gorge étant autant à vif que ses émotions.

— Je... je ne... Je c-comprends. Nous... nous n'en parlerons plus jamais... sauf si vous le souhaitez.

— Bien. Et je ne le souhaiterai pas, répondit-elle, catégorique.

Retrouvant de l'assurance après s'être confiée à lui, elle continua, sa confession se teintant d'indignation :

— J'ai facilement laissé mes sentiments et mes penchants naturels faner en moi, appris à ne pas m'attendre à être aimée, car je n'avais jamais été aimée par ma mère, alors pourquoi aurait-ce été différent avec mon mari ? Elle m'a dit franchement qu'elle m'en voulait de ne pas être née garçon. Ma naissance, elle en est convaincue, est ce qui a déclenché tous les conflits ultérieurs avec mon père. Elle ne m'a peut-être jamais aimée, mais moi j'aime Teddy de tout mon cœur. J'ai su, quand Teddy est née, que je ne pouvais pas être entièrement comme ma mère. Teddy est la seule chose qui a racheté Sir Gerald. L'idée que cette chère et douce enfant ait été conçue de façon aussi froide, calculatrice et *cruelle* me brise le cœur. Mais au moins, je sais que j'ai un cœur ! Je l'ai, elle, et c'est le seul point positif et sain qui ressort de mon mariage. *Le seul.* Sans Teddy, je pense sincèrement que tout amour que j'avais à offrir se serait fané il y a bien longtemps. Et sans vous, je ne me serais peut-être jamais crue capable d'être une source de désir. Mais vous avez du désir pour moi, n'est-ce pas... ?

— Beaucoup. Je pense n'avoir jamais désiré une femme comme je vous désire, Mary.

Elle saisit les doigts de Christopher, les appuya contre sa joue enflammée et embrassa le dos de sa main.

— Et j'ai du désir pour vous…

Elle ravala ses larmes et le surprit en partant d'un rire cristallin, avant de continuer :

— Et jamais, jamais de la vie je n'aurais cru que je pourrais me retrouver un jour dans un cottage, *nue dans un lit*, avec le bel écuyer de Brycecomb Hall !

— Beau ? Je suis beau ?

Mary le poussa d'un geste taquin.

— Oh, vous le savez très bien ! Vous savez parfaitement que toutes les femmes, qu'elles soient jeunes ou vieilles, dans un rayon de trente kilomètres, ont les jambes en coton et minaudent dès qu'elles vous voient !

— Seulement trente kilomètres ? s'enquit-il en haussant un sourcil.

Elle s'empara de l'oreiller le plus proche et le jeta sur lui ; il l'attrapa et attira habilement Mary dans ses bras. Il dégagea délicatement les cheveux de son visage et demanda :

— Est-ce que vous avez les jambes en coton quand vous me voyez, Mary ?

Elle se blottit contre lui.

— À chaque fois. En doutez-vous ? Mais je n'ai jamais minaudé devant vous.

— Non, ricana-t-il. Vous ne minaudiez – ne *minaudez* – jamais. Et c'est tant mieux, car je ne vous apprécierais peut-être pas autant si c'était le cas. (Il lui pinça le menton.) C'est faux. Je vous aime plus que tout…

Elle l'embrassa sur la bouche, et après quelques instants, elle se recula et il la laissa partir. Elle descendit du lit, ramassa sa chemise dans la pile de vêtements et l'enfila. Il n'osait pas cligner des yeux, par peur de se réveiller d'un rêve et qu'elle ait disparu. Il avait une envie irrésistible de la faire revenir dans le lit et de lui faire l'amour, mais le souvenir de sa confession éprouvante calma ses ardeurs plus rapidement qu'un pichet d'eau glacée. Chaque chose en son temps, et ce n'était pas le bon moment. Un gargouillement affamé lui indiqua que son estomac était d'accord avec lui.

— Petit déjeuner ? demanda-t-il nonchalamment.

Suivant son exemple, il remit son caleçon. Elle ne répondit pas immédiatement, il se tourna donc, sa chemise toujours à la main, et la surprit les yeux rivés sur lui.

— Ce n'est pas le moment d'avoir les jambes en coton, la taquina-t-il avec un clin d'œil. Sauf si vous voulez que je vous porte jusqu'à l'endroit où nous allons prendre le petit déjeuner, dehors.

Elle se libéra de la vision fascinante qu'il offrait quand il était nu, tout en lignes allongées et masculines, tout à elle, et renifla en penchant la tête, espérant dissimuler son propre désir.

— Mes jambes peuvent parfaitement me porter jusqu'au petit déjeuner, où nous pourrons discuter de tout un tas de sujets en dégustant votre truite merveilleusement cuisinée. Ensuite, j'aimerais que vous me montriez comment pêcher, car je n'ai jamais essayé. Et s'il y a d'autres vestiges à explorer, j'aimerais bien les voir également. Puis je pourrais peut-être me baigner dans votre ruisseau d'eau chaude. Après cela, je serai disposée à avoir les jambes en coton, car j'ai très envie de faire l'amour avec vous.

Christopher ouvrit un œil et découvrit Mary, assise dans le lit à côté de lui, la couverture repoussée. Elle l'admirait, si absorbée qu'elle remarqua qu'il était réveillé seulement quand il tira la couverture d'entre ses doigts pour dissimuler sa nudité.

— Je n'arrive pas à dormir quand vous me regardez, dit-il d'une voix endormie.

— Vraiment ? Alors que faisiez-vous cette dernière demi-heure, si vous ne dormiez pas ?

— Vous m'avez observé pendant *une demi-heure* ?

Elle gloussa d'un air coupable et se pelotonna contre lui.

— J'aime vous regarder… surtout quand vous êtes endormi… et nu.

Il se tourna pour passer un bras autour d'elle et la serrer contre lui.

— J'aime vous regarder, moi aussi, mais il y a une chose que j'aime encore plus faire avec vous.

— Oh ? Une seule chose ? demanda-t-elle en feignant la déception.

Il ne fut pas dupé ; sa réaction physique en disait long. Elle se tortilla contre lui, espiègle, dans l'anticipation de sa riposte. Il ne répondit pas immédiatement, et elle se tortilla encore plus. Puis il se tourna dans leur étreinte, d'abord pour se retrouver face à elle, avant de rouler sur le dos, l'entraînant avec lui, pour qu'elle se retrouve sur le dessus, ce qui fit redoubler ses gloussements. Elle fit semblant de se débattre, mais il ne se découragea pas, et elle se retrouva rapidement à califourchon sur lui, sa crinière de cheveux roux retombant autour d'elle en un enchevêtrement désordonné, venant chatouiller le visage de Christopher.

Elle se redressa et lui sourit. Il lui sourit en retour, et à cet instant précis, il s'émerveilla de constater à quel point ces cinq petits jours qu'ils avaient passés seuls avaient changé leur relation à jamais. C'était comme s'ils étaient amis et amants depuis des années, tant ils étaient à l'aise et naturels l'un avec l'autre. C'était exactement ce dont il avait rêvé, et il espérait que leur vie pourrait continuer ainsi une fois qu'ils rejoindraient le monde à l'extérieur de ce cottage dans les bois.

Il refusait d'envisager une autre possibilité, car s'il laissait son esprit vagabonder, une ombre apparaissait, un gros nuage noir qui les surplombait et qui représentait l'éventualité tout à fait envisageable que le temps qu'ils passaient ensemble soit limité, que cette idylle ne soit que le prélude d'une vie qu'elle passerait avec un autre, que cette Mary, la véritable Mary, *sa Mary*, lui soit bientôt arrachée pour toujours.

— Comptez-vous me dire qu'elle est cette chose ? murmura-t-elle, se penchant vers l'avant pour l'embrasser. Ou dois-je deviner ?

Il se tira de son introspection et lui rendit son baiser avec un grand sourire.

— Ce ne serait pas amusant si je vous le disais directement. Devinez.

— Très bien. Je relève le défi.

Elle se pencha encore un peu plus pour lui susurrer à l'oreille, son doux murmure échauffant tous les sens de Christopher :

— Mais je préférerais peut-être vous le montrer…

Elle glissa le long de son torse, agile comme un félin, et s'attarda au-dessus de lui. Elle avait une incontestable étincelle espiègle dans le regard.

— Votre réponse, semblerait-il, me regarde droit dans les yeux.

— Espèce de gourgandine insolente ! riposta-t-il avec tendresse. Il est trop satisfait de lui-même, et il est impatient !

En un mouvement fluide, il se redressa, roula et la fit glisser sous lui. De nouveau, elle haleta, gloussa et tenta de résister de manière peu convaincante. C'était elle, à présent, qui était allongée au milieu des couvertures, les yeux levés vers lui. Ce fut au tour de Christopher de lui murmurer quelque chose à l'oreille.

— Si vous voulez tout savoir, petite dévergondée, je parlais du thé – vous préparer une tasse de thé. Mais cela peut attendre…

Et comme elle l'avait fait, il glissa le long de ses courbes, agile comme un félin, et elle prit une profonde inspiration gutturale. Il ne s'attarda pas au-dessus d'elle.

IL AVAIT RANGÉ LE COTTAGE, PRÉPARÉ DU THÉ ET FAIT GRILLER LE reste du pain quand elle revint de sa baignade dans l'eau chaude du bassin. Elle le retrouva assis sous le portique, où il l'attendait. Il était midi, et c'était la première fois qu'ils sortaient du cottage depuis plus d'un jour.

Elle avait enroulé une tresse autour de sa tête pour éviter que sa crinière ébouriffée lui retombe dans les yeux, et elle portait les jupons, le corsage et les bottines dans lesquels elle était arrivée. Le bas de sa robe était mouillé et taché de boue, son corsage était froissé et ses bottines étaient éraflées. Elle ne portait pas son corset. Une semaine plus tôt, il n'aurait jamais imaginé que Lady Mary Cavendish puisse se permettre d'apparaître en public en étant aussi débraillée. Elle aurait trouvé cela impensable. Mais en l'observant s'avancer vers lui sur le chemin, il se dit qu'elle n'avait jamais été aussi belle qu'avec cette apparence négligée. Elle avait quelque chose qui allait au-delà du superficiel – une posture royale, droite et convenable à tout instant. Elle rayonnait, oui, rayonnait de satisfaction et d'assurance. Voilà ! Elle avait l'air assurée et satisfaite, ce qui irradiait d'elle. Il sourit pour lui-même en sirotant son thé à l'idée qu'il était un peu responsable de cette nouvelle confiance en elle, de son bonheur.

Elle prit la grande tasse et la tranche de pain grillé qu'il lui tendait, le remercia d'un baiser, et ils restèrent assis dans un silence complice, observant le paysage automnal rouge et or, avec les canards qui se dandinaient au bord du ruisseau et parmi les séneçons blancs et dorés. Puis elle le prit totalement au dépourvu quand elle lui posa une question qui le surprit tant qu'il éloigna violemment la tasse de sa bouche, en pleine gorgée, éclaboussant du thé partout sur sa chemise.

— Qu'est-ce qu'un *sigibée* ?

VINGT-TROIS

— Un sigisbée ? répéta-t-il, prononçant correctement
le mot.

Il était concentré sur l'avant de sa chemise, essuyant le thé avant
que la tache ne soit trop imprégnée, ce qui l'aidait également à dissimuler sa surprise face à une telle question. *D'où sortait-elle ?* Il n'eut pas
à attendre longtemps avant de le découvrir.

— Oh, c'est ainsi qu'il faut le prononcer ? Et vous étiez l'un de
ces... l'un de ces sigisbées ? Evelyn m'a dit que vous en aviez été un
quand vous viviez à l'étranger.

Christopher but ce qu'il restait de son thé. Il s'était demandé
quand le noble cousin de Mary viendrait faire irruption dans le temps
qu'ils passaient ensemble. Et il avait eu l'audace de lui parler de son
passé ! Ou au moins de l'évoquer, assez pour piquer sa curiosité et la
pousser à poser des questions. Ainsi soit-il. De toute façon, il avait
prévu de lui en parler. Mais pas aussi tôt, pas tant qu'ils étaient dans le
cottage. Adieu, plan minutieusement préparé. Il acheva de grignoter un
coin de sa tranche de pain et, voulant repousser l'inévitable, dit à
Mary :

— Je vais devoir aller chercher de nouvelles provisions si nous
voulons rester ici plus longtemps.

— Vous voulez partir ?

Il entendit l'inquiétude dans sa voix et secoua la tête.

— Non. Je resterais ici avec vous pour la vie, si cela était possible.
Mais il nous faut de la nourriture, et vous voudriez peut-être des vêtements de rechange ? Enfin, si vous voulez rester... ?

— Oui. Teddy ne rentrera que dans deux semaines, et Evelyn m'a dit que j'avais un mois pour…

Elle s'interrompit. Elle ne voulait pas penser à l'avenir. Elle ne voulait pas penser à ce qui arriverait après ce moment qu'elle partageait avec Christopher. Et pour l'instant, elle n'y penserait pas. Elle revint donc à sa première question, espérant ramener la conversation et ses pensées à l'instant présent.

Mais pour Christopher, sa question n'avait rien à voir avec l'instant présent.

— Vous étiez un sigisbée ?

— Oui.

— M'en parlerez-vous ?

— Je comptais le faire, seulement pas pour l'instant. Mais maintenant que vous m'avez posé la question… Que vous a dit votre cousin ?

— Pas grand-chose en plus du mot lui-même. Mais il a dit que vous étiez convoité, j'en ai donc déduit que vous deviez être un expert dans ce que font les sigisbées…

Elle s'arrêta quand Christopher partit d'un rire sévère, mais puisqu'il n'ajoutait aucun commentaire, elle continua à voix basse :

— Il m'a aussi dit que vous me raconteriez tout si je vous le demandais, mais que je devais faire attention à ce que je souhaitais. Et quand il m'a dit cela, j'en ai déduit que ce que vous faisiez sous ce nom ne devait pas être approprié pour les yeux et les oreilles d'une lady…

— Pas pour une lady anglaise, voilà qui est sûr. Les Anglais ne comprennent pas ces arrangements, et ne les comprendront jamais. Mais les Italiens sont bien plus pragmatiques, et puisqu'il s'agit d'une pratique acceptée dans l'aristocratie des principautés et des États italiens, la position de sigisbée, sans être respectée par tous, demeure une réalité. Ainsi, ils ne sont jamais à court de jeunes hommes qui postulent pour obtenir ce rôle dans un noble foyer.

— Et quand vous viviez dans les États italiens, vous avez postulé et avez obtenu ce genre de position ? demanda Mary, essayant de comprendre ce qu'il lui disait.

— Ah, mon parcours pour obtenir une position officielle a été différent des autres. Il faut revenir à mes deux premières années loin du vallon. J'avais dix-huit ans et je vivais à l'étranger, sans aucun revenu et sans amis à qui rendre visite pour demander de l'aide. Cela dit, je n'aurais pas demandé d'aide à cette période de ma vie… J'ai connu des temps difficiles, et il fallait que je gagne ma croûte. Pour être honnête, je n'étais pas moi-même. J'avais appris quelque chose de fâcheux et, sous le choc, je m'étais enfui de chez moi. J'ai laissé cette nouvelle prendre le contrôle de mon état d'esprit. Souvenez-vous que j'étais très jeune, j'étais donc incapable de penser ou d'agir de façon rationnelle. Par conséquent, j'avais un comportement bêtement autodestructeur. Pour le dire franchement, j'ai accepté un arrangement avec une femme qui me nourrissait et m'habillait en échange de certaines faveurs...

— Vous étiez son amant ?

— C'est une façon polie de le dire. J'étais son amant, puis il y en a eu d'autres. Rapidement, elle a proposé mes... *services*... à d'autres femmes...

— Quel âge aviez-vous quand vous vous êtes lancé dans cette carrière des plus intéressantes ?

— Dix-huit ans.

— *Dix-huit ans ?* Vous n'étiez q-qu'un enfant !

— Un enfant ? Oui, j'imagine que j'étais encore un enfant. Mais j'avais laissé mon enfance derrière moi, ici. Et quand j'ai atteint l'âge de vingt ans, j'avais dormi – si je peux utiliser cet euphémisme – dans tant de lits que j'avais arrêté de compter. Et j'étais payé pour cette faveur.

Mary poussa une exclamation de surprise, commençant enfin à prendre conscience de ce qu'il insinuait. Ses yeux violets s'écarquillèrent. Elle parvenait à peine à comprendre pleinement cette révélation.

— Je ne... je ne savais pas du tout qu'une telle... *vocation* existait. Les femmes se tournent vers la prostitution pour tout un tas de raisons et offrent leur corps aux hommes par intérêt pécuniaire... mais les hommes ? Existe-t-il réellement des hommes qui sont... qui font... (Elle le regarda d'un air interrogateur.) Y a-t-il un mot équivalent ?

— Il en existe plusieurs. Greluchon. Marlou. Mangeur de blanc. En voilà déjà trois, dit-il doucement. Pour en venir à l'apogée de cette époque sordide, quand j'avais environ vingt ans, j'ai attiré l'attention d'une aristocrate. Elle m'avait embauché en tant que cavalier, mais elle s'est prise d'affection pour moi et a convaincu son mari de me financer en tant que...

— ... mangeur de blanc ?

Christopher éclata de rire.

— Oh, ma chérie, vous le dites de façon tellement polie, on croirait qu'ils m'avaient engagé pour être son professeur de danse ou de pianoforte ! Mais non, ce n'était pas pour me payer en tant que prostitué, amant, greluchon, peu importe le mot que vous souhaitez employer, mais en tant que sigisbée. Un grand honneur.

— Vraiment ?

— Oui. Et il était très inhabituel qu'un étranger soit élevé à un rang aussi haut. Souvent, les nobles couples choisissent un jeune homme parmi leurs semblables. Mais comme cette aristocrate, et plus important encore, son mari, avaient un rang des plus élevés – lui était un *conte*, et un membre du Conseil général –, une exception a pu être faite. En revanche, j'ai dû suivre un entraînement intensif avant d'endosser officiellement ce rôle.

— Un entraînement ? Je ne comprends pas. Quel genre d'entraînement ? Dans la chambre à coucher ?

Christopher perçut la confusion sous-jacente dans sa question, sourit pour lui-même et expliqua patiemment :

— Non. Pas dans la chambre à coucher. Un sigisbée est bien plus que l'amant d'une femme. Il a beaucoup de responsabilités cérémonielles, si bien que la chambre à coucher devient presque secondaire. J'avais tout un ensemble de tuteurs, qui m'ont appris le maintien, le maniement de l'épée, la danse, le sens de la musique, l'art de la conversation et du langage. J'ai dû atteindre un certain niveau d'expertise avant de pouvoir apparaître en société en tant que compagnon de la *contessa*. Mais je n'étais pas un parfait péquenaud de la cambrousse, et j'apprenais vite. Je savais faire de l'escrime, je connaissais quelques pas de danse rudimentaires, et même si je n'étais pas l'élève le plus assidu d'Harrow, je n'étais pas non plus un imbécile.

— Harrow ? répéta Mary, cherchant à se raccrocher à quelque chose de familier. Mes frères sont allés à Harrow.

— Oui. Dair et Charles ont fréquenté cette école des années après moi.

— Vous ne m'aviez jamais dit qu'on vous avait envoyé à Harrow, dit-elle en fronçant les sourcils.

— Vous ne m'avez jamais posé la question. Peut-être que maintenant, madame me considère comme un amant plus convenable ? répondit-il avec un sourire d'un ton taquin, dans l'espoir de détendre l'atmosphère.

Mais Mary, inébranlable, refusait qu'on l'éloigne du sujet qui l'intéressait.

— Ne soyez pas sot, Christopher ! Et donc, tandis qu'on vous apprenait l'art d'être un chevalier servant, vous couchiez également avec cette femme ?

— Cela faisait partie de l'accord.

— Et son mari était au courant de cet... *accord*, et cela ne le dérangeait pas ?

— Je n'aurais pas pu être le sigisbée de sa femme sans son consentement et sa signature sur le contrat.

— Eh bien ! Un contrat écrit ? Que c'est civilisé.

Mais sa politesse détachée ne le dupait pas. Il s'agissait d'un vernis, très fin par ailleurs. Chaque nouvelle révélation à propos de son passé avait provoqué des changements imperceptibles dans la posture de Mary, jusqu'à ce qu'elle soit assise droite comme un *i*, les mains légèrement posées sur ses genoux et le menton relevé. C'était l'attitude qu'elle adoptait envers lui en tant que régisseur, quand il était appelé dans son salon pour lui rendre compte de ce qu'il faisait. C'était son bouclier d'indifférence, dont elle s'emparait pour se protéger de ce qui l'entourait et des sentiments qu'elle ne pouvait pas contrôler. Mais il ne l'entendait pas de cette oreille. Plus maintenant. Pas alors qu'ils étaient arrivés si loin, qu'ils avaient établi une telle intimité. Puisque la taquinerie ne semblait pas fonctionner pour améliorer son humeur, il essaya une approche plus directe.

— Mary. Chérie. Vous comprenez bien que l'époque où j'étais sigisbée remonte littéralement à une autre vie ? Depuis, j'ai vécu une décennie entière ici, en tant que Mr. Bryce.

— Et vous avez accepté un accord contractuel avec ce couple, qui vous a accueilli chez lui et vous a formé pour être l'amant de l'épouse ? déclara lentement Mary, sans prêter attention à son commentaire, car elle essayait de tout comprendre. Et après avoir appris les subtilités de votre-de votre… *vocation*, vous vous êtes affiché en société avec elle, et tout le monde savait que vous étiez l'amant rémunéré de cette aristocrate.

— Un sigisbée n'est pas qu'un amant. Comme je vous le disais, il s'agit plutôt d'un proche compagnon masculin. L'abaisser à quelque chose d'inférieur reviendrait à dénigrer un accord passé entre un mari, sa femme, et l'amant de cette dernière, une tradition très ancienne dans la noblesse italienne. Ces arrangements sont tellement répandus qu'ils font partie du quotidien. Quand des invitations sont envoyées pour les bals, les fêtes et les soirées à l'opéra, le mari, la femme et le sigisbée reçoivent chacun une invitation officielle, et ils s'y rendent tous les trois. Personne ne sourcille de surprise ou de contestation. Tout le monde reste civilisé et respectueux d'un tel accord.

— Oh, je suis sûre que nombreux sont ceux qui ont sourcillé en vous voyant, et que beaucoup de leurs femmes ont soudain eu les jambes en coton ! lui lança Mary, tout semblant de questionnement paisible ayant disparu. J'espère que votre contrat a duré de longues années, sinon ce serait un sacré gâchis de bonne éducation !

— Mary, la *contessa* n'a pas été mon seul contrat.

Elle se redressa encore plus.

— Vous avez été le sigisbée de plus d'une femme ?

— Pas simultanément. Un contrat est exclusif, mais ils ne sont valables que deux ans, trois tout au plus, occasionnellement.

— Combien de contrats avez-vous signés ?

— En dix ans ? Quatre.

— Quatre ? Vous avez été officiellement l'amant, le compagnon, appelez cela comme vous voulez, de quatre aristocrates différentes ?

— Oui.

Quand elle serra les poings sur ses genoux, il ajouta, d'une voix basse mais ferme :

— Je vous ai déjà avoué avoir eu de nombreuses maîtresses par le passé, et pourtant c'est le fait que j'aie été le sigisbée de quatre aristocrates en particulier qui vous offense. Mais en tant que membre de la haute société, vous devez bien savoir que les nobles anglais ont des aventures illicites, prennent des maîtresses et mènent pratiquement une autre vie en parallèle de celle qu'ils partagent avec leur femme légitime ?

— Mais c'est différent ! Eux, ils sont différents. Et vous, vous êtes différent.

Il interpréta ce qu'elle disait complètement de travers, et dit, fronçant les sourcils face à tant de désarroi :

— En quoi est-ce différent ? La promiscuité d'un Anglais n'est pas condamnée. Au contraire, on fait les louanges de ses prouesses sexuelles et de sa dextérité domestique. En revanche, dans la société italienne, puisque c'est l'épouse qui prend un amant avec le consentement de son mari, l'Anglais ignorant condamne cet arrangement ?

— Oh, je me moque des habitudes charnelles de mes pairs, et de celles des Italiens d'ailleurs ! lui lança Mary avec dédain. Je ne suis pas aveugle à ce qu'il se passe autour de moi. Mon frère a un enfant illégitime – un adorable garçon –, et même ma mère reconnaît son existence, car elle considère qu'il s'agit d'un symbole de la virilité de son fils. Mais malheur à sa fille si elle prenait un amant…

— C'est un peu tard pour s'inquiéter de ce qu'elle penserait, grommela Christopher en levant les yeux au ciel.

— Bien vu ! répliqua-t-elle.

Elle le surprit quand elle fit une grimace, et elle lui rappela tant Teddy quand elle était d'humeur espiègle qu'il éclata de rire. Indignée, elle se releva d'un bond et se plaça face à lui pour reprendre :

— Ce n'est pas facile pour moi de concilier ce que vous m'avez dit à propos de votre passé… à propos de votre vie de… votre vie en Italie, avec l'écuyer de Brycecomb Hall que je connais. J'ai toujours soupçonné que les années que vous aviez passées à l'étranger étaient la raison pour laquelle vous êtes différent des autres hommes, et je ne parle pas seulement de ceux du vallon. Maintenant que je connais votre passé, je suis encore moins surprise que vous ayez choisi de le garder secret. Vous avez raison. Personne ne comprendrait, et même les gens vivant loin d'ici, qui ont l'esprit bien plus ouvert, seraient choqués par votre passé de sigisbée – la plupart le condamneraient. Dites-moi : votre vie dans les États italiens vous rendait-elle heureux ?

— Heureux ? Pas au début, non. J'étais très malheureux. Mais comme je le disais, c'était entièrement ma faute. J'ai réussi, cependant, à y trouver une certaine raison d'être, et donc le bonheur.

— Ces femmes et leurs maris, étaient-ils heureux avec vous ?

— Oui, j'imagine qu'ils l'étaient. Je m'évertuais à remplir mes obligations contractuelles du mieux que je le pouvais.

— Bien sûr. Je vous ai toujours connu méticuleux et consciencieux, dans tout ce que vous faites.

Pour une raison mystérieuse, cet éloge catégorique fit monter le rouge aux joues de Christopher.

— Vraiment ?

Ce fut au tour de Mary de lever les yeux au ciel.

— Vous posez-vous réellement la question ? Nous nous connaissons depuis huit ans, et vous n'avez jamais dévié de votre vie d'écuyer de Brycecomb Hall. Vous vous êtes toujours présenté comme un gentleman-farmer qui travaille dur, qui aime la terre et le vallon. Vous vous souciez du bien-être de vos métayers, vous avez renversé la situation d'Abbeywood Farm, et en plus vous avez toujours été là pour Teddy et moi, même si j'ai parfois trouvé votre approche trop cavalière. Non ! N'essayez pas de le nier. Je pensais tout ce que j'ai dit à la fabrique, et je le pense encore.

» Mais il y a un aspect de votre vie qui déconcerte toujours les femmes du vallon. Ce n'est pas quelque chose auquel leurs homologues masculins pensent en général, mais de temps en temps, leurs femmes les questionnent. Il est possible qu'elles aient demandé à leur mari de découvrir la vérité à votre propos. Mais puisque je ne suis pas au courant des sujets de leurs discussions, je ne peux pas en être sûre. Ce que je sais, c'est que votre célibat prolongé et votre indifférence apparente pour le sexe faible, même envers les femmes qui essayent ouvertement d'attirer votre attention, sont des sujets de commérages constants au village, et pour les familles bourgeoises de la région. Et même si les femmes ne m'en parlent pas directement, je vois bien leurs regards admirateurs et leur déception quand vous restez superficiel dans vos échanges avec elles. Vous les déconcertez autant que vous me déconcertiez.

— Je déconcerte ?

Elle fit la moue.

— Ne le remarquez-vous réellement pas, ou bien me taquinez-vous ?

Il l'attira vers lui jusqu'à ce qu'elle se tienne entre ses genoux et prit ses deux mains.

— Je ne suis pas aveugle, moi non plus. Je me rends compte que mon retour dans le vallon a consterné nos voisins, mais je pensais qu'après presque une décennie, l'intérêt pour mon statut marital se serait tassé.

— Tassé ? souffla Mary. Tant qu'un beau célibataire qui a de l'argent n'a pas de femme, l'intérêt sera toujours présent, et des rumeurs absurdes continueront à circuler.

— Des rumeurs absurdes ?

— Oui. La plus absurde d'entre elles étant que lorsque vous viviez à l'étranger, vous êtes devenu un papiste, puis un prêtre, que vous avez fait un vœu de chasteté en lien avec votre foi, et que vous êtes revenu en tant qu'espion du Saint-Empire romain germanique. Et ce serait la raison pour laquelle vous ne montrez aucun intérêt pour le sexe faible.

Les épaules de Christopher furent secouées d'un rire silencieux.

— Un papiste, un prêtre, un espion, et *aucun intérêt* pour les femmes ? Ma parole, je passe vraiment pour un type austère !

— La femme du pasteur Beasley dit que vous êtes plus un moine qu'un homme. Et même moi, qui ne suis pas vive d'esprit quand il s'agit de repérer les sous-entendus dans les conversations, j'ai compris immédiatement qu'elle ne parlait pas de vos penchants ecclésiastiques !

— Mes penchants ecclésiastiques ? répéta-t-il. Oh, ma chérie, vous avez vraiment le sens de la formule. Tout comme la chère femme du pasteur.

Mary le regarda intensément.

— Vous n'allez pas me dévoiler d'autres secrets stupéfiants, si ?

Christopher fit la grimace, puis il arbora un large sourire.

— Comme le fait que je suis secrètement un prêtre, par exemple ? répondit-il en serrant les mains de Mary. Nous venons de passer six jours ensemble et nous avons fait l'amour passionnément dès que nous en avions l'occasion – ce n'est pas un comportement digne d'un moine, si ? Et je ne sais pas s'il s'agit d'une nouvelle stupéfiante ou non, mais vous êtes la première femme avec qui je couche depuis dix ans.

Mary en resta bouche bée.

— *Dix ? Dix ans ?* Vous, vous n'avez pas fait l'amour depuis *dix ans* ?

— Je vois que cette révélation est bel et bien stupéfiante, marmonna Christopher avant de se reprendre. Mon raisonnement est simple et ne devrait pas vous surprendre. J'ai profité d'un excès de chair féminine de mes dix-huit à mes trente ans. Et si mon esprit et mon corps étaient impliqués, ce n'était pas le cas de mon cœur. Ainsi, quand j'ai abandonné ma *vocation*, j'ai décidé de devenir abstinent. Je n'ai jamais regretté mon choix. L'abstinence ne conviendrait pas à la plupart des hommes, mais elle me convenait. Depuis, j'ai découvert que mon tempérament exige que mon esprit, mon corps *et* mon cœur soient engagés, sans quoi je ne suis pas satisfait. J'ai mis cette philosophie personnelle en pratique en étant à la tête de ma ferme et de mes fabriques, et en tant que régisseur d'Abbeywood. Et c'est la raison pour laquelle, quand je suis tombé amoureux et que l'amour de ma vie n'était pas libre d'être avec moi, j'ai pu me faire à l'idée de mener une vie de célibat.

Il n'ajouta rien, et face à son silence, il se demanda si elle savait qu'il parlait d'elle. Mary le savait, mais elle avait du mal à exprimer ses sentiments après une confession et une déclaration aussi honnêtes. Puis elle dit quelque chose qui fit regretter à Christopher d'avoir pu douter de sa perspicacité.

— Et tandis que vous vous faisiez à l'idée de mener une vie de célibat, elle – la femme qui n'était pas libre d'être avec vous – était déterminée à ne pas laisser son cœur se flétrir et mourir, même si elle était mariée à un homme qui était incapable d'aimer qui que ce soit à l'exception de lui-même. Elle s'accrochait à l'espoir. Et son cœur n'a pas dépéri, car en rencontrant son voisin, l'écuyer célibataire, elle a su qu'il s'agissait d'un homme de principe, bienveillant, un homme qu'elle pourrait admirer, et aimer, si seulement sa vie avait pris une autre tournure.

Elle ouvrit grand les yeux et continua, légèrement haletante :

— N'êtes-vous pas, comme moi, émerveillé à l'idée que ces deux-là soient, contre toute attente, enfin devenus amants ?

— Si, répondit-il simplement. Mary. Je ne vous demande pas d'accepter ma vie telle qu'elle a été, ni même de la comprendre. J'ai fui le vallon dans ma jeunesse pour des raisons bien trop graves pour que je vous les explique maintenant. Mais j'aime à penser que mon passé, et en particulier mes expériences en tant que sigisbée, m'ont donné une perspective unique sur la vie, et une meilleure compréhension des envies et des besoins féminins – vos envies et vos besoins par-dessus tout –, et pas seulement en tant qu'amant attentionné.

— Ce que vous êtes, indéniablement, l'interrompit-elle avec un sérieux qui le fit rougir. Et un professeur merveilleux… J'ai toujours été déconcertée par ces femmes qui aiment vraiment faire l'amour. Mais je n'ai jamais pu me résoudre à poser des questions sur une telle intimité. Maintenant, je sais pourquoi Deb est si heureuse dans son mariage avec Julian.

Elle se pencha vers lui, comme si elle craignait que quelqu'un l'entende, et chuchota :

— Et je comprends pourquoi elle est continuellement enceinte.

— L'est-elle ?

Mary hocha la tête et dit avec un sourire timide qui le fit sourire en retour :

— Vous m'avez rendue très heureuse.

— Et vous avez fait de moi le plus heureux des hommes, répondit-il avant de l'embrasser délicatement sur le front et d'ajouter, toute légèreté oubliée : Tout ce que je vous demande, c'est de comprendre que la vie que je mène aujourd'hui est authentique, et que c'est celle que je compte mener pour le restant de mes jours. Ce n'est pas mon passé, mais comment je choisis de vivre mon présent et mon futur, qui devrait nous préoccuper.

— Mais c'est ce que j'essaye de vous dire, dit-elle avec un petit soupir exaspéré qui le poussa à réprimer un immense sourire. Je me moque de votre passé ; ce qui m'importe, c'est l'homme que je vois devant moi.

— Et qui voyez-vous, Mary ?

— Je vois Cavendish Christopher Bryce – car il s'agit de votre vrai nom. Vous me l'avez dit vous-même. Je ne comprends pas pourquoi vous n'utilisez pas le prénom qui vous a été donné à la naissance, mais je suis persuadée que c'est lié, d'une façon ou d'une autre, à la raison pour laquelle vous vous êtes enfui. Et si cela reste un mystère, il ne me préoccupe pas vraiment, car cela appartient également au passé. À mes yeux, vous serez toujours Christopher.

Elle effleura sa joue, puis, le sourire aux lèvres, elle repoussa délicatement les boucles qui retombaient sur son front et l'embrassa.

— Mais par-dessus tout, murmura-t-elle, je vois un homme remarquable. Je vois l'homme que j'aime.

. . .

APRÈS UN AUTRE JOUR ET UNE AUTRE NUIT, LE GARDE-MANGER DU cottage devint si vide que Christopher n'eut d'autre choix que de prendre la décision de rentrer pour aller chercher des provisions, s'ils ne voulaient pas faire bouillir des orties pour en faire de la soupe. Il était absent depuis plus d'une semaine, et s'il était rassuré par le fait que Luke n'ait pas débarqué avec une note de Kate exigeant son retour, il était curieusement décontenancé de ne pas avoir eu de ses nouvelles. Depuis son retour à Brycecomb Hall dix ans plus tôt, il ne s'était jamais absenté pendant plus de trois nuits consécutives. Ainsi, être absent depuis plus de sept nuits et n'avoir toujours rien reçu de sa part était réellement surprenant.

Mary était tout à fait favorable à ce qu'il s'assure du bien-être de sa tante ; après tout, elle était sa seule famille, et elle dépendait beaucoup de lui. Par ailleurs, pendant son absence, elle avait l'intention de blanchir ses vêtements et de les faire sécher sur le dallage chaud du cottage, et elle préférait qu'il ne voie pas cela. En attendant que ses vêtements soient secs, elle porterait l'une des chemises de rechange de Christopher, trouvée dans le coffre à vêtements. Il ricana de sa pudeur – après tout, il l'avait admirée nue, dans toute sa splendeur plantureuse, à tant de reprises que son corps était dorénavant gravé dans son esprit.

— Ce n'est pas pareil, répliqua-t-elle.

Elle s'empourpra et continua à voix basse, comme s'il s'agissait d'un sujet qu'il ne fallait pas évoquer en présence d'un homme, voire pas du tout :

— Je vais laver ma chemise et mes bas.

— Ah, oui. Vous avez raison, répondit-il sans l'ombre d'un sourire face à son air sérieux. Je pourrais envoyer Luke à Abbeywood pour aller chercher ce qu'il vous manque… ? Cela dit, cela pourrait pousser Mrs. Keble, si ce n'est pas déjà le cas, à se poser des questions sur l'endroit où vous vous trouvez. Le garçon ne répondrait à aucune question, mais la situation serait gênante pour tout le monde.

— Mrs. Keble s'est absentée, lui dit Mary. Pendant que nous visitions votre fabrique, plusieurs hommes sont arrivés pour lui annoncer que sa mère – ou son père ? – était malade. Jane n'en était pas entièrement certaine, tout ce qu'elle a pu me dire, c'est que ces hommes avaient plus l'air de vraies brutes que d'escortes. Nous nous sommes tous demandé pourquoi Mrs. Keble avait besoin d'être accompagnée jusqu'à Cirencester par cinq brutes de ce genre. Selon Jane, elle pleurait à chaudes larmes un instant, et l'instant d'après elle était ivre et avait besoin d'aide pour monter dans le chariot venu la chercher. Pauvre malheureuse.

Christopher estima qu'il devait s'agir de voyous employés par le chef des services secrets, qui avaient selon toute vraisemblance versé, de force, assez d'alcool dans le gosier de l'intendante pour la rendre docile. Une malheureuse affaire, voilà qui était sûr ; il était soulagé que Mary n'ait pas assisté à cela.

Elle le suivit jusqu'à la porte, mais il s'arrêta avant de l'ouvrir, fit demi-tour et baissa les yeux vers elle en fronçant les sourcils.

— Est-ce que tout ira bien si vous restez ici toute seule ? Je vais m'absenter pendant plusieurs heures. Je ne pourrai peut-être pas revenir avant la tombée de la nuit.

Elle se hissa sur la pointe des pieds et déposa un baiser sur sa joue.

— Oui. Tout ira parfaitement bien. Et si vous ne partez pas tout de suite, je n'aurai pas le temps de faire sécher mes vêtements avant votre retour.

Il l'attira vers lui, la main appuyée au creux de son dos étroit, et lui donna un bref baiser.

— N'allez pas plus loin que le barrage. Et restez de ce côté du ruisseau. Je ne veux pas vous effrayer, mais il y a des voyageurs dans la région à cette période de l'année, et…

— Bêta ! Des voyageurs n'oseraient jamais poser un doigt sur moi, ils auraient trop peur des représailles.

Christopher la parcourut du regard, de ses longues boucles rousses relâchées à ses bas blancs tachés, qui avaient connu de meilleurs jours. Elle n'avait plus rien de la fille d'un comte ; peu de personnes la croiraient, et encore moins des bohémiens, malgré sa conduite et son ton impérieux. Il ne lui rappela pas que les bandits de grand chemin qui avaient détroussé le carrosse de sa mère alors qu'elles se rendaient au mariage de son frère se moquaient pas mal de savoir que les représailles, quand on volait une comtesse et sa fille, étaient la mort par pendaison. Il ne fit aucun autre commentaire, et après l'avoir de nouveau embrassée, il ouvrit la porte.

Sous le portique, le poing relevé pour frapper, se trouvait Luke. Derrière lui, ils découvrirent un genre de géant fringant à la peau couleur caramel brûlé. Christopher n'avait aucune idée de l'identité de cet homme. Mais Mary le reconnut. Sa stupéfaction fut telle qu'elle pâlit et recula en titubant, la main sur sa gorge trahissant son incrédulité. Il s'agissait du mari de sa cousine, le duc de Kinross.

PARTIE II

LA FAMILLE

VINGT-QUATRE

La veille, au coucher du soleil, deux carrosses avaient tourné sous l'arche du pavillon d'entrée et remonté l'allée de gravier jusqu'à l'entrée de Brycecomb Hall. Le manoir jacobéen n'était jamais aussi splendide qu'au crépuscule, quand la douce lueur du soleil couchant donnait aux pierres jaunes du bâtiment une teinte ambrée semblable à celle du miel. Les invités ne manquaient jamais de le remarquer, même ceux qui étaient déjà venus à un autre moment de la journée. Les voyageurs des deux carrosses ne dérogèrent pas à la règle. Ils se déversèrent sur la terre ferme et s'étirèrent après une longue journée de voyage à vive allure. Puis ils s'arrêtèrent quelques instants pour admirer le paysage pittoresque, ce qui en disait long sur la beauté du manoir, car ces hommes et ces femmes n'étaient pas des visiteurs ordinaires. Ils étaient habitués à résider dans des demeures d'une telle ampleur palatiale qu'elles représentaient chacune un royaume à part entière, et leur splendeur opulente dépassait l'imagination de tous, à l'exception de ces quelques privilégiés.

La maîtresse de cette suite releva ensuite ses jupons en velours délicatement brodés et recouverts d'une cape bordée de fourrure avant d'entrer dans le manoir au bras de son mari, le médecin de la famille sur leurs talons. Ils furent suivis à l'intérieur par le majordome du couple, la femme de chambre de madame, deux suivantes et le valet de son mari. Un valet de pied mena les deux carrosses et les huit éclaireurs en livrée vers les écuries, de l'autre côté du bâtiment principal. Des domestiques les y attendaient pour décharger la montagne de bagages. Des garçons d'écurie entreprirent de dételer les carrosses, de nettoyer la poussière calcaire dont ils étaient recouverts et de s'occuper de plus d'une douzaine de chevaux. Quant au valet d'écurie du domaine, il alla à la rencontre des cochers et des éclaireurs pour s'assurer qu'ils avaient assez de cidre, un repas chaud et un endroit où dormir près des écuries.

Les invités qui étaient entrés dans le vestibule par les lourdes portes furent accueillis par une rangée de domestiques de haut statut silencieux et par un Carlo nerveux qui attendait leur arrivée depuis qu'ils avaient reçu une note du patron du pub The Bear, par le biais de l'un de ses domestiques, leur annonçant que deux carrosses se dirigeaient vers Brycecomb. Le patron du pub était d'avis que le propriétaire des carrosses était un duc qui voyageait dans l'un des deux – tout le monde s'en remettait à lui, car il avait, dans sa jeunesse, travaillé dans une grande maison de Bath. Il savait cela aux armoiries ornant les portes noires laquées des deux voitures : une couronne au-dessus de l'écu et sous un heaume cimé. Les cinq feuilles de fraisier visibles autour de la couronne signifiaient qu'il s'agissait d'un duc, le patron du pub en aurait mis sa main à couper.

Du premier palier, Fran, la dame de compagnie de Kate, observait cette arrivée, à l'abri des regards, mais à portée de voix. Ayant pour ordre de rendre compte de tout ce qu'elle voyait et entendait à sa maîtresse, Fran fut d'abord surprise d'entendre parler français, et non anglais, puis elle fut stupéfaite quand on s'adressa à Carlo dans sa langue maternelle. Même si sa compréhension de l'italien n'était que rudimentaire, la curiosité la poussa jusqu'à la balustrade, d'où elle observa ces invités inattendus, mais absolument fascinants. Elle se demanda s'ils venaient de loin, s'il pourrait en fait s'agir de connaissances de sa maîtresse arrivant de l'étranger.

La petite lady, qui était entrée au bras d'un grand gentleman dégingandé, fit glisser son capuchon de ses cheveux blonds coiffés vers le haut en une multitude de tresses ornées de rubans et d'épingles à tête perlée. Sa femme de chambre avança pour l'aider à enlever entièrement sa cape, et Fran ne fut pas la seule à rester bouche bée devant la robe de la lady, en somptueux velours bleu foncé orné de lacets argentés. Les domestiques la fixèrent également, avant de baisser les yeux vers le parquet. Carlo fut celui qui l'observa le plus longtemps ; cette fascinante petite lady avait un visage en cœur, des yeux verts tout à fait remarquables, obliques comme ceux d'un chat, et une poitrine généreuse. Mais ce fut la rondeur de son ventre qu'il observa le plus intensément. Puis il se rappela ses bonnes manières et releva les yeux vers son visage ; il s'aperçut qu'elle n'était ni dans sa première, ni dans sa deuxième jeunesse, et que quelques fines mèches argentées étaient visibles dans sa chevelure blonde, au niveau des tempes. Mais cela n'atténuait en rien sa beauté, et Carlo se dit qu'il n'avait jamais vu une créature plus délicate et captivante. Elle semblait être dans le dernier trimestre de sa grossesse.

— Veuillez excuser cette terrible intrusion, mais nous sommes venus voir monsieur Bryce, annonça en français Antonia, duchesse de Kinross. Je vous prie de nous mener à lui immédiatement.

Carlo regarda le géant bronzé qui se tenait à côté d'elle comme s'il allait traduire ce qu'elle avait dit, mais il était distrait par son valet qui l'aidait à enlever son pardessus et ses gants, et il n'avait donc pas vu l'appel à l'aide silencieux de Carlo. Ainsi, ce dernier s'inclina de nouveau en une révérence et haussa les épaules. Antonia répéta sa phrase en anglais. Quand elle reçut la même réponse évasive, elle se tourna vers son mari et lui dit en italien :

— J'ai dû me méprendre. Je pensais qu'on parlait une langue civilisée dans cette maison.

Le visage du petit homme s'illumina et quand il oublia la bienséance au point de s'exprimer avant qu'on ne lui adresse directement la parole, chaque membre de la suite du duc et de la duchesse retint son souffle. Le couple ducal, en revanche, ne broncha pas. Tout ce qui leur importait, c'était de parler à Christopher Bryce le plus rapidement possible.

— *Sì ! Sì, Signora !* Carlo parle la langue la plus civilisée du monde. Je suis à votre service !

— Il semblerait que vous ayez eu raison, chérie, lança malicieusement Jonathon, duc de Kinross, avant de s'adresser à Carlo : La *duchessa* a fait beaucoup de chemin pour venir voir *Signore* Bryce, soyez gentil, ne nous faites pas attendre dans l'entrée. Montrez-nous le chemin, et ensuite vous pourrez aller nous chercher l'un de ces cafés typiques que vos compatriotes font si bien.

— Mais, *Signore*, *Signore* Bryce n'est pas ici. Vous avez ma parole d'honneur.

Antonia et Jonathon échangèrent un regard, puis elle dit avec beaucoup de patience :

— Il n'est pas ici parce qu'il n'est pas ici, ou parce qu'il s'est absenté pour le moment et reviendra plus tard ?

Carlo afficha une moue dubitative et s'apprêtait à répondre quand Silvia sortit précipitamment de l'un des passages réservés aux domestiques. Elle lança un coup d'œil à Antonia, son regard se posant sur son ventre pendant une infime seconde, puis elle leva les bras d'un air ravi.

— *Signora ! Signore !* Bienvenue ! Bienvenue ! Vous êtes tous les bienvenus. Carlo, réprimanda-t-elle son époux, pourquoi ces honnêtes gens attendent-ils qu'on leur montre leurs appartements ? Leurs malles sont en train d'être déchargées en ce moment même, je vous prie donc d'emmener cette charmante lady, ses suivantes et son gentleman à l'étage, dans l'aile est. Quant à cet autre gentleman, qui m'a tout l'air d'un *dottore*, il pourra prendre la chambre au fond du couloir…

— Il est impératif que ma chambre soit proche de celle de Sa Grâce, pour que je puisse être appelé à tout moment, insista le médecin en reniflant. Au vu de sa condition délicate et du stade avancé dans lequel elle se trouve, tout pourrait arriver ! Il est donc vital que je sois de garde, prêt à intervenir à tout instant.

— J'apprécie votre zèle, Pratt, mais Sa Grâce pourrait se passer de vos attentions excessives qui lui tapent sur les nerfs, se plaignit Jonathon.

Il baissa les yeux vers Antonia et lui dit avec un clin d'œil :

— Rappelez-moi, chérie, pourquoi j'ai laissé Roxton me convaincre d'emmener son médecin personnel avec nous ?

— Vous n'avez rien fait de tel, répliqua Antonia sans animosité. Vous et mon fils avez pris cette décision entre vous, puis vous m'avez annoncé, sans me laisser le choix, que je ne pouvais pas quitter Treat sans lui. Que pouvais-je faire ? Mais je suis d'avis que vous avez accepté la condition de mon fils uniquement pour qu'il ne s'inquiète pas excessivement pendant mon absence. (Elle sourit, creusant sa fossette.) Je vous en remercie. Mais je ne vous remercie pas d'avoir accepté.

— Ah ! Ainsi, vous avez percé ma ruse à jour ! J'aurais dû m'en douter. Mais pour être honnête, avoua Jonathon d'un air penaud, c'est moi qui suis inquiet.

Antonia leva les yeux vers lui et posa légèrement sa main sur son bras.

— Oui, et j'en suis désolée, dit-elle à voix basse et en français, sachant qu'il se rongeait les sangs pour elle, car sa première épouse était morte en couches avec leur petit garçon. Mais ne vous ai-je pas déjà dit un millier de fois que je suis plus forte que j'en ai l'air ? Notre enfant aussi. Je n'ai pas besoin que monsieur le médecin ici me le dise, même si je sais que sa présence vous rassure. Mais je vous en prie, sans pour autant l'installer dans la paille avec les chevaux, je veux que sa chambre soit le plus loin de moi possible.

Elle déclara cette dernière phrase en tournant la tête par-dessus son épaule, en direction du majordome, et quand ce domestique des plus loyaux hocha la tête d'un air compréhensif, elle se retourna pour s'adresser autant à Silvia qu'à Carlo, un doux sourire aux lèvres :

— Je n'ai aucune envie de déranger votre foyer, mais c'est malheureusement inévitable, et tout à fait indispensable. Notre *maggiordomo*, *Signore* Gallet, le gentleman dans mon dos vêtu d'un manteau noir et au regard intelligent, va tout arranger pour que tout le monde soit satisfait. Ne vous souciez de rien. Il parle plus de langues étrangères que moi, c'est dire. Ce que je souhaite le plus, pour le moment, c'est m'entretenir avec *Signore* Bryce, mais vous me dites que votre maître est absent ?

— En effet, *Signora*. Mais Luke, il sait où il se trouve.

Carlo lança un regard étonné à sa femme. Il n'était pas au courant de cela.

— Vraiment ? Silvia, pourquoi ne me l'avez-vous pas dit ?

— Cela ne vous regardait pas.

— Ne me regardait pas ? Tout me regarde, ici !

— Pas ceci.

— Et pourtant, il semblerait que cela me regarde maintenant !

— Pitié ! exigea Antonia. Vous pourrez vous disputer plus tard. Pour l'instant, vous allez m'aider. Ce Luke, quelqu'un peut aller le chercher, non ? demanda-t-elle à Silvia exclusivement.

— *Sì, Signora*. Mais je ne sais pas si cela vous sera très utile, s'excusa Silvia. Il sait où se trouve son maître, mais il refuse de le dire à qui que ce soit. Sa bouche est aussi close qu'un piège à lapins !

— Il me le dira, à moi, répondit Antonia, catégorique. Maintenant, s'il vous plaît, j'aimerais me retirer dans mes appartements pour prendre un bain et me changer. Et le bébé voudrait que je grignote quelque chose avant le souper, si cela n'est pas trop demander.

Silvia frappa dans ses mains avec un grand sourire.

— Bien sûr ! Bien sûr ! Silvia va vous préparer une délicieuse assiette et une tasse de son café au lait spécial. Le *bambino* va adorer, je vous l'assure.

Carlo congédia les domestiques – il y avait beaucoup à faire –, puis il se tourna pour monter l'escalier et montrer leurs appartements aux invités, mais comme Antonia avait pris Silvia à part, il s'arrêta et attendit avec Jonathon, le médecin et leur petit groupe de domestiques. Antonia leva les yeux vers l'escalier, aperçut Fran qui se penchait par-dessus la balustrade et qui, fascinée, avait oublié qu'elle était censée se cacher. Antonia dit sur le ton de la confidence :

— Une autre personne vit dans cette maison. Je veux que vous lui transmettiez un message de ma part. C'est vous qui devez le dire à votre maîtresse. D'accord ?

Quand Silvia hocha la tête, elle continua :

— Dites-lui qu'Antonia souhaite la voir. Mais seulement si elle souhaite me voir.

Silvia suivit son regard jusqu'à Fran, puis elle croisa le regard d'Antonia et hocha la tête pour lui assurer qu'elle avait bien compris. Antonia lui adressa un sourire.

— *Bene.* Nous nous sommes comprises. Mais je ne dérangerai pas votre maîtresse ce soir. Cela peut attendre demain matin. Elle a besoin de temps pour réfléchir à ma demande. Et j'ai besoin de temps pour me remettre du voyage. Les routes de cette région sont en piteux état. Mais quand vous aurez trouvé ce Luke, envoyez-le à mes appartements. Je ne descendrai pas avant demain matin, à moins que votre maître ne revienne, et dans ce cas vous pouvez me réveiller à n'importe quelle heure. Entendu ?

Silvia fit une révérence, rayonnante.

— *Sì, Signora.* Tout sera fait selon vos souhaits. Vous pouvez compter sur notre pleine coopération.

Antonia lui sourit en retour.

— Oui, je sais que je peux compter sur vous. *Grazie.*

ILS MANGÈRENT LEUR SOUPER DANS LE PETIT SALON ATTENANT À leur chambre. Tandis qu'Antonia dégustait de succulentes tranches d'agneau avec une délicieuse sauce aux champignons et une variété de légumes de saison, Marc Gallet avait veillé à prévenir la cuisine que son maître, le duc de Kinross, ne mangeait aucune viande. Silvia et ses deux cuisinières avaient accepté cette information surprenante sans sourciller et Jonathon pouvait donc savourer l'une des délicieuses recettes de Silvia : des *pastas* farcies aux légumes, noyées sous une sauce au fromage et au beurre.

Pendant que le couple ducal savourait un café corsé et des biscuits à la figue près de la cheminée, les suivantes d'Antonia, sous la direction de sa femme de chambre, défirent le lit à baldaquin avant de le refaire avec le surmatelas, les draps, les oreillers et les couvertures de la duchesse, le tout ayant été apporté de Crecy Hall. On remplit d'eau chaude parfumée la baignoire en cuivre qui se trouvait près d'une cheminée, derrière un paravent en tapisserie, et on positionna un miroir au cadre doré sur la coiffeuse, avec un assortiment de bocaux en cristal, de brosses en argent et de rubans. Les quelques livres qu'Antonia avait apportés avec elle furent empilés sur la table de chevet, et son tabouret fut déplié et disposé près de la bergère, au cas où elle voudrait surélever ses jambes et lire près du feu avant de se mettre au lit.

Michelle plaça un épais châle en soie indienne et deux coussins tissés sur le fauteuil, puis elle recula pour avoir une vue d'ensemble de la pièce qui était maintenant remplie des affaires personnelles dont la duchesse ne pouvait pas se passer. Satisfaite de constater que la pièce lambrissée de chêne ressemblait à la chambre que sa maîtresse partageait avec son mari dans leur demeure du Hampshire, elle disparut derrière le paravent pour aider les suivantes à préparer Antonia pour le coucher.

Après le café, Jonathon se glissa à l'extérieur pour fumer un cheroot. Il se promena dans l'air nocturne vivifiant jusqu'aux écuries où il trouva son majordome en pleine conversation avec le valet d'écurie. Ils rentrèrent ensemble par une cour intérieure et discutèrent des attentes de Jonathon pour les jours à venir. Marc Gallet ajouta à voix basse qu'au vu de l'urgence de la situation et de la nécessité pour Leurs Grâces de retourner à Treat le plus rapidement possible, il était impératif de retrouver Christopher Bryce dans les plus brefs délais. Sa Grâce voulait-elle qu'on parte à sa recherche aux premières lueurs du jour ?

— Non, pas aux premières lueurs du jour. Je serais obligé de me joindre à vous, et je ne veux pas que la duchesse se réveille à l'aube. Elle a besoin de sommeil. Si l'insaisissable Mr. Bryce n'a pas été retrouvé avant le petit déjeuner, alors oui, nous enverrons les chiens de chasse le flairer.

Marc Gallet accepta ces ordres sans sourciller, souhaita une bonne nuit à Sa Grâce et laissa Jonathon finir son cheroot.

Duc depuis sept mois, presque huit, Jonathon demeurait mal à l'aise quand on s'adressait à lui en utilisant son titre, sauf quand il était avec sa femme, car elle avait tout d'une duchesse et qu'il devait donc être le duc de Kinross pour elle – au moins en public. Quand ils étaient seuls, il redevenait le marchand dont elle était tombée amoureuse et qu'elle avait épousé, ce qui leur plaisait à tous les deux.

— On dirait que le garçon est introuvable, annonça Jonathon en fermant la porte de communication qui donnait sur une garde-robe pleine à craquer de leurs malles de voyage et de leurs affaires, un petit coin ayant été dégagé pour qu'il puisse se changer. Il est peut-être à Abbeywood Farm. Apparemment, c'est dans le vallon voisin, ajouta-t-il en avançant à pas feutrés dans la chambre à coucher, vêtu de sa robe de chambre en soie, ses babouches marocaines en cuir aux pieds.

Antonia leva la tête du livre qu'elle lisait et le posa sur son ventre arrondi avec un sourire. Elle s'enfonça dans les oreillers.

— Alors venez vous coucher, il est tard. Nous trouverons le garçon, son maître, ou les deux, demain matin.

Il avança vers le lit à baldaquin pour la rejoindre, se débarrassa de ses babouches, enleva sa robe de chambre en soie qu'il laissa retomber sur le tapis, et sauta dans le lit, nu. Antonia ne détacha ses yeux de lui à aucun moment et elle gloussa quand il s'étendit à côté d'elle avant de rouler sur le côté. Comme à leur habitude quand ils discutaient, il s'exprima en anglais, et elle dans son français natal.

— Vous ai-je manqué quand j'étais au nord de la frontière ?

— En doutez-vous ?

— Non. Mais j'aime vous l'entendre dire.

— Évidemment. Vous m'avez manqué – *beaucoup*. Tout ce que vous êtes m'a manqué. (Elle afficha son sourire qui creusait sa fossette.) Monsieur le duc de Kinross dormait-il nu en Écosse, quand il était loin de sa duchesse ?

— Je ne possède pas de chemise de nuit, chérie. Vous le savez. Je n'en ai jamais eu. Et je n'allais pas prendre cette habitude uniquement parce que je suis un ennuyeux duc écossais ! Mais je me blottissais sous une peau d'ours et je m'endormais en comptant les jours qui me séparaient de mon retour auprès de vous.

Il se redressa, tendit la main et sourit quand elle plaça ses doigts entre les siens.

— Notre séparation était insupportable, reprit-il. Seigneur, qu'avais-je dans la tête quand je me suis laissé persuader de partir sans vous ? Plus jamais.

— Jamais. Je ne pourrais pas le supporter non plus, répondit Antonia, ses yeux se remplissant soudain de larmes. Et regardez ce qui vous attendait à votre retour... u-une femme grosse et laide !

Tout aussi rapidement, elle s'essuya les yeux et s'excusa :

— Pardonnez-moi. Comme vous pouvez le voir, je ne suis pas moi-même.

Le regard de Jonathon s'attarda tendrement sur son ventre rond, puis il se pencha vers l'avant et déposa un baiser sur ses lèvres. Il la regarda droit dans les yeux.

— Je vois ce que les autres voient. Une belle femme rendue encore plus belle, si cela est possible, par l'enfant qu'elle porte. Et je vois ce que les autres n'ont pas le privilège de voir. Mon épouse. Une créature sensuelle et infiniment désirable, que j'aime de toutes les gouttes de sang qui coulent dans mes veines.

Il l'embrassa derechef et demanda d'un air penaud :

— Puis-je ?

Elle savait ce qu'il demandait sans qu'il ait besoin de le dire ; elle hocha la tête.

Il baissa le couvre-lit et lissa délicatement les plis de sa chemise de nuit en soie diaphane afin de rendre sa grossesse absolument évidente. Son sourire penaud se transforma en air béat quand il posa délicatement sa large main sur son ventre arrondi avant de le caresser tendrement. Sa peau, aussi tendue que celle des tambours, ne cessait jamais de le surprendre, tout comme le fait qu'à l'exception de l'endroit où le bébé grandissait en elle, elle avait à peine changé – même si elle affirmait qu'elle était énorme. Ce n'était pas vrai. Il avait oublié les changements visibles sur le corps d'une femme pendant la grossesse. À vrai dire, il évitait de penser à la grossesse depuis tellement d'années – depuis qu'Emily était morte en couches – qu'il s'étonnait de pouvoir y penser si calmement maintenant.

Quand il avait appris la grossesse d'Antonia, il avait été fou de joie. Il s'y était attendu, avait voulu qu'ils aient un enfant. Il avait eu l'impression de marcher sur un petit nuage pendant toute une semaine, souriant à chaque visage maussade qui le saluait dans la maison ancestrale des ducs de Kinross, au bord du Loch Leven. Cette nouvelle avait été accueillie par les membres de sa famille avec beaucoup d'allégresse et de toasts portés pour célébrer le fait que leur nouveau duc allait avoir un héritier. Il avait alors été frappé par l'énormité de ce que signifiait une grossesse pour elle et, au bout du compte, pour lui. Il avait eu l'impression de recevoir en pleine poitrine un chariot hors de contrôle, rempli de bois et lancé à toute vitesse, vidant tout l'air de ses poumons.

Un héritier…

Seize ans plus tôt, sa première épouse Emily avait fait tout son possible pour lui donner un fils, mais elle et le bébé étaient morts en couches. Il lui avait fallu des années pour accepter leur mort, et enfin insensibilisé, il s'était efforcé d'oublier cet épisode traumatisant. Mais maintenant qu'il se retrouvait avec les doigts écartés sur le ventre rond d'Antonia, le passé envahit son esprit et il ne put s'empêcher de se rappeler le jour le plus douloureux de sa vie.

La grossesse d'Emily s'était déroulée sans incident. Rien ne laissait présager que quelque chose n'allait pas ou pourrait mal tourner. C'était sa deuxième grossesse. La naissance de Sarah-Jane, trois ans plus tôt, avait été longue et douloureuse, comme beaucoup de premières naissances. Emily avait néanmoins traversé cette épreuve, épuisée mais heureuse. Ils avaient donc abordé la naissance de leur deuxième enfant avec enthousiasme et impatience. Le travail avait bien commencé, mais à la fin du deuxième jour, les domestiques indiens d'Emily hurlaient de désespoir et le médecin anglais de l'usine appartenant à la Compagnie britannique des Indes orientales l'avait informé que la mère et l'enfant avaient peu de chance de survivre. Il devait choisir. La mère ou l'enfant.

Comment pouvait-il faire un tel choix ? Il refusait. Emily et le bébé survivraient tous les deux. Il y croyait, sans équivoque. Le médecin devait les sauver. Et s'il en était incapable, la sage-femme indienne et ses assistantes y arriveraient. Mais la décision avait été arrachée d'entre ses mains. Le bébé était un garçon, parfait en tout point, mais il était déjà mort en venant au monde, et la mère, épuisée, en apprenant que son enfant était mort-né, avait tout simplement abandonné, ou du moins c'était ce qu'il semblait. Plus tard, le médecin avait avancé l'hypothèse d'une hémorragie interne.

On les avait enterrés dans le cimetière anglais d'Hyderabad et il s'était retrouvé veuf à vingt-trois ans, père d'une petite fille de trois ans qui n'avait plus de mère. Et maintenant, son épouse n'était plus qu'à quelques semaines du terme, à un âge où les accouchements comportaient le plus de risques. La mort d'Emily l'avait traumatisé, mais s'il devait arriver quoi que ce soit à Antonia, il perdrait toute envie de vivre.

Il eut soudain froid et tira la couverture sur eux deux. Il se réinstalla, se blottissant contre elle et posant légèrement son oreille et sa main sur son ventre. Il resta dans cette position, satisfait, à peine conscient qu'Antonia caressait légèrement ses boucles en reprenant sa lecture.

Il somnola pendant une durée indéterminée, jusqu'à ce qu'un petit coup le réveille. Les petits coups continuèrent près de son oreille, assez longtemps pour qu'il roule sur le dos et regarde sa femme. Elle avait posé son livre et grimaçait, appuyée contre les oreillers. Il se redressa et s'apprêtait à lui demander s'il pouvait faire quoi que ce soit pour l'aider à être plus à l'aise quand elle attrapa sa main, la glissa sous la couverture et la posa sur son ventre, là où son oreille était plaquée juste avant. Il se demanda pourquoi et sentit soudain les mêmes petits coups intermittents avant qu'une sorte de vague ne se propage sous la paume de sa main. Il lui fallut plusieurs secondes pour réagir, pour se rendre compte de ce qu'il était en train de vivre, et il fixa Antonia, émerveillé, avec un immense sourire.

— Vous avez senti ? Hein ? Elle a bougé ! Elle m'a donné un coup. Je suis presque sûr qu'il s'agissait de son pied. Elle recommence ! Par Jupiter, une vraie petite acrobate !

Antonia se mit à rire, tout inconfort oublié face à son enthousiasme enfantin.

— Pensez-vous que ce bébé n'est pas attaché à moi ? Bien sûr que je le sens, je sens tout, espèce de bêta. Je pense qu'elle en a marre d'être ainsi confinée. Je comprends qu'elle veuille s'étirer après avoir passé tant de mois recroquevillée. C'est ce qu'elle est en train de me dire.

Jonathon retomba sur les coussins avec un sourire satisfait, les mains derrière la tête et les yeux levés vers le baldaquin plissé.

— Je prédis que notre fille sera une danseuse gracieuse et une excellente cavalière, qui pourra sauter les mêmes obstacles que ses admirateurs. Et elle en aura beaucoup, car elle sera le portrait craché de sa divine mère. Il faudra donc qu'elle soit capable de se défendre. Il ne faudra pas oublier les leçons dans l'art du maniement de l'épée. Quand elle saura se servir d'une rapière, elle pourra tenir à l'écart tous ces jeunes chiens qui essayeront de lui faire des courbettes.

— La danse, l'équitation *et* l'escrime ? Parbleu ! Tant que vous dressez une liste, pourquoi ne pas ajouter des leçons pour apprendre à se servir d'une petite arme à feu ? Ainsi, elle n'aurait pas besoin de badiner avec ces pauvres chiots en maniant l'épée. Elle pourrait simplement les tuer en leur tirant dessus et passer à autre chose. Cela dit, je suis persuadée que de toute façon, son papa poule ne les laissera pas s'approcher d'elle.

Jonathon se redressa de nouveau et embrassa furtivement la main d'Antonia.

— Une idée épatante ! Oubliez toutes ces années d'entraînement à l'escrime. Le tir sur cible serait une bien meilleure utilisation de son temps. Et cela lui donnera plus de temps pour se concentrer sur ses lectures, car je suis persuadé que vous lui avez prévu des leçons sur tout un tas de sujets érudits et dans plein de langues. Oh non... Chérie, qu'ai-je dit pour vous contrarier cette fois ? À moins que vous pleuriez sans raison, l'une des nombreuses merveilles de la grossesse ?

Antonia secoua la tête et se sécha de nouveau les yeux en les tamponnant rapidement. Cette fois-ci, les larmes mirent plus de temps à se calmer et elle chercha à tâtons l'un de ses mouchoirs bordés de dentelle sur la table de chevet.

— Devrais-je demander à Michelle d'aller vous chercher du lait chaud ? Du thé ? Du café ? Non... ?

Quand Antonia retrouva le contrôle de sa voix, elle déglutit et dit :

— Vous dites « elle » et parlez de « notre fille » comme si nous connaissions déjà le sexe du bébé. Nous n'en savons rien. Vous faites peut-être cela pour m'apaiser, car vous savez que j'aimerais beaucoup avoir une petite fille. Mais si vous voulez un fils, vous devriez le dire. Et vous devriez vouloir un fils, car c'est d'un fils dont vous avez besoin.

Vous oubliez peut-être que vous êtes un duc, et qu'un duc doit avoir un fils qui pourra lui succéder. Même si je suis sûre que monseigneur se serait réjoui d'avoir une fille, car il m'aimait, il était fou de joie que je donne naissance à un fils héritier pour perpétuer le duché après lui. Il était tout autant aux anges à la naissance d'Henri-Antoine. C'est ainsi que fonctionnent tous les hommes.

— Vraiment ? Eh bien, ce n'est pas ainsi que moi je fonctionne ! déclara Jonathon, catégorique. Je veux avoir une fille tout autant que vous.

— J'aime vous l'entendre dire. Et si vous le dites avec autant de conviction, c'est parce que vous savez que cet enfant sera mon dernier. Je suis égoïste de vouloir une fille alors que les besoins du duché devraient passer en premier. Vous avez une fille, mais pas de fils. Vous êtes le dernier membre de votre famille. Si vous n'avez pas de fils, le duché s'éteindra avec vous. C'est là-dessus que je devrais me concentrer...

— Mais en votre for intérieur, vous voulez une fille.

Les yeux d'Antonia se remplirent derechef de larmes et elle hocha la tête.

— Avoir de telles pensées fait de moi une épouse déloyale...

— Balivernes ! Chérie, le principal, c'est que notre bébé soit en bonne santé, répondit-il avec entrain. Le plus important pour moi, c'est que vous surviviez à cette épreuve. Peu importe le sexe de l'enfant, je ne serai ni heureux ni satisfait, et il n'y aura aucune réjouissance, tant que je ne serai pas sûr que vous êtes saine et sauve. Et je ne risquerai pas votre vie pour sauver celle de l'enfant, ne me le demandez pas... jamais. Et si c'est égoïste, ainsi soit-il. Mais je peux vous rassurer à propos d'un point capital, ajouta-t-il en la regardant dans les yeux avec un sourire. L'avenir du duché est assuré, que vous me donniez un fils ou une fille.

Antonia se redressa difficilement sur les coussins.

— Oh ? Est-ce qu'un membre de la famille que vous pensiez disparu vous a contacté pour revendiquer un lien de parenté avec vous pendant que vous étiez en Écosse ?

— Non. Rien de la sorte.

— Vous avez cette expression suffisante et mystérieuse qui m'indique que vous vous êtes montré plus rusé que moi.

— Je ne peux pas m'en attribuer le mérite. Mes avocats écossais me l'ont dit comme une évidence, presque en passant. Ils m'ont présenté leurs excuses, m'ont dit que si l'impensable devait arriver, si vous deviez donner naissance non pas à un fils tant attendu, mais à une fille, tout n'était pas perdu. Je me suis frotté les mains en entendant ce qu'ils me disaient. Ils ont pensé, à tort, que c'était parce que je pensais à l'avenir du duché, alors que je me disais que si Dieu exauçait notre souhait, nous pourrions tous les deux avoir ce que nous voulons désespérément : une fille.

Antonia ouvrit grand les yeux.

— Voulez-vous vraiment avoir une fille ?

— Ne m'avez-vous pas écouté ? Chérie, je veux avoir une deuxième fille. Je veux avoir une fille avec vous. J'adore être le père de Sarah-Jane. Je l'ai élevée sans sa mère à partir de ses trois ans. J'aime comment se passent les choses avec les petites filles. Il n'est question que de cheveux, de goûters et de discussions. Je ne pourrais imaginer meilleure façon de passer le temps.

— Mais vous dites que notre fille devra apprendre à manier l'épée et tirer avec un pistolet, recevoir une éducation savante et apprendre de nombreuses langues.

— Le français, l'anglais, le gaélique et l'italien devraient suffire pour une femme de son statut. Et il faudra qu'elle ait plus d'esprit que de cheveux, mais je suis sûr qu'elle saura supporter ce fardeau de façon admirable, car les filles sont plus intelligentes que les garçons. Les garçons grandissent plus lentement. Nous restons de vrais dadais pendant tellement longtemps, c'est à se demander par quel miracle les femmes prennent la peine de nous côtoyer avant que nous ne soyons au moins dans notre troisième décennie. Les Spartiates avaient tout compris, ils gardaient leurs hommes à l'écart de leurs femmes jusqu'à leurs trente ans. Mais surtout, je veux une fille, car cela vous rendra heureuse. Et votre bonheur est la seule chose qui m'importe.

Antonia n'avait nul besoin d'être convaincue de son amour et de son dévouement, et maintenant elle le croyait quand il lui disait vouloir une fille. Mais elle se demandait toujours en quoi avoir une fille pourrait ne pas entraver l'avenir du duché de Kinross, elle dit donc en fronçant les sourcils dans un effort de compréhension :

— Mais pourquoi vos avocats vous ont-ils dit que si nous avions une fille et non un fils, le duché de Kinross aurait quand même un avenir ?

— Pour la simple raison, amour de ma vie, qu'un duché écossais n'est pas un duché anglais. Un duché anglais exige que le titre soit transmis dans la lignée masculine, il faut donc avoir un fils. Mais un duché écossais stipule que le titre doit être transmis à *ma descendance*. Il n'est pas précisé s'il doit s'agir d'un homme ou d'une femme, donc si un duc – moi – n'a qu'une fille, elle héritera du titre, deviendra la prochaine duchesse de Kinross, et c'est son fils qui en héritera après elle. C'est très astucieux ! Et vous, mon amour, épouse non pas d'un mais de deux ducs et mère d'un troisième, si vous deviez donner naissance à une fille, vous seriez également mère d'une fille qui deviendra un jour duchesse à part entière.

Antonia poussa une exclamation de surprise et sa fossette fit son apparition.

— Voilà qui me fait *très* plaisir.

— Oui, c'est ce que je me disais. Maintenant, installons-nous confortablement pour dormir. Vous oubliez pourquoi nous sommes ici, et demain ne sera pas une journée plaisante, que ce soit pour vous ou pour moi.

Il l'embrassa et se pencha pour éteindre la bougie sur la table de chevet. Dans l'obscurité, il se blottit contre elle.

Mais Antonia n'avait pas oublié ce qui les attendait le lendemain. Elle avait seulement repoussé dans un coin de sa tête la raison pour laquelle ils s'étaient déplacés du Hampshire jusqu'aux Cotswolds, et elle essaya de ne pas s'appesantir sur la tâche à venir. En attendant, elle se concentra sur l'homme qu'elle aimait, dans les bras duquel elle se trouvait, et sur le bébé qu'elle portait ; si tout se passait bien, ils auraient une petite fille en bonne santé. Mais alors qu'elle se laissait gagner par le sommeil, ce n'était pas cette enfant tant désirée qui occupait toutes ses pensées ; elle se demandait plutôt comment elle pourrait annoncer à sa cousine Mary la nouvelle inquiétante qu'elle devait lui transmettre à propos de sa fille bien-aimée, Theodora Charlotte, qu'on appelait tout simplement Teddy.

VINGT-CINQ

ANTONIA ÉTAIT EN TRAIN D'ÊTRE HABILLÉE PAR SES SUIVANTES quand Michelle revint du rez-de-chaussée pour lui annoncer que le garçon, Luke, avait tenu parole et avait mené monsieur le duc directement à l'écuyer. Ils étaient tous rentrés et la cousine de madame la duchesse, Lady Mary, était avec eux. Quand Michelle fit une pause pour reprendre son souffle, Antonia, qui inspectait le positionnement du décolleté de son corselet noué sur sa forte poitrine, releva la tête. Sans révéler ce qu'elle pensait, elle demanda platement :

— Mary est venue ici, elle aussi ?

— Oui, madame la duchesse. Elle faisait partie du groupe revenu du cottage dans les bois avec monsieur le duc. Nous ne pouvons qu'en déduire qu'elle y était avec monsieur Bryce, car…

— Non, Michelle. Nous ne déduirons rien de tel.

— Mais, ses jupons sont tout sales et ses cheveux sont tout emmêlés, madame a l'air de ne pas avoir bénéficié des services de sa bonne depuis…

Michelle s'interrompit en pleine phrase et se mordit la langue, car le dos d'Antonia s'était raidi et qu'elle avait une lueur dans ses yeux verts que Michelle connaissait très bien, même si elle la voyait rarement ; un avertissement. Si elle osait poursuivre ce raisonnement, ses suppositions entraîneraient des conséquences, peu importe qu'elles s'avèrent justes ou non.

Michelle vira donc de bord et conclut à voix basse :

— … depuis qu'elle est partie se promener, il y a des heures de cela.

— Dans ce cas, Lady Mary appréciera de prendre un bain et de se changer pendant que nous rendrons visite à Lady Paget. Vous n'aurez aucune difficulté à trouver des vêtements pour Lady Mary, dit-elle à ses suivantes. Nous nous ressemblons beaucoup, à l'exception de ce bébé. Mais vous devrez lui présenter des excuses, je n'ai pas de corset à lui prêter. Sa bonne en aura sûrement mis un dans sa malle. La bonne de Lady Mary est bien en chemin, n'est-ce pas ? demanda-t-elle à Michelle en prenant un éventail posé sur la coiffeuse et en faisant glisser la cordelette soyeuse autour de son poignet.

— Nous avons envoyé un domestique avec vos instructions dès les premières lueurs du jour, madame la duchesse. On m'a dit qu'Abbeywood n'était pas très loin d'ici, la bonne de Lady Mary et ses malles devraient donc arriver pour le dîner.

— Bien. Nous devons retourner dans le Hampshire dès demain. Mais pour l'instant, nous partons en visite. Oh, et Michelle, ajouta-t-elle à voix basse tandis que l'une de ses suivantes disposait un châle en soie sur ses épaules. Comme toujours, faites la sourde oreille.

— Comme toujours, madame la duchesse, répondit Michelle avec une révérence.

Elle suivit Antonia quand elle sortit de la chambre et traversa le palier pour rejoindre un domestique qui les attendait. Il les escorta dans une aile de la maison qui était si coupée du monde qu'une seule invitée s'y était rendue en dix ans ; la fille de la voisine, Teddy.

La dame de compagnie de Lady Paget accueillit Antonia dans le petit salon réservé à son usage personnel. Il était séparé de la grande chambre de sa maîtresse, qui lui servait également de salon, par une portière en brocart. Ce lourd rideau, utilisé comme séparation à la place d'une porte, permettait à Fran de mieux entendre le tintement de la petite cloche de madame. Quand elle n'était pas demandée, elle utilisait cette pièce étroite comme un sanctuaire ; elle était pleine à craquer de toutes sortes d'objets personnels collectés tout au long d'une vie, et surtout pendant les années qu'elle avait passées dans les États italiens avec sa maîtresse. Ses biens les plus précieux étaient un oiseau chanteur dans une cage ornementale et un chat roux, roulé en boule sur la méridienne, au soleil. Deux cadeaux de son maître, Mr. Bryce.

Fran fit une révérence tremblotante et tendit nerveusement les mains devant elle. Elle n'avait jamais été en présence d'une duchesse auparavant et cette petite beauté impérieuse, toute vêtue de velours et de lourdes soieries, ressemblait exactement à l'idée qu'elle se faisait d'une duchesse, bien que la grossesse avancée de l'aristocrate représente un choc qui était encore bien visible sur son long visage ; elle en avait oublié son petit discours de bienvenue.

Antonia la mit instantanément à l'aise en se penchant vers l'avant et en lui disant, avec un sourire et en anglais :

— Pour moi aussi, ce fut une immense surprise.

Fran laissa échapper un petit gloussement nerveux, puis elle retrouva son sérieux et dit sur le ton de la confidence :

— Sa Grâce est-elle au courant du… *problème* de madame ?

— Oui.

— J'espère que vous ne verrez pas cela comme une impertinence, Votre Grâce, mais je vais vous demander d'essayer de comprendre que ma maîtresse est parfois un peu frustrée par ses limites, et elle n'est alors plus elle-même. Ces emportements n'ont pas d'autre explication, mais quelqu'un qui n'y est pas habitué pourrait les percevoir comme une attaque. Je m'excuse d'avance, au cas où Sa Grâce serait offensée de quelque manière que ce soit…

— Je ne serai pas le moins du monde offensée.

Fran hocha la tête, fit une nouvelle révérence et indiqua à Antonia de la suivre, Michelle sur ses talons. Elles entrèrent par la portière dans une grande et longue pièce dont la plupart des rideaux étaient tirés pour filtrer la lumière du jour.

— Madame préfère rester dans le noir, s'excusa Fran. C'est sa vue…

— Ne racontez pas de sottises, Fran ! Il n'y a aucun rapport avec le fait que je sois aveugle, rétorqua Kate. Les femmes d'un certain âge apparaissent sous leur meilleur jour quand elles restent dans l'ombre. Et maintenant, allez-vous-en, apportez-nous du thé…

— Du café pour moi, l'interrompit doucement Antonia.

— Du thé pour moi et du café pour la duchesse, rectifia Kate, restant noyée dans l'ombre près d'un coussiège. Approchez donc, Votre Grâce. Je peux toujours voir certaines parties de vous, vous savez, je ne peux juste pas voir votre visage. Mais je n'ai pas besoin de le voir, car vos traits délicats sont gravés à jamais dans mon esprit. Pardonnez-moi. Je n'ai pas fait la révérence quand vous êtes entrée dans la pièce, même si la hiérarchie l'exige. J'ai perdu l'habitude, mais une duchesse devrait toujours recevoir le respect qu'elle mérite.

Elle se pencha en une révérence très basse, une démonstration excessive qui convenait au statut privilégié de son invitée. Mais avant que la vieille dame n'ait eu le temps de se relever entièrement après ces salutations formelles, Antonia l'attrapa par le coude, refusant de la lâcher.

— Non ! Non ! C'est tout à fait inutile entre nous, dit précipitamment Antonia, en français. Votre intendante ne vous a-t-elle pas dit qu'Antonia souhaitait vous parler ? C'est donc en tant qu'Antonia que je suis ici. Nous nous connaissons depuis bien trop d'années pour faire des manières. Je n'ai jamais oublié la gentillesse dont vous avez fait preuve à mon égard quand je suis arrivée dans ce pays, seule et désespérée, pour vivre avec un parent qui ne voulait pas de moi. Sans vous, j'aurais été encore plus triste. Allons, asseyons-nous confortablement, continua-t-elle sur le même ton enjoué, bien qu'elle soit consciente que son hôtesse tremblait et se mordait la lèvre comme pour réprimer ses émotions, un effort visiblement considérable. Michelle ! Disposez ces coussins au mieux et ouvrez tous les rideaux. Je sais que vous ne pouvez pas me voir aussi bien que vous le devriez, dit-elle doucement à Kate, mais j'aimerais vraiment vous voir, milady…

— Kate. Vous m'avez toujours appelée Kate, laissa-t-elle échapper, sans se rendre compte qu'elle s'agrippait au bras d'Antonia comme à un canot de sauvetage dans une mer agitée.

— Depuis combien de temps ne nous sommes-nous pas retrouvées en compagnie l'une de l'autre ? demanda Antonia sur le ton de la conversation, bien qu'elle connaisse la réponse.

— Douze ans. La dernière fois que nous nous sommes vues, c'était à Rome.

— Ah oui, monseigneur et moi rentrions à Paris depuis Constantinople…

— Où vivait votre fils aîné. Il était avec vous, ainsi que votre fils cadet.

— Henri-Antoine, lui dit Antonia. Il a fêté son cinquième anniversaire à Rome.

Kate s'installa et les rideaux des fenêtres furent ouverts pour laisser entrer la lumière, puis Antonia déploya ses jupons et s'assit sur le coussiège. Michelle arrangea la disposition de quelques coussins pour que sa maîtresse soit à l'aise, puis elle partit s'asseoir sur une chaise de l'autre côté du large tapis d'Orient, assez proche pour être utile si on la sollicitait, mais assez éloignée pour ne pas donner l'impression qu'elle épiait leur conversation.

Consciente que le temps qu'elles pouvaient passer seules était limité maintenant que l'écuyer était revenu avec Mary, Antonia était encore moins disposée à perdre du temps en bavardages légers. Mais elle était sensible au fait que la femme assise près d'elle vivait maintenant comme une recluse et ne recevait pas de visite. Elle prit donc le temps d'amorcer une conversation qui, elle l'espérait, la mettrait à l'aise, d'autant que lors de leur dernière rencontre, des propos très durs avaient été prononcés.

— Vous semblez être en pleine forme, Kate, dit-elle sincèrement. Les cheveux argentés vous vont bien. Et je vois que vous n'avez rien perdu de vos… Comment dit-on en anglais ? Goûts vestimentaires ?

Kate esquissa un sourire pour la première fois depuis qu'Antonia était entrée dans la pièce.

— Oui, c'est bien cela. Merci. Je m'efforce toujours de rester à mon avantage, même si je ne reçois personne.

— Vous n'envisagez jamais de venir à Londres de temps à autre, pour voir vos amis, ou peut-être aller à l'opéra ? Vous n'avez pas besoin de la vue pour écouter quelqu'un chanter avec talent…

— Ah ! Et cela vient d'une femme qui s'est cloîtrée avec son chagrin pendant trois ans. Je ne suis pas sûre que vous soyez la mieux placée pour me donner des conseils, n'est-ce pas, ma chère ?

— Ah non ? Et pourtant, j'ai personnellement fait l'expérience du malheur égocentrique et du fardeau que cela fait peser sur les épaules de ceux qui nous aiment, en particulier un fils inquiet.

Les doigts de Kate tressaillirent sur ses genoux, se resserrant sur l'épaisse soie damassée de ses jupons.

— Que faites-vous ici, Antonia ? Pourquoi venir me voir après toutes ces années ? Je suis restée à une distance respectueuse de votre vie après votre mariage avec monsieur le duc de Roxton. Lui et moi correspondions, mais je suis persuadée que vous étiez au courant et que vous l'acceptiez, sans quoi il ne l'aurait pas fait. Il aurait suffi d'un mot de votre part pour qu'il ne m'écrive plus jamais un seul mot ! Voilà à quel point il vous était dévoué, à quel point il vous aimait. Seigneur, être l'objet du dévouement absolu d'un tel homme est le rêve de la plupart des femmes. Vous aviez son dévouement et plus encore, mais même vous, la grande beauté de notre époque, vous avez osé douter de lui la seule et unique fois où je lui ai demandé de l'aide. Et comment avez-vous réagi à ma demande ? Vous avez sottement supposé le pire à propos de nous deux ! *Honte à vous.*

— Oui. Je me suis montrée très sotte, reconnut Antonia d'une petite voix. Mais c'est vous qui vous trompez si vous pensez que j'ai jamais douté de sa fidélité ou de son amour. Quand nous nous sommes mariés, je savais qu'il avait abandonné son passé, ses maîtresses – vous. Mais son passé était très sombre. Ainsi, quand vous avez voyagé jusqu'à Rome uniquement pour le voir pendant notre séjour, quand vous lui avez demandé son aide pour trouver votre fils, si désemparée que vous étiez à l'idée de l'avoir perdu à jamais, de peut-être ne plus jamais le voir à cause de votre vue qui se dégradait… naturellement, je me suis demandé si vous deux, vous ne me cachiez pas quelque chose de retentissant.

— Petite sotte ! Vous savez tout autant que moi que monseigneur n'a jamais admis avoir engendré de bâtards, que ce soit vrai ou non. L'idée que nous ayons un fils caché et que monsieur le duc ne vous ait pas révélé son existence, à vous, était ridicule.

— Oui. C'était ridicule, répondit Antonia d'une voix attristée, ses épaules s'affaissant. Je n'aurais jamais dû douter de lui, ou de vous, soupira-t-elle.

— Même si vous pensiez que c'était vrai, et autorisons-nous un instant l'idée fantaisiste que cela l'était, comment avez-vous pu penser que je vous aurais caché quelque chose d'aussi colossal ? continua Kate, tempérant sa voix, car l'aveu sincère d'Antonia avait beaucoup contribué à apaiser son animosité. Je vous connais mieux que vous le pensez. Même si vous étiez encore d'un âge tendre quand vous l'avez épousé, vous auriez été assez forte pour accepter que Roxton et moi ayons eu un fils ensemble si je vous avais confié ce secret. Je pense que vous auriez bien mieux accepté cette nouvelle que lui, tout comme son infâme passé que vous avez accepté naturellement et de bonne grâce, convaincue que vous étiez le grand amour de sa vie et que jamais rien ni personne ne se mettrait entre vous.

Kate détourna la tête et déglutit avec difficulté ; Antonia sentit qu'elle n'avait pas fini de la réprimander pour l'erreur de jugement qu'elle avait commise plus d'une décennie plus tôt. Elle resta donc silencieuse et immobile. Ses doigts qui tiraient sur les branches de son éventail fermé représentaient le seul signe visible de son malaise. Son intuition se révéla correcte. Une poignée de secondes plus tard, Kate se retourna pour lui faire face, les joues humides de larmes. Antonia dut faire appel à toute sa retenue pour s'empêcher de lui tendre son mouchoir bordé de dentelle et de la consoler.

— Je me moque de ce que vous pensez, je me moque de froisser vos sensibilités. Il me manque, déclara-t-elle d'un ton belliqueux. Monsieur le duc de Roxton me manque chaque jour qui passe. Nous avons été amants pendant une courte période, mais plus que cela, nous avons été les meilleurs des amis pendant des années avant que vous n'arriviez en virevoltant dans sa vie. Et nous le sommes restés, par correspondance, jusqu'à sa mort. Il me comprenait réellement, et ses lettres me faisaient toujours rire aux éclats. Je ne sais pas comment il s'y prenait, mais il connaissait toujours les meilleurs commérages à propos des personnes les plus intéressantes ! Mais c'était un spécialiste pour différencier les commérages des secrets. Il ne nous a jamais trahis, moi et mon fils, auprès de personne – sauf vous. Et il ne l'aurait jamais fait si vous ne l'aviez pas exigé de sa part. À cause de vous, il a violé la promesse qu'il m'avait faite, et vous m'avez humiliée. Je le pensais incapable de faiblesse, mais quand il m'a poussée à vous raconter l'épisode le plus douloureux de ma vie – à vous raconter que j'avais été obligée d'abandonner mon fils unique, fruit d'une aventure avec un amant –, j'ai alors su que vous étiez sa plus grande faiblesse !

— Ce que vous dites – tout ce que vous dites – est vrai, et je suis réellement désolée de vous avoir causé du désarroi. Je ne suis pas fière de cet épisode. Mais il faut que vous sachiez que je ne révélerais jamais la vérité à propos de vous et de votre fils, à personne. Je ne l'ai jamais fait. Et je ne veux plus que vous me détestiez…

— Je ne vous déteste pas, petite sotte ! Et il y a une part de vérité dans ce que vous disiez, admit Kate à contrecœur. Je n'ai pas le droit d'être malheureuse. Je suis vivante, je bénéficie des meilleurs soins et j'ai le fils le plus dévoué qui soit.

— Je suis impatiente de le rencontrer.

— Vous allez penser que c'est la fierté maternelle qui parle, mais il est plutôt exceptionnel, dit Kate avec un sourire chaleureux. Vous comprendrez dès que vous le verrez. Il est si différent de l'écuyer conventionnel des Cotswolds qu'il pourrait plus facilement habiter sur la lune qu'être considéré comme l'un d'entre eux ! J'ai beau ne plus fréquenter la société, je me souviens parfaitement des séjours que nous faisions ici quand j'étais bien plus jeune. L'époux de ma sœur était une bonne âme et un homme très bien, dans son genre. C'était un très bon père pour Christopher, mais également un type assez ennuyeux qui avait tendance à se traîner et qui aurait été tout aussi incapable de vire-volter sur le parquet d'une salle de bal que de voler. Tandis que mon fils a une allure noble, une grâce naturelle…

— Il est comme vous, déclara simplement Antonia.

— Oh, c'est charmant de votre part de dire cela, ma chère. C'est vrai qu'il tient peut-être ces traits de moi ; son vrai père avait deux pieds gauches, si mes souvenirs sont bons…

Kate s'interrompit et soupira, puis elle mit son passé de côté et dit d'un ton monotone :

— Christopher, malgré ses talents, est déterminé à passer le restant de ses jours en tant qu'écuyer dans ce désert agraire et semble plutôt satisfait de cette perspective. Je dois donc trouver un moyen d'être satisfaite ici, moi aussi.

— Est-ce une si mauvaise chose ? Kate, c'est une très belle région du royaume, avec toutes ces maisons en pierres qui ressemblent à du beurre et ce paysage qui ondule tel un drap pris dans le vent. C'est tellement différent de ce à quoi je suis habituée. Certes, les routes sont affreuses et vous êtes bien plus isolée ici que si vous viviez plus près de Londres. Et j'admets ne pas comprendre un seul mot prononcé par ces campagnards, s'il leur arrive seulement de parler, car j'ai entendu dire qu'ils s'expriment peu, et que quand ils prennent la parole, c'est pour dire un ou deux mots uniquement. Mais si votre fils est heureux ici et qu'être l'écuyer de ce domaine non négligeable lui convient, que voulez-vous de plus pour lui ?

— Ce que vous voulez dire, c'est qu'être écuyer dans une cambrousse pittoresque est déjà plus qu'un bâtard issu d'une union adultère entre un petit baron et la femme d'un amiral peut attendre de la vie…

— Je ne pense rien de la sorte ! Ce que je veux dire…

— Antonia, vous êtes peut-être offensée par mon franc-parler, mais cela ne change rien à la véracité de mes propos. En tant que bâtard, mon fils a peu de droits, voire aucun droit. C'est un paria de la société. Il ne peut pas intégrer notre classe sociale, mais il ne fait pas non plus partie de la bourgeoisie. Et si ses voisins apprenaient ses vraies origines, ils se mettraient sûrement à l'éviter. Quant à moi, je serais à jamais reléguée au rôle de tante Kate !

Antonia ouvrit son éventail d'un petit coup sec, son émoi visible à la façon dont elle l'agitait.

— C'est à mon tour d'être franche avec vous, car même si je ne l'ai pas encore rencontré, ce que vous dites à propos du statut social et des origines de votre fils me donne l'impression que tout cela vous trouble plus que lui. Quel âge a-t-il ? Trente-cinq, quarante ans ?

— Il aura quarante ans l'année prochaine. Je m'en souviens comme si c'était hier.

— Je n'en doute pas, Kate. Les mères n'oublient jamais la naissance de leur enfant. Votre fils, qui approche la quarantaine, est un écuyer prospère. Et cette vie semble lui convenir, non ? D'après ce que me dit mon fils, le vôtre n'est pas seulement un fermier accompli, il est également propriétaire de fabriques de tissu. Quant à Jonathon, il m'a dit que votre fils avait un très bon esprit commercial, ce qui est très élogieux de sa part, car il était marchand avant de devenir duc…

— Jonathon… ?

— Monsieur le duc de Kinross, mon époux. C'était un marchand des Indes orientales avant que la couronne ducale ne lui tombe sur la tête de façon inattendue. Il me dit que votre fils a accompli une grande prouesse en renversant la situation d'Abbeywood Farm, et ce en si peu de temps. Par ailleurs, monsieur le duc affirme que votre fils est un génie des finances, il a même l'intention de lui demander son avis au sujet de ses projets pour ses domaines en Écosse. Voilà ! Vous avez encore plus de raisons d'être fière. Non ?

— Je suis fière de lui, répondit Kate, catégorique, avec un sourire tremblotant, satisfaite d'entendre un tel éloge. Plus que tout, je veux qu'il soit heureux. N'est-ce pas ce que toute mère veut pour son enfant ? Son bonheur ? Et je ne parle pas du genre de bonheur qu'il obtient par ses accomplissements ou ses choix de vie ici. Je sais qu'il est satisfait, même si je me fais à peine à l'idée. C'est pour son bonheur personnel que je m'inquiète le plus. Je crains que son illégitimité représente un obstacle insurmontable sur ce point, car il ne pourra jamais épouser la seule femme qui a de l'importance à ses yeux, la seule qui a jamais eu la moindre importance. Il ne lui a pas fait sa demande, et c'est probablement pour le mieux, car elle n'aurait d'autre choix que de le rejeter.

— Pourquoi ? S'il l'aime, et si elle l'aime en retour, qu'est-ce qui les en empêche ? Pourquoi le rejetterait-elle uniquement à cause de ses origines ? Lui a-t-il dit ?

— Non.

— Si elle l'aime, son illégitimité ne devrait avoir aucune importance à ses yeux !

— Ah, mais c'est aux yeux de sa famille que cela sera très important. Ils font grand cas de l'ascendance, en particulier sa mère.

— Est-elle beaucoup plus jeune que lui ?

Les lèvres de Kate tressaillirent quand elle entendit la note d'inquiétude dans la voix d'Antonia.

— Si c'était le cas, aurait-ce la moindre importance ? Pour vous, cela n'en avait aucune…

Antonia referma son éventail d'un coup sec et se pencha vers Kate, plus intriguée que jamais.

— Mais je n'avais pas de parents pour m'arrêter.

Kate pouffa de rire.

— Aucune objection parentale n'aurait pu vous empêcher d'épouser monseigneur !

— Vous avez raison, répondit Antonia, une étincelle malicieuse dans le regard.

— Elle a dix ans de moins que lui et elle était mariée, mais elle est aujourd'hui veuve…

— Veuve ? répéta Antonia, s'accrochant à ce mot. Elle est donc libre d'épouser qui elle veut. Ses parents ne peuvent pas l'en empêcher, même s'ils s'y opposent.

— Si seulement c'était si simple, dit Kate avec un soupir de regret.

Néanmoins, elle se réjouissait secrètement de la réaction d'Antonia. Lui confier l'amour de Christopher pour Mary était une décision calculée. Elle savait qu'Antonia s'offusquerait du fait qu'un grand amour puisse rencontrer le moindre obstacle. La duchesse ne s'en cachait pas, c'était une romantique. Elle avait surmonté toute opposition, même de la part de l'aristocrate lui-même, à son mariage avec le duc de Roxton, de presque vingt ans son aîné.

Kate cherchait également à découvrir si Antonia savait que c'était de sa cousine Mary que Christopher était amoureux. À en juger par ses réponses, elle ne semblait pas le savoir. Ce qui voulait dire que soit Lady Mary n'avait aucune idée que Christopher était amoureux d'elle, soit elle n'était pas amoureuse de lui. Une troisième possibilité étant que le couple, malgré leur amour réciproque, savait que leur cause était désespérée. La fille d'un comte n'épousait pas un homme d'un rang inférieur, et un écuyer n'épousait pas une femme d'un rang supérieur. Personne n'enfreignait cette règle. Ceux qui s'y risquaient étaient socialement persécutés et ostracisés. Il s'agissait de la dernière chose que Kate voulait pour eux.

C'était une romantique, elle aussi, et elle savait qu'ils auraient besoin de quelqu'un pour défendre leur cause s'ils voulaient avoir le moindre espoir de se marier. Elle était déterminée à ce qu'Antonia soit cette personne. Après tout, la duchesse avait surmonté non pas un, mais deux scandales liés à ses propres mariages. Son premier mari était bien plus âgé qu'elle et son deuxième mari bien plus jeune, elle aurait donc l'esprit assez ouvert à l'idée que sa plus proche cousine épouse Christopher. Et avec le soutien de la duchesse de Kinross, cette union serait autorisée. La bonne société, et plus important encore, la famille de Lady Mary, n'auraient d'autre choix que de l'accepter, n'est-ce pas ?

Elle remonta sur le coussiège et tendit la main pour toucher le bras d'Antonia dans sa manche en soie, bien décidée à lui révéler que c'était de Lady Mary que son fils était amoureux. Mais elle contrecarra son propre plan parfaitement élaboré quand elle fit une découverte surprenante qui détourna son attention dans une direction opposée.

Elle regarda enfin son invitée plus attentivement, du mieux qu'elle le pouvait étant donné son handicap. Le visage d'Antonia n'était qu'une tache sombre, mais elle pouvait discerner son abondante chevelure blonde relevée qui encadrait son visage, la richesse de sa robe en velours brodée et le corselet piqué aux manches resserrées et au décolleté profond, refermé sur sa poitrine à l'aide d'agrafes et qui s'ouvrait de chaque côté de son ventre rond.

— Bonté divine ! Vous êtes enceinte ! laissa échapper Kate, incrédule.

Sa stupéfaction était telle qu'elle continua à dire ce qu'elle pensait :

— Cela vous apprendra à épouser un homme bien plus jeune que vous, et un homme viril en plus de cela !

Loin d'être offensée, Antonia esquissa un sourire qui creusa sa fossette.

— Oui, je paie pour mes péchés chaque nuit.

— Ah ! Je ne doute pas que vous ayez profondément besoin de faire acte de repentance, espèce de diablesse ! lança malicieusement Kate en tapotant affectueusement la main d'Antonia. Pendant des mois, toutes les lettres que je recevais de Londres ne parlaient que de votre mariage. Votre mariage avec un homme de dix ans de moins que vous, un duc par-dessus le marché, a suffi pour que certaines matrones assurent que le ciel allait leur tomber sur la tête. Mais une grossesse ! Vous êtes vraiment restée discrète à ce sujet.

— Je ne m'y suis pas efforcée. Et je n'ai pas honte d'être enceinte à mon âge, car je désire vraiment cet enfant et lui aussi – peut-être plus encore. Mais j'ai souffert de nausées matinales, il a donc été considéré qu'il valait mieux que je reste à Crecy Hall jusqu'au bout de ma grossesse.

— Quand le bébé doit-il arriver ?

— Il me reste cinq semaines avant d'être en couches, bien que Michelle affirme qu'il me reste seulement trois semaines, et elle a probablement raison. Mais je soupçonne que ce sera plus tôt. Julian est arrivé avec trois semaines d'avance et Henri-Antoine, comme vous le savez, était également prématuré.

Kate fronça les sourcils, et comme elle tenait toujours la main d'Antonia, elle serra ses doigts et lui dit d'une voix teintée de colère et d'inquiétude :

— Alors, pour l'amour du Ciel, pourquoi êtes-vous venue ici troubler ma tranquillité, petite sotte ? Vous devriez être chez vous dans le Hampshire, à attendre votre heure dans votre propre lit, plutôt que de vadrouiller dans la campagne !

— Oui. C'est vrai. Mais cela ne pouvait pas attendre. J'ai besoin de votre aide. Mais plus encore, j'ai besoin de l'aide de votre fils.

Fran arriva avec le nécessaire à thé, évitant à Antonia d'avoir à fournir une première explication détaillée à Kate, qu'elle devrait ensuite répéter à Christopher et Mary. Christopher arriva moins d'une minute plus tard ; il était tout ce que Kate avait dit de lui, et plus encore. Les présentations faites, Christopher se chargea de distribuer les tasses pour Fran, ce qui donna à Antonia le temps de l'observer, et à Christopher le temps de dissimuler sa surprise, car en faisant la rencontre d'Antonia, il s'était immédiatement dit qu'elle et Mary se ressemblaient beaucoup, hormis leur couleur de cheveux.

Quand Christopher retourna au chariot à thé pour s'en verser une tasse, Antonia eut l'occasion de partager sa première impression avec Kate. Elle lui murmura, derrière son éventail :

— Il est très beau, il vous ressemble beaucoup.

— C'est ce que je me suis dit à sa naissance, mais plus tard je me suis demandé s'il ne s'agissait pas d'un vœu pieux, lui répondit Kate en murmurant avec un petit sourire. Mais cette prétention a été confirmée quand je l'ai revu ; il avait une quinzaine d'années. Je me suis effondrée.

— Je n'en doute pas. Mais ce sont ses yeux, Kate, qui m'intriguent…

— C'est parce qu'il s'agit d'un trait Cavendish.

— Bon Dieu ! C'est cela ! siffla Antonia, ses yeux verts s'écarquillant au-dessus du bord plissé de son éventail. Ma belle-fille a les mêmes yeux.

— Oui. Et je suis sûre qu'elle maîtrise à merveille le regard Cavendish, elle aussi, dit Kate d'une voix traînante en se reculant pour boire une gorgée de son thé. C'est le seul point positif depuis que je suis aveugle. J'ai beau vivre encore sous le regard Cavendish, je n'ai plus à le voir. Ces yeux bruns, doux mais pleins de reproches, pourraient faire fondre du métal…

— Et des cœurs.

— Indubitablement. Il en a fait fondre un nombre incalculable quand il vivait à l'étranger, et si les femmes d'ici avaient la même opportunité, le pays serait rempli de cœurs fondus ! Une sale affaire.

Les deux femmes gloussèrent en même temps, ce qui les lança dans un fou rire qui coupa Christopher dans son élan. Cela faisait très longtemps qu'il n'avait pas vu Kate être spontanée au point de rire aux éclats. Il sirota son thé debout au milieu du tapis, savourant cet instant et les laissant profiter de celui qu'elles partageaient avant de les rejoindre. Elles cessèrent de rire aussi subitement qu'elles avaient commencé quand Fran interrompit leur rêverie pour annoncer que Lady Mary était là pour voir la duchesse de Kinross. Avant que Kate ne puisse répondre, Mary était devant elles. Elle se baissa en une révérence respectueuse aux pieds de sa cousine, faisant gonfler ses jupons en soie.

— Madame la duchesse, vous avez pris le risque de venir jusqu'ici dans votre condition actuelle et il ne peut y avoir qu'une seule explication, dit-elle en français, à bout de souffle, avant de se relever pour embrasser légèrement la joue gauche d'Antonia, puis la droite. Annoncez-moi la mauvaise nouvelle. De qui s'agit-il : Dair ou mon père ? Mais par pitié, je vous en supplie, ne me dites pas qu'il s'agit des deux !

VINGT-SIX

— Mes vêtements vous vont très bien, ma petite, répondit doucement Antonia en regardant Mary de haut en bas d'un air approbateur. Vous devriez porter cette couleur lavande plus souvent, elle met en valeur vos yeux et vos cheveux. Milady, les cheveux de ma cousine ne sont-ils pas du même roux glorieux que ceux de notre grand-mère ?

Elle avait entamé cette conversation banale dans l'espoir que l'écuyer profite de ces quelques secondes pour retrouver une notion du temps et de l'espace. À l'instant où Mary avait passé la porte, le regard de Christopher s'était posé sur elle et ne s'en était plus détaché, comme s'il n'y avait qu'elle dans la pièce. Antonia savait à quoi ressemblait un homme profondément amoureux ; ils arboraient cette expression-là, celle qui était affichée aux yeux de tous sur son visage. Elle aurait pu se taper sur les doigts pour ne pas avoir été plus réceptive aux indications de Kate quant à l'identité de la femme dont son fils était amoureux et qu'il souhaitait épouser. Ah ! Voilà une tournure des événements qu'elle n'aurait pas su prédire ! Elle n'avait plus qu'à découvrir ce que sa cousine ressentait, et elle n'eut pas à attendre longtemps avant que ses sentiments ne deviennent évidents.

— En effet, madame la duchesse, elle a hérité de la chevelure de votre grand-mère, approuva Kate. Augusta aurait détesté cette compétition, aurait détesté l'idée qu'il y ait une autre beauté bien plus jeune, à la même crinière de feu. Je ne veux pas manquer de respect à votre grand-mère, milady, ajouta-t-elle en s'adressant directement à Mary, mais j'étais la plus proche amie, peut-être même la seule, d'Augusta Fitzstuart, je la connais donc mieux que personne.

— C'est tout à fait vrai, acquiesça Antonia. Et cette femme ne méritait pas votre amitié.

Le regard de Mary passa d'Antonia à la femme assise juste à côté d'elle et elle fit une découverte stupéfiante. Le choc fut tel qu'elle se tourna vers Christopher avant de reporter son attention sur Kate et de dire :

— Oh ! Comment allez-vous, milady ? Je vous aurais reconnue entre mille. Vous ressemblez beaucoup à votre neveu. Ou plutôt devrais-je dire, Chris… Mr. Bryce vous ressemble beaucoup. Je suis ravie de faire enfin votre connaissance.

— Pardonnez-moi, milady, dit Christopher en s'avançant. J'aurais dû vous présenter immédiatement. Voici ma…

— Pas encore. Ce n'est pas le bon moment, siffla Kate en agrippant le poignet de Christopher.

— Voici Kate, Lady Paget. Ma… tante, déclara Christopher en serrant délicatement la main de Kate. Laissez-moi vous trouver de quoi vous asseoir, continua-t-il avec aisance en s'éloignant pour aller chercher une chaise pour Mary.

Inconsciemment, Mary le suivit du regard et malgré son appréhension et son inquiétude à l'idée que sa cousine ait voyagé jusque dans les profondeurs du Gloucestershire pour venir la voir, ses pensées étaient encore au cottage, où elle aurait aimé rester seule avec Christopher. Ses yeux reflétaient un réel regret. Le temps qu'ils y avaient passé avait été trop bref, et elle n'avait eu aucune envie de quitter ce monde pour revenir dans celui-ci. Et pourtant, ils se retrouvaient ici tous les deux, fraîchement lavés, les cheveux propres, elle-même vêtue des exquis jupons de sa cousine et lui d'un simple haut-de-chausses en peau de chamois et d'une redingote en laine foncée aux boutons argentés, ayant tout l'air d'un écuyer prospère. Oh, pourquoi n'avaient-ils pas eu quelques semaines de plus ensemble, pour profiter de la compagnie l'un de l'autre, des corps l'un de l'autre… ?

— Mary ? Mary ! À propos de votre frère et de votre père… dit Antonia à voix basse, laissant sa phrase en suspens en observant attentivement sa cousine.

C'est alors qu'elle l'aperçut ; *cette expression*. Mary était tout aussi amoureuse de l'écuyer. Comment avait-elle pu envisager une autre possibilité ? Elle attendit que l'attention de Mary revienne sur elle et ne fut pas du tout surprise quand elle la regarda en battant des paupières, comme si elle émergeait d'un état de stupeur.

— Aucune nouvelle sur ce point. Julian a reçu la lettre d'Alisdair dans laquelle il informe officiellement la famille de la mort de votre père. Et je suis sûre que comme moi, qui ai pleuré un oncle bien-aimé, vous avez versé toutes les larmes que vous aviez à verser pour votre père. Mais nous avons attendu cette nouvelle pendant des mois, elle ne peut plus nous choquer. Et vous avez lu la lettre du duc, dans laquelle il vous présentait ses condoléances, n'est-ce pas ?

— Non, ma cousine la duchesse. Je n'ai reçu aucune lettre cette dernière semaine, répondit sincèrement Mary, sans prendre le temps de penser à ce que son honnêteté impliquait.

— Une semaine ? s'enquit Antonia en lançant un regard furtif à Christopher, qui installait une chaise pour Mary. Vous n'avez reçu aucune lettre depuis une semaine ?

— J-je… C'est que… J'ai peut-être reçu des lettres, mais je n'en ai lu aucune.

Elle se laissa tomber sur la chaise sans même se rendre compte que Christopher l'avait placée là et posa les mains sur ses genoux.

— Ainsi, père est mort et Dair en a la preuve ?

— Oui, ma petite. C'est ce que nous craignions. Votre frère est maintenant sur le chemin du retour.

Mary hocha la tête, impassible. Elle n'avait plus de larmes à verser pour un père qu'elle n'avait pas vu depuis ses douze ans et qui avait abandonné sa famille.

— Je suis contente. Pas qu'il soit mort. Mais que Dair puisse maintenant prendre possession de son héritage. Et qu'il revienne. Il doit être ici avec sa femme. Rory a-t-elle été mise au courant ?

— Monsieur le duc lui a écrit et a joint une lettre de votre frère à la sienne. Donc oui, elle doit être au courant à l'heure qu'il est.

Antonia changea de position sur le coussiège, les épaules en arrière, et plaça délicatement une main sur son ventre rond. Elle lança un nouveau regard à Christopher, qui restait debout derrière la chaise de Mary, et dit en fronçant les sourcils :

— Ce n'est pas votre genre de ne pas lire votre courrier. Surtout de la part de mon fils et de votre mère… Êtes-vous souffrante, ma petite ?

— Non. Je vais bien. C'est juste que… j'ai beaucoup marché récemment… beaucoup réfléchi.

— Marché ? *Réfléchi ?* répéta Antonia, incrédule. Vous avez marché et réfléchi dans les bois, n'est-ce pas ?

Une fois de plus, Antonia jeta un coup d'œil à Christopher, et cette fois-ci elle le surprit en train de l'observer avec ce regard Cavendish que Kate avait tant raillé. Mais ce regard n'avait rien d'effronté ou de suffisant, et elle le connaissait bien. Sa belle-fille avait les mêmes yeux marron, et quand elle regardait quelqu'un ainsi – de son regard Cavendish –, c'était pour signifier qu'elle était bien consciente que la personne qu'elle regardait se montrait injuste, ce qu'elle n'approuvait pas ; que cette personne devait modifier son comportement ou en subir les conséquences. Deb utilisait ce regard sur ses enfants avec beaucoup de succès ; une fois, elle s'en était même servi sur son mari, et voir Julian ne plus savoir où se mettre sous le regard de sa femme avait déclenché un fou rire chez Antonia, ce qui n'avait plu ni à sa belle-fille ni à son fils.

Et voilà que Christopher Bryce la réprimandait silencieusement parce qu'elle se montrait injuste envers Mary. Il avait raison, bien sûr. Elle la taquinait, mais ce n'était ni l'endroit ni le moment pour les badinages. Loin d'être offensée par cette remontrance visuelle, Antonia apprécia d'autant plus cet homme. La romantique en elle voyait bien qu'il cherchait à protéger Mary, mais n'étant pas dans une position qui lui permettait de le faire ouvertement, il faisait la seule chose qu'il pouvait envisager sans se montrer impoli. Quel dommage que Kate ne puisse pas le voir !

— Vous avez tout à fait raison, monsieur Bryce, dit Antonia en soutenant son regard et en inclinant la tête pour lui indiquer qu'elle avait compris son avertissement.

Il s'inclina légèrement devant elle et baissa respectueusement les yeux, les joues rouges, et Antonia continua, tout entrain ayant disparu de sa voix :

— Toute cette marche et ces réflexions n'ont aucune importance quant à la raison pour laquelle je suis ici. Si vous n'avez pas ouvert votre correspondance la plus récente, alors vous n'avez sûrement pas lu la lettre de votre mère, et c'est ce que je craignais le plus. C'est la raison pour laquelle je suis venue : pour vous dire la vérité ou, si vous n'étiez pas encore au courant de ce qu'il s'est passé, pour que vous appreniez au moins la nouvelle d'un proche, et non par le biais d'une lettre. Mais promettez-moi quelque chose, Mary.

— Oui, ma cousine la duchesse. Bien sûr.

— Promettez-moi d'écouter attentivement tout ce que j'ai à vous dire, mais gardez à l'esprit qu'elle n'a rien subi de vraiment grave. Elle est en sécurité, on s'occupe d'elle, elle sait que je suis venue vous chercher et...

Mary se releva à moitié de sa chaise.

— Est-il... est-il arrivé quelque chose à ma mère ?

— Votre mère ?

Antonia secoua la tête et Mary se rassit.

— Non, Mary, continua la duchesse. Votre mère est en excellente santé, bien qu'elle se plaigne constamment du contraire. Mais elle a fait quelque chose de très sot, certains diraient même – nous dirions même – que c'était malveillant, et maintenant, nous devons tous faire de notre mieux pour arranger les choses. J'inclus également monsieur Bryce et Lady Paget, car Teddy les a personnellement demandés. Naturellement, c'est sa mère qu'elle veut le plus.

— Teddy ? Qu'est-il arrivé à Teddy ? lança Lady Paget en agrippant le bras d'Antonia. Je ne peux pas voir ce que chacun pense, vous devez donc me le dire, Antonia. Dites-moi qu'il n'est rien arrivé à cette douce enfant !

— Elle n'est pas souffrante, Kate, répondit Antonia en tapotant la main de la vieille dame.

Elle se retourna vers Mary, rigide sur sa chaise, les mains serrées sur ses genoux, et elle devina que sa cousine faisait tout ce qui était en son pouvoir pour rester maîtresse d'elle-même.

— Mary, ma chère, c'est la vérité, reprit Antonia. Teddy n'est pas souffrante, et elle n'est pas blessée. Mais votre fille est quelque peu effrayée de se retrouver dans un endroit inconnu, et elle vous réclame, elle réclame sa mère. Et vous, ajouta-t-elle pour Christopher. Teddy veut que son oncle Bryce vienne la chercher et la ramène à la maison. Et je lui ai donné ma parole que cela arriverait. Je ne manque jamais à mes promesses, et encore moins auprès d'un enfant. Ainsi, nous partirons tous demain à l'aube pour que cela puisse être fait le plus rapidement possible.

— Où est ma fille, ma cousine ? demanda Mary dans un murmure rauque. Que lui a fait ma mère ?

— D'abord, je vais vous dire où se trouve Teddy. Elle est dans ma cabane…

— *Cabane ?* lancèrent Christopher, Mary et Kate à l'unisson.

— Tout à fait. La cabane dans les arbres de mes petits-enfants, qui ressemble à un bateau pirate. Laissez-moi vous expliquer comment elle s'y est retrouvée, pour que vous vous inquiétiez moins.

— Comment voulez-vous que je m'inquiète moins si vous me dites que Teddy est dans votre cabane, effrayée, et qu'elle nous réclame, moi et son oncle Bryce ? demanda Mary, tout semblant de contrôle abandonné. Oh, Seigneur, j'aurais dû insister pour aller à Cheltenham avec elle. Je n'aurais pas dû accepter qu'elle rende visite à ma mère toute seule. J'aurais dû…

— Mary, il est trop tard pour les « j'aurais dû », dit Antonia, doucement mais fermement. Cela ne sert à rien. Vous devez me laisser…

— Je savais que ma mère préparait quelque chose. J'avais une impression, un-un *pressentiment* que ce séjour ne se passerait pas bien. Elle a tellement insisté pour que je reste à la maison, affirmant que ma présence ne serait qu'une ingérence néfaste pour le bien-être de Teddy. *Une ingérence ?* Comment peut-elle dire qu'une mère... que moi... je représente une ingérence néfaste dans la vie de mon enfant ?

— Je pense que vous pouvez facilement répondre à cette question, ma petite, en vous basant sur votre propre enfance. Votre mère a toujours agi selon la croyance erronée que ses intentions étaient bonnes, alors qu'en réalité, elle a laissé un sentiment trompeur de fierté et d'amour-propre gouverner ses agissements. Ce qui a eu, comme vous le savez, des conséquences désastreuses pour vous et vos frères. Votre mère représentait, elle, une ingérence néfaste dans vos vies, dont vous vous seriez tous bien passés. Il s'agit d'une grande tragédie, pour elle et pour vous. Elle a essayé d'agir de la même manière avec Teddy, et nous devons maintenant nous unir pour réparer les conséquences de cette ingérence. N'êtes-vous pas d'accord ?

Mary dévisagea Antonia et la tristesse dans le regard de sa cousine lui fit monter les larmes aux yeux, la véracité de ses paroles la frappant telle une gifle. Elle dut plaquer une main sur sa bouche pour empêcher un sanglot de s'en échapper. Elle se tourna sur sa chaise pour regarder Christopher derrière son épaule et lui tendre une main tremblotante, qu'il prit fermement et sans hésiter.

— J'aurais dû insister pour que vous accompagniez le carrosse à Cheltenham. Peut-être que si vous aviez été présent, vous auriez pu mettre un terme aux absurdités de ma mère.

— Peut-être. Mais j'en doute, lui dit doucement Christopher.

Il voulait la rassurer en déposant un baiser sur sa main, sur son front. Il n'en fit rien. Il lâcha sa main à contrecœur, parfaitement conscient que la duchesse les regardait. Néanmoins, il ne put s'empêcher d'apporter un peu de réconfort à Mary en posant une main sur son épaule et en ajoutant avec un sourire encourageant :

— Nous ne connaissons pas la nature de l'intervention de votre mère. Et nous ne savons pas non plus ce qui a été fait pour la contrer. Mais je suis sûr que madame la duchesse a fait tout ce qui était en son pouvoir pour assurer un confort maximal à Teddy en attendant notre arrivée.

— Oui. Oui, bien sûr. Que je suis bête...

— Non. Jamais. L'amour inconditionnel d'une mère n'est jamais bête, Mar... milady, la rassura Christopher. Kate est d'accord avec moi. N'est-ce pas, Kate ?

— Avez-vous l'intention de toutes nous faire pleurer, misérable ?

s'écria Kate en fouillant frénétiquement ses couches de jupons à la recherche de la poche qui contenait son mouchoir, jusqu'à ce qu'Antonia lui tende le sien. Rendez-vous utile et demandez à Fran de nous resservir du café et du thé ! Et laissez la duchesse finir de nous raconter ce qui est arrivé à Teddy… Oh, et avant que je n'oublie de vous le dire, cette douce enfant me fait beaucoup penser à vous, ma chère, dit-elle à Antonia. Pas à cause de ses cheveux roux et de ses taches de rousseur, qui font son charme, mais dans son exubérance et sa capacité à voir le bien partout et chez tout le monde. Un vrai petit tourbillon de joie… Oh, seigneur, ajouta-t-elle en entendant quelqu'un éclater en sanglots, supposant qu'il ne pouvait s'agir que de Mary. Pardonnez-moi, ma chère. Christopher vous le confirmera, j'ai tendance à dire tout ce qui me passe par la tête. Cela a commencé quand ma vue s'est dégradée et que j'ai perdu la capacité à interpréter les indices visuels de ceux qui m'entourent. Je vous présente mes excuses…

— Cette fois-ci, ce sont des larmes de joie, Kate, répondit Antonia. Resservir du thé et du café est une bonne idée. Je crains que ma petite soit en train de s'agiter, et c'est peut-être parce que j'ai besoin d'un rafraîchissement. Monsieur Bryce, ajouta-t-elle avec un regard significatif en direction de la main qu'il avait posée sur le cou de Mary, avant de relever les yeux vers lui. Allez chercher une tasse de thé pour Mary, je vous prie.

Elle adressa un sourire à cette dernière, qui se tamponnait les yeux, lui tendit une main et fut satisfaite quand elle la prit et s'y accrocha.

— Pendant que vous buvez votre thé, ma chérie, je vais vous dire ce qui est arrivé à Teddy. D'accord ?

Ayant maintenant leur attention pleine et entière, Antonia leur raconta comment Teddy s'était retrouvée à vivre dans le bateau pirate qui servait de cabane dans les arbres au fond de son jardin de Crecy Hall.

— Lady Fitzstuart a confié Teddy à sa grand-mère, dans sa maison de ville de Cheltenham, et a promis de leur rendre visite pour le thé de l'après-midi un ou deux jours plus tard, commença Antonia. Mais quand elle est revenue là où logeait la comtesse, deux jours plus tard, la maison était fermée et Rory a appris que la comtesse et sa petite-fille avaient quitté Cheltenham pour le Hampshire.

» La comtesse a dit à Teddy qu'elle avait préparé une surprise spécialement pour elle, qui la ferait enfin prendre sa place au sein de sa noble famille. Elles allaient séjourner dans un palais plus grand encore que tous ceux du roi, plein de pièces extraordinaires faites de marbre, de dorures et de miroirs. Elle y trouverait des chandeliers qui brillaient plus fort que le soleil, un théâtre où les enfants jouent des pièces pour leurs parents et une salle de bal si vaste que même en criant, on ne peut pas être entendu de l'autre bout de la pièce. Et ce palais est entouré d'un parc qui s'étend à perte de vue, avec des cerfs en liberté, des lacs pleins de poissons, des fontaines propulsant de l'eau dans les airs et des paons se pavanant sur les pelouses en terrasses, exhibant leurs jolies plumes.

» Charlotte était catégorique, Teddy était très enthousiaste à l'idée de visiter ce palais et elle lui a posé de nombreuses questions. Pas une seule fois la petite ne s'est inquiétée ou a demandé à rentrer à la maison. Charlotte était donc persuadée qu'elle agissait dans le meilleur intérêt de sa petite-fille. Elle disait qu'elle voulait simplement présenter Teddy à ses cousins et inversement. Elle n'aurait pas pu prédire les conséquences catastrophiques de ses agissements, sinon, et je la cite, « jamais au grand jamais je n'aurais emmené Teddy à Treat ».

— Contre la volonté de sa mère et de son tuteur, répliqua Mary. Je suis sûre que ma mère n'a pas précisé cela à la fin de sa phrase !

— Non. En effet. Elle savait que le tuteur de Teddy ne donnerait jamais son accord pour qu'elle se rende à Treat, répondit Antonia, les yeux rivés sur Christopher, toujours debout près de la chaise de Mary. C'est pour cette raison qu'elle y a emmené Teddy sans votre autorisation.

— Ma cousine la duchesse, il y a une bonne raison pour laquelle Mr. Bryce a pensé qu'il valait mieux que Teddy reste à Abbeywood...

— Je ne doute pas que cette raison soit très bonne, l'interrompit Antonia d'un ton impérieux, ses yeux verts toujours posés sur l'écuyer. Mais je vous prie de me laisser d'abord finir de vous raconter comment Teddy s'est retrouvée dans ma cabane. Ensuite, monsieur Bryce pourra prendre tout le temps du monde pour m'expliquer quelques détails troublants de cet épisode, à commencer par la raison pour laquelle une enfant a l'interdiction de rencontrer ses cousins les plus proches.

— Je suis à votre disposition pour répondre à toute question concernant la tutelle de Teddy, madame la duchesse, répondit Christopher avec une extrême politesse.

— Pour continuer le récit... et cette partie est tout à fait troublante, Mary, je vous demanderai donc de reposer votre tasse...

Mary tendit la tasse sur sa soucoupe, s'attendant à ce qu'une bonne la récupère, mais ce fut Christopher qui s'en chargea. Ce faisant, il vint se placer entre la chaise et le coussiège, dissimulant de fait Mary aux yeux d'Antonia. Le dos tourné à la duchesse, il s'immobilisa en récupérant la tasse des mains de Mary, ce qui la poussa à lever les yeux vers lui. Dans ce court instant, il soutint son regard avec un sourire rassurant, un doigt caressant son poignet. Elle lui rendit son sourire, couvrit brièvement la main de Christopher de la sienne pour lui faire savoir qu'elle comprenait et appréciait ce geste lui indiquant son dévouement, puis elle baissa les yeux et se rappuya contre le dossier de sa chaise, le dos droit et les mains de retour sur ses genoux.

Si Antonia était agacée que l'écuyer lui tourne grossièrement le dos, elle ne le montra pas. Elle attendit qu'il retourne se placer près de la chaise de Mary avant de reprendre son récit des événements à Treat depuis l'arrivée de Teddy avec sa grand-mère.

— Charlotte a envoyé un postillon prévenir le foyer de monsieur le duc de leur venue imminente. Ainsi, quand leur carrosse est arrivé, elle et Teddy ont directement été menées auprès de la duchesse, qui était dans la salle de bal avec ses enfants. Il pleuvait, ils ne pouvaient donc pas courir dans le jardin, et comme à leur habitude les jours de pluie, ils jouaient dans la salle de bal avec leurs caisses à savon et leurs jouets.

» Comme vous pouvez l'imaginer, quatre enfants pleins de vie, un bébé et plusieurs nurses et tuteurs font un vacarme monstre. Tout s'est arrêté pour les nouvelles venues. Et Charlotte vous le dira, tout le monde s'entendait très bien et Teddy a été accueillie à bras ouverts par Deborah et ses enfants, qui ont fait grand cas de son arrivée. Charlotte et ma belle-fille se sont installées pour le thé. Selon Deborah, Charlotte s'autocongratulait de la réussite de son plan pour que sa petite-fille soit présentée à sa famille Roxton et disait regretter de ne pas l'avoir mis en place des années plus tôt quand monsieur le duc est arrivé. Comme à son habitude, mon fils venait passer une heure avec ses enfants avant le dîner. C'est à l'arrivée de mon fils que cette rencontre orchestrée entre cousins a pris une horrible tournure.

Antonia s'interrompit et fixa Christopher, car en entendant cette révélation, il avait pris une profonde inspiration et avait passé une main sur sa bouche, comme s'il savait parfaitement ce qui allait suivre.

— Monsieur, laissez-moi vous dire que même si c'est le bien-être de Teddy qui nous préoccupe le plus, elle n'est pas la seule à avoir été affectée, dit sévèrement Antonia, s'adressant directement à Christopher. Mes petits-enfants sont bouleversés, effrayés. Ma belle-fille est déroutée et secouée. Quant à mon fils, eh bien, ajouta-t-elle en haussant les épaules d'un geste agacé et énervé, je suis sûre que vous pouvez tous imaginer qu'il est terriblement perturbé ; il se demande ce qu'il a bien pu faire pour mériter un accueil aussi accablant de la part d'une enfant qu'il n'a jamais rencontrée de sa vie.

— Ma cousine la duchesse, il ne faut surtout pas tenir Chris... Mr. Bryce pour responsable...

— Je vous en prie, Mary. Non. Laissez-moi finir, et ensuite vous pourrez parler.

— Antonia, j'espère que vous savez de quoi vous parlez, l'avertit doucement Kate. Ce que vous dites ressemble dangereusement à une accusation envers Christopher, non seulement pour le malheur de la petite, mais également pour le tort causé à votre fils. Si c'est le cas, je m'oppose plus que jamais au ton que vous employez et à de telles allégations !

— Kate, la colère de madame la duchesse est entièrement justifiée, dit gentiment Christopher. Je ne vais pas en dire plus pour l'instant pour qu'elle puisse nous raconter la suite, mais il y a une part de vérité dans ces accusations.

— Non ! Je refuse de croire...

Kate et Mary s'étaient écriées cela à l'unisson, et leur surprise fut telle – suivie d'embarras pour Mary et d'une joie secrète pour Kate que Lady Mary soit prête à ouvertement défendre son fils – qu'elles se turent immédiatement et baissèrent les yeux vers leurs mains respectives, permettant à Antonia de faire la sourde oreille et de continuer.

— À partir de ce point dans le récit, Charlotte a été incapable de me donner une explication raisonnable à ce qu'il s'était passé. Elle était trop ébranlée – elle est toujours trop ébranlée – pour en parler et garde le lit depuis, à Treat. Elle n'en est pas encore ressortie. Si je devais imaginer le pire à son propos, je dirais que son angoisse n'est pas liée qu'à Teddy...

— Son désarroi n'est lié qu'à elle-même, comme toujours, déclara Mary de manière factuelle. Teddy l'a embarrassée et ce qui l'inquiète le plus maintenant, c'est sa propre position, ce que Roxton et les autres vont penser d'elle. Elle ne pense certainement pas au bien-être de sa petite-fille.

— Tout à fait, Mary, répondit Antonia en haussant légèrement les sourcils.

Elle n'avait pas l'habitude que Mary soit si franche et ouverte dans son manque de loyauté envers sa mère. Elle n'ajouta rien de plus, Antonia continua donc, s'adressant exclusivement à elle :

— Deborah m'a dit que quand mon fils et Teddy ont été présentés, votre mère a poussé Teddy dans le dos et lui a dit de faire la révérence, mais la petite était incapable de bouger ou de parler, peu importe combien de fois Charlotte a dû insister pour qu'elle montre à monsieur le duc le respect qu'elle lui devait. Teddy était paralysée. Elle était bouleversée et – comment l'a dit Deborah ? – elle a fait une sorte de crise…

— Mon Dieu, non, l'interrompit Mary dans un murmure angoissé, un poing sur la bouche.

— Voilà, une crise. Elle a été prise de tremblements incontrôlables et pour décrire son expression, Deborah a parlé de « pure terreur ». Oui. Ce sont les mots qu'elle a utilisés, continua calmement Antonia. Tout le monde s'est demandé quel était le problème, à commencer par mon fils qui, comme vous le savez, est un père aimant. Il a essayé de la calmer, de lui demander ce qui n'allait pas. Mais plus il essayait de lui parler, de la ramener à la raison, plus il s'approchait d'elle, et plus Teddy était troublé et reculait devant lui. Elle évitait de le regarder, gardait les yeux baissés, et quand mon fils a posé une main sur son bras et lui a demandé de lever les yeux, elle a crié. Deb ne comprenait pas ce qu'elle disait, mais elle répétait encore et encore qu'elle ne voulait pas qu'on l'enferme.

— Ma pauvre petite chérie, murmura Mary, les larmes roulant sur ses joues.

— Bien sûr, quand Teddy s'est mise à hurler, mes petits-enfants ont commencé à pleurer, et le bébé aussi. Un vacarme infernal a éclaté dans la salle de bal. L'agitation était telle que pendant que mon fils, ma belle-fille et les nurses faisaient tout leur possible pour calmer les petits, Teddy s'est enfuie. Plusieurs valets de pied ont été envoyés à sa suite.

— Cela a dû l'effrayer encore plus d'être poursuivie par des domestiques en livrée, l'interrompit Mary. Elle était déjà assez terrifiée. C'était tout à fait irréfléchi…

— Je suis sûre que vous pouvez comprendre que mon fils et sa femme n'avaient pas les idées claires, avec quatre enfants terrifiés et un bébé sur les bras. Par ailleurs, plus que n'importe qui dans cette pièce, vous pouvez comprendre que quand un enfant – n'importe qui – souhaite disparaître dans un endroit comme Treat, il devient presque impossible de le retrouver. Teddy a donc facilement échappé à la capture.

— Je me souviens que quand ils étaient petits, Julian et Evelyn s'enfuyaient pour jouer à cache-cache et s'attendaient à ce que je les trouve. Je n'y arrivais jamais. Il y avait trop de pièces, bien trop de cachettes pour que je les fouille toutes. Je finissais par abandonner au bout d'une heure.

— Une heure ? Je n'aurais même pas pris cette peine, j'aurais attendu qu'ils me trouvent ! rétorqua Antonia.

Elle se rappela une fois, dans les débuts de son premier mariage, où elle avait joué à cache-cache avec monseigneur. Elle s'était simplement rendue dans la bibliothèque, où elle s'était pelotonnée avec un livre. Il l'avait trouvée moins d'une demi-heure plus tard, et puisqu'il l'avait trouvée si rapidement, elle l'avait récompensé sur-le-champ, et rapidement ils s'étaient retrouvés à faire l'amour sur la table des cartes…

— Tous les couloirs se ressemblent, continua Mary. Il serait très facile de s'y perdre, sans aucune idée de l'endroit où on se trouve et sans savoir quelle porte ou fenêtre n'est pas verrouillée et permet de retrouver l'air frais, la liberté. Dans une telle maison, un enfant, Teddy, aurait l'impression d'être dans un labyrinthe. Mais Teddy a trouvé une porte non verrouillée et a retrouvé la liberté, n'est-ce pas, ma cousine ? demanda anxieusement Mary. Parce qu'elle est maintenant en sécurité, dans le bateau pirate dans les arbres ?

Antonia chassa ses pensées nostalgiques et esquissa un sourire rassurant.

— Oui, ma chérie. Elle a réussi à sortir. Teddy est une enfant tenace et pleine de ressources. Je pense que peu d'enfants – voire aucun – auraient les moyens et le courage de se repérer dans un endroit inconnu. Elle a rejoint le bord du lac, où l'un des bateliers a bien voulu la mener sur l'autre rive, jusqu'au pavillon. Une fois arrivée à Crecy, elle a trouvé la cabane dans l'arbre. Bien sûr, mon fils a informé tous ses domestiques, intérieurs et extérieurs, de la disparition de Teddy, et monsieur le duc de Kinross a fait de même à Crecy. Les domestiques ont tous reçu l'ordre de ne pas l'approcher, de ne pas l'effrayer et de lui apporter leur aide si elle la réclamait, puis de le signaler si cela arrivait. C'est ainsi que nous avons découvert qu'elle avait traversé le lac jusqu'à Crecy, et nous avons fini par la retrouver dans la cabane. Nous ne comprenons toujours pas comment elle a pu connaître l'existence du pavillon, et encore moins celle de la cabane au fond de mon jardin.

— Je lui en ai parlé, admit Mary. Cela faisait partie des nombreuses histoires que je lui racontais avant de dormir. Elle me demandait de lui parler de mes endroits préférés, des gens que j'aime le plus. Une histoire qu'elle a souvent réclamée était celle qui parlait de ma marraine ; je lui ai dit que c'était une reine des fées qui vivait dans une extraordinaire vieille maison au bord d'un lac, construite par le roi des fées, qui avait également bâti un joli pavillon pour sa reine, un endroit dans lequel elle pouvait recevoir des invités pour le thé et regarder les cygnes glisser sur le lac, mais surtout, lire tous les livres qu'elle adorait. J'ai dit à

Teddy que la maison de la reine des fées était un véritable havre de paix où les enfants sont toujours les bienvenus, tellement bienvenus, d'ailleurs, que la reine des fées avait fait construire un bateau pirate dans un arbre, au fond de son jardin, un endroit où les enfants peuvent voguer sur les nuages et jouer aux pirates en haute mer. Teddy voulait absolument se rendre dans cette cabane un jour.

— Quelle merveilleuse histoire du soir, milady, s'exclama Kate avant de soupirer et de renifler. Tout le monde a les larmes aux yeux… ? demanda-t-elle dans le silence qui suivit. C'est bien cela, mon garçon ?

— Tout à fait, Kate, répondit Christopher à voix basse.

Antonia battit des paupières pour chasser les larmes de ses cils et sourit à Mary.

— Je suis contente que vous lui ayez parlé de Crecy, ma chérie, car il semblerait qu'elle s'y sente vraiment en sécurité. Et elle accepte de me parler, à moi, la fée marraine de sa mère.

— Mais comment pouvez-vous discuter avec la petite si elle est en haut d'un arbre ? Vous êtes trop enceinte pour monter à l'échelle, intervint Kate sans ménagement.

La fossette d'Antonia se creusa.

— Je me suis montrée très astucieuse. J'ai autorisé Teddy à vivre dans ma cabane à une condition ; qu'elle redescende tous les soirs pour dormir à l'intérieur.

— Et elle s'exécute ? demanda Mary, surprise.

— Bien sûr. Je lui ai donné ma parole, elle peut remonter dans la cabane dès qu'elle le souhaite. Je ne manque jamais à ma parole. Chaque soir, au coucher du soleil, elle rentre pour le souper et pour dormir dans un lit douillet. Et tous les matins, au lever du soleil, elle retourne dans la cabane. Pour l'encourager davantage, je la laisse surveiller les bébés de Scipio et Cordelia. Voyez, je suis un génie, n'est-ce pas ?

— Scipio ? Cordelia ? s'enquit Christopher en haussant un sourcil. *Les bébés ?*

— Oh ! Oui ! Vous êtes un génie, ma cousine ! Quelle formidable ruse, annonça Mary, son inquiétude s'atténuant pour la première fois depuis qu'elle avait appris que sa mère s'était enfuie à Treat avec Teddy. Teddy adore les animaux, en particulier les chiens. (Elle se tourna sur sa chaise pour faire face à Christopher, posa une main sur l'avant de son gilet et lui sourit.) Scipio et Cordelia sont les whippets de madame la duchesse. Teddy n'aura pas pu résister à l'idée de surveiller leurs chiots. Vous savez à quel point elle rêve d'avoir un chien.

— Ah ! Si je le sais ? C'est une requête quotidienne, répondit Christopher en recouvrant la main de Mary et en souriant face à son visage penché en arrière. Mais elle connaît aussi l'aversion de sa mère pour les monstres à quatre pattes…

— Je n'ai jamais traité Lorenzo de monstre, et vous le savez ! répliqua affectueusement Mary.

— Seulement parce que vous êtes tellement pétrifiée quand vous voyez le pauvre Lorenzo que vous ne pouvez plus parler, répondit Christopher avec un grand sourire.

— Le pauvre Lorenzo ? Oh ! C'est tellement injuste. Et puis, vous ne pouvez pas savoir ce que je pense.

— C'est ce que vous croyez.

— Ce que je pense, moi, c'est que vous pourrez continuer votre conversation plus tard et ailleurs, les interrompit brusquement Antonia, espérant rappeler au couple où il se trouvait. Et je suis vraiment désolée de vous le dire, Mary, mais j'ai promis à Teddy qu'elle pourrait choisir l'un des six chiots et l'adopter, continua-t-elle avec plus de douceur, pour ne pas les embarrasser davantage. Vous allez donc devoir vaincre votre peur des chiens, car vous allez en avoir un, même si vous vous y opposez.

— Oui, madame la duchesse, répondit docilement Mary, bien plus calme, car elle se rendait compte qu'elle avait largement dépassé les bornes avec Christopher en présence de sa cousine et qu'elle devrait justifier son comportement. Et si un chiot aide Teddy à vaincre sa peur, alors il est normal que je vainque la mienne.

— Bien. Le chiot pourra la distraire de sa peur, ma petite, mais elle ne peut pas la vaincre tant que nous ne connaissons pas, d'abord, l'origine de sa crainte injustifiée et irrationnelle de mon fils, n'est-ce pas ? Ce qui reste un mystère pour moi, pour nous tous. J'ai l'impression que peut-être vous, Mary, ou vous, monsieur Bryce, êtes les seuls à pouvoir nous apporter la réponse.

Mary voulut répondre, mais quand Christopher serra délicatement son épaule, elle resta silencieuse et le laissa parler.

— Je suis le mieux placé pour répondre, madame la duchesse, dit-il fermement, les yeux posés sur Antonia. Tandis que Lady Mary racontait à sa fille des contes de fées à propos de lieux et de gens heureux, son père lui contait une histoire bien plus sombre, une fable à propos d'un ogre se faisant passer pour un beau duc. Il lui a souvent répété cette histoire, et ce dès son plus jeune âge. Il l'a avertie que sa mère avait été ensorcelée par cet ogre, tout comme le reste de sa famille, et qu'ils ne le voyaient donc pas pour ce qu'il était réellement – un monstre mi-ours, mi-loup, avec des défenses de sanglier et un cœur noir. Sir Gerald a averti Teddy que si elle se rendait un jour chez lui – dans sa maison qu'il avait ensorcelée et qui avait donc l'apparence d'un palais scintillant, mais qui était en réalité un sombre château rempli d'horreurs indicibles –, elle serait enfermée dans l'une des tours, y croupirait jusqu'à devenir vieille fille et ne verrait plus jamais sa mère et sa maison.

— Oh, cette pauvre petite, dit Kate avec un soupir bouleversé. Pas étonnant qu'elle soit terrifiée !

— Vous étiez au courant de cette fable absurde, Mary ? demanda Antonia.

— Oui, ma cousine la duchesse, admit Mary. Mais je n'ai appris son existence que très récemment. Je ne savais absolument pas que Sir Gerald remplissait la tête de Teddy d'absurdités aussi cruelles.

— Et vous, monsieur Bryce, quand avez-vous appris que Sir Gerald lui racontait des balivernes aussi pernicieuses ?

— Quand Teddy est tombée malade dans le Buckinghamshire et que sa mère est allée à Treat pour le mariage de Lord Fitzstuart. Elle s'inquiétait que sa mère ne revienne pas et quand je lui ai demandé pourquoi, elle m'a confié la fable de l'ogre.

— Je vois. Je comprends maintenant pourquoi une enfant de dix ans qui n'a jamais vu mon fils s'est mise à hurler à pleins poumons, s'est enfuie pour se cacher dans une cabane en haut d'un arbre et refuse d'en descendre, pour rien et pour personne ! Pourquoi n'avez-vous rien fait pour réfuter ces horribles mensonges à propos de monsieur le duc ?

— Madame la duchesse, les contes de fées, qu'ils aient pour thème le bien ou le mal, ne sont pas des mensonges pour ceux qui y croient, expliqua patiemment Christopher. Ils sont tout ce qu'il y a de plus réels, autant pour l'enfant que pour l'adulte. Nombreux sont ceux qui croient en l'existence des fées, des gnomes, des lutins et des fantômes. Le vallon est rempli d'esprits et d'histoires de ce genre. Lady Mary a raconté à Teddy d'heureuses histoires à propos d'une fée marraine et son père lui a raconté un conte à propos d'un ogre se faisant passer pour un beau duc. Impossible de considérer l'une de ces deux histoires comme étant totalement absurde sans appliquer le même raisonnement à l'autre. Que faut-il alors dire à l'enfant ? Que ses parents lui ont menti ? Que les ogres et les fées marraines n'existent pas… ?

— C'est exactement ce que vous auriez dû lui dire !

— Je ne crois pas que le duc soit un ogre, mais comment pouvais-je rassurer Teddy alors que je n'ai jamais rencontré votre fils ? Teddy est une enfant intelligente. Si je lui avais dit d'emblée de ne pas prendre l'histoire de son père au sérieux, elle m'aurait instantanément demandé des explications, puisque je n'ai moi-même jamais vu le duc. Même en lui répétant toutes les paroles rassurantes du monde, je n'aurais pas pu lui donner une preuve de ce que j'avançais.

Antonia, les yeux brillants de colère, se redressa droite comme un *i*, même si cette position n'était pas très confortable à cause de sa grossesse.

— Mon Dieu ! Je suis terriblement furieuse. Cette enfant a donc continué à croire que mon fils, un homme au sens moral des plus élevés, un mari et un père aimant, est un ogre. Il est aimé de sa famille, de ses métayers, de ses ouvriers, de ses domestiques, et personne n'a aucun reproche à lui faire. Mais Teddy croit quand même que c'est un monstre dans la peau d'un duc, et rien n'a été fait pour la faire changer d'avis ? Incroyable. Vous l'avez laissée y croire.

— Je n'ai rien fait pour renforcer cette idée, déclara Christopher, poliment mais fermement. Mais comme je vous le disais, je ne pouvais pas lui dire que cette histoire était absurde, car il aurait alors fallu que je remette en cause la véracité du conte de fées que lui racontait Lady Mary à propos d'une bonne et gentille fée marraine vivant dans un havre de paix. Ce qui, quand on y réfléchit, est assez proche de la réalité, n'est-ce pas ? Et c'est parce que Teddy croyait à l'histoire de sa mère qu'elle a pu trouver refuge auprès de vous.

— Mais si vous lui aviez dit que ces deux histoires n'étaient rien de plus que des histoires, nous ne nous serions peut-être pas retrouvés dans cette situation en premier lieu, hein ? Teddy aurait remis en cause l'existence d'un ogre et d'une fée marraine. Mais elle n'aurait pas eu besoin de cette dernière si elle n'avait pas cru au premier ! Ce qui me pousse à croire que vous, monsieur Bryce, pensez que l'histoire de Sir Gerald à propos de mon fils contient un soupçon de vérité – que le duc serait une sorte d'ogre.

— Madame la duchesse… commença Christopher avant d'être interrompu.

— Ma cousine la duchesse, votre colère est justifiée, car c'est votre fils que Sir Gerald a calomnié, l'interrompit Mary avec une brusquerie inhabituelle. Mais si vous réfléchissez à la situation avec sang-froid, vous ne pouvez certainement pas être surprise que son père ait planté une graine aussi noire dans l'esprit de Teddy à propos de Roxton, si ? Votre fils a banni Sir Gerald de la haute société ; la seule chose qui lui importait, c'était son nom Cavendish et sa position parmi ses pairs en tant que cousin du duc de Devonshire, frère de la duchesse de Roxton et donc beau-frère de son duc. Il m'a épousée seulement parce que je suis votre cousine. Il vivait pour le prestige social et pour faire des ronds de jambe aux membres titrés de sa famille, et Roxton lui a arraché cela. Même en exil dans les vallées isolées des Cotswolds, il passait ses journées à écrire à des amis et parents titrés, son esprit très loin d'ici, dans les salons de la société londonienne. Il était plein d'amertume et de colère et il n'a jamais pardonné votre fils. Refuser de laisser sa fille unique rendre visite à sa famille faisait partie de sa vengeance, au même titre que le sinistre conte de fées qu'il lui racontait pour s'assurer que sa fille aurait, toute sa vie, peur de Roxton. Qu'il ait utilisé Teddy pour assouvir sa vengeance est affligeant, mais cela ne me surprend pas et ne devrait pas vous surprendre non plus.

Antonia s'accorda un instant avant de répondre à Mary, les deux femmes se regardant droit dans les yeux, puis la duchesse lui sourit tristement, toute colère évaporée.

— Mary, je ne vous ai jamais dit ceci auparavant, mais j'ai toujours énormément regretté d'avoir cédé aux souhaits de votre mère et d'être partie sans vous quand monseigneur et moi avons emmené Henri-Antoine à Constantinople pour voir son frère. Si vous étiez venue avec nous, vous n'auriez jamais épousé cet homme. Mais vous l'avez épousé, et nous avons tous dû en subir les conséquences. Mais vous… vous avez dû vivre avec lui, et nous n'avons pas suffisamment pensé à cela, n'est-ce pas ? S'il vous plaît, pardonnez-moi, ma chérie.

Elle lança un coup d'œil à Christopher, mais continua en s'adressant toujours à Mary :

— Et vous avez raison. Mon fils a agi de façon impétueuse, comme beaucoup de jeunes hommes. À l'époque, je pense qu'il voulait affirmer son autorité, mais il n'a pas réfléchi aux conséquences de ses décisions sur vous et sur votre petite fille. Je suis sûr qu'il serait d'accord avec moi et qu'il joindrait ses excuses aux miennes. Et voilà que nous nous retrouvons dans une situation qui exige notre absolue sensibilité si nous voulons arranger les choses. Je vous présente mes excuses à vous aussi, monsieur Bryce. Même si nous venons de nous rencontrer, je me rends compte que vous avez les intérêts de Teddy à cœur. Cette enfant vous aime et vous fait autant confiance qu'à sa mère, je dois donc, à mon tour, vous accorder ma confiance. J'espère donc que vous pourrez trouver un moyen de sortir Teddy et la famille de cette situation délicate, d'accord ?

Christopher inclina la tête pour accepter les excuses d'Antonia et sourit.

— Une idée est en train de germer, madame la duchesse. Mais j'aimerais consulter Lady Mary pour m'assurer qu'elle est d'accord. J'espère ainsi parvenir à briser le sort qui retient le duc prisonnier d'un ogre aux yeux de Teddy.

Mary pivota sur sa chaise et leva les yeux vers Christopher.

— Oh, oui ! Si Teddy pense que le charme est rompu, elle n'aura plus peur de Roxton. Quelle intelligence !

— Je ne suis pas surprise que vous admiriez son intelligence, lança malicieusement Antonia pour plaisanter, avant d'ajouter d'une voix plus audible : Les deux jours de voyage jusqu'à Treat devraient vous permettre d'élaborer un plan adapté. Maintenant, il faut que je me repose. Et vous, milady, dit-elle doucement à Kate en lui serrant la main, je vous réprimanderai dans le carrosse. Vous avez sûrement trouvé cette conversation, son contenu mis à part, très agréable à écouter. Vous savez très bien pourquoi et maintenant, je le sais aussi !

VINGT-SEPT

Alors qu'Antonia se faisait à peine à l'idée que Mary était amoureuse d'un écuyer des Cotswolds – elle s'était confiée à Jonathon et lui avait demandé de se faire une opinion sur Christopher sur le chemin pour rentrer à Treat –, sa cousine l'avait déconcertée avec une révélation si surprenante qu'elle en avait momentanément perdu l'usage de la parole.

Ils en étaient à leur deuxième jour de voyage et le duc et la duchesse de Kinross, avec leurs invités et leur suite, étaient sur la route depuis une heure. Ils étaient partis après leur petit déjeuner à l'auberge The Castle, à Marlborough, où ils avaient passé une soirée tranquille. La duchesse, Lady Mary, Lady Paget, Michelle – la dame d'honneur d'Antonia – et Fran – la dame de compagnie de Lady Paget – étaient dans le premier carrosse, tandis que le majordome de Kinross, la bonne de Lady Mary, les deux suivantes d'Antonia et, à son grand désarroi, le médecin du duc de Roxton, voyageaient dans le deuxième. Jonathon, Christopher et le valet de Jonathon avançaient tous les trois aux côtés des carrosses, à cheval, avec les éclaireurs en livrée qui étaient à l'avant et à l'arrière du cortège.

Sur une certaine portion de route, Jonathon et Christopher avancèrent côte à côte, en pleine conversation. Alors qu'ils dépassaient le carrosse d'Antonia, le regard de Mary se posa sur les deux hommes. Antonia, qui était assise en face d'elle et l'observait, savait à quel gentleman Mary accordait toute son attention. Mais elle ne dit rien et attendit ; elle savait, à la façon dont Mary manipulait nerveusement l'éventail posé sur ses genoux, que les pensées se bousculaient dans sa tête et qu'elle mettrait bientôt un terme à sa préoccupation en se confiant.

Comme prévu, Mary se détourna de la fenêtre et parcourut du regard l'intérieur en soie du carrosse. Ses yeux se posèrent sur Lady Paget, tournée vers la fenêtre dans le coin opposé. À côté de Mary se trouvait la dame d'honneur d'Antonia, la tête posée contre le coussin rembourré et les yeux fermés, et à côté d'elle, Fran, la dame de compagnie de la vieille dame, le nez dans un petit recueil de poésie qu'Antonia lui avait prêté. Et enfin, sa cousine était en face d'elle, les doigts entrelacés sous son ventre comme si elle protégeait son enfant de chaque bosse sur la route. Mais elle avait les yeux rivés sur Mary.

— Evelyn est vivant, madame la duchesse.

Antonia était davantage surprise que sa cousine s'adresse à elle de façon si formelle que par la révélation en elle-même. Elle se dit qu'il était peut-être plus facile pour Mary de lui confier ses émotions troublées de cette manière.

— Oui, ma chérie. Votre frère Alisdair me l'a dit.

— Saviez-vous également que c'est un espion ?

Quand Antonia hocha la tête, Mary continua :

— Il est venu à Abbeywood. Vous allez être sous le choc en le voyant. Il a beaucoup changé, physiquement au moins, si ce n'est mentalement. Ses cheveux sont gris avant l'heure et il n'a que la peau sur les os. Il lui manque deux bouts de doigts, je me demande donc s'il peut encore jouer de l'alto. Mais malgré tout, il reste le même Evelyn que dans mes souvenirs, avec la même vision excentrique de la vie.

— Je suis très heureuse qu'il soit vivant, qu'il soit enfin rentré, qu'il soit encore lui-même. J'espère qu'il va venir à Treat pour se réconcilier avec mon fils, pour me voir et pour rendre visite à ses parents.

Mary croisa le regard vert clair d'Antonia et se pencha en avant pour lâcher, dans un murmure accentué :

— Il a l'intention de me demander en mariage.

Les sourcils arqués d'Antonia se haussèrent légèrement.

— Ah oui ? Qu'entendez-vous par « il a l'intention de » ? Il ne l'a pas encore fait ?

— Il m'a accordé un mois pour bien réfléchir à mon avenir et ensuite il me fera sa demande.

— Une sage décision. Il y a manifestement beaucoup de choses auxquelles vous devez prendre le temps de penser, ma petite.

Mary regarda de nouveau par la fenêtre, le paysage champêtre de haies et d'arbres automnaux se brouillant cette fois-ci devant ses yeux.

Elle prit une profonde inspiration et se tourna derechef vers Antonia, qui la regardait sans ciller.

— Je sais ce que vous, vous devez penser…

— Cela me semble impossible, car je n'en pense rien. Ce sont vos pensées et vos actions qui influenceront mon opinion.

— Mais je peux imaginer ce que vous devez penser de moi après que Sa Grâce vous a dit que…

Elle lança un coup d'œil à Lady Paget, mais puisqu'elle était toujours tournée vers la fenêtre et qu'elle semblait somnoler, elle reporta son attention sur Antonia et termina sa phrase d'une voix murmurée, mais assez forte pour être entendue par-dessus le bruit des roues :

— … qu'il nous a trouvés seuls dans le cottage et…

— Mary, monsieur le duc ne m'a pas parlé d'un cottage. C'est la vérité. (Elle osa esquisser un sourire.) Mais je n'ai rien besoin de savoir, n'est-ce pas ? Car il me semble évident, et c'est peut-être également évident pour tous ceux qui nous entourent, que vous et monsieur Bryce partagez plus qu'un… hum… *intérêt passager* l'un pour l'autre.

Mary s'empourpra.

— Ce n'était pas prévu. C'est arrivé, tout simplement. Je ne peux pas l'expliquer. Je suis… Il est… Oh ! Je ne sais pas ! Je ne sais pas !

— Tout ce que je sais, Mary, c'est qu'il est temps que vous réfléchissiez à ce que vous, vous voulez. Ce qui va être vraiment difficile. Non parce que vous n'avez pas votre propre avis, vos opinions et vos désirs cachés, mais parce que vous devez envisager ce que vous voulez pour le reste de votre vie.

— Il serait aisé d'épouser Evelyn, car nous tenons profondément l'un à l'autre, déclara Mary, comme pour se convaincre elle-même. Un tel mariage serait le choix le plus convenable, le plus sensé, car je deviendrai comtesse et Teddy aura un comte pour beau-père, et il prendra bien soin de nous deux. Cette union sera acceptée par toutes nos connaissances.

— Oui. Vous deviendrez la comtesse de Stretham-Ely et la haute société vous accueillera à bras ouverts. Ce sera le mariage de la Saison.

Mary fronça les sourcils.

— Vous voulez que j'épouse Evelyn ? Ma mère serait certainement très heureuse de me voir enfin élevée au rang social qu'elle juge approprié pour la fille d'un comte – et maintenant, la sœur du nouveau comte de Strathsay.

— Ce que je veux n'a aucune importance. Et vous ne ferez jamais le bonheur de votre mère, peu importe vos choix. Certaines personnes naissent malheureuses. Ils ne voient jamais la joie qui se trouve sous leurs yeux et ne la verront jamais. À vrai dire, ils se complaisent dans leur malheur. Votre mère est ainsi. Le seul conseil que je peux vous donner, c'est de comprendre qu'on vous a donné une opportunité unique, rare pour les femmes de notre position – celle du choix. Vous pouvez choisir comment vous souhaitez vivre votre vie, mais cela entraînera des conséquences que vous devez être prête à accepter. Et avant de prendre votre décision, soyez sûre de savoir tout ce qu'il y a à savoir à propos de…

— Il m'a tout raconté de sa vie à Lucques, l'interrompit Mary d'un ton neutre.

Quand Antonia sourit, elle comprit que sa cousine parlait de façon générale, pas du tout de Christopher. Elle perdit tant ses moyens qu'elle fut incapable de parler.

— J'en suis ravie, déclara Antonia. Je suis plus certaine de ses sentiments pour vous que de vos sentiments pour lui. Il est naturel qu'il ait voulu tout vous confier. Mais…

Elle lança un coup d'œil à Kate, assise à côté d'elle, remarqua qu'elle avait les yeux fermés et la mâchoire détendue et supposa qu'elle dormait. Elle continua donc :

— Il serait sage de lui demander s'il ne souhaite pas vous confier autre chose, s'il n'y a pas d'autres détails…

— D'autres détails ? Quels autres détails, ma cousine ? Savez-vous quelque chose qu'il devrait me dire… ?

— À condition que votre choix se porte sur lui, finit Antonia en douceur et sans prêter attention à l'interruption de Mary.

Le sourire de la duchesse s'élargit, puis elle agita gracieusement son éventail et reprit, une étincelle dans le regard :

— Je pense, Mary, que vous devez moins agir comme la fille docile d'un comte, et plus comme la Mary qui sait de quoi elle a besoin pour être heureuse. Quand vous le saurez, venez me voir et dites-le-moi, et alors je vous dirai ce que je pense.

LES CARROSSES NE SE DIRIGÈRENT PAS VERS CRECY HALL, tournant plutôt pour passer le portail ouvragé en fer noir et doré qui annonçait fièrement l'entrée du domaine ducal de Treat. Puisqu'il était presque l'heure du dîner, Antonia se dit qu'il valait mieux aller d'abord voir le duc, qui les accueillerait tous pour le repas pendant lequel ils pourraient discuter de ce qui pouvait être fait pour mettre un terme aux craintes de Teddy et s'assurer qu'elle descende une bonne fois pour toutes de son sanctuaire dans les arbres.

Quand ils furent tous à l'intérieur, débarrassés de leurs capes, chapeaux, gants et manchons, on mena les invités dans le salon attenant à la salle à manger, où on leur offrit des rafraîchissements et où ils attendirent l'arrivée du duc et de la duchesse. Il était trop tard pour se changer avant le dîner. Mais puisque seuls des membres de la famille étaient présents, Antonia était certaine que son fils et son épouse n'accorderaient aucune importance au fait qu'ils étaient tous un peu fatigués par le voyage, qu'ils seraient simplement heureux et soulagés de voir qu'ils étaient revenus à la maison.

— Et surtout, que vous et le bébé soyez bien rentrés, que vous soyez sains et saufs, ajouta Jonathon en déposant un baiser sur le front de sa femme.

Il prit un verre sur un plateau qu'un valet de pied en livrée levait en se déplaçant dans la pièce et le tendit à Christopher.

— Buvez donc. Vous avez l'air d'avoir besoin de la bouteille entière, pas seulement d'un verre. C'est l'ampleur de cet endroit, hein ? J'étais sidéré quand je suis venu ici pour la première fois. Cette noble masure doit être le plus grand palais privé d'Angleterre, voire du continent.

Il se pencha vers Christopher et lui dit sur le ton de la confidence :

— Heureusement, la famille considère son royaume de marbre et de dorures comme un rappel de ses lourdes responsabilités et non comme une raison de se pavaner. Ainsi, cela m'évite d'avoir à rabattre trop de caquets. Je ne peux pas en dire autant des pique-assiette qui leur tournent autour. Mais le principal, c'est que le duc, malgré sa suffisance pompeuse, est un type bien. Je pense que vous l'apprécierez.

— Mais lui, m'appréciera-t-il, Votre Grâce ? demanda sérieusement Christopher, bien que son sourire en coin démente le sérieux de sa question.

— Naturellement, monsieur Bryce, répondit Antonia à la place de son mari. Mon fils est à l'image de sa mère, il apprécie donc tout le monde. Kate, voulez-vous bien marcher un peu avec moi ? demanda-t-elle à Lady Paget, qui s'accrochait fermement au bras de Christopher depuis qu'il l'avait aidée à descendre du carrosse.

Antonia prit le bras de Kate, l'enroula autour du sien et les deux ladies s'éloignèrent légèrement du groupe.

— Vous n'étiez pas revenue ici depuis votre séjour juste avant mon mariage avec monseigneur, n'est-ce pas ?

La vieille dame hocha la tête, trop bouleversée pour parler, ce qu'Antonia comprenait.

— Je m'en souviens comme si c'était hier, reprit-elle. Vous étiez assise en bout de table avec monseigneur et en face de vous était assise une petite sotte qui essayait tant bien que mal d'attirer son attention…

— Mais il n'avait d'yeux que pour vous. C'était comme s'il n'y avait que vous deux autour de la table !

Antonia soupira.

— Oui. C'était toujours ainsi, même en famille. Nous étions sûrement assez impolis parfois.

Kate tapota la main d'Antonia.

— J'aime bien votre nouveau duc. Je suis persuadée qu'il est aussi beau que le suggère sa voix, et tout aussi arrogant et sûr de lui. Son attitude décontractée est trompeuse ; il n'a sûrement aucune patience pour les imbéciles. Et il vous aime très fort. Je l'entends à sa voix, ma chère. Vous avez eu de la chance, par deux fois.

— Oui. Je le sais, et je ne le tiens jamais pour acquis. Nous trois, nous nous entendons à merveille.

— Vous trois ?

— Monseigneur, Kinross et moi. Nous serons toujours trois.

Kate sourit, compréhensive.

— Bien sûr. Je suis très heureuse pour vous.

Elle serra la main d'Antonia et ajouta dans un murmure essoufflé :

— Vous savez, ma chère, je faisais des calculs mentaux dans le carrosse, et je crois bien que votre nouveau duc est plus jeune que mon fils !

Antonia gloussa derrière son éventail.

— Oui. Il est plus jeune. Je suis toujours aussi scandaleuse, n'est-ce pas ?

Kate pouffa de rire et les deux femmes continuèrent à remonter la pièce, leurs têtes rapprochées, absorbées par leur conversation.

Christopher continua à les observer, immensément soulagé et ravi de voir que Kate semblait plus heureuse qu'elle ne l'avait été depuis des années, sans doute grâce à la duchesse, qui l'avait mise à l'aise et lui faisait sentir qu'elle était la bienvenue. Mais il savait que c'était également lié au fait que Kate était de retour dans un environnement exceptionnel, au sein de l'élite, un milieu qu'elle avait côtoyé pendant la plus grande partie de sa vie. Il était si distrait qu'il ne se rendit pas compte que Mary était venue se placer à côté de lui. Quand il la remarqua enfin, il sourit et dit :

— Auriez-vous aimé, comme moi, vous rendre directement à la cabane dans l'arbre ?

— Oui. Je sais que Teddy est en sécurité, mais je suis plus inquiète depuis que je suis ici, plus proche d'elle, qu'avant de quitter Brycecomb.

— Et pourtant, quelque chose de plus immédiat vous trouble…

— Comment l'avez-vous deviné ?

— Je ne l'ai pas deviné, je l'ai vu. Je sais toujours que vous êtes nerveuse quand vous placez vos mains ainsi, votre main droite serrant les doigts de votre main gauche. Cela arrive surtout quand vous voulez me dire quelque chose, mais que vous avez peur de m'offenser et que vous luttez donc intérieurement pour trouver les bons mots. Cela n'arrivera pas, vous savez – vous n'allez pas m'offenser.

— Parbleu ! Apparemment, vous avez fait une étude approfondie de mes habitudes !

Elle baissa les yeux vers ses mains, même si elle savait déjà qu'il avait raison. Quand elle lâcha ses doigts et plaça ses mains dans son dos, Christopher rit doucement. Elle fit la moue et donna un petit coup d'épaule affectueux dans son bras.

— Très bien ! Je le reconnais, avoua-t-elle à voix basse, car elle ne voulait pas qu'on surprenne leur conversation, et toujours appuyée contre son bras. Je m'inquiète pour vous maintenant que vous êtes ici, au sein de ma famille.

— Je suis touché. Mais j'espère que ce n'est pas parce que vous considérez que je vais être dépassé dans cet environnement glorifié ?

— Non. Pas du tout. Ce qui m'inquiète, c'est que vous êtes ici non pas parce que vous le voulez, mais parce que les circonstances vous ont forcé à venir. Si Teddy ne s'était pas cachée dans une cabane, vous ne seriez peut-être jamais venu. Et pour être tout à fait honnête, je suis souvent dépassée quand je suis avec ma famille, et je suis liée à eux par le sang ! Vous avez maintenant rencontré ma cousine et son mari, vous voyez bien comment ils se comportent. Je ne possède pas un dixième de leur sang-froid !

— Je n'envie pas leur place dans le monde, qui ne m'impressionne pas non plus. J'apprécie votre cousine la duchesse, et son mari encore plus. Il a beau être un duc, si on lui enlève son hermine, c'est un homme franc et pragmatique qui connaît la valeur d'un terrain et celle d'un paysan qui laboure la terre pour lui. Je le respecte plus pour cela que pour le fait qu'il ait hérité, malgré lui, d'un ancien titre écossais. J'espère avoir le même respect pour votre cousin Roxton, malgré le fait qu'il possède cet édifice, symbole prétentieux de la noblesse. Mais au bout du compte, ce qui m'importe le plus, c'est la façon dont ils vous traitent.

— Moi ?

Christopher l'observa un instant, son expression ne révélant rien de ce qu'il pensait, puis il la surprit en disant avec un sourire en coin :

— Vous devez bien savoir, maintenant, que je descendrais volontiers dans la fosse aux lions – ou ici, dans ce noble décor – pour vous et pour Teddy, si c'était ce qu'on me demandait.

Mary le croyait, et l'émotion fut telle qu'elle resta silencieuse, sans savoir quoi dire. Inconsciemment, elle joignit de nouveau les mains, sa main droite serrant les doigts de sa main gauche.

Christopher lui accorda un instant pour digérer ses paroles sincères. Il vida son verre et le tendit à un valet de pied. Il parcourut la pièce luxueuse du regard, ses dorures, ses chandeliers en cristal, ses chaises recouvertes de soie et poussées contre les murs peints, et trouva que l'ensemble était légèrement oppressant, même pour quelqu'un qui avait passé une décennie à flagorner les femmes d'aristocrates italiens dans leurs palais de plaisance dorés. Ces édifices plâtrés, qui avaient tout l'air de gâteaux à étages, n'étaient que des masures comparés à cette atrocité de marbre et de maçonnerie. Il se demandait ce qui pouvait bien retarder son illustre propriétaire et il se surprit à être impatient de continuer les échanges de politesses et de passer à table, afin de mettre en place son plan pour libérer Teddy de sa crainte.

— J'aurais aimé que nous passions plus de temps ensemble dans votre cottage, avoua Mary, le tirant de sa préoccupation. J'aimerais pouvoir vous dire ce que vous me faites ressentir.

— Vous n'avez pas besoin de me le dire, Mary. Je sais ce que je vous fais ressentir. Tout comme vous savez ce que vous, vous me faites ressentir. Mais je ne veux pas passer plus de temps avec vous dans mon cottage.

— Ah… ah non ? s'enquit Mary, instantanément abattue.

— Non. Et je ne veux plus être votre régisseur, ou votre voisin l'écuyer.

Le cœur de Mary s'enfonça un peu plus profondément dans le désespoir que lui inspirait ce rejet. Elle hocha la tête, soupira et essaya de se reprendre. Après tout, si elle était honnête avec elle-même, elle avait su dès son entrée dans le cottage que le temps qu'elle y passerait serait limité. Mais il était encore plus difficile d'accepter que leur liaison – par manque de mot plus approprié – arrivait à son terme après une telle déclaration. Elle essaya quand même de se reprendre, car ce n'était ni le moment ni l'endroit pour s'effondrer.

— J'admets qu'il n'a jamais été facile pour moi de vous voir passer d'un rôle à l'autre en un instant ; de celui de régisseur de ma maison, et donc l'un de mes domestiques, à celui d'écuyer, et donc l'un de mes voisins. Ces dilemmes sociaux me donnent toujours la migraine !

Il se pencha vers elle et lui dit, une étincelle dans le regard :

— Je peux remédier à cela.

— Vraiment ? demanda Mary en levant des yeux écarquillés vers lui.

Il savait qu'elle n'aurait aucune idée de ce à quoi il faisait allusion, il ne fut donc pas surpris par son incrédulité. C'était sa réponse à ce qu'il allait dire ensuite qu'il l'intéressait le plus, qui faisait battre son cœur à cent à l'heure.

— Oui. Épousez-moi.

Sa simple déclaration fut ponctuée par un éclat de rire qui s'éleva plus loin dans la pièce. Mais aux yeux du couple, aux yeux de Christopher et Mary, c'était comme s'ils étaient seuls au sommet d'une montagne isolée du massif de Snowdonia, car ils n'entendaient plus rien et ne se voyaient plus que l'un et l'autre. Christopher maintint une expression neutre, les yeux rivés sur elle. Mary le fixait, le visage pâle et la lèvre inférieure tremblotante. Enfin, elle déglutit et siffla :

— Vous ne pouvez pas me demander cela ! Pas ici ! Pas maintenant ! Ce n'est pas poss...

— Pourquoi n'est-ce pas possible ? Parce que je suis un modeste écuyer et que vous êtes la fille d'un comte ? N'ai-je donc pas le droit de vous demander en mariage ?

— Oui ! Non ! Je ne vous vois pas comme un modeste... quoi que ce soit !

— Qu'est-ce donc, alors ? Votre réponse aurait-elle été différente si je vous avais posé la question quand nous étions tous les deux nus dans un lit... ?

Le visage de Mary devint cramoisi.

— C'est injuste !

— Pourquoi ? Au moins, au lit, nous sommes égaux, et je ne voudrais pas qu'il en soit autrement. Et vous ?

Mary secoua la tête. Dans le cottage, dans le lit où ils avaient fait l'amour, tout n'avait été que respect mutuel et plaisir. Faire l'amour avec Christopher était à mille lieues du traitement qu'elle avait subi aux mains de son prétentieux mari, son égal social. Là où Sir Gerald n'avait été qu'obscurité, Christopher n'était que lumière. Il avait raison. Elle ne voudrait pas qu'il en soit autrement.

Et dans ce salon doré, elle ne le voyait pas différemment. Tout ce qui changeait, c'était le fait qu'ils étaient habillés et devaient obéir à des préceptes sociaux intangibles selon lesquels il avait un statut social inférieur à celui de Mary, son rang signifiant qu'elle ne pouvait pas épouser quelqu'un d'inférieur à elle. Inférieur à elle ? Qu'est-ce que cela signifiait exactement ? Pourquoi lui refusait-on le bonheur et le choix de son partenaire alors que son frère pouvait épouser la fille d'un marchand et l'élever à son statut, sans qu'aucun d'eux soit ostracisé ? Pourquoi était-ce aux femmes de suivre ces règles, de n'épouser que des hommes supérieurs à elles, de ne surtout pas redescendre sur l'échelle sociale ? Où l'ascension sociale de sa mère l'avait-elle menée ? À l'évidence, elle n'avait pas assuré son bonheur – ni un mariage heureux, ni une vie heureuse. On pouvait en dire autant du mariage de Mary avec Sir Gerald.

Alors qu'elle retrouvait à peine son équilibre intérieur grâce à ses propres arguments, alors qu'elle était sur le point de lui dire qu'elle était d'accord avec lui, il lui posa une simple question qui coinça les mots de Mary dans sa gorge :

— Peut-être que vous ne voulez pas m'épouser parce que vous ne m'aimez pas ?

— Parce que je ne vous aime pas ? répéta Mary, incrédule, comme s'il ne pouvait y avoir aucun doute quant à ce qu'elle ressentait pour lui ou qu'elle n'avait jamais envisagé une telle idée ; elle lui avait même dit qu'elle l'aimait dans le cottage, alors pourquoi l'interrogeait-il à ce moment et à cet endroit précis ?

— Je vous aime et je vous ai toujours aimée, depuis notre première rencontre dans le vestibule d'Abbeywood Farm, dit-il simplement, avant de la provoquer : Mais peut-être que je ne peux vous aimer qu'entre les murs du cottage ?

— Vous savez ce que je ressens pour vous, et malgré tout vous avez l-le culot, l'impudence, de me demander si je vous aime, ici, en public ? (Mary se redressa de toute sa hauteur, indignée.) Mon cœur n'est pas volage, Mr. Bryce de Brycecomb Hall, et vous, vous le savez mieux que personne !

Christopher s'inclina devant elle d'un geste d'une extrême politesse, mais quand il se redressa, il se rendit compte qu'un silence avait envahi la pièce et que leur discussion, d'abord polie et discrète, s'était transformée en dispute houleuse, avec toutes les déclarations dramatiques qui allaient avec, et entendue par tous. Il ne répondit donc pas immédiatement, restant bouche cousue. Mais une autre raison, plus pressante, expliquait ce silence. Un étranger se tenait près de Mary ; Christopher le reconnut à ses yeux verts familiers, un trait qu'il partageait avec sa mère. Il devait s'agir de Sa Grâce le très noble duc de Roxton.

— Parbleu, Mary, je ne sais pas à quand remonte la dernière fois où vous avez parlé avec tant de conviction, déclara le duc d'une voix traînante. Un discours aussi passionné mérite une réponse. Mais j'imagine que Mr. Bryce de Brycecomb Hall préférerait vous la donner en privé, sans que votre famille et vos connaissances en soient témoins.

Mary pivota, faisant bruisser ses jupons piqués, et se baissa instantanément en une révérence de bienvenue. Les yeux rivés sur le parquet, elle laissa Christopher en tête à tête avec Julian, duc de Roxton, un aristocrate souvent calomnié – détesté, même – par Sir Gerald Cavendish et avec qui, ces deux dernières années, Christopher avait échangé assez de lettres aux maintes phrases succinctes pour jauger cet homme.

Mais Christopher reçut un électrochoc. Il n'aurait pas su dire pourquoi, et serait incapable plus tard de trouver les mots pour expliquer comment il avait pu le juger aussi rapidement, mais il eut une impression, une intuition, quelque chose d'indéfinissable qu'il voyait dans son regard et qui lui assurait qu'il avait sous les yeux un homme bon et honnête à qui il aurait pu confier sa vie.

Il s'inclina respectueusement devant le duc et dit franchement, les mots s'échappant de sa bouche avant qu'il n'ait pu réellement y réfléchir et donc d'une sincérité d'autant plus frappante :

— J'aurais aimé vous rencontrer il y a de cela des années, Votre Grâce.

Roxton tendit la main avec un sourire.

— Moi de même, Mr. Bryce.

VINGT-HUIT

Le dîner était presque terminé et le dessert était déjà sur la table avec les plateaux de fruits de saison et de noix, quand la duchesse se joignit enfin à sa famille.

Un silence général s'était installé entre les convives, car Christopher venait d'exposer les grandes lignes de son plan pour libérer Teddy de sa crainte du duc et tous attendaient la réponse de Roxton. Le duc trouvait qu'il s'agissait d'un excellent stratagème pour aider la petite à surmonter une peur tenace, tant et si bien qu'il se demanda à voix haute comment l'écuyer, qui n'avait pas d'enfant, pouvait être aussi sensible à des craintes enfantines ; peut-être cachait-il une demi-douzaine de rejetons quelque part ?

Tout le monde savait qu'il s'agissait d'un trait d'esprit, mais au vu de l'altercation houleuse qui avait eu lieu plus tôt entre Mary et l'écuyer, personne n'osa rire. La plaisanterie tomba à plat et tous se remirent à manger ce qui restait dans leurs assiettes. Tous sauf Mary, qui se tourna vers Christopher pour la première fois depuis qu'ils s'étaient installés à table et le taquina en lui posant une question dont elle connaissait la réponse, souhaitant tout de même l'entendre démentir son accusation :

— C'est donc cela, le secret que vous me cachez, Mr. Bryce ? Vous avez toute une nichée de morveux cachés quelque part dans votre maison, d'origine italienne sans doute ?

— La plaie dans laquelle vous essayez de remuer le couteau n'existe pas, milady, déclara doucement Christopher, bien que Mary entende la coque d'une noix se briser dans sa main et qu'il garde le poing serré. Je me demande pourquoi vous êtes prête à y croire ?

— Parce que vous me cachez quelque chose, et ma cousine la duchesse estime que je devrais être au courant avant de prendre une décision concernant mon avenir.

Le regard de Christopher remonta la table pour aller se poser sur la duchesse de Kinross, en pleine conversation avec Kate et le duc de Kinross. Il observa Kate rire aux éclats après un commentaire du duc, puis lever l'éventail qu'elle agitait devant sa bouche, comme si ce qu'il venait de dire était à la fois drôle et extrêmement choquant. La scène le renvoya violemment à ses quinze ans, quand il avait rencontré Kate pour la première fois, n'ayant aucune idée de son identité. Il se souvenait de sa stupéfaction, de sa colère, de son incrédulité quand on lui avait dit que c'était sa mère. Il se demandait si Mary aurait une réaction similaire, et il se dit qu'il n'y avait pas de meilleur moment que l'instant présent pour le découvrir.

— Voulez-vous le savoir ici, maintenant, ou est-ce que cela peut attendre que nous ayons libéré Teddy de la cabane ?

— Maintenant.

— Pourquoi ne suis-je pas surpris ? marmonna-t-il.

Il poussa presque un soupir de soulagement audible quand le duc interrompit leur tête-à-tête.

— Mary, ma chère, ne vous inquiétez pas pour Teddy, intervint Roxton, sans se rendre compte que le couple était en pleine discussion à voix basse. Jack et Harry sont avec elle, c'est pour cela qu'ils ne dînent pas avec nous.

— Jack et Harry sont dans la cabane avec Teddy ?

— Il semblerait que Jack et Teddy s'entendent bien depuis qu'elle a appris qui il était, et il lui a demandé de lui parler d'Abbeywood. Elle lui a parlé de l'héritage qu'il recevrait un jour et en retour, il lui a joué de l'alto. (Roxton sourit et secoua la tête.) C'était l'idée d'Harry, il a dit à Jack de jouer en bas du chêne dans l'espoir que Teddy trouve la musique assez agaçante pour vouloir sortir de la cabane.

— Oh, mais Teddy adore la musique, l'interrompit Mary. Et Jack est un musicien très doué.

— Exact. Harry ne doit pas avoir l'oreille musicale, ou alors c'est qu'il est sourd ! Peu importe. Ce qui importe, c'est que Teddy ait de la compagnie. Entre les visites de Jack et Harry dans la journée et les nuits qu'elle passe avec les chiots de Scipio et Cordelia, elle s'est bien adaptée. Si bien adaptée, d'ailleurs, que Frederick et les jumeaux exigent que la fille qui vit dans leur arbre soit expulsée sur-le-champ ! Ah ! Vous voilà enfin, ma chérie, ajouta-t-il en reculant sa chaise et en se levant quand sa duchesse entra par la double porte.

Tout le monde se leva à l'exception d'Antonia, qui fut saluée en premier par sa belle-fille, recevant un baiser sur le front. Puis la duchesse prit des nouvelles de sa santé, du bébé, et elle attendit d'être sûre que sa belle-mère allait bien avant de sourire au reste de l'assemblée et de leur dire de ne pas faire de cérémonie et de se rasseoir. Elle rejoignit le bout de la table où le duc était encore debout et dit, après l'avoir embrassé sur la joue :

— Pardonnez mon retard. À peine avais-je fini de nourrir Otto qu'il a fallu que je calme de nouveau les garçons et Julie, parce qu'ils avaient entendu l'une des bonnes d'enfant dire à leur nurse que Sa Grâce de Kinross était revenue. Bien sûr, ils voulaient descendre voir Mema de leurs propres yeux, persuadés que son bébé avait dû naître pendant son absence.

La duchesse prit un quartier de pomme dans l'assiette de son mari et en mangea un petit bout avant d'ajouter avec un sourire :

— Heureusement que le pauvre Otto ne sait pas à quel point il est délaissé par ses frères et sa sœur, qui ne pensent qu'au bébé de Mema ! Oh, et avant que je n'oublie, Charlotte transmet ses excuses pour son absence au dîner. Apparemment, elle souffre encore d'une migraine bilieuse. Elle trouvera peut-être l'énergie nécessaire pour sortir du lit à temps pour le souper, maintenant qu'elle sait que vous êtes arrivée, ma chère, ajouta-t-elle après s'être tournée pour s'adresser directement à Mary.

— Si elle attend le souper, elle trouvera cet endroit déserté, répondit Roxton. Nous devons tous aller au pavillon de Crecy où l'ogre que je suis doit, comme par magie, se transformer en beau duc – oui, beau – avec l'aide de Mr. Bryce. Laissez-moi vous présenter à… Qu'y a-t-il, Deb ? demanda le duc, inquiet, quand sa duchesse au franc-parler chancela et agrippa le haut de son bras. Chérie, vous êtes pâle comme un linge ! Venez, asseyez-vous et…

— Otto ? Mon Dieu… !

— Je vous avais dit qu'avec ce bébé, nous aurions dû faire appel à une nourrice plus tôt…

— Pas le bébé, répondit Deb en secouant la tête. Otto, mon frère…

— Deb, chérie, votre frère est mort il y a plus de dix ans, commença patiemment le duc avant d'être interrompu.

— Vous, qui êtes-vous, monsieur ? demanda Deb à Christopher.

Elle jeta un coup d'œil au bout de la table, où était assise Antonia qui, à en juger par son sourire mystérieux, voyait la même chose que Deb ; la ressemblance frappante entre elle et l'écuyer.

Christopher s'inclina devant la duchesse, qui avait posé une main tremblante sur sa bouche, mais ce fut à Mary qu'il s'adressa en premier, d'une voix claire et assurée qui permit à tous ceux qui se trouvaient autour de la table d'entendre ce qu'il avait à dire.

— Je voulais vous le dire au cottage, et je l'aurais fait si nous y avions passé plus de temps. Comme je m'étais déjà confié à vous à propos de ma vie à Lucques, j'ai préféré vous laisser quelques jours pour digérer cette première révélation. Puis Kate m'a demandé d'attendre un peu plus longtemps. J'ai bien un secret à vous révéler. Mais ce secret n'implique pas que moi. Il implique Kate, à qui je ne voudrais jamais faire de mal, même pour tout le sucre des Indes, et d'autres personnes — vous, Votre Grâce, dit-il à Deb, et vous, Votre Grâce, dit-il à Roxton. Vous préférerez peut-être ne pas reconnaître ce lien, et je comprends parfaitement que c'est votre droit. Mais je dois vous le dire et je vais le faire, dit-il à Mary, car il faut que vous le sachiez, et je compte sur vous pour comprendre qu'il s'agit de circonstances sur lesquelles je n'ai eu aucun contrôle. Et si cela ne me définit en rien, si j'ai appris à l'accepter, il s'agit néanmoins d'une tache qui ne pourra jamais être effacée. Mes origines ternies me suivront pour le reste de ma vie.

— Une tache ? Vos origines ternies ? répéta Mary à voix basse, debout à côté de lui.

Elle lança un coup d'œil à Deb et s'aperçut qu'elle avait toujours une main posée sur la bouche. Puis elle se retourna vers Christopher, le regarda droit dans les yeux, et dut de nouveau se tourner vers Deb. C'est alors qu'elle comprit et se sentit assez sotte de ne pas l'avoir vu avant. Ses yeux violets s'écarquillèrent, elle croisa le regard de Christopher et dit :

— Vous m'avez dit, un jour, qu'on vous avait appelé Cavendish à la naissance. Que vous aviez du sang Cavendish et que le lien était « compliqué ». Mais il n'y a rien de compliqué, n'est-ce pas ? C'est très simple, une fois qu'on sait. Une fois qu'on *voit* la ressemblance…

Elle s'empêcha de poursuivre. Elle voulait l'entendre de sa bouche à lui.

Christopher regarda Kate, à l'autre bout de la table, sa main dans celle d'Antonia.

— Kate… ?

— Je n'ai pas honte, je n'ai jamais eu honte, répondit Lady Paget. Mais j'ai des regrets. J'ai laissé les autres me convaincre de vous abandonner. Je regrette de ne pas avoir joué de rôle dans votre enfance. Mais si l'on met cela de côté, vous êtes devenu un homme bon, honorable, digne d'être qualifié de gentleman, et c'est tout ce qui compte. Aucune mère ne pourrait être plus fière.

La duchesse voulut prendre la parole, mais elle se rendit compte que Christopher n'avait pas terminé, elle s'accrocha donc au bras de son mari et resta silencieuse, le duc la serrant contre lui. Christopher s'adressa à Mary, mais une fois encore, d'une voix stable et assez forte pour que tout le monde entende qu'il parlait sincèrement, du fond du cœur :

— Mary… milady, je me tiens devant vous en tant que Mr. Bryce, écuyer, car voilà qui je suis. Mais ce que je n'ai pas eu l'occasion de vous dire, ce que vous devez savoir, c'est que je suis le fils naturel de Sir George Cavendish et de Kate, Lady Paget. Je suis né à Brycecomb Hall, où on m'a donné le nom de Cavendish Christopher Bryce. Quand j'avais trois mois, j'ai été adopté par la sœur de ma mère, Sophie, et son mari Henry Bryce, qui m'ont élevé comme leur propre fils héritier. Ces deux personnes, bonnes et dignes, étaient mes parents à tout point de vue. Quand j'ai appris, dans ma jeunesse, mes vraies origines – quand on m'a dit que Sir George était mon père et que son fils Gerald était mon frère –, j'ai naturellement refusé d'y croire. Pendant très longtemps, j'ai vécu dans le déni, incapable d'accepter que mon sang était pollué, que je n'étais pas celui que je pensais être. Ma vie est devenue morose et, pendant quelque temps, dissolue. Je me suis déjà confié à vous sur cette période, je n'ai pas besoin de revenir dessus ici. Puis Kate – ma mère – m'a retrouvé, et je… et j'ai… *grandi*…

Il regarda Kate, qui même si elle avait la tête tournée vers lui, il le savait, ne pouvait pas voir son tendre sourire.

— Voilà ! Je l'ai dit haut et fort, Kate. Ma mère. Car c'est ce que vous êtes, ma mère, ce que vous avez toujours été. Et votre fils vous aime. Il est temps que tout le monde le sache, n'est-ce pas ?

Il promena son regard autour de la table, sur son audience silencieuse et captivée, et son sourire en coin disparut quand il s'aperçut qu'il n'y avait pas un seul œil sec chez les dames, et que des pointes de couleur étaient apparues sur les joues du duc de Roxton et du duc de Kinross. Il prit une profonde inspiration avant de continuer, bien décidé à terminer la confession qu'il avait commencée, ne serait-ce que pour ne plus avoir à la répéter. Il reporta son attention sur Mary, qui séchait rapidement ses cils, et quand elle releva enfin les yeux vers lui, son mouchoir écrasé dans sa main, il dit :

— Si je puis me permettre d'être excessivement direct, je vais dire ce qui est évident pour qu'il n'y ait plus aucun doute, et vous pourrez ensuite faire ce que vous voulez de cette confession. De par mes parents biologiques, je suis le frère bâtard de la duchesse de Roxton, et de par cette dernière, je suis l'oncle de ses enfants, bien que je ne prétende pas assumer ce rôle avec eux, car c'est entièrement à leurs parents de décider de cela. Je suis également l'oncle de Sir John – Jack – Cavendish et de l'honorable Theodora Charlotte Cavendish. Et si la permission m'est accordée, j'aimerais beaucoup revendiquer ma parenté avec mon neveu, et surtout avec ma nièce ; j'ai fait tout mon possible pour participer à leur bien-être, pour les protéger.

» Je suis lié à plein d'autres Cavendish, trop nombreux pour tous les mentionner, et je me moque bien de savoir si ces parents me reconnaîtront ou non. Les seuls parents – les seules personnes – qui m'importent sont celles présentes dans cette grande salle de marbre, ou en haut d'un chêne, dans une cabane en forme de bateau pirate. Mais surtout, j'espère que cette révélation n'aura aucune espèce d'influence sur la façon dont vous, vous me regardez, moi…

Un silence stupéfait s'installa et peu importe ce qu'ils pensaient intérieurement de l'ascendance de Christopher Bryce, tous se tournèrent vers le duc, car il était à la tête de la famille et parce qu'ils étaient chez lui. Mais ce fut Mary qui brisa le silence. Elle prit plusieurs petites inspirations successives et s'écroula sur sa chaise, son mouchoir appuyé sur sa bouche. Christopher lui servit immédiatement un verre de vin, le plaça dans sa main et lui dit d'en boire de petites gorgées, ce qu'elle fit. Puis elle repoussa le verre dans sa direction et le regarda entre ses cils avec une moue.

— Vous rendez-vous compte que vous avez terriblement empiré ma migraine ?

Il afficha un grand sourire penaud.

— Je n'en doute pas.

— Quelle nigaude j'ai été, de ne pas voir ce que j'avais sous les yeux – vos yeux, en l'occurrence ! L'un de vos meilleurs attributs, par ailleurs.

— L'un des meilleurs… ? Me direz-vous les autres… ?

— Non ! Enfin… pas maintenant. *Pas ici.* Pourquoi ? Oh, pourquoi ? ajouta-t-elle d'une voix entièrement différente, assez fort pour que tout le monde l'entende, même si cela n'était pas son intention. Pourquoi avez-vous bêtement pensé que j'aurais moins d'estime pour vous à cause de cette tache, de vos origines ternies, qui ne sont en rien votre faute, espèce de grand bêta ? Je pensais que vous me connaissiez mieux que cela, que tous les deux, nous nous connaissions trop bien pour considérer que cette révélation puisse être un obstacle, au même titre que le fait que vous êtes un écuyer des Cotswolds. Vous pouvez me croire quand je vous dis qu'aux yeux de ma mère, votre sang pollué n'est rien comparé à vos origines rustiques ! Quant à ma famille… Pour cette famille-ci, pour mes frères, pour Sa Grâce et ma cousine la duchesse, c'est votre caractère et votre dévouement qui importent le plus. N'est-ce pas, madame la duchesse ?

— Tout à fait, ma petite, répondit doucement Antonia.

Les épaules de Mary s'affaissèrent et, bouleversée, elle cacha son visage dans ses mains. Mais tout aussi rapidement, elle sécha ses joues et se redressa en reniflant. Elle parcourut rapidement la table du regard et s'aperçut que les membres de sa famille s'étaient réinstallés sur leurs chaises et faisaient tout pour donner l'impression de ne pas épier leur conversation, alors qu'en réalité, ils les écoutaient attentivement et les regardaient, elle et Christopher. Quand elle se releva, Christopher recula sa chaise avant que l'un des valets en livrée, au garde-à-vous contre le mur, ne puisse l'atteindre.

— Roxton, dit Mary en rassemblant toute sa dignité. Si nous voulons mettre à exécution le plan de Mr. Bryce pour secourir Teddy aujourd'hui, nous devons le faire dans l'heure qui suit, sinon il n'y aura plus assez de lumière et plus assez de temps pour préparer le pavillon…

— Vous avez tout à fait raison, Mary, approuva le duc, se mettant en mouvement. Je vous expliquerai tout sur le chemin pour rejoindre Crecy Hall, dit-il à la duchesse, à voix basse.

Il fronça les sourcils face à son manque de réaction et demanda :

— Tout va bien, Deb ?

— Je pense que oui… Oui ! Tout va bien, vraiment. Mais je ne sais pas ce qui me surprend le plus, murmura-t-elle à l'oreille de son mari. D'avoir gagné un frère, ou que ma cousine Mary et ce nouveau frère soient profondément amoureux.

Le reste des convives avaient reposé leurs serviettes et s'apprêtaient à quitter la table quand Mary les figea de stupéfaction en déclarant :

— Avez-vous quelque chose que vous aimeriez dire à Mr. Bryce, Votre Grâce ? D'ailleurs, est-ce que l'un d'entre vous a la moindre chose à dire ? Dans le cas contraire, je partirai du principe, et lui et Lady Paget également, que ce silence est le signe que vous acceptez sa confession et qu'il est donc inutile de rajouter quoi que ce soit sur le sujet. Nous continuerons comme avant. Cela dit, pour ma part, même si j'aimerais beaucoup que Teddy sache qu'elle a un oncle, je pense qu'il vaudrait mieux attendre qu'elle atteigne un âge lui permettant de comprendre que toutes les familles ne sont pas créées de la même manière.

— Bravo ! s'exclama Jonathon, applaudissant Mary et adressant un clin d'œil à Christopher. Bien dit, milady. Très bien dit.

Tout le monde attendit de voir ce que Roxton allait dire et faire. Il regarda sa femme et quand la duchesse lui sourit, serra son bras et adressa un sourire à Mary et Christopher, sa supposition fut confirmée. Il s'avança et, pour la deuxième fois ce jour-là, il tendit sa main à Christopher Bryce.

— Bienvenue dans la famille !

VINGT-NEUF

Mary se mit à faire les cent pas au pied du vieux chêne tandis que Christopher grimpait dans la cabane par l'échelle. Tout et tout le monde était prêt au pavillon. Christopher n'avait plus qu'à persuader Teddy de les y rejoindre.

Christopher passa la tête dans la cabane et appela :
— Il y a quelqu'un ? Puis-je monter à bord ?

Il entendit des bruits de bottes sur les planches au-dessus de sa tête, ainsi que des voix, puis Teddy apparut sur l'échelle qui reliait les deux niveaux, son visage encadré de tresses désordonnées. Elle écarquilla les yeux. Ses oreilles ne lui avaient pas joué des tours ! Il s'agissait de la voix adorée de son oncle Bryce ! Elle descendit précipitamment l'échelle et Christopher se hissa par la trappe pour entrer dans la cabane. Il n'eut pas le temps de se relever. Teddy se jeta à son cou de plein fouet et s'agrippa à lui de toutes ses forces, comme si elle était passée par-dessus bord en haute mer et avait trouvé le seul canot de sauvetage qui pourrait l'empêcher de se noyer.

— En voilà un accueil ! dit-il en riant.

Un bras autour de Teddy, il tendit une main pour éviter de basculer en arrière et tomber dans le trou. Il parvint à leur faire garder l'équilibre à tous les deux et glissa sur les planches pour aller s'asseoir en tailleur contre le garde-corps.

— Comment va mon rayon de soleil ? Vous nous avez manqué, à votre mère et à moi.

Teddy marmonna quelque chose dans son gilet, où elle avait enfoui son visage. Christopher voulut la détacher de lui pour lui parler, mais il se rendit compte qu'elle pleurait. De gros sanglots déchirants de soulagement secouaient son petit corps mince, et sachant qu'elle était à bout de nerfs, Christopher la laissa pleurer à chaudes larmes. Il caressa délicatement ses cheveux et lui répéta encore et encore qu'elle était en sécurité, qu'il la protégerait toujours et que sa mère était au pied du chêne, où elle attendait de pouvoir la prendre dans ses bras.

Il resta par terre avec Teddy sur ses genoux ; ses sanglots s'étaient calmés, mais elle était encore bouleversée au point de garder son visage caché. Deux jeunes garçons descendirent de l'étage supérieur par l'échelle. Jack Cavendish et Henri-Antoine étaient facilement reconnaissables. Jack avait les yeux marron et la tignasse de boucles auburn foncé propres aux Cavendish, tandis que son meilleur ami Harry était plus grand, avec un nez puissant qui prenait pour l'instant trop de place sur son visage et une apparence impeccable pour un garçon de seize ans.

Ils furent tous les deux gênés d'assister à ces retrouvailles chargées en émotion entre Teddy et un gentleman qu'ils n'avaient jamais rencontré, mais qu'ils savaient être son oncle Bryce, car elle avait crié son nom avant de se précipiter vers l'échelle et qu'ils avaient assez entendu parler de lui pour avoir l'impression de déjà le connaître. Ils observèrent un silence respectueux et répondirent au hochement de tête de Christopher.

— Auriez-vous la gentillesse d'informer Lady Mary que nous descendrons dans quelques minutes ? Toute la famille est rassemblée dans le pavillon.

Henri-Antoine n'eut pas besoin de plus d'encouragement pour quitter la cabane, mais Jack s'attarda. Après avoir récupéré l'étui de son alto, qu'il avait laissé dans un coin, il s'approcha de Christopher, fronça les sourcils et lança un coup d'œil à Teddy, qui avait toujours le visage enfoui dans le gilet de Christopher.

— Est-ce qu'elle va s'en remettre, monsieur ? Je veux dire, vraiment s'en remettre, si vous comprenez ce que je veux dire…

Christopher comprenait ; il leva les yeux vers le garçon en souriant et hocha la tête.

— Je comprends. Merci. Avec un peu de magie, Teddy retrouvera son état normal, comme tout et tout le monde à Treat.

— De la magie, monsieur ?

Jack était curieux. Christopher espérait que Teddy le serait aussi. Henri-Antoine ne l'était pas. Il avait commencé à descendre l'échelle par la trappe, mais attendait que Jack se joigne à lui. Il leva les yeux au ciel en entendant Christopher parler de magie. Il indiqua à Jack de se dépêcher d'un petit geste de la tête, mais quand il ne lui prêta pas attention, Henri-Antoine poussa un profond soupir et poursuivit sa descente sans rien ajouter, avant de disparaître. Christopher était reconnaissant qu'au moins, le garçon n'ait pas exprimé son scepticisme à voix haute.

Il ne répondit pas immédiatement à Jack, ce dernier se dit donc qu'il valait mieux qu'il s'explique pour prouver au gentleman qu'il était sincère et, plus important encore, pour que Teddy ne pense pas du mal de lui.

— Je n'ai jamais eu la chance de voir de la magie. Je sais que les habitants du coin pensent que Swan Island est une île magique où vivent le roi et la reine des fées, protégés par le fantôme d'un vieil ermite. Nous n'avons pas le droit d'y aller, je n'ai donc jamais vu ni ces fées, ni ce fantôme.

— Ne pas les voir n'a pas empêché les habitants du coin d'y croire.

— C'est vrai, monsieur. Mais Harry dit qu'il faut se fier au dicton, « il faut le voir pour le croire ».

— J'imagine qu'Harry va à l'église tous les dimanches ?

— En effet, monsieur, répondit Jack avec un sourire. J'aurais dû me présenter dès le début : je suis Jack. Je sais qui vous êtes, vous êtes Mr. Bryce. Je vous remercie énormément de prendre soin de mon héritage.

— Je suis heureux de faire enfin votre rencontre, Jack. Et vous pouvez venir nous voir quand vous le souhaitez. Je suis sûr que Teddy adorerait vous faire visiter Abbeywood, et pourquoi pas vous emmener faire du cheval dans la forêt de Puzzlewood. Si vous avez de la chance, vous pourriez même apercevoir une fée ou deux. Qu'en pensez-vous, Teddy ?

Teddy ne répondit pas immédiatement, se blottissant un peu plus contre Christopher, Jack dit donc pour combler le silence :

— Cela me plairait. Et j'aimerais beaucoup visiter Puzzlewood. Teddy nous a parlé des fées qui y habitent depuis avant l'époque du roi Arthur et qui protègent les voyageurs et les empêchent de se perdre, et aussi des armées fantômes de Cavaliers et de Têtes-Rondes qui sortent de la brume tous les ans pour se battre sur l'ancien champ de bataille près de la place du village. Elle a aussi parlé du capitaine des Cavaliers qui hante la cidrerie Tanner, abattu par l'un des soldats de Cromwell pendant qu'il dormait au lieu de veiller sur la cidrerie. Toute la famille Tanner a été massacrée, à l'exception du benjamin qui s'était caché dans un conduit de cheminée…

— Teddy vous a bien diverti avec ces histoires de chez elle. Il y a plein d'endroits magiques dans notre petit coin de pays, n'est-ce pas, Teddy ?

Christopher sourit au garçon et lui dit avec un clin d'œil :

— Et merci d'avoir tenu compagnie à Teddy jusqu'à mon arrivée et de lui avoir offert un divertissement musical. Elle vous a sans doute dit que je suis un piètre musicien, écouter un musicien talentueux a donc dû représenter un changement agréable.

— N'importe quoi, oncle Bryce ! Vous n'êtes pas un pi-piètre musicien ! Vous jouez de la mandore mieux que personne.

Teddy se redressa, dégagea les cheveux de ses yeux et s'essuya rapidement le visage. Elle lança un regard méfiant par-dessus son épaule, embarrassée à l'idée que Jack puisse la voir comme une pleurnicheuse puérile. Elle reprit :

— Jack joue d-de l'alto, ce qui est totalement différent, mais c'est vrai qu'il en joue très bien.

— Dans ce cas, j'espère qu'il l'apportera avec lui quand il viendra nous voir.

— Je n'y manquerai pas, monsieur, dit Jack en regardant Teddy. Je viendrai à Abbeywood un jour… je vous le promets. Mais je veux que vous soyez là pour me montrer tous les endroits dont vous m'avez parlé. Je vous verrai au pavillon, tous les deux.

Il fit une charmante révérence à Christopher et prit congé, l'étui de son alto passé sur son épaule et retombant dans son dos alors qu'il descendait l'échelle.

Dans le calme qui suivit, des voix s'élevèrent de la trappe. C'était Mary, qui parlait à Jack. Christopher et Teddy reconnurent tous les deux sa voix, qui leur apporta un certain réconfort et un besoin urgent de la rejoindre. Mais d'abord, Christopher devait assurer à Teddy que tout allait bien dans son monde et obtenir sa confiance à propos de l'ogre qui, elle en était convaincue, avait pris possession du duc de Roxton.

Il baissa les yeux vers elle et lissa ses cheveux ébouriffés vers l'arrière en lui disant doucement :

— Teddy, vous savez qu'on vous aime très fort, votre mère et moi, qu'on ne laisserait jamais rien vous arriver, hein ?

Quand elle hocha la tête, il sourit et dit avec gravité :

— Tout ce que voulait votre grand-mère en vous emmenant ici, c'était que vous rencontriez vos cousins. Elle n'avait aucune idée de ce que votre père vous avait raconté à propos de cet endroit et du duc, sinon elle ne vous aurait jamais emmenée ici.

— Mais vous, vous me croyez, n'est-ce pas, oncle Bryce ?

— Oui. Et votre mère aussi.

— Vous en avez parlé à mère ? Mais elle a été ensorcelée par le duc, elle ne peut pas savoir la vérité !

— C'est aussi ce que pensait votre père. Seriez-vous surprise d'apprendre que votre mère a toujours su la vraie vérité à propos du duc ?

— La *vraie vérité* ?

— Oui, la vraie vérité… Seriez-vous d'accord pour parler de l'ogre ?

Elle hocha la tête, mais ajouta en fronçant les sourcils :

— Jack me croit. Pas Harry.

— C'est parce que Jack veut croire en la magie, contrairement à Harry. Si on ne croit pas à la magie, on ne peut pas croire que les fées, les gnomes, les ogres et les sorts existent, n'est-ce pas ?

— Tout le monde à Abbeywood sait que la magie existe, même le pasteur. Jack a raison. Harry, il dit en effet que si on ne la voit pas, c'est qu'elle n'existe pas. Il est fâché parce que j'ai dit que le duc est un ogre. Mais je ne l'ai pas inventé. C'est ce que père m'a dit.

— Oui. Mais la colère d'Harry est compréhensible. Il aime son frère. Je serais fâché si quelqu'un me disait que vous ou votre mère êtes des sorcières, car je sais que ce n'est pas vrai. Peut-être qu'Harry sait que ce n'est pas vrai, lui aussi ? Après tout, il a vécu avec son frère toute sa vie, il le connaît mieux que personne – mieux que nous, mieux que votre père le connaissait. Je me demande – car j'y ai beaucoup réfléchi, moi aussi – si peut-être votre père ne s'est pas trompé… si peut-être, contrairement à ce que vous pensez, le duc n'est pas un ogre.

Une profonde ride apparut entre les sourcils de Teddy.

— Mais… mais pourquoi père m'aurait-il menti ? Il m'a dit que le duc était un ogre et que sous sa véritable apparence, il avait de grands yeux noirs et une longue queue, comme le diable. Père m'a dit qu'il suffisait que je le regarde une fois dans les yeux pour être ensorcelée, sous son emprise à tout jamais, et qu'il m'enfermerait. Que je ne verrais plus jamais Abbeywood !

Christopher serra sa main.

— Je ne laisserais jamais une telle chose arriver, Teddy. Vous serez toujours libre. Peut-être que votre père ne vous a pas menti, ajouta-t-il d'un ton neutre. Peut-être que c'est tout simplement ce que lui, il croyait. Je me demande si vous pourriez considérer une autre possibilité. Seriez-vous disposée à écouter ce que j'ai à dire ?

Quand elle hocha la tête, il continua :

— Je me demande si peut-être votre père pensait que le duc était un ogre parce que c'était votre père, et non le duc, qui était sous l'emprise de cet ogre. Si peut-être cet ogre n'aurait pas jeté un sort à votre père pour lui faire croire, à lui, que le cousin de votre mère était un ogre déguisé. Pensez-vous que cela aurait pu arriver ?

Teddy prit une profonde inspiration en réfléchissant à ce qu'il lui disait. Elle haussa les épaules.

— Peut-être, admit-elle à contrecœur.

— Cela expliquerait pourquoi votre père ne venait jamais ici, pourquoi lui et lui seul pensait que le duc était un ogre. Après tout, votre mère, votre grand-mère, Jack, votre oncle Dair, qui a épousé ici votre tante Rory – qui est d'une nature si douce qu'elle pourrait pratiquement être une fée elle-même – et madame la duchesse, la mère du duc, aucune de ces personnes ne pense que le duc est un ogre, si ?

Quand Teddy secoua la tête, il ajouta sur le même ton réservé :

— De plus, sa femme et ses enfants l'aiment beaucoup. On m'a dit que vous étiez là quand les enfants ont accueilli leur père dans la salle de bal. Il pleuvait dehors et tout le monde jouait à l'intérieur... Étaient-ils heureux de voir leur père ?

— Ils riaient tous et Julie – c'est la seule fille – a couru vers lui et il l'a prise dans ses bras et l'a fait tourner encore et encore, comme vous le faisiez avec moi quand j'étais petite. Vous en souvenez-vous ?

— Oui.

Ils restèrent immobiles et silencieux pendant un moment, puis Teddy reprit :

— Madame la duchesse m'a promis que je pourrais avoir un chiot rien qu'à moi. Pensez-vous que mère me laissera revenir à la maison avec le chiot ?

— Votre mère a déjà donné son accord.

Teddy se déplaça pour s'asseoir en face de Christopher ; elle avait les yeux écarquillés et le sourire aux lèvres pour la première fois depuis qu'il était monté dans la cabane.

— C'est vrai ? Oh ! Je suis impatiente de vous les montrer ! Viendrez-vous voir les chiots avec moi ? Il y en a six, et ce sont les petits chiens les plus adorables qui soient ! Madame la duchesse m'a dit que je pouvais choisir celui que je voulais.

— Ce choix a dû être très difficile à faire.

— Oui ! Je crois que je n'ai jamais eu de décision plus difficile à prendre, jamais ! Mais j'ai fini par choisir une chienne noire, car c'est l'avorton de la portée et que comme elle est petite, je me suis dit que mère serait moins dérangée et aurait moins peur d'elle.

— C'était très attentionné de votre part. Avez-vous choisi un nom ?

— Madame la duchesse dit que tous ses chiens ont des noms latins et elle m'a fait une liste. J'ai choisi Nera, qui veut dire « noire ». Jack a un chien qui s'appelle Nero. C'est un whippet aussi et il a sept ans. Madame la duchesse m'a dit que Nera était un très bon choix de nom pour mon chiot. Qu'en pensez-vous, oncle Bryce ?

— Je suis d'accord. C'est un très joli nom, et Silvia et Carlo seront également de cet avis. Oh ! J'ai presque oublié de vous le dire : Kate est ici elle aussi…

— Ici à Treat ? demanda Teddy, incapable de contenir son enthousiasme. C'est vrai ?

— Oui. Elle est venue vous voir et elle a été invitée à rester pour Noël. Nous avons tous été invités à séjourner ici à Crecy Hall, votre mère, vous, Kate et moi, par madame la duchesse et le duc de Kinross. Mais parfois, nous nous rendrons à la maison principale, pour aller à l'église ou assister aux célébrations de Noël prévues pour les enfants et le reste de la famille. Mais seulement si cela vous convient. Bien sûr, le duc aimerait beaucoup que nous prenions tous part aux réunions familiales, mais si vous souhaitez rester ici, en retrait, alors ce sera à vous de décider.

— Est-ce que vous l'aimez bien, oncle Bryce ? Le duc ?

— Voulez-vous vraiment savoir ce que je pense ? (Quand Teddy hocha la tête, il sourit.) J'apprécie le duc, Teddy. Je pense que c'est un homme bien, avec un cœur bon.

— Alors pourquoi est-ce qu'un ogre jetterait un sort à père pour qu'il croie que le duc était un homme malveillant qui voulait m'enfermer ?

— J'aimerais pouvoir vous répondre, mais je ne peux pas vous donner une explication certaine. Votre père a peut-être énervé cet ogre, d'une façon ou d'une autre ? Ce que je sais, c'est que les ogres n'ont pas besoin d'une bonne raison pour être méchants. Ils ont toutes les pires caractéristiques du genre humain : la jalousie, la fierté, l'orgueil, la cupidité et la paresse. Ils sont épouvantables sans aucune raison valable. Ils ne veulent surtout pas que les gens soient heureux. En fait, dans leur nature, ils sont à l'opposé des bonnes fées, qui sont gentilles, aimantes, généreuses, et qui veulent le bonheur de tout le monde…

— Comme tante Rory, madame la duchesse et mère !

— Et vous.

— *Moi ?*

Teddy fit la moue et émit un petit bruit témoignant de son incrédulité, un bruit que sa mère n'aurait pas vu d'un bon œil, mais qui fit sourire Christopher.

— Oncle Bryce, je ne peux pas être une bonne fée, je ne suis pas assez jolie. Tout le monde sait que les bonnes fées ont des cheveux de la même couleur que des fils d'or, de grands yeux bleus et la peau aussi lisse et blanche que de la crème fouettée.

— Pas celles que j'ai rencontrées, déclara Christopher, catégorique, poussant Teddy à se redresser, attentive. Les fées que je connais ont des rubis sur les joues et aussi, parfois, sur le nez. Leurs cheveux sont de la même couleur que les fils de cuivre ou alors ils sont d'un riche roux foncé, comme les cerises mûres. Et elles ont de grands yeux, mais ils ne sont pas bleus. Ils sont de la même couleur que les campanules, qui sont plus violettes que bleues. Ces fées sont rares et ce sont les plus belles de toutes.

— Elles doivent être exactement comme mère.

Christopher tapota le bout de son nez d'un air complice.

— Exactement comme votre mère.

Teddy rentra la tête dans les épaules et sourit. Christopher lui sourit en retour. Puis ils furent tous les deux surpris quand une voix, chère à leur cœur, s'éleva de la trappe et dit sur le ton de la conversation :

— Vous avez oublié de préciser que les fées ont des ailes. Moi je n'en ai pas, mais j'aimerais en avoir, car je ne pense pas être déjà montée si haut dans ma vie et je suis sûre de tomber si vous ne m'aidez pas à monter ou à redescendre immédiatement !

DE RETOUR SUR LA TERRE FERME, AU PIED DU CHÊNE, MARY resserra son châle en laine autour de ses épaules pour se protéger de l'air frais du soir, car le soleil était maintenant descendu à l'horizon. Elle leva la tête vers l'arbre, attendant nerveusement que Teddy se joigne à elle et Christopher. Teddy, habituée à l'utiliser toute la journée, descendit rapidement l'échelle et tomba immédiatement dans les bras grands ouverts de sa mère.

Les retrouvailles de Mary avec sa fille ne furent pas aussi chargées en émotion qu'avec Christopher. Teddy avait l'air de bien meilleure humeur que ce à quoi Mary s'était attendue de la part d'une enfant morte de peur à cause des vils mensonges que son père lui avait racontés à propos de Roxton. Elle savait que c'était entièrement grâce à

Christopher, qui avait judicieusement géré la situation. Elle aurait pu le prendre dans ses bras et l'embrasser pour le remercier d'avoir fait sourire Teddy, sans parler du fait qu'il semblait l'avoir persuadée que Roxton n'était finalement pas un monstre qui voulait l'enfermer. Teddy sautillait près de sa mère, qui avait timidement pris le bras que Christopher lui avait tendu, et se mit à lui parler de la portée de Cordelia et Scipio, ajoutant que son oncle Bryce aimait le nom Nera pour son chiot, autant que madame la duchesse. Sa mère était-elle d'accord pour venir voir les chiots et rencontrer Nera ce soir-là… ?

Ils arrivèrent au pavillon à temps pour voir plusieurs jardiniers s'affairer, apportant les touches finales à un feu de joie positionné au milieu de la pelouse, entre le pavillon et le lac. Sous la surveillance de leurs nurses et tuteurs, les enfants Roxton attendaient impatiemment que le feu de joie soit allumé, accompagnés par une demi-douzaine des enfants des domestiques, invités à participer à leur célébration du solstice d'hiver. Tous les adultes étaient réunis sur les marches du pavillon, vêtus de capes, capuchons, manchons en fourrure et gants. Betsy s'éloigna du groupe de domestiques de haut statut pour apporter à Mary sa cape doublée de fourrure. Christopher la plaça sur ses épaules et attacha le fermoir, puis ils s'avancèrent pour rejoindre le reste de la famille.

Christopher remarqua que Teddy restait en retrait. Il tendit une main gantée vers elle avec un sourire et elle la prit volontiers, mais ils ne montèrent pas les marches pour rejoindre sa mère.

— Voulez-vous monter dans le pavillon, ou préférez-vous rester près du feu de joie avec les enfants ? Je vois que Jack et Harry sont avec eux.

— Où est Kate ?

— Elle est assise là-bas, avec madame la duchesse. Voulez-vous vous asseoir avec elles ?

Teddy secoua la tête. Christopher la vit scruter les visages des adultes et il devina qui elle cherchait, car elle était soudain devenue immobile et silencieuse ; Teddy ne restait jamais immobile, à moins d'être malade, contrariée ou nerveuse.

— Le duc est là. Il discute avec l'autre duc. Je n'avais jamais rencontré de duc avant de venir ici, et maintenant j'en connais deux. Est-ce qu'il y en a d'autres dans la famille ?

— Je ne crois pas. Voulez-vous que je vous accompagne le voir ? L'autre, c'est le duc de Kinross…

— Il est marié à madame la duchesse. Je l'aime bien. Est-ce que vous saviez, oncle Bryce, qu'il a vécu en Inde et que c'est la raison pour laquelle il a la peau marron ? Il est monté à dos d'éléphant, il possédait des singes et il a une fille qui a les cheveux de la même couleur que les miens ! Et quand madame la duchesse n'est pas dans le coin, il fume un cher… che-*root*. Il m'a montré sa boîte à amadou, et comment il allume un cheroot pour le fumer. Mais il a dit que je devais garder cela pour moi, car madame la duchesse serait fâchée contre lui. (Teddy, pensive, pencha la tête sur le côté.) Mais je pense que madame la duchesse est au courant pour les cheroots, pas vous, oncle Bryce ? Et je ne pense pas du tout qu'elle soit fâchée contre lui. Je pense qu'il m'a dit cela pour plaisanter.

— Vous avez peut-être raison.

Teddy prit une inspiration, hocha la tête et dit résolument :

— Je veux voir le duc de Roxton et je veux bien que vous veniez avec moi.

— Bien sûr.

Main dans la main, ils rejoignirent l'avant du pavillon, où les ducs de Roxton et de Kinross étaient en pleine conversation, s'avancèrent dans la chaude lumière des chandelles et attendirent qu'on les remarque. Deb Roxton fut la première à les voir et glissa rapidement un mot à l'oreille de son mari. Les conversations des adultes se turent, les seuls bruits ne venant plus que des enfants qui s'impatientaient près du feu de joie. Kinross recula et Roxton, en voyant Teddy et Christopher, descendit lentement l'escalier pour aller à leur rencontre. Il souleva les basques de sa redingote en velours et s'assit sur l'une des marches les plus basses, afin que son visage soit au même niveau que celui de Teddy, qui avait monté une marche et se tenait devant lui.

Elle lâcha la main de Christopher et après avoir levé les yeux vers lui et vu son sourire rassurant, elle s'avança et fit une révérence devant le duc avant de relever courageusement la tête pour croiser son regard. C'est alors qu'elle remarqua ce qu'elle n'avait pas vu dans la salle de bal, car elle avait été tellement effrayée et bouleversée qu'elle n'avait prêté attention qu'à la silhouette imposante du duc qui la surplombait. Mais en le regardant en face, elle s'aperçut qu'il avait un sourire chaleureux et que ses yeux couleur émeraude étaient emplis de gentillesse. Il avait les mêmes yeux verts bienveillants que sa mère, madame la duchesse, et selon Teddy, si une reine des fées existait bel et bien, ce devait être elle.

Ainsi, quand le duc lui sourit et lui tendit une main, elle lui sourit en retour et attrapa timidement ses doigts. Il ne fit rien de plus, restant parfaitement immobile. C'était exactement ce dont Teddy avait besoin. Elle poussa un petit soupir de soulagement, car même si elle faisait confiance à son oncle Bryce quand il lui assurait que, contrairement à ce que lui avait dit son père, le duc n'était pas un ogre, elle redoutait le pouvoir du toucher ; si quelque chose devait déclencher la transformation du duc en ogre, ce serait cela, et elle le verrait alors se transformer sous ses yeux.

Mais il resta inchangé et son cœur s'apaisa. Quand le duc se pencha sur sa main, les épaules de Teddy se détendirent. Elle lança un nouveau coup d'œil par-dessus son épaule pour s'assurer que Christopher était toujours là, puis elle se pencha vaillamment vers le duc et posa sa joue contre son épaule. Il la serra contre lui, légèrement, car il ne voulait ni l'effrayer ni la mettre mal à l'aise. Ils restèrent ainsi pendant un moment, jusqu'à ce que Teddy se redresse et regarde les adultes silencieux derrière le duc. Elle aperçut sa mère qui essuya une larme sous son œil avant de lui adresser un sourire éclatant, auquel Teddy répondit de la même manière.

Tous ceux qui se trouvaient dans le pavillon avaient la larme à l'œil.

— Je suis ravi que vous, votre mère et votre oncle ayez pu vous joindre au reste de la famille ce soir, Teddy, dit le duc à voix basse en levant les yeux vers Christopher, qui était de retour auprès de la petite. Savez-vous ce que nous célébrons aujourd'hui ?

Quand Teddy secoua la tête, il dit :

— Le solstice d'hiver. Madame la duchesse, ma mère, a commencé à organiser cette soirée spéciale quand j'étais un petit garçon, bien plus jeune que vous – il y a vraiment très longtemps.

— Le solstice d'hiver ? C'est bien la nuit la plus longue de l'année ?

— En effet.

— Dans ce cas, j'en ai déjà entendu parler. La cuisinière dit qu'il faut allumer un feu lors du solstice d'hiver pour débarrasser la maison des esprits malins qui rôdent dans les coins sombres. Et elle dit qu'à partir de maintenant et jusqu'au printemps, les jours rallongent, jusqu'à ce que le soleil revienne et que les esprits malins n'aient plus d'endroit où se cacher ; c'est alors que les gentils esprits viennent s'installer. (Elle jeta un coup d'œil au feu de joie éteint par-dessus son épaule.) Est-ce la raison pour laquelle vous allumez un feu de joie, vous aussi ?

— Quelque chose de ce genre, oui. Madame la duchesse avait plutôt en tête les Saturnales, des fêtes romaines, mais l'explication de votre cuisinière me plaît, répondit Roxton. Vous êtes très futée, Teddy. Quand ils avaient votre âge, je pense que ni Jack ni Harry ne savaient pourquoi nous allumons un feu ce soir-là en particulier, et ils n'ont jamais posé la question. Ils aimaient simplement courir dans tous les sens et voir une immense boule de feu.

— C'est parce que ce sont des garçons. Oncle Bryce vous le dira, les filles sont plus futées que les garçons. N'est-ce pas, oncle Bryce ?

Le duc partit d'un petit rire, tout comme le reste de l'assemblée, et Roxton ajouta :

— Je suis d'accord avec vous et votre oncle, comme tout le monde ici. Les femmes de notre famille ont toujours été bien plus intelligentes que nous autres.

Il adressa un hochement de tête à un domestique en livrée qui se tenait en bas des marches telle une sentinelle, une chandelle allumée à la main, puis il dit à Teddy, incluant Christopher dans la conversation :

— Je me demande, Teddy, si vous et votre oncle Bryce voudriez bien nous faire l'honneur d'allumer le feu de joie ?

— Mère peut-elle venir, elle aussi ?

— Bien sûr. C'est une merveilleuse idée.

Roxton rejoignit les adultes sur la plus haute marche du pavillon, vint se placer près de sa femme derrière la méridienne sur laquelle sa mère et Lady Paget étaient assises et observa Teddy marcher vers le feu de joie, une chandelle tendue devant elle, suivie de près par sa mère et Christopher. Et tandis que tous, des adultes dans le pavillon aux enfants qui couraient sur la pelouse dans le soleil déclinant, observaient, fascinés, Teddy approcher la flamme du feu de joie, le regard d'Antonia était posé sur le couple qui entourait Teddy, et en particulier sur Mr. Bryce, qui avait les mains dans le dos. Malgré son air calme et élégant, ses pouces ne pouvaient pas rester en place, un signe révélateur qui fit sourire Antonia.

Elle regarda son fils par-dessus son épaule et leva une main, qu'il prit dans la sienne. Elle tira légèrement dessus pour qu'il se penche et entende ce qu'elle avait à lui dire.

— Julian, il est temps d'écrire à Cornwallis.

Il savait à quoi elle faisait allusion, mais le dit tout de même à voix haute d'un ton surpris, bien qu'il ne soit pas du tout étonné par sa demande, ni par la raison qui la poussait à la faire.

— Vous vous rendez compte qu'il s'agira du troisième certificat spécial que je demande en huit mois, n'est-ce pas ?

Antonia haussa les épaules.

— Peu importe. Ce qui importe, en revanche, c'est le bonheur de votre famille.

— Je suis d'accord.

— Et Mary mérite d'être heureuse.

— Je suis d'accord avec cela également.

Il hésita, lançant un coup d'œil à Lady Paget par-dessus la coiffure de sa mère. Elle et Deb étant en pleine conversation, il se dit qu'il pouvait poursuivre. Il s'accroupit donc près de la méridienne et dit en fronçant les sourcils :

— Si elle l'épouse, cela entraînera des conséquences sur lesquelles je... *nous* n'aurons aucun contrôle. Certaines personnes lui tourneront le dos, même si nous soutenons publiquement cette union...

— Julian...

— Mère, il y a une limite à ce que je... à ce que nous pouvons faire. Elle ne sera pas invitée dans certaines maisons, à certaines réunions, certaines occasions sociales, elle ne sera pas la bienvenue en tant qu'épouse d'un écuyer, et ils le seront encore moins en tant que couple. Qui sait si elle pourra jamais être de nouveau invitée à la Cour.

— Julian, je sais tout cela, mais...

— Et on parlera d'eux, de façon négative. Je ne serais pas étonné que l'annonce de leur mariage se retrouve dans les journaux, devienne le sujet de commérages pour les masses. Ces épouvantables écrivaillons mesquins ! Et que Dieu leur vienne en aide si les origines abjectes de Mr. Bryce venaient à éclater au grand jour...

— Assez ! Julian ! Tout ceci, je ne le sais que trop bien, mon chou. Vous vous inquiétez trop, comme d'habitude. Pensez-vous qu'elle y accorde la moindre importance ? Et lui ? Vous oubliez peut-être que vos propres grands-parents paternels ont été reniés par leurs familles. Le roi Louis lui-même a banni la mère de votre père – votre grand-mère française – de la Cour. Elle n'a plus jamais remis les pieds à Versailles. Monseigneur était déjà un jeune garçon quand les parents de sa mère ont enfin reconnu qu'un mariage avait eu lieu, que votre père n'était pas le résultat d'une aventure, qu'il n'était pas un bâtard. Mon Dieu. Pouvez-vous croire à une telle chose ? Ce fut horrible pour eux, et terrible pour votre père, qui fut profondément affecté par tout cela. Tous les jours, il voyait sa mère souffrir parce qu'on lui refusait le réconfort et la compagnie de sa mère et de ses sœurs. Mais nous, Julian, nous sommes différents. Nous soutenons les membres de notre famille et les choix qu'ils font. Tant que Mary peut compter sur sa famille, que nous accueillons Mr. Bryce, qu'ils s'aiment et qu'ils sont heureux, rien d'autre ne devrait avoir d'importance, si ?

— Je ne suis pas en désaccord avec vous, mère. Et je donnerai ma bénédiction à cette union, si Mary veut en effet épouser son écuyer. Mais pourquoi leur union ne pourrait-elle pas attendre la lecture des bans ? Cela mettrait une distance plus respectable entre la mort de son père et son mariage. Sa Seigneurie doit bénéficier d'une certaine période de deuil, peu importe ce que nous pensions tous de l'homme qu'était Strathsay. À vrai dire, je préférerais qu'ils attendent que votre heureux événement et le baptême soient passés. Dair sera revenu et pourra assister à la cérémonie de mariage de sa sœur. Alors pourquoi auraient-ils besoin d'un certificat spécial ?

Quand sa mère gloussa derrière son éventail, l'œil pétillant, il sentit le rouge lui monter aux joues ; il savait à quoi elle faisait allusion, sans pour autant pouvoir vraiment y croire. Il parcourut la pelouse du regard, passant sur le flamboiement du feu de joie et sur les silhouettes des adultes et des enfants rassemblés autour des vives flammes orange, mais ne put discerner, parmi les couples, sa cousine Mary et son écuyer. Il reporta son attention sur sa mère, qui le regardait toujours d'un air amusé.

— Bonté divine… ! Comment… ? Je ne sais pas comment vous pouvez savoir ces choses-là… En êtes-vous certaine ?

Quand pour seule réponse, Antonia haussa les sourcils, il passa une main sur sa bouche et reprit :

— C'est de Mary que nous parlons. Quant à lui, j'ai l'impression qu'il est aussi à cheval sur les convenances que moi. Je lis ses lettres depuis deux ans et il me semble porter toutes les marques de fabrique d'un ergoteur tatillon.

— Je suis sûre que vous allez devenir de bons amis, lança malicieusement et sèchement Antonia, sa fossette faisant son apparition, avant de refermer son éventail d'un petit geste et de serrer le poignet de son fils. Je ne parle pas de lui en tant qu'écuyer ou de vous en tant que duc, mon chou, ou du fait que vous tenez tous les deux absolument à remplir votre devoir. Je parle de vous en tant qu'*hommes*. Je suis sûre qu'il est exactement comme vous sur ce point également. Monseigneur avait un puissant appétit physique, tout comme vous, tout comme monsieur Bryce. Ces hommes-là, quand ils tombent profondément amoureux, ne pensent pas aux conséquences quand ils ont besoin de satisfaire…

— Très bien, mère. Je suis convaincu, l'interrompit brusquement Roxton avant de se lever d'un bond. Un certificat spécial, alors. J'écrirai à Cornwallis demain.

— Mon Dieu ! Pas déjà… *Julian !*

— Mais vous venez de dire qu'il leur fallait un certificat… Mon Dieu !

Ce fut seulement à cet instant qu'il remarqua qu'elle tenait fermement son ventre rond et qu'elle fermait les yeux très fort.

— Mère ? *Mère*, est-ce que tout va… ?

— Jonathon ! *Jonathon.* Où est Jonathon ?

Ceux qui se trouvaient à proximité entendirent la détresse dans la voix d'Antonia et virent le duc regarder frénétiquement autour de lui, comme s'il avait perdu quelque chose. Le feu de joie fut instantanément oublié par tous. Tout le monde se rassembla autour d'elle.

— Reculez ! Reculez ! Laissez-la respirer !

C'était Kinross, qui jouait des coudes pour rejoindre sa femme. Il se baissa devant elle sur un genou plié. Il voyait bien qu'elle souffrait beaucoup. D'une main, elle agrippait fermement le rebord de la méridienne, au point que les jointures de ses doigts avaient blanchi, et elle avait soudain tendu l'autre main pour agripper celle de Lady Paget ; elle avait besoin de contact humain et de réconfort.

Antonia prit quelques profondes inspirations et ouvrit les yeux.

— Jonathon, j'ai besoin de… j'ai besoin de… Gabrielle. Pitié, envoyez quelqu'un la chercher. Immédiatement !

— Elle est là, chérie, dit Jonathon avec un sourire rassurant mais tremblotant, avant d'empoigner la main d'Antonia et d'embrasser ses doigts. Gabrielle est là. Elle savait. Elle a dit que vous aviez eu vos fils en avance, que vous seriez donc en avance cette fois aussi. Elle est arrivée il y a une heure, elle s'installe.

Il scruta le visage d'Antonia, les yeux troublés, les sourcils froncés, et demanda :

— Mais… c'est vraiment trop tôt, non ?

Antonia poussa un soupir de soulagement en apprenant que son ancienne femme de chambre, qui l'avait assistée pour la naissance de ses deux fils, était arrivée à temps pour l'accouchement. En voyant l'appréhension dans les yeux de Jonathon, elle parvint à esquisser un sourire, mais elle dut de nouveau reprendre son souffle quand une autre contraction la priva de la parole. Quand elle en retrouva l'usage, elle dit, à bout de souffle :

— On ne décide pas de ces choses-là, mon chéri. La petite a fait son choix… C'est l'heure.

TRENTE

Kinross, Roxton, Lord Henri-Antoine et Christopher Bryce étaient assis l'un à côté de l'autre au bord d'une banquette placée d'un côté du salon, silencieux, le dos droit, les poings posés sur leurs genoux, le regard fixé droit devant eux. De l'autre côté de la pièce, Lady Paget était installée près de la cheminée, où elle buvait du thé et discutait à voix basse avec Deb Roxton, qui donnait le sein à son fils de sept semaines. La nurse du petit lord et une bonne d'enfants se tenaient près de la fenêtre drapée, avec le couffin de voyage d'Otto.

Lady Mary avait fait plusieurs allers-retours dans le salon, mais elle n'avait aucune nouvelle à annoncer, à part que le travail de la duchesse progressait aussi bien que prévu. Les deux femmes acceptèrent cette information sans sourciller, mais les hommes ne furent que plus anxieux, car ils n'avaient aucun contrôle sur la situation. Quand Mary disparut dans le couloir qui menait à la chambre d'Antonia pour ce qui semblait être la énième fois, Jonathon, incapable de se contenir plus longtemps, laissa échapper, agacé :

— Pourquoi attendons-nous ici, et pas là-bas ? Nous devrions au moins être dans le salon adjacent à sa chambre ! Bigre ! Je n'entends rien d'ici !

— Je suppose que c'est le but, répondit Roxton. Pour que nous ne puissions pas entendre ce qu'il se passe.

— Pourquoi pas ? Pourquoi ne puis-je pas être là-bas en ce moment ? Je devrais être avec elle, pas rester assis ici comme un faisan empaillé de premier choix !

— Vous y serez bien assez tôt…

— Vraiment ? Vous pensez qu'ils me laisseront entrer, hein ? Vous y étiez dès le début, vous, non ? Un médecin agaçant et une meute de femmes n'allaient pas vous empêcher d'être avec votre femme dans un tel moment.

— Je me rends bien compte que ce ne sont pas mes affaires, Votre Grâce… commença Christopher avant d'être interrompu.

— Apparemment ce sont les maudites affaires de tout le monde sauf moi, alors allez-y !

— Même si je ne la connais pas depuis très longtemps, je serais d'avis que c'est madame la duchesse qui prend les décisions, c'est donc elle, non pas ceux qui s'occupent d'elle, qui déterminera à quel moment vous pourrez la rejoindre… ou pas.

— Ah ! Vous savez quoi, vous avez bigrement raison, Bryce. J'y avais pas pensé. Merci.

Jonathon sembla soudain moins troublé qu'il ne l'avait été pendant l'heure précédente. Mais Roxton contrecarra les effets du calmant verbal de Christopher en faisant une observation irréfléchie :

— Je sais que je devrais vous dire de ne pas vous inquiéter, que tout va bien se passer. Et je suis sûr que ce sera le cas. Mais en me basant sur ma propre expérience, je peux vous dire que même après cinq enfants, il est toujours aussi difficile de rester en coulisses plutôt que d'aller sur scène. Chaque naissance est différente, chaque nouveau-né est différent. Ainsi, même si j'étais avec Deb, j'étais tout aussi inquiet pour la cinquième naissance que lors de la venue au monde de mon premier enfant. Une épreuve sacrément pénible… et cet accouchement est certainement le pire de tous !

— Pourquoi ? Pourquoi est-ce le pire ? demanda Jonathon en se tournant pour fixer Roxton. Pourquoi dites-vous cela ? Le médecin vous a-t-il dit quelque chose qu'il ne m'a pas dit ? Est-ce qu'elle, elle vous a dit quelque chose qu'elle ne m'a pas dit ?

— Non. C'est parce que c'est ma mère là-dedans, voilà pourquoi ! Et cela change tout. Deb a donné naissance à cinq enfants en bonne santé et de façon assez sereine. Tandis que ma mère a vécu deux accouchements, et aucun d'eux ne fut particulièrement paisible. Et voilà qu'à cinquante ans, elle s'apprête à donner naissance de nouveau. Dire que cette idée me terrifie serait un euphémisme.

Jonathon se leva d'un bond.

— Bon Dieu… je me sens tellement inutile !

— C'est ma mère, à moi aussi, dit Henri-Antoine entre ses dents, les doigts serrés sur le rebord du coussin de la banquette.

Les trois autres se tournèrent vers le jeune homme, qui n'avait rien dit depuis que les contractions d'Antonia avaient commencé dans le pavillon deux heures plus tôt. Il était plus pâle que d'habitude et mordillait sa lèvre inférieure, comme pour rester maître de lui-même. Roxton, instantanément contrit, tira affectueusement son frère vers lui et l'embrassa sur la tempe.

— Je suis désolé, Harry. Bien sûr, murmura Roxton près de son oreille. Nous n'allons pas la perdre, elle aussi. Vous le savez, hein ?

Henri-Antoine hocha rapidement la tête, puis il s'écarta de l'étreinte de son frère et se leva.

— Je vais voir ce qui retient Jack et Teddy.

— Excellente idée. Dites-leur de nous rejoindre ici pour le souper, et si Teddy veut venir avec son chiot pour le présenter à son oncle Bryce, qu'elle n'hésite pas.

Henri-Antoine hocha la tête et dans un rare étalage de sentiments, il agrippa l'épaule de Jonathon.

— Elle va s'en sortir, monsieur. Il le faut. Je pense que Mr. Bryce a raison. Mère vous fera venir quand elle sera prête.

Jonathon répondit au geste affectueux du garçon en tapotant sa main et en lui souriant.

— Merci, Harry. Votre mère sait toujours ce qu'il vaut mieux faire, et ce dont j'ai besoin pour mon propre bien.

Dans le silence qui suivit le départ d'Henri-Antoine, Roxton prit la parole, pour combler le silence et les distraire :

— J'ai fait envoyer une lettre à Martin. Il sera là d'ici demain soir. Je l'avais déjà écrite, elle était prête à être envoyée à tout instant, avant même le départ d'Audley. Bryce ! Shrewsbury me disait dans une note que mon secrétaire l'aidait dans ses investigations et qu'il me raconterait tout quand il nous rendrait visite juste après Noël. Par hasard, vous ne seriez pas au courant de quelque chose, si ?

— Votre Grâce… ? À propos de Philip Audley ou de la visite de Lord Shrewsbury ?

— L'un ou l'autre, ou les deux. Je suis perplexe.

Christopher ne put s'empêcher de sourire.

— Ce que je sais, Votre Grâce, c'est que vous êtes bien plus sympathique que votre secrétaire.

— Vraiment ? Je vais prendre cela comme un compliment.

— Vous devriez. Bryce se montrait diplomate à propos de votre secrétaire. Ce ne sera pas mon cas. Audley est un ladre, déclara Jonathon sans ménagement en faisant les cent pas devant eux.

Quand Christopher partit d'un petit rire, Jonathon ajouta :

— Voyez. Il est d'accord avec moi.

Il tapota la poche de sa redingote et soupira de soulagement quand il sentit les contours de son boîtier à cheroots.

— J'ai besoin de fumer… reprit-il. Pensez-vous que cela gênerait les dames ?

— Dans les circonstances actuelles ? Pas le moins du monde, répondit Roxton.

Jonathon s'avança vers la cheminée pour allumer son cheroot, ce qui donna à Roxton et Christopher une excuse pour le suivre et rejoindre les dames. La duchesse avait fini d'allaiter et le duc en profita pour récupérer son jeune fils et se promener dans la pièce en le tenant contre son épaule, frottant son petit dos pour apaiser son estomac. Deb eut l'opportunité de discuter avec Christopher, qui revint du chariot à thé avec une tasse pour elle, une pour Kate et une pour lui-même.

Comme toujours, Deb en vint directement au fait.

— Seriez-vous venu à Treat si Teddy ne s'était pas retrouvée dans cette situation délicate ?

— Peut-être… répondit Christopher en souriant par-dessus sa tasse. Si j'avais été convoqué pour rendre compte de mes actions.

— Vous ne seriez pas venu ! ricana Deb. Vous auriez trouvé une excuse pour y échapper. Bien sûr, vous auriez écrit une longue lettre détaillée à Julian en refusant poliment de venir en post-scriptum.

— Ha ! Ha ! Vous lisez donc la correspondance de votre époux, Votre Grâce ? demanda Kate avec un grand sourire.

Deb esquissa un sourire effronté.

— Seulement quand on me la met sous le nez et qu'on me demande d'affirmer que le correspondant en question est l'obscurantiste le plus frustrant et le plus agaçant que Sa Grâce n'a pas encore eu le plaisir de rencontrer. Naturellement, j'étais d'accord avec lui, mais si j'avais su que ce correspondant était en fait mon frère, je n'aurais peut-être pas été d'accord aussi rapidement. Est-ce vrai que vous jouez du luth ? ajouta-t-elle rapidement, car elle voyait bien que son appellation familiale mettait Christopher mal à l'aise.

— De la mandore, Votre Grâce.

— Le talent musical doit être héréditaire. Et c'est Deborah. Deb. J'aimerais que vous m'appeliez par mon prénom. Après tout, nous sommes frère et sœur.

Christopher lança un coup d'œil à Kate.

— Demi-frère et sœur. Mais merci.

— Otto et Gerald étaient frères, mais ils étaient mes demi-frères. Nous avons tous le même père, mais des mères différentes. À l'exception du fait que Sir George était marié à leur mère, vous et moi sommes autant liés par le sang que je l'étais à Otto et Gerald, et que vous l'étiez à eux. Est-ce que tout cela a du sens ? demanda Deb en se tournant vers Kate.

— Parfaitement, ma chère.

— C'est très généreux de votre part de dire cela, Votre Grâce…

— Christopher ! La duchesse ne fait pas preuve de générosité, elle énonce des faits, répliqua Kate, agacée, avant de se tourner vers Deb et de dire avec un sourire, une main tendue en travers du canapé : Merci. J'entends la sincérité dans votre voix. Mais vous devez comprendre que mon fils obstiné aura besoin de bien plus de temps pour s'ajuster à votre accueil qu'il vous en a fallu pour l'accepter au sein de la famille.

— Obstiné ? Kate ! Je ne serais jamais assez présomptueux pour…

— Ah non ? J'ai vraiment du mal à vous croire, mon garçon, l'interrompit Kate avec dédain. Comment pouvez-vous ne pas être présomptueux, alors que votre souhait le plus cher est d'intégrer cette famille par le mariage ?

Elle se tourna vers Deb et demanda d'un ton léger :

— Rougit-il d'embarras ou de fureur ?

Deb gloussa.

— Je crains que ce soit un peu des deux, milady.

Quand Christopher tourna la tête, la mâchoire serrée, elle lui demanda gentiment :

— Lui avez-vous fait votre demande ?

Il croisa son regard avenant.

— Oui.

— Et elle ne vous a pas encore donné de réponse ?

— Elle est actuellement occupée par quelque chose d'une importance immédiate bien plus grande, Votre Grâce. Si vous voulez bien m'excuser, je ferais mieux d'aller voir si Kinross tient le coup.

Il fit une révérence et s'éloigna, reposant sa tasse avant de rejoindre Jonathon. Au même moment, la porte à l'autre bout de la pièce s'ouvrit et le médecin entra, suivi de Lady Mary. Ils avaient tous les deux l'air épuisés et inquiets, bien que Mary fasse de son mieux pour dissimuler son appréhension, de peur de contrarier tous les autres, déjà inquiets. Le médecin n'eut aucun scrupule de ce genre.

JONATHON LANÇA SON CHEROOT DANS LA CHEMINÉE D'UNE chiquenaude et s'avança précipitamment vers le médecin. Roxton confia son fils aux soins de sa nurse et se joignit à Jonathon de l'autre côté de la pièce.

— Alors ? Puis-je la voir maintenant ?

Quand le médecin s'accorda un instant pour répondre, trop long selon Jonathon pour simplement dire oui, il sentit sa respiration devenir plus saccadée et dit d'un ton rauque :

— Quoi ? Quoi ! Dites-moi ! Crachez le morceau !

— Tout se déroule comme prévu, Votre Grâce.

Jonathon passa une main sur sa bouche et poussa un long soupir qui détendit ses épaules.

— Dieu merci !

— Pendant que Sa Grâce profite d'un instant de répit, j'ai pensé qu'il était plus prudent de vous reposer la question : si nous nous retrouvions dans une situation alarmante...

— Alarmante ? Qu'y a-t-il d'alarmant ?

— ... quel serait votre souhait si nous en venions à l'indicible... ?

Jonathon regarda autour de lui, sans rien voir.

— L'indicible ? De quoi diable parlez-vous, Pratt ?

— Vous sauverez ma mère, voilà ce que vous ferez, Pratt ! gronda le duc de Roxton.

Le médecin se recroquevilla légèrement, mais parvint à dire en reniflant :

— Votre Grâce, ma question s'adresse à Sa Grâce de Kinross. En tant que mari de la duchesse, il est également son représentant légal, c'est donc à lui...

— Ne soyez pas ridicule ! Vous sauverez la vie de ma mère, point final !

Jonathon prit Roxton à partie :

— Je n'interfère pas dans votre mariage, restez en dehors du mien !

Il fit un pas vers le médecin, surplombant le petit homme à la courte perruque brune qui dut pencher la tête en arrière pour regarder son visage bronzé quand Jonathon reprit :

— Êtes-vous un crétin, Pratt ? Nous avons déjà eu cette discussion. Vous savez quel est mon souhait. Vous sauverez la vie de la duchesse. S'il y a un risque – le *moindre* risque –, vous la sauverez, elle. Il n'y a qu'elle qui compte.

— Juste pour être clair...

— Oh, pour l'amour du Ciel !

— ... après tout, je dois souligner qu'elle porte votre héritier, et donner naissance à un héritier est d'une importance capitale pour la plupart des hommes.

— Eh bien je ne suis pas comme la plupart des hommes, monsieur je-sais-tout. La vie de la duchesse est plus importante – pour nous tous. Compris ?

— Avez-vous compris, Pratt ? ajouta le duc de Roxton d'un air menaçant, debout près de Jonathon.

Le regard du médecin passa d'un visage ducal furieux à un autre et il hocha la tête.

— Parfaitement.

— Puis-je la voir maintenant ?

— Bientôt, Votre Grâce. Permettez-moi de retourner dans la chambre pour m'entretenir avec madame la duchesse. Je vous enverrai l'une de ses suivantes…

De frustration, Jonathon leva une main au ciel et se détourna, tirant sur ses boucles auburn comme s'il voulait les arracher.

Le médecin quitta la pièce, mais Mary resta. Elle s'avança vers Jonathon et posa une main sur sa manche, ce qui le fit se tourner et baisser les yeux vers elle. Elle lui adressa un sourire rassurant et lança un regard à Roxton pour l'inclure dans leur conversation.

— Elle est aussi à l'aise que peut l'être une femme en plein travail. Gabrielle et ses suivantes lui apportent l'assurance dont elle a besoin pour traverser cette épreuve. Et elle voudrait que vous…

— Que je… ? l'interrompit Jonathon, plein d'espoir.

— … que vous soyez envoyé aux portes de l'enfer pour lui avoir fait subir cela, lança malicieusement Mary, son sourire s'élargissant quand Jonathon se décomposa. En tout cas, je crois que c'est ce qu'elle a dit… Elle parle français encore plus vite que d'habitude quand elle est troublée. Elle a dû continuer à parler dans un langage fleuri après cela, car ses suivantes ont plaqué leurs mains sur leurs oreilles. Quant à Gabrielle, elle a rigolé et a encouragé ma cousine la duchesse à crier ces mots aussi fort qu'elle le voulait et pendant qu'elle y était, d'y ajouter quelques expressions plus *intéressantes*, venues tout droit des caniveaux parisiens, que monseigneur lui avait apprises et qu'elle lui avait lancées au visage lors du travail pour son premier accouchement.

— Par Jupiter, vraiment ? demanda Jonathon avec un petit rire en secouant la tête. J'aurais aimé être là pour entendre ce chapelet d'injures.

— Je suis incapable de concevoir que mon père lui ait appris un tel langage… commenta Roxton, surpris.

— Bien évidemment ! C'est votre mère. (Jonathon attrapa le bras de Mary.) Marchez avec moi, Mary.

Il s'éloigna dans la pièce avec elle pour lui dire un mot en privé. Il s'arrêta quand il fut hors de portée de voix de tout le monde et en vint directement au fait :

— Vous êtes mieux placée que n'importe qui pour le savoir... Que me cache ce crétin de médecin, hein ? Et à votre avis, que devrais-je faire ?

Mary s'accorda un instant pour formuler une réponse appropriée et ce fut presque trop long pour Jonathon, qui était tellement tendu qu'il voulait retourner près de la cheminée pour allumer un autre cheroot, ne serait-ce que pour avoir quelque chose à faire. Puis Mary prit la parole et son ton apaisant associé à ses conseils sensés suffirent à apaiser la tension dans ses membres et à détendre sa poigne sur son boîtier à cheroots.

— Ma cousine la duchesse sait ce que vous avez traversé avec votre première femme, dit-elle calmement. Et même si elle ne l'a pas dit ouvertement, je sens que l'expérience traumatisante qu'a représentée la perte de votre femme et de votre enfant lui pèse énormément. Je pense que c'est la raison pour laquelle elle s'est empêchée de vous faire appeler, qu'elle le fera le plus tard possible. Pour être parfaitement honnête, et cela ne vous surprendra pas, ajouta-t-elle en regardant dans ses yeux troublés, ma cousine est effrayée. Elle craint pour sa vie, pour celle de son bébé, pour vous. Et qui pourrait le lui reprocher ? Donner naissance à un enfant est une expérience terrifiante pour la plupart des femmes. Seize années se sont écoulées depuis qu'elle a mis Harry au monde. Et il est né dans des circonstances... dans des circonstances éprouvantes...

— Je sais tout de cet épisode, l'interrompit-il brusquement.

Mary hocha la tête, soulagée de ne pas avoir à entrer dans les détails.

— Dans ce cas, vous savez que le travail pour Harry a été très court. C'était presque fini avant même d'avoir commencé, et elle est tombée tellement malade après qu'elle s'en souvient à peine. Par ailleurs, elle n'avait que dix-huit ans quand elle a donné naissance à Julian – cela remonte à une vie entière... C'est donc comme si elle vivait son premier accouchement. Est-ce étonnant qu'elle soit effrayée ? (Mary serra le bras de Jonathon.) Pour l'instant, c'est de *vous* qu'elle a besoin. Plus que jamais, vous devez être courageux, pour elle et pour votre bébé.

Une étincelle s'alluma dans les yeux sombres de Jonathon.

— Je devrais donc surgir dans la chambre de madame, au diable le médecin et tous les autres ?

Mary sourit et hocha la tête.

— Qu'ils aillent tous au diable, Votre Grâce. Mais équipez-vous d'une armure. Vous en aurez besoin pour vous protéger des insultes qu'elle va inévitablement vous lancer au visage.

Jonathon arbora un grand sourire, joignit ses deux mains avec force et les frotta d'un air joyeux.

— Bien. J'ai hâte ! Merci, ma chère.

Il embrassa impétueusement Mary sur le haut de la tête, tourna les talons et s'éloigna à grandes enjambées. Sans un mot pour personne, il salua néanmoins tout le monde en agitant la main au-dessus de sa tête, puis il suivit le chemin qu'avait emprunté le médecin, remontant le couloir qui menait à la chambre qu'il partageait avec sa femme. Arrivé à ses appartements, il ouvrit la porte en grand sans prévenir et sans cérémonie, puis s'avança sur le champ de bataille.

Mary ne retourna pas immédiatement dans la chambre, mais elle aurait aimé être une petite souris pour voir les visages du médecin, des suivantes de sa cousine et de Gabrielle de Crespigny quand son intuition se confirmerait et qu'Antonia se mettrait à vociférer contre son mari, juste avant de passer ses bras autour de son cou et de s'y accrocher comme si sa vie en dépendait, soulagée qu'il soit enfin près d'elle, lui faisant promettre de ne plus la quitter jusqu'à la naissance de leur bébé.

Si Mary était assez chanceuse pour avoir un jour d'autres enfants, elle espérait que son époux voudrait être avec elle pour lui tenir la main pendant l'accouchement. Donner naissance à Teddy avait été une expérience solitaire et terrifiante qu'elle n'aurait pas supporté de revivre, et elle n'y serait pas obligée si Christopher était auprès d'elle. Il voudrait très certainement être avec elle quand elle donnerait naissance à leur enfant... *Leur enfant...* Elle y pensait déjà alors qu'elle n'avait pas encore accepté sa demande. Mais il fallait d'abord qu'elle parle à Evelyn, qu'elle lui révèle ses vrais sentiments, à qui appartenait son cœur ; elle lui devait bien cela. Elle aimait Christopher – elle était même amoureuse de lui. Elle aimait aussi Evelyn, mais elle était maintenant persuadée que l'amour qu'elle ressentait pour son cousin n'était pas le même que celui qu'elle ressentait pour son voisin.

Elle laissa son regard traverser la pièce et se poser sur Christopher, qui avait rejoint le duc sur la banquette. Elle sourit pour elle-même en les voyant en pleine discussion amicale. Elle n'aurait jamais pu prédire qu'ils s'apprécieraient sur-le-champ. Mais cela n'aurait pas dû la surprendre, car ils avaient tous les deux la rigueur et la sincérité à cœur, ils étaient tous les deux honorables et honnêtes, et ils pouvaient tous les deux faire preuve de pédantisme par moment. Par ailleurs, elle avait autant d'admiration et d'estime pour l'un que pour l'autre.

Pourquoi, quand Christopher l'avait demandée en mariage, ne s'était-elle pas jetée à son cou avant de l'embrasser et de lui dire oui, tout en lui avouant qu'elle était la plus heureuse des femmes ? C'était ce que toute femme libre d'esprit et émancipée aurait fait. C'était ce qu'elle aurait dû faire, si la retenue n'était pas autant enracinée en elle. Ce besoin constant de réfléchir aux conséquences de ses actes devait avoir épuisé sa spontanéité. Si seulement elle s'autorisait à être celle qu'elle voulait être, et non celle qu'elle avait appris à être…

— Mary ! Qui est cet individu qui discute avec le duc ? s'enquit une voix féminine et stridente près d'elle.

Mary poussa un petit soupir de satisfaction, les yeux toujours rivés sur Christopher.

— L'homme que je veux épouser.

TRENTE-ET-UN

— Ne marmonnez pas, Mary ! Vous avez dit « Jean-Vincent » ? Cet homme s'appelle Jean-Vincent Pousset ?

Mary pâlit. Elle avait exprimé ses pensées à voix haute, et à nul autre que sa mère – la dernière personne à qui elle voudrait jamais se confier. Elle perdit ses moyens et rougit de sa propre ineptie. Mais par habitude, elle parvint à maîtriser son agitation. Son dos se raidit, elle releva le menton et baissa les yeux. Elle souleva légèrement ses jupons et fit une révérence respectueuse devant la comtesse de Strathsay, puis elle lui demanda comment elle se portait, espérant faire oublier à sa mère son besoin d'obtenir une réponse à sa question.

— Comment allez-vous, mère ? Votre migraine bilieuse s'est-elle calmée ?

— Non, elle ne s'est pas calmée ! Mais quelle importance ont ma migraine et ma santé quand l'histoire est sur le point d'être écrite cette nuit ? Il faut s'élever au-dessus de ses propres envies et besoins pour une telle occasion, pour savoir qu'on a fait partie de quelque chose de plus grand que nous.

— Je ne comprends pas. Si vous êtes toujours souffrante, vous auriez dû rester au lit.

Charlotte Strathsay leva les yeux au ciel et émit un petit clappement de langue familier ; le dos de Mary se raidit encore plus et elle eut un pressentiment de ce qui allait arriver.

— La duchesse de Kinross est sur le point de donner naissance à l'héritier d'un duché écossais, Mary, articula sa mère sur le même ton qu'un adulte fâché emploierait avec un enfant. Sa Grâce a déjà donné un héritier à un duché anglais. Même vous, vous devez bien avoir compris qu'après cet accouchement, votre cousine sera l'aïeule non pas d'un mais de deux duchés, dans deux royaumes différents. Voilà bien une chose dont on peut se vanter !

— Je doute que ma cousine la duchesse accorde la moindre importance à cela pour le moment, mère. Tout ce qu'elle veut, c'est donner naissance à un bébé en bonne santé et survivre à l'accouchement, et c'est ce que le duc veut aussi.

— Comment pourriez-vous connaître leurs envies et leurs besoins, alors que...

— Parce que c'est ce que toute mère voudrait...

— Arrêtez de raconter des sottises. Vos observations insignifiantes ne manquent jamais de me surprendre ou de me décevoir. Parfois, je me demande même si vous êtes bien ma fille. Vous arrivez toujours à rendre banales les choses d'une importance capitale. Votre cousine n'est pas n'importe quelle femme sur le point d'accoucher, c'est une duchesse.

— Je le sais, mère.

— Alors vous savez aussi que sa position privilégiée exige qu'elle fasse passer les intérêts du duché d'abord. Cela dit, cette très chère Antonia oublie parfois qui elle est et ne prend alors pas son statut assez au sérieux. Après tout, elle a traversé le pays dans des conditions difficiles pour aller vous chercher, vous, pour la simple raison que votre *enfant* a fait une espèce de crise puérile, ce qui représentait un risque inutile pour elle et le bébé, et ce qui explique sans doute pourquoi elle a commencé le travail trop tôt. S'il devait arriver quoi que ce soit à l'héritier du duc de Kinross, ce serait votre faute, Mary.

— M-ma... *faute* ? bredouilla Mary, perdant momentanément l'usage de la parole.

— Vous n'avez pas l'air très en forme, milady, dit doucement Deb Roxton en s'approchant de la mère et de la fille.

Elle adressa un sourire chaleureux à Mary, puis dit à Lady Strathsay :

— Une tasse de thé vous ferait peut-être du bien ?

— Oui, je crois que vous avez raison, ma chère. Une excellente idée, approuva la comtesse avec un sourire et un soupir, d'une voix suintant l'obséquiosité, entièrement différente de celle utilisée avec sa fille. Si vous aviez la gentillesse de m'en servir une, je suis sûre qu'une tasse de thé aiderait à contenir les martèlements dans ma tête dans les limites du tolérable.

Le regard de Mary passa de sa mère à Deborah, puis elle regarda

Roxton et Christopher et s'aperçut qu'ils avaient interrompu leur conversation et assistaient eux aussi à cet échange.

Toujours habituée à céder, à mettre de l'eau dans son vin, à encaisser sans broncher les critiques mesquines que sa mère lui faisait en public, à être remise à sa place, car elle ne pouvait jamais gagner contre elle et qu'il était bien plus simple de ne rien dire que de s'opposer à son point de vue, Mary, ce soir-là, ne l'entendait plus de cette oreille. Elle n'aurait pas vraiment su dire ce qui la poussa à adopter une attitude défiante ; c'était peut-être son inquiétude exacerbée pour sa cousine qui était sur le point d'accoucher, ou le fait que Christopher soit témoin du comportement consternant de sa mère, ou peut-être ne pouvait-elle simplement plus tolérer que les membres de sa famille acceptent sans sourciller la façon dont sa mère lui parlait avant d'intervenir pour elle comme si elle était incapable de se défendre toute seule. Peu importe la raison, et selon elle, il s'agissait d'un mélange des trois – bien que ce soit le fait que Christopher assiste au comportement humiliant de sa mère qui l'ait réellement poussée à se rebiffer –, cette fois-ci, elle ne la laisserait pas la rabaisser.

Malgré tout, sa détermination ne l'empêcha pas d'avoir l'estomac noué et les jambes en coton. En vérité, sa mère l'effrayait tout autant maintenant qu'elle était adulte que quand elle fréquentait encore la salle de classe. Anticiper sa réaction à la moindre remise en cause de son autorité parentale était presque aussi paralysant que la remise en cause en elle-même. Mais pour une fois, Mary n'allait pas céder, et avec sa main serrant fermement son poignet, elle dit à voix basse, mais d'un ton catégorique :

— Mère, si vous voulez une tasse de thé, je vais aller vous la chercher. Deb n'a pas à vous servir. Vouloir qu'elle vous obéisse au doigt et à l'œil est une preuve de prétention et nourrit votre vanité. Deb vient d'allaiter son enfant, elle-même aurait bien besoin d'une tasse de thé, que je vais également aller lui chercher.

— Mary, j'essayais seulement de… commença la duchesse, s'interrompant pour changer d'attitude sous le regard déterminé de Mary. Avec plaisir. Merci, Mary. Votre mère et moi allons nous asseoir près du feu pour boire notre thé.

La comtesse campa sur ses positions.

— Vous n'êtes clairement pas vous-même, Mary, pour oser nous parler sur un ton aussi scandaleux, à moi et à la duchesse. Vous nous devez des excuses.

— Non, mère. Je n'ai pas à m'excuser. Allez vous installer près de la cheminée comme l'a suggéré Deb, je vous apporte votre thé. Ensuite, il faudra que je retourne auprès de ma cousine la duchesse.

La comtesse de Strathsay fixa sa fille comme si elle avait perdu la tête, car elle l'avait interrompue deux fois en autant de minutes. Son visage s'empourpra d'embarras et quand elle surprit le sourire échangé entre la duchesse de Roxton et son duc, elle fut convaincue qu'ils se moquaient d'elle et que Mary, qu'elle avait toujours considérée comme étant peu intelligente et socialement inepte, l'avait involontairement démasquée en une seule phrase, et en public.

En effet, Charlotte aimait être servie par la duchesse de Roxton, car cela renforçait son amour-propre et appuyait l'illusion selon laquelle elle était un membre important du cercle restreint des Roxton. Mais elle ne pouvait pas tolérer que sa fille attire l'attention sur cette vanité. Momentanément sous le choc, elle ne put trouver une réplique appropriée, mais elle savait qu'elle devait faire quelque chose pour réaligner les planètes selon sa vision du monde.

— Je m'assiérai quand j'en aurai envie, non parce que vous me le demandez, rétorqua-t-elle, ses mains gantées agrippant son éventail fermé, le menton relevé. Autant vous le dire maintenant : puisque vous n'avez rien fait pour réfréner les idées farfelues de votre enfant, ce qui a causé un épisode des plus embarrassants sur lequel je ne supporterais pas de revenir, j'ai dû intervenir, pour son bien. Si sa mère ne sait pas ce qu'il y a de mieux pour elle, c'est à moi, sa grand-mère, de m'interposer et de faire ce qui me semble approprié.

— Est-ce de Teddy que vous parlez ?

Charlotte regarda sa fille comme si elle souffrait d'un manque de compréhension des notions les plus basiques.

— Avez-vous d'autres enfants ? Non ! Et c'est bien regrettable. Bien sûr que je parle de votre fille…

— Dans ce cas, je vous prie d'utiliser son prénom. Et je sais ce qu'il y a de mieux pour elle, inutile de vous en inquiéter.

— Inutile ? Seigneur, c'est peut-être vous qui vivez dans un monde farfelu. Cette enfant n'est pas normale, loin de là. Naturellement, ce n'est pas sur elle que je rejette la faute, mais sur ses parents – son père parce qu'il ne l'a pas autorisée à fréquenter ses cousins Roxton et vous, car vous vous moquez complètement du fait qu'elle passe son temps à faire des cabrioles avec les morveux sales et débraillés d'éleveurs de porcs, d'habitants du bois et gens du même genre.

— Je ne m'en moque pas du tout. Et vous n'êtes jamais venue à Abbeywood, vous ne connaissez donc pas…

— Je la connais, elle. Quant à eux, je n'ai pas besoin de les connaître et je n'en ai aucune envie. Heureusement que j'ai eu la sagesse de correspondre avec une école réputée pour jeunes filles à Cheltenham. J'ai pu convaincre la directrice de la prendre, non seulement grâce à mon titre, mais aussi grâce aux liens de parenté de l'enfant avec un duché. Et vous pouvez me remercier, cette femme n'a pas demandé à inspecter Theodora avant de l'accepter. Il lui aurait suffi d'un regard pour croire qu'elle admettait la sœur de Peter, l'enfant sauvage !

Mary était horrifiée, mais elle resta maîtresse d'elle-même.

— Vous n'auriez pas dû vous donner tant de mal pour Teddy sans me consulter d'abord. Si elle allait un jour dans un séminaire pour jeunes filles, ce serait uniquement parce qu'elle l'aurait voulu, et il faudrait l'approbation de son tuteur, Mr. Bryce.

— Oh, de grâce, Mary ! Comment pouvez-vous être bêtasse au point de penser qu'un paysan du fin fond des Cotswolds, qui se mêle de ce qui ne le regarde pas, pourrait avoir la moindre influence sur les gens civilisés ? Roxton s'amuse seulement avec ce rustaud hautain, il pourrait le décharger de cette tutelle ridicule d'un claquement de doigts. Et après le spectacle barbare de votre fille lors de sa première rencontre avec le duc, quand elle a agi tel un animal sauvage qui se serait échappé de sa cage, je dirais qu'il est temps de mettre fin à l'influence intolérable de cet homme. Si vous laissez cette situation continuer sur la même voie, elle finira inadaptée à la bonne société. Bon sang ! continua-t-elle d'un ton moqueur en parcourant la pièce du regard pour s'assurer qu'elle avait un public, qu'ils lui prêtaient attention et qu'ils seraient donc tout aussi scandalisés qu'elle. Je n'ai jamais été plus choquée que quand l'enfant m'a dit qu'elle portait un haut-de-chausses sous ses jupons pour pouvoir grimper aux arbres. C'est tellement pervers !

— Je lui ai moi-même cousu ses hauts-de-chausses…

— Quelle nigaude ! Vous êtes donc encore plus écervelée que ce que je pensais. Pourquoi vous prêtez-vous à son jeu… ?

— Pour l'exacte raison qu'elle vous a donnée. Pour qu'elle puisse grimper aux arbres.

La comtesse frissonna de dégoût.

— Barbare !

— Je ne suis pas de cet avis. Ce n'est pas barbare. Ce qui est barbare, c'est de forcer une enfant à rester assise bien droite pendant des heures avec un gros livre en équilibre sur la tête pour lui donner une posture correcte…

— Ce n'était pas en vain. Votre maintien est impeccable.

— ... et de lui donner des coups de canne sur les épaules si le livre devait glisser. Voilà ce qui est barbare, mère.

— Il n'y a rien de mal à discipliner un enfant, n'importe qui vous le dira. Et si vous continuez à encourager les caprices ridicules de *votre enfant*, non seulement on se demandera si elle n'est pas crétine, mais en plus vous ne pourrez jamais la marier. Je vous dis cela pour votre propre bien, Mary, et pour le bien de cette enfant. Il faut corriger son comportement non conventionnel avant qu'il ne soit trop tard, sinon vous serez obligée de la cacher dans cette cambrousse des Cotswolds pour le restant de ses jours.

Mary prit une profonde inspiration et redressa l'échine. C'était une chose que sa mère la dénigre – elle était à présent immunisée contre ses constantes insinuations blessantes à propos de son intelligence, de son apparence ou de son comportement –, mais qu'elle s'en prenne à Teddy était inacceptable, elle ne pouvait pas le tolérer.

— Teddy n'est qu'une enfant, une enfant qui aime passer du temps à l'extérieur. Dair refuse d'être confiné entre quatre murs, et c'est pareil pour Teddy.

— Faites preuve de bon sens ! Votre frère vient d'hériter d'un comté. Il peut dire et faire ce qu'il lui plaît et rester dehors autant qu'il le souhaite. Teddy n'est qu'une femme, elle doit donc savoir que sa place est dans un salon.

— Non, mère. Sa place est là où elle se sent à l'aise. Par ailleurs, je suis horrifiée de vous entendre suggérer que votre unique petit-enfant souffre d'une déficience mentale. Et vous n'avez aucun droit de tenir des propos aussi désobligeants sur son tuteur.

— Je n'aurais aucun propos à tenir sur un tel individu si vous aviez déjà accompli votre devoir en vous remariant, ou si vous aviez au moins reçu une demande en mariage d'un prétendant convenable !

— Vous seriez surprise d'apprendre qui on peut rencontrer à la campagne, lança malicieusement Mary avec un sourire.

Satisfaite de sa raillerie, elle alla jusqu'à lancer un regard à Christopher.

La comtesse remarqua ce regard et vit le bel étranger rendre son sourire à sa fille et s'incliner légèrement devant elle. Cet échange l'intrigua et intensifia sa curiosité quant à l'identité de cet homme. Il n'était pas jeune, sa tenue sobre suggérait un tempérament sérieux, et la qualité du tissu, sa confection bien ajustée, le vernis de ses chaussures et la blancheur de son jabot et de sa chemise indiquaient qu'il s'agissait d'un homme ayant des ressources personnelles. Lui et le duc étaient en pleine conversation détendue, elle en déduisit qu'ils étaient égaux socialement. Il était évident qu'il s'intéressait à sa fille, il ne l'avait pas quittée du regard depuis qu'elle était entrée dans la pièce. Elle était peut-être face à un possible prétendant. Elle décida de mettre son hypothèse à l'épreuve.

— Vous qui êtes restée dans la campagne du Gloucestershire depuis la mort de Sir Gerald, vous avez sans doute attiré de la racaille qui ne saurait pas faire la différence entre un baronnet et un vendeur de rue. Mais maintenant que vous êtes avec vos semblables, dit-elle en tapotant le bras de Mary avec son éventail, vous allez peut-être trouver un gentleman possédant titre et fortune, et digne de votre ascendance. Mais je ne me fais pas trop d'illusions, votre apparence banale et votre âge jouent contre vous. Il faudra vous contenter d'un prétendant qui a dépassé la cinquantaine et qui a la goutte.

Elle conclut ce qu'elle jugeait être un bon mot avec un sourire suffisant adressé à Deb Roxton, comme si elle s'attendait à ce que la duchesse soit d'accord avec son résumé déprimant des chances qu'avait sa fille de se trouver un nouveau mari. Mais sa remarque tomba à plat et pour couronner le tout, un silence embarrassé persista. La comtesse n'avait réussi qu'à s'humilier.

La situation poussa Mary à faire une remarque irréfléchie, ce qui eut pour conséquence fâcheuse de la faire passer pour une femme volage et capricieuse, et ce devant le seul homme qui avait de l'importance à ses yeux. Quand elle s'en rendit compte un peu plus tard, elle fut mortifiée. Mais sur le moment, elle était trop en colère pour se préoccuper de ceux qu'elle pouvait blesser. Elle voulait simplement remettre sa mère à sa place.

— Il se trouve que je m'attends à recevoir une demande en mariage, d'ici la fin du mois, de la part d'un aristocrate. Mais il n'est pas vieux et je n'ai vu aucun signe de goutte. Si j'accepte sa demande, je deviendrai comtesse pour la nouvelle année. Voyez, mère, je ne suis ni aussi laide ni aussi indigne que ce que vous supposez.

— Une comtesse ? La vie ne cessera jamais de me surprendre ! En tant que fille du comte de Strathsay, j'espérais bien que vous n'accepteriez rien de moins, proclama la comtesse, contredisant ses propos précédents. Épouser un noble à la tête d'un comté aidera beaucoup à vous réinsérer en société, vous et Theodora. Naturellement, vous lui avez dit que vous accepteriez sa demande quand elle sera faite. Mais cela n'arrivera pas s'il apprend que vous vous en remettez à un rustaud pour veiller au bien-être de votre fille, j'espère donc qu'il ignore tout de la situation actuelle...

— Mr. Bryce est un gentleman au bon sens infini et qui tient beaucoup à Teddy. Arrêtez de le traiter d-de « rustaud ». Il a été éduqué à Harrow et a passé de nombreuses années sur le continent, c'est donc un homme au savoir-faire considérable et...

— Oh ! Je suis persuadée qu'il a un savoir-faire considérable et qu'il tient *beaucoup* à elle. Ses années passées chez des étrangers ne font qu'accentuer mes soupçons. Je suis la grand-mère de l'enfant, j'ai donc tout à fait le droit d'exprimer mes peurs.

— Vos soupçons ? Vos peurs ? Que voulez-vous donc dire ?

— L'enfant m'a dit que son tuteur lui apprenait à danser le menuet et que vous l'autorisiez à se rendre chez lui sans chaperon.

Mary fronça les sourcils.

— Quels soupçons et peurs peuvent vous inspirer de la danse et ces visites ? Teddy tire beaucoup de plaisir des deux.

La comtesse éclata d'un rire forcé.

— Ah ! Espèce de nigaude ! Que vous êtes naïve. Ne comprenez-vous pas qu'il a des vues sur elle... ?

— *Des vues ?* répéta Mary en battant les paupières d'incompréhension.

Sa mère se rapprocha d'elle et lui siffla au visage :

— Pour l'instant, c'est une enfant, mais d'ici deux ans, elle aura l'âge légal. Y avez-vous pensé, à cela ? Bien sûr que non ! Ce moins-que-rien, ce péquenaud pourrait très bien l'épouser sous votre nez et s'emparer de sa belle dot – enfin, ce serait une belle somme pour répondre aux besoins d'un plouc. Et il a déjà commencé à la dresser en lui apprenant à danser et en la recevant chez lui sans surveillance, elle sera facilement manipulée et cédera à ses demandes. Mais si vous épousez ce comte inconnu et que Teddy est envoyée au séminaire, ses plans seront contrecarrés et l'enfant sera protégée de sa perfidie.

Mary recula rapidement en chancelant, comme si on l'avait frappée. Elle commençait à comprendre ce que sous-entendait sa mère à travers ses horribles insinuations, et elle se retrouva en état de choc. Mais elle s'efforça de retrouver sa voix, une main posée à la base de sa gorge serrée et enflammée.

— Oh ! Vous... vous êtes vraiment une-une horrible, *horrible* femme, parvint-elle à articuler. Pourquoi... pourquoi penser de telles... ? Comment pouvez-vous penser des choses aussi *atroces* ? Quelle *effroyable* accusation à lancer contre un gentleman – oui, un *gentleman* – dont vous ne connaissez rien ! Si vous n'étiez pas ma mère, je vous prendrais pour le diable en personne...

— Oh, cessez d'être aussi dramatique, Mary ! Vous êtes d'une naïveté grotesque, déclara froidement la comtesse.

Elle resta de marbre face au désarroi de sa fille et même si son assurance pleine d'arrogance vacilla quand les autres occupants de la pièce se rassemblèrent autour d'elles, ce ne fut pas suffisant pour la dissuader de continuer. Elle ajouta en reniflant :

— Vous savez très bien, comme tout le monde ici, que les mariages arrangés entre enfants sont très courants.

— Entre enfants, oui ! Mais ce que vous insinuez…

— Et il n'est pas rare que les époux soient bien plus âgés que leur femme, cela ne fait hausser aucun sourcil. Inutile de vous rappeler que pour votre propre mariage, vous n'aviez que dix-huit ans…

— En effet, c'est inutile de me le rappeler !

— … ou que votre cousine avait un mari bien plus vieux qu'elle.

— Ma cousine la duchesse et moi étions des jeunes femmes, pas des enfants de dix ou douze ans ! Mais si j'étais d'une naïveté ridicule, madame la duchesse savait ce qu'elle voulait et était, à cet âge-là, bien plus éduquée que le sont généralement les femmes. Par ailleurs, elle était très amoureuse ; je ne l'étais pas, ne l'ai jamais été avec Sir Gerald, articula clairement Mary.

Elle ressentait tellement de colère et de dégoût pour sa mère qu'elle osa lever une main pour empêcher le duc de faire un commentaire quand il ouvrit la bouche pour prendre la parole. Elle n'avait pas fini.

— Je vous signale que ce qui vous dérangeait le plus n'était pas la différence d'âge qui existait entre ma cousine la duchesse et monsieur le duc, mais le fait qu'ils avaient un mariage heureux et aimant, quelque chose qu'on ne vous a pas accordé, ou que vous ne vous êtes vous-même pas accordé, pour tout dire. Et si vous voulez entendre la dure vérité, monsieur le duc de Roxton a plus agi comme un parent pour moi pendant la courte période où j'ai vécu ici que vous pendant toutes les années où j'ai vécu sous votre toit, madame !

» Je ne vous autorise pas à faire des allusions calomnieuses et malveillantes sur l'amour innocent qui existe entre ma fille et Mr. Bryce, un gentleman qui a aimé Teddy comme sa propre fille toute sa vie et qui a toujours été un bien meilleur père pour elle que son vrai géniteur ! Si vous souhaitez maintenir un contact avec elle et avec moi, vous feriez mieux d'apprendre à chercher les bons côtés des gens plutôt que de constamment les insulter, comme si des jugements aussi détestables vous faisaient passer pour une meilleure personne, plus décente que celle que vous êtes réellement. Je vais vous laisser réfléchir à cela, car je dois retourner auprès de ma cousine et… Oh, Seigneur ! Suis-je bête… marmonna-t-elle quand elle se détourna trop rapidement, ce qui lui donna soudain le vertige.

Jusque-là, elle ne s'était pas rendu compte que son état émotionnel exacerbé l'avait étourdie ; ses genoux se dérobèrent sous elle et elle commença à vaciller. Mais Christopher l'avait vue chanceler et il l'empêcha de tomber en l'attrapant par le bras avant de l'attirer contre lui. Il lui murmura de s'appuyer sur lui et en entendant sa voix grave et calme, Mary releva les yeux et regarda autour d'elle. Quand il lui adressa un clin d'œil, elle abandonna toute lutte émotionnelle et sa colère disparut entièrement, remplacée par une sensation de soulagement.

— Merci… J-je suis désolée que vous ayez été obligé d'écouter des suppositions aussi horribles et grotesques, et de la bouche de la grand-mère de Teddy en plus de cela, dit-elle.

Elle regarda autour d'elle et remarqua pour la première fois que Roxton était venu se placer près de la duchesse et qu'ils la regardaient tous les deux d'un air préoccupé, mais également que Lady Paget s'était levée de la banquette et s'appuyait légèrement sur sa canne près du couple ducal. Mary continua :

— J'aimerais vraiment trouver une excuse à ma mère, rejeter la faute sur une migraine ou une fièvre du cerveau, n'importe quoi pouvant m'éviter de reconnaître la triste vérité : c'est une misérable qui ne pense qu'à elle et qui a un cœur de pierre…

— Espèce de fille indigne ! Redressez-vous et cessez de jouer la comédie. Et qui est ce gentleman qui ose vous tenir le bras comme si vous lui apparteniez ?

— *Assez,* siffla Roxton d'un ton menaçant qui poussa Lady Strathsay à relever les yeux vers lui d'un air surpris et effrayé et à fermer immédiatement la bouche. C'était la toute dernière fois que vous harceliez et réprimandiez votre fille, Charlotte. Ce n'est plus une enfant, même si je suis persuadé que vous la tourmenteriez quand même de façon aussi ridicule si elle avait soixante ans ! Mais si vous voulez continuer à faire partie de cette famille, vous allez devoir faire preuve d'un peu d'humilité et de circonspection, et laisser votre fille tranquille. Il est de mon devoir de vous rappeler que vous ne faites partie de cette famille que par le mariage, non par le sang. Contrairement à Mary, qui en vertu de ce lien du sang bénéficie incontestablement de ma protection et de ma munificence, vous êtes tout juste tolérée ici. Bon Dieu, même son mari, en tant que demi-frère de la duchesse, avait plus de légitimité pour revendiquer une place autour de ma table, et je refusais que Sir Gerald s'approche à moins de trente kilomètres d'ici ! Il suffirait d'un mot de votre fille pour que j'interdise avec joie à votre carrosse de passer mon portail. M'avez-vous bien compris, madame ?

La comtesse regarda rapidement les visages muets autour d'elle et se rendit compte qu'ils étaient tous d'accord avec le duc. Elle comprenait qu'il était furieux contre elle, mais elle ne comprenait pas pourquoi, car elle tenait Mary pour responsable de sa colère. Par ailleurs, elle avait une telle vanité parentale qu'elle était incapable de comprendre pourquoi Roxton prenait le parti de sa fille et non le sien, car elle était persuadée d'avoir raison. Cependant, elle savait quand il fallait battre en retraite face à une autorité ducale. Elle fit donc une révérence et dit docilement, les lèvres pincées :

— J'ai bien compris, Votre Grâce.

— Bien. Je ne veux plus vous entendre affirmer des choses aussi ridicules et totalement répréhensibles à propos du gentleman que vous avez calomnié. Et maintenant, je vais le laisser prendre la parole pour lui-même, car je suis certain qu'il est impatient de vous dire précisément ce qu'il pense, et vous méritez tout ce qu'il prendra la peine de vous reprocher, madame.

Quand le duc adressa un hochement de tête à Christopher, ce dernier lâcha le bras de Mary avec un sourire, attendit d'être sûr qu'elle tenait debout et qu'elle n'avait plus le tournis, puis se tourna pour saluer la comtesse. Il exécuta une révérence d'une politesse extrême, la grâce naturelle avec laquelle il se mouvait adoucissant la ligne sévère dans laquelle était figée la bouche de la comtesse. Mais quelques secondes plus tard, elle pinça de nouveau les lèvres, plus sévèrement encore, car quand il se redressa et croisa son regard sans ciller, elle vit le mépris sur son beau visage. Mais ce n'était rien comparé à l'embarras qu'elle ressentit quand il s'adressa à elle.

— Vous avez perdu le droit à des présentations polies avec vos remarques malveillantes et diffamatoires, milady. Mais pour votre fille et votre petite-fille, pour Leurs Grâces et pour ma mère, qui ont écouté avec patience les propos immondes qui sortaient de votre bouche, je vais vous dire précisément qui je suis, ce que je suis. Mr. Bryce de Brycecomb Hall, dans le Gloucestershire, écuyer ayant un revenu de dix mille livres par an, je suis tout sauf un simple rustaud. Et je compte épouser votre fille, si elle veut bien de moi.

— Rustaud ? Gloucestershire ? *Écuyer* ? (La comtesse battit des paupières.) *Dix mille* livres par an ? M-mais vous n'êtes pas un comte.

— Non. Et je ne le serai jamais, répondit Christopher avec un grand sourire. Mais ce doit être moi qui souffre d'une fièvre du cerveau, car je veux quand même épouser votre fille, je le veux vraiment, même si cela signifie que vous deviendrez ma belle-mère.

Ce trait d'esprit fut accueilli par un gloussement collectif, puis ponctué par le claquement bruyant d'une porte qui venait de frapper violemment les moulures dorées du mur tapissé. Un valet de pied en livrée poussa un cri perçant et sursauta d'effroi quand la porte le manqua de peu. Tous les autres occupants de la pièce furent secoués et se tournèrent en même temps vers la porte, pour voir ce qui avait causé ce vacarme.

Leur regard tomba sur Jonathon, duc de Kinross, qui chancelait sur le seuil, le visage pâle, les yeux remplis de larmes et fixés droit devant lui, les joues humides. Il fit un pas dans la pièce, puis il tituba et s'effondra à genoux. Quand il couvrit son visage de ses larges mains, personne n'osa plus respirer.

TRENTE-DEUX

Mary fut la première à se précipiter vers l'avant et tomba aussi à genoux, faisant gonfler ses jupons en soie piqués. Elle donna son mouchoir à Jonathon et plaça une main apaisante dans son dos. Tous les autres se pressèrent autour d'eux et les fixèrent, à l'exception du duc de Roxton qui resta en retrait, les yeux tournés vers la porte ouverte. Si Deb ne l'avait pas fermement retenu, il se serait élancé dans le couloir sombre et aurait rejoint la chambre de sa mère pour découvrir par lui-même pourquoi son époux était recroquevillé sur le tapis.

— Respirez, Julian, chuchota Deb.

Mary disait la même chose à Jonathon. Christopher s'avança jusqu'au chariot à thé, y trouva une carafe d'eau citronnée et en remplit un gobelet. Il le donna à Mary, qui le donna à Jonathon pour qu'il en boive une gorgée afin de calmer ses nerfs. Ainsi, il serait peut-être capable, ensuite, de leur parler. Il vida le gobelet, que Christopher récupéra. Jonathon se sécha rapidement le visage. Quand il voulut se relever, ce fut Roxton qui lui tendit la main, tandis que Christopher aidait Mary à se relever également.

Tous restèrent silencieux, les yeux rivés sur Jonathon. Ils attendaient qu'il leur donne des nouvelles de la duchesse, mais ne voulaient pas poser de questions ou parler, de peur d'obtenir une réponse qu'ils ne voulaient surtout pas entendre. Quand Jonathon se couvrit de nouveau le visage d'une main avant de se sécher les yeux, ce fut trop pour le duc, qui l'attrapa par la manche et le secoua.

— Pour l'amour du Ciel ! Mettez fin à cette attente insoutenable d'une façon ou d'une autre !

Jonathon hocha la tête et prit une profonde inspiration, mais ses lèvres se mirent à trembloter et il fut de nouveau trop bouleversé pour parler ; il leva la main et enfouit son visage dans sa manche. Le duc n'en pouvait plus. Il s'était détaché de sa femme et s'avançait vers la porte quand Mary prit la parole. Ses mots, son calme et son assurance l'arrêtèrent, et il revint se placer près de la duchesse.

— Attendez, Roxton ! S'il vous plaît. Le duc a le droit de nous donner des nouvelles de sa femme et de son enfant. Je vous en prie. Accordez un moment à Kinross pour qu'il rassemble ses esprits. Cette journée a été chargée en émotion pour tout le monde, mais surtout pour lui et pour ma cousine la duchesse.

Elle toucha la main de Jonathon, releva la tête pour lui sourire et lui dit d'un ton convaincu, bien qu'elle soit très nerveuse intérieurement :

— Prenez votre temps, Votre Grâce... Ce n'est pas tous les jours qu'un homme devient père, et ce pour la deuxième fois. Chaque naissance est une merveille, Roxton pourra en attester, mais nous savons tous à quel point cette naissance est spéciale pour vous. N'est-ce pas ?

Sur ce, Jonathon s'essuya encore le visage et cette fois-ci, quand il prit une profonde inspiration, il parcourut du regard les visages pleins d'espoir réunis autour de lui et un grand sourire se dessina sur ses lèvres. Alors, tous ceux qui se trouvaient dans la pièce se détendirent et répondirent à son sourire, même Lady Paget, à qui Christopher chuchotait la bonne nouvelle : Sa Grâce de Kinross souriait jusqu'aux oreilles.

Jonathon se concentra ensuite sur Roxton : il l'attrapa par l'épaule, qu'il pressa avant de lui serrer la main. Il fit de même avec Christopher, puis il embrassa la joue de Deb et celle de Mary. Il prit cette dernière dans ses bras et la fit tourner dans les airs avant de la reposer. Elle recula en partant d'un rire haletant et tomba dans les bras de Christopher.

— Je dois retourner auprès d'elle... Elle va se demander ce qui me prend autant de temps... Mais il fallait que je vienne vous le dire, lança enfin Jonathon, retrouvant l'usage de la parole grâce à une série d'inspirations.

Puis il se mit à rire, secoua la tête et se mit à parler sans s'arrêter, comme s'il leur avait déjà dit ce qu'ils voulaient tous entendre et qu'il leur donnait simplement les détails :

— J'ai failli ne pas m'en sortir ! Gabrielle m'a houspillé, Michelle aussi. Et Antonia... Ah ! Quelle divine créature est ma femme ! Mary ? Mary ! Heureusement que vous n'étiez pas là, vos pauvres petites oreilles auraient pris feu. Les quelques dernières fois où elle a dû pousser, elle jurait tel un marin français ! Formidable ! Maintenant, si vous voulez bien m'excuser... Mary, vous devez y aller, elle vous demande. Et Roxton... elle demande que ses fils patientent un tout petit peu plus longtemps. (Il afficha un grand sourire penaud.) Les femmes. Il faut qu'elles aient le visage nettoyé et les cheveux coiffés avec des rubans. Ses suivantes s'occupent d'elle en ce moment même. Elle ne veut pas que vous la voyiez tant qu'elle n'est pas redevenue votre mère. Je ne sais pas si cela a du sens...

— Si, parfaitement, répondit Deb avec un sourire. N'est-ce pas, Julian ?

— Du sens ? Bon sang ! Rien de tout cela n'a de sens à mes yeux ! laissa échapper le duc en se passant une main sur le visage. Pour l'amour du Ciel, Kinross ! Vous ne nous avez pas dit comment elle va, et c'est ce qui importe le plus. Dites-moi qu'elle va bien. Dites-nous que ma mère et son bébé s'en sont sortis, qu'ils vont bien !

— Ah ! Oh ? Je ne l'ai pas dit ? Mes excuses. Oui ! Il faut que je fasse cela, bien sûr... Harry ! Jack ! Entrez ! Venez écouter la bonne nouvelle ! s'écria Jonathon, faisant signe aux deux jeunes garçons qui entraient dans la pièce d'approcher, Teddy sautillant devant eux.

Il attendit qu'ils se joignent au groupe, puis il baissa la tête vers Henri-Antoine qui affichait un air grave et lui dit gentiment, avec un sourire rassurant :

— Tout va bien, mon garçon. Votre mère s'est formidablement bien débrouillée. Elle et le bébé s'en sont sortis tout aussi formidablement...

— Oh, Dieu soit loué ! annonça Roxton avec un long soupir de soulagement, avant de s'écrouler immédiatement sur la chaise la plus proche.

— Et elle veut vous voir. J'enverrai quelqu'un vous chercher, vous et votre frère, quand elle sera prête.

— Merci, monsieur, répondit Henri-Antoine avant de pousser un léger soupir et d'afficher un rare sourire. Le souhait le plus cher de mère s'est-il réalisé ? Ai-je une sœur ?

Jonathon regarda les visages impatients autour de lui et fut de nouveau bouleversé. Il tapota gentiment l'épaule d'Henri-Antoine avant de se racler la gorge et de se ressaisir mentalement. Par-dessus la tête du jeune, il regarda Roxton, qui était toujours assis et tenait la main de sa femme, puis il s'adressa à toute la pièce :

— Madame la duchesse m'a donné une fille. Le duché de Kinross a une héritière, et Dieu n'a jamais créé plus belle chose sur terre.

Un tonnerre d'applaudissements retentit dans la pièce.

LES QUELQUES JOURS SUIVANTS NE FURENT QU'AGITATION ET fatigue pour Mary, qui supervisait les allées et venues des visiteurs dans la chambre de la duchesse ; elle devait s'assurer que tous les membres de la famille et les invités puissent s'extasier devant le bébé ducal, mais aussi que la duchesse ne finisse pas épuisée et qu'elle et Jonathon aient encore le temps de rester seuls et de faire connaissance avec leur nouveau-né. Gabrielle de Crespigny s'occupait de répondre aux besoins du bébé et de gérer la nursery et ses bonnes d'enfants, Michelle supervisait les bonnes, et le majordome, Marc Gallet, fit bientôt reprendre à la maisonnée son rythme habituel, étant donné qu'il y avait un nouveau-né dans la maison.

Le jour de Noël, deux carrosses du duc de Roxton arrivèrent de la maison principale pour récupérer Mary, Christopher, Lady Paget, Teddy, Mme de Crespigny, Marc Gallet et les domestiques de haut statut pour assister à l'office familial dans la chapelle de Treat, suivi par un somptueux banquet de Noël, ainsi que des jeux et des cadeaux pour les enfants. Pour la première fois, Antonia se retrouva seule avec son bébé, avec Michelle pour seule compagnie – elle refusait de la quitter – et sans Jonathon, qu'elle avait envoyé passer la journée avec la famille, car il n'était pas sorti de leurs appartements depuis la naissance et que, selon elle, l'air hivernal lui apporterait assez de clarté pour leur permettre de prendre une décision finale quant aux prénoms de leur fille avant la cérémonie de baptême. Par ailleurs, il manquait aux petits-enfants d'Antonia, en particulier à Frederick, qui voudrait avoir des nouvelles de sa Mema et du bébé de sa bouche et de nulle autre.

Les couloirs et les pièces de Crecy Hall retrouvèrent donc leur calme pour la première fois depuis très longtemps. Antonia en profita pour ne rien faire à part observer sa petite fille d'un air émerveillé. Alors qu'elle somnolait, son bébé blotti dans le creux de son bras, elle rêva que son neveu était assis au bord de son lit, face à elle. Il avait les jambes croisées et lui souriait de son sourire bien à lui, la tête penchée sur le côté tel un perroquet interrogateur, ses yeux d'un bleu éclatant ressemblant tant à ceux de son père et emplis d'une malice non dissimulée. Mais cette fois-ci, il avait les yeux vitreux et il était bien plus vieux et émacié que dans ses souvenirs. Par ailleurs, une cicatrice était apparue au niveau de son sourcil et de sa joue gauche. Elle ne se souvenait pas que ses cheveux étaient gris par endroit ; cela dit, il avait toujours porté une perruque ou poudré ses propres cheveux.

Avec un sourire endormi, elle tendit une main vers lui par-dessus le couvre-lit. Il lui rendit son sourire et prit sa main, qu'il garda fermement dans la sienne après y avoir déposé un baiser. Comme toujours, la tante et le neveu discutèrent en français, leur langue maternelle.

— Un garçon ou une fille ?

— Une fille.

— Je n'y connais rien aux bébés, mais elle est belle et elle semble apaisée, tout comme vous.

— Je suis contente que vous soyez ici, mon chou. Nous ne nous sommes pas vus depuis bien trop longtemps.

— Et je suis content que vous soyez heureuse et que vous ayez une nouvelle famille. Vous ne méritez rien de moins. Mary m'a dit que votre nouveau duc était un homme bien et que de sa propre manière unique et indomptable, il n'était pas si différent de monsieur le duc de Roxton.

— C'est vrai, et je l'aime, d'autant plus qu'il accepte que j'aimerai toujours monseigneur également. Et quand mon heure viendra, je retournerai auprès de lui. En attendant, j'appartiens à Jonathon. Il m'a donné le plus beau des cadeaux et nous sommes très heureux.

— Je suis passé au mausolée leur rendre hommage. Cet endroit convient parfaitement à mes parents. J'étais heureux de constater qu'ils tiennent compagnie à monseigneur. Je leur ai demandé pardon... Si seulement, pour eux, ma vie avait été différente – si seulement moi, j'avais été différent. Mais il est inutile de souhaiter l'impossible, n'est-ce pas ? C'est ainsi que commence la folie...

— Regrettez-vous de ne pas leur avoir dit que vous étiez vivant ?

— Mon père le savait. Il l'a toujours su. Après ma... hum... mort, nous avons continué à nous écrire. Je lui ai fait promettre de ne pas le dire à mère.

— C'était sage de votre part. Votre mère aurait importuné Vallentine jusqu'à ce que mort s'ensuive pour qu'il lui dise où vous vous trouviez. Il valait mieux qu'elle fasse son deuil et qu'elle le laisse tranquille plutôt que de s'inquiéter pour vous.

— Ah, ah ! Ainsi, mon père s'est confié à monseigneur, qui vous l'a ensuite dit. Bien sûr. Et pourtant vous n'avez jamais rien dit à personne, même pas à votre fils ?

— Ce n'était pas à moi de révéler quoi que ce soit à quiconque. Vous souhaitiez passer pour mort, il n'y avait aucune discussion possible. De la même manière, ce n'est pas à moi de dire à Mary que votre demande en mariage, bien que sincère, avait pour but de pousser

Christopher Bryce à écouter ses sentiments et passer à l'action, n'est-ce pas ?

— Et nous pensions tous que c'était monseigneur qui était omniscient !

La fossette d'Antonia se creusa.

— Je ne sais pas tout. Mais je connais mon fils, et le tempérament de monsieur Bryce est très semblable à celui de Julian. Ce qui leur importe, c'est l'honneur, le devoir et faire ce qui est juste, même si c'est à leur propre détriment.

Evelyn esquissa un sourire en coin.

— Je suis persuadé qu'ils s'entendent à merveille. Une relation basée sur l'admiration mutuelle.

— Absolument. Mais vous le saviez, vous aussi, n'est-ce pas, mon chou ?

— Il suffisait de les rassembler dans une même pièce… Le noble écuyer a-t-il enfin eu le cran de déclarer son amour à Mary ?

— Pouvez-vous en douter ? Ils sont amoureux, et amants. Et il l'a demandée en mariage. Mais ils ne sont pas fiancés – pas encore.

— Bigre, pourquoi pas ?

— C'est vous, non, qui avez dit à Mary que vous reviendriez dans un mois pour la demander en mariage ? Ainsi, comme une fille bien sage, elle attend de pouvoir vous parler, de vous dire elle-même que son écuyer lui a fait sa demande. Elle lui dira oui seulement quand elle vous aura dit non. Elle aussi, elle peut être inflexible. Elle vous aime, mon chou, mais…

— … pas de la façon dont elle aime son écuyer. Je le sais, et je m'en réjouis. Vraiment. Si la situation avec lui avait pris une autre tournure, je l'aurais épousée, j'aurais fait d'elle ma comtesse et j'aurais pris soin d'elle. Vous avez toujours su pour Mary et moi. Nous avons grandi juste sous votre nez. Notre premier et seul baiser a eu lieu ici, à Treat. Mais je fais un piètre époux, ce que vous savez aussi. Oh, elle m'aurait supporté, aimé, aurait toléré mes excentricités égoïstes. C'est parce que c'est une douce créature – une fille bien sage, comme vous dites. Mais après un premier mariage déplorable, elle mérite un homme qui non seulement l'aimera énormément, mais qui la vénèrera, qui sera un mari dévoué, un père dévoué pour leurs enfants et pour sa fille. Je ferais un piètre remplaçant pour l'écuyer. Christopher Bryce est un homme digne, et il est digne de Mary.

— Tout ceci est très vrai, mon chou. Vos propos viennent du fond de votre cœur, car malgré ce que vous laissez paraître aux yeux du monde, je sais que vous aussi, vous êtes un homme bien qui a bon cœur.

— Seulement pour ceux que j'aime. Pour les autres, je suis le diable en personne.

Il embrassa de nouveau sa main, baissa les yeux vers son bébé endormi et ajouta en souriant et en relevant les yeux vers elle :

— J'espère que j'aurai la chance de la voir quand elle sera grande.

Les doigts d'Antonia tremblèrent dans les siens et ses yeux verts se brouillèrent de larmes.

— Vous nous quittez encore.

Quand il hocha la tête sans rien répondre, elle ajouta :

— Je vous demanderais bien de nous écrire, mais je crains que ce soit impossible, non ?

— Je ne peux rien promettre, mais je ferai de mon mieux, malgré tout mon égocentrisme, pour au moins vous envoyer un signe de vie. Si vous aviez des nouvelles à me transmettre, envoyez-les-moi par le biais de Shrewsbury. Il saura où je suis.

Antonia fut surprise d'apprendre qu'il travaillait pour le chef des services secrets, tout en étant, finalement, étrangement peu surprise. Elle ne fit aucun commentaire, se contentant de dire :

— Et Mary ? Allez-vous lui faire vos adieux ?

— Cela ne serait pas très judicieux. Mais je ne suis pas totalement un lâche. Je lui ai écrit une lettre.

Il sortit un parchemin plié d'une poche de sa redingote et la déposa sur la table de chevet.

— J'aurais pu la faire envoyer, mais je voulais vous voir de mes propres yeux, ma chère tante bien aimée, m'assurer que vous vous portez bien, que vous êtes heureuse et satisfaite.

Antonia sourit en baissant la tête vers son bébé, qui commençait à s'agiter.

— Comme vous pouvez le constater, je suis plus heureuse et plus satisfaite que je ne l'ai été depuis longtemps.

Michelle apparut alors sur le pas de la porte, suivie par une bonne d'enfants. En voyant qu'un étranger était assis au bord du lit de la duchesse, les deux femmes s'avancèrent précipitamment, inquiètes. Mais quand Evelyn sauta du lit et leur fit une révérence exagérée avant de poser un doigt sur ses lèvres pour leur indiquer de ne rien dire, elles furent coupées dans leur élan et patientèrent. Tandis qu'elles restaient figées, redoutant les intentions de cet étranger, la petite continuait à s'agiter, la duchesse la berçant délicatement et s'extasiant devant sa fille.

Puis l'inconnu, le doigt toujours posé sur sa bouche et ses yeux bleus grands ouverts, s'approcha d'elles sur la pointe des pieds et les dépassa. Les deux femmes, subjuguées, se tournèrent pour le regarder partir. Alors qu'elles le suivaient du regard, il virevolta, attrapa le bord de la portière en tapisserie et, avec un clin d'œil et un sourire, écarta brusquement le rideau, qui vint claquer aux visages des deux domestiques.

L'étranger disparut comme il était arrivé, sans dire un mot et sans faire un bruit, tel un spectre.

Les deux femmes poussèrent un soupir de soulagement après son départ et la bonne d'enfants se risqua à jeter un coup d'œil derrière le rideau pour s'assurer qu'il était bien parti. Puis elle murmura à Michelle que madame la duchesse avait reçu la visite d'un fantôme. Michelle, qui tremblait intérieurement et avait pensé la même chose, lui dit dans un sifflement audible qu'elle était ridicule et qu'elle devait se remettre au travail.

Sur ce, Antonia releva la tête et découvrit qu'elle n'était plus qu'avec Michelle et la bonne d'enfants. Elle se demanda si, en effet, elle n'avait pas rêvé toute la conversation avec son neveu. Dans l'agitation causée par les soins accordés à un nouveau-né, la lettre sur la table de chevet, adressée à Lady Mary Cavendish, fut oubliée pendant de nombreuses heures.

TRENTE-TROIS

Deux jours après Noël, par un matin d'hiver froid et silencieux, les domestiques, maîtres, enfants, invités privilégiés et métayers honorés des deux maisons, Treat et Crecy Hall, s'étaient tous levés et préparés pour assister au baptême et aux célébrations qui marquaient la naissance de l'héritière d'un duché écossais – Elspeth Henrietta Jane Strang Leven : Elspeth, la forme écossaise d'Elizabeth, pour honorer la quatrième duchesse de Roxton ; Henrietta pour Henry, le quatrième duc, ancêtre commun de Jonathon et Antonia ; et Jane pour la mère d'Antonia. Elle serait officiellement connue sous le titre de marquise de Leven, et par ses parents aimants, ses demi-frères et sa famille proche, simplement sous le nom d'Elsie.

Le baptême se déroulerait dans la chapelle familiale des Roxton et serait suivi par un repas de fête organisé par le duc et la duchesse de Kinross à Crecy Hall. Après le dîner, ils pourraient danser. Teddy avait demandé la permission de danser un menuet en l'honneur de sa petite cousine. Antonia et Jonathon avaient été incapables de lui dire non, surtout qu'elle danserait ce menuet avec son oncle Bryce qui, elle le leur assura, était le meilleur danseur du pays, voire du monde.

Teddy était même prête à se faire belle pour l'occasion ; elle endura le port d'un corset, de sa plus belle robe hivernale en velours vert, de bas blancs brodés et de chaussures en velours brodées également, à talons et ornées de boucles en faux diamants. On brossa ses longs cheveux roux jusqu'à ce qu'ils brillent, puis ils furent tressés et attachés avec des rubans assortis en soie verte. Puis elle promit à sa mère qu'elle ne froisserait pas ses vêtements ; ainsi, c'était une vraie jeune lady que Christopher mènerait sur la piste de danse.

Ce fut donc en tant que jeune lady qu'elle descendit l'escalier, accompagnée de sa mère, pour rejoindre le carrosse qui les attendait pour les conduire à Treat, de l'autre côté du pont. Christopher et Kate les attendaient déjà dans le vestibule. En voyant Mary et Teddy sur le premier palier, Christopher guida sa mère jusqu'à elles pour les saluer. Il remarqua que Mary portait une robe en velours de la même teinte lavande que celle qu'elle avait portée à Brycecomb Hall le jour de la visite de la duchesse de Kinross. La couleur allait parfaitement avec ses yeux et avec le roux flamboyant de ses cheveux. Il voulait lui dire qu'elle était magnifique, mais il dirigea plutôt son admiration et son appréciation vers Teddy, car il voyait bien qu'elle avait fait beaucoup d'efforts pour apparaître sous son meilleur jour. Il s'inclina devant elle et elle lui répondit par une révérence, un grand sourire aux lèvres, ce qui fit aussi sourire sa mère. Kate complimenta également Teddy et, d'un geste habile qui ne passa pas inaperçu aux yeux du couple, elle prit la main de la petite fille et s'éloigna avec elle vers la cheminée tout en lui posant des questions sur son nouveau chiot, Nera ; quand serait-elle autorisée à la ramener à la maison, était-elle déjà sevrée ?

Ainsi, Christopher et Mary purent passer quelques minutes ensemble avant que le duc, la duchesse et leur petite fille, ainsi que Gabrielle de Crespigny, Michelle et la nurse, ne descendent l'escalier et les rejoignent pour se mettre en route vers la chapelle.

C'était la première fois en une semaine qu'ils avaient l'occasion de se retrouver seuls, s'ils ne prêtaient pas attention à Kate et Teddy devant la cheminée et aux quelques domestiques, en rang devant la double porte d'entrée, qui les attendaient pour les aider à enfiler leurs capes, gants, manchons et chapeaux. Ils s'étaient peu vus depuis la naissance d'Elsie, pas même lors des repas, car Mary restait constamment dans les appartements de la duchesse. Elle passait les quelques heures qu'elle avait pour elle-même avec Teddy, ou avec sa famille qui séjournait à la maison principale et venait leur rendre visite.

Christopher, lui aussi, était rarement seul. Il passait une grande partie de son temps dans la maison principale avec Kate, que la duchesse avait invitée à se refamiliariser avec la demeure. Il la laissait discuter avec l'ancien valet du précédent duc de Roxton, et parrain du duc actuel, Martin Ellicott. Le vieil homme n'était que trop heureux de prendre le thé et de déguster des gâteaux avec Kate, de revenir avec elle sur les jours de gloire de monseigneur, d'évoquer des connaissances mutuelles, et plus important encore, d'échanger des anecdotes à propos de monsieur le duc de Roxton et ses nombreux adages cinglants. Tous deux gloussaient et secouaient la tête en évoquant tout cela.

Tandis que Kate était divertie par le sémillant vieux gentleman, qui avait l'intonation et les manies d'un aristocrate, Christopher et le duc faisaient du cheval dans le parc, jouaient au billard et passaient des heures enfermés dans sa bibliothèque. Dans cette pièce, entourés par des milliers de livres à la reliure en cuir, assis dans des fauteuils confortables près de l'une des deux cheminées, ils étaient revenus sur la révélation surprenante que Philip Audley était un traître. Ils étaient tous les deux d'accord pour dire que si le secrétaire était bel et bien coupable de trahison, c'était par pur intérêt pécuniaire ; cet homme ne possédait pas un soupçon d'idéalisme. Une petite voix intérieure avait soufflé à Christopher qu'il serait imprudent de mentionner l'implication d'Evelyn Ffolkes dans le réseau d'espionnage de Shrewsbury et de lui dire qu'il était revenu d'entre les morts ; il laisserait cette révélation à quelqu'un d'autre. Mais il tenait à prouver au duc que son souhait d'épouser Lady Mary était sincère. Ils avaient discuté de l'avenir de cette dernière et de sa fille, du contrat de mariage, de la situation financière de Christopher et du futur d'Abbeywood Farm. Ils étaient tellement en accord l'un avec l'autre qu'ils avaient l'impression de se connaître depuis des années, et non quelques jours seulement.

Christopher avait obtenu la bénédiction de Roxton pour cette union, bien qu'il se soit senti obligé de le prévenir qu'un mariage aussi inégal ne plairait pas aux formalistes de la haute société, qui condamneraient à jamais le fait qu'une femme de leur cercle épouse un homme d'un rang inférieur au sien. Mais, et ceci était plus important pour lui que tout le reste, il voulait que Mary soit heureuse, et si son bonheur dépendait de son mariage avec Christopher, alors ainsi soit-il. Le couple serait toujours le bienvenu à Treat. Puis le duc l'avait surpris en lui disant qu'une demande de certificat spécial avait été envoyée à l'archevêque.

Roxton avait suggéré que le mariage ait lieu le plus rapidement possible après le baptême. Toute la famille était réunie, alors pourquoi attendre ? Même la confirmation de la mort du père de Mary, le comte de Strathsay, n'était pas une raison suffisante pour repousser leur union jusqu'à ce qu'une période de deuil convenable soit passée. En ce qui concernait le duc, qui admettait pourtant être à cheval sur les protocoles, le comte avait renoncé à une période de deuil appropriée quand il avait abandonné sa femme et ses enfants. Par ailleurs, cela faisait presque six mois qu'il était mort. Dair, le frère de Mary et comte présomptif, serait du même avis. Et avec un peu de chance et des vents favorables, le commandant Lord Fitzstuart serait de retour en Angleterre à temps pour leur donner sa bénédiction et assister à la cérémonie.

Sachant qu'il avait la bénédiction du duc pour épouser Mary et que la cérémonie était pratiquement arrangée, Christopher avait quitté la bibliothèque plein d'entrain. Tout ce qui manquait, c'était que la future épouse accepte de partager son avenir avec lui. Il ne pensait qu'à cet avenir alors que lui et Mary se tenaient face à face en bas de l'escalier principal. Même si son cerveau lui rappelait qu'elle lui avait dit de nombreuses fois qu'elle l'aimait lors de la semaine qu'ils avaient passée dans le cottage, et pas seulement quand ils n'étaient qu'un enchevêtrement de membres nus au milieu des draps, même s'il était certain qu'elle dirait oui, son cœur, qui battait excessivement fort et vite à cet instant, voulait l'entendre dire, tout de suite, maintenant, que *oui*, elle deviendrait sa femme.

L'attente les rendait tellement nerveux qu'aucun d'eux ne prit la parole. Chacun attendait que l'autre fasse le premier pas. Enfin, Mary tourna le dos à la pièce et se rapprocha de lui. Elle leva le menton et dit avec un sourire tremblotant, une main gantée légèrement posée sur le gilet en laine brodé de Christopher :

— Je sais à peine par où commencer… Il y a tant de choses que j'aimerais vous dire, que j'ai besoin de vous dire… Et je vais tout vous dire maintenant, car je vous ai déjà fait attendre bien trop longtemps avant de vous donner ma réponse. Cela dit, les circonstances – la naissance prématurée d'Elsie – se sont liguées contre moi. Vous avez été tellement patient et…

— Mary, j'ai attendu huit ans avant d'arriver ici, à ce moment avec vous. Quelques jours, quelques semaines de plus n'ont aucune importance. Ce qui importe, ce qui me tient le plus à cœur, c'est votre réponse. Et je dois admettre que je pense à bien peu d'autres choses…

— Mais assurément, vous devez la connaître !

— Je peux supposer, je peux espérer, mais vous devez me donner votre réponse pour que je la connaisse réellement.

Il sourit face à son air confus et se pencha vers l'avant pour lui dire doucement :

— Oui, je suis tatillon, mais j'ai de bonnes raisons de l'être. Vous avez dit à votre mère que vous étiez dans l'attente d'une demande en mariage de la part d'un comte…

— Oh, cela ! C'était ridicule et déplacé de ma part de laisser une quelconque fierté avoir raison de moi et me pousser à faire une telle déclaration, l'interrompit-elle en faisant la moue et en rougissant d'un air coupable. Ma mère a le don de me pousser à bout, comme un caillou dans une chaussure. On continue à marcher, on essaye de ne pas penser à ce caillou qui nous agace, puis il devient insupportable et la seule solution est d'enlever sa chaussure et de la secouer pour s'en débarrasser. Dans le cas de ma mère, la seule solution est de lancer une réponse susceptible de la faire réfléchir. Ce qui fonctionne rarement... soupira-t-elle.

— Ne soyez pas trop dure avec vous-même. Je la soupçonne d'avoir cet effet sur beaucoup de gens. J'ai honte d'admettre que j'ai moi-même utilisé la même tactique, rendant public quelque chose qui n'est pas évoqué ouvertement dans la bonne société et qui ne devrait être mentionné qu'à deux occasions ; lors de la rédaction d'un contrat de mariage et lors de la lecture d'un testament. J'ai eu l'impolitesse d'annoncer mes revenus annuels. Il s'agissait d'un étalage vulgaire et ma seule excuse est que j'essayais également de faire réfléchir votre mère quant à ses préjugés sur la bourgeoisie. Nous ne nous mélangeons pas aux cercles les plus hauts, mais nous sommes nombreux à avoir des revenus égaux, voire supérieurs, à ceux des aristocrates.

— Seriez-vous surpris d'apprendre que je n'étais pas du tout au courant de votre richesse, que je ne m'étais jamais posé la question ?

— Non, répondit Christopher avec un large sourire. Comment auriez-vous pu le savoir ? La première fois que vous avez franchi la crête pour entrer dans mon petit coin du monde, c'était lors du pique-nique à ma fabrique de tissu. Mais Brycecomb Hall a dû vous donner une idée de mes moyens.

— Oui, répondit-elle sincèrement. Mais ma première réflexion en voyant votre belle demeure n'était pas triviale. Je me suis demandé pourquoi un homme avec votre richesse, qui doit se charger d'une industrie et d'un domaine, avec tout le temps et toute l'énergie que cela implique, accepterait d'être le régisseur d'Abbeywood Farm. Pourquoi passer deux nuits, toutes les deux semaines, loin de vos propres intérêts, loin de chez vous... et de votre mère ?

— Vous devez bien savoir pourquoi, non ? J'ai accepté de devenir régisseur non parce que Sir Gerald me l'a demandé – même si cela m'a mis face à une certaine obligation et que mon souhait que Jack hérite d'un domaine digne de ce nom était sincère –, mais pour être près de vous.

— Oh, très cher !

— J'avais ainsi une excuse légitime pour venir à Abbeywood. Peu importe que je vienne pour rester enfermé avec Mr. Deed, m'arracher les cheveux face à l'état déplorable des comptes et gérer un foyer envahi de domestiques inutiles, irascibles et aigris. Ce qui importait, c'était de savoir que vous étiez quelque part dans cette maison. Cela me suffisait. J'y étais, vous aussi, et j'osais espérer qu'un jour, nous pourrions vivre sous le même toit, mais d'une façon différente, de la seule façon qui m'importe, en tant que mari et femme.

Mary était si bouleversée qu'elle dut se détourner, une main tremblante posée sur la bouche, et ravaler un sanglot. Elle ressentait une telle joie qu'elle ne savait pas trop si elle avait envie de pleurer, de rire, ou les deux. Elle avait ressenti le même genre de bonheur extraordinaire au cottage. Mais une joie de ce genre n'était pas liée à une occasion ou à un endroit en particulier, ni même à la merveilleuse expérience que faire l'amour avec cet homme représentait, elle venait du plus profond d'elle-même, car elle l'aimait de tout son cœur, et plus important encore à ses yeux, elle savait que l'amour qu'il ressentait pour elle était tout aussi profond et durable. Elle n'avait jamais rien connu de tel et elle voulait s'y accrocher de toutes ses forces, car il n'y avait rien de plus précieux au monde à ses yeux. Il fallait qu'elle le lui dise, qu'elle lui fasse savoir, mais elle était tellement bouleversée par cette émotion si profonde qu'elle ne savait ni comment ni par où commencer.

Christopher remarqua son désarroi à son incapacité à s'exprimer, et il la ramena intentionnellement sur terre en déclarant :

— Je sais que votre cousin compte très bientôt vous demander en mariage.

Cela sortit Mary de sa stupeur et elle leva les yeux vers lui d'un air interrogateur.

— Vous le savez ?

— Sans même parler du fait qu'il faudrait que je sois moins intelligent qu'un poulet pour ne pas comprendre que le comte dont vous parliez à votre mère était votre cousin, il y a un autre infime détail : il me l'a dit.

— Evelyn vous l'a dit ? Pourquoi a-t-il fait cela ?

— Lui seul pourrait vous répondre avec certitude, mais si je devais essayer de deviner, je dirais que la raison est double. Il a des tendances compétitrices et il peut se montrer espiègle sans raison particulière. Cependant, je le soupçonne d'avoir les meilleures intentions qui soient. Mais je me moque de savoir qu'il compte vous faire sa demande. Tout ce qui m'importe, c'est votre réponse – à lui, et à moi.

— Il m'a envoyé une lettre, et je lui ai écrit une réponse. Je pense qu'il a toujours su ce que je lui répondrais. Malgré son tempérament distrait et égocentrique, c'est un fin observateur de la nature humaine. (Elle lui sourit.) Et il m'aurait épousée, si son intuition n'avait pas été correcte. Mais il ne s'était pas trompé, n'est-ce pas ? Je vous aime de tout mon cœur et...

— Je vous aime de tout mon cœur.

Il prit sa main gantée, qu'il embrassa après l'avoir posée contre sa poitrine, ajoutant précipitamment :

— Dieu sait que je veux vous entendre dire que oui, vous voulez m'épouser, mais je faillirais à mon devoir si je ne vous rappelais pas que vous épouseriez un homme à l'ascendance ternie, qui est si éloigné du beau monde que vous ne seriez plus la bienvenue dans certains endroits, plus invitée à certains événements, et certaines personnes ne vous adresseraient plus la parole. J'ai promis au duc que je vous rappellerais ce qu'il m'a dit ; qu'en m'épousant moi, un fermier d'origine bâtarde, vous conserveriez votre titre mais abandonneriez votre position sociale parmi vos pairs. Et moi, en vous épousant vous, la fille d'un comte, je serais à jamais accusé d'être un flagorneur ayant osé venir chercher une femme trop haut dans leur monde. Ce faisant, je vous tirerais vers le bas, dans mon monde – ce qui n'est pas sans rappeler l'enlèvement de Perséphone par Hadès. Mais même elle pouvait quitter les Enfers pendant une partie de l'année ; vous n'auriez pas droit à une telle latitude. Vous ne pourriez pas remonter les échelons pour les rejoindre, Mary.

— Et ma famille ? Qu'a dit Roxton à ce propos ? Nous tournera-t-il le dos ? Et les autres ?

Christopher secoua la tête.

— Pas du tout. Lui et les autres vous – nous – soutiendront. (Il arbora un sourire timide et s'empourpra.) Il semblerait que la duchesse ait pris goût au fait d'avoir un frère, malgré les origines impures de notre lien de parenté. Mais malgré le soutien de Leurs Grâces, malgré le pouvoir et l'influence du duc sur ses pairs, nous ne pouvons pas nous attendre à ce qu'il fasse quoi que ce soit qui compromettrait sa position et son autorité.

— Je ne m'y attends pas. J'apprécie son soutien, car ma famille est ce qu'il y a de plus important à mes yeux et que je serais très triste de devoir faire une croix sur eux. Mais je le ferais, je ferais une croix sur eux, pour passer ma vie avec vous.

Christopher serra sa main.

— Ma chérie, je ne vous demanderais jamais de faire un tel sacrifice, je n'attendrais pas cela de vous – jamais.

— Je le sais. Mais vous oubliez que je l'ai déjà fait, et non parce que je le voulais. Vivre en exil avec Sir Gerald était pénible, pas à cause de l'endroit où nous vivions, mais de la personne avec qui je vivais. Et j'ose le dire, depuis que je suis veuve, je me suis rendu compte que les événements sociaux de la Saison, les cartons d'invitation, les derniers commérages et les coiffures londoniennes étaient des façons bien futiles de remplir mes journées. Vous savez à quel point j'apprécie la gestion quotidienne d'un foyer et la myriade de tâches qui va avec, à quel point j'aime vivre dans notre petit coin de l'Angleterre. Je ne vois aucune meilleure façon de vivre une vie épanouissante que de vous aider à réaliser vos rêves pour vos fabriques de tissu et votre domaine. Vous créez quelque chose d'utile et de merveilleux pour les gens du vallon, et je suis extrêmement fière de vous. La vie dans les Cotswolds me convient – nous convient – parfaitement, et j'ai hâte que nous rentrions.

— En tant que mari et femme ?

Mary se pencha vers lui, se hissa sur la pointe des pieds et l'embrassa.

— En tant que mari et femme.

— Alors votre réponse est oui ? demanda-t-il, bien que la question soit rhétorique, ses mains se posant sur la taille de Mary pour l'attirer contre lui. Vous voulez bien m'épouser ?

— N'oublions pas ceux dont la bénédiction est indispensable à notre bonheur futur.

— Si vous parlez de Kate, ma mère, la vérité est qu'elle désespérait que je vous fasse un jour ma demande. Elle sera sur un petit nuage de bonheur. Quant à Teddy, continua Christopher en fronçant les sourcils, je me suis demandé ce qu'elle penserait de m'avoir pour beau-père. C'est une chose d'être son oncle Bryce, mais épouser sa mère, c'est quelque chose d'entièrement différent.

— Bien, je suis ravie à propos de Lady Paget, car je l'apprécie énormément. Quant à Teddy, inutile de vous inquiéter. Je me suis dit qu'il valait mieux connaître son avis avant de vous donner ma réponse, car si elle s'y était opposée, cela aurait tout retardé, même si l'issue aurait été la même au final. Mais je suis heureuse de vous annoncer qu'elle n'avait que de bonnes choses à dire sur vous en tant que père potentiel et, sans surprise, elle était très enthousiaste et presque aussi heureuse que moi à l'idée de tous vivre sous le même toit, comme une famille.

Christopher jeta un coup d'œil, par-dessus la tête de Mary, à Kate et Teddy près de la cheminée de l'autre côté du vestibule. Comme il pouvait s'y attendre, Teddy ne pouvait pas rester en place ; elle montrait les pas du menuet à Kate. Christopher reporta son attention sur Mary, fronçant derechef les sourcils.

— Elle ne s'oppose pas à l'idée de vivre à Brycecomb ?

Mary secoua la tête, le regard pétillant de gaieté.

— Il semblerait que non. Elle m'a dit que ce serait seulement pour une courte période, car elle compte retourner vivre à Abbeywood quand elle épousera Jack. Elle dit que c'est la meilleure issue pour tout le monde.

— Bonté divine ! Quelle petite intrigante ! Est-ce que lui est au courant de cela ?

Mary secoua la tête.

— Pas encore. Et il vaut mieux qu'il ne le sache pas tant que Teddy n'aura pas *au moins* dix-huit ans.

Christopher partit d'un petit rire, mais il fronça de nouveau les sourcils quand Mary ajouta :

— Il y a un autre point que, selon Teddy, je dois prendre en compte avant d'accepter de vous épouser, avant que nous ne déménagions à Brycecomb. Et elle a raison. Il me faudra peut-être un peu de temps pour m'y habituer, surtout au vu de son immense attachement à vous. À vrai dire, nous serons peut-être obligés de repousser le mariage, car...

— Non ! Dites-moi de quoi il s'agit et le problème sera réglé immédiatement.

Ce fut au tour de Mary de partir d'un petit rire face à son air si accablé. Elle reposa brièvement son front contre le torse de Christopher pour contrôler son hilarité, avant de lever le menton et de feindre la surprise.

— Comment pouvez-vous être cavalier au point de vouloir proscrire un tel dévouement ? Je ne vous le permettrai pas. Ce serait inhumain !

Christopher fronça encore plus les sourcils alors qu'il se creusait la tête pour essayer de trouver de qui ou de quoi elle parlait. Il n'eut pas à attendre très longtemps, car la taquinerie de Mary fut interrompue par sa fille, qui s'était approchée d'eux en sautillant et qui se racla bruyamment la gorge pour se faire remarquer, avant de ruiner son effet en gloussant derrière sa main gantée. Le couple s'écarta instantanément, reprenant conscience de l'endroit où ils se trouvaient. Ils avaient tous les deux les joues rouges et se sentaient mal à l'aise. Teddy ne vit rien de cela tant elle était impatiente, tant elle avait besoin de savoir.

— Avez-vous dit oui à oncle Bryce, mère ? Kate et moi sommes inquiètes. Et vous avez promis à oncle Bryce que vous feriez de votre mieux pour ne pas avoir peur de Lorenzo, hein ?

Avant que sa mère ne puisse répondre, elle se tourna vers Christopher et ajouta sérieusement :

— Mère se débrouille de mieux en mieux avec les chiens. Elle a pris Nera sur ses genoux hier, et elle y est restée très longtemps. Donc je suis sûre que si vous lui présentez Lorenzo *dans les règles de l'art*, elle verra que c'est un animal très obéissant et elle s'habituera à sa présence, à lui aussi. Regardez ! La duchesse arrive avec son bébé !

Tous ceux qui se trouvaient dans le vestibule se tournèrent vers l'escalier. Sur le palier apparut Antonia, duchesse de Kinross, dans un nuage de jupons piqués et brodés en soie blanche. Derrière elle se trouvait le duc, qui souriait jusqu'aux oreilles et tenait dans ses bras sa petite fille enveloppée dans de douces couvertures, sa fine tignasse foncée recouverte par un bonnet de baptême en soie rose décoré de jolies broderies.

Teddy tira sur le bras de sa mère et quand elle se tourna vers elle, elle lui demanda en murmurant avec insistance :

— Avez-vous dit oui, mère ? Avez-vous accepté d'épouser oncle Bryce ?

Christopher baissa les yeux vers elle, puis il regarda Mary en haussant un sourcil, mais sans rien dire. Mary sourit, posa une main sur son bras et dit :

— Mr. Bryce, il n'y a rien que je veuille plus au monde qu'être votre femme, et ma réponse est… oui !

Elle sourit à Teddy, qui frappait dans ses mains et sautait sur place, et l'instant d'après elle ne sentit plus le sol sous ses pieds ; Christopher était tellement fou de joie et soulagé qu'il en avait oublié toute convenance. Il fit tourner Mary encore et encore avant de la reposer par terre, mais il ne la lâcha pas. Et elle ne voulait pas qu'il la lâche. Elle passa les bras autour de son cou et le serra fort. Ils profitèrent de cet instant qui s'était tant fait attendre et le monde autour d'eux disparut dans un brouillard quand ils s'abandonnèrent à un long baiser prolongé.

— Bon. Vous comprenez, maintenant, Jonathon, pourquoi je vous ai dit que ce baptême ne serait pas le seul événement de la semaine, dit doucement Antonia en rejoignant le couple qui s'embrassait au pied de l'escalier. La marraine d'Elsie va se marier, avec un gentleman que j'apprécie, par ailleurs, et cela me fait très plaisir.

LE BAPTÊME À LA CHAPELLE FAMILIALE DES ROXTON FUT UN événement intime auquel assistèrent la famille et les domestiques de haut statut. Elspeth, marquise de Leven, resta bien sage et dormit dans les bras de son père pendant tout l'office. Son seul moment de protestation fut totalement justifié ; on aspergeait de l'eau bénite sur son front. Ses parrains jurèrent solennellement de veiller sur elle et de l'élever selon les préceptes de l'Église d'Angleterre ; Lord Henri-Antoine déglutit avec difficulté et eut l'air encore plus sévère que d'habitude, si cela était possible. Mais sa mère voyait bien à quel point il était fier qu'on lui accorde cet honneur, et encore plus de le partager avec sa cousine Lady Mary. Antonia sentit les larmes lui monter aux yeux en se disant que son bien-aimé monseigneur aurait été tout aussi fier de leur fils, et plus qu'un peu orgueilleux de voir qu'il lui ressemblait tant.

À la fin de l'office, tous s'emmitouflèrent dans leurs manteaux et montèrent dans les carrosses où des briques chaudes avaient été enveloppées et placées sur le sol pour repousser le froid hivernal. Le court trajet pour retraverser le pont qui menait à Crecy Hall se déroula dans le calme et les invités purent profiter d'un verre de vin chaud et d'un bon feu de cheminée dans la grande salle, accompagnés par le quatuor à cordes du duc de Roxton, en attendant le début du banquet.

Il commença avec une demi-heure de retard, car deux carrosses, l'un transportant le duc et la duchesse de Kinross avec leur précieux paquet, et l'autre leurs domestiques les plus proches, firent un détour par le mausolée familial. Seuls Antonia, Jonathon et Elsie entrèrent dans le tombeau. Ils y restèrent plusieurs minutes, puis Jonathon et sa petite fille sortirent en premier et Antonia les rejoignit au carrosse quelques minutes plus tard. Aucun mot ne fut prononcé ; c'était inutile. Le cortège reprit son chemin jusqu'à Crecy Hall.

Après le dîner, Teddy dansa le menuet avec Christopher et toute l'assemblée les applaudit, non seulement parce que la petite dansait bien, mais aussi parce que Christopher Bryce était un danseur élégant et magistral. Kate affichait un sourire entendu pendant que Martin Ellicott commentait pour elle, au fur et à mesure, les réactions des différents membres de la famille – allant de l'émerveillement à la stupéfaction – devant les talents de danseur de son fils.

Puis il fut l'heure pour les jeunes fiancés de danser le menuet. Mary était trop heureuse pour appréhender le fait de danser devant sa famille. Son seul regret était que son frère et son épouse n'étaient pas là pour partager son bonheur, regret qu'elle partagea avec Christopher alors qu'il la menait au centre de la salle. Mais le vacarme qui se fit entendre au niveau de la double porte à l'autre bout de la pièce interrompit la musique et la danse avant même qu'elles n'aient commencé.

Ils se tournèrent tous en même temps et un silence stupéfait s'installa quand un homme de grande taille affublé d'une épaisse barbe foncée et portant dans ses bras une nymphe aux cheveux presque blancs entra dans la pièce et se dirigea vers eux. Mary souleva ses jupons et se précipita vers les nouveaux venus.

— Veuillez excuser notre retard. Un arbre est tombé juste devant le portail. Rory m'a dit que je pouvais partir devant à cheval, mais je n'allais quand même pas l'abandonner, n'est-ce pas ?

— Dair ! Oh, Dieu merci, Dair, vous êtes enfin rentré !

Un sourire éclatant apparut dans la barbe d'Alisdair, commandant Lord Fitzstuart, héritier présomptif du comté de Strathsay.

— Oui, Mary, et pour de bon.

Il reposa délicatement sa femme, mais garda un bras autour de sa taille tandis qu'il parcourait du regard les visages joyeux et souriants de sa famille. Il murmura à l'oreille de sa sœur :

— Rory m'a dit que vous étiez au courant pour notre merveilleuse nouvelle…

— Je suis tellement heureuse pour vous deux, répondit Mary, à bout de souffle, avant d'embrasser impulsivement son frère sur la joue et de faire une grimace involontaire. Oh, Seigneur, je pense que vous devriez raser ceci avant l'arrivée du bébé.

Rory se mit à rire derrière sa main en voyant la réaction de Mary à la barbe de son bien-aimé.

— Ne vous tracassez pas, Mary. Le nouveau comte de Strathsay sera rasé de près avant même que l'encre de ses lettres patentes n'ait eu le temps de sécher. Même si j'aime beaucoup quand vous ressemblez à un pirate… ajouta-t-elle en levant les yeux vers son époux.

Dair adressa un clin d'œil à sa femme et dit à Mary, très sérieusement :

— J'aimerais annoncer notre nouvelle à tout le monde et rencontrer les tout derniers membres de la famille, mais Rory m'a dit que je devais d'abord rencontrer quelqu'un et qu'il serait là. Elle dit qu'il est amoureux de vous. Et que vous ressentez la même chose pour lui.

Mary observa Rory, surprise qu'elle ait pu arriver à cette conclusion après avoir passé si peu de temps dans les Cotswolds. Elle sourit et s'empourpra.

— Apparemment, je suis la dernière à être au courant de mes propres sentiments !

Avant que sa belle-sœur ne puisse répondre, Mary tourna la tête pour regarder par-dessus son épaule, car elle avait senti une présence ; il s'agissait de Christopher et Teddy. Cette dernière se détacha de Christopher, courut vers son oncle et se jeta à son cou. Dair la prit dans ses bras et l'embrassa avant de la reposer et de prendre sa main. Il se mit à rire quand elle fit la grimace.

— Ne me dis pas que tu n'aimes pas ma barbe de pirate !

— Je l'aime bien, oncle Dair ! Mais je ne veux pas l'embrasser !
Vous êtes exactement le capitaine dont notre bateau pirate a besoin.
N'est-ce pas, oncle Bryce ?

— Dair, je vous présente Mr. Christopher Bryce de Brycecomb
Hall, dans le Gloucestershire, l'homme que je vais épouser dans deux
jours. Mr. Bryce, voici mon frère le plus âgé, le commandant Lord
Fitzstuart.

Dair tendit la main.

— Félicitations ! Heureux de vous rencontrer, et de vous compter
parmi les membres de la famille.

— C'est très généreux de votre part, milord. Et, je me permets
d'ajouter, étonnamment inconditionnel.

— Généreux ? Peut-être. Mais inconditionnel ? Ah ! Mary est ma
grande sœur. De toute ma vie, je n'ai jamais remis en cause son jugement et ne lui ai jamais proposé mes conseils. Je ne compte pas
commencer maintenant. Qu'elle veuille vous épouser, Mr. Christopher
Bryce de Brycecomb Hall, dans le Gloucestershire, suffit à me
convaincre. Par ailleurs, ajouta-t-il en souriant à Rory, ma femme vous
apprécie. Je vous apprécierai donc aussi.

Il reporta son attention sur Christopher et eut soudain un mouvement de recul, perdant le fil de sa pensée. Il parcourut la pièce du
regard alors que le reste de sa famille s'approchait pour lui souhaiter un
bon retour à la maison ; il cherchait la duchesse de Roxton. L'ayant
trouvée, il battit des paupières et regarda Christopher une nouvelle fois.

— Parbleu ! Par-bleu. C'est… c'est troublant ! Vous a-t-on… vous
a-t-on déjà dit que vous… à quel point vous ressembl…

— Oui, milord, on me l'a dit, l'interrompit Christopher avec un
sourire en adressant un clin d'œil à Mary avant de prendre sa main.
C'est une histoire qui peut attendre un autre jour…

ÉPILOGUE

— Je maintiens toujours que les chances sont de mon côté, annonça le duc de Kinross.

Antonia releva les yeux du livre qu'elle lisait et esquissa un sourire.

— Ce que vous avez affirmé au moins deux fois en autant de minutes, mon chéri, déclara-t-elle doucement en reposant son exemplaire d'*Histoire romaine* de Dion Cassius. Mais je vous ai dit ce qu'il en était, et je me trompe rarement sur ces questions, n'est-ce pas, Martin ?

Martin Ellicott plaça sa pièce sur l'échiquier et hocha solennellement la tête, le regard toutefois étincelant.

— Il me semble bien que vous ayez raison à chaque fois qu'une naissance vient agrandir la famille, madame la duchesse.

Antonia sourit et s'installa confortablement contre le coussin dans son dos. Elle était allongée sur la méridienne de son joli pavillon au bord du lac. Elle avait laissé ses mules sur le sol en marbre et ses pieds chaussés de bas étaient posés sur les coussins en soie. Elle referma son livre sur un ruban en soie qui lui servait de marque-page et s'accorda un instant pour regarder le paysage, la pelouse ondoyante et le lac paisible, où des canards et leurs canetons serpentaient sur l'eau près du rivage envahi de roseaux. Le soleil était haut dans un ciel sans nuages et une brise fraîche agitait les doigts verts des branches du saule. Il s'agissait, somme toute, d'une merveilleuse journée estivale, rendue encore plus heureuse par les bruits distants de ses petits-enfants qui s'amusaient dans leur cabane et ceux, plus proches, de sa fille qui gazouillait de bonheur dans les bras de son père qui allait et venait sur les marches devant sa méridienne.

— Qu'en pensez-vous, Deborah ? demanda Jonathon à la duchesse de Roxton.

Deb Roxton était assise dans une bergère, son plus jeune enfant étalé sur ses légers jupons en soie, endormi, ses joues rebondies ayant cet éclat rosé témoignant d'un sommeil profond et satisfaisant. Elle était assise face au parrain de son époux, l'échiquier placé sur une table entre eux. Elle était sûre que Martin était sur le point de la mettre en échec et quand elle releva la tête, une ride de concentration était apparue entre ses deux sourcils.

— Je suis réellement incapable de le prédire. Mais Julian pense que ce sera un garçon.

Le duc, assis près d'eux sur le marbre froid entre deux épaisses colonnes, les cheveux lui retombant dans les yeux, tentait de défaire un nœud dans les fils d'un cerf-volant appartenant à l'un de ses jumeaux, Gus. Il ne releva pas la tête.

— J'ai parié dix livres sur cette issue.

— Dix livres que vous allez perdre ! déclara Jonathon d'un ton jubilatoire. Ton frère va rendre ton père plus riche de dix livres, dit-il d'une voix différente à sa petite fille qu'il chatouilla sous son menton potelé en ouvrant grand les yeux et en souriant.

— Ce n'est pas ce qu'il va se passer, déclara Roxton avant de se redresser et de repousser ses cheveux vers l'arrière avec un soupir satisfait. Voilà ! Le nœud est défait, le cerf-volant est prêt à être réutilisé. (Il le tendit à un valet de pied qui attendait de le rapporter à Lord Augustus dans la cabane.) Peter, dites à mon fils que s'il souhaite que son père répare autre chose, il doit me l'apporter lui-même, et non vous demander de le servir.

— Pourquoi êtes-vous aussi sûr de vous, Julian ? s'enquit Martin, intrigué. J'admets que jusque-là, vous ne vous êtes jamais trompé dans vos prédictions concernant vos propres enfants, mais c'est de la progéniture de Lady Mary et de Mr. Bryce que nous parlons.

— Il a peut-être prédit le sexe de nos enfants, mais sa prédiction a misérablement échoué en ce qui concerne les bébés de Rory et Dair.

— Deb, espèce de misérable traîtresse ! lui lança tendrement Roxton avant de se lever et d'étirer ses longues jambes, les mains posées sur ses minces hanches. Des jumeaux ! Qui aurait pu prédire qu'elle aurait des *jumeaux* ? Elle est si frêle. Un de chaque, en plus.

— Et vous avez perdu vingt livres... commenta Antonia d'un ton désinvolte.

— Tout cela, c'est la faute d'oncle Lucian ! déclara Roxton sans animosité. Il a lancé ces paris lors de la naissance de Julie et si je me souviens bien, il n'a jamais réussi à gagner.

— Pas une seule fois, gloussa Antonia. Il serait encore plus pauvre aujourd'hui.

— Je me permets de vous corriger, Julian, intervint Martin en se reculant dans son fauteuil après avoir mis le roi de Deb en échec. Ce n'est pas avec la naissance de Julie, mais avec la vôtre, que la tradition du pari de dix livres a commencé. Lord Vallentine a osé parier une livre avec monseigneur que vous, madame la duchesse, mettriez au monde un fils. Monsieur le duc, offensé par ce montant, a proposé de parier dix livres, et Sa Seigneurie a accepté sans hésiter. Mais votre père s'est montré plus malin que lui ; il a parié dix livres que votre mère donnerait naissance à un fils héritier et Sa Seigneurie était d'accord. C'est seulement au moment de la poignée de main que Lord Vallentine a compris ce qu'il venait de se passer. Après votre naissance, Julian, et la perte de dix livres qu'elle a entraînée pour lui, Lord Vallentine était déterminé à récupérer son argent auprès de votre père, ce qu'il n'a jamais réussi à faire.

— Naturellement. Monseigneur n'a jamais perdu un pari de sa vie.

— Tout à fait, madame la duchesse, répondit Martin en inclinant la tête.

Jonathon monta les marches, plaça Elsie dans les bras de sa mère et s'affala près d'elle.

— Bien, je m'expliquerai avec Vallentine la prochaine fois que je le verrai !

Personne ne fit de commentaire et personne ne trouva cela étrange. Tout le monde savait que Kinross accompagnait souvent sa femme lors de ses visites au mausolée familial.

Il se pencha vers l'avant et lui demanda à voix basse :

— Et vous, sur quelle issue avez-vous placé vos dix livres, chérie ?

Antonia sourit en regardant le joli visage d'Elsie, avec ses grands yeux bleus et encadré d'une tignasse de cheveux foncés. Elle embrassa ses joues rebondies avant de la placer contre ses genoux relevés, sur lesquels elle pouvait appuyer sa petite tête. Elle prit les mains de sa fille et dit à son mari :

— Vous savez très bien sur quoi j'ai placé mes dix livres, Jonathon. Mary et Christopher auront un fils. Et je sais aussi comment il s'appellera. David Henry Renard Bryce. Mary me l'a dit.

— Comment ? Elle vous a écrit pour vous annoncer le nom de son fils ? demanda Jonathon, atterré. Pourquoi sommes-nous en train de parier si vous savez déjà que c'est un garçon et comment il s'appellera ?

— Parce que nous n'en savons rien. Nous attendons que Jack et Henri-Antoine nous apportent des nouvelles de la maison principale.

— Au moins ils sont assez proches, et loin de l'endroit où se déroule l'accouchement ! déclara Roxton. Mais une fois de plus, ils se retrouvent au bon endroit au bon moment pour nous apporter la nouvelle.

— C'est vrai, mon fils. Ils étaient avec vous à la naissance de Julie, puis ils nous ont apporté la bonne nouvelle ici, dit Antonia avec un sourire mélancolique, avant de se pencher pour embrasser les doigts de sa fille. Je m'en souviens comme si c'était hier, mon petit chou.

Elle lança un regard malicieux à Deborah et Martin, puis haussa les sourcils avant de dire, avec un soupir qui contrastait avec l'étincelle dans ses yeux verts :

— Vallentine avait perdu dix livres ce jour-là, et aujourd'hui, Elsie, ton pauvre père va perdre dix livres lui aussi.

Jonathon fronça les sourcils.

— Comment… ? Comment le savez-vous ?

— Je le sais, mon amour, c'est tout. Voilà mon fils et Jack qui traversent la pelouse. Ils arrivent de la jetée, ce qui veut dire qu'ils sont venus ici à la rame pour arriver plus rapidement.

En effet, Jack et Henri-Antoine traversaient la pelouse à grandes enjambées. Henri-Antoine tenait un bout de papier entre les doigts. Il le leva et l'agita en direction du pavillon, ce qui semblait confirmer la prédiction d'Antonia ; ils venaient leur annoncer quelque chose concernant la naissance du premier enfant de Lady Mary et de Mr. Christopher Bryce.

Roxton vint se placer derrière le fauteuil de sa femme et baissa les yeux vers leur quatrième fils, qui dormait, tout en posant légèrement une main sur l'épaule de Deb.

— Tout ce qui m'importe, c'est que Mary et le bébé s'en soient sortis.

— Elle n'a rencontré aucune difficulté avec Teddy… Je suis sûre que tout ira bien. Et à en juger par le sourire des garçons, tout va bien. Alors, leur demanda Deb, avez-vous des nouvelles de Brycecomb Hall ?

Lord Henri-Antoine donna la lettre à sa mère.

— Oui. Mais nous ne savons pas ce que c'est – pas encore.

Antonia brisa le sceau et lut la lettre succincte, écrite d'une main assurée par Christopher. Puis elle plia le papier, qu'elle garda entre ses doigts, mais ne dit rien.

Jonathon se pencha vers l'avant.

— Chérie ? Alors ?

— Combien me paierez-vous pour que je partage la nouvelle que contient cette lettre ? le taquina Antonia.

Jonathon se rappuya contre le dossier de la méridienne en soufflant.

— Oh que non ! Si vous comptez jouer à ce petit jeu, tous les paris sont annulés !

Antonia gloussa.

— Dans ce cas, vous économiseriez vos dix livres.

Elle tendit la lettre à son fils et annonça à l'assemblée :

— Mary a donné naissance à un fils. Un petit garçon en bonne santé. La mère et le bébé vont très bien.

— Ah, ah ! Je savais qu'elle aurait un garçon ! s'écria Roxton sans pouvoir dissimuler sa jubilation. Votre Grâce, vous devez dix livres à Sa Grâce !

Il tendit la brève missive à sa femme, qui la lut avant de la tendre à Martin, qui chercha ses lunettes dans la poche de sa redingote et les posa sur le bout de son nez. La lettre toujours dans la main, il regarda par-dessus sa monture juste à temps pour voir le duc de Kinross passer une main sur son visage d'un geste de défaite avant de la tendre vers sa duchesse avec un sourire penaud.

— Antonia, chérie, il me faut dix livres.

Explorez les lieux, objets et évènements historiques évoqués
dans *La Fière Mary* sur Pinterest.
www.pinterest.com/lucindabrant

De l'idée à la couverture – costumes, bijoux, modèles et séance
photo. Découvrez la création de la couverture. *Lisez l'histoire
complète de la création de la couverture ici…*
www.youtube.com/lucindabrantauthor
www.lucindabrant.com/blog/proud-mary-cover-reveal

L'histoire de la famille Roxton continue…